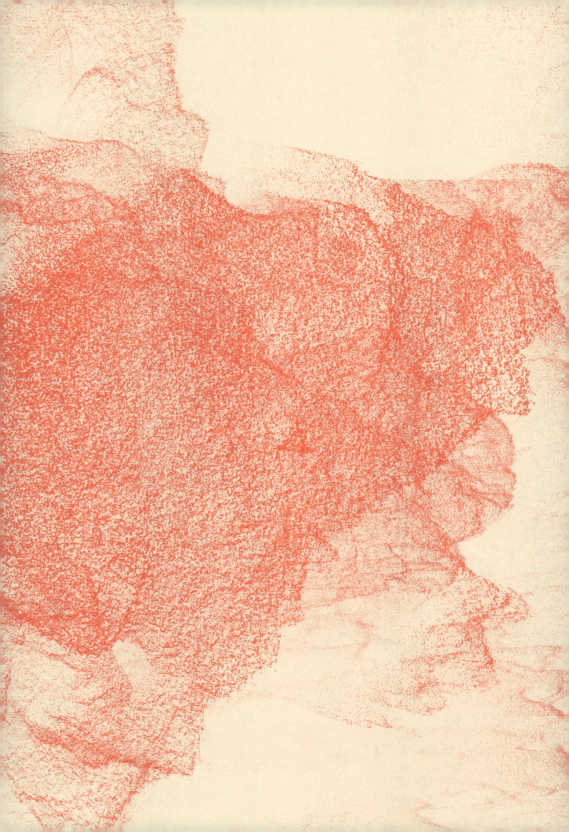

DII

NA

DUNA: CASA ATREIDES

TÍTULO ORIGINAL:
Dune: House Atreides

COPIDESQUE:
Paula Lemos

REVISÃO TÉCNICA:
Marcos Fernando de Barros Lima

REVISÃO:
Renato Ritto
Bonie Santos

ILUSTRAÇÃO DE CAPA:
G. Pawlick

CAPA:
Pedro Fracchetta

PROJETO GRÁFICO:
Pedro Inoue

MAPAS:
Luis Aranguri

DADOS INTERNACIONAIS DE CATALOGAÇÃO NA PUBLICAÇÃO (CIP)
DE ACORDO COM ISBD

H536d   Herbert, Brian
Duna: Casa Atreides / Brian Herbert, Kevin J. Anderson ; traduzido por Adriano Scandolara,
Leonardo Alves. - São Paulo, SP : Aleph, 2025.
696 p. ; 16cm x 23cm. — (Prelúdio a Duna ; v.1)

Tradução de: Dune: House Atreides
ISBN: 978-85-7657-730-0

1. Literatura americana. 2. Ficção científica. I. Anderson, Kevin J.
II. Scandolara, Adriano. III. Alves, Leonardo. IV. Título. V. Série.

2025-993   CDD 813.0876
                        CDU 821.111(73)-3

ELABORADO POR VAGNER RODOLFO DA SILVA - CRB-8/9410

ÍNDICES PARA CATÁLOGO SISTEMÁTICO:
1. Literatura americana : Ficção científica 813.0876
2. Literatura americana : Ficção científica 821.111(73)-3

COPYRIGHT © HERBERT PROPERTIES LLC, 1999
COPYRIGHT © EDITORA ALEPH, 2025

TODOS OS DIREITOS RESERVADOS. PROIBIDA A REPRODUÇÃO,
NO TODO OU EM PARTE, ATRAVÉS DE QUAISQUER MEIOS
SEM A DEVIDA AUTORIZAÇÃO.

Aleph

Rua Bento Freitas, 306 - Conj. 71 - São Paulo/SP
CEP 01220-000 • TEL 11 3743-3202
www.editoraaleph.com.br

 @editoraaleph

 @editora_aleph

BRIAN HERBERT E KEVIN J. ANDERSON

DUNA

CASA ATREIDES

TRILOGIA PRELÚDIO A DUNA · VOLUME I

TRADUÇÃO
ADRIANO SCANDOLARA E LEONARDO ALVES

Para Frank Herbert, nosso mentor, que era tão fascinante e complexo quanto o maravilhoso universo de Duna que ele criou.

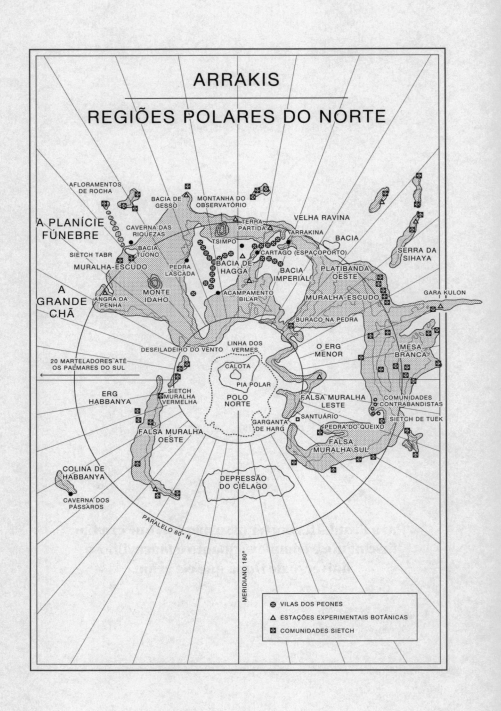

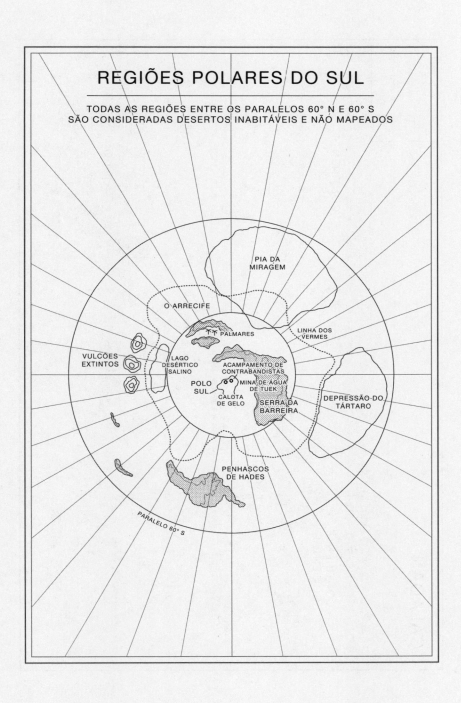

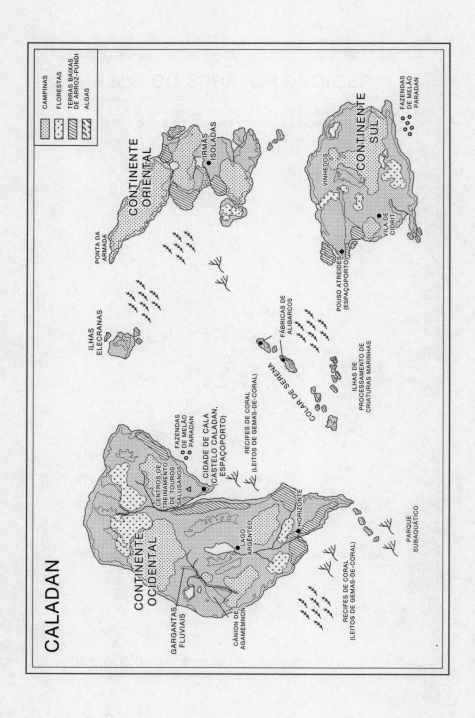

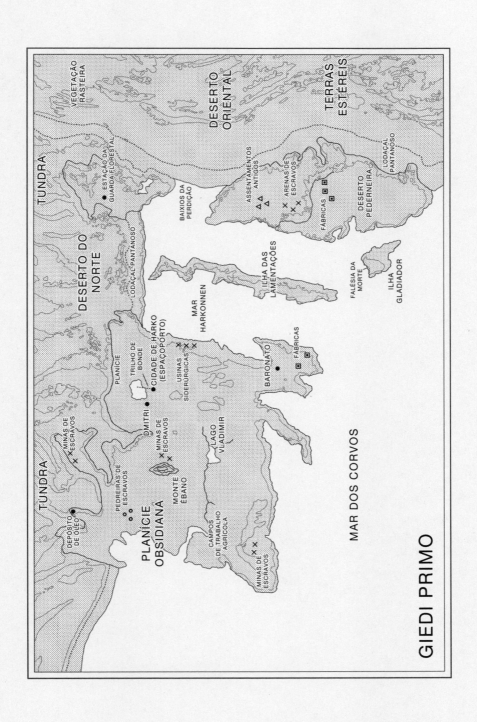

Transmissão da Guilda Espacial para o conglomerado mercantil galáctico "Consórcio Honnête Ober Advancer Mercantiles" (CHOAM):

Nosso encargo específico nesta missão informal tem sido explorar os mundos desabitados em busca de outra fonte da preciosa especiaria mélange, da qual tanto do Imperium depende. Documentamos as viagens de muitos de nossos Navegadores e Pilotos, que investigaram centenas de planetas. Contudo, até o momento, não obtivemos sucesso. A única fonte de mélange no universo conhecido continua sendo o mundo desértico de Arrakis. A Guilda, a CHOAM e todos os demais dependentes devem seguir sob a submissão do monopólio dos Harkonnen.

No entanto, explorar territórios periféricos em busca de novos sistemas planetários e novos recursos ainda gera frutos valiosos. Não há dúvida de que as pesquisas detalhadas e os mapas orbitais nas folhas anexas de cristal riduliano serão de valor comercial para a CHOAM.

Mediante o cumprimento das determinações acordadas em nosso contrato, solicitamos que a CHOAM deposite o pagamento necessário em nossa sede oficial do Banco da Guilda em Junção.

À sua majestade real, o imperador padixá Elrood IX, soberano do universo conhecido:

De seu súdito leal, o barão-siridar Vladimir Harkonnen, governador planetário de Arrakis, líder titular da Casa Harkonnen e senhor supremo de Giedi Primo, Lankiveil e planetas aliados.

Sire, permita-me reafirmar meu compromisso de servi-lo lealmente no planeta desértico de Arrakis. É com vergonha que informo que, durante sete anos após a morte de meu pai, meu meio-irmão incompetente, Abulurd, permitiu o enfraquecimento da produção de especiaria. As perdas de equipamento foram severas e as exportações caíram a níveis desastrosos. Considerando a dependência de mélange no Imperium, o gargalo poderia ter resultado em consequências terríveis, mas asseguro que minha família tomou providências para corrigir tal situação infeliz: Abulurd foi afastado de suas funções e relegado ao planeta de Lankiveil. Ele perdeu o título de nobreza, embora um dia ainda possa reivindicar um governo distrital.

Agora que sou o supervisor direto de Arrakis, permita-me oferecer-lhe minha garantia pessoal de que empregarei todos os meios necessários — dinheiro, dedicação e um punho de ferro — para que a produção de mélange atinja ou supere os níveis anteriores.

Conforme o senhor determinou tão sabiamente, a especiaria precisa fluir!

O mélange é o fulcro financeiro das atividades da CHOAM. Sem essa especiaria, as Reverendas Madres das Bene Gesserit não seriam capazes de realizar suas proezas de observação e controle da humanidade, os Navegadores da Guilda não poderiam enxergar caminhos seguros pelo espaço e bilhões de cidadãos imperiais morreriam de abstinência. Qualquer mente simplória percebe que tamanha dependência por uma só mercadoria leva ao abuso de poder. Estamos todos em perigo.

— Análise econômica da CHOAM sobre os padrões de fluxo de materiais

Esbelto e musculoso, o barão Vladimir Harkonnen se inclinou para a frente ao lado do piloto do ornitóptero. Com seus olhos pretos feito aranhas, espiou através do vidroplás cravejado e aspirou o aroma onipresente de areia e poeira.

Conforme o tóptero blindado ganhava altura no céu, o sol branco de Arrakis reluzia, deslumbrante, nas areias implacáveis. As retinas do barão ardiam diante da vasta paisagem de dunas fervilhando ao calor do dia. O terreno e o céu alvejavam. Nada oferecia alívio aos olhos.

Lugar dos infernos.

O barão queria estar no calor artificial e no complexo civilizado de Giedi Primo, o mundo central da Casa Harkonnen. Mesmo preso em Arrakis, ele tinha coisa melhor para fazer na sede local da família, na cidade de Cartago, outras distrações para satisfazer as próprias vontades.

Mas a colheita de especiaria precisava ser priorizada. *Sempre.* Ainda mais quando se tratava de um achado da magnitude que um de seus vigias informara.

No interior da cabine apertada, o barão exibia uma postura confiante, ignorando os solavancos e as oscilações das correntes de ar. As asas mecânicas do tóptero batiam ritmadas como as de uma vespa. O couro escuro do colete estava bem ajustado sobre o peitoral definido dele. Aos quarenta e poucos anos, portava uma beleza elegante; seu cabelo dourado meio ruivo tinha corte e penteado feitos sob medida para realçar o bico de viúva marcante. A pele era lisa e as maçãs do rosto eram altas e marcadas. Músculos fortes se destacavam no pescoço e no maxilar, preparados para contrair o rosto dele em uma carranca ou um sorriso duro, dependendo das circunstâncias.

— Falta muito? — Ele olhou de esguelha para o piloto, que vinha exibindo sinais de nervosismo.

— O local fica nas profundezas do deserto, milorde barão. Tudo indica que é uma das mais ricas concentrações de especiaria já escavadas.

A aeronave trepidou nas correntes de ar quente quando eles passaram por cima de um afloramento de rocha basáltica preta. O piloto engoliu em seco com força, concentrando-se nos controles do ornitóptero.

O barão relaxou no assento e conteve a impaciência. Achou bom o novo tesouro estar longe dos olhos bisbilhoteiros de agentes imperiais ou da CHOAM, que poderiam manter registros problemáticos. O velho e claudicante imperador Elrood IX não precisava saber de todos os pormenores da produção de especiaria pelos Harkonnen em Arrakis. Por meio de cuidadosas edições em relatórios e adulterações em diários contábeis, sem falar das propinas, o barão contava para os supervisores de fora do planeta só o que ele queria que soubessem.

Ele passou a mão forte pela película de suor que lhe cobria o lábio superior e ajustou os controles ambientais do tóptero para resfriar a cabine e umedecer o ar.

Desconfortável por ter um passageiro tão importante e volátil sob seus cuidados, o piloto forçou os motores para aumentar a velocidade e conferiu de novo a projeção de mapa do console, examinando os contornos do terreno desértico que se estendia a perder de vista.

Tendo analisado pessoalmente as projeções cartográficas, o barão ficara insatisfeito com a falta de detalhes. Como alguém conseguia se orientar por aquele mundo que mais parecia uma escara desértica? Como um planeta tão vital para a estabilidade econômica do Imperium continuava quase sem mapeamento algum? Mais uma falha do fracote Abulurd, seu meio-irmão caçula.

Mas Abulurd não estava mais na jogada, era o barão quem assumira o comando. *Agora que Arrakis é meu, vou colocar tudo em ordem.* Quando voltasse a Cartago, ele alocaria uma equipe para realizar novas pesquisas e traçar novos mapas — isto é, se os malditos fremen não matassem os exploradores de novo nem arruinassem os pontos cartográficos.

Por quarenta anos, aquele mundo desértico tinha sido um semifeudo da Casa Harkonnen, uma concessão política atribuída pelo imperador com o apoio do leviatã comercial CHOAM, o Consórcio Honnête Ober Advancer Mercantiles. Por mais hostil e desagradável que fosse, Arrakis era uma das joias mais importantes da coroa imperial devido à preciosa substância que fornecia.

No entanto, por causa de alguma deficiência mental, o velho imperador passara o poder ao frouxo Abulurd após a morte de Dmitri Harkonnen, pai do barão, e o meio-irmão conseguira exaurir a produção de especiaria em meros sete anos. Os lucros desabaram e Abulurd perdeu o controle para contrabandistas e sabotadores. Arruinado, o idiota fora afastado da posição e despachado sem título oficial para Lankiveil, onde eram poucos os estragos que poderia causar às atividades locais autossuficientes de produção de pele de baleia.

Com o título de governador, o barão Vladimir Harkonnen trataria de mudar os rumos de Arrakis sem demora. Ele deixaria a própria marca e apagaria o legado de erros e de falta de juízo.

Em todo o Imperium, Arrakis — um inferno que muitos consideravam mais castigo do que recompensa — era a única fonte conhecida da especiaria mélange, uma substância muito mais valiosa que qualquer metal precioso. Ali, naquele mundo árido, valia mais até que seu peso em água.

Sem especiaria, seria impossível fazer viagens espaciais de forma eficiente — e, sem as viagens, o próprio Imperium desmoronaria. A especiaria prolongava a vida, protegia a saúde e conferia vigor à existência. O barão, ele mesmo um usuário moderado, apreciava muito a sensação que ela proporcionava. E, claro, o mélange era também terrivelmente viciante, o que fazia o preço se manter elevado...

O tóptero blindado sobrevoou uma cordilheira calcinada, parecida com um maxilar quebrado cheio de dentes podres. Mais adiante, o barão viu uma nuvem de poeira se erguendo no céu feito uma bigorna.

— Aquelas são as atividades de colheita, milorde barão — explicou o piloto.

Pontos escuros no céu monocromático foram se aproximando até se revelarem tópteros de ataque, que mergulharam na direção deles como falcões. O comunicador apitou e o piloto respondeu com um sinal de identificação. Os batedores contratados — mercenários com ordens para rechaçar observadores indesejados — deram meia-volta e assumiram posições de defesa no céu.

Desde que a Casa Harkonnen continuasse preservando uma ilusão de progresso e lucro, a Guilda Espacial não precisava saber de todas as áreas de especiaria encontradas. Nem o imperador, nem a CHOAM. O barão ficaria com o mélange para si e o guardaria em suas vastas reservas.

Após os anos desastrosos de Abulurd, se o barão realizasse sequer *metade* do que era de fato capaz, a CHOAM e o Imperium já veriam uma melhora excepcional. Se os mantivesse contentes, jamais perceberiam o desvio considerável ou desconfiariam dos estoques secretos de especiaria dele. Um estratagema perigoso, caso fosse descoberto... mas o barão tinha seus meios para lidar com bisbilhoteiros.

Ao se aproximar da nuvem de poeira, ele pegou um binóculo e focalizou as lentes de óleo. A ampliação lhe permitia ver a usina de especiaria em ação. Com as esteiras gigantescas e a imensa capacidade de carga, aquela monstruosidade mecânica era incrivelmente cara — e valia cada solari gasto em sua manutenção. As escavadeiras agitavam poeira avermelhada cor de canela, areia cinza e lascas de pedra conforme engoliam a superfície do deserto e peneiravam a especiaria aromática.

Unidades móveis terrestres se espalhavam pela areia ao redor da usina, enterrando sondas, coletando amostras e mapeando a extensão do veio subterrâneo de especiaria. Um equipamento mais pesado sustentado por ornitópteros enormes aguardava acima, pairando em círculos. No entorno, aeronaves de vigia adejavam as areias de cima a baixo, com observadores atentos procurando ondulações indicativas de vermes. Bastaria um dos grandes vermes da areia de Arrakis para engolir a operação inteira de uma só vez.

— Milorde barão — chamou o piloto, entregando a haste do comunicador. — O capitão deseja falar com o senhor.

— Aqui é o barão. — Ele encostou na orelha para escutar o retorno. — Dê uma atualização. Quanto vocês encontraram?

Nas areias abaixo, com uma voz ríspida e uma postura irritante de indiferença em relação à importância do homem com quem estava falando, o capitão respondeu:

Duna: Casa Atreides

— Nesses dez anos de trabalho com equipes de especiaria, nunca vi nada como este depósito. O problema é que está bem no fundo. Normalmente, como o senhor sabe, encontramos a especiaria exposta ao ar livre. Desta vez, está com uma concentração densa, mas...

O barão esperou um instante.

— O que foi?

— Tem alguma coisa estranha aqui, senhor. Digo, quimicamente. Temos um vazamento de dióxido de carbono vindo de baixo, uma espécie de bolha subterrânea. A colheitadeira está escavando as camadas externas de areia para alcançar a especiaria, mas está saindo vapor de água também.

— Vapor de água!

Aquilo era algo inédito em Arrakis, onde a umidade do ar era quase indetectável, até mesmo nos melhores dias.

— Pode ser que seja um aquífero antigo, senhor. Talvez coberto por uma camada de rocha.

O barão nunca imaginara encontrar água corrente sob a superfície de Arrakis. Ele logo considerou a possibilidade de explorar o fluxo hídrico com a venda ao populacho, o que certamente irritaria os comerciantes de água. Mas eles já andavam convencidos demais da própria importância, de qualquer forma.

A voz grave do barão ribombou no comunicador:

— Você acha que isso está contaminando a especiaria de alguma forma?

— Não temos como saber, senhor — disse o capitão. — A especiaria é um negócio estranho, mas nunca vi um bolsão assim antes. Não parece... certo, por algum motivo.

O barão olhou para o piloto do tóptero.

— Faça contato com os vigias. Veja se eles já detectaram alguma trilha de verme.

— Nenhuma trilha de verme, milorde — disse o piloto, conferindo a resposta.

O barão percebeu o brilho de suor na testa do sujeito.

— Quanto tempo faz que a colheitadeira está lá embaixo?

— Quase duas horas-padrão, senhor.

O barão fez uma careta. Àquela altura, por certo algum verme já teria aparecido.

O piloto deixara o sistema de comunicação ativo sem perceber, e o capitão respondeu com sua voz ríspida:

— Também nunca tivemos tanto tempo assim, senhor. Os vermes sempre vêm. Sempre. Mas tem alguma coisa acontecendo aqui embaixo. Os gases estão aumentando. Dá para sentir o cheiro.

Respirando fundo no ar reciclado da cabine, o barão captou o aroma almiscarado de canela de mélange não processado, colhido no deserto. O ornitóptero voava em modo de espera a centenas de metros da colheitadeira principal.

— Também estamos detectando vibrações subterrâneas, uma espécie de ressonância. Não estou gostando disso, senhor.

— Você não é pago para gostar — retrucou o barão. — É um verme nas profundezas?

— Acho que não, senhor.

O barão conferiu os dados transmitidos pela colheitadeira. Os números eram impressionantes.

— Estamos obtendo, nesta única escavação, o equivalente a um mês de produção em meus outros locais. — Ele tamborilou os dedos na coxa direita.

— Mesmo assim, senhor, sugiro que nos preparemos para juntar tudo e abandonar o local. Podemos perder...

— De jeito nenhum, capitão — cortou o barão. — Não há nenhuma trilha de verme, e você já está com quase um carregamento completo da usina. Podemos descer um caleche e lhe dar uma colheitadeira vazia, se precisar. Não vou largar uma fortuna em especiaria só porque você está ficando nervoso... só porque está com uma *sensação* incômoda. Que ridículo!

Quando o líder da equipe tentou insistir, o barão o interrompeu uma segunda vez:

— Capitão, se você é um covarde inseguro, escolheu trabalhar na profissão errada e para a Casa errada. Prossiga. — Ele desligou o comunicador e registrou que precisava se lembrar de dispensar aquele homem o quanto antes.

Caleches pairavam no ar, prontos para retirar a colheitadeira de especiaria e os trabalhadores assim que um verme aparecesse. Mas por que estava demorando tanto? Os vermes sempre protegiam a especiaria.

Duna: Casa Atreides

Especiaria. Ele saboreou a palavra nos pensamentos e nos lábios.

Sob um véu de superstição, a substância era um fator desconhecido, um chifre de unicórnio da modernidade. E Arrakis era tão hostil que ninguém decifrara a origem do mélange até aquele momento. Nenhum explorador ou prospector encontrara a especiaria em qualquer outro planeta de toda a vastidão do Imperium, tampouco sintetizara um substituto, apesar de séculos de esforços. Como a Casa Harkonnen governava Arrakis e, portanto, controlava toda a produção de especiaria, o barão não tinha o menor interesse no desenvolvimento de substitutos ou na descoberta de outras fontes.

Especialistas no deserto localizavam a especiaria e o Imperium a utilizava — fora isso, ele não se interessava pelos detalhes. Sempre havia risco para os especieiros, o perigo de um verme atacar rápido demais, de um caleche enguiçar, de uma usina de especiaria não ser erguida a tempo, de uma tempestade de areia inesperada surgir a uma velocidade espantosa. O índice de baixas e de perda de equipamentos da Casa Harkonnen era assombroso... mas o mélange compensava quase todo custo em sangue ou dinheiro.

Enquanto o ornitóptero voava em círculos a um ritmo de vibração constante, o barão observou o espetáculo industrial lá embaixo. O sol intenso refletia no casco poeirento da usina. Vigias continuavam à espreita no ar e veículos terrestres se deslocavam no solo, colhendo amostras.

Ainda não havia trilha de verme, e cada segundo a mais permitia que os duneiros colhessem mais especiaria. Eles receberiam um bônus — menos o capitão — e a Casa Harkonnen ficaria mais rica. Os registros poderiam ser alterados depois.

O barão se virou para o piloto e comandou:

— Ligue para nossa base mais próxima. Mande vir mais um caleche e outra usina de especiaria. Este veio parece inesgotável. — A voz dele minguou: — Se até agora nenhum verme apareceu, pode ser que dê tempo...

O capitão da equipe de solo os chamou, transmitindo pela frequência geral, já que o barão desligara seu receptor.

— Senhor, nossas sondas indicam que a temperatura está aumentando na camada subterrânea mais profunda... Um pico acentuado! Está acontecendo alguma coisa lá embaixo, uma reação química. E uma de nossas equipes nos veículos terrestres acabou de invadir um ninho cheio de trutas da areia.

O barão rosnou, furioso porque o homem se comunicara em um canal desprotegido. E se algum espião da CHOAM estivesse ouvindo? Além do mais, ninguém dava a mínima para trutas da areia. As criaturas gelatinosas nas profundezas do deserto eram tão irrelevantes para ele quanto moscas esvoaçando ao redor de um cadáver abandonado.

Ele decidiu não se limitar a demitir aquele capitão fraco e negar-lhe um bônus. *Esse cretino frouxo deve ter sido escolhido a dedo por Abulurd.*

O barão viu silhuetas minúsculas de batedores se movimentando pela areia, correndo feito formiguinhas enlouquecidas por vapor de ácido. Estavam recuando às pressas para a usina de especiaria principal. Um homem pulou do veículo sujo e correu para a porta aberta da máquina imensa.

— O que aqueles homens estão fazendo? Estão abandonando seus postos? Desça mais para eu ver.

O piloto inclinou o ornitóptero e desceu como um besouro ameaçador na direção da areia. Abaixo, os homens se curvavam, tossiam e engasgavam enquanto tentavam cobrir o rosto com filtros. Dois caíram na areia fofa. Outros davam batidas desesperadas na usina de especiaria.

— Tragam o caleche! Tragam o caleche! — gritou alguém.

Todos os vigias se manifestaram:

— Nenhuma trilha de verme.

— Nada ainda.

— Tudo limpo daqui — informou um terceiro.

— Por que estão evacuando? — questionou o barão, como se o piloto fosse saber.

— Está acontecendo alguma coisa — gritou o capitão. — Onde está o caleche? Precisamos dele já!

Um movimento súbito sacudiu o chão. Quatro trabalhadores tropeçaram e caíram de cabeça na areia antes de alcançarem a rampa da usina de especiaria.

— Olhe ali, milorde! — O piloto apontou para baixo, com a voz cheia de espanto.

Duna: Casa Atreides

Quando parou de se concentrar nos homens covardes, o barão viu a areia tremer em volta de todo o local da escavação, vibrando como um tambor.

A colheitadeira de especiaria adernou e escorregou para o lado. Abriu-se uma fresta nas areias e o solo abaixo da escavação começou a inflar como uma bolha de gás em um poço de piche fervente de Salusa.

— Tira a gente daqui! — berrou o barão e, quando o piloto o encarou por uma fração de segundo, ergueu a mão esquerda com a velocidade de um chicote e bateu com força no rosto do sujeito. — Vai!

O piloto agarrou os controles do tóptero e os torceu para fazer uma subida íngreme. As asas articuladas bateram furiosamente.

No terreno abaixo, a bolha subterrânea estufada atingiu o ápice — e então estourou, arremessando para o alto a colheitadeira de especiaria, as unidades móveis e todo o resto da operação. Uma explosão de areia gigantesca lançou aos ares uma nuvem de pedras quebradas e especiaria laranja volátil. A usina colossal foi destruída e seus pedaços desintegraram-se feito trapos perdidos em uma tempestade de Coriolis.

— Mas que diabos aconteceu? — O barão arregalara os olhos escuros, incrédulo diante da absurda magnitude do desastre. Toda aquela preciosa especiaria havia sido perdida, engolida em um instante. Todos os equipamentos, destruídos. Ele mal tomou consciência das vidas perdidas, exceto pelo investimento perdido no treinamento de operários.

— Segure-se, senhor — exclamou o piloto. As articulações de seus dedos empalideceram nos controles.

Uma forte rajada de vento os atingiu. O ornitóptero blindado deu piruetas no ar, sacudindo as asas. Os motores rangeram, tentando manter a estabilidade, enquanto pelotas de areia em alta velocidade batiam nas escotilhas de vidroplás e os entupiam, provocando ruídos perturbadores de tosse. A aeronave perdeu altitude, mergulhando para a bocarra efervescente do deserto.

O piloto gritou palavras incompreensíveis. O barão se segurou nos cintos de segurança e viu o chão se aproximar feito a sola de uma bota invertida indo esmagar um inseto.

Como chefe da Casa Harkonnen, ele sempre pensara que morreria pelas mãos traiçoeiras de um assassino... Mas ser vítima de um desastre natural imprevisível? O barão quase achou aquilo engraçado.

Brian Herbert e Kevin J. Anderson

Durante a queda, ele viu a areia se abrir como uma ferida infeccionada. A poeira e o mélange não processado estavam sendo sugados para baixo, revirados por correntes de convecção e reações químicas. O fértil veio de especiaria se transformara em uma boca pustulenta pronta para devorá-los.

Mas o piloto, que durante o voo parecera fraco e suscetível a distrações, enrijeceu-se, concentrado e determinado. Seus dedos voaram no controle do leme aéreo e no manete, guiando o veículo para manobrar nas correntes e alternando o abastecimento de um motor a outro na intenção de expelir a areia que obstruía os dutos de ar.

O ornitóptero finalmente parou de girar, estabilizou-se e sobrevoou a planície de dunas em baixa altitude. O piloto soltou um longo suspiro de alívio.

No lugar da areia estratificada onde a cratera imensa se abrira, o barão viu vultos translúcidos cintilantes semelhantes a larvas em uma carcaça: trutas da areia, avançando para a explosão. Logo os vermes gigantes também apareceriam. Os monstros jamais resistiriam ao ímpeto.

Por mais que tentasse, o barão não conseguia compreender a especiaria. Nem um pouco.

O tóptero ganhou altitude, levando os dois homens na direção dos vigias e dos caleches que haviam sido pegos desprevenidos. Eles não conseguiram recuperar a usina de especiaria e a carga preciosa antes da explosão, e o barão não tinha a quem culpar — a não ser a si mesmo. Ele dera ordens explícitas para que ficassem fora de alcance.

— Você acabou de salvar minha vida, piloto. Qual é seu nome?

— Kryubi, senhor.

— Certo, Kryubi... você já viu algo assim antes? O que aconteceu lá embaixo? Qual foi a causa daquela explosão?

O piloto respirou fundo.

— Já ouvi os fremen falarem de algo que eles chamam de... *afloramento de especiaria.* — O homem exibia um feitio de estátua, como se o terror o tivesse transformado em alguém muito mais forte. — Acontece nas profundezas do deserto, onde poucas pessoas podem ver.

— Quem se importa com o que os fremen dizem? — O barão contraiu os lábios ao pensar nos nômades indigentes e imundos do vasto deserto. — Todo mundo já ouviu falar de afloramentos de especiaria,

Duna: Casa Atreides

mas ninguém chegou a ver um caso com os próprios olhos. São superstições malucas.

— É, mas superstições têm alguma base, em geral. Eles veem muitas coisas no deserto.

O barão admirou o piloto pela coragem de insistir, apesar de certamente ter ciência do temperamento e da tendência vingativa do líder Harkonnen. Talvez fosse sensato promovê-lo... Kryubi prosseguiu:

— Dizem que afloramentos de especiaria são explosões químicas, provavelmente resultado de uma massa pré-especiaria sob a areia.

O barão ponderou sobre aquela informação; não dava para negar os fatos diante de seus olhos. Talvez um dia alguém fosse capaz de compreender a verdadeira natureza do mélange para evitar desastres como aquele. Até o momento, como a especiaria parecia inesgotável para quem tivesse disposição de fazer um esforço, ninguém se dera ao trabalho de analisá-la detalhadamente. Por que perder tempo fazendo testes se existia a possibilidade de fazer fortuna? O barão detinha o monopólio em Arrakis, mas era um monopólio baseado em ignorância.

Ele cerrou os dentes e percebeu que seria obrigado a extravasar um pouco assim que voltassem a Cartago, a descarregar as tensões acumuladas em "divertimentos", talvez de forma um pouco mais vigorosa do que pretendera antes. Teria que encontrar alguém especial — ninguém que integrasse seu estoque regular de amantes, mas alguém que ele nunca fosse usar uma segunda vez. Assim ele não precisaria se comedir.

Não há mais necessidade de esconder este local do imperador, pensou ao olhar para baixo. Registrariam, catalogariam e documentariam a perda de operários e equipamentos. Não havia mais necessidade de manipular os registros. O velho Elrood não ficaria contente, e a Casa Harkonnen teria que absorver o prejuízo financeiro.

Enquanto o piloto contornava a área, os sobreviventes da equipe de duneiros avaliaram os estragos na superfície e informaram pelo comunicador as perdas de homens, equipamentos e cargas de especiaria. O barão sentiu a fúria crescer dentro de si.

Maldito Arrakis!, pensou consigo mesmo. *Maldita especiaria, e maldita dependência que temos dela!*

**Somos generalistas. Não é possível traçar linhas
definidas em torno de problemas planetários.
A planetologia é uma ciência que se faz sob medida.**

**— Pardot Kynes, tratado sobre a recuperação
ambiental de Salusa Secundus pós-holocausto**

No planeta imperial de Kaitain, edifícios imensos beijavam o céu. Esculturas magníficas e fontes escalonadas opulentas ornamentavam os passeios pavimentados de cristal, criando um cenário onírico. Era possível admirá-lo por horas a fio.

Pardot Kynes conseguiu captar só um vislumbre do espetáculo urbano enquanto os guardas reais o conduziam em uma marcha acelerada palácio adentro. Não tinham paciência para a curiosidade de um simples planetólogo, nem demonstravam qualquer interesse pelas maravilhas da cidade. O trabalho deles era acompanhar Kynes até o impressionante salão abobadado do trono, sem demora. O imperador do universo conhecido não podia ser obrigado a esperar em função do entretenimento de um reles turista.

Os membros da escolta de Kynes usavam farda cinza e preta impecável, adornada com galões e medalhas, todos os botões e penduricalhos polidos, todas as fitas alisadas e passadas. Quinze homens da seleta tropa do imperador, os Sardaukar, cercando-o como um exército.

Mesmo assim, o esplendor do mundo capital deixava Kynes impressionado. Ele se virou para o guarda mais próximo e disse:

— Geralmente fico no meio da terra, ou chafurdando em pântanos de planetas que ninguém mais quer visitar.

Ele nunca tinha visto, sequer imaginado, qualquer coisa parecida com aquilo em todos os lugares hostis e isolados que já estudara.

O guarda não reagiu ao comentário daquele forasteiro alto e magro. Os Sardaukar eram treinados como máquinas de combate, não conversadores.

— Aqui, me esfregaram até a terceira camada da pele e me vestiram feito um nobre. — Kynes puxou o tecido cordoado grosso do paletó azul-escuro e sentiu o cheiro do sabão e da própria pele. Acima de sua testa alta, o ralo cabelo castanho-claro fora penteado para trás.

Duna: Casa Atreides

A escolta avançou rápido por uma cascata aparentemente interminável de degraus de pedra polida, com detalhes rebuscados de filigrana dourada e sugemas leitosas e cintilantes.

Kynes se virou para o guarda à esquerda.

— Esta é minha primeira visita a Kaitain. Aposto que, trabalhando aqui o tempo todo, vocês nem reparam mais na vista, né?

As palavras que pronunciou foram acompanhadas de um sorriso melancólico, mas caíram em ouvidos moucos.

Kynes era experiente e respeitado como ecólogo, geólogo e meteorologista, com especializações também em botânica e microbiologia. Motivado, ele gostava de absorver os mistérios de mundos inteiros. Mas, com grande frequência, as pessoas propriamente ditas lhe permaneciam um mistério completo — como aqueles guardas.

— Kaitain é muito mais... confortável que Salusa Secundus. Eu cresci lá, sabia? — insistiu. — Também já fui a Bela Tegeuse, e lá, com dois sóis-anões, é quase tão ruim, escuro e deprimente quanto Salusa. — Sem resposta, Kynes finalmente virou o rosto para a frente, conformando-se a murmurar consigo mesmo: — O imperador padixá me pediu para atravessar metade da galáxia até aqui. Gostaria de saber o motivo.

Nenhum daqueles homens se dispôs a oferecer uma explicação.

A comitiva passou embaixo de um arco cravejado feito de rocha vulcânica vermelha que sustentava a imponente opressão da antiguidade extrema. Kynes olhou para cima e, com seus conhecimentos geológicos, reconheceu a pedra rara colossal: um arco antigo do mundo devastado de Salusa Secundus.

Kynes não entendia por que alguém ia querer preservar uma relíquia do mundo austero onde ele passara tantos anos, um planeta-prisão isolado com um ecossistema arruinado. Mas então se lembrou — com certo constrangimento por ter se esquecido — de que Salusa um dia fora a capital imperial, milênios antes... até o desastre que mudara tudo. Sem dúvida a Casa Corrino tinha levado o arco intacto até ali para servir de lembrete do passado, ou como troféu para mostrar que a família imperial superara adversidades com capacidade de destruir um planeta.

Quando a escolta Sardaukar passou pelo arco vulcânico e entrou no esplendor reverberante do palácio propriamente dito, soou uma fanfarra de instrumentos de metal que Kynes desconhecia. Ele nunca se mostrara um estudioso em música ou artes, nem mesmo na infância. Para que se dar ao trabalho quando havia tanto a absorver nas ciências naturais?

Logo antes de passar sob o teto cravejado de joias da imensa estrutura real, Kynes inclinou o pescoço para cima para olhar mais uma vez o céu, limpo e impecavelmente azul.

Na viagem até ali, dentro de um setor reservado do paquete da Guilda, Kynes se dedicara a aprender sobre o mundo capital, embora nunca na vida tivesse usado das habilidades de compreensão planetária para estudar um lugar tão civilizado. Kaitain havia sido planejado e engendrado meticulosamente, com passeios arborizados, arquitetura esplêndida, jardins bem irrigados, canteiros de flores e muito mais.

Informes oficiais do Império afirmavam que o clima era ameno, sempre temperado. Não ocorriam tempestades. Nenhuma nuvem maculava o firmamento. A princípio, Kynes pensou que talvez as referências fossem apenas propaganda turística, mas, durante a descida da embarcação de escolta ornamentada da Guilda, ele reparou na flotilha de satélites meteorológicos, a tecnologia que controlava o clima e — por meio de força bruta — mantinha Kaitain um lugar pacífico e sereno.

Engenheiros climáticos certamente eram capazes de impor ao clima uma condição que alguém, de modo insensato, decidira que era a ideal — mas eles o faziam pela própria conta e risco, criando um ambiente que resultava em transtornos da mente, do corpo e do espírito. A família imperial jamais entenderia aquilo. Ela seguia aproveitando o céu ensolarado e caminhando em meio aos arvoredos bem irrigados, alheia à catástrofe ambiental prestes a se desdobrar diante de seus olhos encobertos. Ficar naquele planeta e estudar os efeitos climáticos seria um desafio — mas Kynes tinha suas dúvidas de que fosse aquele o motivo pelo qual o imperador Elrood IX o convocara...

A tropa de escolta o conduziu pelo silêncio reverberante do palácio, passando por estátuas e pinturas clássicas. O enorme salão de audiências bem poderia ter sido uma arena para antigos eventos de gladiadores. O piso se estendia como uma planície lustrosa multicolorida de quadrados lajeados — cada pedra vinda de um planeta do Imperium. Mais nichos e alas eram acrescentados conforme o Imperium crescia.

Funcionários da corte circulavam em suas vestimentas garbosas e plumagens brilhantes, ostentando tecidos fabricados com filamentos de

Duna: Casa Atreides

metais preciosos. Com documentos em mãos, conduziam suas atividades inexplicáveis, corriam para reuniões e cochichavam entre si como se fossem os únicos a de fato compreender quais seriam as próprias atribuições.

Kynes era um alienígena naquele mundo político; ele sempre preferiria ambientes selvagens. Embora o esplendor o fascinasse, almejava a solidão, as paisagens inexploradas e os mistérios de floras e faunas desconhecidas. Aquele lugar efervescente logo lhe daria dor de cabeça.

Os guardas Sardaukar o escoltaram por um comprido corredor sob luzes prismáticas, dando passos bruscos ritmados que soavam como saraivadas de tiros; a única dissonância era provocada pelos tropeços de Kynes.

Mais adiante, em uma plataforma elevada de cristal verde-azulado, repousava o translúcido Trono do Leão Dourado, esculpido a partir de um único bloco de quartzo de Hagal. O assento deslumbrante estava ocupado pelo velho em pessoa: Elrood Corrino IX, soberano imperial do universo conhecido.

Kynes o observou. O imperador era um homem perturbadoramente cadavérico, emagrecido pelos anos, com uma cabeça grande e pesada sustentada por um pescoço fino. Cercado por um luxo tão incrível e uma riqueza tão dramática, o soberano idoso aparentava certa insignificância. E, no entanto, com apenas um gesto dos dedos nodosos, o imperador podia condenar planetas inteiros à aniquilação e matar bilhões de pessoas. Fazia quase um século e meio que Elrood ocupava o Trono do Leão Dourado. Quantos planetas pertenciam ao Imperium? Quantas pessoas aquele homem governava? Kynes se perguntou como alguém seria capaz de registrar uma quantidade tão assoberbante de informações.

Enquanto era conduzido à base da plataforma, Kynes abriu um sorriso hesitante para Elrood, mas então engoliu em seco, desviou o olhar e abaixou a cabeça. Ninguém se dera ao trabalho de orientá-lo quanto ao protocolo correto ali, e ele não se entendia com normas de etiqueta e apuro social. O leve odor de canela de mélange alcançou suas narinas; vinha de um caneco de cerveja de especiaria que o imperador mantinha em uma mesinha ao lado do trono.

Um pajem deu um passo à frente, assentiu para o líder da escolta Sardaukar, virou-se e anunciou, bradando em galach, o idioma comum:

Brian Herbert e Kevin J. Anderson

— O planetólogo Pardot Kynes!

Kynes endireitou os ombros e tentou manter a postura, questionando-se por que haviam feito uma apresentação tão estridente e portentosa se o imperador obviamente já sabia quem ele era... Por que outro motivo o chamaria ali? Ele se perguntou se devia cumprimentar, mas decidiu esperar e deixar a corte definir o rumo do encontro.

— Kynes, você me foi recomendado em alta conta — comentou o velho imperador, com uma voz rouca esganiçada devido a tantos anos professando ordens firmes. — Nossos conselheiros analisaram muitos candidatos, e *você* foi escolhido acima de todos os outros. O que acha disso?

O imperador inclinou o corpo para a frente e arqueou as sobrancelhas de modo que a pele se enrugou toda até o topo do crânio. Kynes murmurou algo sobre aquilo ser uma honra e um prazer, mas então pigarreou e fez a pergunta de verdade:

— Mas, senhor, para *que* exatamente fui escolhido?

Elrood deu uma risadinha e se recostou.

— Que revigorante ver alguém mais preocupado em saciar a própria curiosidade do que em falar a coisa certa ou bajular estes parasitas e palhaços idiotas. — Ao sorrir, o rosto de Elrood pareceu adquirir uma textura elástica, acentuando suas rugas. A pele dele tinha uma tonalidade cinzenta apergaminhada. — O relatório diz que você cresceu em Salusa Secundus e que escreveu tratados complexos e conclusivos sobre a ecologia do planeta.

— Sim, sire, hã, majestade. Meus pais eram burocratas, encarregados de trabalhar na sua prisão imperial de lá. Eu era pequeno e fui junto.

Na verdade, Kynes ouvira boatos de que a mãe ou o pai tinha desagradado Elrood de alguma forma, caindo em desgraça e recebendo a transferência para o planeta punitivo. Mas o jovem Pardot Kynes ficara fascinado por aqueles ermos. Depois de se livrar dos tutores, ele passava os dias explorando o ambiente devastado — fazia anotações e estudava os insetos, a vegetação rala e os animais resistentes que haviam conseguido sobreviver ao antigo holocausto atômico.

— Sim, sim, estou ciente — disse Elrood. — Algum tempo depois, seus pais foram transferidos para outro mundo.

Kynes assentiu.

— Correto, sire. Foram para Harmonthep.

Duna: Casa Atreides

O imperador fez um gesto com a mão para dispensar a referência.

— Mas depois você voltou para Salusa, por vontade própria?

— Bom, hã, eu ainda tinha muito o que aprender em Salusa — respondeu, reprimindo o impulso de dar de ombros, constrangido.

Kynes passara anos sozinho nos confins do planeta, desvendando os mistérios do clima e dos ecossistemas. Sofrera muitas agruras, suportara muito desconforto. Certa vez, chegara até a ser perseguido por tigres laza e sobrevivera. Depois, publicara um longo tratado sobre os anos lá, abrindo notáveis janelas de compreensão quanto ao outrora belo e então abandonado planeta capital do Império.

— A desolação total do lugar instigou meu interesse por ecologia. É muito mais interessante estudar um mundo... danificado. Acho difícil aprender qualquer coisa em um lugar civilizado demais.

Elrood riu do comentário do visitante e olhou em volta para que todos os outros membros da corte rissem junto.

— Como Kaitain, é?

— Com certeza aqui também tem lugares interessantes, sire — disse Kynes, torcendo para não ter cometido uma gafe imperdoável.

— Bem colocado! — trovejou Elrood. — Meus conselheiros fizeram uma boa escolha, Pardot Kynes.

Sem saber o que fazer ou dizer, o planetólogo abaixou a cabeça em uma mesura desajeitada.

Depois dos anos em Salusa Secundus, ele fora aos emaranhados pantanosos da escura Bela Tegeuse, depois para outros lugares que lhe despertavam o interesse. Conseguia sobreviver da terra em praticamente qualquer lugar; era um homem de poucas necessidades. Para ele, o mais importante era acumular conhecimento científico, olhando embaixo de pedras e averiguando quais segredos os processos naturais preservavam para ele descobrir.

Mas sua curiosidade estava atiçada. O que despertara uma atenção tão impressionante sobre ele?

— Se me permite perguntar de novo, majestade... o que exatamente o senhor tem em mente para mim? — E acrescentou rapidamente: — Claro que é um prazer servir da maneira como meu imperador desejar.

— Kynes, você foi reconhecido como verdadeiro intérprete de mundos, um homem capaz de analisar ecossistemas complexos a fim de explorá-los conforme as necessidades do Imperium. Nós o escolhemos para ir ao planeta desértico de Arrakis e operar seus milagres lá.

— Arrakis! — Kynes não conseguiu refrear o espanto (e, sim, *prazer*) diante da perspectiva. — Creio que a população nômade dos fremen o chame de "Duna".

— Não me importa o nome — retrucou Elrood, ligeiramente ríspido. — É um dos mundos mais desagradáveis, porém mais importantes, do Imperium. Você sabe, claro, que Arrakis é a única fonte da especiaria mélange.

Kynes assentiu.

— Sempre me perguntei por que nenhuma sonda conseguiu encontrar especiaria em outro mundo. E por que ninguém compreende como ela é criada ou depositada.

— *Você* vai descobrir as respostas para nós. Já passou da hora — disse o imperador.

Kynes se deu conta de repente de que talvez tivesse ultrapassado os limites e hesitou de leve. Lá estava ele, no mais imponente salão do trono entre um milhão de mundos, mantendo uma *conversa* de verdade com o imperador Elrood IX. Os outros membros da corte o encaravam, alguns com antipatia, alguns horrorizados, alguns com um deleite malicioso de quem esperava algum castigo severo a qualquer momento.

Mas logo Kynes começou a pensar na paisagem vasta de areias abrasivas, dunas majestosas e vermes da areia monstruosos — imagens que ele só vira em bibliofilmes. Tendo esquecido o pequeno lapso de decoro, prendeu a respiração e aguardou os detalhes da missão.

— A compreensão do segredo do mélange é de vital importância para o futuro do Imperium. Até o momento, ninguém dedicou tempo ou esforço para desvendar esses mistérios. As pessoas enxergam Arrakis como uma fonte inesgotável de riquezas e não querem saber de suas mecânicas ou de suas minúcias. É um pensamento superficial. — Ele fez uma pausa. — Esse é o desafio que você enfrentará, Pardot Kynes. Nós o instalaremos oficialmente como planetólogo imperial em Arrakis.

Ao emitir o pronunciamento, Elrood olhou para aquele homem desgastado de meia-idade e o avaliou consigo mesmo. Notou de chofre que Kynes não era um homem complexo: o rosto estampava explicitamente as emoções e as alianças. Os conselheiros da corte haviam indicado que Pardot Kynes era um homem absolutamente desprovido de ambições ou

Duna: Casa Atreides

obrigações políticas, cujo único interesse genuíno era o trabalho e a compreensão da ordem natural do universo. Nutria um fascínio infantil por lugares exóticos e ambientes hostis e, portanto, realizaria o serviço com inesgotável entusiasmo e forneceria respostas sinceras.

Elrood passara tempo demais de sua vida política cercado por aduladores artificiosos, mentecaptos subservientes que diziam o que pensavam que sua majestade queria ouvir. Mas aquele homem bronco cheio de constrangimento social não era como os outros.

Tornara-se mais importante ainda compreender os fatos por trás da especiaria e aprimorar a eficiência das vitais operações. Após sete anos da governança incompetente de Abulurd Harkonnen e dos acidentes e erros recentes cometidos pela ambição excessiva do barão Vladimir Harkonnen, o imperador estava preocupado com um gargalo na produção e na distribuição da especiaria. A especiaria *precisava* fluir.

A Guilda Espacial precisava de volumes extraordinários de mélange para preencher as câmaras lacradas de seus Navegadores mutantes. O próprio Elrood — e todas as classes superiores do Império — precisava de doses diárias (e crescentes) de mélange para manter a vitalidade e prolongar a vida. A Irmandade Bene Gesserit precisava usá-lo em seu treinamento para criar mais Reverendas Madres. Os Mentats precisavam para concentrar a mente.

Mas, ainda que discordasse de muitos dos atos recentes da gestão bruta do barão Harkonnen, Elrood não podia simplesmente tomar Arrakis para si. Resultado de décadas de manipulação política, a Casa Harkonnen tinha sido encarregada do planeta após a destituição da Casa Richese.

Fazia um milênio que a governadoria de Arrakis era uma concessão imperial, oferecida a alguma família selecionada para extrair as riquezas das areias por um prazo máximo de um século. Cada vez que o feudo mudava de mãos, bombardeavam o palácio com uma tempestade de súplicas e requisições. O apoio do Landsraad era acompanhado de muitas restrições, e algumas comprimiam o pescoço de Elrood como um nó de forca.

Embora fosse o imperador, ele ocupava uma posição de poder que dependia do equilíbrio cuidadoso e tenso de alianças com diversas forças, incluindo as Casas Maiores e Menores do Landsraad, a Guilda Espacial e conglomerados comerciais onipresentes como a CHOAM. Outras forças, ainda mais difíceis de lidar, preferiam se manter nos bastidores.

Preciso desestabilizar o equilíbrio. Esse assunto de Arrakis já se prolongou por tempo demais, pensou Elrood.

O imperador se inclinou para a frente, vendo que Kynes estava claramente explodindo de alegria e entusiasmo. Ele de fato *queria* ir ao mundo desértico — melhor ainda!

— Descubra tudo o que puder sobre Arrakis e me envie relatórios regulares, planetólogo. A Casa Harkonnen será orientada a lhe oferecer apoio irrestrito em termos de suporte e colaboração.

Mas certamente não vão gostar de ter um observador imperial bisbilhotando.

Recém-instalado na governadoria planetária, o barão Harkonnen estava na palma da mão do imperador, pelo menos por enquanto.

— Vamos fornecer tudo que for necessário para sua viagem — prosseguiu Elrood. — Prepare suas listas e entregue a meu secretário. Quando chegar a Arrakis, os Harkonnen receberão ordens para lhe conceder o que mais você precisar.

— Tenho poucas necessidades. Só preciso de meus olhos e de minha mente — respondeu Kynes.

— Certo, mas veja se consegue extrair do barão mais algumas amenidades.

Elrood sorriu de novo e dispensou Kynes. Percebeu que o planetólogo andava com um passo quase saltitante ao ser retirado do salão de audiências imperial.

Não criarás uma máquina à semelhança da mente de um homem.

— Principal mandamento resultante do Jihad Butleriano, inserido na Bíblia Católica de Orange

— O sofrimento é o grande professor da humanidade — disse o coro de atores velhos no palco, em uníssono perfeito.

Embora os artistas fossem simples aldeões da cidade que ficava abaixo do Castelo Caladan, haviam ensaiado bastante para a apresentação da peça oficial da Casa, encenada todos os anos. As fantasias eram coloridas, ainda que não totalmente autênticas. A cenografia — a fachada do palácio de Agamemnon, o pátio de laje calcária — exibia um realismo baseado apenas em entusiasmo e alguns quadros de bibliofilme da Grécia antiga.

A longa peça de Ésquilo já estava em cena havia algum tempo, e fazia calor na plateia reunida no ambiente abafado do teatro. Luciglobos iluminavam o palco e as fileiras de assentos, mas as tochas e os fogareiros em volta dos artistas acrescentavam uma fumaça aromática à ação.

Apesar do barulho alto dos ruídos de fundo, os roncos do Velho Duque ameaçavam percorrer toda a distância até os atores.

— Pai, acorda! — sussurrou Leto Atreides, dando uma cutucada nas costelas do duque Paulus. — A peça não chegou nem na metade.

Na cadeira da frisa particular, Paulus se remexeu e se endireitou, limpando migalhas imaginárias do tronco largo. Sombras dançaram em seu rosto fino enrugado e na volumosa barba pontilhada por fios grisalhos. Trajava uma farda preta dos Atreides, exibindo um timbre vermelho do gavião no lado esquerdo do peito.

— É só um monte de gente parada falando, garoto. — Paulus piscou na direção do palco, onde os velhos ainda não haviam se mexido muito. — E nós assistimos todo ano.

— A questão não é essa, Paulus, querido. As pessoas estão olhando — explicou a mãe de Leto, sentada do outro lado do duque. De pele escura e com um belo vestido, lady Helena levava a sério as palavras graves do coro grego. — Preste atenção ao contexto. Afinal de contas, é a história da *sua* família. Não da minha.

Brian Herbert e Kevin J. Anderson

Leto olhou de um ator para o outro, ciente de que a história familiar de sua mãe, da Casa Richese, guardava tanta grandiosidade e tantas perdas quanto a dos Atreides. Os Richese passavam por um momento de fragilidade financeira depois de uma "era de ouro" extremamente lucrativa.

A Casa Atreides professava origens que remontavam a mais de doze mil anos no passado, até os ancestrais filhos de Atreus na Velha Terra. A família estava abraçando sua longa história, apesar dos diversos incidentes trágicos e desonrosos nela contidos. Os duques tinham estabelecido a tradição anual de encenar a clássica tragédia de *Agamemnon*, o filho mais famoso de Atreus e um dos generais que haviam conquistado Troia.

De cabelo muito preto e rosto fino, Leto Atreides conservava forte semelhança com a mãe, embora tivesse o nariz aquilino e o perfil de ave de rapina do pai. O jovem assistiu à encenação em seus trajes formais desconfortáveis, com vaga consciência do contexto por trás daquela história, do que acontecia no restante do mundo na época. O autor da peça antiga esperara que a plateia compreendesse as referências arcanas. O general Agamemnon tinha sido um grande comandante militar em uma das guerras lendárias da história humana, muito antes da criação de máquinas pensantes que escravizaram a humanidade e muito antes de o Jihad Butleriano libertá-la.

Pela primeira vez em seus 14 anos, Leto sentiu nos próprios ombros o peso de suas origens lendárias; sentiu um vínculo com as visagens e as personalidades do passado turbulento da família. Um dia sucederia ao pai e também se tornaria parte da história da Casa Atreides. As circunstâncias estavam desgastando sua infância, transformando-o em homem. Era uma mudança perceptível.

— A fortuna sem cobiça é melhor — entoaram os velhos em uníssono. — Melhor que saquear cidades, melhor que seguir ordens alheias.

Antes de zarpar para Troia, Agamemnon sacrificara a própria filha para garantir ventos favoráveis dos deuses, o que fizera Clitemnestra, sua esposa desolada, tramar vingança durante os dez anos de ausência do marido. Naquele momento, após a última batalha da Guerra de Troia, várias fogueiras de sinalização eram acesas ao longo do litoral, enviando para casa a notícia da vitória.

— Toda a ação acontece fora de cena — murmurou Paulus, apesar de nunca ter sido nenhum grande leitor ou crítico literário. Ele vivia no pre-

Duna: Casa Atreides

sente, extraindo o máximo possível de experiência e realizações. Preferia passar o tempo com o filho ou com seus soldados. — Todo mundo está só parado na frente do cenário, esperando Agamemnon chegar.

Paulus detestava a inércia; sempre dizia ao filho que até uma decisão errada era melhor do que decisão nenhuma. Na peça, Leto achava que o pai se identificava mais com o grande general, um homem cujo temperamento se assemelhava ao do Velho Duque.

O coro dos velhos continuou entoando, silenciando-se quando Clitemnestra saiu do palácio para proferir um discurso e retomando as falas na sequência. Fingindo ter desembarcado de um navio, um arauto entrou em cena, beijou o chão e recitou um longo solilóquio:

— Agamemnon, rei glorioso! Mereces ser recebido com alegria por aniquilar Troia e o lar desse povo. Os altares de nossos inimigos estão em ruínas, nunca mais consolarão seus deuses, e o solo troiano agora é estéril.

Guerra e caos — aquilo fazia Leto pensar nos dias da juventude do pai, quando ele saíra para travar batalhas em nome do imperador, reprimindo uma revolta sangrenta em Ecaz e aventurando-se com o amigo Dominic, que se tornara o conde da Casa Vernius em Ix. Quando estava a sós com Leto, o Velho Duque falava muito e com grande carinho daquele período.

Na penumbra da frisa, Paulus soltou um suspiro alto demais, sem disfarçar o tédio. Lady Helena lançou um olhar afiado para ele e voltou a atenção de novo para a peça, reconstruindo a própria expressão para formar um sorriso mais plácido, caso alguém olhasse para ela. Leto abriu um sorriso torto compreensivo para o pai e Paulus respondeu com uma piscadela. O duque e a esposa desempenhavam seus papéis e se encaixavam com conforto nas próprias funções.

Finalmente, no palco abaixo, o vitorioso Agamemnon surgiu em cima de uma carruagem acompanhado da amante Cassandra, a profetisa que beirava a insanidade e que ele recebera como espólio de guerra. Enquanto isso, Clitemnestra organizava os preparativos para a chegada do detestado marido, fingindo amor e devoção.

O velho Paulus começou a afrouxar a gola da farda, mas Helena logo levantou a mão para o deter. O sorriso dela não vacilou.

Leto sorriu consigo mesmo diante daquele ritual que os pais executavam com frequência. A mãe sempre se esforçava para preservar o que ela chamava de "senso de decoro", mas o velho se portava com bem menos formalidade. Enquanto o pai o ensinava muito sobre governança e liderança, a mãe o instruía a respeito de etiqueta e estudos religiosos.

Filha dos Richese, lady Helena Atreides nascera em uma Casa Maior que perdera a maior parte de seu poder e prestígio em razão de disputas econômicas e intrigas políticas fracassadas. Após a destituição da governadoria planetária de Arrakis, a família de Helena resgatara parte da dignidade firmando uma aliança matrimonial acertada com os Atreides; algumas das irmãs dela foram desposadas por outras Casas.

Apesar das diferenças óbvias entre os dois, o Velho Duque dissera certa vez para Leto que amara Helena de verdade nos primeiros anos da união. Mas o sentimento se erodira com o tempo e ele se envolvera com muitas amantes, o que talvez tivesse resultado em filhos ilegítimos, embora Leto fosse o único herdeiro legítimo. Com o passar das décadas, formou-se um ressentimento entre os cônjuges que causou uma grande cisão. Naquele momento, o casamento deles era estritamente político.

— Foi por política que me casei para começo de conversa, garoto — dissera Paulus para o filho. — Eu nunca deveria ter tentado fazer com que a relação funcionasse de outro jeito. Em nossa classe, o matrimônio é um instrumento. Não estrague tudo tentando envolver amor nisso.

Leto às vezes se perguntava se Helena também chegara a amar o pai dele ou se o amor dela havia sido só pelo título e pela posição. Andava parecendo que ela assumira a função de cuidadora real de Paulus, com um esforço constante para mantê-lo asseado e apresentável. Era um atestado tanto da reputação dela quanto daquela do próprio duque.

No palco, Clitemnestra saudou o marido, estendendo tapeçarias púrpura pelo chão para que ele andasse sobre elas em vez de pisar na terra. Em meio a grande pompa e fanfarra, Agamemnon marchou palácio adentro enquanto a profetisa Cassandra se recusava a entrar, em um silêncio apavorado. Ela previu a própria morte e o assassinato do general, embora ninguém lhe tenha dado ouvidos.

Por meio de alianças políticas cultivadas meticulosamente, a mãe de Leto mantinha contato com outras Casas poderosas enquanto o duque Paulus estabelecia laços fortes com o povo comum de Caladan. A liderança dos duques Atreides se baseava em servir ao povo, e o pagamento que eles tomavam para si era apenas a renda justa dos empreendimentos

Duna: Casa Atreides

comerciais da família. Uma família de riquezas, mas não de excessos — não à custa dos cidadãos.

Na peça, quando o general estava na banheira, a esposa traiçoeira o prendeu com vestes púrpura e então esfaqueou tanto o marido quanto a amante oracular até a morte.

— Pelos deuses! Um golpe mortal me abateu! — gritou Agamemnon, fora de cena e fora de vista.

O velho Paulus deu um sorrisinho e se curvou para o filho.

— Já matei muitos homens em combate e até hoje nunca ouvi nenhum falar *isso* ao morrer!

Helena pediu silêncio.

— Valham-me os deuses, outro golpe! Vou morrer! — gritou a voz de Agamemnon.

Enquanto a plateia estava absorta pela tragédia, Leto tentava organizar os pensamentos sobre a situação em termos da relação que aquilo tinha com a própria existência. Afinal, supostamente era o legado de sua família.

Clitemnestra admitiu o assassinato, alegando vingança contra o marido pelo sacrifício sangrento da filha deles, pela promiscuidade em Troia e pela audácia de ter levado a amante Cassandra para a casa da esposa.

— Rei glorioso, nosso afeto é irrestrito, nossas lágrimas, infinitas — pranteou o coro. — A aranha o capturou em sua espectral teia de morte.

Leto sentiu um nó no estômago. A Casa Atreides cometera feitos horríveis no passado longínquo. Mas a família mudara, talvez motivada pelos fantasmas da história. O Velho Duque era um homem honrado, respeitado pelo Landsraad e amado pelo povo. Leto ansiava pelo mesmo quando fosse sua vez de liderar a Casa Atreides.

As últimas falas da peça foram declamadas e a companhia de atores marchou pelo palco, curvando-se para os líderes políticos e empresários da plateia, todos vestindo trajes finos condizentes com suas posições.

— Ainda bem que acabou — disse Paulus, suspirando, enquanto os luciglobos principais se acendiam no teatro. O Velho Duque se levantou e beijou a mão da esposa enquanto saíam da frisa real. — Pode ir, querida. Quero conversar com Leto. Espere por nós na recepção.

Helena lançou um olhar para o filho e seguiu pelo corredor do antigo teatro de pedra e madeira. A expressão dela indicava que sabia exatamente o que Paulus pretendia falar, mas estava se rendendo à tradição arcaica do marido de deixar os homens tratarem de "assuntos importantes" enquanto as mulheres se distraíam em outro lugar.

Comerciantes, empresários importantes e outras figuras respeitadas começaram a encher o corredor, bebericando vinho caladiano e saboreando aperitivos.

— Por aqui, garoto — instruiu o Velho Duque, entrando por uma porta para os bastidores.

Eles passaram por dois guardas Atreides, que prestaram continência. Dali, pegaram um tubo elevador para subir quatro andares até um camarim revestido de ouro. Luciglobos de cristal de Balut flutuavam no ar, iluminando em um tom laranja confortável. O ambiente, que antes servira de residência para um lendário ator caladiano, passara a ser de uso exclusivo da família Atreides e seus conselheiros mais próximos para ocasiões que pediam privacidade.

Leto se perguntou por que o pai o levara ali.

Após fechar a porta atrás de si, Paulus se acomodou em uma cadeira suspensa verde e preta e gesticulou para que Leto se sentasse em outra a sua frente. O jovem obedeceu e ajustou os controles para erguer mais a cadeira flutuante, de modo que pudesse olhar para o pai de igual para igual. Leto só fazia aquilo quando eles estavam a sós, sequer na presença da mãe, que consideraria o gesto inadequado e desrespeitoso. Por contraste, o Velho Duque enxergava no atrevimento e na energia do filho um reflexo divertido do comportamento que ele mesmo tivera na juventude.

— Você já tem idade, Leto — começou Paulus, tirando um cachimbo de madeira de um compartimento no braço da cadeira. Ele não perdia tempo com conversa fiada. — E precisa conhecer mais do que a própria casa. Então vou mandá-lo estudar em Ix.

Ele examinou o jovem de cabelo preto, tão parecido com a mãe, mas com uma pele mais clara, mais olivácea que a dela. O filho tinha um rosto fino com ângulos bem definidos e olhos cinzentos profundos.

Ix! Leto sentiu o coração acelerar. *O planeta das máquinas. Um lugar estranho e exótico.* Todos no Imperium sabiam da tecnologia e das inovações incríveis daquele mundo misterioso, mas poucos forasteiros o tinham visitado. Leto se sentiu desorientado, como se estivesse no convés de um barco durante uma tempestade. O pai adorava fazer surpresas

Duna: Casa Atreides

daquela sorte na intenção de testar se o filho reagiria bem a uma mudança de cenário.

Os ixianos encobriam suas atividades industriais com um rigoroso véu de sigilo. Diziam que eles beiravam os limites da legalidade e produziam dispositivos que quase violavam as proibições do Jihad contra máquinas pensantes. *Então por que meu pai vai me mandar para um lugar assim? E como isso foi combinado? Por que ninguém me perguntou?*

Uma robomesa brotou do chão ao lado de Leto e ofereceu um copo de suco de cidrit gelado. Os gostos do rapaz eram de conhecimento geral, assim como o fato de que o Velho Duque não ia querer nada além do cachimbo. Leto tomou um gole da bebida azeda e franziu os lábios.

— Você vai estudar lá por um ano, de acordo com a tradição das Grandes Casas aliadas — continuou Paulus. — A vida em Ix vai ser um contraste e tanto em relação a nosso planeta bucólico. Aprenda com isso.

O duque olhou para o cachimbo em sua mão. Feito com jacarandá-de-elacca, era marrom-escuro, com espirais que cintilavam à luz emitida pelos luciglobos.

— O senhor já foi lá, senhor? — Leto sorriu ao lembrar. — Para ver seu companheiro Dominic Vernius, certo?

Paulus tocou a placa de combustão na lateral do cachimbo, acendendo o tabaco, que na verdade era uma alga dourada rica em nicotina. Ele deu uma tragada profunda e exalou a fumaça.

— Muitas vezes. Os ixianos são uma sociedade insulada e não confiam em estrangeiros. Então você terá que passar por uma bateria de precauções de segurança, interrogatórios e exames. Eles entendem o risco fatal que é baixar a guarda por um instante sequer. Casas Maiores e Menores cobiçam e gostariam de tomar para si o que Ix detém.

— Os Richese, por exemplo — disse Leto.

— Não fale isso para sua mãe. Os Richese agora são só uma sombra do que já foram porque Ix os arrasou em uma guerra econômica total. — O pai se inclinou para a frente e pitou o cachimbo. — Os ixianos são mestres em sabotagem industrial e apropriação de patentes. Hoje em dia, os richesianos só servem para fazer cópias fajutas, sem qualquer inovação.

Leto refletiu sobre o comentário, novidade para ele. O Velho Duque soprou fumaça, estufando as bochechas e eriçando a barba.

— Por respeito a sua mãe, garoto, nós filtramos as informações que você recebeu. A Casa Richese sofreu um revés *muito* trágico. Seu avô, o conde Ilban Richese, tinha uma família grande e passava mais tempo com os filhos do que cuidando dos próprios interesses comerciais. Não é surpresa que os filhos tenham ficado mimados e que a fortuna dele tenha se dissipado.

Leto assentiu, atento, como sempre, ao que o pai falava. Mas ele já sabia mais do que Paulus imaginava; escutara em segredo holodiscos e bibliofilmes a que ele tivera acesso sem que suas censoras percebessem. Naquele momento, porém, lhe ocorreu que talvez tivesse sido tudo intencional, parte de um plano para fazer a história da família da mãe dele se abrir para ele como uma flor, uma pétala de cada vez.

Além de seu interesse familial por Richese, Leto ficara sempre igualmente intrigado por Ix. Antes uma concorrente industrial de Richese, a Casa Vernius de Ix sobrevivera como uma potência tecnológica. A família real ixiana era uma das mais ricas do Imperium — e ele iria estudar lá.

As palavras do pai interromperam seus pensamentos:

— Seu parceiro de treinamento será o príncipe Rhombur, herdeiro do título de nobreza da Casa Vernius. Espero que se deem bem. Vocês são mais ou menos da mesma idade.

O príncipe de Ix. Os pensamentos de Leto voaram longe e ele torceu para que o rapaz não fosse mimado, como tantos outros filhos de famílias poderosas do Landsraad. Por que não podia ter sido pelo menos uma princesa, alguém com o rosto e a silhueta como os daquela filha de um banqueiro da Guilda que ele conhecera no mês anterior durante o Baile do Solstício das Marés?

— Então... como é esse príncipe Rhombur? — perguntou Leto.

Paulus riu, um som estrepitoso que sugeria uma vida inteira de farras e histórias vulgares.

— Ora, não faço ideia. Faz tempo que não vou à casa de Dominic e Shando, a esposa dele — respondeu ele, e então sorriu pensando em alguma piada interna. — Ah, Shando... Ela já foi uma concubina imperial, mas Dominic a roubou debaixo do nariz do velho Elrood. — Ele deu uma risadinha alta e impertinente. — Agora eles têm um filho... e uma filha também. O nome dela é Kailea. — Com um sorriso enigmático, o Velho Duque con-

Duna: Casa Atreides

tinuou: — Você tem muito a aprender, meu filho. Daqui a um ano, você e Rhombur virão estudar em Caladan, uma troca de serviços educativos. Vão ser levados às plantações de arroz-pundi nas terras baixas e úmidas do continente sul, para morar em barracos e trabalhar na lavoura. Vão viajar debaixo do mar dentro de uma câmara de Nells e mergulhar para colher gemas-de-coral. — Ele sorriu de novo e deu um tapinha no ombro do filho. — Algumas coisas não podem ser ensinadas em bibliofilmes ou salas de aula.

— Sim, senhor.

Leto sentiu o cheiro de iodo adocicado do tabaco de alga. Franziu o cenho, na esperança de que a fumaça disfarçasse a expressão. Aquela mudança de vida drástica e inesperada não era algo que ele apreciasse, mas respeitava o pai; tinha aprendido, após muitas lições difíceis, que o Velho Duque sabia exatamente do que estava falando e que era movido apenas por um grande desejo de garantir que o filho seguisse seus passos.

O duque se recostou na cadeira suspensa, balançando-se no ar.

— Garoto, dá para ver que você não está muito contente, mas essa experiência será vital para você e o filho de Dominic. Aqui em Caladan, vocês dois vão aprender nosso maior segredo: a forma como inspiramos a intensa lealdade de nossos súditos e o motivo pelo qual temos uma confiança implícita em nosso povo enquanto os ixianos não têm no deles. — Paulus assumiu um tom mais sério, sem a menor sombra de humor no olhar, e continuou: — Meu filho, há algo mais essencial do que qualquer coisa que você vá aprender em um mundo industrial: as pessoas são mais importantes que as máquinas.

Era um adágio que Leto já ouvira muitas vezes; o ditado fazia parte de quem ele era, quase tão vital quanto o ato de respirar.

— É por isso que nossos soldados lutam tão bem — disse Leto.

Paulus se inclinou para a frente no meio da espiral de fumaça da última baforada.

— Um dia você vai ser duque, garoto, patriarca da Casa Atreides e representante respeitado no Landsraad. Sua voz lá terá o mesmo peso da palavra de qualquer outro líder das Grandes Casas. É uma responsabilidade e tanto.

— Eu vou dar conta.

— Sei que vai, Leto... mas se permita relaxar um pouco. O povo percebe quando você não está feliz e, quando o duque não está feliz, a população não fica feliz. Deixe a pressão passar por cima e através de você; assim, ela não tem como lhe fazer mal. — Ele apontou um dedo disciplinador. — Divirta-se mais.

Diversão. Leto pensou de novo na filha do banqueiro da Guilda, visualizando as curvas dos seios e do quadril dela, o contorno úmido da boca, a forma provocante como ela olhara para ele.

Talvez o filho não fosse tão sério quanto o pai imaginava...

Leto tomou mais um gole do suco de cidrit, deixando o frescor azedo se dissipar na garganta.

— Senhor, considerando sua lealdade comprovada, a fidelidade notória dos Atreides em relação a seus aliados, por que os ixianos insistem em nos submeter aos processos inquisitivos deles? Acha que um Atreides, mesmo infundido com tudo isso, seria capaz de se tornar um traidor? Seria possível acabarmos como... como os Harkonnen?

O Velho Duque fechou a cara.

— Houve um tempo em que não éramos tão diferentes deles, mas você ainda não está pronto para ouvir essas histórias. Lembre-se da peça que acabamos de ver. — Ele ergueu o dedo. — As coisas mudam no Imperium. Alianças se formam e se dissolvem por mero capricho.

— Não as *nossas* alianças.

Paulus fitou os olhos cinzentos do menino e então desviou o olhar para um canto onde a fumaça do cachimbo rodopiava nas cortinas grossas.

Leto suspirou. Tinha tanta coisa que ele queria saber, e rápido. Mas estava recebendo as informações aos poucos, como se fossem canapés em uma das festas chiques da mãe dele.

Do lado de fora, eles ouviram a movimentação das pessoas saindo do teatro. Os atores deviam estar descansando, trocando de figurino, preparando-se para a sessão seguinte de *Agamemnon*.

Sentado naquela sala privativa com o pai, Leto se sentiu mais homem do que nunca. Talvez na vez seguinte ele acendesse um cachimbo para si e bebesse algo mais forte que suco de cidrit. Paulus o observou com um brilho de orgulho nos olhos.

Leto retribuiu o sorriso e tentou imaginar como seria a experiência de ser o duque Atreides — e então sentiu uma onda súbita de culpa ao se

Duna: Casa Atreides

dar conta de que o pai precisaria morrer antes para que ele pudesse colocar no dedo o anel do sinete ducal. Ele não queria aquilo e sentia-se grato por ainda faltar muito tempo. Era um futuro remoto demais para considerar.

GUILDA ESPACIAL: uma das pernas do tripé político que sustenta a Grande Convenção. A Guilda foi a segunda escola de treinamento físico-mental (*veja-se* Bene Gesserit) a surgir depois do Jihad Butleriano. O monopólio da Guilda sobre o transporte e as viagens espaciais, bem como sobre o sistema bancário internacional, é considerado o marco zero do Calendário Imperial.

— Terminologia do Imperium

Do alto do Trono do Leão Dourado, o imperador Elrood IX fechou a cara para o homem de ombros largos que exalava confiança demais na base da plataforma real, apoiando uma das botas, provavelmente ainda suja, no primeiro degrau. Com uma careca lustrosa feito uma esfera de mármore em um corrimão, o conde Dominic Vernius continuava se portando como um popular herói de guerra condecorado, embora aqueles dias estivessem distantes no passado. Elrood duvidava que alguém ainda se lembrasse dos imprudentes dias de glória do sujeito.

Aken Hesban, o secretário imperial, apressou-se a se aproximar do visitante para exigir, com um tom brusco, que tirasse o pé ofensivo dali. Hesban tinha um rosto lívido, com a boca envolta por um longo bigode caído. Os últimos raios do sol da tarde de Kaitain atingiam o alto de uma parede e cascateavam rios dourados através das janelas prismáticas estreitas.

O conde Vernius de Ix tirou o pé, conforme orientado, mas continuou encarando Elrood com cordialidade. O brasão ixiano, uma hélice púrpura e cobre, lhe adornava a gola da túnica. Embora a Casa Corrino fosse imensamente mais poderosa que a família governante de Ix, Dominic tinha o hábito enlouquecedor de tratar o imperador de igual para igual, como se a história passada deles — as partes boas e as ruins — lhe permitisse se abster de formalidades. O secretário Hesban não aprovava aquilo nem um pouco.

Décadas antes, Dominic liderara legiões de forças imperiais durante as violentas guerras civis e, desde então, deixara de nutrir um respeito

Duna: Casa Atreides

genuíno pelo imperador. Elrood arranjara uma confusão política no meio de seu casamento impulsivo com Habla, sua quarta esposa, obrigando alguns líderes do Landsraad a usar o poderio militar de suas Casas para restaurar a estabilidade. A Casa Vernius de Ix fora uma delas, assim como a dos Atreides.

Dominic estava sorrindo sob seu bigode extravagante e olhava para Elrood com um ar de desinteresse. Aquele abutre velho não havia conquistado o trono por grandes feitos ou por compaixão. Ele se lembrou de algo que seu tio-avô Gaylord dissera certa vez: "Se você nasce com poder, precisa realizar bons feitos para provar que merece... ou então abrir mão de tudo. Fazer menos que isso é agir de modo impensado".

De pé sobre o piso quadriculado de placas de pedra polida — supostamente amostras de todos os mundos do Imperium —, Dominic aguardava impaciente que Elrood se pronunciasse. *Um milhão de mundos? Impossível ter isso tudo de pedra aqui, mas eu é que não vou contar.*

O secretário o encarou como se sua dieta fosse exclusivamente à base de leite azedo. Contudo, o conde Vernius também sabia jogar e se recusou a vacilar ou a perguntar sobre o propósito da convocação. Apenas ficou parado, sorrindo para o velho. A expressão e os olhos fulgurantes de Dominic insinuavam ciência dos constrangedores segredos pessoais do velho, mais do que Shando de fato lhe confessara — mas a desconfiança importunava Elrood como um felcravo de Elacca lhe perfurando as costelas.

Houve um movimento no lado direito e, entre as sombras de uma porta em arco, Dominic viu uma mulher de manto preto — uma daquelas bruxas Bene Gesserit. Não enxergou o rosto dela, parcialmente encoberto por um capuz. Notórias acumuladoras de segredos, as Bene Gesserit estavam sempre perto dos centros de poder, sempre observando... sempre manipulando.

— Não vou perguntar se é verdade, Vernius — disse enfim o imperador. — Minhas fontes são inequívocas, e sei que você cometeu esse ato terrível. Tecnologia ixiana! Rá!

Elrood fez um movimento com os lábios murchos, como se fosse soltar uma cusparada. Dominic sequer olhou para cima — o imperador sempre superestimava a eficácia dos próprios gestos melodramáticos — e continuou sorrindo, mostrando muitos dentes.

— Não estou ciente de ter cometido qualquer "ato terrível", sire. Pergunte a sua Proclamadora da Verdade, se não acredita em mim. — Ele lançou um olhar de esguelha para a Bene Gesserit de manto escuro.

— É uma questão meramente semântica... Não se faça de idiota, Dominic.

Mais uma vez, o conde só esperou, obrigando o imperador a enunciar explicitamente a acusação.

Elrood bufou, e o secretário bufou junto.

— A droga de seu novo modelo de paquete vai permitir que a Guilda, com aquele maldito monopólio sobre o transporte espacial, aumente a capacidade de carga de cada viagem em *dezesseis por cento*!

Dominic fez uma mesura, mantendo um sorriso ameno.

— Na verdade, conseguimos atingir um aumento de dezoito por cento, vossa majestade. É uma melhoria considerável em relação ao modelo anterior, incluindo não só um casco novo, mas também uma tecnologia de escudo mais leve que ocupa menos espaço. Portanto, um progresso em eficiência. Isso é justamente o cerne da inovação ixiana, que garantiu por séculos a grandeza da Casa Vernius.

— Sua alteração reduz a quantidade de viagens que a Guilda precisa fazer para transportar o mesmo volume de carga.

— Ora, claro, sire. — Dominic olhou para o velho como se ele fosse incrivelmente estúpido. — Aumentando a capacidade de cada paquete, a quantidade de viagens necessária para transportar a mesma quantidade de material diminui. É uma simples questão matemática.

— Seu novo modelo causa grandes dificuldades para a Casa Imperial, conde Vernius — interferiu Aken Hesban, apertando o colar oficial como se fosse um lenço. O bigode comprido lembrava as presas de uma morsa.

— Bom, creio que o raciocínio limitado por trás de sua preocupação seja compreensível, *sire* — disse Dominic, sem se dar ao trabalho de olhar para o secretário empertigado. A tributação imperial se baseava na quantidade de viagens, não no volume de carga, então o novo modelo de paquete resultava em uma redução considerável de arrecadação para a Casa Corrino. O conde abriu as mãos grandes cheias de cicatrizes, com um ar de extrema razoabilidade. — Mas como vossa majestade cogita pedir

Duna: Casa Atreides

para impormos um freio ao progresso? Ix não infringiu de modo algum as restrições da Grande Rebelião. Temos pleno apoio da Guilda Espacial e do Landsraad.

— Você fez isso sabendo que provocaria minha ira? — Elrood se inclinou para a frente no trono enorme, assemelhando-se ainda mais a um abutre.

— Ora, sire! — Dominic riu, desmerecendo a preocupação do imperador. — Emoções pessoais não podem interferir na marcha do progresso.

Elrood se levantou do assento e o manto oficial folgado que cobria seu corpo esquelético ficou parecendo um toldo.

— Não posso renegociar com a Guilda para conseguir um tributo baseado em volume de carga, Vernius. Você sabe disso!

— E eu não posso mudar as simples leis da economia e do comércio. — O conde balançou a careca lustrosa e deu de ombros. — São só negócios, Elrood.

Os membros da corte prenderam a respiração, em choque com o tom cândido e familiar que Dominic Vernius usou para se dirigir ao imperador.

— Ponha-se em seu lugar — alertou o secretário.

Mas Dominic o ignorou e prosseguiu:

— As modificações desse modelo afetam muita gente, e de forma positiva na maioria dos casos. Nossas únicas preocupações são o progresso e a prestação do melhor serviço possível para a Guilda Espacial, nossa cliente. Um paquete novo custa mais do que a maioria dos sistemas planetários fatura durante um ano-padrão.

Elrood o encarou.

— Talvez esteja na hora de meus administradores e licenciadores conduzirem uma inspeção em suas instalações industriais. — A voz dele guardava um tom de ameaça. — Existem relatos de que cientistas ixianos estariam desenvolvendo máquinas pensantes ilegais em segredo, uma violação do Jihad. Também recebemos queixas de repressão contra sua classe operária suboide. Não foi, Aken?

O secretário assentiu severamente.

— Sim, majestade.

— Esses boatos não existem. — Dominic deu uma risadinha, mas com uma nota de incerteza. — Em absoluto, não há indício algum.

Brian Herbert e Kevin J. Anderson

— Infelizmente foram informes anônimos e, portanto, não há registro. — O imperador tamborilou com os dedos de unhas compridas, um sorriso sincero se formou em seu rosto. — É, creio que seria oportuno conduzir uma inspeção de surpresa em Ix... antes que você possa transmitir um aviso e providenciar a ocultação de qualquer coisa.

— As operações internas de Ix estão além da sua jurisdição, de acordo com o pacto há muito estabelecido entre o Imperium e o Landsraad. — Dominic ficara irritado, mas tentou manter a compostura.

— Não firmei qualquer pacto desta natureza. — Elrood olhou para as próprias unhas. — E sou imperador há muito, muito tempo.

— Seu antecessor firmou, e você está sujeito a ele.

— Detenho o poder para fazer e romper pactos. Você parece não compreender que sou o *imperador* padixá e que posso fazer o que bem entender.

— O Landsraad não vai se calar diante disso, *Roody*. — Dominic se arrependeu na mesma hora de ter usado o apelido. Quis voltar atrás, mas era tarde demais.

Rubro de fúria, o imperador se levantou de um salto e apontou um dedo acusatório e trêmulo para Dominic.

— Como ousa?!

Os guardas Sardaukar se puseram de prontidão e prepararam as armas.

— Se insistir em uma inspeção imperial, sire, serei obrigado a resistir e registrar uma queixa formal na justiça do Landsraad — disse Dominic, com um gesto de desdém indiferente. — Vossa majestade não tem um caso concreto, e sabe muito bem disso. — Ele fez uma mesura e recuou. — Estou extremamente ocupado, sire. Com a sua licença, devo ir embora.

Elrood o encarou, ofendido pela alcunha que Dominic empregara. *Roody*. Os dois sabiam que aquele apelido pessoal específico tinha sido usado apenas por uma ex-concubina de Elrood, a bela Shando... que se tornara lady Vernius.

Após a Rebelião de Ecaz, o imperador Elrood condecorara o jovem e corajoso Dominic e lhe outorgara uma expansão de seu feudo para incluir outros mundos no sistema Alkaurops. A convite de Elrood, o conde Vernius passara muito tempo na corte, um herói de guerra para servir de enfeite em banquetes imperiais e eventos de Estado. Com sua energia

Duna: Casa Atreides

calorosa, ele gozara de grande popularidade, estabelecendo-se como um hóspede bem-vindo e um companheiro divertido e orgulhoso no salão de banquete.

Foi quando Dominic conheceu Shando, uma das muitas concubinas do imperador. Na época, Elrood não estava casado com ninguém; Habla, sua quarta e última esposa, havia morrido cinco anos antes, e ele já tinha dois herdeiros do sexo masculino (ainda que Fafnir, o mais velho, viesse a morrer envenenado naquele mesmo ano). O imperador mantinha um séquito de belas mulheres, mas sobretudo no intuito de preservar as aparências, já que ele raramente levava Shando ou qualquer outra concubina para a cama.

Dominic e Shando haviam incorrido no perigo de se apaixonar, mantendo a relação em segredo por vários meses. Era evidente que o monarca tinha perdido o interesse por ela passados cinco anos; quando ela pedira para ser dispensada do serviço e sair da Corte Imperial, Elrood — apesar da perplexidade — aceitara. Ele nutria um carinho pela moça e não via motivo para rejeitar um simples pedido.

As outras concubinas tinham achado que Shando era ignorante por abrir mão de tantas riquezas e tanto conforto, mas ela já estava cansada da vida de luxo e queria um casamento de verdade, com filhos. Elrood, claro, jamais a desposaria.

Livre do serviço imperial, ela logo se casara com Dominic Vernius, concluindo os votos com um mínimo de pompa e cerimônia, mas com uma legalidade incontestável.

Ao descobrir que outra pessoa a desejava, com seu orgulho masculino, Elrood mudara de ideia de repente — mas já era tarde demais. Passara a se ressentir de Dominic desde então, assumindo a postura de alguém traído, agindo como paranoico ao imaginar que segredos íntimos Shando compartilharia com o marido.

Roody.

A bruxa Bene Gesserit que pairava perto do trono mergulhou ainda mais nas sombras atrás de uma coluna sarapintada de granito de Canidar. Dominic não soube dizer se a mulher encapuzada estava satisfeita ou irritada com as circunstâncias.

Esforçando-se para não vacilar nem se apressar demais, Dominic passou cheio de confiança por um par de Sardaukar e rumou para o corredor externo. Com um sinal de Elrood, os guardas poderiam executá-lo imediatamente.

Dominic apertou o passo.

Os Corrino eram conhecidos pela postura intempestiva. Em mais de uma ocasião, a família tivera que compensar vítimas de suas reações impulsivas e impensadas, recorrendo à vasta fortuna para pagar indenizações. O assassinato do líder da Casa Vernius durante uma audiência imperial poderia muito bem ser um desses atos intempestivos — não fosse o envolvimento da Guilda Espacial. A instituição agraciara Ix com atenção e benefícios suplementares — além de ter adotado o novo modelo de paquete —, e nem mesmo o imperador e seus brutais Sardaukar estavam dispostos a se opor à Guilda.

Eram circunstâncias irônicas, considerando o poderio militar da Casa Corrino, pois a Guilda não detinha forças de combate nem armamento próprio. Porém, sem a Guilda e seus Navegadores, capazes de encontrar uma rota segura pelo espaço dobrado, não haveria viagem espacial nem bancos interplanetários — tampouco um império para Elrood governar. A Guilda tinha o poder de interromper suas benesses a qualquer momento, abandonando exércitos e decretando fim a campanhas militares. De que adiantariam os Sardaukar se eles não tivessem permissão para sair de Kaitain?

Quando enfim chegou ao portão principal de saída do Palácio Imperial, passando sob o arco vulcânico salusano, Dominic aguardou enquanto três guardas o submetiam a uma revista de segurança.

Infelizmente, a proteção da Guilda tinha seus limites.

Dominic não respeitava nem um pouco o velho imperador. Até tentara disfarçar o desprezo que sentia por aquele patético soberano de um milhão de mundos, mas havia cometido o grave erro de se permitir pensar no imperador como um reles homem, ex-amante de sua esposa. Humilhado, Elrood era capaz de aniquilar um planeta inteiro em um surto de raiva. Era do tipo vingativo. Todo Corrino era.

Tenho meus contatos, pensou Elrood ao ver o adversário sair. *Posso subornar alguns trabalhadores que estão produzindo componentes para esses paquetes aprimorados — mas talvez seja difícil, já que dizem que os suboides não pensam. Caso não seja possível, Dominic, posso achar outras pessoas que você tenha rejeitado e menosprezado. Seu erro será ter um dia as subestimado.*

Duna: Casa Atreides

Elrood mentalizou a imagem da bela Shando e relembrou os momentos mais íntimos compartilhados pelos dois décadas antes. Os lençóis púrpura de seda-merh, a cama enorme, os incensários, os luciglobos espelhados. Como imperador, qualquer mulher que desejasse estava a seu alcance — e ele escolhera Shando.

Ela havia sido sua concubina preferida por dois anos, até mesmo quando Habla ainda era viva. Pequena e delicada, Shando exibia a aparência frágil de boneca de porcelana cultivada durante seus anos em Kaitain; mas Elrood sabia que, no fundo, ela era dotada de uma resiliência e de uma força interior sensatas. Os dois gostavam de decifrar juntos charadas em vários idiomas. Shando sussurrava "Roody" no ouvido dele quando o monarca a convidava ao quarto imperial; e exclamava o apelido bem alto nos momentos de clímax da paixão.

Elrood ouviu a voz dela na memória. *Roody... Roody... Roody...*

Contudo, na condição de plebeia, Shando não era uma opção adequada para ele desposar. Nem considerara tal possibilidade. Raras vezes os líderes das Casas reais se casavam com suas concubinas, e um imperador *jamais* o fizera. O jovem e elegante Dominic, cheio de artimanhas e elogios, convencera Shando a solicitar a liberdade, enganando Elrood, e depois escapulira com ela para se casar em segredo em Ix. O espanto do Landsraad avultou-se depois, e, apesar do escândalo, os dois continuaram casados durante todos aqueles anos.

Não obstante os apelos de Elrood, o Landsraad se recusara a tomar providências. Afinal, Dominic se casara com a moça e o imperador jamais tivera qualquer intenção de fazê-lo. Estava tudo dentro da lei. Apesar do ciúme mesquinho, Elrood não podia alegar que Shando havia sido adúltera de acordo com qualquer parâmetro legal.

Mas Dominic Vernius sabia do apelido íntimo que ela só usava com o ex-amante. O que mais Shando contara ao marido? Aquilo consumia Elrood como uma pústula-poritrina.

Na tela de um monitor de segurança de pulso, ficou observando Dominic no portão principal, sendo envolvido pelo clarão dos raios de um sensor que era mais uma máquina sofisticada de Ix.

Poderia mandar um sinal e as sondas destruiriam a mente do sujeito, deixando-o em estado vegetativo. *Um pico de energia inesperado... um acidente terrível...* Que irônico seria se Elrood usasse justamente um sensor ixiano para matar o conde de Ix.

Brian Herbert e Kevin J. Anderson

Ah, como ele queria! Mas não era o momento certo. Talvez aquilo levantasse perguntas constrangedoras ou provocasse até mesmo uma investigação. A vingança exigia sutileza e planejamento. Desse modo, a surpresa e o triunfo subsequente seriam muito mais satisfatórios.

Elrood desligou o monitor e a tela escureceu.

De pé ao lado do trono vultuoso, o secretário Aken Hesban não perguntou por que o imperador estava sorrindo.

A função mais elevada da ecologia
é a compreensão das consequências.

**— Pardot Kynes, "Ecologia de Bela Tegeuse",
relatório inicial para o Imperium**

Acima da navalha do horizonte, os tons pastéis do sol nascente invadiram a atmosfera bruxuleante. Em um breve instante, a imobilidade pura de Arrakis permitiu que a luz cálida se derramasse pela paisagem corrugada... uma inundação súbita de brilho e calor crescentes. O sol branco se ergueu acima do horizonte, sem muita luminosidade prévia no céu árido.

Tendo enfim chegado ao mundo desértico, Pardot Kynes respirou fundo e só depois se lembrou de cobrir o nariz e a boca com a máscara para evitar a perda extrema de umidade. Uma brisa suave soprou seu ralo cabelo castanho-claro. Fazia apenas quatro dias que estava em Arrakis, mas já sentia que aquele lugar estéril reservava mais mistérios do que uma vida inteira seria capaz de revelar.

Ele preferia que tivesse sido deixado por conta própria. Queria perambular sozinho pelo Grande Bled com seus instrumentos e diários, estudando as características das rochas vulcânicas e as camadas estratificadas das dunas.

Contudo, quando Glossu Rabban, sobrinho do barão e herdeiro da Casa Harkonnen, anunciara sua intenção de adentrar as profundezas do deserto para caçar um dos lendários vermes da areia, aquela tinha sido uma oportunidade boa demais para Kynes ignorar.

Como um reles planetólogo na comitiva, mais cientista que guerreiro, Kynes se sentia um forasteiro deslocado. Os soldados de deserto dos Harkonnen estavam equipados com armas e explosivos do arsenal blindado central. Tinham viajado em um transporte de tropas guiado por um homem chamado Thekar, que dizia já ter morado em um vilarejo do deserto, embora atuasse como comerciante de água em Cartago naquele momento. Sua aparência era mais fremen do que ele admitia, mas pelo visto nenhum Harkonnen reparara.

Rabban não montara um plano específico para encontrar uma das imensas criaturas sinuosas. Não queria ir para um local de colheita de especiaria, a fim de evitar que sua tropa atrapalhasse os trabalhos. Queria ele mesmo rastrear e matar um verme. Estava simplesmente levando todos os armamentos que conseguira imaginar e contando com o próprio talento instintivo para a destruição...

Dias antes, Kynes chegara em Arrakis em um transporte diplomático e pousara na cidade suja, mas relativamente nova. Ansioso para começar, apresentara pessoalmente ao barão os documentos de sua missão imperial. O homem ruivo e esbelto tinha examinado cuidadosamente as ordens e conferido a veracidade do selo imperial. Então, contraíra os lábios grossos antes de fazer uma promessa relutante de colaboração.

— Desde que você tenha o bom senso de não interferir no trabalho de verdade.

Kynes respondeu com uma mesura.

— Tudo que eu mais gostaria é de ficar sozinho e fora de vista, milorde barão.

Ele passara os dois primeiros dias na cidade comprando equipamentos para o deserto e conversando com gente dos vilarejos vizinhos para aprender o máximo possível sobre as lendas do deserto, as advertências, os costumes, os mistérios a explorar. Ciente da importância daquele tipo de coisa, Kynes gastara uma quantia considerável para obter o melhor trajestilador que encontrou para sobreviver no deserto, além de uma parabússola, hidrodestiladores e equipamentos confiáveis para fazer anotações.

Diziam que as vastidões insondadas eram habitadas por várias tribos dos enigmáticos fremen. Kynes queria conversar com eles, entender como sobreviviam em um ambiente tão inóspito. Mas os fremen deslocados pareciam reticentes dentro dos limites de Cartago e escapavam às pressas sempre que o planetólogo tentava abordá-los...

Kynes não apreciou muito a cidade propriamente dita. A Casa Harkonnen construíra a nova sede de uma vez só quando, quatro décadas antes, graças às manipulações da Guilda, tinha recebido o direito de governar Arrakis como um semifeudo. Cartago fora erguida com a velocidade de um esforço humano inesgotável, sem apuro nem atenção aos detalhes: edifícios retangulares feitos de materiais de baixa qualidade para fins de ostentação ou funcionalidade. Absolutamente nenhuma elegância.

Duna: Casa Atreides

Cartago não parecia *fazer parte* de Arrakis; a arquitetura e a disposição ofendiam a sensibilidade de Kynes. Ele tinha um talento nato para ver como a tessitura de um ecossistema funcionava, como as partes se encaixavam em um mundo natural. Mas aquele centro populacional parecia errado, como uma pústula na pele do planeta.

Já Arrakina, outro posto avançado ao sudoeste, era uma cidade mais primitiva, que crescera devagar, de forma orgânica, abrigada por um afloramento montanhoso chamado Muralha-Escudo. Talvez tivesse sido melhor Kynes ir para lá antes. Mas as obrigações políticas o forçaram a estabelecer uma base junto aos governantes do planeta.

Pelo menos aquilo lhe renderia a oportunidade de procurar um dos gigantes vermes da areia.

O grande tóptero que levaria o grupo de caça de Rabban decolou, e logo Kynes teve o primeiro vislumbre real do deserto. Olhou através da janela de vidroplás para a superfície ondulada das areias. Com sua experiência em outras regiões desérticas, ele sabia identificar padrões nas dunas: formas e curvas sinuosas que revelavam muito sobre o funcionamento dos ventos sazonais, a prevalência das correntes de ar e a severidade das tempestades. Havia muito o que aprender com o estudo daquelas ondas e linhas, as impressões digitais do clima. Pressionou o rosto junto aos pontos de observação da janela; aparentemente, nenhum dos outros passageiros tinha o menor interesse.

Os soldados Harkonnen se remexiam em desconforto, sentindo calor sob o peso da farda e da armadura azuis. As armas batiam umas nas outras e se arrastavam nas chapas do chão do tóptero. Os homens pareciam irrequietos sem seus escudos corporais pessoais, mas a presença do campo de Holtzman de um escudo provocaria um frenesi assassino em qualquer verme nas proximidades. Naquele dia, Rabban queria que a matança partisse somente dele.

Filho de 21 anos do antigo governador apático do planeta, Glossu Rabban estava sentado ao lado do piloto, procurando alvos na areia. Tinha cabelo castanho extremamente curto, ombros largos, voz grave e pavio curto. Olhos azul-claros gélidos se destacavam no rosto queimado de sol. Parecia que ele fazia de tudo para ser o contrário do pai.

— Vamos conseguir ver rastros de verme do alto? — indagou.

Logo atrás, Thekar, o guia do deserto, aproximou-se, como se quisesse permanecer dentro do espaço pessoal de Rabban.

— As areias se deslocam e mascaram a passagem dos vermes. Eles geralmente se movimentam nas profundezas. Só dá para ver os sinais de um verme quando ele se aproxima da superfície, pronto para atacar.

Alto e anguloso, Kynes ouviu com atenção, registrando mentalmente. Queria escrever todos aqueles detalhes em seu diário, mas isso teria que ficar para depois.

— Então como vamos achar algum? Ouvi dizer que o deserto aberto está infestado de vermes.

— Não é tão simples, milorde Rabban — respondeu Thekar. — Os grandes têm os próprios territórios, alguns com centenas de quilômetros quadrados. Nesses espaços, eles caçam e matam qualquer intruso.

Cada vez mais impaciente, Rabban se virou no assento. A pele dele obscureceu.

— Como vamos saber onde achar o território de um verme?

Thekar abriu um sorriso, seus olhos escuros e contíguos assumiram uma expressão distante.

— O deserto todo pertence a Shai-Hulud.

— A *quê*? Pare de se esquivar de minhas perguntas.

Kynes tinha certeza de que Rabban daria um soco no queixo do homem do deserto a qualquer momento.

— O senhor está em Arrakis há tanto tempo e não sabia disso, milorde Rabban? Para os fremen, os grandes vermes da areia são deuses. Eles os chamam pelo nome coletivo de Shai-Hulud — explicou Thekar em voz baixa.

— Então hoje vamos matar um deus — anunciou Rabban em voz alta, inspirando vivas dos outros caçadores no fundo da cabine. Ele se virou bruscamente para o guia. — Vou viajar para Giedi Primo daqui a dois dias e preciso levar um troféu. Esta caçada *terá* sucesso.

Giedi Primo, pensou Kynes. *Lar ancestral da Casa Harkonnen. Pelo menos não vou ter que me preocupar com ele depois que ele for embora.*

— O senhor terá seu troféu, milorde — prometeu Thekar.

— Sem sombra de dúvida — disse Rabban, com um tom mais sinistro.

Sentado sozinho no fundo do transporte de tropas, aninhado aos trajes de deserto, Kynes se sentia pouco à vontade naquela companhia. Não tinha interesse algum nas ambições gloriosas do sobrinho do barão.

Duna: Casa Atreides

Contudo, se aquela excursão lhe permitisse dar uma olhada em um dos monstros, poderia valer meses de trabalho solitário intenso.

Rabban fixou o olhar à frente; seus olhos duros comprimidos estavam envoltos por rugas profundas. Esquadrinhavam o deserto como se fosse uma guloseima que ele pretendia comer, sem enxergar nada da beleza que Kynes notava na paisagem.

— Tenho um plano — anunciou Rabban.

Ele se virou para os soldados e ativou o sistema de comunicação para falar com os ornitópteros vigias que estavam voando em formação ao redor. Sobrevoaram a superfície de areia aberta. As ondas nas dunas abaixo pareciam rugas marcando uma pele envelhecida.

— Aquele rochedo ali embaixo vai ser nossa base. — Ele gesticulou e leu as coordenadas. — A uns trezentos metros da rocha, vamos pousar na areia aberta e Thekar vai desembarcar com o aparelho que chama de martelador. Depois, vamos voar para a segurança do rochedo, onde o verme não consegue alcançar.

O homem magro do deserto levantou a cabeça, assustado.

— Vai me deixar lá? Mas, milorde, eu não...

— *Você* me deu a ideia. — Rabban se virou de novo para se dirigir aos soldados fardados. — O Thekar aqui disse que esse aparelho fremen, o martelador, vai atrair um verme. Vamos depositá-lo junto a um grande volume de explosivos, o suficiente para dar cabo da criatura quando ela chegar. Thekar, vamos deixá-lo para trás para armar os explosivos e ativar o martelador. Dá tempo de você correr pela areia e voltar à segurança conosco antes de um verme chegar, não é? — Rabban lançou um sorrisinho cheio de deleite.

— Eu... eu... — gaguejou Thekar. — Pelo visto, não tenho escolha.

— Mesmo se não der tempo, é provável que o verme vá primeiro para cima do martelador. Os explosivos vão cuidar do monstro antes de você virar o alvo seguinte.

— Isso me consola, milorde — disse Thekar.

Intrigado pelo aparelho fremen, Kynes considerou obter um também. Quis observar de perto aquele nativo do deserto para ver como ele correria pela areia para evitar a perseguição do "Velho do Deserto" sensível a vibrações. Mas sabia que era melhor ficar quieto e não chamar a atenção de Rabban, na esperança de que o jovem impetuoso não recrutasse *Kynes* para ajudar Thekar.

Dentro da cabine de passageiros no fundo da aeronave, o bator — um comandante de uma pequena tropa — e seus subalternos conferiram o arsenal e pegaram armaleses para si. Prenderam explosivos no mecanismo que Thekar levara e que parecia uma estaca: um *martelador*.

Cheio de curiosidade, Kynes percebeu que era só um aparato mecânico de corda que produzia uma vibração rítmica ruidosa. Cravado na areia, reverberaria nas profundezas do deserto até "Shai-Hulud" escutar.

— Assim que pousarmos, é melhor você armar rápido esses explosivos. Os motores destes ornitópteros vão ajudar bastante a atrair o verme, até mesmo sem a ajuda desse seu brinquedo fremen — comentou Rabban para Thekar.

— Eu sei muito bem disso, milorde — disse o guia. A pele olivácea dele adquirira uma tonalidade cinzenta e lustrosa de pavor.

Os esquis do ornitóptero tocaram a areia, espalhando grânulos dispersos. Quando a porta se abriu, Thekar — sua determinação reunida — pegou o martelador e pulou para fora, caindo com os pés afastados na areia fofa. Lançou um olhar pesaroso para a aeronave e se virou para a segurança duvidosa da fileira de pedras sólidas a uns trezentos metros de distância.

O bator entregou os explosivos para o desafortunado nativo do deserto enquanto Rabban gesticulava para que se apressassem.

— Tomara que você não vire comida de verme, meu amigo — disse o sobrinho do barão, rindo.

Antes mesmo de as portas do ornitóptero se fecharem, o piloto voltou a decolar da areia, abandonando Thekar.

Depressa, Kynes e os outros soldados Harkonnen se dirigiram para o lado direito do transporte, amontoando-se na janela para assistir aos movimentos desesperados do guia na areia. O homem do deserto tinha se transformado diante dos olhos deles em alguém diferente, de aparência feral.

— Com licença. Quantos explosivos são necessários para matar um verme? — perguntou Kynes, com curiosidade.

— Thekar deve ter mais que o suficiente, planetólogo. A quantidade que demos bastaria para destruir uma praça urbana inteira — respondeu o bator.

Duna: Casa Atreides

Kynes voltou a atenção para o drama que se desenrolava lá embaixo. Enquanto a aeronave alçava voo, Thekar trabalhava freneticamente, pegando os componentes explosivos, empilhando-os e conectando-os com cabos de shigafio. O planetólogo viu luzes minúsculas de ativação se acenderem. Em seguida, o homem magricelo enterrou o martelador na areia ao lado do material mortífero como se cravasse uma estaca no coração do deserto.

O tóptero de soldados fez uma curva e voou direto para a amurada rochosa onde o grande caçador Rabban esperaria com todo o conforto e toda a segurança. Thekar ativou o mecanismo de corda do martelador e começou sua corrida. Dentro do veículo, alguns dos soldados fizeram apostas sobre qual seria o resultado daquela missão.

Em questão de instantes, a aeronave pousou na irregular crista de pedra escurecida parecida com um recife na areia fofa. O piloto desligou os motores e as portas do tóptero foram abertas. Rabban abriu caminho entre os soldados para ser o primeiro a pisar na rocha brilhosa. O restante do grupo saiu em seguida, um por um; Kynes esperou sua vez e emergiu dos fundos.

Os guardas assumiram seus postos de observação e apontaram as lentes de óleo de seus binóculos para o pequeno vulto que corria. Rabban estava a postos com uma armalês potente, mas Kynes não conseguia imaginar o que ele pretendia fazer com a arma àquela altura. Com uma luneta de observação, o sobrinho do barão ficou olhando através do ar quente, vendo as ondulações e as miragens. Mirou no martelador que estalava e na saliência escura dos explosivos empilhados.

Um dos tópteros vigias em voo alto relatou o avistamento de uma possível trilha de verme cerca de dois quilômetros ao sul.

No deserto, Thekar corria desesperado, jogando areia para o alto. Ele avançou na direção do arquipélago de segurança, as ilhas rochosas no mar de areia... mas ainda estava a muitos minutos de distância.

Kynes notou o jeito curioso como Thekar dava seus passos. Parecia que ele saltava e trepidava de forma errática, correndo feito um inseto espasmódico. O planetólogo se perguntou se seria algum tipo de passada arrítmica para enganar um verme da areia que estivesse se aproximando. Aquela técnica era algo que os viajantes do deserto aprendiam? Se fosse, quem poderia ensiná-lo? Precisava descobrir tudo sobre aquele lugar, o povo, os vermes, a especiaria e as dunas. Não era uma simples questão de instrução imperial: Pardot Kynes queria saber por *vontade própria*. Quando se envolvia com um projeto, ele detestava perguntas sem resposta.

O grupo esperou, e o tempo passou devagar. Os soldados conversavam. O homem do deserto continuava com aquela corrida peculiar, encurtando a distância de forma imperceptível. Kynes sentia as camadas microintercaladas do trajestilador sugando suas gotículas de suor.

Ele se ajoelhou e examinou a rocha escura sob os pés. Era lava basáltica e continha bolsões erodidos, formados a partir de bolhas gasosas remanescentes no magma, ou uma pedra mais branda, corroída pelas lendárias tempestades de Coriolis de Arrakis.

Kynes pegou um punhado de areia e o deixou escorrer por entre os dedos. Como seria de se esperar, viu que os grãos eram partículas de quartzo, reluzindo ao sol com alguns fragmentos de material mais escuro, possivelmente magnetita.

Em outros lugares, deparara-se com colorações ferruginosas na areia, tons estriados de castanho, laranja e coral, indicativos de óxidos diversos. Era possível também que parte das cores proviesse de depósitos desgastados de mélange, mas Kynes nunca encontrara especiaria bruta no deserto. *Até então.*

Os tópteros vigias no ar por fim confirmaram a aproximação de um verme. Um dos grandes, chegando com rapidez.

Os guardas se levantaram. Ao olhar para o horizonte difuso, Kynes viu uma ondulação na areia, como se um dedo imenso estivesse deslizando por baixo da superfície, abalando as camadas superiores. O tamanho o deixou estupefato.

— O verme está vindo pela lateral! — gritou o bator.

— Está indo direto atrás de Thekar! — exclamou Rabban, com uma satisfação cruel. — O homem está entre o verme e o martelador. Mas que azar. — O rosto largo dele passou a exibir outro tipo de inquietação.

Mesmo daquela distância, Kynes viu Thekar apertar o passo, abandonando a corrida irregular quando notou a saliência provocada pela movimentação do verme se aproximar cada vez mais rápido. Era possível imaginar a expressão de terror e de agonia desolada no rosto daquele homem do deserto.

Duna: Casa Atreides

De repente, com uma determinação grave e um desespero súbito, Thekar parou e se deitou no chão. Ficou ali estirado, imóvel, olhando para o céu, talvez em prece fervorosa para Shai-Hulud.

Sem as pequenas vibrações dos passos de Thekar, o martelador distante parecia fazer tanto barulho quanto uma banda imperial. *Tum, tum, tum*. O verme hesitou... e então mudou a trajetória, rumando direto para a pilha de explosivos.

Rabban deu de ombros de leve, um gesto displicente de aceitação para com uma derrota irrelevante.

Kynes ouvia o chiado subterrâneo do deslocamento de areia, da aproximação da criatura colossal. Chegava cada vez mais perto, como uma limalha de ferro atraída por um ímã mortífero. Ao se aproximar do martelador, o verme mergulhou mais fundo, traçou um círculo e subiu para engolir aquilo que o atraíra, que o enfurecera — ou qualquer que fosse a reação instintiva daqueles leviatãs cegos.

Ao se erguer na areia, o verme revelou uma boca enorme o bastante para engolir uma nave espacial, subindo mais e mais, alargando-a conforme seus maxilares flexíveis se afastavam feito pétalas de flor. Em um instante, engoliu o pontinho preto insignificante que era o martelador e todos os explosivos. Os dentes cristalinos brilhavam como pequenos espinhos afiados em uma espiral que descia por sua garganta infinita.

A trezentos metros de distância, Kynes viu placas de pele antiga, camadas sobrepostas de armadura que protegiam a criatura em seu deslocamento sob a superfície. O verme devorou a isca armada e começou a mergulhar de volta na areia.

Com um sorriso demoníaco no rosto, Rabban se levantou, operando pequenos controles de transmissão. Uma brisa quente lhe soprava o rosto, salpicando seus dentes com grânulos de areia. Ele apertou um botão.

Um trovão distante provocou um tremor pelo deserto. As areias se deslocaram em pequenas avalanches nas dunas sinuosas. A bomba devastou as vias internas do verme, arrebentando a barriga da criatura e rachando seus segmentos blindados.

Quando a poeira baixou, Kynes viu a monstruosidade moribunda que se contorcia em cima da areia revolvida como uma baleia-de-pelica encalhada.

— Aquela coisa tem mais de duzentos metros de comprimento! — exclamou Rabban, avaliando o tamanho de sua presa.

Os guardas comemoraram. Rabban se virou e deu um tapa tão forte nas costas de Kynes que quase lhe deslocou o ombro.

— Isso, *sim*, é um troféu, planetólogo. Vou levar comigo para Giedi Primo.

Quase despercebido, Thekar finalmente alcançou a crista de pedra, suado e arfante, arrastando-se para a segurança das rochas. Ele se virou para trás e, com emoções conflitantes no olhar, observou a criatura morta estendida na areia.

Rabban liderou o avanço após cessarem as contrações finais do verme. Ansiosos, os guardas saíram correndo pela areia, aos gritos e vivas. Kynes se apressou para segui-los, já aflito para ver de perto o espécime incrível, avançando com dificuldade pelo rastro pisoteado dos soldados Harkonnen.

Muitos minutos depois, ofegante e com calor, Kynes parou diante do corpo gigantesco do verme ancestral. Era escamado, coberto de cascalho, com calos espessos à prova de abrasão. Contudo, entre os segmentos que as explosões haviam afastado, via-se uma pele rosada e macia. A bocarra aberta parecia o fosso de uma mina revestido de adagas de cristal.

— É a criatura mais temível deste planeta miserável! E eu a matei! — vangloriou-se Rabban.

Os soldados espiaram o verme, mas ninguém parecia disposto a se aproximar mais que alguns metros. Kynes se perguntou como o sobrinho do barão pretendia levar seu troféu embora. Mas, considerando a tendência dos Harkonnen à extravagância, imaginou que Rabban daria um jeito.

O planetólogo se virou e notou que Thekar se aproximara laboriosamente, exausto. Seus olhos exibiam um brilho prateado, como se um fogo interior ardesse nas retinas. Talvez sua perspectiva sobre o mundo tivesse mudado após chegar tão perto da morte e ver o deus desértico dos fremen ser abatido por explosivos dos Harkonnen.

— Shai-Hulud — sussurrou Thekar. Ele se virou para Kynes, como se sentisse que o planetólogo tinha um espírito afim com o dele. — Este é antigo. Um dos vermes mais velhos.

Kynes avançou para olhar os segmentos na pele incrustada e se perguntou como poderia dissecar e analisar o espécime. Sem dúvida, Rabban não faria objeções, certo? Se necessário, daria para evocar a atribuição do imperador para fazer o sujeito entender.

Duna: Casa Atreides

Ao se aproximar, no entanto, com a intenção de encostar no verme, o planetólogo viu que a pele da antiga criatura tremulava, mexia-se, deslocava-se. O monstro mesmo não estava mais vivo — suas funções nervosas até tinham parado de provocar convulsões no corpo —, mas as camadas externas ainda se moviam, como se estivessem derretendo.

Diante do olhar fascinado de Kynes, a carcaça do verme despejou uma chuva de placas celulares translúcidas, como escamas descartadas na areia revolvida, onde elas desapareceram.

— O que está acontecendo? — indagou Rabban, com o rosto cada vez mais roxo.

Parecia que o verme estava evaporando diante de seus olhos. A pele se desmanchou em fragmentos minúsculos parecidos com amebas flácidas, balançando e por fim afundando na areia feito solda derretida. O monstro ancestral murchou no deserto.

No fim, sobrou somente um esqueleto de costelas cartilaginosas e dentes brancos. E até aqueles restos afundaram lentamente em seguida, dissolvendo-se em amontoados gelatinosos cobertos de areia.

Os soldados Harkonnen recuaram para uma distância mais segura.

Para Kynes, foi como se ele tivesse visto em questão de segundos um milênio de decomposição. Entropia acelerada. O deserto voraz parecia ansioso para engolir todas as provas, para ocultar o fato de que um ser humano derrotara um verme da areia.

Ao refletir sobre a situação, tomado mais pela confusão e pelo fascínio crescente do que pela frustração de perder a chance de dissecar o espécime, o planetólogo imaginou como devia ser estranho o ciclo da vida daquelas criaturas magníficas.

Ele tinha muito a aprender sobre Arrakis...

Rabban se levantou, bufando, furioso. Os músculos do pescoço estavam rígidos feito cabos de ferro.

— Meu troféu!

Ele se virou de repente, cerrou os punhos e deu um soco bem na cara de Thekar, jogando-o estatelado na areia. Por um instante, Kynes achou que o sobrinho do barão fosse chegar ao cúmulo de matar o homem do deserto, mas acabou direcionando a ira e a fúria para o vulto trêmulo do verme que ainda se dissolvia na cratera da areia.

Brian Herbert e Kevin J. Anderson

Rabban esbravejou insultos para a carcaça. Kynes viu uma expressão resoluta se formar nos olhos frios e ameaçadores dele e o rosto bronzeado assumir uma tonalidade avermelhada.

— Quando eu voltar para Giedi Primo, vou caçar alguma coisa muito mais satisfatória.

Por fim, distraindo-se de qualquer pensamento sobre o verme da areia, Rabban se virou e saiu andando.

Observamos os sobreviventes
e aprendemos com eles.

— Ensinamento das Bene Gesserit

De todo o mítico milhão de mundos do Imperium, o pequeno Duncan Idaho nunca tinha ido além de Giedi Primo, um planeta industrial encharcado de óleo e repleto de fábricas, construções artificiais, ângulos retos, metal e fumaça. Os Harkonnen gostavam de manter sua terra daquele jeito. Duncan não conhecera nada além daquilo em seus oito anos de vida.

Porém, naquele momento, até mesmo os becos escuros e imundos do lar perdido o deixariam feliz. Após meses de detenção ao lado do restante da família, Duncan se perguntava se algum dia poderia sair da imensa cidade de escravizados de Baronato. Ou se estaria vivo em seu aniversário de 9 anos, que não devia estar muito distante. Ele passou a mão pelos cachos pretos, sentindo o suor nos fios.

E continuou correndo. Os caçadores estavam se aproximando.

Duncan estava embaixo da cidade-prisão, com os perseguidores em seu encalço. Abaixou-se e avançou pelos túneis apertados de manutenção, sentindo-se como o roedor de costas espinhosas que sua mãe o deixara manter como bichinho de estimação quando ele tinha 5 anos. Encolhendo-se mais ainda, ele se esgueirou por buracos minúsculos, dutos de ventilação fedidos e canos de conduítes de energia. Os adultos corpulentos, com suas armaduras acolchoadas, jamais conseguiriam acompanhá-lo ali dentro. Ralou o cotovelo nas paredes metálicas, rastejando por lugares que humano algum deveria ser capaz de transitar.

O menino jurou que não se deixaria ser capturado pelos Harkonnen — pelo menos não naquele dia. Detestava os jogos que eles faziam e se recusava a bancar o mascote ou a presa de pessoa alguma. Orientado pelo olfato e pelo instinto para desbravar o caminho pela escuridão, Duncan sentiu uma brisa rançosa no rosto e identificou a direção da corrente de ar.

Seus ouvidos registraram ecos conforme ele avançava: o som de outras crianças prisioneiras correndo, igualmente desesperadas. Deveriam ser suas parceiras, mas fracassos anteriores haviam ensinado Duncan a não contar com pessoas cujos talentos ferais fossem inferiores aos dele.

Ele jurou a si mesmo que escaparia dos caçadores daquela vez, mas sabia que jamais se livraria deles em definitivo. Naquele ambiente controlado, as equipes de perseguição o pegariam de novo e o fariam repetir o processo várias vezes. Eles chamavam de "treinamento". Duncan não sabia para *que* estava treinando.

O lado direito do corpo do garoto ainda doía do episódio anterior. Como se fosse um animal valioso, seus torturadores haviam submetido o corpo de Duncan a uma máquina de sutura dérmica e restauração acucelular. As costelas dele ainda não pareciam curadas, mas estavam melhorando dia após dia. Até aquele momento.

Com o dispositivo de rastreamento implantado no ombro, jamais conseguiria escapar de fato daquela metrópole de escravizados. Baronato era uma construção megalítica de açoplás e couraçaplás, com 950 andares de altura e 45 quilômetros de comprimento, sem qualquer abertura no térreo. Ele encontrava toda vez vários esconderijos durante os jogos dos Harkonnen, mas nunca a liberdade.

Os Harkonnen possuíam muitos prisioneiros e aplicavam métodos sádicos para obrigá-los a colaborar. Caso Duncan vencesse aquela caçada de treinamento, se conseguisse escapar por tempo suficiente, os detentores haviam prometido que ele e sua família poderiam voltar à vida que tinham antes. Todas as crianças tinham recebido a mesma promessa. Os candidatos para o treinamento precisavam de uma meta, de um prêmio a que disputar.

Ele correu por instinto pelos túneis secretos, tentando abafar o som dos próprios passos. Não muito longe atrás de si, ouviu o estrondo e o silvo do disparo de um atordoador, seguido pelo grito agudo de dor de uma criança e, por fim, pelos espasmos enervantes de mais um menino abatido.

Se os perseguidores capturavam alguém, eles machucavam — às vezes com alguma seriedade, outras vezes de forma ainda pior, dependendo do estoque de "candidatos". Aquilo não era nenhuma brincadeirinha infantil de esconde-esconde. Não para as vítimas, pelo menos.

Mesmo de idade tenra, Duncan já sabia que a vida e a morte cobravam seu preço. Os detentores não queriam saber quantos candidatos pe-

Duna: Casa Atreides

quenos sofreriam durante o treinamento. Aquela era a forma como os Harkonnen *jogavam*. Duncan compreendia o que era alguém se divertir com a crueldade; já testemunhara outros fazerem coisa parecida antes, especialmente as crianças com quem ele estava confinado, que arrancavam asas de insetos ou ateavam fogo em filhotes miúdos de roedores. Os Harkonnen e seus soldados eram como crianças adultas, só que com mais recursos, mais imaginação, mais malícia.

Sem emitir o menor ruído nem hesitar, ele achou uma escada enferrujada estreita e subiu depressa, adentrando as trevas. Duncan tinha que executar o inesperado, esconder-se onde seria difícil encontrá-lo. Os degraus lhe machucaram as mãos, corroídos e degradados pelo tempo.

Aquela parte da antiga Baronato ainda funcionava; conduítes de energia e tubos suspensores perpassavam a estrutura principal feito buracos de minhoca — retos, curvos, dobrados em ângulos oblíquos. O lugar era uma pista de obstáculos gigantesca, na qual os soldados Harkonnen podiam atirar em suas presas sem correr o risco de danificar estruturas mais importantes.

No corredor principal acima dele, Duncan ouviu o som de botas correndo, vozes abafadas pelos comunicadores de capacetes e então um grito. Um apito próximo indicou que os guardas haviam localizado seu implante de rastreamento.

Um raio incandescente de armalês atravessou o teto acima da cabeça dele, derretendo chapas metálicas. Duncan soltou a escada e se jogou em queda livre. Um guarda armado levantou a chapa do piso, com bordas quentes, e apontou para o garoto. Os outros voltaram a disparar suas armaleses para baixo, rompendo as barras no intuito de derrubar a escada e o menininho.

Ele caiu no chão de um duto inferior e a escada pesada tombou em cima dele com um estardalhaço. Mas Duncan não gritou de dor. O som só atrairia os perseguidores... embora não tivesse esperanças de fato de que conseguiria evitá-los por muito tempo devido ao rastreador pulsando em seu ombro. Como alguém que não fosse Harkonnen poderia vencer aquele jogo?

Duncan deu um impulso para levantar e correu com um fervor revigorado, ansiando pela liberdade. Para sua desolação, o túnel pequeno adiante se abria para um canal mais amplo. Mais amplo era ruim. Os homens maiores poderiam segui-lo ali dentro.

Ele ouviu gritos atrás de si, mais passos correndo, tiros e por fim um grito engasgado. Era para os perseguidores usarem atordoadores, mas Duncan sabia que, àquela altura avançada da caça do dia, quase todo mundo já devia ter sido capturado — e os riscos eram maiores. Os caçadores não gostavam de perder.

Duncan precisava sobreviver. Precisava ser o melhor. Se morresse, não voltaria para rever a mãe. Se sobrevivesse e derrotasse aqueles desgraçados, no entanto, aí talvez sua família pudesse ter alguma liberdade... na medida do possível para trabalhadores do serviço civil aos Harkonnen em Giedi Primo.

O menino vira outros candidatos derrotarem os perseguidores e depois desaparecerem. Se os anúncios fossem dignos de confiança, os vencedores e suas famílias presas tinham sido libertados do inferno de Baronato. Duncan não tinha prova alguma daquilo, mas encontrava motivos de sobra para duvidar dos Harkonnen. Ele *queria* acreditar; não podia perder as esperanças.

Não entendia por que seus pais haviam sido enfiados naquela prisão. O que funcionários administrativos de baixo escalão do governo poderiam ter feito para merecer tamanho castigo? Ele só lembrava que um dia sua vida havia sido normal e um tanto feliz... e que no dia seguinte estavam todos ali, escravizados. Então o pequeno Duncan passou a ser obrigado quase diariamente a fugir, lutando pela própria vida e pelo futuro da família. E estava ficando melhor naquilo.

Duncan se lembrava daquela última tarde normal em um gramado bem cuidado no alto de uma das varandas da cidade de Harko, um dos raros parques suspensos a que os Harkonnen permitiam que seus súditos tivessem acesso. Os jardins e as sebes eram fertilizados e mantidos com meticulosidade, já que plantas não lidavam bem com o solo impregnado de detritos de um planeta maltratado por tanto tempo.

Os pais e outros parentes de Duncan estavam passando o tempo com jogos frívolos no jardim, arremessando bolas autômatas em alvos no gramado enquanto dispositivos internos de alta entropia as faziam quicar e ricochetear de forma aleatória. O menino reparara que os jogos dos adultos eram diferentes, mais ríspidos e estruturados do que a bagunça destemperada que ele fazia com seus amigos.

Duna: Casa Atreides

Uma mulher jovem estava perto dele, acompanhando as partidas. O cabelo era cor de chocolate, a pele era escura e as maçãs do rosto eram altas, mas a expressão tensa e o olhar duro aviltavam o que poderia ter sido uma beleza impressionante. Ele não sabia quem era, só que se chamava Janess Milam e que trabalhava com os pais dele em alguma coisa.

Enquanto assistia ao jogo dos adultos no jardim e ouvia as risadas, Duncan sorrira para a mulher e comentara:

— Eles estão treinando para ser velhos.

Mas ficara evidente que Janess não tinha interesse algum por ele ou pelo que ele pensava, pois reagira com uma rejeição verbal ríspida.

Sob a luz nublada do sol, Duncan continuara vendo o jogo, mas com uma curiosidade cada vez maior em relação à desconhecida. Ele sentia uma tensão nela. Sem participar da partida, Janess olhava com frequência para trás, como se estivesse alerta a algo.

Pouco depois, os soldados Harkonnen chegaram e levaram Duncan, os pais dele e até o tio e os dois primos. Ele intuíra que a causa daquilo tudo tinha sido *Janess*, por algum motivo qualquer. Nunca mais a vira, e já fazia seis meses que ele e a família estavam presos...

Atrás de Duncan, um alçapão no teto se abriu com um chiado. Dois perseguidores de farda azul desceram, apontaram para ele e deram uma risada triunfal. O menino saiu correndo em zigue-zague. Um tiro de armalês ricocheteou nas chapas das paredes, deixando uma marca de queimadura de raio no corredor.

Duncan sentiu o cheiro de ozônio do metal chamuscado. Se um único raio daqueles o atingisse, seria fatal. Ele detestava as risadinhas dos caçadores, como se aquilo tudo fosse uma mera brincadeira.

Outros dois perseguidores emergiram de uma abertura lateral apenas um metro à frente dele, mas Duncan era rápido demais. Não o reconheceram nem reagiram depressa o bastante. Ele acertou o joelho de um homem robusto, derrubando-o para o lado, e fugiu em disparada entre a dupla.

O corpulento cambaleou e gritou quando um raio laser chamuscou sua armadura:

— Para de atirar, idiota! Você vai acertar um de nós!

Duncan correu como nunca, ciente de que suas pernas de criança não seriam mais rápidas que as de adultos treinados para o combate. Mas ele se recusava a desistir. Não era de seu feitio.

Adiante, onde o corredor se abria, viu emanar uma luz forte. Chegando mais perto, parou em uma derrapada e descobriu que a encruzilhada não era um túnel, mas sim um tubo suspensor, um duto cilíndrico com um campo de Holtzman no centro. Trens-bala levitantes avançavam em disparada pelo tubo sem resistência, indo de uma ponta à outra da imensa cidade-prisão.

Não havia portas nem outras aberturas. Duncan não tinha mais para onde correr. Os homens se aproximavam atrás dele, apontando as armas. O menino se perguntou se atirariam mesmo se ele se rendesse. *Provavelmente, já que estão cheios de adrenalina por minha causa*, pensou ele.

O campo de suspensão tremeluzia no meio do duto horizontal diante do menino. Tinha só uma vaga noção do que aquilo faria. Só lhe restava um lugar para ir, e ele não sabia ao certo o que aconteceria — mas sabia que seria castigado, ou muito provavelmente exterminado, se os guardas o capturassem.

Então, conforme os perseguidores encurtavam a distância, Duncan se virou e observou o campo de suspensão. Respirando fundo para criar coragem, ele balançou os bracinhos curtos para trás e saltou para dentro do tubo tremeluzente.

O cabelo preto cacheado esvoaçava enquanto despencava. Ele deu um grito, uma mistura de berro de desespero e brado de exaltação gloriosa. Se morresse ali, pelo menos ficaria livre!

Mas então o campo de Holtzman o envolveu e sustentou seu corpo com um solavanco. Com a sensação de que o estômago dera um pulo para o meio do tórax, Duncan começou a flutuar em uma rede invisível. Pairava sem cair no centro neutro do campo. Aquela força mantinha os trens-bala suspensos em sua corrida frenética pela colossal Baronato; sem dúvida aguentaria o menino.

Ele viu os guardas correrem até a borda da plataforma, gritando de raiva. Um sacudiu o punho. Outros dois apontaram as armas.

Duncan se debateu no campo, tentando nadar — qualquer coisa para se afastar.

Com um grito alarmado, um guarda afastou a armalês do outro. Duncan ouvira falar dos efeitos infernais de quando um raio de armalês

Duna: Casa Atreides

atravessava um campo de Holtzman: o resultado da interação tinha um potencial destrutivo tão letal quanto a proibida energia atômica.

Então, como alternativa, os guardas dispararam seus atordoadores.

Duncan se esquivou no ar. Embora não encontrasse nenhum ponto de apoio, pelo menos se sacudiu e rodopiou para virar um alvo móvel. Os raios atordoadores passaram direto pela volta dele, desviando-se em trajetórias arciformes.

Apesar do confinamento no campo de Holtzman, ele sentiu a pressão mudar em seu entorno e uma corrente de ar começar a fluir. Girou o corpo, oscilando — até que avistou a luz de um trem-bala avançando em sua direção.

E ele estava bem no meio do campo!

Desesperado para sair do lugar, Duncan se debateu e pairou rumo à outra borda da zona de levitação, longe dos guardas. Continuavam atirando, mas a mudança da pressão do ar desviou ainda mais a trajetória dos raios. O menino viu os homens fardados fazerem ajustes nos atordoadores.

Embaixo dele, havia outras aberturas, rampas e plataformas que conduziam às entranhas de Baronato. Talvez pudesse alcançar alguma... se conseguisse escapar do campo que o confinava.

Outro raio atordoador foi descarregado, acertando-o de raspão nas costas, perto do ombro, fazendo-o perder a sensibilidade, deixando o músculo e a pele formigando como se mil insetos o picassem.

Duncan por fim se desvencilhou do campo e desabou. Com o rosto virado para baixo, ele viu a plataforma bem a tempo. Esticou o braço ainda operante e agarrou-se a uma grade. O trem-bala passou barulhento, produzindo um silvo no ar deslocado... e não o atingiu por uma questão de centímetros.

Não tivera tempo de ganhar muita velocidade na queda; mesmo assim, a parada brusca quase arrancou o braço dele. Duncan se levantou com esforço e correu para dentro de um túnel, mas só encontrou um recuo minúsculo de metaparedes. Não encontrou saída alguma. A escotilha estava fechada e lacrada. Ele a esmurrou, mas não tinha para onde ir.

E então a porta externa se fechou com um baque atrás de si, prendendo-o em uma caixinha de paredes blindadas. Ele estava encurralado. Era o fim.

Pouco depois, os guardas destrancaram a escotilha. Atrás das armas apontadas, o olhar deles apresentava um misto de raiva e admiração. Duncan aguardou os tiros, resignado.

Mas o capitão da caçada sorriu, apático, e disse:

— Parabéns, menino. Você conseguiu.

Exausto e de volta à cela, Duncan estava sentado junto da mãe e do pai. Comiam a porção diária de cereais insossos, bolos de amido e bolachas de proteína — satisfatória em termos nutricionais, mas, como se propositalmente, feita com sabores horríveis ou sem gosto algum. Os captores do menino ainda não haviam fornecido mais detalhes, apenas que ele tinha "conseguido". Aquilo devia significar liberdade. Era a esperança dele.

A cela da família era uma imundice. Embora os pais de Duncan tentassem mantê-la limpa, não havia vassouras, esfregões ou sabão, e a água era muito escassa e não podia ser desperdiçada com mero asseio.

Naqueles meses de detenção, Duncan vinha passando pelo "treinamento" vigoroso e violento enquanto a família apenas aguardava em segundo plano, assustada. Todos haviam recebido um número, uma cela e (exceto por Duncan) tarefa nenhuma a cumprir — nenhum trabalho, nenhum entretenimento. Simplesmente esperavam alguma mudança em sua pena... e temiam a hora em que ela fosse chegar.

Naquele momento, cheio de orgulho e empolgação, Duncan contava as aventuras para a mãe, descrevendo como escapara dos perseguidores e como tivera astúcia para desbaratar até os melhores rastreadores Harkonnen. Nenhuma das outras crianças tivera sucesso no dia, mas Duncan estava confiante de que havia feito o necessário para comprar a liberdade.

Eles seriam soltos a qualquer momento. Ele tentou imaginar a família reunida, liberta, ao ar livre, admirando o céu limpo de uma noite estrelada.

O pai admirava o menino com orgulho, mas a mãe sentia dificuldade de acreditar que houvesse alguma chance de aquilo ser verdade. Afinal, tinha bons motivos para não confiar em promessas dos Harkonnen.

Pouco depois, as luzes da cela piscaram e o campo opaco da porta ficou transparente e se abriu. Havia um grupo de guardas de farda azul

Duna: Casa Atreides

ao lado do capitão sorridente que perseguira Duncan na caçada. O coração do garoto deu um salto. *Vamos ser libertados?*

Mas ele não gostou do sorriso do capitão.

Com deferência, os homens fardados abriram passagem para um homem de ombros largos, lábios grossos e músculos volumosos. O rosto estava corado, queimado de sol, como se ele tivesse passado um bom tempo longe do sombrio Giedi Primo.

O pai de Duncan se levantou de repente e fez uma mesura desajeitada.

— Milorde Rabban!

Rabban ignorou os pais e focou o olhar somente no rosto redondo do jovem candidato.

— O capitão da caçada me contou que você é o melhor menino.

Quando ele entrou na cela, os guardas o seguiram, precípites. Rabban sorriu.

— O senhor devia tê-lo visto no exercício de hoje, milorde. Nunca vi um pequeno tão astuto — comentou o capitão da caçada.

Rabban anuiu.

— Número 11.368, vi sua ficha e assisti aos holos de suas caçadas. Como estão seus ferimentos? Não é nada sério, certo? Você é jovem, vai cicatrizar rápido. — O olhar dele endureceu. — Ainda tem muita diversão pela frente. Vamos ver como você se sai contra mim. — Ele deu meia-volta. — Venha comigo para a caçada, menino. Agora.

— Meu nome é Duncan Idaho — respondeu o menino, com um tom de desafio. — Não sou um número.

A voz era fina e aguda, mas continha uma valentia bruta que espantou os pais dele. Surpresos, os guardas se viraram para encará-lo. Duncan olhou para a mãe em busca de apoio, como se esperasse ver alguma forma de desafio ou recompensa. Mas ela só tentou silenciá-lo.

Com frieza, Rabban pegou uma armalês do guarda ao lado. Sem a menor hesitação, disparou um raio letal no peito do pai de Duncan. O homem tombou contra a parede. Antes que o cadáver tivesse tempo de escorregar até o chão, Rabban virou a arma e incinerou a cabeça da mãe.

Duncan gritou. Seus pais desabaram no chão, massas inertes de carne queimada fumegante.

— Agora você não tem nome, 11.368. Venha comigo.

Os guardas seguraram Duncan sem sequer deixá-lo correr para perto dos pais mortos. Sem sequer lhe dar tempo para chorar.

— Estes homens terão que prepará-lo antes de podermos começar a próxima rodada de diversão. Preciso de uma boa caçada para variar um pouco — disse Rabban.

Os guardas saíram da cela fétida arrastando Duncan, que esperneava, aos berros. O menino se sentia morto por dentro — exceto por uma chama gélida de ódio que conflagrou seu peito, consumindo todos os resquícios de sua infância.

> **É preciso que o povo acredite que seu governante
> é um homem superior; caso contrário, por que o
> seguiria? Um líder deve, acima de tudo, ser caris-
> mático e cativante, fornecer o pão e o circo que
> sua população demanda.**
>
> **— Duque Paulus Atreides**

As semanas de preparo para a estadia em Ix passaram em um borrão enquanto Leto tentava acumular lembranças o bastante para um ano inteiro, preservando na mente todas as imagens do lar natal. Ele iria sentir saudade do ar salgado e úmido de Caladan, das neblinas matinais, das melodiosas chuvas vespertinas. Como um planeta seco e descorado, repleto de máquinas, poderia se comparar àquilo?

Dentre a grande variedade de palácios e mansões de lazer do planeta rico em água onde morava, instalado no alto de um penhasco junto ao mar, o Castelo Caladan era o lugar onde Leto de fato se sentia em casa: a principal sede do governo. Um dia, quando enfim recebesse o anel do sinete ducal, ele seria o 26º duque Atreides a ocupar o Castelo.

Sua mãe Helena passara um bom tempo a importuná-lo, enxergando agouros em muitas coisas e declamando trechos da Bíblia Católica de Orange que considerava importantes. Estava consternada por perder o filho por um ano, mas não pretendia contrariar as ordens do Velho Duque — pelo menos não de forma audível. Ao analisar a expressão preocupada da mãe, Leto se deu conta de que o abatimento dela vinha da decisão de Paulus de mandá-lo especificamente para Ix.

— É um antro doentio de tecnologia suspeita — conferenciou com o filho quando o marido não estava por perto.

— Tem certeza de que a senhora não está reagindo assim só porque Ix é a principal rival da Casa Richese, mãe?

— De forma alguma! — Os dedos esguios e compridos dela interromperam de repente a tarefa de fixar uma gola elegante na camisa dele. — A Casa Richese utiliza tecnologias antigas, consagradas... dispositivos conhecidos que condizem rigorosamente com as normas estabelecidas. Ninguém questiona o respeito dos Richese às restrições do Jihad.

Helena encarou o filho com rigidez em seus olhos escuros, mas então se esvaiu em lágrimas. Ela lhe acariciou o ombro. Após um surto de crescimento puberal recente, o menino já estava quase da altura da duquesa.

— Leto, Leto, não quero que você perca sua inocência lá, nem sua alma. Há muita coisa em jogo.

Mais tarde, no salão de banquetes, durante um jantar tranquilo em família com cozido de peixe e bolachas, Helena suplicou novamente para que o Velho Duque mandasse Leto para outro lugar. Mas Paulus só deu risada dos temores dela até acabar se enfurecendo diante da obstinação discreta, ainda que firme, da esposa.

— Dominic é meu amigo... e Deus é testemunha de que ninguém seria um professor melhor para nosso filho!

Leto tentou se concentrar no próprio prato, mas, embora abalado pelos protestos da mãe, manifestou-se para defender o pai.

— Eu quero ir para lá, mãe — disse ele, apoiando a colher com cuidado ao lado da tigela. Repetiu a frase que ela sempre falava: — É para o meu bem.

Durante a criação de Leto, Paulus tomara várias decisões das quais Helena discordava: colocá-lo para trabalhar junto a aldeões, levá-lo para encontrar cidadãos pessoalmente, deixá-lo fazer amizade com plebeus, incentivá-lo a sujar as mãos. Leto entendia a sabedoria por trás das decisões, pois um dia ele seria o duque daquelas pessoas; mesmo assim, a mãe se opunha por diversos motivos e muitas vezes justificava suas opiniões com trechos da Bíblia Católica de Orange.

Helena não era uma mulher paciente nem afetuosa para com seu único filho, mas mantinha uma fachada perfeita durante reuniões importantes e eventos públicos. Vivia preocupada com a própria aparência e sempre dizia que jamais seria mãe novamente. A educação de um filho e a administração da residência ducal já tomavam a maior parte de seu precioso tempo, que poderia ser despendido no estudo da Bíblia Católica de Orange e de outros textos religiosos. Era óbvio que Helena tivera um filho apenas para cumprir a obrigação com a Casa Atreides, não por qualquer desejo de criar e educar uma criança.

Não admirava que o Velho Duque procurasse a companhia de outras mulheres com personalidades menos espinhosas.

Duna: Casa Atreides

À noite, por trás das portas imensas de teca elaccana laminada, Leto às vezes ouvia as discussões inflamadas do casal. Lady Helena podia discordar à vontade da decisão de mandar o filho para Ix, mas o Velho Duque Paulus *era* a Casa Atreides. Sua palavra era a lei, tanto no Castelo quanto em Caladan, por mais que a esposa consternada tentasse dissuadi-lo.

É para o seu bem.

Leto sabia que aquele era um casamento arranjado, um acordo firmado entre as Casas do Landsraad para cumprir os requisitos das famílias importantes. Tinha sido um ato de desespero por parte dos combalidos Richese, e para a Casa Atreides sempre perdurava a esperança de que a antiga Casa tecnológica e inovadora voltasse ao auge. Enquanto aquilo não acontecia, o Velho Duque mantinha as concessões e recompensas consideráveis que recebera por desposar uma das muitas filhas da Casa Richese.

— Não há espaço em uma família nobre para os delírios e romantismos que as pessoas inferiores sentem quando suas ações são regidas pelos hormônios — dissera Helena para Leto certa vez, ao explicar a política do casamento.

Ele sabia que aquele também seria seu destino, sem dúvida. O pai até concordava com ela nesse quesito, e era ainda mais inflexível.

— Qual é a primeira regra da Casa Atreides? — perguntava incessantemente o Velho Duque.

Ao que Leto tinha que repetir, palavra por palavra:

— Nunca se case por amor, ou será o fim de nossa Casa.

Aos 14 anos, Leto nunca havia de fato se apaixonado, mas certamente já sentira os ardores da luxúria. O pai o incentivava a paquerar as meninas do povoado, a brincar com qualquer uma que ele achasse bonita — mas jamais lhes fazer promessas. Dada sua posição como herdeiro da Casa Atreides, Leto duvidava que fosse chegar a ter a chance de se apaixonar um dia, menos ainda pela mulher que viria a desposar...

Certa manhã, uma semana antes da data prevista para a viagem de Leto, o pai lhe deu um tapa no ombro e o levou junto em sua ronda para tratar com o povo, fazendo questão de cumprimentar até a criadagem. O duque conduziu uma pequena guarda de honra para o vilarejo costeiro abaixo do castelo, visitando lojas pessoalmente, vendo seus súditos, sendo visto. Paulus fazia muitas saídas assim com o filho — e aquelas ocasiões eram sempre maravilhosas para Leto.

Sob o céu azul-claro, o Velho Duque ria fácil, irradiando um bom humor contagiante. As pessoas sorriam quando aquele homem alegre passava. Pai e filho caminharam juntos pelo bazar, passando por barracas de hortaliças e peixes frescos, examinando belas tapeçarias tecidas com fibras de ponji prensadas e filochamas. Era comum Paulus Atreides comprar berloques ou lembrancinhas para a esposa, especialmente depois de brigarem, mas o duque não parecia compreender o bastante dos interesses de Helena para escolher algo que fosse adequado.

O Velho Duque fez uma parada abrupta diante de uma barraca de ostras e olhou para o céu cravejado de nuvens, acometido por uma ideia que considerou genial. Ele abaixou os olhos para encarar o filho e abriu um sorriso largo em meio à barba cheia.

— Ah, temos que marcar sua despedida com um espetáculo digno, garoto. Transformar sua viagem em um evento memorável para Caladan inteiro.

Leto se esforçou para não torcer o nariz. Ele já escutara as ideias malucas do pai antes e sabia que o Velho Duque iria até o fim, a despeito do bom senso.

— O que o senhor tem em mente? O que preciso fazer?

— Nada, nada. Vou anunciar uma comemoração em homenagem a meu filho e herdeiro. — Ele pegou a mão de Leto e a ergueu no ar, como se fosse um aceno de triunfo. Sua voz então ribombou para chamar a atenção do povo: — Vamos fazer uma tourada, um espetáculo tradicional para o povo. Será um dia de festa em Caladan, com holoprojeções transmitidas pelo globo todo.

— Com touros salusanos? — indagou Leto.

O garoto visualizou as criaturas com espinhos nas costas, a cabeça preta encrustada de chifres e olhos multifacetados. Quando mais jovem, Leto fora muitas vezes ao estábulo para observar aqueles animais monstruosos. O mestre-estribeiro Yresk, um dos antigos empregados de lady Helena em Richese, aprestava os touros para os espetáculos ocasionais de Paulus.

— Mas é claro — confirmou o Velho Duque. — E, como sempre, vou enfrentá-los pessoalmente. — Ele acenou o braço com um floreio, como se

Duna: Casa Atreides

imaginasse o movimento de uma capa colorida. — Este meu esqueleto velho tem agilidade suficiente para se esquivar de um monstro vagaroso daqueles. Vou mandar Yresk preparar um... Ou prefere que você mesmo escolha o animal, garoto?

— Achei que o senhor não fosse mais fazer isso. Já faz quase um ano desde que...

— De onde foi que você tirou essa ideia?

— De seus conselheiros, senhor. É perigoso demais. Não é por essa razão que outros têm feito as touradas em seu lugar?

O velho deu risada.

— Que ideia estapafúrdia! Só fiquei fora da arena por um único motivo: os touros degringolaram por um tempo, um desequilíbrio genético qualquer que os desvalorizou. Mas isso mudou, e novos espécimes estão chegando, mais fortes do que nunca. Yresk disse que estão prontos para lutar, assim como eu. — Ele passou o braço em volta dos ombros estreitos de Leto. — Qual ocasião seria melhor para uma *corrida de toros* que não a despedida de meu filho? Você vai comparecer à tourada: sua primeira. Sua mãe já não pode usar o argumento de que você é pequeno demais.

Leto assentiu com relutância. Uma vez tomada a decisão, o Velho Duque jamais mudaria de ideia. Pelo menos Paulus recebera treinamento e usaria um escudo pessoal.

O próprio Leto já havia enfrentado adversários humanos com escudos pessoais e estava ciente das vantagens e limitações daqueles equipamentos de proteção; eram capazes de bloquear disparos de projéteis e armas letais velozes, mas qualquer lâmina que se movesse abaixo do limite de velocidade podia atravessar a proteção e atingir o combatente. Um touro salusano ensandecido, com seus chifres pontudos, era bem capaz de se mover com lentidão suficiente para penetrar até o escudo mais calibrado.

O garoto engoliu em seco, ponderando sobre os novos touros aprimorados. Os antigos que o mestre-estribeiro Yresk lhe mostrara já pareciam bem perigosos — Leto se lembrava de pelo menos três toureiros que foram mortos por eles...

Consumido pela ideia recém-formada, o duque Paulus usou o sistema de comunicação pública implantado nas barracas e lojas para fazer o anúncio ao bazar. Ao ouvir a notícia, as pessoas do mercado comemoraram, com brilho nos olhos. Soltaram risadas, em parte pela expectativa da apresentação propriamente dita, mas também por causa do dia de descanso e festejos que estava por vir.

Leto sabia que a mãe não iria gostar nem um pouco daquilo — Paulus na tourada, com a presença do filho. Compreendia também que, assim que Helena começasse a reclamar, o Velho Duque ficaria mais decidido do que nunca.

A arena da Plaza de Toros se estendia ao sol do meio-dia. As arquibancadas ocupavam uma faixa larga imensa e estavam tão abarrotadas de gente que as pessoas dos assentos mais afastados lembravam minúsculos pontos coloridos. O duque nunca cobrava ingresso para suas apresentações; tinha muito orgulho daqueles eventos e gostava demais de se exibir.

Enormes estandartes verdes e pretos tremulavam com a brisa e os alto-falantes estrondavam com uma fanfarra. Pilastras decoradas com o brasão de gavião dos Atreides cintilavam com emblemas recém-polidos e pintados para o evento. Milhares de arranjos florais, colhidos dos campos e das terras baixas, estavam espalhados em torno da arena — uma dica nada sutil de que o duque gostava que o povo lançasse flores ao chão sempre que ele eliminava um touro.

Nos aposentos de preparação do térreo, Paulus se equipava para a luta. Leto estava com ele atrás de uma barricada, ouvindo a multidão impaciente.

— Pai, estou preocupado com o risco que o senhor está assumindo. O senhor não deveria fazer isso... especialmente não por minha causa.

O Velho Duque desconsiderou o comentário.

— Leto, meu garoto, você precisa entender que não basta assinar documentos, cobrar impostos e comparecer a reuniões do Landsraad para governar um povo e conquistar sua lealdade. — Paulus endireitou a capa magenta e se aprumou diante de um espelho. — Eu conto com aquelas pessoas lá fora para produzir o máximo que Caladan tem a oferecer. E elas precisam fazer isso voluntariamente, com muito trabalho... Não só em benefício próprio, mas também pela honra e pela glória. Se a Casa Atreides viesse a entrar em guerra de novo, aquelas pessoas derramariam o próprio sangue por mim. Elas dariam a vida por nosso estandarte. — O duque mexeu na armadura. — Pode ajustar aqui para mim?

Duna: Casa Atreides

Leto pegou as fivelas nas costas da placa de couro, puxou e apertou os nós. Continuou calado, mas assentiu para mostrar que compreendia.

— Na condição de duque, preciso dar algo em troca ao povo, demonstrar que sou digno — continuou o pai. — E não é só pelo entretenimento, mas para incutir na mente deles a noção de que sou um homem de grande prestígio, de proporções heroicas... alguém agraciado por Deus para governá-los. Não tenho como fazer isso sem me colocar diante deles. A liderança não é um processo passivo. — Paulus conferiu o cinturão-escudo e sorriu por trás da barba.

— "Ninguém é velho demais para aprender." Essa é uma fala da peça *Agamemnon*... Veja que nem sempre estou dormindo, apesar das aparências.

Thufir Hawat, o sisudo mestre de armas, estava ao lado do duque. Como um Mentat leal, Hawat não expressaria oposição às decisões de seu superior; em vez disso, aconselhava-o da melhor maneira possível, murmurando a Paulus os padrões identificados nos movimentos daquela nova remessa de touros salusanos mutantes.

Leto sabia que a mãe estaria nas arquibancadas, na frisa ducal, vestida com seus trajes formais, mantos e véus translúcidos coloridos, desempenhando seu papel, acenando para o povo. Na noite anterior, mais uma vez, ele escutara uma discussão muito acalorada por trás das portas do quarto; no fim das contas, o duque Paulus acabara gritando uma ordem para ela se calar e se retirando para descansar para as atividades do dia seguinte.

O duque pôs o capelo de borda verde e apanhou os equipamentos necessários para vencer o touro selvagem: seus punhais e uma lança comprida adornada com penas, com uma neurotoxina na ponta. Thufir Hawat sugerira que o mestre-estribeiro aplicasse um leve tranquilizante no touro para amenizar seus impulsos furiosos, mas o duque era um homem que adorava desafios. Nada de adversários entorpecidos!

Paulus encaixou o estojo de ativação no cinturão-escudo e ativou o campo de força. Era só um meio-escudo, usado para proteger uma lateral do corpo; o duque cobria a outra com uma capa de cor vibrante chamada *muleta*.

Primeiro, Paulus fez uma mesura para o filho, depois para o Mentat e, por fim, para os treinadores que aguardavam na entrada da arena.

— Hora de começar o espetáculo.

Leto o viu girar nos calcanhares e sair marchando para a Plaza de Toros a céu aberto tal qual um pássaro executando uma dança de acasalamento. Quando o duque apareceu, os gritos de viva trovejaram muito mais alto que o mugido de qualquer touro salusano.

Atrás da barricada, Leto piscou sob o brilho intenso do sol e abriu um sorriso enquanto o pai caminhava tranquilamente ao redor da arena, balançando a capa, curvando-se, cumprimentando o público extasiado. Sentiam-se o amor e a admiração que as pessoas tinham por aquele homem corajoso, e aquilo aquecia o coração de Leto.

Esperando nas sombras, ele jurou para si mesmo que faria de tudo para estudar os triunfos do pai, de modo que um dia também inspirasse tanto respeito e devoção do povo. Triunfos... Leto afirmou mentalmente que aquela tourada seria mais um triunfo na longa lista do pai. Mas não conseguia evitar a preocupação. Tudo podia mudar com uma trepidação de escudo, um toque de chifre pontudo, um golpe de casco.

Após um apito, a voz de um apresentador explicou os detalhes da iminente *corrida de toros*. Com um floreio da luva de lantejoulas, o duque Paulus gesticulou para as grandes portas reforçadas do outro lado da arena.

Leto foi até outra abertura arqueada para enxergar melhor e lembrou a si mesmo de que aquela exibição não seria uma farsa. O pai dele estaria, de fato, lutando pela própria vida.

Os ganadeiros cuidavam das criaturas ferozes e o mestre-estribeiro Yresk escolhera pessoalmente um animal para a tourada do dia. Após examinar o touro, o Velho Duque se dera por satisfeito, com a certeza de que a multidão também se encantaria com a ferocidade do animal. Estava ansioso para o confronto.

Os portões pesados se abriram com um rangido das dobradiças suspensoras e o touro salusano saiu correndo, sacudindo a cabeça imensa de vários chifres à luz intensa do sol. Os olhos multifacetados brilhavam com uma fúria bestial. As escamas do lombo da criatura mutante refletiam uma iridescência no couro preto.

O duque Paulus deu um assobio e balançou a capa.

— Estou aqui, idiota!

O público riu.

Duna: Casa Atreides

O touro se virou para o duque e abaixou a cabeça, bufando alto com um ruído borbulhante.

Leto reparou que o pai ainda não ativara o escudo protetor. Paulus apenas agitava e balançava a capa colorida, tentando atrair a ira do animal. O touro salusano arrastou a pata no chão arenoso da arena e bufou novamente antes de começar a correr. Leto sentiu vontade de gritar, de alertar o pai. Será que tinha meramente se esquecido de ligar a proteção? Como ele sobreviveria sem escudo?

No entanto, o touro passou direto em disparada e Paulus balançou a capa com um movimento gracioso para o lado, deixando a criatura acertar o alvo dissimulado. Os chifres curvos retalharam a parte inferior do tecido. Enquanto o touro se virava, o Velho Duque deu as costas para o animal, exposto e confiante demais. Ele fez uma mesura debochada para a plateia antes de endireitar a postura — e só então, com calma e paciência, ativou o escudo pessoal.

O touro voltou a atacar, e daquela vez o duque usou o punhal para brincar com ele, espetando o couro escamoso grosso antes de abrir uma ferida dolorosa, ainda que pequena, no costado. Os olhos multifacetados do animal viram diversas imagens de seu algoz colorido e cheio de adereços.

A criatura atacou de novo.

Está rápido demais para penetrar o escudo, pensou Leto. *Só que pode ser ainda mais perigoso se o touro se cansar e desacelerar...*

Conforme o confronto se delongava, Leto viu o pai extrair o máximo possível de espetáculo da situação, divertindo o público com provocações. O velho Paulus poderia ter matado o touro salusano a qualquer instante, mas protelou o momento, deleitando-se.

Pelas reações dos espectadores, Leto teve certeza de que aquele evento seria assunto por anos. Os produtores de arroz e os pescadores levavam vidas difíceis e de trabalho árduo. Aquele festejo gravaria para sempre uma imagem cheia de orgulho do duque na mente das pessoas. Olhe só o que o velho Paulus estava fazendo, apesar da idade!

A certa altura, o touro ficou exausto, com olhos injetados e narinas pesadas e cansadas, derramando o fluido vital na superfície granulosa da arena. O próprio duque Paulus decidiu então encerrar a luta. Já fazia quase uma hora que ele vinha prolongando a brincadeira. Mesmo encharcado de suor, ele conseguia preservar a aparência régia de alguma maneira e não admitia que sua postura revelasse cansaço ou que sua bela indumentária parecesse desarrumada.

Nas arquibancadas, lady Helena continuava balançando suas flâmulas, sorrindo fixamente para o espetáculo.

O touro salusano àquela altura parecia uma máquina ensandecida, um monstro furioso com poucos pontos vulneráveis na armadura de escamas pretas. Quando a fera desembestou de novo a passos trôpegos, com chifres reluzentes pontudos feito lanças, Paulus fez uma finta para a esquerda e voltou quando o touro passou direto.

O Velho Duque jogou o corpo para o lado outra vez, arremessou a capa esvoaçante ao chão e segurou o cabo da lança com as duas mãos. Com toda a força, desferiu um golpe poderoso no costado do animal. Desempenho impecável, execução magnífica. A lâmina da lança penetrou por uma brecha no couro blindado do touro salusano, deslizou por uma articulação de vértebra e crânio e afundou até atravessar os dois cérebros independentes da criatura — o jeito mais difícil e sofisticado de matá-la.

O touro parou, ofegando, grunhindo — e, de repente, estava morto. A carcaça tombou feito uma espaçonave abatida.

Com o pé na cabeça chifruda do touro, o duque Paulus puxou a lança com força, extraiu a lâmina ensanguentada e a largou no solo coberto de cinzas. Em seguida, sacou a espada, ergueu-a no alto e rodopiou-a em um gesto triunfal.

Como se fossem um único organismo, as pessoas nas arquibancadas se levantaram aos brados, proferindo uivos e vivas. Sacudiam flâmulas, pegavam buquês nos vasos e jogavam flores para o meio da arena. Entoavam o nome de Paulus sem parar.

Em deleite com a adoração, o patriarca Atreides sorriu e se virou, abrindo a jaqueta para que os espectadores vissem seu corpo suado e sujo de sangue. Naquele momento, ele era um herói; não havia mais necessidade de ostentar as vestes formais.

Quando os vivas ensurdecedores silenciaram, muitos minutos depois, o duque voltou a erguer a espada e a desceu com força, golpeando várias vezes até efetivamente decepar a cabeça do touro. Por fim, largou a lâmina ensanguentada no chão fofo da arena, agarrou os chifres do touro com as duas mãos e levantou a cabeça degolada bem alto.

Duna: Casa Atreides

— Leto! Leto, meu filho, venha cá! — gritou por cima do ombro, com uma voz ribombante na acústica da Plaza de Toros.

Ainda à sombra da abertura arqueada, o garoto hesitou por um instante, mas então avançou. De cabeça erguida, atravessou a terra pisoteada pelo touro e parou ao lado do pai. A plateia comemorou com entusiasmo renovado.

O Velho Duque se virou e apresentou ao filho a cabeça sangrenta do abate.

— Apresento a vocês Leto Atreides! Seu futuro duque! — anunciou para o público, apontando para o filho.

A multidão continuava com os aplausos e vivas. Leto agarrou um dos chifres do touro; ele e o pai ergueram juntos a cabeça do animal derrotado, um troféu pingando gotas vermelhas grossas na areia.

Ao ouvir o povo ecoar seu nome, Leto sentiu uma vibração profunda dentro de si e se perguntou, pela primeira vez, se seria aquela a sensação de ser um líder.

N'KEE: **veneno de ação lenta que se acumula nas glândulas adrenais; uma das toxinas mais insidiosas permitidas pelos acordos da Paz da Guilda e pelas restrições da Grande Convenção (*veja-se* Guerra de Assassinos).**

— **Manual dos Assassinos**

— Hããã, quer saber, Shaddam? O imperador não vai morrer nunca. — Hasimir Fenring, um homem pequeno com olhos escuros enormes e rosto de fuinha, estava sentado de frente para o console de escudobol do visitante, o príncipe herdeiro Shaddam. — Pelo menos não enquanto você for jovem o bastante para desfrutar do trono.

Com um olhar ágil e penetrante, Fenring viu a bola preta de escudobol parar em uma área de baixa pontuação. Ao concluir seu turno na partida, o herdeiro do Imperium visivelmente não ficou feliz com o resultado. Eles tinham sido próximos quase a vida inteira, e Fenring sabia bem como distraí-lo no momento certo.

Da sala de jogos na luxuosa cobertura de Fenring, Shaddam via as luzes do Palácio Imperial do pai cintilando no aclive suave a um quilômetro de distância. Com a ajuda de Fenring, ele se livrara de seu irmão mais velho, Fafnir, muitos e muitos anos antes, e nem assim parecia mais perto do Trono do Leão Dourado.

Shaddam andou até a sacada e respirou fundo, devagar.

Ele tinha trinta e poucos anos e era um homem de traços fortes, com queixo firme e nariz aquilino; o cabelo arruivado era curto e estava besuntado e modelado na forma de um capacete perfeito. De certa forma peculiar, lembrava os bustos centenários do pai, esculpidos nas primeiras décadas do reinado de Elrood.

A noite estava começando, e duas das quatro luas de Kaitain pairavam baixo atrás do gigantesco edifício imperial. Planadores acesos transitavam pelo céu tranquilo do crepúsculo, perseguidos por bandos de pássaros canoros. Shaddam só precisava sair daquele palácio imenso de vez em quando.

— Imperador padixá há 136 anos — continuou Fenring com sua voz nasalada. — E o pai do velho Elrood também governou por mais de um

Duna: Casa Atreides

século. Pense só, hãããã, ah? Seu pai assumiu o trono quando tinha só 19 anos, e você já está quase com o dobro da idade. — O homem de rosto fino encarou o amigo com olhos enormes. — Isso não o incomoda?

Shaddam não respondeu. Fitou o horizonte, ciente de que deveria voltar à partida... mas ele e o amigo tinham jogos mais importantes em vista.

Após tantos anos de intimidade, Fenring sabia que o herdeiro imperial não era capaz de lidar com problemas complexos quando estava ocupado com outras distrações. *Pois bem, vou acabar com esta brincadeira.*

— Minha vez — disse Fenring.

Ele ergueu um bastão de seu lado da esfera cintilante e penetrou-o no escudo para tocar um disco interno rotatório. Aquilo fez com que uma bola preta no meio do globo levitasse no ar. No momento exato, Fenring recolheu o bastão e a bola caiu no meio de um receptáculo oval de maior pontuação.

— Maldito seja, mais um jogo perfeito para você, Hasimir — praguejou Shaddam, voltando da sacada. — Quando eu for imperador, será que você vai ter a sensatez de perder para mim?

Os olhos grandes demais de Fenring estavam alertas e ferinos. Eunuco por genética, incapaz de procriar devido a suas deformidades congênitas, mesmo assim ele era um dos guerreiros mais letais do Imperium, com uma ferocidade tão obsessiva que era mais do que páreo para qualquer Sardaukar.

— *Quando* você for imperador? — Fenring e o príncipe guardavam juntos tantos segredos fatais que, para os dois, era inconcebível não compartilhar informações um com o outro. — Shaddam, está ouvindo o que estou dizendo, hãããã? — Ele deu um suspiro de irritação. — Você tem 34 anos e está esperando sentado sua vida começar... seu direito de primogenitura. Elrood pode durar mais três décadas, no mínimo. Ele é um velho burseg renitente e, pelo jeito como emborca cerveja de especiaria, pode acabar vivendo mais que nós dois.

— Então para que falar disso? Já tenho tudo de que preciso aqui. — Shaddam mexeu nos controles do escudobol, claramente desejando mais uma rodada.

— Você prefere ficar jogando até a velhice? Achei que havia um futuro mais bem reservado para você, hãããã, ah? O destino de seu sangue Corrino.

— Ah, sim. E se eu não realizar meu *destino*, que fim você vai levar? — indagou Shaddam, com um tom ressentido.

— Vou ficar muito bem, obrigado.

A mãe de Fenring tinha sido treinada como Bene Gesserit antes de servir ao Imperium como dama de companhia da quarta esposa de Elrood; ela o educara bem e o preparara para um caminho promissor.

Mas Hasimir Fenring estava enfezado com o amigo. No final da adolescência, houve um tempo em que Shaddam tivera muito mais ambição de tomar o trono imperial, a ponto de incentivar Fenring a envenenar Fafnir, o filho mais velho do imperador, que na época tinha 46 anos e também aguardava ansiosamente a coroa.

Já fazia quinze anos desde a morte de Fafnir, e nem assim aquele abutre velho mostrava qualquer sinal de que um dia fosse morrer. No mínimo, Elrood devia ter a elegância de abdicar. Com o passar do tempo, Shaddam perdera o interesse e passara a se ocupar com os prazeres da posição que já tinha. A condição de príncipe herdeiro proporcionava uma vida de poucas dificuldades. Mas Fenring queria muito mais — para o amigo e para si mesmo.

Shaddam encarou o outro com irritação. Habla, a mãe do príncipe herdeiro, o rejeitara quando ele era bebê — o único filho que ela tivera com Elrood — e deixara Chaola Fenring, sua dama de companhia, servir como ama de leite. Desde pequenos, Shaddam e Fenring conversavam sobre o que fariam quando ele ascendesse ao Trono do Leão Dourado. *Imperador padixá Shaddam IV.*

Entretanto, para o príncipe, aquelas conversas tinham perdido a magia da época da infância. Eram anos demais de uma realidade estabelecida, tempo demais de espera sem propósito. A força da esperança e o entusiasmo dele pelo cargo haviam esmorecido até se tornarem apatia. Por que *não* preencher os dias com partidas de escudobol?

— Você é um cretino — protestou Shaddam. — Vamos começar outra partida.

Fenring ignorou a sugestão do amigo e desligou o console.

— Até posso ser, mas o Imperium tem muitos assuntos que são prementes e que precisam de atenção; você sabe tão bem quanto eu que seu pai não está fazendo um bom serviço. O diretor de uma empresa seria demitido se administrasse o negócio do mesmo jeito que seu pai adminis-

Duna: Casa Atreides

tra o Império. Pense no escândalo da CHOAM, por exemplo, na operação de desvio de sugemas.

— Ah, sim. É inegável, Hasimir — concordou Shaddam, soltando um suspiro profundo.

— Aqueles falsários. Um duque, uma duquesa... uma família inteira de fraudes, bem debaixo do nariz de seu pai. Quem estava vigiando? E agora eles sumiram para um planeta renegado longe do controle imperial. Isso jamais devia ter acontecido, hãããã? Imagine só a perda de lucros de Buzzell e dos sistemas vizinhos? Onde Elrood estava com a cabeça?

Shaddam desviou o olhar. Ele não gostava de se dar ao trabalho de pensar em assuntos imperiais sérios. Aquilo lhe dava enxaqueca. Considerando o aparente vigor do pai, aqueles detalhes pareciam distantes e, de modo geral, irrelevantes para ele.

Mas Fenring persistiu:

— Na conjuntura atual, você não vai ter chance de fazer melhor. Ele está com 155 anos e com uma saúde impressionante ainda. Antes dele, Fondil III viveu até os 175. Qual foi o imperador Corrino mais longevo?

Shaddam franziu o cenho e olhou cheio de vontade para o equipamento do jogo.

— Você sabe que eu não presto atenção nesse tipo de coisa, nem quando o tutor se irrita comigo.

Fenring o cutucou com o dedo.

— Elrood vai viver até os 200, pode escrever o que eu digo. Você tem um problema sério, meu amigo... se não me escutar. — Ele arqueou as sobrancelhas finas.

— Ah, sim, mais ideias do Manual dos Assassinos, imagino. Cuidado com essa informação. Pode deixá-lo bem encrencado.

— O destino de pessoas tépidas reserva nada além de ofícios tépidos. Você e eu, Shaddam, temos um futuro muito mais grandioso. Pense nas possibilidades, em termos hipotéticos, claro. Além do mais, que mal tem um veneninho? Funciona bem e só afeta a pessoa pretendida, em consonância com a Grande Convenção. Nenhuma morte colateral, nenhuma perda de renda, nenhuma destruição de herança. Tudo limpo.

— Venenos são para assassinatos entre Casas, não para o que você está pensando.

— Você não reclamou quando eu resolvi a questão de Fafnir, hããããã, ah? Ele já estaria com sessenta e poucos anos a esta altura, ainda esperando para saborear o trono. *Você* quer esperar isso tudo?

— Pare — insistiu Shaddam, batendo o pé. — Nem pense em uma coisa dessas. Não é correto.

— E é *correto* privá-lo de seu direito de primogenitura? Quão eficiente você seria como imperador se só conseguisse exercer o poder quando já estivesse velho e senil, que nem seu pai? Olhe só o que aconteceu em Arrakis. Quando finalmente substituímos Abulurd Harkonnen, o estrago à produção de especiaria já estava feito. Abulurd não tinha a menor ideia de como empregar a chibata, então os trabalhadores não o respeitavam. E agora o barão a emprega em demasia, então o moral está lá embaixo, o que resulta em uma epidemia de deserções e sabotagem. Mas, no fundo, não dá para dizer que a culpa é dos Harkonnen. A origem de tudo está em seu pai, o imperador padixá, e nas decisões ruins que ele tomou. — Fenring suavizou o tom para concluir: — É seu dever garantir a estabilidade do Imperium.

Shaddam olhou para o teto como se procurasse olhos-espiões ou outros dispositivos de escuta, mesmo sabendo que Fenring mantinha uma proteção impecável em sua cobertura particular e fazia inspeções regulares.

— Qual tipo de veneno você está considerando? Só hipoteticamente.

Ele voltou de novo o olhar para o Palácio Imperial, além das luzes da cidade. A estrutura cintilante parecia um graal lendário, um prêmio inatingível.

— Talvez algum de ação lenta, hããããã? Para passar a impressão de que Elrood está envelhecendo. Ninguém vai questionar o que acontecer, considerando a idade que ele já tem. Deixe comigo. Como nosso futuro imperador, você não deveria se preocupar com os detalhes desse tipo de coisa... Sempre fui seu facilitador, lembra?

Shaddam mordeu o lábio inferior. Ninguém em todo o Imperium conhecia Fenring tão bem quanto ele. Mas seria possível que o amigo o traísse algum dia? Talvez... embora Fenring soubesse muito bem que Shaddam era sua melhor chance de alcançar o poder. Como manter o amigo ambicioso sob controle, como continuar sempre um passo à frente dele: esse era o desafio.

Duna: Casa Atreides

Ciente das habilidades letais de Hasimir Fenring, o imperador El-rood IX fizera uso dele em diversas operações clandestinas, todas bem-sucedidas. Elrood até desconfiava da participação de Fenring na morte do príncipe Fafnir, mas aceitava o ocorrido como parte da política imperial. Ao longo dos anos, Fenring matara pelo menos cinquenta homens e uma dezena de mulheres, incluindo pessoas — de ambos os gêneros — com quem o próprio se envolvera romanticamente. Ele se orgulhava de ser um assassino capaz de encarar a vítima nos olhos ou atacá-la pelas costas sem remorso.

Às vezes, Shaddam desejava jamais ter estabelecido uma relação com o insistente Fenring na infância; assim, não seria pressionado a tomar decisões difíceis sobre as quais não queria pensar. Deveria ter abandonado o companheiro de berço assim que aprendera a dar as primeiras passadas. Era arriscado andar com um assassino tão implacável, e por vezes ele se sentia contaminado pela associação.

Mesmo assim, Fenring era seu amigo. Havia uma atração entre os dois, um *algo* indefinível sobre o qual eles conversavam de vez em quando sem chegar a compreender plenamente. Naquele momento, Shaddam achava que era mais fácil aceitar a amizade — e ele torcia para que *fosse* amizade, pelo próprio bem — do que tentar terminá-la. A segunda opção tinha potencial para ser extremamente perigosa.

Uma voz próxima interrompeu sua linha de raciocínio:

— Seu conhaque preferido, meu príncipe.

Ao olhar para o lado, Shaddam viu Fenring lhe oferecer uma grande taça de kirana turvo escuro.

Ele aceitou a bebida, mas olhou desconfiado para o líquido e o fez girar na taça. Tinha alguma outra cor ali, algo não muito bem diluído? Pôs o nariz na boca da taça, inalando o aroma como se fosse um entendido de bebidas — mas na verdade estava tentando detectar qualquer substância química estranha. O cheiro do conhaque estava normal. Por outro lado, Fenring teria tomado cuidado com aquilo. Ele era um homem sutil e ardiloso.

— Posso trazer o farejador se quiser, mas jamais se preocupe com a possibilidade de eu o envenenar, Shaddam — disse Fenring, com um sorriso perturbador. — Já a situação de seu pai é bem diferente.

— Ah, sim. Veneno de ação lenta, é? Desconfio que você já tenha alguma substância específica em mente. Quanto tempo meu pai vai viver depois que seu processo começar? Digo, se é que vamos fazer isso.

— Dois anos, talvez três. Tempo suficiente para o declínio parecer natural.

Shaddam ergueu o queixo, tentando passar uma impressão régia. Sua pele estava perfumada, e o cabelo arruivado, cheio de creme e penteado para trás.

— Você entende que eu só poderia considerar seguir em frente com uma traição desta magnitude pelo bem do Imperium... para evitar a continuação das calamidades pelas mãos de meu pai.

Um sorriso malicioso se insinuou nas extremidades do rosto de fuinha de Fenring.

— Claro.

— Dois ou três anos — refletiu Shaddam. — Acho que seria tempo o bastante para eu me preparar para as grandes responsabilidades da liderança... enquanto você trata de algumas das tarefas mais desagradáveis do Império.

— Não vai beber seu conhaque, Shaddam?

O príncipe fitou a expressão dura naqueles olhos enormes e sentiu um arrepio de medo se alastrar pela coluna. Já estava envolvido demais para *não* confiar em Fenring. Então, inspirando de modo vacilante, bebericou o saboroso destilado.

Três dias depois, Fenring se esgueirou feito um fantasma pelos escudos e farejadores de venenos do palácio e parou diante do imperador adormecido, ouvindo a vibração suave dos roncos dele.

Esse aí não tem qualquer preocupação neste universo.

Ninguém mais teria conseguido entrar no quarto mais seguro do imperador ancião. Mas Fenring tinha seus meios: uma propina aqui, uma agenda manipulada acolá, uma concubina levada a passar mal, um guarda distraído, o secretário despachado para cumprir uma tarefa urgente. Fizera aquilo muitas vezes, treinando para o inevitável. Todos no palácio já estavam acostumados às perambulações dele e sabiam que não deveriam fazer muitas perguntas. Naquele momento, de acordo com suas estimativas exatas — que teriam dado orgulho até a um Mentat —, Fenring tinha três minutos. Com sorte, quatro.

Duna: Casa Atreides

Tempo suficiente para mudar o rumo da história.

Com a mesma precisão demonstrada durante a partida de escudobol, assim como nos ensaios com manequins e duas criadas desafortunadas das despensas da cozinha, Fenring ficou imóvel e esperou, avaliando a respiração da vítima como um tigre laza prestes a dar o bote. Em uma das mãos, entre dois dedos delgados, segurava uma agulha comprida de micropelo; na outra, um tubo-vaporizador. O velho Elrood estava deitado de costas, na posição ideal, e parecia uma múmia, com a pele de pergaminho esticada sobre o crânio.

Com a mão firme, Fenring aproximou o tubo-vaporizador. Contou consigo mesmo, esperando...

No intervalo entre as respirações de Elrood, ele acionou uma alavanca do tubo e borrifou um anestésico potente no rosto do velho.

Não houve mudança perceptível alguma em Elrood, mas Fenring sabia que o neuroentorpecente tinha surtido efeito instantâneo. E então ele foi em frente. Uma agulha autoguiada ultrafina subiu pela narina do velho, embrenhou-se pelas fossas nasais e adentrou o lóbulo frontal do cérebro. Fenring parou por apenas um instante para descarregar a bomba-relógio química e retirou a agulha. Em questão de segundos, estava feito. Sem rastro algum, nenhuma dor sequer. Indetectável e com muitas camadas, o aparato interno tinha sido ativado. O catalisador minúsculo iria crescer e causar seu estrago, como a primeira célula podre em uma maçã.

Cada vez que o imperador consumisse sua bebida favorita — cerveja de especiaria —, seu próprio cérebro liberaria pequenas doses de veneno catalisador na corrente sanguínea. Assim, um elemento habitual da dieta do velho passaria por uma conversão química e se tornaria chaumurky — veneno administrado a uma bebida. A mente dele se degradaria lentamente... uma metamorfose que seria extremamente agradável de assistir.

Fenring adorava ser sutil.

**KWISATZ HADERACH: "encurtamento do caminho".
É o nome dado pelas Bene Gesserit à incógnita
para a qual elas procuram uma solução genética:
a versão masculina de uma Bene Gesserit, cujos
poderes mentais e orgânicos viriam a unir o
espaço e o tempo.**

— **Terminologia do Imperium**

Era mais uma manhã de frio. Laoujin, o pequeno sol branco-azulado, insinuava-se por cima dos telhados de placas de terracota, dissipando a chuva.

A Reverenda Madre Anirul Sadow Tonkin fechou a gola do manto preto para se proteger do vento úmido que soprava do sul, molhando seu cabelo curto bronze-acastanhado. A passos apressados, seguiu pelas pedras molhadas da rua na direção da entrada em arco do prédio administrativo das Bene Gesserit.

Ela estava atrasada e acabou correndo, apesar de não ser apropriado que uma mulher de tamanho prestígio fosse vista afobada daquele jeito, como uma menina esbaforida. A Madre Superiora e seu seleto conselho deviam estar à espera de Anirul na câmara capitular — para uma reunião que não podia começar sem ela. Era a única pessoa que guardava dentro de si todas as projeções de reprodução da Irmandade e o conhecimento total das Outras Memórias.

O vasto complexo da Escola Mãe em Wallach IX era a base das atividades das Bene Gesserit por todo o Imperium. O primeiro santuário histórico da Irmandade fora construído ali e remontava aos tempos pós-Jihad Butleriano, nos primórdios das grandes escolas da mente humana. Alguns dos edifícios no enclave de treinamento tinham milhares de anos e carregavam os ecos de fantasmas e lembranças; outros haviam sido construídos nos séculos mais recentes, em estilos pensados cuidadosamente para combinar com os originais. A aparência bucólica do complexo da Escola Mãe promovia um dos preceitos fundamentais da Irmandade: mínimo de aparência, máximo de conteúdo. A própria Anirul tinha feições compridas e finas, conferindo-lhe uma face

Duna: Casa Atreides

de expressão dócil, mas com olhos grandes que abrigavam uma profundidade milenar.

As estruturas de enxaimel feitas de madeira e estuque — uma combinação de estilos arquitetônicos clássicos — tinham telhas de siena manchadas de musgo e janelas biseladas de potencialização luminosa feitas para concentrar a luz natural e o calor emitido pelo sol minúsculo. As ruas e vielas estreitas e simples, junto à aparência arcaica pitoresca do enclave educacional, omitiam as complexidades sutis e o peso imenso da história que se ensinava em seu interior. Visitantes presunçosos não se impressionariam, e a Irmandade não se importava em absoluto.

As Bene Gesserit levavam uma existência discreta por todo o Imperium, embora sempre presentes em áreas cruciais, orientando o equilíbrio político em pontos de virada, observando, influenciando, alcançando os próprios objetivos. Era melhor para as Irmãs serem subestimadas; assim, enfrentavam menos obstáculos.

Apesar de todas as insuficiências e dificuldades superficiais, Wallach IX continuava sendo o lugar ideal para desenvolver a musculatura psíquica necessária para as Reverendas Madres. A colmeia intricada de estruturas e trabalhadores do planeta era muito valiosa, imersa demais em história e tradição para ser substituída. De fato, havia climas mais amenos em mundos mais hospitaleiros, mas qualquer acólita incapaz de suportar aquelas condições não seria capaz de lidar com as agonias, os ambientes hostis e as muitas decisões difíceis que uma verdadeira Bene Gesserit viria a enfrentar.

Mantendo a respiração acelerada sob controle, a Reverenda Madre Anirul subiu os degraus do prédio administrativo, molhados pela chuva, e parou um instante a fim de olhar para a praça outra vez. Ela endireitou o corpo alto, mas sentia o peso da história e da memória nos ombros — para uma Bene Gesserit, não havia muita diferença entre as duas coisas. As vozes das gerações anteriores ecoavam nas Outras Memórias, uma cacofonia de sabedoria, experiência e opiniões disponível para todas as Reverendas Madres, e especialmente intensa para Anirul.

Naquele mesmo lugar, a primeira Madre Superiora, Raquella Berto-Anirul, cujo nome a própria Anirul escolhera para si, havia feito a lendária declamação para a embrionária Irmandade. Raquella forjara uma nova escola a partir de um grupo de acólitas desesperadas e maleáveis que ainda sofriam pelos séculos de jugo de máquinas pensantes.

Você tinha noção do que estava iniciando, tanto tempo atrás?, perguntou Anirul para si mesma. *Tantas tramas, tantos planos... tanta coisa imposta a uma única esperança secreta.* Às vezes, a presença sepultada da Madre Superiora Raquella chegava a de fato responder dentro da jovem. Mas não daquela vez.

Por ter acesso à infinitude de vidas-memórias sepultadas em sua psique, Anirul sabia exatamente em qual degrau sua ilustre antepassada havia ficado e conseguia escutar as palavras exatas que Raquella pronunciara na época. Um calafrio lhe percorreu a coluna e a fez hesitar. Apesar de ainda jovem e de pele lisa, ela continha uma Ancestralidade dentro de si, assim como todas as Reverendas Madres vivas — mas, nela, as vozes falavam mais alto. Era reconfortante dispor da multidão consoladora de memórias para aconselhá-la em momentos de necessidade. Impedia que cometesse erros pueris.

Mas Anirul seria acusada de ser distraída e atrasar-se de forma pueril se não chegasse à reunião. Havia quem dissesse que ela era jovem demais para ser a Madre Kwisatz, mas as Outras Memórias tinham revelado mais para ela do que para qualquer outra Irmã. Ela compreendia melhor que as outras Reverendas Madres a preciosa missão genética milenar rumo ao Kwisatz Haderach, já que as vidas passadas lhe haviam revelado *tudo* e omitido os detalhes da maioria das outras Bene Gesserit.

A ideia de um Kwisatz Haderach já era o sonho da Irmandade fazia milhares e milhares de anos, concebido em obscuras assembleias clandestinas antes mesmo da vitória do Jihad. As Bene Gesserit tinham muitos programas de reprodução voltados para a seleção e a melhoria de diversas características da humanidade, as quais ninguém compreendia de todo. As linhas genéticas do projeto do messias tinham sido o segredo mais cuidadosamente preservado de todos durante grande parte da história documentada do Imperium, tão sigiloso que até as vozes nas Outras Memórias se recusavam a revelar os detalhes.

Mas, para Anirul, elas contaram o plano inteiro, e ela compreendia a dimensão completa. Por algum motivo, ela fora escolhida para ser a Madre Kwisatz daquela geração, guardiã do objetivo mais importante das Bene Gesserit.

Duna: Casa Atreides

Contudo, a fama e o poder não eram licença para se atrasar para as reuniões do conselho. Muitas ainda a enxergavam como uma jovem impetuosa.

Ao abrir uma porta pesada coberta de hieróglifos em um idioma do qual só as Reverendas Madres se lembravam, ela adentrou um vestíbulo onde outras dez Irmãs, todas trajadas com mantos encapuzados pretos e semelhantes ao dela, aguardavam aglomeradas. Um burburinho baixo de conversa preenchia o ar dentro do edifício comum. *Uma casca simples e trivial pode esconder tesouros*, segundo uma máxima popular das Bene Gesserit.

As outras Irmãs abriram caminho quando Anirul passou no meio delas feito uma nadadora afastando águas. Por mais que fosse alta e tivesse ossos largos, Anirul sabia conferir graça a seus movimentos — embora não com facilidade. Cochichando, as outras a seguiram quando ela entrou na câmara capitular octogonal, o cômodo destinado às reuniões da liderança da ordem ancestral. Seus passos fizeram o assoalho gasto ranger, a porta se fechou com um gemido e se trancou atrás delas.

Bancos de madeira-de-elacca contornavam o ambiente ancestral; a Madre Superiora Harishka estava sentada em um deles como se fosse uma acólita comum. De ascendência mista que incluía linhagens de ramos distintos da humanidade, a Madre Superiora era idosa e encurvada, com olhos castanho-escuros espiando por baixo do capuz preto.

As Irmãs se encaminharam às laterais da câmara e se sentaram em bancos brancos vazios, como a Madre Superiora. Logo o farfalhar dos mantos cessou, e ninguém falou nada. Em algum lugar, o edifício antigo rangeu. Do lado de fora, a garoa caía em uma cortina silenciosa, abafando a claridade penosa do sol branco-azulado.

— Anirul, estou esperando seu relatório — disse enfim a Madre Superiora, a voz sem revelar muito mais que um vestígio de irritação pelo atraso da jovem. Harishka liderava toda a Irmandade, mas Anirul tinha plena autoridade para tomar decisões executivas sobre o *projeto*. — Você prometeu que nos forneceria um resumo genético e projeções.

Anirul assumiu seu posto no centro da câmara. No alto, o teto abobadado se abria como uma flor até o topo das janelas góticas de vidroplás colorido; cada divisão das janelas ostentava um brasão familiar de grandes líderes da história da ordem.

Tentando conter o nervosismo, ela respirou fundo e reprimiu a multidão de vozes dentro de si. Grande parte da Ordem das Bene Gesserit não ficaria contente com o que Anirul tinha para dizer. Embora pudesse valer-se do alento e do apoio das vozes das vidas passadas, ela estava prestes a apresentar a própria avaliação, e precisaria defendê-la. Também deveria ser completamente sincera; a Madre Superiora era capaz de pressentir até a menor das mentiras. Harishka percebia tudo, e naquele momento seus olhos castanhos brilhavam em expectativa e impaciência.

Anirul pigarreou e cobriu a boca ao começar a apresentação com um sussurro dirigido que alcançava única e exclusivamente os ouvidos de todas dentro do salão trancado. Nada escapava que pudesse ser captado por qualquer dispositivo de escuta escondido. Todas ali sabiam do trabalho que Anirul fazia, mas ela relatou os detalhes mesmo assim, para realçar a importância de seu anúncio.

— Após milhares de anos de reproduções meticulosas, estamos mais perto do que nunca de nosso objetivo. Ao longo de noventa gerações, com um plano iniciado antes mesmo que os guerreiros butlerianos nos libertassem das máquinas pensantes, nós da Irmandade temos como meta criar nossa própria arma. Nosso próprio superindivíduo que utilizará a mente para unir o espaço e o tempo.

Suas palavras se arrastavam. As outras Bene Gesserit não desviavam a atenção, embora parecessem entediadas pelo resumo básico que a Reverenda Madre estava fazendo do projeto. *Muito bem, vou revelar algo para despertar a esperança delas.*

— Com a dança do DNA, determinei que faltam apenas três gerações para o sucesso, no máximo. — O coração dela acelerou. — Em breve teremos nosso Kwisatz Haderach.

— Tome cuidado ao falar desse segredo supremo — advertiu a Madre Superiora, mas sua seriedade não conseguia disfarçar seu deleite.

— Tomo cuidado com todos os aspectos de nosso programa, Madre Superiora — rebateu Anirul, com um tom demasiado altivo. Ela recobrou o autocontrole e manteve o rosto fino inexpressivo, mas outras já haviam percebido a gafe. Haveria mais comentários sobre sua destemperança, sua juventude, sua inadequação para um papel tão importante. — É por isso que tenho tanta certeza do que precisamos fazer. As amostras gené-

Duna: Casa Atreides

ticas foram analisadas, todas as possibilidades foram delineadas. A trajetória agora está mais nítida do que nunca.

Tantas Irmãs antes dela haviam trabalhado para atingir aquela meta incrível, e naquele momento era Anirul quem estava incumbida de administrar as últimas decisões reprodutivas e supervisionar o nascimento e a criação de uma nova menina, a qual muito provavelmente seria a avó do próprio Kwisatz Haderach.

— Reuni os nomes das últimas combinações genéticas — anunciou Anirul. — Nosso catálogo de cruzamentos indica que essas são as que terão maior chance de sucesso.

Ela se calou por um instante, desfrutando da atenção absoluta das outras. Para qualquer pessoa de fora, Anirul aparentava ser apenas mais uma Reverenda Madre, idêntica às outras Irmãs e sem grandes talentos ou dons. As Bene Gesserit eram boas em guardar segredo, e o da Madre Kwisatz era um dos maiores.

— Precisamos de uma linhagem específica de uma Casa ancestral. Isso produzirá uma filha, nossa versão da mãe da Virgem Maria, que, então, deverá aceitar o companheiro que escolhermos. Esses dois serão os avós, e sua criança, também uma filha, será treinada aqui em Wallach IX. Essa Bene Gesserit se tornará a mãe de nosso Kwisatz Haderach, um menino que precisará ser criado por nós, sob nosso controle total. — As últimas palavras foram emitidas com um suspiro lento, conforme Anirul refletia sobre a enormidade do que havia falado.

Só faltavam mais algumas décadas, e aí ocorreria o nascimento aterrador — talvez ainda durante a vida de Anirul. Ao pensar nos túneis das Outras Memórias, considerando a tessitura de tempo que se estendera como preparativo para aquela ocasião, Anirul compreendeu a sorte que tinha de estar viva naquele exato momento. Dentro de sua mente, suas antecessoras observavam e aguardavam ansiosamente em uma fila espectral.

Quando o inigualável programa de reprodução enfim se concretizasse, as Bene Gesserit não precisariam mais continuar atuando com presença sutil e manipuladora na política do Imperium. Tudo passaria a pertencer a *elas*, e seria o fim do arcaico sistema feudal galáctico.

Embora ninguém tivesse se pronunciado, Anirul detectou uma preocupação nos olhos ferinos das Irmãs, beirando uma incerteza que nenhuma delas se atrevia a expressar.

Brian Herbert e Kevin J. Anderson

— E que linhagem seria essa? — indagou a Madre Superiora.

Sem hesitar, Anirul se empertigou e respondeu:

— Precisamos gerar uma filha do... barão Vladimir Harkonnen.

Ela observou a surpresa no rosto das outras. Harkonnen? A Casa fazia parte dos programas de reprodução em geral, claro — como todas as Casas do Landsraad —, mas ninguém teria imaginado que o salvador Bene Gesserit emergiria da semente de um homem como o barão. O que aquela linhagem preconizava para o Kwisatz Haderach? No caso de um superindivíduo gerado pelos Harkonnen, teriam as Bene Gesserit alguma chance de controlá-lo?

Todos esses questionamentos — e muitos outros — se alastraram pelas Irmãs sem que se emitisse um ruído ou sussurro sequer. Anirul os enxergou claramente. Disse, enfim:

— Como todas vocês sabem, o barão Harkonnen é um homem perigoso, astuto e manipulador. Embora ele sem dúvida tenha uma noção geral dos muitos programas de reprodução das Bene Gesserit, nosso plano não pode ser revelado. Mesmo assim, precisamos encontrar uma maneira de fazê-lo engravidar uma Irmã selecionada sem que ele saiba o motivo.

A Madre Superiora comprimiu os lábios enrugados.

— Os apetites sexuais do barão se restringem exclusivamente a homens e meninos. Ele não terá o menor interesse em aceitar uma amante do sexo feminino, especialmente se for apresentada por nós.

Anirul assentiu com seriedade.

— Nossas capacidades de sedução serão postas à prova como nunca na história da ordem. — Ela lançou um olhar desafiador às poderosas Reverendas Madres ali presentes. — No entanto, com todos os recursos das Bene Gesserit, não tenho a menor dúvida de que descobriremos uma forma de coagi-lo.

Em resposta ao rigoroso tabu butleriano contra máquinas que executam funções mentais, algumas escolas treinaram seres humanos aprimorados para assimilar a maioria das funções antes executadas por computadores. Entre as principais instituições que emergiram com o Jihad estão a irmandade Bene Gesserit, com intenso treinamento mental e físico, a Guilda Espacial, com a habilidade precognitiva de encontrar trajetórias seguras por dobra espacial, e a Escola Mentat, com mentes capazes de atos de raciocínio tão extraordinários quanto os dos computadores.

— *Tratado sobre a mente*, de Ikbhan, volume I

Enquanto se preparava para passar um ano inteiro fora de casa, Leto tentava manter-se confiante. Ele sabia que seria um passo importante e entendia por que o pai escolhera Ix para ele estudar. Ainda assim, sentiria uma saudade terrível de Caladan.

Não era a primeira viagem do jovem herdeiro ducal para outro sistema estelar. Leto e o pai haviam explorado os vários mundos de Gaar e o planeta nebuloso de Pilargo, que se acreditava ter sido a origem dos caladianos primitivos. Estas não passavam de meras excursões, viagens de turismo empolgantes.

Contudo, a perspectiva de passar tanto tempo fora, e totalmente sozinho, estava deixando-o mais preocupado do que ele previra. Mas não se atrevia a expressar tal sentimento. *Um dia serei o duque.*

De uniforme Atreides, Leto estava ao lado do Velho Duque no espaçoporto da cidade de Cala, esperando uma nave auxiliar que o levaria até um paquete da Guilda. Duas malas flutuavam em cima de suspensores próximo a seus pés.

Lady Helena lhe sugerira que levasse criados, engradados cheios de roupas e de artigos de entretenimento e um estoque de comida caladiana de qualidade; por sua vez, o duque Paulus dera risada e explicara que ele próprio havia sobrevivido por meses no campo de batalha apenas com os parcos itens em sua mochila quando tinha a idade do filho. Insistira, porém, que Leto levasse nas costas uma bainha com uma das facas de pesca tradicionais de Caladan.

Como sempre, o menino tomara o partido do pai e decidira levar uma bagagem de tamanho mínimo. Além do mais, Ix era um planeta industrial rico, não uma selva; ele não sofreria muitas privações durante os estudos.

Quando estava em público, lady Helena reagia às decisões com uma postura de elegância estoica. Naquele dia, ela trajava um manto primoroso e uma capa reluzente. Embora Leto tivesse ciência de que era genuíno o temor da mãe pelo bem-estar do filho, lady Atreides jamais demonstraria qualquer expressão que abalasse sua imagem pública perfeita.

Ajustando as lentes de óleo do binóculo de campanha do pai, Leto desviou o olhar do gradiente pastel da alvorada no horizonte para os vestígios do céu noturno no alto. Uma partícula de luz se deslocava no meio das estrelas. Quando o menino encostou no controle de ampliação, ela cresceu até que fosse possível reconhecer o paquete em órbita baixa cercado pelo brilho desfocado de um sistema de escudo defensivo.

— Está vendo? — perguntou Paulus, parado junto do filho.

— Está ali, com escudos totalmente ativados. Eles estão preocupados com alguma ação militar? Aqui?

Considerando a severidade das consequências políticas e econômicas, Leto nem imaginava que alguém pudesse atacar uma nave da Guilda Espacial, que, embora não tivesse poderio militar próprio, era capaz de comprometer qualquer sistema solar por meio da privação dos serviços de transporte. Além disso, com seus mecanismos de vigilância sofisticados, a Guilda tinha como rastrear e identificar agressores independentes e enviar mensagens para o imperador, que, conforme os tratados firmados, despacharia forças imperiais Sardaukar.

— Nunca subestime as táticas do desespero, garoto — respondeu Paulus, mas não deu mais detalhes.

De tempos em tempos, ele contava para o filho histórias sobre acusações falsas contra certos indivíduos, situações inventadas no passado com o objetivo de eliminar inimigos do imperador ou da Guilda.

Duna: Casa Atreides

De tudo que estava ficando para trás, Leto acreditava que seriam as observações do pai aquilo que mais faria falta, as breves e perceptivas lições que o Velho Duque soltava casualmente.

— O Império opera além das meras leis — continuou Paulus. — A rede de alianças, favores e propaganda religiosa é um alicerce igualmente forte. Crenças têm mais poder que fatos.

Leto observou a nave magnífica distante no céu denso e franziu o cenho. Muitas vezes, era difícil separar a verdade da ficção...

Viu um ponto laranja aparecer embaixo da imensa espaçonave em órbita. A cor se transformou em um risco de luz descendente e assumiu o formato de uma nave auxiliar, que logo pairou acima do campo de pouso de Cala. Quatro gaivotas brancas se debateram, voando nas correntes de ar abaladas pela descida da nave, e então saíram grasnando em direção às falésias.

Em volta da nave auxiliar, um escudo tremeluziu e se apagou. Nas cercas do espaçoporto, flâmulas tremulavam na brisa matinal com cheiro de maresia. A nave, branca e em formato de bala, flutuou acima do campo em direção à plataforma de embarque onde Leto e os pais se encontravam, afastados da guarda de honra. Uma multidão acenava e gritava em volta do campo de pouso, observando com curiosidade ou desejando boa viagem. O veículo tocou a plataforma e uma porta deslizante se abriu na fuselagem.

A mãe de Leto se aproximou para se despedir, abraçando-o em silêncio; ela ameaçara ficar só olhando de uma das torres do Castelo Caladan, mas Paulus a dissuadira. O povo gritou vivas e votos de despedida; o duque Paulus e lady Helena deram as mãos e acenaram em resposta.

— Lembre-se do que eu falei, filho — disse Paulus, referindo-se ao intenso aconselhamento que ele fornecera ao menino nos dias anteriores. — Aprenda com Ix, aprenda com *tudo*.

— Mas use sempre o coração para saber o que é verdade — acrescentou a mãe.

— Sempre — confirmou Leto. — Vou sentir saudade. E vou ser motivo de orgulho para vocês.

— Você já é, garoto — respondeu Paulus.

Ele recuou até a guarda formal. Pai e filho executaram a saudação Atreides — a mão direita aberta ao lado da cabeça —, e, depois que todos os soldados repetiram o gesto, o duque avançou para abraçar Leto com força.

Pouco depois, a nave auxiliar robopilotada se ergueu acima dos penhascos escuros, mares revoltos e campos de lavoura nublados de Caladan. Em seu interior, Leto estava em um assento acolchoado da cabine de observação, olhando por uma janela. Quando o veículo atingiu a escuridão índigo do espaço, ele viu a luz do sol se refletir na superfície da ilha metálica que era o paquete da Guilda.

Diante da aproximação, um buraco preto se abriu morosamente na parte inferior. Leto respirou fundo, e a nave imensa engoliu a auxiliar. Ele se lembrou de uma cena a que assistira certa vez em um bibliofilme sobre Arrakis: um verme da areia devorando uma colheitadeira de especiaria. A metáfora o deixou consternado.

Com um movimento fluido, o transporte entrou na baia de atracamento de uma nave de passageiros Wayku que aguardava no espaço reservado dentro do compartimento de carga cavernoso do paquete. Leto embarcou, acompanhado de suas malas flutuantes, e decidiu seguir o que o pai aconselhara.

Aprenda com tudo. Com uma curiosidade determinada vencendo a intimidação, Leto subiu uma escada para a cabine de passageiros principal, onde arrumou lugar para se sentar em um banco ao lado de outra janela. Dois vendedores de sugema estavam sentados ali perto, imersos em uma conversa veloz e salpicada de jargões. O velho Paulus queria que o filho aprendesse a se virar sozinho. Então, para potencializar a experiência, Leto estava viajando como passageiro comum, sem confortos especiais, pompa, comitiva ou qualquer indicação de que ele era filho de um duque.

A mãe dele se horrorizara com a ideia.

A bordo da nave, comerciantes Wayku usando óculos escuros e headsets passavam de passageiro em passageiro vendendo comidas e bebidas cheirosas a preços exorbitantes. Leto dispensou um vendedor persistente, apesar do aroma delicioso dos caldos condimentados salgados e dos espetinhos de carne grelhada. Dava para ouvir a música vazando do headset do sujeito, que balançava a cabeça, os ombros e os pés ao ritmo da melodia transmitida para o crânio. Os Wayku ofereciam seus serviços e atendiam aos fregueses, mas davam um jeito de viver em uma

Duna: Casa Atreides

cacofonia sensorial própria; preferiam o universo interior à experiência de qualquer espetáculo externo.

Operada pelos Wayku contratados pela Guilda, aquela nave de transporte de massas levava passageiros de um sistema a outro. Os Wayku eram de uma Casa Maior que caíra em desgraça, cujos planetas tinham sido destruídos totalmente na Terceira Guerra do Saco de Carvão; desde então, levavam uma vida de nômades a bordo dos paquetes da Guilda. Embora termos de rendição antigos proibissem os membros daquela raça de pôr os pés em qualquer planeta do Imperium, a Guilda, por motivos jamais revelados, decidira acolhê-los. Ao longo das gerações, os Wayku jamais haviam demonstrado interesse em recorrer ao imperador para solicitar anistia ou revogação das sanções severas que lhes haviam sido impostas.

Pela janela da cabine, Leto viu o compartimento de carga mal iluminado do paquete, uma câmara de vácuo tão grande que, em comparação, a nave de passageiros na qual ele estava parecia menor do que um grão de arroz-pundi na barriga de um peixe. Podia-se ver o teto alto acima, mas não as paredes a quilômetros de distância. O compartimento abrigava outros veículos, grandes e pequenos: fragatas, balsas, naves auxiliares, cargueiros e monitores couraçados. Perto das escotilhas externas principais, havia pilhas amarradas de "lixeiras" — contêineres de carga sem piloto feitos para descartar materiais diretamente na superfície de um planeta a partir de uma órbita baixa.

As normas da Guilda, gravadas em cristais ridulianos instalados nas paredes principais de cada compartimento, proibiam que os passageiros saíssem do isolamento das próprias naves. Pelas janelas adjacentes, Leto viu de relance os passageiros de outras aeronaves — diversas raças com destino a todos os cantos do Imperium.

Os tripulantes Wayku terminaram a primeira ronda de serviço e os passageiros esperaram. O trajeto por dobra espacial não demorava mais do que uma hora, mas os preparos para a partida às vezes levavam dias.

Finalmente, sem aviso prévio algum, Leto percebeu uma ligeira vibração suave que parecia vir de muito longe. Ele a sentiu em todos os músculos do corpo.

— Devemos estar saindo — disse, virando-se para os vendedores de sugema, que pareciam indiferentes. Pela maneira como eles logo desviaram o olhar e fizeram questão de ignorá-lo, Leto achou que deviam considerá-lo um provinciano inculto.

Em uma câmara isolada no alto do veículo, nadando dentro de um tanque de gás saturado com mélange, um Navegador da Guilda começou a abarcar o espaço na mente. Ele visualizou e traçou uma rota segura pela tessitura da dobra espacial, transportando por uma vasta distância o paquete e seu conteúdo.

Na noite anterior, durante o jantar no salão de banquete do castelo, a mãe de Leto tinha ponderado em voz alta se os Navegadores poderiam ser uma violação da interação entre máquinas e humanos proibida pelo Jihad Butleriano. Ciente de que Leto logo partiria para Ix e correria o risco de ter sua moral maculada, ela levantara aquela reflexão inocentemente enquanto mordiscava uma garfada de peixe assado com limão. Em geral, usava uma entonação muito razoável quando proferia seus comentários provocantes. O efeito era como o de um pedregulho jogado em um reservatório de água parada.

— Ah, que bobagem, Helena! — dissera Paulus, limpando a barba com um guardanapo. — Onde estaríamos sem os Navegadores?

— O fato de você se acostumar com alguma coisa não significa que seja correta, Paulus. A Bíblia Católica de Orange não fala nada sobre definir moralidade com base em conveniência pessoal.

Antes que o pai pudesse contestar o argumento, Leto interrompera:

— Achei que os Navegadores só enxergassem o caminho, um caminho seguro. Na verdade, a espaçonave é operada por geradores de Holtzman. — Então decidira incluir uma citação da Bíblia de que se lembrava: — "O mestre supremo do mundo material é a mente humana, a que os animais dos campos e as máquinas das cidades para sempre estarão subordinados."

— Claro, querido — dissera a mãe, e o assunto fora abandonado.

Na viagem, ele não capturava nenhuma sensação diferente ao entrar na dobra espacial. Quando se deu conta, o paquete já estava em outro sistema solar — Harmonthep, segundo o cronograma do transporte.

Ali, Leto teve que esperar mais cinco horas enquanto naves auxiliares e de carga entravam e saíam do paquete, bem como naves de transporte e até uma superfragata. Depois, a nave da Guilda saiu de novo, dobrando espaço até outro sistema solar — Kirana Aleph —, onde o ciclo se repetiu.

Duna: Casa Atreides

Leto tirou uma soneca no compartimento-dormitório e depois saiu para comprar dois espetinhos de carne fumegante e uma xícara potente de stee. Helena podia preferir que ele tivesse sido acompanhado por guardas Atreides, mas Paulus insistira que só havia um jeito de o filho dele aprender a se cuidar. Leto tinha um objetivo e instruções e jurara cumpri-los.

Por fim, na terceira parada, uma tripulante Wayku mandou Leto descer três níveis e entrar a bordo de uma nave auxiliar automática. Era uma mulher de aparência séria e uniforme espalhafatoso, que não parecia interessada em conversar. O headset dela vibrava com um fundo melódico.

— Chegamos a Ix? — perguntou Leto, estendendo a mão para suas malas suportadas por suspensores. Elas o acompanharam conforme ele se movia.

— Estamos no sistema Alkaurops — respondeu a tripulante. Não dava para ver os olhos dela por causa dos óculos escuros. — Ix é o nono planeta. Você desembarca aqui. Já despachamos as lixeiras.

Leto obedeceu às instruções e seguiu para a nave indicada, embora desejasse ter sido avisado com antecedência e recebido mais informações. Ele não sabia exatamente o que devia fazer quando chegasse ao mundo industrial de alta tecnologia, mas imaginou que o conde Vernius o receberia ou pelo menos mandaria algum tipo de comitiva de boas-vindas.

Respirou fundo, tentando não permitir que a ansiedade se intensificasse demais.

A nave auxiliar robopilotada despencou do paquete para a superfície de um planeta marcado por montanhas, nuvens e gelo. Ela funcionava de acordo com um conjunto de instruções específico, cujo repertório de competências não incluía conversa. Leto era o único passageiro a bordo — pelo visto, a única pessoa viajando para Ix. O planeta das máquinas recebia poucas visitas.

Contudo, ao olhar pela escotilha, Leto teve uma sensação desagradável de que havia algo errado. A nave auxiliar dos Wayku se aproximou de uma cordilheira alta com florestas alpinas em vales protegidos. Ele não viu edifício algum, nenhuma das estruturas ou fábricas grandiosas que imaginara. Não havia fumaça no ar, nem cidades ou qualquer sinal de civilização.

Não era possível que aquele fosse o mundo altamente industrializado de Ix. Leto olhou em volta, tenso, pronto para se defender. Será que havia sido traído? Alguém o levara até ali para abandoná-lo?

A nave parou em uma planície árida coberta de blocos de granito sarapintados e pequenos aglomerados de flores brancas.

— O senhor desembarca aqui — anunciou o robopiloto com uma voz sintética.

— Onde estamos? Meu destino era a capital de Ix.

— O senhor desembarca aqui.

— Responda a minha pergunta! — O pai dele teria usado uma voz ribombante para arrancar uma resposta daquela máquina idiota. — Aqui não pode ser a capital de Ix. É só olhar em volta!

— O senhor tem dez segundos para sair do veículo. Caso contrário, será ejetado à força. A Guilda opera sob um cronograma rígido. O paquete já está preparado para seguir rumo ao próximo sistema.

Xingando baixinho, Leto empurrou as malas flutuantes e pisou na superfície pedregosa. Em questão de segundos, a nave branca em formato de bala decolou, afastando-se até virar um pontinho de luz laranja no céu e, por fim, desaparecer de vez.

Com as duas malas pairando a seu lado, Leto sentiu uma lufada de ar puro agitar seu cabelo. Estava sozinho.

— Olá? — chamou, mas ninguém respondeu.

Olhando os picos montanhosos irregulares cobertos de neve e gelo glacial, ele estremeceu. Por ser um mundo majoritariamente oceânico, Caladan tinha pouquíssimas montanhas que se aproximavam daquele nível de imponência. Mas o menino não viajara para ver aquelas paisagens.

— Olá! Sou Leto Atreides, de Caladan! Tem alguém aqui? — gritou.

Ele sentiu um aperto angustiante no peito. Estava longe de casa, em um mundo desconhecido, sem meios para descobrir que lugar era aquele na vastidão do universo. *Estou mesmo em Ix?* Apesar do vento forte, frio e afiado, a planície ampla continuava perturbadoramente quieta. Um silêncio opressor pairava no ar rarefeito.

Leto passara a vida inteira ouvindo a melodia do mar, o canto das gaivotas e a agitação dos povoados. Ali ele não via nada, nenhuma comitiva de boas-vindas, nenhum sinal de população. O mundo parecia intocado... vazio.

Duna: Casa Atreides

Se me abandonaram aqui, será que alguém vai conseguir me achar?

O céu estava encoberto por nuvens grossas, mas era possível ver um sol azul distante por uma brecha. Leto sentiu um arrepio e se perguntou o que devia fazer, para onde devia ir. Se era para se tornar um duque, ele devia aprender a tomar decisões.

Uma chuva congelada começou a cair.

O pincel da história traçou uma imagem bastante desfavorável de Abulurd Harkonnen. A julgar de acordo com os padrões do barão Vladimir, seu meio-irmão mais velho, e dos próprios filhos, Glossu Rabban e Feyd-Rautha Rabban, Abulurd era uma pessoa de feitio totalmente distinto. Contudo, precisamos considerar as descrições frequentes de sua fraqueza e incompetência, além de suas decisões imprudentes à luz do derradeiro fracasso da Casa Harkonnen. Apesar do exílio em Lankiveil e da perda de qualquer real poder, Abulurd conquistou uma vitória que ninguém mais em seu núcleo familiar conseguiu conquistar: *ele aprendeu a ser feliz com a vida que levou.*

— Enciclopédia das Grandes Casas do Landsraad, edição pós-Jihad

Embora os Harkonnen fossem adversários formidáveis na arena das manipulações, trapaças e desinformações, as Bene Gesserit eram *mestras* incontestes.

Para pôr em ação o próximo passo do grande projeto de reprodução, um plano que já estava em andamento dez gerações antes da queda das máquinas pensantes, a Irmandade precisava encontrar o ponto fulcral que faria o barão se curvar à vontade da instituição.

Não demoraram muito para descobrir o ponto fraco da Casa Harkonnen.

Apresentando-se como uma nova empregada doméstica no frio e tempestuoso Lankiveil, a jovem Irmã Margot Rashino-Zea das Bene Gesserit se infiltrou na residência de Abulurd Harkonnen, o meio-irmão caçula do barão. Escolhida a dedo pela Madre Kwisatz Anirul, a bela Margot tinha sido treinada para espionar e extrair informações, juntando fragmentos desconexos que comporiam um panorama mais amplo.

Duna: Casa Atreides

Ela também conhecia 63 formas de matar um ser humano usando exclusivamente os dedos. A Irmandade se esforçava com afinco para preservar a aparência de intelectualidade introspectiva, mas também tinha sua tropa de elite. A Irmã Margot era considerada uma das melhores.

A residência de Abulurd Harkonnen ficava em um terreno acidentado que se alongava por um mar profundo cercado pelo estreito fiorde Tula. Em volta da mansão de madeira, havia um vilarejo de pescadores; chácaras se estendiam pelos pequenos e pedregosos vales do continente, mas a maior parte dos alimentos do planeta provinha do mar gelado. A base da economia de Lankiveil era a rica indústria de pele de baleia.

Abulurd morava no sopé de montanhas enregeladas, cujos picos raramente podiam ser vistos em meio à cobertura pesada de nuvens plúmbeas e neblina constante. A casa principal e o vilarejo vizinho eram o máximo que aquele mundo de fronteira tinha a oferecer em termos de centro capital.

Como a presença de forasteiros desconhecidos era rara, Margot tomou providências para não chamar atenção. Ela era mais alta que muitos dos habitantes locais, atarracados e musculosos, então se disfarçou praticando um andar levemente curvado. Além disso, tingiu o cabelo cor de mel com uma cor escura e fez um corte grosseiro e despenteado, um estilo usado por grande parte da população do vilarejo. Por fim, aplicou produtos químicos na pele clara e lisa para deixá-la mais escura e mais áspera. Camuflou-se, e todo mundo a aceitou sem olhar duas vezes. Para uma mulher treinada pela Irmandade, era fácil manter a farsa.

Margot era só uma das muitas espiãs Bene Gesserit enviadas para as diversas propriedades Harkonnen, onde vasculhavam discretamente todo e qualquer documento relacionado aos negócios. O barão ainda não tinha motivos para desconfiar de nada — ele tivera muito pouco contato com a Irmandade —, mas, se alguma das espiãs fosse descoberta, o homem esbelto e cruel não teria o mínimo escrúpulo quanto a torturá-las para obter explicações. *Ainda bem que qualquer Bene Gesserit bem treinada é capaz de parar os batimentos do próprio coração muito antes que a tortura tenha chance de obrigá-la a revelar qualquer segredo*, refletiu Margot.

Tradicionalmente, os Harkonnen eram competentes em se tratando de manipulação e ocultamento, mas Margot sabia que encontraria as provas comprometedoras necessárias. Apesar dos argumentos das outras

Irmãs, insistindo que ela deveria investigar mais perto do centro das atividades dos Harkonnen, Margot concluíra que Abulurd seria o bode expiatório perfeito. Afinal, o meio-irmão caçula Harkonnen tinha administrado por sete anos a extração de especiaria em Arrakis; ele *devia* ter alguma informação. Se fosse preciso esconder alguma coisa, provavelmente o barão o faria ali, sem que ninguém suspeitasse, bem embaixo do nariz de Abulurd.

Quando as Bene Gesserit descobrissem alguns erros dos Harkonnen e reunissem provas das artimanhas financeiras do barão, elas teriam a arma de chantagem de que tanto precisavam para promover o programa de reprodução.

Vestida como se fosse uma aldeã nativa, com roupas de lã tingidas e casacos de pele, Margot entrou despercebida no casarão rústico junto ao porto. A estrutura alta era feita de madeira maciça revestida de verniz escuro. Lareiras em todos os cômodos preenchiam o ar com fumaça que cheirava a resina, e luciglobos ajustados em um tom laranja-amarelado faziam o possível para emular a luz do sol.

Margot faxinava, espanava, ajudava na cozinha... e procurava documentos financeiros. Por dois dias seguidos, o meio-irmão simpático do barão a cumprimentou, sorridente e acolhedor; ele não reparou em absolutamente nada errado. Confiar nas pessoas parecia parte da natureza do sujeito, que não demonstrava se preocupar com a própria segurança e permitia que aldeões e desconhecidos perambulassem pelos cômodos principais e aposentos para visitantes da mansão, inclusive chegando perto dele. Abulurd tinha cabelo louro-acinzentado comprido até os ombros e um rosto corado e cheio de rugas, desarmado por um eterno meio-sorriso. Diziam que ele tinha sido o favorito do pai, Dmitri, que o incentivara a assumir os empreendimentos Harkonnen... mas Abulurd tomara muitas decisões infelizes, baseadas em *pessoas*, e não nas necessidades dos negócios. Aquilo tinha sido sua ruína.

Vestida com roupas quentes e ásperas de Lankiveil, Margot mantinha os olhos verde-acinzentados abaixados e disfarçados por trás de lentes que os faziam parecer castanhos. Ela podia ter se apresentado como uma beldade de cabelo dourado, e de fato chegara a considerar seduzir Abulurd para tirar dele as informações necessárias, mas desistira do plano. O homem parecia ter uma devoção inabalável por Emmi Rabban, sua

Duna: Casa Atreides

atarracada e bondosa esposa nativa, mãe de Glossu Rabban. Ele se apaixonara por ela muito tempo antes em Lankiveil e, para desgosto do pai, casara-se e a levara de mundo em mundo durante sua carreira caótica. Abulurd parecia imune a qualquer tentação feminina que não viesse dela.

Por isso, Margot resolveu usar uma simpatia simples e uma inocência discreta para conseguir acesso a arquivos financeiros impressos, livros contábeis poeirentos e salas de estoque. Ninguém a questionou.

Com o tempo, tirando proveito de cada oportunidade sorrateira, ela achou aquilo de que precisava. Beneficiando-se de técnicas de memorização instantânea aprendidas em Wallach IX, Margot examinou pilhas de cristal riduliano entalhado e absorveu colunas de números, manifestos de carga, listas de equipamentos desativados ou usados, perdas suspeitas, danos causados por tempestades.

Em cômodos próximos, grupos de mulheres descamavam e limpavam peixes, picavam ervas e descascavam tubérculos e frutas ácidas para fazer caldeirões de cozido de peixe, que Abulurd e a esposa serviam para todos em sua residência. O casal insistia em comer a mesma coisa que todos os trabalhadores, na mesma mesa. Margot terminou sua leitura discreta bem antes de soarem o aviso do jantar pelos cômodos do casarão...

Mais tarde, sozinha, ao som da ventania de uma tempestade do lado de fora, ela revisou mentalmente os dados e analisou os registros de produção de especiaria da época de Abulurd, os informes recentes de Vladimir à CHOAM e os relatórios que indicavam a quantidade de especiaria retirada clandestinamente de Arrakis por contrabandistas diversos.

Normalmente, ela teria guardado o material para que equipes inteiras de Irmãs tivessem a chance de analisar depois. Mas Margot queria descobrir a resposta por conta própria. Ela fingiu dormir e mergulhou no problema por trás das pálpebras, entregando-se por completo e entrando em um transe profundo.

Os números tinham sido manipulados com muita habilidade, mas, depois de remover as máscaras e os véus sutis, Margot encontrou a resposta. Uma Bene Gesserit conseguia enxergar, mas ela duvidava que até os conselheiros fiscais do imperador ou os contadores da CHOAM fossem detectar a fraude.

A menos que alguém lhes indicasse.

A descoberta sugeria uma significativa subnotificação da produção de especiaria para a CHOAM e para o imperador. Ou os Harkonnen estavam vendendo mélange de forma ilegal — improvável, pois seria fácil de rastrear —, ou estavam acumulando suas próprias reservas secretas.

Interessante, pensou Margot, arqueando as sobrancelhas. Ela abriu os olhos, foi até o batente reforçado de uma janela e admirou o mar que parecia metal líquido, as ondas turbulentas presas pelo gargalo dos fiordes, as nuvens pretas indistintas que pairavam acima da barreira rochosa escarpada. Em algum lugar distante daquele cenário desolador, baleias-de-pelica entoavam um cântico mórbido.

No dia seguinte, ela reservou passagem no primeiro paquete da Guilda disponível. Depois, abandonando o disfarce, embarcou em uma balsa cheia de pele processada de baleia. Duvidava que alguém em Lankiveil tivesse percebido sua chegada ou saída.

Quatro coisas impossíveis de esconder: o amor, a fumaça, um pilar de fogo e um homem andando pelo bled aberto.

— Ditado fremen

Sozinho no deserto inóspito e silencioso — exatamente como tinha que ser. Pardot Kynes achava que trabalhava melhor quando estava apenas com os próprios pensamentos e tempo de sobra para pensá-los. Outras pessoas causavam distração demais, e eram poucos os que tinham a mesma concentração ou determinação.

Como planetólogo imperial em Arrakis, ele precisava absorver aquele panorama imenso por todos os poros de seu corpo. Quando entrava no estado mental certo, ele realmente conseguia *sentir* a pulsação de um mundo. Naquele momento, no topo de uma formação rochosa preta e rubra acidentada que tinha emergido a partir da bacia que a cercava, o homem magro e puído olhava de um lado para outro pela vastidão. Deserto, deserto por toda parte.

A tela de seu mapa dizia que a cordilheira se chamava Platibanda Oeste. O altímetro alegava que os picos mais elevados tinham alturas consideravelmente maiores que seis mil metros... mas ele não via neve, geleiras ou gelo, absolutamente qualquer sinal de precipitação. Em Salusa Secundus, até as montanhas mais irregulares e assoladas por explosões nucleares tinham picos nevados. Mas a aridez de Arrakis era tão desesperadora que a água não sobreviveria de forma alguma caso ficasse exposta na superfície.

Kynes olhou na direção sul para o oceano de areia diante do deserto conhecido como Planície Fúnebre, que envolvia todo o planeta. Sem dúvida, geógrafos teriam sido capazes de conceber muitos critérios para dividir a paisagem em subcategorias mais definidas — mas poucos seres humanos que se aventuravam por ali conseguiam voltar. Aquele era o domínio dos vermes. Ninguém precisava tanto assim de mapas.

Intrigado, Kynes se lembrou das antigas cartas náuticas dos primórdios da Velha Terra, cujas áreas misteriosas e inexploradas eram marcadas simplesmente com AQUI VIVEM MONSTROS. *Sim, de fato: aqui vivem monstros*, pensou ele, lembrando-se de quando Rabban caçara o incrível verme da areia.

Exposto sobre a borda serrilhada da Platibanda, ele removeu os tubos nasais do trajestilador e massageou um ponto dolorido na pele, onde o filtro roçava sem parar no nariz. Em seguida, tirou a cobertura da boca para respirar fundo o ar quente e cortante. Segundo as instruções de preparação para o deserto, Kynes sabia que não devia se expor a tamanha perda de água sem necessidade, mas precisava sorver os aromas e as vibrações de Arrakis, sentir a pulsação do planeta.

Ele sentiu o cheiro de areia quente, a salinidade discreta dos minerais, os odores nítidos de saibro, lava erodida e basalto. Era um mundo desprovido de todos os aromas úmidos de plantas em crescimento ou em decomposição, de qualquer odor que denunciasse os ciclos de vida e morte. Só areia, pedra e mais areia.

Contudo, uma análise mais minuciosa revelava que até o deserto mais brutal estava cheio de vida, com plantas especializadas e animais adaptados a ambientes ecológicos hostis. Ele se ajoelhou para examinar cavidades obscuras no rochedo, buracos minúsculos que poderiam captar porções ínfimas de orvalho matinal. Em tais reentrâncias, líquens agarravam-se à superfície rochosa áspera.

Algumas pelotas duras eram indicativo dos excrementos de um roedor pequeno, talvez um rato-canguru. Talvez também houvesse insetos ali naquela altitude elevada, além de um punhado de gramíneas ou alguma vegetação rasteira solitária e resistente. Nos despenhadeiros íngremes, até morcegos se abrigavam e saíam ao anoitecer para caçar mariposas e mosquitos. Ocasionalmente, Kynes via no céu azul esmaltado algum ponto escuro que devia ser um gavião ou uma ave carniceira. Para aqueles animais maiores, a sobrevivência devia ser especialmente difícil.

Então como os fremen sobrevivem?

Ele notara os vultos poeirentos daquela gente andando pelas ruas do vilarejo, mas o povo do deserto se mantinha à parte, cuidava dos próprios assuntos e depois sumia. Kynes reparara que os habitantes "civilizados" tratavam-nos de um jeito diferente, mas não estava claro se por admiração ou desprezo. Era como dizia um antigo ditado fremen: *o lustro vem das cidades; a sabedoria, do deserto.*

Duna: Casa Atreides

Segundo as parcas observações antropológicas que ele havia encontrado, os fremen eram remanescentes de um antigo povo nômade, os zen-sunitas, escravizados transportados à força de um mundo a outro. Depois de serem libertos, ou talvez de terem escapado, passaram séculos tentando encontrar um lar, mas eram perseguidos aonde quer que fossem. Por fim, tinham se estabelecido em Arrakis — e, de alguma forma, prosperado.

Certa vez, quando ele passara por uma fremen e tentara falar com ela, a mulher o fitara com aqueles olhos impressionantes de um azul sobre azul, com a parte branca toda tomada pelo índigo da dependência de especiaria pura. Aquele olhar espantara todas as perguntas da cabeça de Kynes, e, antes que ele tivesse chance de falar qualquer outra coisa, a fremen fora embora às pressas, segurando o manto jubba esfarrapado por cima do trajestilador.

Kynes ouvira boatos de que havia centros populacionais inteiros dos fremen escondidos nas bacias e nos contrafortes rochosos da Muralha-Escudo. Vivendo da terra, sendo que a própria terra oferecia tão pouca vida... como eles teriam alcançado tal feito?

O planetólogo ainda tinha muito a aprender sobre Arrakis e acreditava que os fremen poderiam ter muito a lhe ensinar. Se ele fosse capaz de encontrá-los.

Na suja e bruta Cartago, os Harkonnen haviam demonstrado relutância quanto a fornecer equipamentos extravagantes ao planetólogo indesejado. Exibindo um esgar diante do selo do imperador padixá no requerimento de Kynes, o chefe de abastecimento o autorizara a retirar roupas, uma tendestiladora, um estojo de sobrevivência, quatro litrofões de água, algumas rações preservadas e um ornitóptero maltratado para um só passageiro com reserva adicional de combustível. Aqueles artigos bastavam para alguém como Kynes, que não era afeito ao luxo. Ele não se importava com adereços formais nem amenidades inúteis. Estava muito mais concentrado no problema de compreender Arrakis.

Após conferir a previsão das movimentações de tempestade e ventos predominantes, Kynes decolou com o ornitóptero e voou no sentido nordeste, embrenhando-se pelo terreno montanhoso que cercava as regiões polares. Como as latitudes médias eram desertos calcinantes, a maior parte dos assentamentos humanos se aglomerava pelas terras altas.

Pilotou o velho tóptero sobressalente, ouvindo a vibração ruidosa dos motores e a agitação das asas móveis. Do alto e totalmente sozinho: era *aquele* o melhor jeito de observar as paisagens abaixo para obter uma perspectiva ampla das falhas e padrões geológicos, das cores das rochas, dos cânions.

Pelo para-brisa do tóptero, arranhado de areia, viu leitos secos de rios e gargantas vazias, os ramos dispersos de leques aluviais de enxurradas ancestrais. Parecia que algumas das encostas íngremes de cânion tinham sido escavadas pela abrasão da água, como se fossem estratos geológicos serrados por um filamento de shigafio. A certa altura, em um ponto distante que tremulava com as ondas de uma miragem térmica, ele pensou ter visto a superfície salina e cintilante de um lago desértico que poderia facilmente ter sido um leito oceânico seco. Quando voou naquela direção, porém, nada encontrou.

Kynes já estava convencido de que Arrakis tivera água em algum momento. Muita água. Os sinais eram evidentes para qualquer planetólogo. Mas para onde ela havia ido?

A quantidade de gelo nas calotas polares era insignificante, minerada por comerciantes de água e transportada para as cidades, onde era vendida a preços exorbitantes. As calotas definitivamente não continham água suficiente para explicar o sumiço de oceanos ou rios. Será que a água nativa havia sido destruída ou removida do planeta, de alguma forma... ou estava só escondida?

O planetólogo seguiu voando, de olhos bem abertos, procurando, sempre procurando. Diligente, ele anotou em seus diários tudo que observava de interessante. Levaria anos para colher informações suficientes para um tratado bem embasado, mas, ao longo daquele mês, já transmitira dois relatórios de progresso regulares para o imperador, só para mostrar que estava fazendo o trabalho para o qual havia sido indicado. Ele entregara os documentos para um mensageiro imperial em Arrakina e um representante da Guilda em Cartago. Mas não fazia ideia se Elrood ou seus conselheiros tinham chegado a ler.

Na maior parte do tempo, Kynes ficava perdido. Os mapas e as cartas estavam miseravelmente incompletos ou definitivamente *errados*, o

Duna: Casa Atreides

que ele achou intrigante. Se Arrakis era a única fonte de mélange — e, por conseguinte, um dos planetas mais importantes do Imperium —, então por qual razão o mapeamento da superfície era tão falho? Se a Guilda Espacial instalasse um pequeno número de satélites adicionais de alta resolução, grande parte do problema seria resolvido. Mas ninguém parecia saber a resposta.

Contudo, para os propósitos de um planetólogo, perder-se não era tão preocupante. Afinal, ele era um explorador, o que exigia que perambulasse a esmo, sem plano nem destino. Mesmo quando o ornitóptero começou a trepidar, ele seguiu em frente. O motor de propulsão iônica era forte e a aeronave maltratada funcionava relativamente bem, até em momentos em que era submetida a fortes rajadas de vento e correntes de ar quente. Tinha combustível suficiente para durar semanas.

Kynes se lembrava muito bem de seus anos no ambiente inóspito de Salusa, tentando compreender a catástrofe que arruinara o planeta séculos antes. Ele tinha visto imagens antigas, sabia da beleza que o velho mundo capital ostentara no passado. Mas, no coração do planetólogo, o lugar sempre seria aquele inferno que havia se tornado.

Também acontecera algo inaudito ali em Arrakis, mas testemunho ou registro nenhum sobrevivera ao desastre ancestral. Ele não acreditava que se tratasse de algum incidente nuclear, apesar de ser uma solução fácil de se postular. As guerras travadas antes e ao longo do Jihad Butleriano foram devastadoras, reduzindo sistemas solares inteiros a escombros e poeira.

Não... tinha acontecido alguma coisa diferente ali.

Mais dias, mais perambulações.

Em uma serra árida e silenciosa a meio mundo de distância, Kynes escalou até o topo de mais um pico rochoso. Pousara o tóptero em um vale plano e pedregoso e subira pela encosta, apoiando-se nas mãos ao longo do caminho enquanto os equipamentos em suas costas chacoalhavam.

Graças à falta de imaginação dos cartógrafos antigos, aquele arco rochoso que formava uma barreira entre o Erg Habbanya ao leste e a grande bacia da Depressão do Ciélago ao oeste havia sido eternizado com o nome de Falsa Muralha Oeste. Ele concluiu que ali seria um bom lugar para instalar um posto avançado de coleta de dados.

Brian Herbert e Kevin J. Anderson

Sentindo a fadiga nas coxas e ouvindo os cliques do trajestilador sobrecarregado, Kynes sabia que devia estar transpirando em profusão. Mesmo assim, seu traje absorvia e reciclava toda a umidade do corpo, e o planetólogo estava em boa forma. Quando não conseguia aguentar mais, tomava um gole morno no hidrotubo perto do pescoço e continuava galgando a superfície irregular. *O melhor lugar para conservar a água é dentro do corpo*, dizia um ditado fremen, segundo o comerciante que lhe vendera os equipamentos. Já se acostumara ao trajestilador esguio; tinha se tornado uma segunda pele.

No pico acidentado — a cerca de 1.200 metros de altitude, segundo o altímetro —, ele fez uma parada em um abrigo natural formado por uma saliência fragmentada de rocha sólida. Ali, instalou a estação meteorológica portátil. Os dispositivos analíticos registrariam a velocidade e a direção dos ventos, a temperatura, a pressão atmosférica e as flutuações na umidade relativa.

Muito antes da descoberta das propriedades do mélange, estações de testes biológicos — já centenárias — haviam sido instaladas pelo planeta inteiro. Na época, Arrakis não era nada além de um planeta árido trivial, com poucos recursos desejáveis que só interessariam aos colonos mais desesperados. Boa parte daquelas estações de testes tinha se transformado em ruínas, sem manutenção, e algumas até haviam caído no esquecimento.

Kynes duvidava que as informações obtidas com aquelas estações fossem muito confiáveis. Por ora, preferia captar os próprios dados com os próprios instrumentos. Com o zunido de uma ventoinha minúscula, um analisador atmosférico colheu uma amostra do ar e listou a composição: 23% de oxigênio, 75,4% de nitrogênio, 0,023% de dióxido de carbono e alguns vestígios de outros gases.

Ele considerou aqueles índices muito peculiares. Perfeitamente respirável, claro, e justamente o que seria esperado em um planeta normal com um ecossistema rico. Naquele mundo calcinado, no entanto, as pressões parciais suscitavam perguntas imensas. Sem oceanos ou tempestades marítimas, sem massas de plâncton, sem cobertura de vegetação... de onde vinha todo aquele oxigênio? Não fazia o menor sentido.

Os únicos grandes seres nativos que ele conhecia eram os vermes da areia. Seria possível que aquelas criaturas fossem tão numerosas que o

Duna: Casa Atreides

metabolismo delas chegasse a exercer um efeito mensurável na composição da atmosfera? Haveria alguma forma estranha de plâncton em abundância nas areias? Sabia-se que depósitos de mélange continham um componente orgânico, mas Kynes não fazia a menor ideia de qual seria a fonte. *Existe alguma ligação entre os vermes famintos e a especiaria?*

Arrakis era um mistério ecológico em cima de outro.

Tendo finalizado os preparativos, Kynes deu as costas para o lugar ideal em que instalara a estação meteorológica. Só então lhe ocorreu, com um sobressalto, que partes do recuo aparentemente natural no topo daquele pico isolado tinham sido *moldadas deliberadamente.*

Ele se abaixou, impressionado, e passou os dedos pelas ranhuras ásperas. *Degraus escavados na rocha!* Mãos humanas tinham feito aquilo não muito tempo antes, construindo um acesso fácil para o lugar. Um posto avançado? Uma atalaia? Uma estação de observação dos fremen?

Kynes sentiu um calafrio lhe percorrer a espinha, originado de um fio de suor que o trajestilador sorveu com avidez. Ao mesmo tempo, sentiu uma onda de empolgação ao cogitar que os próprios fremen pudessem se tornar aliados, um povo resistente que compartilhava seus objetivos, a mesma necessidade de compreender e aprimorar...

Ao se virar no espaço aberto, procurando, Kynes se sentiu exposto.

— Olá? — gritou, mas a única resposta foi o silêncio do deserto.

Como isso tudo se conecta?, ponderou. *E será que os fremen sabem alguma coisa a respeito?*

Quem pode dizer se Ix está indo longe demais? Eles ocultam suas instalações, escravizam seus trabalhadores e reivindicam o direito ao sigilo. Sob tais circunstâncias, como poderiam *não* se sentir tentados a transgredir as restrições do Jihad Butleriano?

— Conde Ilban Richese, terceira petição ao Landsraad

"Use seus recursos e sua astúcia." Era o que o Velho Duque sempre lhe dissera. Naquele momento, sozinho e trêmulo, Leto refletiu sobre as duas coisas.

Contemplou a solidão nefasta e inesperada da superfície selvagem de Ix — ou qualquer que fosse aquele lugar. Será que tinha sido abandonado ali por engano ou traição? Qual hipótese seria a pior? A Guilda devia ter registrado o lugar onde ele havia sido largado com tanta displicência. Paulus e os soldados da Casa Atreides poderiam se reunir para procurá-lo ali quando dessem por sua falta no destino pretendido — mas o quanto aquilo demoraria? Por quanto tempo ele conseguiria sobreviver ali? Se Vernius estivesse por trás daquela traição, o conde chegaria a informar o desaparecimento do garoto?

Leto tentou manter-se otimista, mas tinha consciência de que poderia demorar muito até que qualquer ajuda chegasse. Ele não tinha alimentos, nem roupas quentes, sequer um abrigo portátil. Teria que resolver aquele problema por conta própria.

— Olá! — gritou mais uma vez. A imensidão vazia engoliu suas palavras e as dissipou completamente, sem nem mesmo se dar ao trabalho de oferecer um eco.

Ele considerou se aventurar em busca de algum ponto de referência ou assentamento, mas decidiu continuar onde estava por enquanto. Em seguida, listou mentalmente os pertences que havia nas malas, tentando pensar no que poderia ser usado para transmitir uma mensagem.

E então, a seu lado, um ruído farfalhante surgiu de uma moita espinhenta verde-azulada que tentava sobreviver na tundra. Sobressaltado, Leto deu um pulo para trás e olhou com mais atenção. Assassinos? Um

Duna: Casa Atreides

grupo que pretendia capturá-lo? O resgate de um herdeiro ducal poderia render uma montanha de solari... além da ira de Paulus Atreides.

Leto sacou a faca de pesca de lâmina curva da bainha nas costas e se preparou para lutar. Com o coração aos pulos, tentou estimar o perigo para se planejar de alguma forma. Nenhum Atreides tinha aversão a derramar sangue caso fosse necessário.

Os galhos e as folhas pontudas se mexeram e se abriram para revelar uma plataforma redonda de plás no chão. Ao som de um zumbido mecânico, um tubo elevador transparente emergiu do subterrâneo, uma cena bastante incongruente na paisagem achavascada.

Havia um jovem atarracado no interior do tubo, exibindo um sorriso simpático de boas-vindas. Seu cabelo louro rebelde parecia desgrenhado apesar de ter sido penteado com esmero; usava calças folgadas de estilo militar e camisa camuflada furta-cor. O rosto pálido e franco era marcado pelo contorno macio do viço pós-infância. No ombro esquerdo, o sujeito carregava um farnel pequeno, semelhante ao que ele tinha na mão. Parecia ter mais ou menos a mesma idade de Leto.

O elevador transparente parou, e uma porta curva rotativa se abriu. Um sopro de ar quente atingiu o rosto e as mãos de Leto. Ele se abaixou, pronto para atacar com a faca de pesca, embora não conseguisse imaginar que aquele desconhecido, de aparência tão inócua, fosse um assassino.

— Você deve ser Leto Atreides, correto? — perguntou o jovem. Ele falou em galach, o idioma comum do Imperium. — O que acha de começarmos o dia com uma caminhada?

Leto estreitou os olhos cinzentos e fitou a hélice ixiana púrpura e cobre que decorava a gola da camisa do menino. Tentando disfarçar o alívio imenso e preservar uma expressão profissional, até mesmo desconfiada, ele assentiu e abaixou a ponta da faca, que o desconhecido tinha fingido não perceber.

— Meu nome é Rhombur Vernius. Eu, hã, achei que você apreciaria esticar um pouco as pernas antes de nos acomodarmos lá embaixo. Ouvi dizer que gosta de ficar ao ar livre, apesar de eu mesmo preferir o subterrâneo. Talvez comece a se sentir à vontade em nossas cidades cavernosas quando tiver passado um tempo com a gente. Ix é bem agradável. — Ele levantou o rosto e olhou para as nuvens carregadas de neve e chuva nas altitudes mais elevadas. — Ah, por que tinha que chover? Pelos infernos vermelhões, odeio ambientes imprevisíveis. — Rhombur balançou a cabeça, revoltado. — Falei para o controle climático dar um dia quente de sol para você. Peço desculpas, príncipe Leto... mas isto é melancólico demais para mim. Que tal descermos para o Grand Palais?

Ao se dar conta de que estava tagarelando, Rhombur largou os dois farnéis dentro do tubo elevador e empurrou para dentro as malas flutuantes de Leto.

— É bom conhecê-lo finalmente. Faz uma eternidade que meu pai fica falando de Atreides *isso*, Atreides *aquilo*... Vamos passar um tempo estudando juntos, provavelmente árvores genealógicas e a política do Landsraad. Estou na posição 87 na linha sucessória do Trono do Leão Dourado, mas creio que a sua seja mais alta ainda.

Trono do Leão Dourado. As Grandes Casas eram classificadas de acordo com um sistema complexo estabelecido entre o Landsraad e a CHOAM, e em cada Casa havia uma sub-hierarquia baseada em primogenitura. A classificação de Leto de fato era consideravelmente mais alta que a do príncipe ixiano — por parte de mãe, ele chegava a ser bisneto de Elrood IX, por uma das três filhas que este tivera com Yvette, sua segunda esposa. Mas a diferença era irrelevante; o imperador tinha muitos bisnetos. Nem ele nem Rhombur chegariam à posição de imperador. Leto achava que o serviço como duque da Casa Atreides já seria desafio o suficiente.

Os rapazes entrelaçaram a ponta dos dedos no semiaperto de mão do Imperium. O príncipe ixiano tinha um anel de joia de fogo na mão direita, na qual Leto não sentiu nenhum calo.

— Achei que eu tivesse pousado no lugar errado — comentou Leto, enfim demonstrando o desconforto e a confusão. — Imaginei que tivessem me abandonado em algum pedregulho despovoado. Aqui é mesmo... Ix? O planeta das máquinas?

Ele apontou para os cumes espetaculares, a neve, as pedras, as florestas escuras.

Reparando na hesitação de Rhombur, lembrou-se do que o pai dissera sobre o pendor dos ixianos para a segurança.

— Ah, hã, você vai ver. A gente tenta não passar uma impressão óbvia demais.

Duna: Casa Atreides

O príncipe gesticulou para que Leto entrasse no tubo, e a porta rotativa de plás se fechou. Eles mergulharam no que parecia ser um quilômetro de rocha. Rhombur continuou falando calmamente enquanto eles despencavam:

— Por conta da natureza de nossas operações técnicas, Ix tem segredos incontáveis e muitos inimigos que gostariam de nos destruir. Então, tentamos manter nossas atividades e recursos longe de olhos bisbilhoteiros.

Os jovens atravessaram uma colmeia luminescente de materiais artificiais e avançaram para um imenso espaço aberto que revelou um mundo subterrâneo colossal, uma terra encantada protegida nas profundezas da crosta planetária.

Coroas gigantescas de vigas de suporte elegantes podiam ser vistas, ligadas a colunas losangulares tão altas que não era possível ver a base. O invólucro de plás continuou descendo, flutuando livremente em um mecanismo de suspensão ixiano. O chão transparente da cápsula provocava em Leto uma ilusão inquietante de cair de pé pelo ar vazio. Segurou-se no corrimão lateral enquanto suas malas flutuantes oscilavam a seu lado.

No alto, ele avistou o que parecia o céu nublado de Ix e o sol branco-azulado aparecendo nas frestas. Projetores ocultos na superfície do planeta transmitiam imagens ao vivo do clima em telas de alta resolução que cobriam o teto rochoso.

Em comparação com aquele mundo subterrâneo enorme, até um paquete da Guilda parecia minúsculo. No teto da cúpula rochosa, havia edifícios invertidos com formatos geométricos, como se fossem estalactites de cristal habitadas e conectadas por passarelas e tubos. Aeronaves em forma de lágrima voavam rápida e silenciosamente entre estruturas e alicerces naquele universo subterrâneo. Asas-deltas de cores vibrantes levavam pessoas de um lado para outro.

No fundo da caverna rústica, a distância, Leto viu um lago e rios — tudo nas profundezas do subterrâneo e protegido contra o olhar de forasteiros.

— Esta é Vernii. Nossa capital — anunciou Rhombur.

Conforme a cápsula deslizava por entre as construções pendentes feito estalactites, Leto notou veículos terrestres, ônibus e um sistema aéreo de transporte por tubos. Teve a sensação de que estava dentro de um floco de neve mágico.

— Suas construções são incrivelmente bonitas — comentou, sorvendo todos os detalhes com os olhos cinzentos. — Sempre imaginei Ix como um mundo industrial barulhento.

— A gente, hã, alimenta essa impressão entre os estrangeiros. Descobrimos materiais estruturais que, além de esteticamente agradáveis, são muito leves e resistentes. Morando aqui no subterrâneo, ficamos ao mesmo tempo escondidos e protegidos.

— E assim conseguem preservar a superfície do mundo em perfeitas condições — acrescentou Leto.

Pela expressão do príncipe de Ix, parecia que ele nem considerara tal vantagem.

— Os nobres e os administradores moram nos edifícios de estalactite superiores — continuou Rhombur. — Já os operários, os supervisores de turno e todos os trabalhadores suboides moram em bairros labirínticos na parte de baixo. Todos trabalhamos em conjunto pela prosperidade de Ix.

— Mais andares abaixo da cidade? Tem gente morando mais fundo ainda?

— Bom, não é gente de verdade. São *suboides* — disse Rhombur, com um gesto de indiferença. — Foram criados especificamente para realizar trabalhos pesados sem reclamar. Um triunfo e tanto de engenharia genética. Não sei o que seria de nós sem eles.

O compartimento flutuante contornou uma faixa de transporte por tubo e continuou acompanhando o horizonte urbano invertido. Quando se aproximaram do mais espetacular de todos os palácios no teto — uma estrutura inclinada enorme, suspensa feito uma catedral arcaica —, Leto perguntou:

— Imagino que seus inquisidores estejam a minha espera, certo? — Ele ergueu o queixo e se preparou para a provação. — Nunca passei por uma varredura mental profunda antes.

Rhombur deu risada.

— Eu posso, hã, solicitar uma sonda mental se você desejar muito passar pelos rigores do processo... — O príncipe ixiano observou Leto atentamente. — Leto, Leto, se não confiássemos em você, sua presença jamais te-

Duna: Casa Atreides

ria sido autorizada em Ix. A segurança, hã, mudou muito desde a época de seu pai. Não dê atenção para aquelas histórias sombrias e sinistras que espalhamos sobre nosso mundo. Servem apenas para espantar os curiosos.

A cápsula parou em um terraço amplo feito de placas encaixadas e Leto sentiu uma trava sendo ativada embaixo deles. A câmara começou a seguir na horizontal rumo a um edifício de couraçaplás.

Leto tentou não demonstrar seu alívio ao responder:

— Certo. Vou deixar a seu critério.

— E vou fazer o mesmo quando estivermos em seu planeta. Água, peixes e céu aberto. Caladan parece... hã, *maravilhoso*. — O tom dele sugeria justamente o contrário.

Naquele momento, empregados da Casa Vernius em uniformes em preto e branco emergiram do prédio. Após formarem filas perfeitas dos dois lados do caminho do tubo, os homens e as mulheres de roupas idênticas aguardaram em pose de continência rígida.

— Aqui é o Grand Palais, onde nossa equipe vai cuidar de tudo que você quiser. Como você é nosso único visitante no momento, é capaz de ser um pouco mimado — disse Rhombur.

— Essas pessoas todas só para servir... a mim?

Leto se lembrou das vezes em que tivera que descamar e fatiar um peixe que ele mesmo pescara para que pudesse comer.

— Você é um dignitário importante, Leto. Filho de um duque, amigo de nossa família, aliado no Landsraad. Esperava menos que isso?

— Na verdade, venho de uma Casa sem grandes fortunas, em um planeta onde o único luxo provém de pescadores, coletores de melão paradan flutuante e produtores de arroz-pundi.

Rhombur riu, uma gargalhada amistosa.

— Ah, e é modesto também!

Seguidos pelas malas em seus suspensores, os rapazes subiram lado a lado três degraus largos e elegantes para entrar no Grand Palais.

Leto passou os olhos pelo saguão central e notou lustres de cristal ixiano, os melhores de todo o Imperium. Cálices e vasos também de cristal decoravam mesas de marmoreplás, e o balcão de negrita da recepção tinha, em cada lado, estatuarias de lápis-jade em tamanho real do conde Dominic Vernius e sua esposa, lady Shando Vernius. Leto reconheceu o casal real pelas trifotos que vira anteriormente.

137

Os empregados uniformizados voltaram a entrar no edifício e se posicionaram em pontos onde pudessem ficar disponíveis para receber ordens de seus superiores. Do outro lado do saguão, uma porta dupla se abriu e Dominic Vernius em pessoa, calvo e de ombros largos, se aproximou tal qual um djim saído de uma garrafa. Vestia uma túnica dourada e prata sem mangas, com acabamento branco na gola. Uma hélice ixiana púrpura e cobre lhe decorava o peito.

— Ah, então este é nosso jovem visitante!

Dominic irradiava um bom humor efusivo. Pés de galinha se transformaram em vincos de risada em volta de seus olhos castanhos luminosos. A fisionomia dele era muito semelhante à do filho Rhombur, só que o viço da pele assumira a forma de rugas e saliências avermelhadas e o farto bigode escuro formava uma moldura contrastante em volta dos dentes brancos. Dominic também era alguns centímetros mais alto que o filho. As características físicas do conde não eram finas e rígidas como as das linhagens dos Atreides e Corrino; ele descendia de uma família que já era ancestral na época da Batalha de Corrin.

Atrás dele estava Shando, sua esposa e antiga concubina do imperador, com um vestido formal. Os elegantes traços esculturais do rosto, o nariz pontudo delicado e a pele sedosa infundiam à aparência dela uma beleza régia que ficaria evidente até mesmo nos trajes mais modestos. Ela parecia esguia e frágil à primeira vista, mas exibia um ar de força e resiliência.

Ao lado dela, a filha deles, Kailea, parecia tentar superar até a mãe com um vestido brocado lavanda que realçava seu cabelo acobreado escuro. Ela aparentava ser um pouco mais nova que Leto, mas andava com um porte cuidadosamente elegante e concentrado, como se não se atrevesse a permitir qualquer deslize na formalidade ou nas aparências. Suas sobrancelhas eram finas e arqueadas, os olhos eram de um esmeralda atraente, a boca era felina e generosa acima do queixo fino. Com um sutilíssimo sorriso, Kailea executou uma mesura extravagante e perfeita.

Leto assentiu e reagiu a cada apresentação, tentando manter os olhos longe de Kailea. Seguindo rapidamente os passos que sua mãe lhe incutira, Leto abriu o lacre de uma das malas e tirou uma caixa pesada cravejada de joias, um dos tesouros da família Atreides. Segurando-a nas mãos, ele endireitou a postura.

Duna: Casa Atreides

— Para o senhor, lorde Vernius. A caixa contém objetos especiais de nosso planeta. Tenho também um presente para lady Vernius.

— Excelente, excelente! — Como se não tivesse paciência para cerimoniais exagerados, Dominic aceitou o presente e gesticulou para que um criado fosse buscar. — Apreciarei o conteúdo hoje à noite, quando tiver mais tempo. — Ele esfregou as mãos grandes. Aquele homem parecia mais adequado para uma ferraria fumacenta ou um campo de batalha do que um palácio sofisticado. — Então, fez boa viagem até Ix, Leto?

— Tranquila, senhor.

— Ah, o melhor tipo de viagem.

Dominic riu com folga.

Leto sorriu, sem saber ao certo qual seria a melhor maneira de causar uma boa impressão no sujeito. Ele pigarreou, constrangido ao admitir seus medos e receios:

— De fato, senhor. Mas achei que tinha sido abandonado quando a Guilda me deixou em seu planeta e vi somente uma paisagem erma.

— Ah! Pedi para seu pai não comentar isso com você: nossa pegadinha. Fiz a mesma coisa com ele na primeira vez que veio aqui. Você deve ter imaginado que estava bem perdido. — Dominic abriu um largo sorriso de prazer. — Você já parece bem descansado, meu jovem. Na sua idade, viajar grandes distâncias não é um problema. Quanto tempo faz que saiu de Caladan? Dois dias?

— Um pouco menos, senhor.

— É incrível a rapidez com que os paquetes cobrem distâncias tão imensas. Absolutamente incrível. E estamos aprimorando o modelo para que cada nave seja capaz de transportar uma carga maior. — A voz forte dele fazia aquelas realizações parecerem mais grandiosas ainda. — Nossa segunda construção deve ser concluída ainda hoje, mais um triunfo nosso. Vamos lhe mostrar todas as modificações que fizemos para que possa aprender como parte de seus estudos aqui.

Leto sorriu, mas já estava com a sensação de que a cabeça iria explodir. Ele não sabia quantas novidades ainda seria capaz de absorver. Ao fim do ano, seria uma pessoa completamente distinta.

Há armas que você não segura com as mãos. Você só pode empunhá-las em sua mente.

— Ensinamento das Bene Gesserit

A nave auxiliar Bene Gesserit desceu no lado escuro de Giedi Primo e pousou no vigiado espaçoporto de Harko pouco antes da meia-noite do horário local.

Preocupado com o que as bruxas desgraçadas queriam com ele, que acabara de voltar daquele inferno desértico de Arrakis, o barão saiu para uma varanda superior protegida por escudo no Forte Harkonnen para ver as luzes do veículo que estava chegando.

A sua volta, as torres monolíticas de pretoplás e aço lançavam uma luz ofuscante na escuridão esfumaçada. Ruas e vias de passagem eram cobertas por toldos corrugados e compartimentos filtrados para proteger pedestres contra o lixo industrial e a chuva ácida. Com um pouco mais de imaginação e atenção a detalhes durante a construção da cidade, Harko poderia ter sido uma cidade vivaz. Em vez disso, o lugar parecia *mortiço*.

— Tenho informações para o senhor, barão — anunciou uma voz nasalada, mas afiada, atrás dele, próxima como a de um assassino.

Com um sobressalto, o barão se virou, flexionando os braços musculosos. Ele franziu a testa. A silhueta esquelética de manto de Piter de Vries, seu Mentat particular, estava na porta da varanda.

— Nunca chegue de fininho por trás de mim, Piter. Você rasteja feito um verme. — A comparação o fez se lembrar da expedição de caça do sobrinho Rabban e do resultado constrangedor. — Os Harkonnen matam vermes, sabia?

— Estou ciente — respondeu De Vries, com um tom seco. — Mas às vezes o melhor jeito de adquirir informações é ser silencioso.

Um sorriso irônico se formou nos lábios dele, manchados de vermelho por causa do suco de sapho cor de groselha que os Mentats bebiam para aumentar suas habilidades. Sempre em busca de prazeres físicos e curioso para experimentar novos vícios, o barão havia provado sapho, mas achara a substância amarga e horrenda.

Duna: Casa Atreides

— É uma Reverenda Madre e sua comitiva — continuou De Vries, indicando com a cabeça as luzes da nave auxiliar. — Quinze Irmãs e acólitas, além de quatro homens como guardas. Não detectamos quaisquer armas.

De Vries recebera treinamento Mentat dos Bene Tleilax, magos da genética que produziam alguns dos melhores computadores humanos do Imperium. Mas o barão não queria uma mera máquina de processamento de dados dotada de cérebro humano — queria um homem inteligente e calculista, alguém capaz não apenas de compreender e computar as consequências dos complôs Harkonnen, mas também de usar a imaginação corrupta para ajudar o barão a atingir seus objetivos. Piter de Vries era uma criação especial, um dos infames "Mentats deturpados" de Tleilax.

— Mas o que elas *querem*? — resmungou o barão, olhando para a nave pousada. — Aquelas bruxas parecem confiantes demais, aparecendo aqui desse jeito. — Ele viu os próprios soldados de uniforme azul saírem em marcha, feito uma matilha de lobos, antes que algum passageiro desembarcasse da nave. — Até as defesas mais triviais de nossa Casa poderiam eliminá-las em um instante.

— As Bene Gesserit não são desprovidas de armas, barão. Há quem diga que elas mesmas são armas. — De Vries ergueu um dedo fino. — Nunca é sensato provocar a ira da Irmandade.

— Eu sei, idiota! Pois bem, qual é o nome da Reverenda Madre e o que ela quer?

— Gaius Helen Mohiam. Quanto ao que ela quer... a Irmandade se recusou a dizer.

— Malditas sejam essas bruxas e seus segredos — rezingou o barão, dando meia-volta na varanda fechada com plás. Ele se encaminhou ao corredor para ir até a nave auxiliar.

Piter de Vries sorriu atrás dele.

— Quando uma Bene Gesserit fala, é comum que seja por meio de enigmas e insinuações, mas suas palavras também contêm uma grande parcela de verdade. Basta escavar para encontrá-la.

O barão respondeu com um grunhido grave e continuou andando. Também com uma curiosidade intensa, Piter o seguiu.

No caminho, o Mentat revisou o que sabia a respeito daquelas bruxas de mantos pretos. As Bene Gesserit se ocupavam com inúmeros planos de reprodução, como se cultivassem a humanidade para os próprios objetivos obscuros. Também detinham um dos maiores repositórios de informação do Imperium e usavam suas bibliotecas complexas para examinar a ampla movimentação de povos, a fim de estudar os efeitos dos atos de um indivíduo na política interplanetária.

Como Mentat, De Vries teria adorado pôr as mãos naquele repositório de conhecimento. Com um tesouro de dados tão precioso, poderia fazer computações e preparar projeções — talvez até a ponto de derrubar a própria Irmandade.

Mas as Bene Gesserit não permitiam que estrangeiro algum tivesse acesso a seus arquivos, nem mesmo o próprio imperador. Por isso, não havia material suficiente para embasar cálculos naquele nível, sequer para um Mentat. Restava a De Vries somente especular quais seriam as intenções da bruxa recém-chegada.

As Bene Gesserit gostavam de manipular em segredo a política e as sociedades, de modo que poucas pessoas fossem capazes de identificar com exatidão os padrões de influência da ordem. Contudo, a Reverenda Madre Gaius Helen Mohiam sabia planejar e executar uma entrada espetacular. Sob um manto farfalhante e escuro, cercada por dois guardas em trajes imaculados e seguida por uma tropa de acólitas, ela adentrou o salão de recepção do antigo Forte Harkonnen.

Sentado atrás de uma mesa lustrosa de pretoplás, o barão esperava para recebê-la acompanhado de seu Mentat deturpado, de pé a seu lado, bem como de alguns guardas pessoais escolhidos a dedo. Para demonstrar o absoluto desdém e desinteresse pela visita, o barão estava vestido com um roupão casual displicente. Não havia preparado qualquer bebida ou aperitivo para as visitantes, nenhuma fanfarra, nenhuma sombra de cerimônia.

Muito bem, talvez seja melhor mesmo que este contato seja feito com privacidade, pensou Mohiam.

Com uma voz forte e firme, ela se apresentou e se aproximou um passo, deixando sua comitiva para trás. O rosto simples exibia mais força que delicadeza — não era feio, mas também não era atrativo. O nariz, ainda que pela frente não se destacasse, de perfil se revelava longo demais.

Duna: Casa Atreides

— Barão Vladimir Harkonnen, minha Irmandade tem assuntos a tratar com o senhor.

— Não estou interessado em me envolver com bruxas — disse o barão, apoiando o queixo forte nas articulações dos dedos. Os olhos pretos feito aranhas fitaram a comitiva, avaliando o porte físico e a aparência dos guardas da Reverenda Madre. Com os dedos da outra mão, ele tamborilava a coxa a um ritmo nervoso.

— Contudo, o senhor vai ouvir o que tenho a dizer. — A voz dela soou inflexível como ferro.

Ao ver a ira efervescente crescer no barão, Piter de Vries se adiantou:

— É preciso lembrá-la de onde a senhora está, Reverenda Madre? Não a convidamos a vir aqui.

— Talvez *eu* deva lembrá-lo de que somos capazes de produzir uma análise detalhada de todas as atividades de produção de especiaria dos Harkonnen em Arrakis — retrucou ela para o Mentat. — Os equipamentos utilizados, o contingente de trabalhadores investido em comparação com os índices de produção de especiaria que de fato foram *comunicados* à CHOAM... Podemos contrastar isso com nossas próprias projeções precisas. Quaisquer anomalias devem ser bastante... reveladoras. — Ela ergueu as sobrancelhas. — Já fizemos um estudo preliminar com base em informações obtidas em primeira mão com nossas... fontes. — Mohiam sorriu.

— Quer dizer, *espiãs* — respondeu o barão, indignado.

A Reverenda Madre percebeu que ele se arrependeu daquelas palavras assim que as enunciou, pois eram indicativo de sua culpa.

O barão se levantou, flexionando os músculos dos braços, mas, antes que pudesse revidar a insinuação de Mohiam, De Vries interveio:

— Talvez seja melhor que esta reunião seja feita em particular, só entre a Reverenda Madre e o barão. Não há motivo para transformar uma simples conversa em um grande espetáculo... e em informação de domínio público.

— De acordo — disse Mohiam imediatamente, avaliando o Mentat deturpado com uma centelha de aprovação. — Que tal nos encaminharmos a seus aposentos, barão?

Ele franziu os lábios generosos, formando uma rosa escura com a boca.

Brian Herbert e Kevin J. Anderson

— E por que eu levaria uma bruxa Bene Gesserit para meus aposentos pessoais?

— Porque o senhor não tem escolha — redarguiu ela, com uma voz baixa e ríspida.

Em choque, o barão contemplou a audácia da mulher, mas depois deu risada.

— Por que não? Nada pode ser menos pretensioso que isso.

Estreitando os olhos, De Vries observou os dois. Estava reconsiderando a sugestão, processando dados no cérebro, estimando probabilidades. A bruxa havia acatado a ideia rápido demais. Ela *queria* ficar a sós com o barão. Por quê? O que ela precisava fazer em particular?

— Permita-me acompanhá-lo, barão — disse De Vries, já se dirigindo à porta que os levaria pelos corredores e tubos suspensores até a suíte particular do barão.

— É melhor que este assunto se mantenha entre mim e o barão — objetou Mohiam.

O barão Harkonnen ficou tenso.

— Você não dá ordens a meu pessoal, bruxa — rebateu ele, com um tom baixo ameaçador.

— Quais são suas instruções, então? — perguntou ela, com insolência.

Depois de um instante de hesitação, ele disse:

— Vou atender a sua *solicitação* de audiência particular.

Ela inclinou a cabeça em uma ligeiríssima mesura e lançou um olhar para trás, para as acólitas e os guardas. De Vries captou uma tremulação nos dedos dela, alguma espécie de diretiva gestual de bruxa.

Os olhos aquilinos da Reverenda Madre se fixaram nos dele, e De Vries se empertigou quando ela falou:

— Tem algo que você pode fazer, Mentat. Faça a gentileza de cuidar para que meus companheiros sejam acolhidos e alimentados, pois não teremos tempo para ficar para amenidades. Temos que voltar o quanto antes a Wallach IX.

— Faça isso — ordenou o barão Harkonnen.

Com um olhar de indiferença para o Mentat, como se este fosse o serviçal mais insignificante do Imperium, ela seguiu o barão para fora do cômodo.

Ao entrar em seus aposentos, o barão ficou satisfeito ao observar que deixara as roupas sujas amontoadas. A mobília estava desarrumada

Duna: Casa Atreides

e havia algumas manchas vermelhas na parede que não tinham sido devidamente limpas. Ele queria enfatizar que a bruxa não merecia um tratamento refinado nem uma recepção especialmente planejada.

Apoiando as mãos no quadril estreito, ele endireitou os ombros e ergueu o queixo firme.

— Certo, Reverenda Madre, diga o que você quer. Não tenho tempo para mais jogos de palavras.

Mohiam abriu um sorriso discreto.

— Jogos de palavras? — Ela sabia que a Casa Harkonnen compreendia as nuances da política; talvez não o gentil Abulurd, mas certamente o barão e seus conselheiros. — Muito bem, barão. A Irmandade tem interesse em sua linhagem genética.

Ela se calou por um instante, desfrutando a expressão chocada naquele rosto severo. Antes que ele tivesse a chance de balbuciar uma resposta, ela explicou segmentos cuidadosamente selecionados do panorama geral. A própria Mohiam não conhecia os detalhes ou motivos; tudo que sabia era obedecer.

— Sem dúvida você está ciente de que, há muitos anos, as Bene Gesserit incorporam genealogias importantes. Nossas Irmãs representam o espectro completo da nobre humanidade, contendo os traços desejáveis de grande parte das Casas Maiores e Menores do Landsraad. Temos até algumas representantes, com muitas gerações de distância, da Casa Harkonnen.

— E vocês querem aprimorar sua cepa Harkonnen? É isso? — perguntou o barão, desconfiado.

— Você entende perfeitamente. Precisamos conceber uma criança com *você*, Vladimir Harkonnen. Uma filha.

O barão cambaleou para trás e casquinou, enxugando uma lágrima de divertimento dos olhos.

— Então vão ter que procurar em outro lugar. Não tenho filhos, e é improvável que venha a ter algum. Todo o processo de procriação, por envolver mulheres, me enoja.

Sabendo muito bem das preferências sexuais do barão, Mohiam não reagiu. Ao contrário de muitos nobres, ele não tinha descendentes, nem mesmo ilegítimos misturados a alguma população planetária.

— Ainda assim, queremos uma filha Harkonnen, barão. Não será herdeira, sequer aspirante, então não precisa se preocupar com... ambições dinásticas. Estudamos cuidadosamente as genealogias e a combinação desejada é bem específica. *Você* precisa *me* engravidar.

O barão levantou ainda mais as sobrancelhas.

— Por todas as luas do Imperium, por que eu faria isso? — Ele correu o olhar pelo corpo dela, de cima a baixo, dissecando-a, avaliando-a. Mohiam tinha uma aparência relativamente comum, de rosto comprido e cabelo castanho ralo e insípido. Ela era mais velha que ele, quase no final da idade fértil. — Ainda mais com você.

— Tais arranjos são determinados por projeções genéticas das Bene Gesserit, não por qualquer atração mútua ou física.

— Bom, eu me recuso. — O barão deu as costas para ela e cruzou os braços. — Vá embora. Leve suas escravinhas consigo e saiam de Giedi Primo.

Mohiam o encarou por mais alguns instantes, absorvendo os detalhes dos aposentos dele. Fazendo uso de técnicas de análise desenvolvidas pelas Bene Gesserit, descobriu muitas coisas sobre o barão e sua personalidade com base na maneira como ele mantinha aquele fétido reduto particular, um espaço que não era tratado e decorado para ser visto por visitantes formais. Sem se dar conta, ele revelava uma vastidão de informações sobre o próprio caráter íntimo.

— Como queira, barão. Sendo assim, a próxima parada da Irmandade será Kaitain, onde já agendamos uma reunião com o imperador. Minha biblioteca pessoal na nave contém cópias de todos os registros que comprovam suas atividades de acumulação de especiaria em Arrakis e documentos que evidenciam como você alterou deliberadamente sua produção para ocultar seus estoques particulares da CHOAM e da Casa Corrino. Nossa análise *preliminar* contém informação suficiente para iniciar uma auditoria completa do banco da Guilda em suas atividades e a revogação de seu posto temporário de diretoria na CHOAM.

O barão a encarou de volta. Um impasse, e nenhum dos dois cedia. Mas ele viu por trás dos olhos da Reverenda Madre a verdade daquelas palavras. Não duvidava que as bruxas tivessem usado seus métodos intuitivos diabólicos para descobrir exatamente o que ele havia feito, a forma

Duna: Casa Atreides

como ele estava fazendo Elrood IX de trouxa secretamente. E também sabia que Mohiam não hesitaria em cumprir sua ameaça.

Cópias de todos os registros... Não adiantaria nem destruir aquela nave. Era óbvio que a Irmandade infernal guardava mais cópias em outros lugares.

As Bene Gesserit provavelmente tinham material para chantagear também a Casa Imperial Corrino, e talvez até informações constrangedoras sobre negociações importantes, mas escusas, da Guilda Espacial e da poderosa CHOAM. *Moedas de troca.* A Irmandade sabia descobrir os pontos fracos de inimigos em potencial.

O barão detestava a escolha de Hobson que ela oferecia, mas nada podia ser feito. A bruxa era capaz de destruí-lo com uma só palavra e, em seguida, ainda assim, obrigá-lo a ceder sua linha genética.

— Para facilitar sua vida, sou capaz de controlar minhas funções fisiológicas — continuou Mohiam, com um tom razoável. — Posso ovular voluntariamente, e garanto que não será necessário repetir esta tarefa desagradável. A partir de um único contato com você, garantirei o nascimento de uma menina. Não terá mais que se preocupar conosco.

As Bene Gesserit sempre tinham planos em curso, engrenagens dentro de engrenagens, e com elas nada era o que parecia. O barão franziu o cenho, considerando as possibilidades. Com aquela filha que elas tanto queriam, será que as bruxas — por mais que negassem — pretendiam criar um herdeiro ilegítimo e reivindicar a Casa Harkonnen na geração seguinte? Era um disparate. Já estava preparando Rabban para aquela posição, e ninguém questionaria.

— Eu... — Ele tentou encontrar as palavras. — Preciso de um instante para considerar e tenho que conversar com meus conselheiros.

A Reverenda Madre Mohiam praticamente revirou os olhos diante da sugestão, mas lhe deu licença para sair, indicando com um gesto que o barão ficasse à vontade. Ela afastou uma toalha suja de sangue e se recostou no divã, acomodando-se para esperar.

Apesar da personalidade asquerosa, Vladimir Harkonnen era um homem atraente, de corpo bem estruturado e feições agradáveis: cabelo avermelhado, lábios fartos, bico de viúva pronunciado. Contudo, as Bene Gesserit incutiam em todas as Irmãs a crença fundamental de que relações sexuais eram mero instrumento para manipular homens e obter

Brian Herbert e Kevin J. Anderson

descendentes para a rede geneticamente interligada da Irmandade. Mohiam não tinha intenção alguma de desfrutar do ato, quaisquer que fossem suas ordens. Porém, ela encontrou prazer em subjugar o barão, na capacidade de compeli-lo a obedecer.

A Reverenda Madre se recostou, fechou os olhos e se concentrou no fluxo de hormônios do próprio corpo, nos mecanismos internos do sistema reprodutivo... preparando-se.

Ela sabia qual haveria de ser a resposta do barão.

— Piter! — O barão marchou pelos corredores. — Onde está meu Mentat?

De Vries emergiu de um corredor adjacente, onde se embrenhara no intuito de usar os buracos de observação ocultos que havia instalado nos aposentos particulares do barão.

— Aqui estou, barão — disse ele, tomando um gole de um frasco minúsculo. O sabor do sapho estimulava reações em seu cérebro, disparando os neurônios e atiçando suas habilidades mentais. — O que a bruxa pediu? O que ela está tramando?

O barão deu meia-volta, enfim com um alvo adequado para sua fúria.

— Ela quer que eu a engravide! Aquela porca!

Engravidá-la?, pensou De Vries, registrando a informação em seu banco de informações de Mentat. Ele reavaliou o problema em velocidade máxima.

— Quer gerar uma filha minha! Dá para acreditar? E elas têm conhecimento de meus estoques de especiaria!

De Vries entrara no modo Mentat. *Fato: o barão jamais teria filhos de qualquer outra maneira. Ele detesta mulheres. Além do mais, em termos políticos, é cuidadoso demais para dispersar sua semente de forma indiscriminada.*

Fato: as Bene Gesserit detêm vastos registros genéticos em Wallach IX, com inúmeros planos de reprodução cujos resultados só podemos especular. Com uma filha do barão — em vez de um filho? —, o que as bruxas poderiam almejar?

Existe alguma falha — ou algum proveito — na genética Harkonnen que elas pretendem explorar? Será que simplesmente desejam fazer isso

Duna: Casa Atreides

porque consideram que seria o castigo mais humilhante possível para o barão? Se for o caso, que ofensa pessoal ele teria cometido contra a Irmandade?

— Só de pensar nisso me dá nojo! Cruzar com aquela égua — rosnou o barão. — Mas estou enlouquecendo de curiosidade. O que a Irmandade poderia querer com isso?

— Não tenho condições de estabelecer projeções, barão. Dados insuficientes.

O barão parecia prestes a bater em De Vries, mas se conteve.

— Não sou garanhão nenhum das Bene Gesserit!

— Barão — começou De Vries, com calma —, se elas de fato têm informações sobre suas atividades de desvio de especiaria, o senhor não pode permitir que isso seja revelado. Mesmo se fosse um blefe, sua reação certamente já lhes disse tudo que elas precisam saber. Se fornecerem provas a Kaitain, o imperador trará os Sardaukar aqui para exterminar a Casa Harkonnen e nos substituir por outra Grande Casa em Arrakis, do mesmo modo como aconteceu com os Richese antes de nós. Elrood gostaria disso, sem dúvida. Ele e a CHOAM podem rescindir os contratos de qualquer propriedade do senhor a qualquer momento. Talvez até dessem Arrakis e a produção de especiaria para, digamos, a Casa Atreides... só para provocá-lo.

— Atreides! — O barão quis dar uma cusparada. — Eu *jamais* permitiria que minhas propriedades caíssem nas mãos deles.

De Vries sabia que batera na tecla certa. A rixa entre os Harkonnen e os Atreides havia começado muitas gerações antes, durante os trágicos acontecimentos da Batalha de Corrin.

— O senhor precisa atender à exigência da bruxa, barão. As Bene Gesserit venceram esta partida do jogo. Prioridade: proteger as fortunas de sua Casa, suas atividades com especiaria e seus estoques ilícitos. — O Mentat sorriu. — Deixe para se vingar depois.

O barão empalideceu, a pele subitamente repleta de manchas.

— Piter, a partir deste instante, quero que comece a apagar as provas e a dispersar nossos estoques. Despache-os para lugares onde ninguém cogitará procurar.

— Nos planetas de nossos aliados também? Não recomendo, barão. Os arranjos seriam complexos demais. E alianças mudam.

Brian Herbert e Kevin J. Anderson

— Tudo bem. — Os olhos pretos feito aranhas se iluminaram. — Coloque a maior parte em Lankiveil, bem debaixo do nariz de meu meio-irmão idiota. Nunca vão desconfiar do envolvimento de Abulurd nessa história.

— Sim, barão. Ótima ideia.

— Claro que é uma ótima ideia! — Ele franziu o cenho e olhou a sua volta. A lembrança do meio-irmão o fez pensar em seu querido sobrinho. — Onde Rabban se meteu? Talvez a bruxa possa usar o esperma dele em vez do meu.

— Duvido, barão. Os planos genéticos dela são específicos, em geral.

— Bom, de qualquer forma, onde está ele? Rabban! — O barão girou nos calcanhares e andou pelo corredor como se procurasse algo para perseguir. — Não o vejo desde ontem.

— Está em mais uma de suas tolas caçadas, na Estação da Guarda Florestal. — De Vries reprimiu um sorriso. — O senhor está por conta própria aqui, barão, e acho melhor retornar a seu quarto. Há uma tarefa a cumprir.

150

**A regra básica é a seguinte: jamais
apoie a fraqueza; sempre apoie a força.**

— *Livro de Azhar* **das Bene Gesserit,
compilação dos Grandes Segredos**

O cruzador ligeiro sobrevoou um deserto noturno intocado pelas luzes urbanas de Giedi Primo ou pela fumaça industrial. Sozinho em uma cela nos fundos da aeronave, Duncan Idaho olhava por uma janela de plás conforme o vulto da prisão de Baronato desaparecia atrás deles feito um bulbo geométrico infestado de seres humanos confinados e torturados.

Pelo menos os pais dele não eram mais prisioneiros. Rabban os matara só para deixá-lo com raiva e vontade de lutar. E, de fato, ao longo dos dias anteriores de preparativos, a raiva de Duncan só aumentara.

As paredes nuas de metal do compartimento inferior do cruzador estavam manchadas de um tom esverdeado pela exposição à geada. Duncan estava entorpecido, com o coração pesado, os nervos calados pelo choque e a pele parecendo um cobertor insensível a sua volta. Os motores vibravam nas chapas do piso. Nos níveis superiores, ele ouvia o grupo de caça irrequieto se remexendo em suas armaduras acolchoadas. Os homens tinham armas equipadas com miras telescópicas de rastreamento. Riam e conversavam, prontos para o entretenimento daquela noite.

Rabban também estava lá em cima.

Para dar ao pequeno Duncan o que eles haviam chamado de "chance razoável", o grupo de caça o armara com uma faca cega (alegando que não queriam que ele se machucasse), uma lanterna e uma corda pequena: tudo de que uma criança de oito anos poderia precisar para escapar de uma tropa de caçadores Harkonnen profissionais em um terreno que eles conheciam muito bem...

Acima, em um assento acolchoado e aquecido, Rabban sorriu ao pensar na criança furiosa e amedrontada no interior do compartimento de carga. Se aquele Duncan Idaho fosse maior e mais forte, teria sido tão perigoso quanto qualquer animal. O garoto era robusto para sua idade, Rabban tinha que admitir. E era de admirar o jeito como evitara os treinadores Harkonnen de elite nas entranhas de Baronato, especialmente com aquele truque do tubo suspensor.

O cruzador voou para longe da cidade-prisão, fora das áreas industriais encharcadas de óleo, até uma reserva selvagem em terreno elevado — um lugar com pinheiros escuros, despenhadeiros de arenito, cavernas, pedras e córregos. A mata modelada abrigava até alguns seres vivos aprimorados geneticamente, predadores agressivos tão ávidos pela carne macia de um menino quanto os próprios caçadores Harkonnen.

Ao aterrissar em uma campina pedregosa, a aeronave ficou com o piso muito inclinado, mas então voltou ao normal após os estabilizadores fazerem o nivelamento. Rabban enviou um sinal pela faixa de controle em sua cintura.

A porta hidráulica na frente do menino se abriu com um chiado, libertando-o da jaula. O ar frio da noite lhe fustigou as bochechas. Duncan considerou a possibilidade de simplesmente fugir em disparada. Poderia correr rápido e se refugiar nos pinheiros densos, enfiando-se embaixo das folhas marrons secas para mergulhar em um sono protetor.

Entretanto, aquilo era exatamente o que Rabban queria: que o menino saísse correndo e se escondesse. Além disso, Duncan sabia que não iria muito longe. Por enquanto, precisava agir por instinto temperado com astúcia. Não era hora de ações imprudentes e inesperadas. Ainda não.

Duncan iria esperar no cruzador até que os caçadores explicassem as regras, mas já imaginava o que deveria fazer. Era uma arena maior, uma perseguição mais extensa, um risco mais alto... mas, essencialmente, o mesmo jogo para o qual ele havia treinado na cidade-prisão.

O alçapão superior deslizou e se abriu atrás dele, revelando dois vultos à contraluz: uma pessoa que ele reconheceu como o capitão da caçada em Baronato e o homem de ombros largos que havia matado seus pais. *Rabban*.

O menino protegeu o rosto da luz súbita e manteve os olhos, acostumados com o escuro, voltados para a campina aberta e as sombras densas das árvores de folhas pretas. Fazia uma noite estrelada. Duncan sentiu uma pontada de dor nas costelas por causa da sessão anterior de treinamento pesado, mas tentou ignorá-la.

— Eis a Estação da Guarda Florestal — disse o capitão da caçada para ele. — Considere como férias na natureza selvagem. Bom proveito!

Duna: Casa Atreides

É um jogo, garoto... Vamos deixá-lo aqui, dar um tempo de vantagem, depois sair atrás de você. — Ele estreitou os olhos. — Mas não se engane. Aqui é diferente de suas sessões de treinamento em Baronato. Se perder, vai morrer, e sua cabeça empalhada vai entrar para a coleção de troféus na parede do lorde Rabban.

Ao lado dele, os lábios graúdos do sobrinho do barão formaram um sorriso. Rabban mal se continha de empolgação e ansiedade, seu rosto bronzeado corando.

— E se eu escapar? — perguntou Duncan, com uma voz fina.

— Não vai — afirmou Rabban.

Duncan não insistiu. Se exigisse uma resposta, o homem só mentiria mesmo. Caso encontrasse uma maneira de escapar, aí teria que inventar as próprias regras.

Eles o largaram na campina coberta de geada. Duncan estava vestido apenas com roupas finas e sapatos gastos. O frio da noite o atingiu como uma martelada.

— Fique vivo o máximo de tempo possível, menino. Quero uma boa caçada. Minha última foi uma grande decepção — gritou Rabban da porta do cruzador, voltando a entrar quando o rugido dos motores se intensificou.

Duncan permaneceu imóvel enquanto a aeronave partia ruidosamente e ia embora na direção de um alojamento de guardas que também servia de posto avançado. Depois de algumas bebidas, o grupo de caça sairia dali para perseguir a presa.

Talvez os Harkonnen passariam certo tempo brincando com ele, apreciando o passatempo... ou talvez já estariam morrendo de frio quando enfim o alcançassem, ávidos por uma bebida quente, e então prefeririam usar suas armas para estraçalhá-lo na primeira oportunidade.

Duncan correu para o abrigo das árvores.

Mesmo tendo deixado a campina para trás, seus pés produziram um rastro evidente de folhas de grama amassadas na geada. Ele esbarrou em galhos grossos das árvores perenes e abalou o tapete grosseiro de agulhas mortas ao escalar às pressas o aclive na direção de uns afloramentos escarpados de arenito.

Com a luz da lanterna, Duncan viu o vapor de sua respiração no frio escapar pelas narinas e pela boca, no ritmo de seus batimentos cardíacos.

153

Penou para subir uma encosta pedregosa, avançando rumo aos despenhadeiros mais íngremes. Quando chegou às pedras, usou as mãos para se segurar, agarrando-se à rocha sedimentária farelenta. Pelo menos ali o garoto não deixaria tantas pegadas, embora punhados de neve cristalina antiga tivessem caído feito pequenas dunas nas saliências.

Os afloramentos emergiam da lateral do barranco, sentinelas acima do tapete da floresta. O vento e a chuva tinham aberto buracos e sulcos no despenhadeiro, alguns que mal comportavam ninhos de roedores, outros grandes o bastante para esconder um homem adulto. Movido pelo desespero, Duncan escalou até quase não conseguir mais respirar de exaustão.

Quando chegou ao topo de uma estratificação rochosa que tinha cor de ferrugem e lama à luz da lanterna, agachou-se e olhou o entorno, avaliando o entorno selvagem. Ele se perguntou se os caçadores já estavam a caminho. Não deviam estar muito longe.

Animais uivavam ao longe. Duncan apagou a luz para se esconder melhor. Os ferimentos antigos nas costelas e nas costas ardiam e o braço latejava no ponto onde o sinalizador pulsante tinha sido implantado.

Atrás dele havia mais despenhadeiros sombrios, altos e íngremes, marcados por sulcos e saliências, ornamentados por árvores desgrenhadas como se fossem uma imperfeição facial coberta de pelos feios. Era um caminho muitíssimo longo dali até a cidade e o espaçoporto mais próximos.

Estação da Guarda Florestal. A mãe dele tinha falado daquela reserva isolada para caçadores, um dos lugares favoritos do sobrinho do barão.

— Rabban é cruel assim porque precisa provar que não é como o pai — dissera ela certa vez.

O menino tinha passado a maior parte de seus quase 9 anos de vida dentro de edifícios gigantescos, sentindo o cheiro de ar reciclado empesteado por lubrificantes, solventes e substâncias químicas de exaustores. Nunca tivera noção do frio que podia fazer naquele planeta, do gelo das noites... ou da nitidez das estrelas.

Acima de si, o céu era uma abóbada de escuridão imensa, cheia de pontinhos de luz, uma tempestade de alfinetes que penetravam as distâncias da galáxia. Lá longe, os Navegadores da Guilda usavam a mente para conduzir paquetes do tamanho de cidades entre as estrelas.

Duna: Casa Atreides

Duncan nunca vira uma nave da Guilda, nunca saíra de Giedi Primo — e passara a duvidar de que algum dia fosse ter essa possibilidade. Vivendo no coração de uma cidade industrial, ele nunca tivera motivo para aprender os padrões das estrelas. Mesmo se soubesse os pontos cardeais ou reconhecesse as constelações, não tinha para onde *ir*...

Sentado sobre a rocha, o olhar voltado para o cenário congelante, Duncan examinou seu mundo. Encolheu-se e juntou os joelhos ao peito para conservar o calor do corpo, embora ainda estivesse tremendo.

Ao longe, onde o terreno elevado descia para um vale arborizado na direção da silhueta escura do alojamento dos guardas, ele avistou uma sequência de luzes, luciglobos que oscilavam feito uma procissão de fadas. O grupo de caça, bem armado e bem agasalhado, estava farejando o rastro dele, sem pressa. *Divertindo-se.*

De seu ponto de observação, Duncan ficou olhando e esperando, com frio e desolado. Precisava decidir se ao menos quisesse sobreviver. O que faria? Para onde iria? Quem cuidaria dele?

Devido à armalês de Rabban, não restara nada do rosto da mãe para ele beijar, nada do cabelo para ele acariciar. Jamais voltaria a escutar sua voz chamando-o de "Duncan querido".

Os Harkonnen pretendiam fazer a mesma coisa com ele, e não havia jeito de impedi-los. Era só um menino com uma faca cega, uma lanterna e uma corda. Os caçadores estavam em posse de rastreadores richesianos, armaduras aquecidas e armas potentes. Eram dez contra um. Ele não tinha a menor chance.

Talvez fosse mais fácil só ficar sentado ali, esperando até eles chegarem. Com o tempo, os rastreadores o localizariam, seguindo o inexorável sinal de seu implante... mas ele podia privá-los do passatempo, estragar a diversão. Ao se render, demonstrando seu absoluto desprezo pelo entretenimento brutal deles, Duncan Idaho ao menos obteria uma pequena vitória: provavelmente a única que teria.

Ou então podia resistir, tentar machucar os Harkonnen mesmo sendo caçado por eles. Sua mãe e seu pai não tiveram a oportunidade de lutar pela própria vida, mas Rabban estava dando essa chance a *Duncan*.

O sobrinho do barão o considerava um reles menino indefeso. O grupo de caça achava que seria divertido abater uma criança.

Ele se levantou com as pernas doloridas, espanou as roupas e conteve os tremores. *Não vou desistir assim*, decidiu-se. *Só para mostrar a eles, só para provar que eles não podem rir de mim.*

Duncan duvidava que os caçadores estivessem usando escudos pessoais. Eles não imaginariam precisar daquela proteção, não contra alguém como ele.

Sentiu o cabo duro e áspero da faca em seu bolso, inútil contra qualquer armadura decente. Mas ele podia usar a lâmina para outro fim, algo dolorosamente necessário. Sim, ele lutaria — com todas as forças.

Escalando o barranco, passando por cima de rochas e árvores caídas e equilibrando-se nas pedras soltas do chão, Duncan subiu até uma pequena cavidade do solo acidentado de arenito. Ele evitou os trechos ainda nevados, atendo-se à terra congelada para não deixar vestígios óbvios de sua passagem.

O implante de rastreamento levaria os caçadores diretamente a ele, não importava para onde fosse.

Acima da gruta, uma saliência em um paredão quase vertical no despenhadeiro forneceu a segunda oportunidade: pedaços soltos de arenito coberto de líquen, pedregulhos pesados. Talvez fosse capaz de deslocá-los...

Duncan engatinhou para dentro da gruta, onde não estava nem um pouco mais quente. Só mais escuro. A abertura era tão baixa que um adulto teria que se arrastar de bruços para entrar; não havia outra saída. Aquele abrigo não ofereceria muita proteção. Ele precisava se apressar.

Agachado ali, acendeu a pequena lanterna, tirou a camisa manchada e pegou a faca. Então, apalpou o calombo do rastreador implantado no músculo do braço esquerdo, no alto do tríceps, perto do ombro.

A pele já estava dessensibilizada por causa do frio, e a mente, entorpecida pelo choque das circunstâncias. Quando espetou a faca, porém, sentiu a ponta penetrar a carne e seus nervos pareceram pegar fogo. Duncan fechou os olhos para evitar o reflexo de resistir e fez um corte profundo, cutucando e sondando com a ponta da lâmina.

Ele fixou o olhar na parede escura da caverna e viu sombras esqueléticas projetadas pela luz fraca. Sua mão direita se mexia com movimentos mecânicos, como se fosse uma sonda em busca do rastreador minúsculo. A dor recuou para um canto obscuro de sua consciência.

Duna: Casa Atreides

Finalmente, o sinalizador caiu, um pedaço ensanguentado de metal microconstruído, largado no chão sujo da caverna. Tecnologia richesiana sofisticada. Atordoado de dor, Duncan pegou uma pedra para esmagar o rastreador. Mas então pensou melhor e empurrou o aparelhinho miúdo mais para as sombras, onde ninguém conseguiria enxergar.

Era melhor deixá-lo ali. Como isca.

Duncan se arrastou de novo para fora e pegou um punhado de neve granulosa. Gotículas vermelhas caíram na encosta de arenito clara. Ele pressionou a neve contra o sangue que corria de seu ombro, deixando o frio cortante amenizar a dor do corte até os flocos de gelo rosados escorrerem por entre seus dedos. Pegou mais um punhado, já sem se preocupar com os sinais evidentes que estava deixando. Os Harkonnen apareceriam ali de qualquer jeito.

Pelo menos a neve havia estancado o sangramento.

Em seguida, Duncan escalou mais e se afastou da caverna, voltando a tomar cuidado para não deixar rastros. Notou as luzes flutuantes mais abaixo no vale se separarem; os caçadores estavam escolhendo caminhos distintos para subir a encosta. Um ornitóptero com as luzes apagadas zumbia no céu.

Duncan avançou o mais rápido possível, tomando cuidado para não verter mais sangue. Ele rasgou tiras da camisa no intuito de enxugar o ferimento, deixando o peito exposto ao frio, depois voltou a cobrir os ombros com a roupa esfarrapada. Talvez os predadores da floresta sentissem o cheiro ferroso do sangue e o caçassem para se alimentar, só que não por esporte. Aquele era um problema que ele ainda não queria considerar.

Espalhando pedrinhas soltas, ele voltou até retornar à saliência em cima do abrigo anterior. O instinto de Duncan era fugir às cegas, indo tão longe quanto conseguisse. Mas ele se obrigou a parar. Assim seria melhor. Agachou-se atrás dos pedregulhos soltos pesados, testou-os para conferir se eram fortes o bastante e recuou para esperar.

Pouco depois, o primeiro caçador subiu a encosta até a abertura da gruta. Equipado com uma armadura dotada de suspensores, o homem empunhava uma armalês em frente ao corpo. Abaixou o rosto para olhar um aparelho portátil, que captava o sinal do rastreador richesiano.

Duncan prendeu a respiração e ficou imóvel para não deslocar qualquer seixo ou fragmento. O sangue traçava uma linha vermelha que descia por seu braço esquerdo.

O caçador parou na abertura da gruta, reparando na neve revolvida, nas manchas de sangue, no apito de localização do rastreador. Apesar de não enxergar o rosto do homem, Duncan sabia que o caçador exibia um sorriso debochado de triunfo.

Com a armalês apontada para a frente, o inimigo se abaixou bastante, curvando-se com dificuldade por causa do acolchoamento protetor do tórax. De bruços, entrou parcialmente na escuridão da gruta.

— Achei você, menininho!

Usando os pés e a força dos músculos da perna, Duncan empurrou uma rocha de dimensão considerável coberta de líquen até a beirada. Depois, mirou uma segunda pedra pesada e a chutou com força, impelindo-a para a borda íngreme. Ambas caíram, girando no ar.

Ele ouviu o som do impacto e um estalo. Um barulho horrível de esmagamento. E por fim o gemido e o gorgolejo do homem abaixo.

Duncan se aproximou rapidamente da beirada e viu que um dos pedregulhos tinha batido em uma lateral, quicado e rolado pela encosta, pegando embalo e derrubando detritos soltos pelo caminho.

Já o outro tinha caído sobre as costas do caçador, esmagando a coluna apesar da armadura e prendendo-o no chão que nem um alfinete em um inseto.

O menino desceu a encosta, arfante, escorregando. O caçador ainda estava vivo, mas paralisado. Suas pernas tremiam, batendo a ponta das botas no solo duro congelado. Duncan já não sentia mais medo dele.

Esgueirando-se para passar pelo corpo grande do homem de armadura e entrar na gruta, Duncan apontou a lanterna acesa bem nos olhos úmidos espantados do inimigo. Aquilo não era brincadeira. Sabia o que os Harkonnen fariam com ele, já tinha visto o que Rabban fizera com seus pais.

E pretendia jogar de acordo com as regras deles.

O caçador moribundo grunhiu alguma coisa ininteligível. Duncan não hesitou. Com os olhos sombrios e estreitos — não mais os olhos de uma criança —, ele se inclinou para a frente. A faca passou por debaixo do queixo do homem. O caçador se contorceu, erguendo o queixo como um

Duna: Casa Atreides

gesto de aceitação, e não de desafio, e a lâmina cega penetrou pele e carne. O sangue jorrou da jugular com força suficiente para esguichar e borrifar até formar uma poça grudenta no solo da caverna.

Duncan não devia perder tempo pensando no que havia feito, não devia esperar o corpo do caçador esfriar. Vasculhou os objetos no cinto do sujeito e achou um estojo de primeiros socorros e uma barra de ração. Depois, arrancou a armalês das mãos cerradas do homem e, com a coronha, esmigalhou o rastreador richesiano ensanguentado, reduzindo-o a pedacinhos de metal. Não precisava mais daquele engodo. Seus perseguidores teriam que usar a inteligência para caçá-lo.

Ele achou que seus algozes talvez até apreciariam o desafio, uma vez superada a fúria.

O menino rastejou para fora da gruta. Quase da sua altura, a armalês batia no chão conforme ele a arrastava atrás de si. Abaixo, a trilha de luciglobos do grupo de caça se aproximava.

Então, mais bem armado e nutrido pelo sucesso improvável, Duncan bateu em retirada noite adentro.

Muitas peças do Imperium acreditam que detêm o poder supremo: a Guilda Espacial, com seu monopólio sobre viagens interestelares; a CHOAM, com seu domínio comercial; as Bene Gesserit, com seus segredos; os Mentats, com seu controle dos processos mentais; a Casa Corrino, com seu trono; as Casas Maiores e Menores do Landsraad, com suas vastas propriedades. Ai de nós quando uma dessas causas decidir provar que tem razão.

**— Conde Hasimir Fenring,
despachos de Arrakis**

Leto recebera menos de uma hora para descansar e se recuperar em seus novos aposentos no Grand Palais.

— Hã, desculpe apressá-lo, mas isso é algo que você não gostaria de perder — disse Rhombur ao recuar pela porta deslizante para o corredor de paredes cristalinas. — A construção de um paquete leva meses e meses. Mande um aviso quando estiver pronto para ir à plataforma de observação.

Ainda abalado, mas enfim sozinho por alguns instantes, Leto remexeu o conteúdo de suas malas e deu uma examinada superficial no quarto. Olhou para os pertences cuidadosamente embalados, mais coisas do que ele poderia precisar, incluindo badulaques, um maço de cartas da mãe e uma Bíblia Católica de Orange anotada. Ele havia prometido para ela que leria versículos todas as noites.

Pensando no tanto de tempo de que precisaria só para se sentir em casa — *um ano inteiro longe de Caladan* —, resolveu deixar tudo do jeito que estava. Teria tempo de sobra para arrumar tudo aquilo mais tarde. *Um ano em Ix.*

Cansado da longa viagem, com a mente ainda tentando assimilar o peso da estranheza daquela metrópole subterrânea, Leto tirou a camisa confortável e se deitou na cama. Mal terminara de experimentar o colchão e afofar o travesseiro quando Rhombur começou a bater à porta.

— Anda, Leto! Rápido! Vista uma roupa e vamos, hã, pegar um transporte.

Duna: Casa Atreides

Ainda tentando enfiar o braço na manga esquerda da camisa, Leto encontrou o outro rapaz no corredor.

Um tubo-bala os levou por entre os edifícios invertidos até a periferia da cidade subterrânea, onde uma cápsula elevadora os desceu a um nível secundário de edifícios cravejados de cúpulas de observação. Depois de sair, Rhombur abriu caminho pela multidão aglomerada nas varandas e nos janelões. Agarrou Leto pelo braço e os dois passaram por guardas de Vernius e pelos grupos de espectadores. O rosto do príncipe estava corado, e ele logo se virou para os demais ali.

— Que horas são? Já aconteceu?

— Ainda não. Mais dez minutos.

— O Navegador está vindo. A câmara dele está sendo escoltada pelo campo neste instante.

Com murmúrios de agradecimento e pedidos de desculpa, Rhombur levou seu confuso companheiro até um janelão de metavidro na parede inclinada da galeria de observação.

Na extremidade oposta do cômodo, outra porta deslizante se abriu e a multidão se afastou para abrir caminho para dois jovens de cabelo escuro — gêmeos idênticos, pelo visto. De baixa estatura, cercavam Kailea, a irmã de Rhombur, tal uma escolta orgulhosa. No breve período desde que Leto a vira pela última vez, ela encontrara tempo para trocar de vestido, este menos extravagante, mas não menos bonito. Os gêmeos apresentavam um ar inebriado pela presença de Kailea, que parecia apreciar a atenção dedicada. Ela sorriu para os dois e os conduziu a um lugar favorável na janela de observação.

Rhombur guiou Leto para perto deles, muito mais interessado na vista do que nas pessoas da multidão. Ao analisar a seu redor, Leto presumiu que todos ali deviam ser autoridades importantes. Olhou para baixo, ainda confuso quanto ao que estava acontecendo.

Um espaço fechado imenso se estendia ao longe até o ponto onde o teto e o horizonte da gruta se encontravam. Lá embaixo, ele entreviu um paquete completo, uma nave do tamanho de um asteroide como aquela que o levara de Caladan até Ix.

— Esta é a maior, hã, fábrica de Ix — disse Rhombur. — É o único estaleiro de superfície do Imperium capaz de acomodar um paquete inteiro. Todos os outros usam docas secas no espaço. Aqui, em um ambiente

161

terrestre, a segurança e a eficiência para construções, até mesmo em grande escala, têm uma relação custo-benefício muito boa.

Reluzindo de tão novo, o veículo ocupava todo o cânion subterrâneo. No lado mais próximo, brilhava um leque de painéis dorsais decorativos. Na fuselagem, uma hélice ixiana púrpura e cobre se entrecruzava com o ainda maior analema branco da Guilda Espacial, um timbre do infinito no interior de um cartucho convexo oblongo.

Construída nas profundezas do subterrâneo, a espaçonave repousava em um mecanismo de macaco suspensor que a elevava para permitir a passagem de grandes caminhões terrestres por baixo do casco. Trabalhadores suboides de uniforme prateado e branco examinavam a fuselagem com aparelhos portáteis e executavam serviços básicos. Enquanto as equipes conferiam a embarcação da Guilda, preparando-a para o espaço, feixes de luz bailavam no entorno da fábrica — barreiras de energia para repelir intrusos.

Gruas e bases suspensoras assemelhavam-se a parasitas minúsculos circulando pelo casco do paquete, mas a maior parte do maquinário estava concentrada junto às paredes inclinadas da câmara, retirada do caminho... para um *lançamento*? Leto não achava possível. Milhares de trabalhadores de superfície lotavam o espaço terrestre feito uma nuvem de estática, retirando detritos e preparando a partida daquela nave incrível.

O burburinho da plateia na câmara de observação se intensificou e Leto sentiu que algo estava prestes a acontecer. Ele avistou diversas telas e imagens transmitidas por olhos-com. Atordoado pelo espetáculo, perguntou:

— Mas... como vocês a tiram dali? Uma nave daquele tamanho? Tem um teto de pedra em cima, e as paredes parecem todas sólidas.

Um dos gêmeos de semblante ansioso ao lado dele olhou para baixo com um sorriso confiante.

— Espere e verá.

Os dois rapazes idênticos tinham olhos afastados em rostos meio quadrados e exibiam expressões concentradas e sobrancelhas franzidas. Eram alguns anos mais velhos que Leto e tinham pele pálida, consequência inevitável de uma vida inteira no subsolo.

Entre eles, Kailea pigarreou e olhou para o irmão.

Duna: Casa Atreides

— Rhombur? — chamou ela, lançando um olhar para os gêmeos e Leto. — Você esqueceu as boas maneiras.

O garoto ixiano se lembrou de repente de suas responsabilidades.

— Ah, sim! Este é Leto Atreides, herdeiro da Casa Atreides em Caladan. E estes dois são C'tair e D'murr Pilru. O pai deles é o embaixador de Ix em Kaitain e a mãe é uma banqueira da Guilda. Eles moram em uma das alas do Grand Palais, então talvez vocês se cruzem.

Os rapazes fizeram uma mesura ao mesmo tempo e pareceram se aproximar ainda mais de Kailea.

— Estamos nos preparando para o exame da Guilda que acontecerá nos próximos meses. Esperamos, um dia, pilotar uma dessas naves — disse um dos gêmeos, C'tair.

Ele balançou o cabelo escuro na direção do veículo imenso lá embaixo. Kailea observou os irmãos com um brilho de preocupação nos olhos verdes, como se não apreciasse a ideia de eles se tornarem Navegadores.

Leto ficou tocado pela energia e pelo entusiasmo que viu nos olhos castanhos profundos do rapaz. O outro irmão era menos sociável e parecia se interessar só pelas atividades lá embaixo.

— Aí vem a câmara do Navegador — indicou D'murr.

Um grande tanque preto avançava flutuando pelo caminho esvaziado, elevado por suspensores industriais. Tradicionalmente, os Navegadores da Guilda mascaravam as próprias aparências e permaneciam ocultos dentro de nuvens densas de gás de especiaria. Ao se tornarem Navegadoras, acreditava-se que as pessoas deixavam de ser humanas e se transformavam em algo diferente, mais evoluído. A Guilda não confirmava nem negava as especulações.

— Não dá para ver nada — disse C'tair.

— Sim, mas há um Navegador ali dentro. Posso sentir a presença dele — afirmou o outro irmão.

D'murr inclinou o corpo para a frente com tanta atenção que parecia ter o intuito de atravessar o metavidro da janela. Ignorada pelos gêmeos que se concentravam na nave abaixo, Kailea resolveu se voltar para Leto e o encarou com aqueles olhos cintilantes cor de esmeralda.

Rhombur gesticulou para a nave e continuou com seus comentários acelerados:

— Meu pai está empolgado com esses novos modelos de paquete que apresentam uma expansão do compartimento de carga. Não sei se você estudou história, mas originalmente os paquetes eram, hã, produtos richesianos. Ix e Richese competiam entre si por contratos da Guilda, mas aos poucos nossa Casa venceu por incluir todos os aspectos de nossa sociedade no processo: hã, subsídios, alistamento obrigatório, impostos, o que fosse necessário. Em Ix, não fazemos nada pela metade.

— Ouvi dizer que vocês também são mestres em sabotagem industrial e legislação de patentes — comentou Leto, lembrando-se do que a mãe tinha alegado.

Rhombur negou com a cabeça.

— Isso é intriga das Casas invejosas. Pelos infernos vermelhões, não roubamos ideias nem patentes... A única guerra que travamos foi tecnológica, contra Richese, e vencemos sem disparar um tiro sequer. Só que os golpes que infligimos neles foram tão letais quanto se tivéssemos usado armas atômicas. Eram eles ou nós. Há uma geração, os Richese perderam a titularidade de Arrakis, mais ou menos na mesma época em que perderam a autoridade no campo da tecnologia. Acho que foi por causa de uma liderança ruim na família.

— Minha mãe é de Richese — disse Leto, com frieza.

Rhombur enrubesceu de tanta vergonha.

— Ah, desculpa. Eu tinha me esquecido desse detalhe.

O garoto coçou o cabelo louro despenteado só para ocupar as mãos. Leto falou:

— Tudo bem. Não sofremos desse tipo de miopia, então entendo o que quis dizer. Richese ainda existe, mas em uma escala extremamente reduzida. Burocracia demais e inovação de menos. Minha mãe nunca quis me levar até lá, nem para visitar a família dela. Muitas lembranças sofridas, provavelmente, apesar de eu achar que ela um dia teve esperança de que o casamento com meu pai fosse ajudar a restaurar as fortunas da Casa Richese.

Lá embaixo, o tanque que abrigava o Navegador misterioso entrou por um orifício na parte frontal do paquete. A câmara preta polida sumiu na imensidão da nave como um mosquito engolido por um peixe graúdo.

Apesar de ser mais nova que o irmão, a voz de Kailea soava mais profissional:

Duna: Casa Atreides

— O novo programa de paquetes vai ser o mais lucrativo de todos os tempos para nós. Este contrato vai despejar somas vultosas em nossas contas. Durante a primeira década, a Casa Vernius vai receber 25% de todo solari poupado pela Guilda Espacial por nossa causa.

Impressionado, Leto pensou nas atividades de pequena escala em Caladan: a colheita de arroz-pundi, os barcos que retiravam os carregamentos dos navios... e os vivas emocionados que a população havia lançado ao Velho Duque depois da tourada.

Sirenes estridentes ressoaram em alto-falantes instalados por toda a câmara gigantesca. Lá embaixo, como se fossem limalhas de ferro atraídas por linhas de um campo magnético, os trabalhadores suboides se afastaram de todos os lados do paquete recém-construído. Luzes cintilavam por toda a extensão da cidade suspensa em outros janelões de observação nas torres de estalactite. Leto distinguiu vultos minúsculos apoiados em vidraças distantes.

Rhombur se aproximou quando os espectadores ao redor se calaram.

— O que foi? O que está acontecendo? — perguntou Leto.

— O Navegador vai decolar com a nave — disse o gêmeo C'tair.

— Ele vai decolar de Ix para começar as rotas — acrescentou D'murr.

Leto olhou para o teto de pedra, a barreira impenetrável da crosta planetária, e teve certeza de que aquilo era impossível. Ouviu um zumbido sutil quase imperceptível.

— Não é difícil pilotar uma nave dessas para fora daqui... hã, pelo menos não para um *deles*. — Rhombur cruzou os braços. — Muito mais fácil do que guiar um paquete para *dentro* de um espaço confinado como este. Só um Piloto de primeira conseguiria.

Enquanto Leto assistia, prendendo a respiração assim como todos os outros espectadores, o paquete tremeluziu, perdeu nitidez... e desapareceu por completo.

O ar no interior da gruta imensa reverberou com um estrondo ensurdecedor causado pelo súbito deslocamento de volume. Um tremor se propagou pelo edifício de observação, e os ouvidos de Leto estalaram.

A gruta ficara vazia, um imenso espaço fechado sem o menor sinal do paquete, só equipamentos descartados e manchas descoradas no chão, nas paredes e no teto.

Brian Herbert e Kevin J. Anderson

— Lembre-se de como um Navegador opera uma nave — disse D'murr ao ver a confusão de Leto.

— Ele dobra o espaço. Aquele paquete nunca *atravessou* a crosta rochosa de Ix. O Navegador simplesmente foi daqui... para seu destino — explicou C'tair.

Algumas pessoas da plateia aplaudiram. Rhombur parecia incrivelmente satisfeito ao gesticular para o vazio que se estendia a perder de vista lá embaixo.

— Agora temos espaço para começar a construir outro!

— É uma questão básica de economia. — Kailea olhou de relance para Leto e então, recatada, desviou o olhar. — Não desperdiçamos nem um segundo.

As concubinas-escravas, pelos termos do acordo com a Guilda e as Bene Gesserit, não podiam dar à luz um Sucessor Real, mas as intrigas eram constantes e opressivas em sua similaridade. Nós nos especializamos — minha mãe, minhas irmãs e eu — em escapar dos instrumentos sutis da morte.

— Excerto de "Na casa de meu pai", da princesa Irulan

O salão de estudos do príncipe Shaddam no Palácio Imperial era grande o suficiente para acomodar um vilarejo inteiro de certos mundos. Com absoluta falta de interesse, o herdeiro Corrino estava acabrunhado diante da máquina letiva enquanto Fenring o observava.

— Meu pai ainda quer que eu tenha aulas de treinamento como se fosse criança. — Shaddam fez cara feia para as luzes e os mecanismos rodopiantes do aparelho. — Eu já deveria estar casado. Deveria ter produzido meu próprio herdeiro imperial.

— Para quê? — Fenring deu risada. — Para que o trono pule uma geração e vá direto para seu filho quando ele estiver no auge, hmmmm?

Shaddam tinha 34 anos e parecia a uma vida inteira de distância de tornar-se imperador. Sempre que o velho tomava um gole de cerveja de especiaria, ele ativava mais do veneno secreto — mas o *n'kee* tinha começado a agir meses antes, e parecia que o único resultado era um comportamento cada vez mais irracional. Como se eles precisassem de mais daquilo!

Naquela mesma manhã, Elrood havia brigado com Shaddam por não prestar muita atenção nos estudos:

— Observe e aprenda! Seja tão bom quanto Fenring uma vez na vida — repetira o pai dele em uma de suas expressões tediosas.

Hasimir Fenring assistira às aulas com o príncipe herdeiro desde a infância. A ideia era que ele fizesse companhia para Shaddam enquanto também adquirisse conhecimento sobre política e intrigas palacianas. Fenring sempre fora melhor que o amigo da realeza em assuntos acadêmicos: ele devorava cada migalha de informação que pudesse ajudá-lo a subir na vida.

Chaola, a mãe dele, uma dama de companhia introspectiva, tinha se acomodado em uma residência sossegada e vivia com a pensão imperial desde a morte de Habla, a quarta esposa do imperador. Ao criar os dois meninos juntos enquanto atendia à imperatriz Habla, Chaola dera a Fenring a chance de ser muito mais — quase como se tivesse sido aquele o plano dela.

Àquela altura, Chaola fingia não entender o que o filho fazia na corte, a despeito de seu treinamento como Bene Gesserit. Fenring era astuto o bastante para saber que a mãe compreendia muito mais do que seu status sugeria e que haviam ocorrido muitos planos e ardis reprodutivos longe do conhecimento dele.

Shaddam soltou um gemido sôfrego e se afastou da máquina.

— Por que aquela criatura velha não morre logo e facilita minha vida?

Ele cobriu a boca, preocupado de repente com o que havia deixado escapar.

Fenring caminhava pelo extenso cômodo, olhando de relance para os estandartes pendurados do Landsraad. O príncipe herdeiro deveria saber as cores e os brasões de todas as Casas Maiores e Menores, mas Shaddam tinha dificuldade até de lembrar os nomes de todas as famílias.

— Paciência, meu amigo. Tudo no devido tempo. — Em um dos nichos, Fenring acendeu um espeto combustível de incenso com aroma de baunilha e inalou profundamente a fumaça. — Enquanto isso, aprenda sobre os assuntos que serão relevantes para seu reinado. Você precisará dessas informações no futuro próximo, hããããã, ah?

— Para de fazer esse barulho, Hasimir. Que irritante.

— Hmmmm?

— Já era irritante quando éramos crianças, e você sabe que continua sendo. Chega!

No cômodo adjacente, por trás de telas supostamente feitas para dar privacidade, Shaddam ouvia as risadinhas do tutor e o som de roupas amassadas, lençóis, pele com pele. O tutor passava as tardes com uma mulher esbelta e linda de doer que tinha recebido treinamento sexual até a Classe Especialista. Shaddam dera as ordens à moça, e as atenções dela mantinham o tutor afastado para que ele e Fenring pudessem conversar com privacidade — o que já era difícil em um palácio cheio de olhos enxeridos e ouvidos sensíveis.

Duna: Casa Atreides

Contudo, o que o tutor não sabia era que a moça deveria ser um presente para Elrood depois, uma inclusão perfeita ao harém dele. Aquele pequeno truque proporcionou ao príncipe herdeiro um enorme porrete para ameaçar seu professor inconveniente. Se o imperador descobrisse...

— Aprender a manipular as pessoas é parte importante do ofício de um monarca — dizia Fenring com frequência ao sugerir alguma ideia. Aquilo, pelo menos, Shaddam havia entendido. *Se o príncipe herdeiro ouvir meus conselhos, pode acabar virando um governante aceitável, afinal*, pensava Fenring.

Telas exibiam estatísticas entediantes de recursos logísticos, os principais artigos de exportação de planetas importantes e imagens holográficas de todos os produtos imagináveis: pele de baleia tingida da melhor qualidade, tapeçarias lenissônicas ixianas, cipós-tintas, shigafios, obras de arte fabulosas de Ecaz, arroz-pundi e esterco de jumento. Tudo transbordava da máquina letiva feito uma fonte de sabedoria descontrolada, como se Shaddam tivesse que aprender e decorar todos os detalhes. *Mas é para isso que servem conselheiros e especialistas.*

Fenring deu uma olhada na tela.

— De tudo que existe no Imperium, Shaddam, o que *você* acha que é o mais importante, hãããã?

— Agora você também é meu tutor, Hasimir?

— Sempre fui. Caso você se torne um imperador sublime, toda a população vai se beneficiar... inclusive eu.

A cama no cômodo ao lado produzia ruídos ritmados que distraíam a concentração. Shaddam balbuciou sua resposta:

— O mais importante é paz e sossego.

Fenring tocou uma tecla da máquina letiva. O aparelho clicou, apitou, zumbiu e mostrou uma imagem de um planeta desértico. *Arrakis.* Fenring se acomodou no banco ao lado de Shaddam.

— A especiaria mélange. É o que há de mais importante. Sem ela, o Imperium desmoronaria.

Ele inclinou o corpo para a frente e seus dedos ágeis correram pelos controles, abrindo telas com as atividades de colheita de especiaria no planeta desértico. Shaddam olhou para um vídeo de um verme da areia gigantesco destruindo uma colheitadeira nas profundezas do deserto.

Brian Herbert e Kevin J. Anderson

— Arrakis é a única fonte conhecida de mélange no universo. — Fenring fechou o punho e deu um murro forte no tampo leitoso de marmoreplás. — Mas *por quê*? Apesar de todos os exploradores e prospectores imperiais e da enorme recompensa que a Casa Corrino oferece há gerações, *por que* ninguém encontrou especiaria em mais lugar nenhum? Afinal, com um bilhão de mundos no Imperium, deve existir em *algum* outro lugar.

— Um bilhão? — Shaddam contraiu os lábios. — Hasimir, você sabe que isso é só uma hipérbole para as massas. A contagem que eu vi é de só um milhão e pouco.

— Um milhão, um bilhão, que diferença faz, hmmmm? O que eu quero dizer é que, se o mélange é uma substância presente no universo, deveríamos encontrá-lo em mais de um lugar. Você está sabendo do planetólogo que seu pai mandou para Arrakis?

— Claro, Pardot Kynes. Estamos esperando um novo relatório dele a qualquer momento. Já faz algumas semanas desde o último. — Ele ergueu a cabeça, orgulhoso. — Faço questão de ler sempre que chegam.

Da sala lateral acortinada, eles ouviram respirações ofegantes, risadinhas, móveis pesados sendo arrastados, alguma coisa caindo com um baque surdo. Shaddam se permitiu um sorrisinho fino. A concubina era, de fato, bem treinada.

Fenring revirou seus olhos grandes e se voltou de novo para a máquina letiva.

— Preste atenção, Shaddam. A especiaria é vital; no entanto, toda a produção é controlada por uma única Casa em um único mundo. O perigo de gargalo é imenso, mesmo com supervisão imperial e pressão da CHOAM. Em nome da estabilidade do Imperium, precisamos de uma fonte melhor de mélange. Deveríamos criar uma versão sintética, se necessário. Precisamos de uma alternativa. — Ele se virou para o príncipe herdeiro, com um brilho nos olhos escuros. — Uma que esteja sob *nosso* controle.

Shaddam gostava muito mais de conversas assim do que das rotinas de aprendizado programadas pelo tutor.

— Ah, sim! Uma alternativa para o mélange teria efeito sobre todo o equilíbrio de poder do Imperium, não?

— Exato! Na situação atual, a CHOAM, a Guilda, as Bene Gesserit, os Mentats, o Landsraad, até a Casa Corrino, todos brigam pela produção e

Duna: Casa Atreides

pela distribuição de especiaria a partir de um único planeta. Se existisse uma alternativa, no entanto, exclusivamente nas mãos da Casa Imperial, aí sua família se tornaria de fato *imperial,* não mero fantoche sob o controle de outras forças políticas.

— Não somos fantoches. Nem mesmo meu pai senil — retrucou Shaddam. Ele lançou um olhar de relance nervoso para o teto, como se pudesse haver olhos-com escondidos ali, apesar de Fenring já ter realizado buscas meticulosas por aparatos de espionagem. — Hm, vida longa a ele.

— Como queira, meu príncipe — disse Fenring, sem ceder um milímetro. — Mas, se iniciarmos as engrenagens neste exato momento, você poderá colher os benefícios quando o trono for seu. — Ele mexeu na máquina letiva. — Observe e aprenda! — repetiu, com um falsete rouco que imitava os pronunciamentos imponentes de Elrood.

Shaddam deu uma risadinha diante do sarcasmo.

A máquina exibiu cenas das proezas industriais de Ix, com todas as novas invenções e modificações feitas durante a liderança lucrativa da Casa Vernius. Fenring instigou:

— Por que acha que os ixianos não podem usar a própria tecnologia para achar uma alternativa à especiaria? Volta e meia são instruídos a analisar a especiaria e desenvolver outra opção para nós, mas ficam brincando com suas máquinas de navegação e seus reloginhos bobos. Quem é que precisa saber a hora exata de qualquer planeta do Imperium? Como essas iniciativas poderiam ser mais importantes que a própria especiaria? A Casa Vernius é um fracasso total no que diz respeito ao trono.

— Esta máquina letiva veio de Ix. O novo e irritante modelo de paquete veio de Ix. Assim como seu veículo terrestre de alto desempenho e...

— Essa não é a questão — interrompeu Fenring. — Não acredito que a Casa Vernius invista quaisquer recursos tecnológicos na solução do problema da alternativa à especiaria. Não é uma grande prioridade para eles.

— Então meu pai deveria orientá-los com um pulso mais firme. — Shaddam juntou as mãos atrás das costas e tentou fazer uma pose imperial, com o rosto corado de indignação forçada. — Quando eu for imperador, vou me assegurar de que as pessoas compreendam suas prioridades. Ah, sim, determinarei pessoalmente o que for mais importante para o Imperium e a Casa Corrino.

Brian Herbert e Kevin J. Anderson

Fenring contornou a máquina letiva como um tigre laza à espreita. Pegou uma tâmara açucarada de uma bandeja de frutas disposta em uma mesa lateral.

— O velho Elrood fez pronunciamentos parecidos muito tempo atrás, mas, até o momento, não cumpriu nenhum. — Ele fez um gesto de desdém com a mão de dedos compridos. — Ah, no começo ele pedia para os ixianos pesquisarem. E também oferecia uma recompensa das grandes para qualquer explorador que encontrasse até mesmo variedades precursoras de mélange em planetas não mapeados. — Ele meteu a tâmara na boca, lambeu os dedos melados e engoliu a fruta lisa e doce. — Até agora, nada.

— Então meu pai deveria aumentar a recompensa. Ele não está se esforçando o bastante.

Fenring examinou as próprias unhas bem cortadas e ergueu os olhos grandes demais para fitar Shaddam.

— Ou seria o caso de o velho Elrood IX não estar disposto a considerar *todas* as alternativas necessárias?

— Ele é incompetente, mas não é um completo idiota. Por que meu pai faria isso?

— Digamos que alguém sugerisse usar... os Bene Tleilax, por exemplo? Como única solução possível.

Fenring se apoiou em uma pilastra de pedra para observar a reação de Shaddam. Uma onda de asco varreu o rosto do príncipe herdeiro.

— Aqueles tleilaxu imundos! Por que alguém iria querer trabalhar com eles?

— Porque talvez eles ofereçam a resposta que estamos procurando.

— Você só pode estar de brincadeira. Quem poderia confiar em qualquer coisa que os tleilaxu digam?

Ele visualizou mentalmente a raça de pele cinzenta, cabelo oleoso e estatura atarracada, com olhos miúdos, narizes achatados e dentes afiados. Eles se mantinham afastados, isolando seus planetas centrais e cavando deliberadamente uma vala social onde pudessem chafurdar.

Contudo, os Bene Tleilax eram verdadeiros magos da genética, dispostos a usar métodos pouco convencionais e socialmente hediondos, lidando com carne viva ou morta e lixo biológico. Em seus misteriosos, mas potentes tanques axolotles, eles eram capazes de cultivar clones a partir

Duna: Casa Atreides

de células vivas e gholas a partir das mortas. Aquele povo emanava uma aura pérfida e suspeita. *Como alguém consegue levá-los a sério?*

— Pense bem, Shaddam. Os tleilaxu não são mestres da química orgânica e da mecânica celular, hãããã, ah? — Fenring fungou. — Eu descobri, com a ajuda de minha própria rede de espiões, que os Bene Tleilax desenvolveram uma técnica nova, apesar da repulsa com que os encaramos. Eu mesmo tenho certas... habilidades técnicas, sabe, e acredito que seria possível aplicar essa técnica tleilaxu à produção de mélange artificial... De nossa própria fonte. — Ele fixou os olhos brilhantes de pássaro nos de Shaddam. — Ou será que *você* não está disposto a considerar todas as alternativas e prefere deixar seu pai manter o controle?

Shaddam se contorceu, hesitando em dar uma resposta. Preferia estar jogando uma partida de escudobol. Não gostava de pensar naqueles homens-gnomos; os Bene Tleilax eram fanáticos religiosos extremamente reservados e não convidavam visitantes. Indiferentes às opiniões de outros mundos a seu respeito, enviavam representantes às maiores autoridades para observar e negociar acordos em torno de produtos exclusivos de bioengenharia. O boato era de que nenhum forasteiro jamais encontrara uma tleilaxu. *Nunca.* Shaddam achava que ou elas eram absurdamente lindas... ou incrivelmente feias.

Ao ver o príncipe herdeiro estremecer, Fenring apontou para ele.

— Shaddam, não caia na mesma armadilha de seu pai. Como seu amigo e conselheiro, devo investigar oportunidades ocultas, hãããã, ah? Deixe de lado esses sentimentos para com os tleilaxu e considere a possível vitória caso dê certo: uma vitória sobre o Landsraad, a Guilda, a CHOAM e a ardilosa Casa Harkonnen. Como é divertido imaginar que todos os pauzinhos que os Harkonnen mexeram para ganhar Arrakis após a derrocada dos Richese seriam em vão. — A voz dele ficou mais branda, infinitamente razoável. — Que diferença faz se tivermos que lidar com os tleilaxu, desde que a Casa Corrino consiga romper o monopólio da especiaria e estabelecer uma fonte independente?

Shaddam o encarou, dando as costas para a máquina letiva.

— Tem certeza disso?

— Não, eu *não* tenho certeza — retrucou Fenring. — Ninguém tem como ter certeza até a coisa acontecer. Mas precisamos pelo menos considerar a ideia, dar uma chance. Caso contrário, outra pessoa o fará... um dia. Talvez até os próprios Bene Tleilax. Precisamos fazer isso por nossa própria sobrevivência.

— O que vai acontecer quando meu pai ficar sabendo? Ele não vai gostar da ideia.

O velho Elrood nunca fora capaz de pensar por conta própria, e o chaumurky de Fenring já havia começado a fossilizar o cérebro dele. O imperador sempre tinha sido uma marionete patética, manipulada por forças políticas. Talvez aquele urubu senil tivesse feito um acordo com a Casa Harkonnen para mantê-los no controle da produção de especiaria. Não seria surpresa alguma para Shaddam se o jovem e poderoso barão estivesse com o velho Elrood na palma da mão. A Casa Harkonnen tinha uma riqueza espetacular e incontáveis meios de influência.

Seria bom colocá-los em seu devido lugar: de joelhos.

Fenring pôs as mãos na cintura.

— Posso fazer isso tudo acontecer, Shaddam. Tenho contatos. Consigo trazer um representante dos Bene Tleilax aqui sem que ninguém tome conhecimento. Ele pode apresentar nossa proposta à Corte Imperial, e aí, na hipótese de seu pai rejeitar, talvez consigamos descobrir quem está controlando o trono... As marcas do rastro serão recentes. Hããã, ahh, posso dar início aos preparativos?

O príncipe herdeiro olhou de esguelha para a máquina letiva, que seguia alheia, tentando educar um aluno inexistente.

— Pode, pode, claro — respondeu, já sem paciência depois de tomada a decisão. — Não vamos perder mais tempo. E pare de fazer esse barulho.

— Vou levar um tempo para encaixar todas as peças, mas o investimento vai valer a pena.

Da sala vizinha, ouviu-se um gemido agudo; depois, um gritinho fino de êxtase que foi crescendo mais e mais até parecer que o escarcéu ia fazer as paredes caírem.

— Nosso tutor deve ter aprendido a dar prazer à amiguinha dele. Ou talvez ela só esteja fingindo — disse Shaddam, com uma carranca.

Fenring riu e balançou a cabeça.

— O gemido não veio dela, meu caro. A voz era *dele*.

Duna: Casa Atreides

— Queria saber o que eles estavam fazendo ali dentro.

— Não se preocupe. Está sendo tudo gravado para você apreciar mais tarde. Se nosso amado tutor colaborar e não causar problemas, vamos só assistir pela diversão. Contudo, caso ele se revele problemático, vamos esperar até seu pai receber essa concubina como se fosse um presente exclusivo... e *aí* deixamos o imperador Elrood dar uma olhada nas imagens.

— E vamos alcançar o que queremos de um jeito ou de outro.

— Exato, meu príncipe.

Um planetólogo funcional tem acesso a recursos, dados e projeções variados. Contudo, seus instrumentos mais importantes são os *seres humanos*. Só ao cultivar o entendimento ecológico entre o próprio povo é que ele é capaz de salvar um planeta inteiro.

— Pardot Kynes, "O caso de Bela Tegeuse"

Ao reunir as anotações para o relatório seguinte ao imperador, Pardot Kynes encontrou cada vez mais sinais de manipulação ecológica sutil. Ele desconfiava dos fremen. Quem mais poderia ser responsável ali nos desertos de Arrakis?

Ficou claro para ele que o povo do deserto devia ser muito mais numeroso do que os intendentes Harkonnen imaginavam — e que os fremen tinham um sonho próprio... mas o lado planetólogo de Kynes se perguntava se eles teriam formulado um *plano* concreto com o objetivo de torná-lo realidade.

Conforme mergulhava nos enigmas geológicos e ecológicos do mundo desértico, Kynes passou a crer que tinha nas mãos o poder de conferir o sopro da vida àquelas areias calcinadas pelo sol. Arrakis não era a mera carcaça que aparentava ser na superfície; na verdade, era uma *semente* capaz de um crescimento magnífico... desde que o ambiente fosse tratado com o devido cuidado.

Os Harkonnen por certo não se dariam ao trabalho. Embora fossem governadores planetários dali por décadas, o barão e sua trupe voluntariosa se portavam como se fossem hóspedes mal-educados, sem interesses de longo prazo em Arrakis. Como planetólogo, ele enxergava os sinais com clareza. A Casa Harkonnen estava saqueando o mundo, retirando todo o mélange que conseguisse o mais rápido possível, sem pensar no futuro.

Maquinações políticas e as marés do poder podiam alterar alianças com rapidez e facilidade. Sem dúvida, dali a algumas décadas, o imperador entregaria o controle das atividades de especiaria para alguma outra Grande Casa. Os Harkonnen nada tinham a lucrar se fizessem investimentos de longo prazo ali.

Duna: Casa Atreides

Muitos dos outros habitantes também eram indigentes: contrabandistas, comerciantes de água, mercadores que podiam levantar acampamento e voar para outro mundo ou assentamento em expansão a qualquer instante. Ninguém se importava com as agruras do planeta — Arrakis era apenas um recurso a ser explorado e, depois, descartado.

Mas Kynes pensava que talvez a mentalidade dos fremen fosse diferente. Diziam que o povo recluso do deserto era implacável ao próprio modo. Haviam migrado de mundo em mundo no decorrer de uma longa história, sendo oprimidos e escravizados até estabelecerem um lar em Arrakis — um planeta que eles chamavam de "Duna" desde os primórdios. Aquele povo era quem mais tinha a perder ali, pois sofreria as consequências causadas pelos aproveitadores.

Se o planetólogo conseguisse alistar os fremen a sua causa — e se aquele grupo misterioso fosse mesmo tão populoso quanto ele desconfiava —, talvez fosse possível promover mudanças em escala global. Uma vez acumulados mais dados sobre clima, composição atmosférica e flutuações sazonais, ele poderia formular um cronograma realista, um plano que, com o tempo, transformaria Arrakis em um lugar verdejante. *É possível!*

Já fazia uma semana que vinha concentrando seus esforços nos arredores da Muralha-Escudo, uma cordilheira imensa que envolvia as regiões polares do norte. A maioria dos habitantes ocupava terrenos rochosos protegidos que, supunha ele, os vermes não conseguiam acessar.

Para ver o território de perto, Kynes decidiu empreender uma viagem lenta com um veículo terrestre individual. Ele circulou pelo sopé da Muralha-Escudo, tirando medidas, coletando espécimes. Além disso, mediu os ângulos dos estratos nas pedras para determinar que agitação geológica havia estabelecido aquela barreira montanhosa.

Com o tempo e um estudo meticuloso, ele talvez até achasse camadas fossilizadas, aglomerados de arenito com conchas ou criaturas oceânicas primitivas petrificadas, heranças de um passado muito mais úmido do planeta. Até aquele momento, os indicativos sutis da presença de água primordial eram nítidos para o olhar treinado. Mas a descoberta de um vestígio criptozoico seria a base do tratado dele, prova incontestável de suas hipóteses...

Certa manhã, Kynes saiu bem cedo com o veículo terrestre sobre rodas, deixando um rastro no material solto que o processo de erosão havia removido da muralha montanhosa. Naquela região, todos os povoados, dos maiores aos mais esquálidos, tinham sido mapeados cuidadosamente, sem dúvida para fins de taxação e exploração por parte dos Harkonnen. Era um alívio enfim ter mapas precisos.

Ele se viu perto de um vilarejo chamado Fole, sede de uma estação de guardas Harkonnen e de um alojamento militar que existiam em uma aliança delicada com os habitantes do deserto. Kynes seguiu em frente, a trepidar pelo terreno acidentado. Cantarolando sozinho, ele olhou para a encosta acima. O ronco dos motores servia como uma cantiga de ninar, e ele se perdeu em pensamentos.

Até que, ao passar por cima de um barranco e contornar um pico rochoso, ele se espantou ao se deparar com uma pequena batalha desesperada. Seis soldados musculosos e bem treinados, com uniforme completo dos Harkonnen e revestidos de escudos corporais. Os brutamontes portavam armas de corte cerimoniais e as usavam para brincar com três jovens fremen que haviam encurralado.

Kynes freou o veículo terrestre, o qual parou com um sacolejo. A cena deplorável o lembrou da vez em que tinha visto um tigre laza bem alimentado brincar com um ratinho miserável em Salusa Secundus. Saciada, a fera não sentia necessidade de ingerir mais carne, só gostava de bancar a predadora; então, aprisionara o roedor apavorado no meio de algumas pedras, arranhando com suas longas garras curvas e abrindo ferimentos dolorosos e sangrentos... ferimentos que não eram fatais, de propósito. O tigre laza maltratara o rato por muitos minutos enquanto Kynes observava com lentes de óleo potentes. Quando enfim se cansara, o tigre simplesmente arrancara a cabeça da criatura com a boca e fora embora, deixando a carcaça para animais que se alimentavam de carniça.

Em contraste, os três jovens fremen estavam oferecendo mais resistência do que o rato, mas portavam apenas facas simples e trajestiladores, sem escudo corporal ou armadura. Os nativos do deserto não tinham a menor chance contra as técnicas de combate e o armamento dos soldados Harkonnen.

Mas eles não arredaram pé.

Os fremen apalparam o chão e arremessaram pedras afiadas com precisão letal, mas os projéteis rebateram inofensivamente nos escudos tremeluzentes. Os Harkonnen deram risada e chegaram mais perto.

Duna: Casa Atreides

Fora de vista, Kynes saiu do veículo, fascinado pela cena. Ajustou seu trajestilador, afrouxando fivelas para ter mais liberdade de movimento e conferindo se a máscara estava no lugar, mas não completamente selada. Na hora, não soube se observava de longe, como fizera com o tigre laza... ou se deveria ajudar de alguma forma.

Os soldados Harkonnen eram duas vezes mais numerosos que os fremen, e, se Kynes saísse em defesa dos jovens, era provável que ele mesmo acabasse ferido ou no mínimo acusado de interferência pelos agentes Harkonnen. Um planetólogo oficial do Imperium não deveria se meter em assuntos locais.

Ele manteve a mão apoiada perto de sua arma cortante na cintura. De qualquer modo, estava preparado, embora tivesse esperança de que não fosse ver nada além de uma troca prolongada de ofensas, ameaças crescentes e talvez uma briga que acabasse em ressentimento e alguns hematomas.

Em um instante, no entanto, o caráter do confronto mudou — e Kynes se deu conta da própria estupidez. Aquilo não era um simples jogo de provocações, mas sim um conflito mortífero grave. Os Harkonnen estavam ali para matar.

Os seis soldados avançaram, com as lâminas cintilando e os escudos pulsando. Os jovens fremen resistiram. Em questão de segundos, um dos nativos estava no chão, o sangue brilhante e espumoso jorrando de um corte em uma artéria do pescoço.

Prestes a gritar, Kynes engoliu as próprias palavras, sentindo a raiva deixá-lo com sangue nos olhos. Enquanto dirigia, ele fizera planos ambiciosos para usar os fremen como recurso, um verdadeiro povo do deserto com quem poderia trocar ideias. Sonhara adaptá-los como uma grande força de trabalho para seu projeto deslumbrante de transformação ecológica. Seriam seus aliados voluntários, seus assistentes ardorosos.

E aqueles Harkonnen abrutalhados — sem motivo aparente algum — estavam tentando matar seus trabalhadores, as ferramentas com que ele pretendia recriar o planeta! Ele não podia permitir tal ultraje.

Enquanto um integrante do grupo sangrava até morrer caído nas areias, os dois fremen restantes, armados apenas com primitivas facas azul-claras e sem escudo, atacaram com um frenesi brutal que espantou Kynes.

— Taqwa! — gritaram.

Dois Harkonnen caíram no contra-ataque surpresa, e os outros quatro companheiros demoraram para ajudar. Hesitantes, os soldados de farda azul avançaram para os jovens.

Indignado diante da injustiça absurda dos Harkonnen, Kynes reagiu por impulso. Esgueirou-se por trás dos brutamontes com movimentos velozes e silenciosos. Após ativar o escudo pessoal, desembainhou seu aço-liso curto reservado para defesa pessoal — uma arma de combate contra escudo, com a ponta envenenada.

Durante os anos difíceis em Salusa Secundus, ele aprendera a lutar com ela e a matar. Seus pais tinham trabalhado em uma das prisões mais infames do Imperium, e era comum que os ambientes cotidianos das explorações de Kynes exigissem que ele se defendesse contra predadores poderosos.

Kynes não proferiu nenhum grito de guerra de modo a manter o elemento surpresa do ataque. Permaneceu com a arma abaixada. Não era especialmente corajoso, só obstinado. Como se impulsionada por uma força superior à da pessoa que a brandia, a ponta da arma de Kynes atravessou devagar o escudo corporal do Harkonnen mais próximo, e então avançou de repente e subiu, penetrando carne, cartilagem e osso. A lâmina entrou por baixo da caixa torácica do homem, furou os rins e rompeu a medula espinhal.

O planetólogo puxou de volta a faca e girou o corpo parcialmente para a esquerda, enfiando a faca na lateral do corpo de outro soldado Harkonnen, que estava começando a se virar para ele. O escudo conteve a lâmina envenenada por um instante, mas, conforme o Harkonnen se debatia, Kynes empurrou a ponta e a afundou na carne tenra do abdome, de novo em um movimento ascendente.

Com isso, dois Harkonnen estavam mortalmente feridos, caídos no chão e contorcendo-se antes que alguém tivesse tido a chance de gritar. Eram quatro homens abatidos, incluindo os que os fremen tinham matado. A dupla restante de agressores Harkonnen ficou em choque ao constatar a mudança das circunstâncias e deu um berro diante da audácia insolente do desconhecido alto. Eles trocaram sinais de combate e se apartaram, mais de olho em Kynes do que nos fremen, que estavam em posição feroz e prontos para lutar com as próprias unhas, se necessário.

Duna: Casa Atreides

Mais uma vez os fremen avançaram para cima dos agressores. E mais uma vez eles gritaram:

— Taqwa!

Um dos soldados Harkonnen sobreviventes avançou com a espada contra Kynes, mas os movimentos do planetólogo estavam ágeis, ainda impelidos pela raiva e pela adrenalina do abate das duas primeiras vítimas. Ele levantou a mão, tremulando através do escudo, e cortou a garganta do soldado sem esforço. Um *entrisseur*. O combatente largou a espada e levou a mão ao pescoço em um esforço inútil de estancar o sangue vital.

O quinto Harkonnen desabou no chão.

Enquanto os dois guerreiros fremen infligiam sua vingança no único inimigo que restava, Kynes se agachou junto ao jovem do deserto gravemente ferido e falou com ele:

— Fique calmo. Vou ajudá-lo.

O jovem já perdera uma quantidade copiosa de sangue na areia áspera, mas Kynes tinha um estojo de primeiros socorros de emergência no cinto. Ele colou um selador de feridas no corte irregular do pescoço e usou hipoampolas com plasma ativo e estimulantes potentes para manter a vítima com vida. Então, mediu o pulso do rapaz. Batimentos regulares.

Kynes achou impressionante o jovem não ter sangrado mais tamanha a profundidade do dano. Sem cuidados médicos, ele teria morrido em questão de minutos. Mesmo assim, era admirável que o garoto tivesse sobrevivido tanto tempo. *O sangue deste fremen se coagula com uma eficiência extrema.* Outro dado para guardar na memória — seria uma adaptação de sobrevivência para reduzir a perda de umidade no deserto mais árido?

— Uuuuah!

— Não!

O planetólogo levantou a cabeça na direção dos gritos de dor e medo. Mais para o lado, os fremen tinham usado a ponta de suas facas para arrancar os olhos do Harkonnen sobrevivente. Naquele momento, lentamente, estavam esfolando-o vivo, removendo tiras de pele rosada e armazenando-as em bolsas lacradas na cintura.

Coberto de sangue, Kynes se levantou, arfante. Ao ver a brutalidade deles depois que o jogo tinha virado, começou a se perguntar se tomara a atitude certa. Aqueles fremen pareciam animais selvagens e estavam ensandecidos. Será que tentariam matar *Kynes* em seguida, apesar do que o planetólogo fizera por eles? Afinal, era um completo desconhecido para aqueles jovens desesperados.

Ele observou e esperou até que os dois terminassem aquela tortura macabra. Então, fitou-os nos olhos e pigarreou antes de falar em galach imperial:

— Meu nome é Pardot Kynes, planetólogo imperial em missão em Arrakis. — Olhou a própria pele ensanguentada e decidiu não estender a mão para cumprimentá-los. Na cultura deles, talvez fizessem uma interpretação equivocada do gesto. — É um grande prazer me apresentar. Sempre quis conhecer os fremen.

**É mais fácil se deixar apavorar
por um inimigo a quem se admira.**

**— Thufir Hawat, Mentat
e comandante de segurança da Casa Atreides**

Escondido entre o denso pinheiral, Duncan Idaho se ajoelhou nas agulhas macias no chão sem conseguir se aquecer direito. O ar frio da noite apagava o aroma de resina da floresta, mas pelo menos ali ele estava protegido das brisas cortantes. Ele se afastara o bastante da caverna para recuperar o fôlego em um breve descanso. Só por um instante.

Mas ele sabia que os caçadores Harkonnen não dariam trégua. Ficariam particularmente furiosos ao descobrir que ele tinha matado um de seus algozes. *Talvez até gostem mais da perseguição. Rabban, em especial*, pensou ele.

Duncan abriu o estojo de primeiros socorros roubado do caçador após a emboscada, pegou um pacote pequeno de unguento de pele-nova e o aplicou no corte do ombro, onde a substância se enrijeceu e virou uma liga orgânica. Em seguida, devorou a barra nutricional e enfiou as embalagens no bolso.

À luz da lanterna, Duncan se virou para examinar a armalês. Ele nunca tinha disparado uma arma daquelas antes, mas vira os guardas e os caçadores operarem fuzis. Apoiando a arma no colo, mexeu nos mecanismos e controles e apontou o cano para cima, na tentativa de entender o que deveria fazer. Se pretendia lutar, precisava aprender.

Com uma descarga de energia súbita, um raio branco incandescente disparou para o alto na direção dos galhos superiores dos pinheiros. Eles pegaram fogo, crepitaram e se quebraram. Tufos fumegantes de agulhas verdes caíram ao redor de Duncan como se fossem flocos de neve em brasas.

Com um grito, ele largou a arma no chão e se arrastou para trás. Mas logo a pegou de volta antes que se esquecesse da combinação de botões que tinha apertado. Precisava lembrar e saber como usá-los.

As chamas acima de si ardiam feito uma fogueira de sinalização, exalando nuvens de fumaça pungente. Sem mais nada a perder, Duncan

Brian Herbert e Kevin J. Anderson

disparou de novo, daquela vez mirando, só para garantir que seria capaz de usar a armalês para se defender. Aquele trambolho não era feito para meninos pequenos, e menos ainda para alguém com o ombro latejante e as costelas doloridas como ele, mas dava para Duncan usá-la. Era preciso.

Ciente de que os Harkonnen correriam na direção do fogo, Duncan saiu de perto dos pinheiros e foi procurar outro esconderijo. De novo ele chegou a um terreno elevado, mantendo-se na crista da encosta para seguir observando os luciglobos dispersos do grupo de caça. Ele sabia exatamente onde os homens estavam, qual sua distância exata.

Mas como podem ser tão idiotas, ficando visíveis o tempo todo?, refletiu ele. Excesso de confiança... seria o ponto fraco deles? Se fosse, talvez aquilo o ajudasse. Os Harkonnen imaginavam que ele entraria no jogo deles, depois se encolheria de medo e morreria, conforme o esperado. Só restava a Duncan decepcioná-los.

Quem sabe desta vez devêssemos jogar seguindo as minhas *regras*.

Enquanto corria, ele evitava áreas cobertas de neve e ficava longe de vegetação rasteira ruidosa. No entanto, Duncan ficou tão concentrado no grupo de perseguidores que se distraiu e não percebeu o verdadeiro perigo. Ouviu um som de gravetos secos quebrados atrás e acima de si, um farfalhar de folhas agitadas, um ruído de garras em pedra nua e uma respiração ofegante pesada e rouca.

Aquilo não era nenhum caçador Harkonnen... Era outro predador da floresta que sentira o cheiro do sangue dele.

Duncan parou de repente e levantou a cabeça para procurar olhos brilhantes nas sombras. Mas só se virou para a saliência rochosa escura acima de si quando ouviu um rosnado úmido. À luz das estrelas, entreviu a silhueta musculosa de um lebréu selvagem com os pelos das costas eriçados feito espinhos e os lábios retraídos revelando presas capazes de rasgar carne. Os olhos enormes, imensos, estavam fixos na presa: um menininho de pele macia.

Ele cambaleou para trás e deu um tiro com a armalês. Sem ter mirado direito, Duncan viu que o raio não passou nem perto da criatura à espreita, mas atingiu uma saliência rochosa abaixo, soltando fragmentos de pedra. O predador grunhiu e rosnou, recuando. O menino atirou

Duna: Casa Atreides

de novo, e daquela vez abriu um buraco escurecido na anca direita do animal. Com um rugido agudo, a fera fugiu escuridão adentro, uivando e ganindo.

O estardalhaço do lebréu, assim como o brilho produzido pelos tiros da armalês, atrairia os rastreadores Harkonnen. Duncan seguiu em frente à luz das estrelas, voltando a correr.

Com as mãos na cintura, Rabban contemplou o corpo do caçador que tinha sido pego na emboscada junto à abertura da gruta. Seu corpo ardia de fúria — e também de uma satisfação cruel. A criança ardilosa tinha atraído o sujeito para uma armadilha. Quanta astúcia. Toda aquela armadura não o salvara da queda de um pedregulho nem do corte de uma adaga cega no pescoço. O golpe de misericórdia.

Rabban ficou alguns instantes ruminando, tentando avaliar o desafio. Ele sentia o cheiro pungente da morte até mesmo no frio da noite. Era aquilo que ele queria, não era? Um *desafio*.

Um dos outros caçadores se arrastou para dentro da gruta e passou o feixe da lanterna pelo espaço, iluminando as manchas de sangue e o rastreador richesiano destruído.

— Aqui está o motivo, milorde. O fedelho arrancou o dispositivo de rastreamento dele. — O caçador engoliu em seco, como se não soubesse se deveria continuar. — É esperto esse menino. Boa presa.

Rabban olhou com raiva para a cena macabra por um instante; as bochechas ainda estavam queimadas de sol. Então sorriu, devagar, e por fim desatou a gargalhar alto.

— Uma criança de 8 anos, usando só a imaginação e algumas armas grosseiras, superou um de meus homens!

Ele riu de novo. Do lado de fora, os outros aguardavam, hesitando à luz de seus luciglobos flutuantes.

— Esse menino foi feito para a caçada — declarou Rabban. Cutucou o corpo do caçador morto com a ponta da bota. — E este idiota não merecia fazer parte de minha equipe. Deixem o corpo dele apodrecendo aqui. Que vire carniça para os animais.

Naquele momento, dois dos vigias avistaram fogo nas árvores, e Rabban apontou.

— Ali! O fedelho deve estar tentando esquentar as mãos. — Ele riu de novo, e finalmente foi acompanhado pelo restante da equipe de caça, que soltou risadinhas. — Esta noite está ficando emocionante.

Do terreno elevado onde estava, Duncan olhava para um ponto distante, oposto ao local de partida de seus perseguidores. Uma luz forte piscava uma vez, sumia e, quinze segundos depois, voltava a piscar. Era algum sinal, sem relação com os caçadores Harkonnen; estava longe do alojamento dos guardas, da estação ou de qualquer instalação próxima.

Curioso, ele se virou. A luz piscou e se apagou. *Quem mais pode estar aqui?*

A Estação da Guarda Florestal era uma reserva de acesso restrito para uso exclusivo da família Harkonnen. Qualquer invasor flagrado ali seria morto imediatamente ou serviria de presa em uma caçada futura. Duncan viu a luz instigante acender e apagar. Sem dúvida uma mensagem... *De quem?*

Ele respirou fundo, sentindo-se diminuto, mas rebelde em um mundo enorme e hostil. Não havia mais para onde ir, nenhuma outra chance. Até o momento, conseguira evitar os caçadores... mas aquilo não duraria para sempre. Logo os Harkonnen chamariam reforços, ornitópteros, rastreadores-vitais, talvez até animais de caça para farejar o cheiro de sangue de sua camisa, tal qual fizera o lebréu selvagem.

Duncan decidiu ir na direção da sinalização misteriosa e esperar pelo melhor. Ele não imaginava que encontraria alguém que o ajudasse, mas não tinha perdido as esperanças. Talvez conseguisse um jeito de escapar, quem sabe como passageiro clandestino.

Mas antes prepararia mais uma armadilha para os caçadores. Ele teve uma ideia, algo que os pegaria de surpresa, e parecia relativamente simples. Se conseguisse matar mais alguns inimigos, as chances de escapar seriam maiores.

Depois de analisar as pedras, as áreas nevadas e as árvores, Duncan escolheu o melhor local para a segunda emboscada. Acendeu a lanterna e apontou o feixe para o chão para que olhos atentos não avistassem o brilho revelador ao longe.

Os perseguidores não estavam muito distantes. De vez em quando, ele ouvia um grito abafado cortar o silêncio profundo e via os luciglobos

Duna: Casa Atreides

voadores iluminarem o caminho pela floresta enquanto os caçadores tentavam prever a trajetória que sua presa seguiria.

Naquele momento, Duncan *queria* que previssem aonde ele iria... mas eles jamais adivinhariam o que ele pretendia fazer. Ajoelhado ao lado de um trecho de neve especialmente leve e fofo, ele enfiou a lanterna e a enterrou o mais fundo possível no solo gelado. Em seguida, tirou a mão.

O brilho se refletia na neve branca que nem água se dispersando por uma esponja. Cristais de gelo minúsculos refratavam a luz, ampliando-a; o monte de neve propriamente dito reluzia na clareira escura igual a uma ilha fosforescente.

Com a armalês pendurada na frente do corpo, pronta para atirar, Duncan voltou a passos rápidos para o abrigo das árvores. Ele se deitou de bruços no chão, em cima de uma cama de agulhas de pinheiro, tomando cuidado para não oferecer um alvo visível, e apoiou o cano em uma pedra pequena para deixá-lo posicionado.

E então esperou.

Os homens apareceram, como previsto, e a sensação era de que os papéis tinham se invertido: naquele momento, Duncan era o caçador e eles eram sua presa. O menino mirou a arma, com os dedos tensos no botão de disparo. O grupo por fim entrou na clareira. Intrigados com o monte de neve reluzente, ficaram parados por ali, tentando entender o que era aquilo, o que sua presa havia feito.

Dois caçadores estavam olhando ao redor, desconfiados de algum ataque a partir da floresta. Outros estavam à contraluz diante do brilho espectral, alvos perfeitos — exatamente como Duncan esperava.

O último do grupo a aparecer foi um homem corpulento com presença imponente, que ele logo reconheceu. *Rabban!* Duncan pensou na morte dos pais, lembrando-se do cheiro dos corpos queimados — e apertou o botão de disparo.

Naquele instante, porém, um dos batedores estava passando na frente de Rabban para fazer um relatório. O raio atravessou sua armadura, queimando e produzindo fumaça. Os braços do homem vacilaram e ele soltou um grito violento.

Reagindo com extrema rapidez para o corpo volumoso, Rabban se jogou para o lado enquanto o raio derretia o peito revestido do caçador e atingia o monte de neve com um chiado. Duncan atirou de novo, abatendo mais um caçador cuja silhueta contrastava com o brilho da neve. Diante daquilo, os outros guardas começaram a atirar a esmo na direção das árvores, na escuridão.

Duncan então mirou nos luciglobos flutuantes. Destruindo um após o outro, ele deixou seus perseguidores desafortunados sozinhos nas trevas acossadas pelas chamas. Abateu mais dois enquanto o restante do grupo buscava abrigo.

Como a armalês estava com carga baixa, o menino voltou rapidamente para trás do cume onde preparara o ataque e depois saiu correndo a toda velocidade na direção do sinal piscante que havia visto. Não importava o que estivesse enviando aquele sinal, era a melhor chance que ele tinha.

Os Harkonnen ficariam desconcertados e desorganizados por alguns instantes, excessivamente desconfiados por muito mais tempo. Ciente de que era sua última oportunidade, Duncan abandonou toda a cautela. Correu derrapando, ladeira abaixo, esbarrando em pedras, mas sem se deter para sentir a dor dos arranhões e hematomas. Não havia tempo para disfarçar seus rastros nem para tentar se esconder.

De algum lugar atrás de si, conforme a distância aumentava, ele ouviu um som abafado de roncos e rosnados, seguido por gritos dos caçadores. Uma matilha de lebréus selvagens cercara o grupo, em busca de caça ferida. Duncan conteve um sorriso e continuou avançando para a luz intermitente. Já conseguia distingui-la melhor, mais adiante, na divisa da reserva florestal.

Ele enfim se aproximou, andando a passos leves para uma clareira baixa. Então, viu-se diante de um adejatóptero silencioso, uma aeronave veloz com capacidade para vários passageiros. A luz que piscava era um sinalizador instalado em cima da aeronave — mas Duncan não encontrou ninguém.

O menino esperou em silêncio por alguns instantes, depois, com cuidado, saiu das sombras das árvores e se aproximou. O veículo estaria abandonado? Teria sido deixado ali para ele? Seria alguma armadilha preparada pelos Harkonnen? Mas por que fariam isso? Já estavam em seu encalço.

Ou seria uma figura misteriosa que estava ali para resgatá-lo?

Duncan Idaho tinha realizado muita coisa naquela noite e já estava exausto, em choque com tudo que havia mudado em sua vida. Mas

Duna: Casa Atreides

ele tinha apenas 8 anos e jamais conseguiria pilotar aquele adejador, mesmo se fosse sua única saída. Ainda assim, talvez conseguisse achar provisões lá dentro, mais comida, outra arma...

Ele se apoiou na fuselagem, esquadrinhando o entorno, sem fazer barulho. A porta estava aberta, convidativa, mas o interior da aeronave misteriosa estava escuro. Lamentando ter abandonado a lanterna, o menino avançou com cuidado e sondou as sombras à frente com o cano da armalês.

De repente, mãos saíram do meio da escuridão do veículo e lhe arrancaram a arma antes que ele sequer conseguisse reagir. Com os dedos doloridos e a pele em carne viva, Duncan cambaleou para trás, reprimindo um grito.

A pessoa no interior do adejador largou a armalês — que caiu ruidosamente no chão da aeronave — e se esticou para agarrar os braços do menino. Mãos ásperas apertaram o ferimento no ombro dele e o fizeram ofegar de dor.

Duncan esperneou e se debateu, então ergueu o olhar. Era uma mulher magra e carrancuda com cabelo cor de chocolate e pele escura. Ele a reconheceu na hora: *Janess Milam*, que estivera a seu lado durante as partidas no jardim... logo antes de os soldados Harkonnen capturarem os pais dele e mandarem sua família inteira para a cidade-prisão de Baronato.

Aquela mulher o traíra, entregando-o para os Harkonnen.

Janess cobriu a boca de Duncan com a mão antes que ele tivesse a chance de gritar e prendeu a cabeça dele com uma chave de braço firme. Ele não tinha como escapar.

— Peguei você — disse, a voz em um sussurro ríspido.

Ela o traíra de novo.

189

Pensamos nos diversos planetas como patrimônios genéticos, fontes de ensinamento e de educadores, fontes de tudo que é possível.

**— Análise das Bene Gesserit,
arquivos de Wallach IX**

Para o barão Vladimir Harkonnen, atos desprezíveis não eram nenhuma novidade. Mesmo assim, o fato de ser coagido a ter aquela relação o perturbou mais do que qualquer outra situação grotesca que já vivera. Ele ficou completamente fora dos eixos.

E, durante o processo todo, por que aquela maldita Reverenda Madre precisava estar tão calma, tão presunçosa?

Constrangido, ele dispensou todos os guardas e subordinados, eliminando da melancólica cidadela Harkonnen qualquer eventual bisbilhoteiro. *Onde está Rabban quando eu preciso? Saiu para caçar!* O barão voltou para seus aposentos particulares, cabisbaixo, tão preparado quanto possível. O estômago dele se revirava.

Sua testa estava coberta de suor de nervosismo quando passou pelo arco ornamentado da porta e ativou as cortinas de privacidade. Talvez se ele apagasse os luciglobos e fingisse estar fazendo outra coisa...

Ao entrar, o barão ficou aliviado de ver que a bruxa não tinha se despido, não estava reclinada em posição sedutora nos lençóis bagunçados, aguardando a volta dele. Só estava sentada, vestida por completo, uma Irmã Bene Gesserit sóbria, esperando por ele. Mas os lábios da mulher estavam curvados em um revoltante sorriso de superioridade.

O barão sentiu vontade de arrancar aquele sorriso com um instrumento afiado. Ele respirou fundo, consternado por perceber que aquela bruxa era capaz de fazê-lo se sentir tão indefeso.

— O melhor que posso oferecer é uma ampola com meu esperma — afirmou ele, tentando parecer bruto e no comando. — Você que se engravide. Isso deve bastar para seus propósitos. — Ele ergueu o queixo firme. — Vocês, Bene Gesserit, vão ter que aceitar.

— Mas isso *não* é aceitável, barão — retrucou a Reverenda Madre, endireitando as costas no divã. — Você conhece as restrições. Não somos

Duna: Casa Atreides

como os tleilaxu para criar descendentes em tanques. Nós, Bene Gesserit, precisamos procriar por meio de processos naturais, sem qualquer intervenção artificial, por motivos que você não tem a capacidade de compreender.

— Tenho capacidade de compreender muita coisa — rosnou o barão.

— Não isto.

Ele já imaginava que aquela artimanha não fosse dar certo.

— Vocês precisam de sangue Harkonnen... Que tal meu sobrinho, Glossu Rabban? Ou, melhor ainda, Abulurd, o pai dele. Se você for para Lankiveil, vai conseguir quantas filhas quiser com ele. Não vai dar tanto trabalho.

— Nada disso. — Mohiam estreitou os olhos e o encarou com frieza. O rosto dela parecia neutro, pálido e implacável. — Não vim aqui para negociar, barão. Tenho minhas ordens. Preciso voltar a Wallach IX com sua filha em meu ventre.

— Mas... e se...?

A bruxa levantou a mão.

— Já deixei bem claro o que acontecerá se você recusar. Decida-se. Vamos obter o que queremos de um jeito ou de outro.

De repente, os aposentos particulares do barão tinham se tornado um lugar estranho e ameaçador. Ele endireitou os ombros e flexionou os bíceps. Embora fosse um homem musculoso, de corpo esbelto e reflexos ágeis, parecia que sua única escapatória seria subjugar aquela mulher à base da força. Mas ele também conhecia as habilidades de combate das Bene Gesserit, especialmente seus sortilégios misteriosos... e sentiu uma pontada de incerteza quanto à própria capacidade de vencer um confronto.

Mohiam se levantou e desfilou pelo quarto a passos silenciosos, depois sentou-se em postura rígida na beira da cama suja e desarrumada do barão.

— Se serve de consolo, esse ato também não será nem um pouco prazeroso para mim.

A Reverenda Madre olhou para o corpo torneado do barão, os ombros largos, o peitoral firme e o abdome liso. O rosto dele tinha um ar de petulância, claramente aristocrático. Em outras circunstâncias, Vladimir Harkonnen talvez até pudesse ter sido um amante aceitável, como os treinadores que as Bene Gesserit tinham atribuído para Mohiam ao longo de seus anos de fertilidade.

Ela já havia entregado oito filhas para a escola das Bene Gesserit, todas criadas longe dela em Wallach IX ou em outros planetas de treinamento. Mohiam nunca tentara acompanhar o progresso das meninas. Não era a prática da Irmandade. Não seria diferente com a filha daquela união.

Assim como muitas Irmãs bem treinadas, Mohiam era capaz de manipular até a menor de suas funções fisiológicas. Para se tornar Reverenda Madre, ela tivera que ingerir um veneno de espectro perceptivo que alterava a bioquímica do corpo. Ao transmutar a droga letal dentro de si, ela transitara para *dentro*, transpassando os ecos da extensa genealogia, o que permitia que conversasse com todas as antepassadas dela, as turbulentas vidas internas das Outras Memórias.

Ela detinha a capacidade de preparar o útero, ovular voluntariamente e até definir o sexo da criança a partir do instante em que o esperma e o óvulo se fecundassem. As Bene Gesserit queriam uma filha dela, uma filha Harkonnen, e Mohiam a entregaria, conforme solicitado.

Ciente de poucos detalhes dos diversos programas de reprodução, Mohiam não entendia os motivos de as Bene Gesserit precisarem daquela combinação específica de genes, de ela ter sido a escolhida para gerar a criança e de nenhum outro Harkonnen poder produzir uma descendente viável para os planos da Irmandade. Ela só estava cumprindo sua obrigação. Para ela, o barão era um instrumento, um doador de esperma com uma função a desempenhar.

Mohiam levantou a saia escura e se deitou na cama, erguendo a cabeça a fim de olhar para ele.

— Venha, barão, chega de perder tempo. Afinal, é algo tão ordinário. — A Reverenda Madre deixou seu olhar baixar para a virilha do barão. Quando ele enrubesceu de raiva, ela continuou, com uma voz delicada: — Sou capaz de aumentar seu prazer, ou de reduzir sua sensibilidade. Seja como for, o resultado vai ser o mesmo para nós. — Ela sorriu com os lábios finos. — É só pensar nas reservas secretas de mélange que você preservará sem que o imperador tome conhecimento. — A voz dela ficou mais firme. — Por outro lado, tente imaginar só o que o velho Elrood fará com a Casa Harkonnen caso descubra que você o esteve enganando esse tempo todo.

Duna: Casa Atreides

Com uma careta, o barão soergueu o próprio manto e se arrastou para a cama. Mohiam fechou os olhos e murmurou uma prece das Bene Gesserit, uma oração para se acalmar e concentrar seus atos fisiológicos e o metabolismo interno.

O barão estava sentindo mais asco do que excitação. Não suportava olhar para a silhueta nua de Mohiam. Por sorte, ela continuou quase totalmente vestida, assim como ele. Ela usou os dedos até enrijecê-lo, e ele manteve os olhos fechados durante todo o processo mecânico. Por trás das pálpebras, foi obrigado a fantasiar em relação a conquistas anteriores, dor, poder... qualquer coisa que o distraísse do ato imundo e repugnante do coito entre homem e mulher.

Não foi uma relação amorosa em hipótese alguma, só um ritual apático de transferência de material genético entre dois corpos. Nenhum deles sequer chamaria aquilo de sexo.

Mas Mohiam conseguiu o que queria.

Em sua janela particular de observação de sentido único, Piter de Vries se movia furtivamente, sem fazer barulho. Como Mentat, ele havia aprendido a deslizar feito uma sombra, a ver sem ser visto. Uma antiga lei da física dizia que o simples ato de observar alterava os parâmetros. Mas qualquer bom Mentat sabia observar questões mais amplas enquanto se mantinha invisível, oculto dos objetos de sua atenção.

De Vries assistira a muitas das aventuras sexuais do barão por aquelas aberturas. Às vezes os atos o enojavam, de vez em quando o fascinavam... e, em ocasiões mais raras ainda, davam ideias ao Mentat.

Naquele momento, em silêncio, ele mantinha os olhos nos pequenos buracos de observação e absorvia os detalhes enquanto o barão era obrigado a copular com a bruxa Bene Gesserit. Foi um ótimo entretenimento apreciar o absoluto desconforto de seu mestre. Ele nunca tinha visto o barão tão aturdido. Ah, como ele queria ter tido tempo de instalar um aparato de gravação para desfrutar daquela cena diversas vezes no futuro.

De Vries sabia do resultado inevitável desde o instante em que a mulher apresentara a demanda. O barão tinha sido um fantoche perfeito, completamente enredado, sem poder de escolha algum.

Mas por quê?

193

Brian Herbert e Kevin J. Anderson

Apesar de toda sua competência como Mentat, De Vries não conseguia entender o que a Irmandade queria com a Casa Harkonnen ou sua prole. Os genes deles certamente não eram tão extraordinários assim.

Mas, por ora, Piter de Vries se limitou a deleitar-se com o espetáculo.

**Muitas invenções aprimoraram perícias
ou habilidades selecionadas, enfatizando um ou
outro aspecto. Mas não houve realização
alguma que chegasse perto da complexidade
ou da adaptabilidade da mente humana.**

— *Tratado sobre a mente*, de Ikbhan, volume II

Em uma lateral do salão de treinamento de pedra falsa do Grand Palais de Ix, Leto ofegava ao lado de Zhaz, o capitão da guarda. O instrutor de luta era um homem anguloso de cabelo castanho arrepiado, sobrancelhas grossas e barba quadrada. Assim como os alunos, Zhaz estava sem camisa, vestido apenas com calças curtas de luta na cor bege. O cheiro de suor e metal quente pairava no ar, apesar dos esforços do aparato de ventilação. Mas, como acontecia na maioria das manhãs, o mestre de treinamento passava mais tempo observando do que lutando. Ele deixava as máquinas de combate fazerem o serviço completo.

Depois dos estudos normais, Leto adorava a mudança de cenário, o exercício físico, o desafio. Já se acostumara à rotina em Ix, preenchida por horas de treinamento físico e mental de alta tecnologia, com tempo separado para visitas a instalações avançadas e estudos sobre filosofia de negócios. Tinha se afeiçoado ao entusiasmo de Rhombur, embora precisasse oferecer explicações sobre conceitos difíceis ao príncipe ixiano com frequência. Rhombur não era intelectualmente limitado, apenas... distanciado de muitas questões práticas.

De três em três dias, pelas manhãs, os jovens deixavam a sala de aula para trás e se exercitavam no salão de treinamento automatizado. Leto adorava a atividade e a descarga de adrenalina, ao passo que tanto Rhombur quanto o instrutor de luta davam a impressão de acreditar que aquele requisito antiquado só havia sido incluído no currículo por causa das lembranças da guerra do conde Vernius.

Leto e o capitão de cabelo arrepiado observaram enquanto o atarracado príncipe Rhombur brandia uma lança dourada contra um mak de combate esguio e ativo. Zhaz não treinava pessoalmente contra os alunos. Era da opinião de que ninguém da Casa Vernius jamais precisaria se rebaixar à barbaridade do combate corpo a corpo se ele e suas forças de segurança trabalhassem direito. Ainda assim, ele ajudava a programar os drones de combate autômatos.

Na posição de repouso, o mak era uma ovoide cor de carvão do tamanho de um homem, totalmente lisa — sem braços, pernas ou rosto. Quando a luta começava, a unidade ixiana se transformava em um conjunto de protrusões grosseiras e assumia diversos formatos com base em informações de seu escâner, que determinava a melhor forma de derrotar o adversário em questão. Soqueiras de aço, facas, cabos de açoflex e outras surpresas poderiam brotar de qualquer parte do corpo do mak. O rosto mecânico era capaz de sumir completamente ou mudar de expressão, exibindo uma apatia feita para enganar o adversário, um olhar inflamado de fúria ou mesmo um sorriso cruel. O mak interpretava e reagia, aprendendo a cada passo.

— Lembre-se: sem padrões regulares — gritou Zhaz para Rhombur. A barba dele parecia uma pá projetada a partir do queixo. — Não deixe que ele o decifre.

O príncipe se abaixou quando dois dardos de ponta arredondada passaram rápido por cima de sua cabeça. Uma apunhalada súbita do mak tirou um fiapo de sangue do ombro do rapaz. Mesmo ferido, Rhombur fintou e atacou, e Leto ficou orgulhoso de ver que seu companheiro da realeza não gritou.

Em várias ocasiões, Rhombur pedira conselhos a Leto e até críticas sobre estilos de luta. Leto respondera com sinceridade, levando em conta que também não era um instrutor profissional treinado — e que não tinha o intento de revelar muito das técnicas dos Atreides. Rhombur poderia aprendê-las com o próprio Thufir Hawat, o Mestre-Espadachim do Velho Duque.

A ponta da lâmina do príncipe acertou uma região vulnerável do corpo cor de carvão do mak, que caiu "morto".

— Boa, Rhombur! — gritou Leto.

Zhaz assentiu.

— Muito melhor.

Leto tinha enfrentado o mak duas vezes naquele dia, com um nível de dificuldade maior que o selecionado para o príncipe Rhombur, e o derrotara em ambas. Quando Zhaz perguntara como Leto havia adquirido

Duna: Casa Atreides

tanta habilidade, o jovem Atreides não entrara em muitos detalhes, sem querer se gabar. Mas ele estava vendo uma prova empírica da superioridade do método de treinamento dos Atreides, apesar da enervante pseudointeligência do mak. A experiência de Leto incluía rapieiras, facas, atordoadores de disparo lento e escudos corporais — e Thufir Hawat era um instrutor mais perigoso e imprevisível do que qualquer aparelho automatizado jamais seria.

Quando Leto pegou sua arma e se preparava para a rodada seguinte, abriram-se as portas do elevador e Kailea entrou, cintilando com suas joias e seu traje confortável de fibra metálica cujo corte aparentava ter sido projetado para fornecer um aspecto deslumbrante, mas casual. Ela trazia uma caneta e um bloco de gravação riduliano. As sobrancelhas da princesa formaram um arco de surpresa dissimulada ao encontrá-los ali.

— Ah! Perdão. Vim dar uma olhada no projeto do mak.

A filha do conde Vernius tinha o hábito de partir em empreitadas intelectuais e culturais, estudando sobre negócios e arte. Leto era incapaz de desviar sua atenção dela. Às vezes, o olhar de Kailea passava a impressão de que ela estava quase flertando com ele, mas era mais comum que o ignorasse com tanta intensidade que fazia Leto desconfiar que a garota também sentia a mesma atração.

Durante a estada no Grand Palais, Leto cruzara com Kailea no salão de banquetes, nas varandas abertas de observação, em bibliotecas. Ele havia interagido com ela por meio de breves conversas acanhadas. Fora a centelha convidativa em seus lindos olhos verdes, Kailea não fornecera incentivo especial algum, mas ele não conseguia parar de pensar nela.

Ela é só uma menina brincando de ser uma lady, pensou Leto consigo mesmo. No entanto, por algum motivo, ele não conseguia fazer sua imaginação se convencer daquilo. Kailea tinha plena confiança de que estava destinada a ter um futuro mais grandioso do que uma vida subterrânea em Ix. Seu pai era herói de guerra, líder de uma das Grandes Casas mais ricas, sua mãe tinha sido tão bonita a ponto de ser concubina imperial e ela mesma demonstrava um excelente tino para os negócios. Kailea Vernius obviamente estava destinada a um amplo leque de possibilidades.

Ela voltou toda a atenção para a ovoide cinzenta paralisada.

— Convenci meu pai a considerar a comercialização da nova leva de nossos maks de combate. — Kailea examinou a máquina de treinamento imóvel, mas deu uma olhada de esguelha para Leto, reparando em seu perfil forte e régio, no nariz reto. — Os nossos são melhores do que qualquer outro aparelho de combate... adaptáveis, versáteis e inteligentes. É o adversário mais próximo de um ser humano desenvolvido desde o Jihad.

Leto sentiu um calafrio, pensando em todas as advertências que sua mãe havia feito. Naquele momento, ela estaria apontando o dedo acusatório e assentindo com satisfação. Leto olhou para a ovoide cor de carvão.

— Você está dizendo que esta coisa tem cérebro?

— Pelos santos e pecadores, uma violação das restrições após a Grande Rebelião? — respondeu o capitão Zhaz, com um tom grave de surpresa. — "Não criarás uma máquina à semelhança da mente de um homem."

— Nós, hã, tomamos muito cuidado com isso, Leto. Não precisa se preocupar — interveio Rhombur, enxugando o suor da nuca com uma toalha púrpura.

Leto não recuou.

— Bom, se o mak analisa as pessoas, se ele as *decifra*, como você disse, como a informação é processada? Se não é com um cérebro computadorizado, então como? Isso não é só um aparelho reativo. Ele aprende e ajusta os ataques.

Kailea fez anotações no bloco de cristal e ajeitou um dos pentes dourados em seu cabelo acobreado escuro.

— São zonas cinzentas demais, Leto, e a Casa Vernius tem muito a lucrar se fizermos isso com bastante cuidado. — Ela passou a ponta do dedo pelos lábios curvos. — Mesmo assim, talvez seja melhor experimentar antes no mercado clandestino com alguns modelos sem identificação.

— Não se preocupe, Leto — disse Rhombur, evitando o assunto incômodo. O cabelo louro despenteado dele ainda pingava de suor e a pele estava corada pelo exercício. — A Casa Vernius tem equipes de Mentats e consultores jurídicos para esquadrinhar toda a legislação.

Ele olhou para a irmã em busca de validação. Kailea assentiu distraidamente.

Em algumas das sessões de instrução no Grand Palais, Leto tinha aprendido sobre disputas de patente interplanetárias, particularidades técnicas, brechas sutis. Teriam os ixianos conseguido desenvolver uma forma substancialmente distinta de usar unidades mecânicas para pro-

Duna: Casa Atreides

cessar dados, sem evocar o espectro das máquinas pensantes que escravizaram a humanidade durante tantos séculos? Ele não entendia como a Casa Vernius teria sido capaz de criar um mak de combate adaptável, reativo e inteligente sem incorrer em alguma violação ao Jihad.

Se a mãe dele descobrisse, lady Helena o arrancaria de Ix e o levaria para casa o mais rápido possível, a despeito do que o pai pudesse falar.

— Vejamos se este produto é bom mesmo — disse Leto, pegando uma arma e dando as costas para Kailea. Ele sentia os olhos da garota em seus ombros desnudos, nos músculos de seu pescoço.

Zhaz se afastou para assistir, com uma postura casual.

Leto passou a lança de uma mão para a outra e correu para a pista. Em posição de luta clássica, gritou um nível de dificuldade para o objeto ovalado cor de carvão.

— Sete ponto dois quatro!

Oito níveis acima da vez anterior.

O mak se recusou a se mexer.

— Alto demais. Eu desativei os níveis perigosos mais altos — explicou o mestre de treinamento, projetando o queixo barbado para a frente.

Leto fez uma careta. O instrutor de luta não queria desafiar seus alunos nem correr o risco de um ferimento minimamente sério. Thufir Hawat teria gargalhado.

— O senhor está tentando se exibir para a dama, mestre Atreides? Pode acabar morrendo.

Ao olhar para Kailea, Leto notou que ela o estava observando com uma expressão confusa e provocante no rosto. A jovem logo voltou a atenção para o bloco riduliano e rabiscou mais alguns dígitos. Ele corou, sentindo o rosto esquentar. Zhaz estendeu a mão para pegar uma toalha macia de um suporte e a jogou para Leto.

— Acabou a sessão. Esse tipo de distração não é bom para seu treinamento e pode levar a ferimentos graves. — Ele se virou para a princesa. — Lady Kailea, peço que a senhora evite a sala de treinamento sempre que Leto Atreides estiver lutando com nossos maks. São hormônios demais. — O capitão da guarda não conseguiu disfarçar o deleite em si. — Sua presença poderia ser mais perigosa que qualquer inimigo.

Temos de fazer em Arrakis uma coisa que nunca se tentou fazer com um planeta inteiro. Temos de usar o homem como uma força ecológica construtiva, introduzindo formas de vida adaptadas a partir de similares da Terra, um vegetal aqui, um animal ali, um homem acolá, para transformar o ciclo da água, para criar um novo tipo de paisagem.

— Relatório do planetólogo imperial Pardot Kynes, dirigido ao imperador padixá Elrood IX (não enviado)

Quando os três jovens fremen ensanguentados pediram para Pardot Kynes acompanhá-los, ele não sabia se era na condição de convidado ou de prisioneiro. De todo modo, a ideia o intrigou. Enfim teria a chance de conhecer em primeira mão a cultura misteriosa daquele povo.

Um dos jovens carregou o companheiro ferido com rapidez e eficiência até o pequeno veículo terrestre de Kynes. O outro fremen estendeu as mãos para os compartimentos da traseira e, para liberar espaço, jogou fora as amostras geológicas coletadas por Kynes a duras penas. Estarrecido demais para protestar, o planetólogo não queria conflito com aquelas pessoas — ansiava aprender mais sobre elas.

Levaram só alguns instantes para enfiar os corpos dos brutamontes Harkonnen nos compartimentos esvaziados, sem dúvida para algum propósito fremen. *Talvez um ritual posterior de profanação dos inimigos.* Kynes descartou a possibilidade improvável de que os jovens simplesmente quisessem enterrar os mortos. *Será que vão esconder os corpos por medo de represália?* Por algum motivo, aquilo também parecia errado, incongruente com o pouco que ele tinha ouvido falar sobre os fremen. *Ou será que esse povo do deserto vai usá-los como fonte de recursos, extraindo a água do organismo deles?*

Em seguida, sem pedir permissão, agradecer ou fazer qualquer comentário, o primeiro jovem fremen sisudo entrou no veículo, com o passageiro ferido e os corpos, e saiu dirigindo rápido, espalhando areia e poeira para todos os lados. Kynes lhe assistiu ir embora, levando consigo

Duna: Casa Atreides

o kit de sobrevivência no deserto e seus mapas, muitos que o próprio planetólogo havia traçado.

Ele se viu sozinho com o terceiro rapaz — um guarda ou um amigo? Se aqueles fremen pretendiam abandoná-lo sem provisões, ele não demoraria muito para morrer. Talvez fosse capaz de se orientar e voltar a pé ao vilarejo de Fole, mas ele tinha prestado pouca atenção à localização dos centros populacionais durante as perambulações recentes. *Um final pouco auspicioso para um planetólogo imperial*, pensou.

Ou talvez os jovens que ele resgatara quisessem algo a mais dele. Graças aos próprios sonhos recém-formados para o futuro de Arrakis, Kynes estava ávido para conhecer os fremen e seus costumes peculiares. Era nítido que aquele povo era um segredo precioso, oculto aos olhos imperiais. Ele pensava que certamente seria recebido com entusiasmo quando lhes contasse suas ideias.

O jovem fremen remanescente usou um estojo pequeno para consertar um rasgo no tecido da perna de seu trajestilador, depois disse:

— Venha comigo. — Ele se virou para uma muralha íngreme de pedra a uma pequena distância deles. — Se não me acompanhar, vai morrer aqui. — O fremen lançou um olhar grave cor de índigo por cima do ombro. Seu rosto exibia um humor sombrio, um sorriso malicioso, quando falou: — Você acha que os Harkonnen vão demorar para tentar vingar seus mortos?

Kynes correu até ele.

— Espera! Você não me disse seu nome.

O jovem o encarou com um olhar estranho; seus olhos tinham a coloração azul sobre azul da dependência prolongada de especiaria, a pele desgastada passava uma aparência de idade muito superior à que ele tinha.

— Vale a pena trocar nomes? Os fremen já sabem quem você é.

Kynes piscou, atônito.

— Bom, acabei de salvar a sua vida e a de seus companheiros. Isso não vale de alguma coisa para seu povo? Na maioria das sociedades, vale.

O jovem pareceu se sobressaltar, logo depois adotou uma expressão resignada.

— Tem razão. Você forjou um vínculo de água conosco. Meu nome é Turok. Agora, temos que ir.

Vínculo de água? Kynes guardou suas perguntas e saiu andando atrás do companheiro.

Com o trajestilador surrado, Turok passou por cima das pedras rumo ao penhasco vertical. Kynes o seguiu com dificuldade, contornando pedregulhos caídos e escorregando no solo instável. Foi só quando eles se aproximaram que o planetólogo percebeu uma brecha nos estratos, um corte que partia a antiga rocha elevada e formava uma fissura camuflada pela poeira e pelas cores opacas.

O fremen entrou na fenda, penetrando as sombras com a rapidez de um lagarto do deserto. Curioso e com medo de se perder, Kynes foi atrás, às pressas. Sua esperança era ter a chance de conhecer mais gente dos fremen e aprender sobre o povo. Não perdeu tempo especulando se Turok o estaria levando para uma armadilha. De que adiantaria? Teria sido fácil para o jovem matá-lo do lado de fora mesmo.

Turok parou na sombra fresca, dando tempo para Kynes alcançá-lo. O fremen indicou pontos específicos da parede rochosa perto de si.

— Ali, ali... e ali.

Sem esperar para ver se o forasteiro havia compreendido, o jovem pisou em cada um dos locais indicados, pontos de apoio quase invisíveis para as mãos e os pés. O fremen serpenteou penhasco acima, e Kynes deu seu melhor para conseguir acompanhar. Parecia que Turok estava brincando com ele, submetendo-o a algum tipo de teste.

Mas o planetólogo o surpreendeu. Ele não era um burocrata qualquer, rico em água, nem um trapalhão que se metia onde não devia. Tendo vagado por alguns dos mundos mais hostis que o Imperium tinha a oferecer, estava em boa forma.

Kynes seguiu o ritmo do jovem, escalando atrás dele, usando a ponta dos dedos para erguer o corpo. Pouco depois de o rapaz fremen parar e se agachar em uma plataforma estreita, Kynes se sentou a seu lado, tentando não ofegar.

— Inspire pelo nariz e expire pela boca. Seus filtros serão mais eficientes assim. — Turok assentiu com um leve ar de admiração. — Acho que você vai conseguir chegar até o sietch.

— O que é um sietch? — perguntou Kynes. Ele reconhecia vagamente o idioma chakobsa antigo, mas não havia estudado arqueologia ou fonética. Sempre achara aquilo irrelevante para suas pesquisas científicas.

Duna: Casa Atreides

— Um lugar secreto para se refugiar em segurança... É onde meu povo mora.

— Então é seu lar?

— Nosso lar é o deserto.

— Estou ansioso para conversar com seu povo. Formulei algumas opiniões sobre este mundo e elaborei um plano que talvez seja do interesse de vocês e de todos os habitantes de Arrakis — comentou Kynes, sem conseguir conter o entusiasmo.

— *Duna* — corrigiu o jovem fremen. — Só os imperiais e os Harkonnen chamam este lugar de Arrakis.

— Muito bem. Duna, então.

Nas profundezas do rochedo à frente deles aguardava um fremen idoso grisalho de um olho só, com a órbita esquerda inútil coberta por uma pálpebra murcha e enrugada. Era Heinar, naib do Sietch Muralha Vermelha, que também havia perdido dois dedos em um duelo de daga-cris na juventude. Mas ele sobrevivera, e seus adversários, não.

Heinar tinha se revelado um líder rigoroso, mas competente, para seu povo. Ao longo dos anos, seu sietch havia prosperado, a população não diminuíra e as reservas ocultas de água aumentavam a cada ciclo das luas.

Na caverna da enfermaria, duas idosas tratavam do inconsequente Stilgar, o jovem ferido que acabara de ser levado para ali no veículo terrestre. As anciãs conferiram o curativo aplicado pelo forasteiro e o incrementaram com alguns dos próprios medicamentos. Então, consultaram uma à outra e assentiram para o líder do sietch.

— Stilgar vai sobreviver, Heinar. O ferimento teria sido fatal sem tratamento imediato. O estranho o salvou — disse uma delas.

— O estranho salvou um idiota descuidado — asseverou o naib, olhando para o rapaz deitado no leito.

Fazia semanas que relatos perturbadores sobre um forasteiro curioso chegavam aos ouvidos de Heinar. E lá estava o sujeito, Pardot Kynes, sendo conduzido ao sietch por outra rota ao longo de caminhos rochosos. As atitudes do estranho eram incompreensíveis — um servo imperial que matava homens Harkonnen?

Ommun, o jovem fremen que tinha levado o ensanguentado Stilgar de volta para o sietch, esperava ansiosamente nas sombras da caverna, ao lado do amigo ferido. Heinar dirigiu a atenção monocular para o rapaz, deixando as mulheres seguirem com o tratamento do paciente.

— Por que Turok está trazendo um forasteiro para nosso sietch? — questionou o naib.

— O que mais poderíamos fazer, Heinar? Eu precisava do veículo dele para trazer Stilgar. — Ommun parecia surpreso.

— Vocês podiam ter tomado o veículo terrestre e todos os pertences do homem e entregado a água dele para a tribo — disse o naib, em voz baixa.

— Ainda podemos fazer isso assim que Turok chegar com ele — cochichou uma das mulheres.

— Mas o estranho enfrentou e matou os Harkonnen! Nós três teríamos morrido se ele não tivesse chegado na hora. Não dizem que o inimigo de meu inimigo é meu amigo? — insistiu Ommun.

— Não confio nem entendo as lealdades daquele lá — falou Heinar, cruzando os braços musculosos. — Sabemos quem ele é, claro. O estranho vem do Imperium... um planetólogo, pelo que falam. Ele continua em Duna porque os Harkonnen são obrigados a deixá-lo trabalhar, mas aquele Kynes só responde ao próprio imperador... talvez nem isso. Há perguntas sem resposta sobre ele.

Cansado, Heinar se sentou em um banco de pedra escavado na parede. Uma tapeçaria colorida tecida com fibras de especiaria pendia na frente da abertura da caverna, oferecendo privacidade limitada. Os habitantes de um sietch aprendiam desde cedo que a privacidade residia na mente, não no ambiente.

— Vou conversar com aquele Kynes e descobrir o que ele quer de nós, por que defendeu três jovens idiotas e imprudentes contra um inimigo que ele não tinha motivo para enfrentar — continuou o naib. — Depois, vou levar a questão ao Conselho de Anciões para que eles tomem uma decisão. Devemos escolher aquilo que for melhor para o sietch.

Ommun engoliu em seco, lembrando-se da valentia do tal Kynes ao combater os soldados impiedosos. Mas os dedos dele oscilaram para a sacola dentro de seu bolso, contando os hidroanéis no interior dela — marcadores de metal que registravam sua riqueza acumulada na tribo.

Duna: Casa Atreides

Se no fim das contas os anciões decidissem por matar o planetólogo, ele, Turok e Stilgar dividiriam igualmente entre si o tesouro de água, além do butim dos seis Harkonnen executados.

Quando Turok terminou de guiá-lo pelas aberturas vigiadas, passou por um veda-portas e entrou no sietch, Kynes viu uma caverna de maravilhas infinitas. Os aromas eram intensos, fortes e carregados de humanidade: cheiros de vida, de uma população confinada... de fabricação, alimentos cozidos, dejetos cuidadosamente escondidos e até de exploração química da morte. Com certo desapego, confirmou sua suspeita de que os jovens fremen não haviam roubado o cadáver dos Harkonnen para alguma mutilação supersticiosa, e sim pela água que eles continham. *Caso contrário, seria um desperdício...*

Kynes imaginara que, quando finalmente encontrasse um assentamento fremen oculto, seria um lugar primitivo, com uma carência quase lamentável de amenidades. Mas ali, naquela gruta lacrada repleta de cavernas secundárias, de tubos e túneis basálticos, passagens que se estendiam feito um labirinto por toda a montanha, Kynes viu que o povo do deserto levava uma vida austera, mas confortável. Os aposentos rivalizavam com qualquer coisa de que os subordinados dos Harkonnen desfrutavam na cidade de Cartago. E eram muito mais naturais.

Enquanto Kynes acompanhava o jovem guia, sua atenção saltava de um aspecto fascinante a outro. Carpetes deslumbrantes cobriam áreas do piso. Cômodos laterais eram preenchidos com almofadas e mesas baixas feitas de metal e pedra polida. Eram poucos os objetos de madeira preciosa importada de fora do mundo, os quais pareciam muito antigos: havia uma escultura de verme da areia e um jogo de tabuleiro que ele não conseguia identificar, com peças elaboradas de marfim ou osso.

Um maquinário ancestral recirculava o ar do sietch, impedindo que qualquer umidade escapasse. Por toda parte, recendia o cheiro forte e adocicado de canela da especiaria crua, como se fosse um incenso que maldisfarçava o odor acre dos corpos enclausurados sem se lavar.

Ele ouviu conversas entre mulheres, vozes de crianças e um choro de bebê, tudo com um silencioso comedimento. Os fremen falavam entre si, observando desconfiados aquele estranho conduzido por Turok. Alguns dos mais velhos abriam sorrisos cruéis que provocaram certa inquietação no planetólogo. A pele deles parecia grossa e coriácea, sem qualquer excedente de água; cada par de olhos era de um intenso azul sobre azul.

Turok enfim ergueu a mão, com a palma para a frente, indicando que Kynes deveria permanecer parado em uma grande câmara de assembleia, uma cúpula natural no interior da montanha. O chão da gruta era vasto o bastante para acomodar centenas e mais centenas de pessoas de pé; as paredes avermelhadas íngremes eram revestidas por mais bancos e sacadas em zigue-zague. *Quantas pessoas moram neste sietch?* Kynes passou os olhos pela câmara vazia e reverberante até um balcão alto, uma espécie de tribuna para oradores.

Após um instante, um velho orgulhoso se adiantou lá em cima e olhou com desdém para o intruso abaixo. Kynes reparou que o homem tinha só um olho e que se portava com a imponência de um líder.

— Aquele é Heinar, o naib do Sietch Muralha Vermelha — cochichou Turok no ouvido de Kynes.

O planetólogo ergueu a mão para cumprimentar e gritou:

— É um prazer conhecer o líder desta maravilhosa cidade fremen.

— O que você quer de nós, homem do Império? — bradou Heinar, com uma entonação ao mesmo tempo implacável e autoritária. As palavras dele retiniram como o impacto de aço frio em pedra.

Kynes respirou fundo. Esperara dias demais por uma oportunidade como aquela. Por que perder tempo? Quanto mais tempo um sonho permanecesse um sonho, mais difícil seria transformá-lo em realidade.

— Meu nome é Pardot Kynes, planetólogo do imperador. Tenho uma visão... um sonho para o senhor e seu povo. Um sonho que eu gostaria de compartilhar com todos os fremen, se aceitarem me ouvir.

— Melhor ouvir o vento soprando em um arbusto de creosoto do que perder tempo com as palavras de um tolo — rebateu o líder do sietch. Suas palavras tinham uma carga imponente, como se fossem um ditado antigo e reconhecível para o povo dele.

Kynes encarou o velho e logo inventou outro clichê, na esperança de causar alguma impressão:

— E se alguém se recusa a ouvir palavras de esperança e verdade, então quem é o maior tolo?

Duna: Casa Atreides

O jovem Turok resfolegou. Curiosos em corredores laterais fitaram Kynes de olhos arregalados, pasmos com aquele estranho que se dirigia com tanta insolência ao naib.

O rosto de Heinar ficou sombrio e tempestuoso. Ele se sentiu tomado pela irritação e imaginou aquele planetólogo petulante morto no chão da caverna. Sua mão foi na direção do cabo de uma dagacris presa à cintura.

— Você contesta minha liderança?

Decidido, o naib tirou a faca de lâmina curva da bainha e encarou Kynes, furioso.

Kynes não se abalou.

— Não, senhor. Contesto sua *imaginação*. O senhor tem coragem de atender à demanda ou é tímido demais para ouvir o que tenho a dizer?

O líder do sietch ficou tenso, segurando aquela estranha lâmina leitosa no alto enquanto observava o prisioneiro. Kynes se limitou a sorrir para ele, com uma expressão franca, e acrescentou:

— É difícil conversar com o senhor aí em cima.

Heinar enfim deu uma risadinha e olhou para a lâmina exposta em sua mão.

— Uma vez sacada, uma dagacris jamais deve voltar à bainha sem experimentar sangue.

Em seguida, ele fez um corte rápido no próprio antebraço, formando uma linha vermelha fina que coagulou em segundos.

Os olhos de Kynes brilharam de entusiasmo, refletindo a luz projetada pelos luciglobos agrupados que flutuavam na grande câmara de assembleia.

— Muito bem, planetólogo. Pode falar até esvaziar os pulmões. Seu destino ainda está em aberto, então você permanecerá aqui no sietch enquanto o Conselho de Anciões delibera sobre o que fazer com você.

— Mas antes os senhores ouvirão o que tenho a dizer.

Kynes assentiu com absoluta confiança.

Heinar se virou, recuou um passo do balcão alto e se pronunciou de novo, por cima do ombro:

— Você é um homem estranho, Pardot Kynes. Um servo do Império e hóspede dos Harkonnen... por definição, é nosso inimigo. No entanto, também matou homens Harkonnen. Que dilema você nos apresenta.

O líder do sietch fez gestos rápidos e proferiu ordens, mandando prepararem um aposento pequeno, mas confortável, para o planetólogo

Brian Herbert e Kevin J. Anderson

alto e curioso, que permaneceria na condição tanto de prisioneiro quanto de hóspede.

E, conforme ia embora, Heinar pensou: *Qualquer homem que venha falar palavras de esperança para os fremen depois de tantas gerações de sofrimento e perambulação... ou está confuso, ou é mesmo muito corajoso.*

Creio que meu pai só tinha um amigo de verdade. Era o conde Hasimir Fenring, eunuco genético e um dos combatentes mais mortíferos do Imperium.

— Excerto de "Na casa de meu pai", da princesa Irulan

Até mesmo no escuro do aposento mais alto do observatório imperial, a capital refulgia sua opulência em tons pastéis, ofuscando as estrelas do céu noturno de Kaitain. Construído séculos antes pelo progressista imperador padixá Hassik Corrino III, o observatório tinha sido pouco utilizado por seus herdeiros recentes... pelo menos no tocante ao propósito original de estudar os mistérios do universo.

O príncipe herdeiro Shaddam andava de um lado para outro pelo piso frio de metal encerado enquanto Fenring mexia nos controles de um esteloscópio de alta potência. O eunuco genético cantarolava consigo mesmo, produzindo sons insípidos desagradáveis.

— Pode parar de fazer esses barulhos? Focaliza logo essas porcarias de lentes — pediu Shaddam.

Fenring continuou cantarolando, só que a um volume um pouco mais baixo.

— O balanceamento dos óleos deve ser preciso, hããããã, ah? É preferível que o esteloscópio fique ajustado com perfeição, não às pressas.

Shaddam bufou.

— Você não perguntou minha preferência.

— Eu decidi por você. — Fenring recuou dos visores em fase calibrados do esteloscópio e fez uma mesura em um gesto formal irritante. — Milorde príncipe, eu lhe apresento uma imagem da órbita. Veja com os próprios olhos.

Shaddam estreitou os olhos para espiar nas oculares, até que começou a distinguir um vulto espantosamente nítido voando em silêncio ao longe. A imagem alternava entre uma resolução granulosa e ondulações turvas causadas pela distorção atmosférica.

O paquete colossal era do tamanho de um asteroide e pairava acima de Kaitain à espera de uma flotilha de pequenas naves que se afastavam da superfície do planeta. Um movimento efêmero chamou a atenção de Shaddam, que avistou os pontinhos trêmulos branco-amarelados dos motores das fragatas que decolavam de Kaitain com diplomatas e emissários, seguidas por naves de transporte levando artefatos e carregamentos do mundo capital do Imperium. As fragatas já eram imensas, cercadas por uma comitiva de naves menores — mas a curva do casco do paquete era de um tamanho incomparável.

Ao mesmo tempo, outras naves saíram do compartimento de carga do paquete e desciam para a cidade capital.

— São delegações. Elas vieram trazer tributos para meu pai — disse Shaddam.

— Impostos, na verdade... não tributos — corrigiu Fenring. — Dá na mesma, claro, em certo sentido antiquado. Elrood ainda é o imperador deles, hmmm, ah?

O príncipe herdeiro fechou a cara.

— Mas por quanto tempo mais? Seu maldito chaumurky vai levar décadas para fazer efeito? — Shaddam se esforçou para manter a voz baixa, embora os geradores de ruído branco subsônico teoricamente distorcessem as falas deles para neutralizar qualquer dispositivo de escuta. — Não dava para ter achado outro veneno? Algum mais rápido? A espera é de enlouquecer! Já faz quanto tempo, aliás? Parece que faz um ano que eu não durmo bem.

— Você está dizendo que devíamos ter sido mais explícitos no assassinato? Não seria recomendável. — Fenring voltou para o esteloscópio e ajustou os rastreadores automáticos para seguir a órbita do paquete. — Tenha paciência, milorde príncipe. Antes de eu sugerir este plano, você se contentava em passar décadas aguardando. O que é uma espera de um ou dois anos diante da duração de seu futuro reinado, hããããã?

Shaddam empurrou Fenring de leve para longe das oculares para não ter que olhar para o cúmplice.

— Agora que enfim pusemos as engrenagens para rodar, estou impaciente pela morte de meu pai. Não me dê tempo para ruminar sobre isso e me arrepender da decisão. Vou me sentir sufocado até o momento de minha ascensão ao Trono do Leão Dourado. Meu destino é liderar, Hasimir, mas há quem insinue que eu nunca terei essa oportunidade. Isso me faz ter medo de me casar e gerar filhos.

Duna: Casa Atreides

Se ele esperava que Fenring tentasse convencê-lo do contrário, o amigo sustentou um silêncio decepcionante. E só voltou a falar alguns instantes depois:

— O *n'kee* é um veneno lento de propósito. Trabalhamos muito para estabelecer nosso plano, e a única coisa de que sua impaciência é capaz é causar estragos e aumentar o risco. Um ato mais súbito certamente levantaria suspeitas no Landsraad, hmmm? Aproveitariam qualquer brecha, qualquer escândalo, para comprometer sua posição.

— Mas eu sou o herdeiro da Casa Corrino! — exclamou Shaddam, baixando a voz para um sussurro gutural. — Como poderiam questionar meu direito?

— Você chega ao trono imperial carregando todos os fardos correspondentes, todas as obrigações, antigas inimizades, preconceitos. Não se iluda, meu caro: o imperador é apenas uma força considerável no meio de tantas outras que constituem a tessitura delicada de nosso Imperium. Se todas as Casas se unissem contra nós, talvez nem as poderosas legiões de Sardaukar de seu pai seriam capazes de resistir. Ninguém se atreve a correr tal risco.

— Quando eu estiver no trono, pretendo fortalecer a posição do imperador, dar mais peso ao título — disse Shaddam, afastando-se do esteloscópio.

Fenring balançou a cabeça em um gesto exagerado de tristeza.

— Eu apostaria um cargueiro cheio de pele de baleia da melhor qualidade que a maioria de seus predecessores declarou a mesma intenção para os respectivos conselheiros, desde antes da Grande Rebelião. — Ele respirou fundo, estreitando os grandes olhos escuros. — Mesmo se o *n'kee* seguir seu curso, você precisa esperar pelo menos mais um ano... então, tenha calma. Console-se com o aumento dos sintomas de envelhecimento que temos visto em seu pai. Incentive-o a beber mais cerveja de especiaria.

Irritado, Shaddam voltou a se virar para os visores em fase e examinou os contornos do casco na parte inferior do paquete, a marca dos estaleiros ixianos, o cartucho da Guilda Espacial. O compartimento de carga era cheio de frotas de fragatas de diversas Casas, carregamentos destinados à CHOAM e registros preciosos reservados para os arquivos da biblioteca em Wallach IX.

— A propósito, tem alguém digno de nota a bordo daquele paquete — comentou Fenring.

— É mesmo?

Fenring cruzou os braços na frente do peito estreito.

— Uma pessoa que *parece* ser um simples vendedor de arroz-pundi e raiz de chikarba rumo a uma estação de passagem tleilaxu. Ele está levando sua mensagem para os Mestres tleilaxu, sua proposta para marcar um encontro e tratar do financiamento imperial secreto para um projeto de grande escala que produza um substituto para a especiaria mélange.

— *Minha* proposta? Eu não fiz proposta alguma! — O rosto de Shaddam tremulou com uma sombra de repulsa.

— Hmmm, fez sim, milorde príncipe. Ah, a possibilidade de usar meios tleilaxu não convencionais para desenvolver uma especiaria sintética? Que ideia boa a sua! Vai mostrar a seu pai como você é inteligente.

— Não ponha a culpa em mim, Hasimir. A ideia foi sua.

— Você não quer o crédito?

— Nem um pouco.

Fenring arqueou as sobrancelhas.

— Você *realmente* quer desfazer o gargalo de Arrakis e providenciar uma fonte particular ilimitada de mélange para a Casa Imperial? Ou não?

Shaddam o encarou com raiva.

— É claro que quero.

— Então vamos trazer um Mestre tleilaxu em segredo até aqui para apresentar uma proposta ao imperador. Logo, logo veremos até onde o velho Elrood está disposto a ir.

**A cegueira pode tomar muitas outras
formas além da incapacidade de enxergar.
Muitos fanáticos são cegos de pensamento.
Muitos líderes são cegos de coração.**

— Bíblia Católica de Orange

Depois de meses na cidade subterrânea de Vernii como hóspede de honra, Leto já se sentia à vontade em meio àquele ambiente estranho, com a rotina e a segurança confiante de Ix — à vontade a ponto de acabar se descuidando.

O príncipe Rhombur era um dorminhoco crônico, mas Leto era o contrário: madrugador como os pescadores de Caladan. O herdeiro Atreides vagava sozinho pelos estalactíticos edifícios superiores, acercando-se de janelas de observação e contemplando atividades de planejamento industrial ou linhas de produção. Aprendeu a usar os sistemas de trânsito e descobriu que seu cartão de bioscape que o conde Vernius lhe dera abria muitas portas.

Leto extraiu mais daquelas perambulações e da própria curiosidade voraz do que das sessões de instrução conduzidas por diversos tutores. Recordando-se do alerta de seu pai para que aprendesse com tudo, ele pegava os tubos elevadores autônomos; quando não havia nenhum disponível, acostumou-se a usar passarelas, elevadores de carga ou até escadas para se locomover de um andar para outro.

Certa manhã, depois de acordar descansado e inquieto, Leto se dirigiu a um dos átrios superiores e saiu para uma varanda de observação. Mesmo confinadas no subterrâneo, as cavernas de Ix eram tão vastas que tinham as próprias correntes de ar e dinâmicas de vento, ainda que nem se comparassem às torres do Castelo e aos penhascos frescos da terra de Leto. Ele respirou fundo, enchendo plenamente os pulmões, mas o ar ali sempre recendia a pedra pulverizada. Talvez fosse apenas sua imaginação.

Alongando os braços, Leto olhou para a vasta caverna abaixo que havia abrigado o paquete da Guilda. Em meio às marcas do maquinário de construção e de apoio, viu que já começava a se formar o esqueleto de mais um casco imenso, soldado rapidamente por equipes de operários suboides. Ele observou os habitantes dos níveis inferiores trabalharem com uma eficiência entômica.

Uma plataforma de carga passou flutuando exatamente embaixo da varanda, em uma descida gradual rumo à área de trabalho distante. Leto se curvou por cima do guarda-corpo e viu que a superfície da plataforma abundava em minérios brutos extraídos da crosta terrestre do planeta.

Por impulso, subiu no parapeito da varanda, respirou fundo e pulou os dois metros até uma pilha de vigas e chapas destinadas ao estaleiro do paquete. Ele presumiu que poderia usar seu cartão de bioscape e suas noções sobre a estrutura da cidade para voltar aos edifícios estalactíticos. Um piloto embaixo da plataforma flutuante conduzia a descida da carga; aparentemente não notara a presença do passageiro inesperado, ou não tinha se importado.

Brisas frescas agitaram o cabelo de Leto conforme ele descia para a superfície mais quente. Ele pensou nos ventos oceânicos e respirou fundo de novo. Ali, embaixo da cúpula gigantesca do teto, sentia uma liberdade que lembrava a orla marítima. Com a lembrança, veio a dor da saudade das brisas do mar de Caladan, dos barulhos no mercado do vilarejo, da risada ribombante do pai e até da preocupação decorosa da mãe.

Ele e Rhombur passavam tempo demais confinados nos edifícios de Ix, e muitas vezes Leto sentia falta de ar puro e do toque de um vento frio no rosto. Talvez pedisse para Rhombur acompanhá-lo à superfície de novo. Ali, os dois poderiam perambular pela natureza selvagem e contemplar um céu infinito, e Leto poderia alongar os músculos e sentir a luz de um sol de verdade no rosto, e não a iluminação holográfica projetada no teto da caverna.

Embora o príncipe ixiano não se equiparasse ao nível de Leto como lutador, tampouco era o típico filho mimado tão comum em diversas das Grandes Casas. Ele tinha os próprios interesses e adorava colecionar pedras e minerais. Rhombur era dono de uma personalidade tranquila e generosa, com um otimismo inabalável, mas ninguém devia se deixar enganar por tal atributo. Por baixo da superfície terna, havia uma determinação voraz e um desejo de se sobressair em qualquer empreitada.

Na caverna de produção gigantesca, suportes e macacos suspensores estavam preparados para o novo paquete que já começava a tomar

Duna: Casa Atreides

forma. Holoprojetos tremulavam no ar perto de equipamentos e máquinas. Mesmo com todos os recursos e uma quantidade imensa de operários suboides, levava quase um ano-padrão para se construir um veículo daqueles. O custo de um paquete era equivalente à produção econômica inteira de muitos sistemas solares; portanto, só a CHOAM e a Guilda tinham condições de financiar aqueles projetos colossais, enquanto a Casa Vernius — como fabricante — colhia um lucro inacreditável.

A classe operária dócil de Ix era muito mais numerosa que as dos administradores e nobres. Na base da caverna, arcos baixos e choças escavadas na rocha sólida formavam entradas para um labirinto de moradias. Leto nunca se encontrara pessoalmente com os suboides, mas Rhombur garantira que as classes inferiores eram bem tratadas. O jovem Atreides sabia que aquelas equipes trabalhavam sem parar na construção de cada nave. Os suboides com certeza produziam muito para a Casa Vernius.

A plataforma de carga levitou até o piso rochoso da caverna, e equipes de operários se aproximaram para descarregar o material bruto pesado. Leto pulou, caiu com os pés e as mãos no chão e em seguida se endireitou e limpou a poeira da roupa. Estranhamente plácidos, os suboides tinham a pele clara e sardenta. Eles o encararam com olhos grandes e escuros e não fizeram pergunta alguma nem questionaram sua presença; só desviaram o olhar e seguiram com seus afazeres.

Pelo jeito como Kailea e Rhombur falavam deles, Leto tinha imaginado que os suboides fossem menos que humanos, trogloditas musculosos e desmiolados que só labutavam e suavam. Mas as pessoas em volta dele bem poderiam ter se passado por normais; talvez não fossem cientistas ou diplomatas geniais, mas a classe operária tampouco parecia constituída de animais.

Com os olhos cinzentos bem alertas, Leto caminhou pelo piso da caverna, mantendo-se fora do caminho enquanto observava a construção do paquete. Admirava os feitos de engenharia e gestão que um projeto tão incrível quanto aquele demandava. No ar mais pesado e poeirento do chão, ele sentiu um odor pungente de solda a laser e materiais de fusão de ligas.

Os suboides seguiam um plano geral, usando instruções detalhadas de cada etapa como se fossem uma colmeia. Cada fração do serviço colossal era concluída sem a tensão da quantidade de trabalho que ainda faltava. Os suboides não batiam papo, não cantavam, não faziam arruaça... comportamentos que Leto tinha visto entre os pescadores, agricultores e operários de Caladan. Aqueles pálidos trabalhadores permaneciam concentrados apenas em suas tarefas.

Ele teve a impressão de identificar um ressentimento bem disfarçado, uma raiva efervescente por trás dos rostos calmos e pálidos, mas não sentiu medo sozinho lá embaixo. O duque Paulus sempre tinha incentivado Leto a brincar com as crianças do vilarejo, a navegar com barcos de pesca, a se entrosar com comerciantes e tecelões no mercado. O garoto até passara um mês trabalhando nas lavouras de arroz-pundi.

— Para entender como governar um povo, antes é preciso entender o próprio povo — dissera o Velho Duque.

A mãe dele não apreciara aquelas atividades, claro, e insistira que o filho de um duque não poderia sujar as mãos com a lama dos arrozais ou emporcalhar as roupas com as excreções de uma pescaria marítima.

— De que adianta *nosso filho* aprender a descamar e destripar um peixe? Ele vai ser o líder de uma Grande Casa — protestara lady Helena.

Mas Paulus Atreides também tinha seu jeito de insistir, deixando claro que sua vontade era lei.

E Leto precisava admitir que, apesar das dores nos músculos e nas costas e da pele queimada de sol, ele tinha sentido uma satisfação naquelas ocasiões de trabalho pesado a qual os banquetes ou eventos grandiosos no Castelo Caladan jamais poderiam proporcionar. Como resultado, ele achava que compreendia as pessoas comuns, o que sentiam, o quanto trabalhavam. Leto as admirava pelo que faziam em vez de desmerecê-las. O Velho Duque tinha se orgulhado de ver que o filho entendera aquela questão fundamental.

Andando em meio aos suboides, Leto tentava compreendê-los da mesma forma. Luciglobos potentes pairavam acima da área de trabalho, afastando as sombras, preservando um contraste no ar. A caverna era grande a ponto de não produzir eco com os sons de construção, que se refletiam e se dissipavam a distância.

Ele viu uma das aberturas que davam acesso aos túneis inferiores e, como até então ninguém havia questionado sua presença ali, decidiu que seria uma boa oportunidade de aprender mais sobre a cultura suboide.

Duna: Casa Atreides

Talvez desse para descobrir informações de que nem Rhombur tinha conhecimento acerca do próprio mundo.

Quando um grupo de operários emergiu da abertura arqueada, todos vestidos com macacões de trabalho, Leto se esgueirou para dentro. Perambulou pelos túneis e desceu uma espiral, passando pelos compartimentos residenciais escavados. Eram aposentos idênticos, dispostos a intervalos regulares, semelhantes aos favos de uma colmeia de insetos. Mas volta e meia ele reparava em alguns detalhes decorativos: malhas ou tapeçarias coloridas, alguns desenhos, imagens pintadas nas paredes de pedra. Havia cheiro de comida e conversas em tons baixos, mas nada de música e poucas risadas.

Ele pensou nos dias que passava estudando e relaxando nos arranha-céus invertidos acima, com pisos polidos, janelas de ser-cromo e cristalplás facetado, camas macias, roupas confortáveis, comida de qualidade.

Em Caladan, cidadãos comuns podiam interpelar o duque a qualquer momento. Leto se lembrava de quando ele e o pai caminhavam pelos mercados, conversando com comerciantes e artesãos para que fossem vistos e conhecidos como pessoas de verdade, não governantes sem rosto.

Leto duvidava que Dominic Vernius sequer reparasse nas diferenças entre ele e o amigo Paulus. O conde afetuoso e careca dedicava total atenção e entusiasmo à família e aos trabalhadores mais próximos, acompanhando o andamento geral das atividades industriais e da política empresarial para manter o crescimento da fortuna ixiana. Mas, aos olhos de Dominic, os suboides eram recursos. Sim, ele cuidava deles, assim como cuidava de seu precioso maquinário. Mas Leto se perguntava se Rhombur e a família dele tratavam os suboides como *indivíduos*.

Ele já havia descido muitos níveis e estava sentindo a densidade desconfortável do ar estagnado. Os túneis adiante foram ficando mais escuros e vazios. Os corredores silenciosos levavam a espaços abertos, áreas comuns com sons de vozes e da movimentação de corpos. Ele estava prestes a dar meia-volta, ciente de que o dia seria cheio: estudos e aulas sobre operações mecânicas e processos industriais. Rhombur provavelmente ainda nem teria tomado café da manhã.

Intrigado, Leto parou na porta arqueada e viu muitos suboides reunidos em um salão comum. Ele não avistou nenhum banco ou lugar para se sentar, então as pessoas estavam todas em pé. Na frente do salão, um suboide baixo e musculoso fazia um discurso monocórdio e curiosamente acalorado. Na voz do homem e nas labaredas em seus olhos, Leto detectou emoções que achou peculiares à luz de tudo que tinha ouvido falar sobre os suboides, supostamente plácidos e complacentes.

— *Nós* construímos os paquetes — disse o homem, e subiu o tom de voz. — *Nós* produzimos os objetos tecnológicos, mas *nós* não tomamos nenhuma decisão. Fazemos o que mandam, mesmo sabendo que os planos são errados!

Os suboides começaram a murmurar e resmungar. O sujeito continuou:

— Algumas das tecnologias novas vão além do que a Grande Rebelião proíbe. Estamos criando *máquinas pensantes*. Não precisamos entender os projetos e esquemas, porque sabemos o que elas farão!

Hesitante, Leto recuou para as sombras da entrada. Já havia circulado bastante em meio ao povo comum, então normalmente não sentia medo. Entretanto, estava acontecendo algo estranho ali. Ele queria fugir, mas também precisava escutar...

— Como somos suboides, não temos nenhuma participação nos lucros da tecnologia ixiana. Temos vidas simples e poucas ambições... mas temos nossa religião. Lemos a Bíblia Católica de Orange e sabemos, em nossos corações, o que é certo. — O orador suboide ergueu um punho enorme, de articulações grossas. — E sabemos que muitas coisas que temos construído aqui em Ix *não são certas*!

A plateia se inquietou de novo, no limite da agitação. Rhombur insistira que aquele grupo não tinha ambições, não tinha capacidade para aquilo. Mas Leto estava vendo o contrário.

O orador suboide estreitou os olhos e incitou com um tom sombrio:

— O que vamos fazer? Será que recorremos a nossos patrões e exigimos respostas? Será que fazemos algo mais?

Ele passou o olhar pelas pessoas que estavam ouvindo — até que, de repente, como dois dardos afiados, seus olhos se cravaram em Leto, que escutava sob as sombras da entrada.

— Quem é você?

Leto cambaleou para trás e levantou as mãos.

— Desculpa. Eu me perdi. Foi sem querer.

Duna: Casa Atreides

Em circunstâncias normais, ele teria dado um jeito de ser acolhido, mas a confusão do momento intensificou seus sentidos a um ponto crítico.

O público operário se virou, os olhos deles aos poucos se iluminando diante da compreensão. Eles sabiam as consequências do que o orador tinha falado e que Leto escutara.

— Sinto muito mesmo. Não tive intenção de invadir nada.

O coração do garoto estava martelando. A testa brilhou de suor, e ele sentiu um perigo extremo. Alguns suboides começaram a avançar na direção dele feito autômatos, ganhando velocidade.

Leto ofereceu seu sorriso mais simpático.

— Se vocês quiserem, posso conversar com o conde Vernius, apresentar algumas de suas queixas...

Os suboides se aproximaram, e Leto deu meia-volta e saiu correndo. Ele disparou pelos túneis baixos, virando em curvas aleatórias, enfiando-se por corredores enquanto os operários o perseguiam às pressas e sem sucesso, rosnando de raiva. Eles se espalharam em massa, dispersando-se por vias secundárias à procura de Leto, que não conseguia se lembrar do caminho de volta para a caverna ampla...

Provavelmente foi o fato de ter se perdido que o salvou. Os suboides continuaram barrando a fuga dele, tentando interceptá-lo nos corredores que levavam à superfície. Mas Leto não sabia para onde ir e avançou às cegas, escondendo-se às vezes em recuos vazios, até enfim chegar a uma pequena porta de manutenção que dava para o ar poeirento sob a iluminação forte dos luciglobos industriais.

Ao ver sua silhueta na frente da porta, diversos suboides gritaram das profundezas abaixo, mas Leto saiu correndo até um tubo elevador de emergência. Passou o cartão de bioscape no leitor e obteve acesso aos níveis superiores.

Tremendo como resultado da descarga de adrenalina, Leto não acreditava no que acabara de escutar e não sabia o que os suboides teriam feito se o tivessem alcançado. Ele já estava atordoado o bastante com a ira e as reações deles. Racionalmente, não achava que fossem matá-lo — não o filho do duque Atreides, convidado de honra da Casa Vernius. Afinal, ele havia oferecido ajuda.

Mas ficara nítido que os suboides tinham um profundo potencial para a violência, uma perversidade assustadora que haviam conseguido esconder de seus governantes, que viviam em ignorância acima deles.

Apavorado, Leto ponderou se haveria outros focos de descontentamento, outros grupos com oradores igualmente carismáticos capazes de tirar proveito da insatisfação básica da vasta população operária.

Conforme o elevador subia, Leto olhou para baixo e viu os operários desempenhando suas funções com inocência, seguindo suas rotinas cotidianas. Sabia que precisava comunicar o que havia escutado. Mas será que alguém acreditaria?

Ele se deu conta, com um nó no estômago, de que estava aprendendo muito mais sobre Ix do que se esperava que ele soubesse.

A esperança pode ser a maior arma de um povo oprimido ou o maior inimigo daqueles prestes a sucumbir. Devemos nos manter alertas quanto às vantagens e às limitações dela.

— Lady Helena Atreides, diários pessoais

Após semanas de jornadas sem destino certo, o cargueiro saiu de dentro do paquete em órbita e foi acelerando rumo às nuvens que rodopiavam na atmosfera de Caladan.

Para Duncan Idaho, avizinhava-se o fim de suas longas provações.

De onde estava, clandestino naquele apertado compartimento de carga, Duncan empurrou uma caixa pesada. As arestas metálicas arranharam as placas do assoalho, mas enfim ele deu um jeito de tirar o fardo do caminho para remover a cobertura de uma pequena escotilha. Apoiando-se no plás protetor, admirou aquele mundo rico em oceanos lá embaixo. Começava, por fim, a acreditar.

Caladan. Meu novo lar.

Mesmo visto de cima, em órbita, Giedi Primo tinha um aspecto sombrio e hostil, como uma ferida purulenta. Caladan, por sua vez, o lar do lendário duque Atreides — inimigo mortal dos Harkonnen —, parecia uma safira cintilante sob um raio de luz solar.

Após tudo que lhe tinha acontecido, ainda parecia impossível para Duncan que aquela mulher pérfida e mal-encarada, Janess Milam, tivesse mesmo mantido a palavra. Ela o resgatara por causa dos próprios motivos mesquinhos e planos rancorosos de vingança, mas aquilo não importava para Duncan. *Ali* estava ele.

Tinha sido muito pior do que um pesadelo, o qual ele revivera nos dias que passou ruminando enquanto o paquete fazia sua jornada de sistema a sistema, em um trajeto indireto até Caladan.

Na escuridão da Estação da Guarda Florestal, enquanto ele se aproximava do misterioso adejatóptero, a mulher detera Duncan, agarrando-o com força antes que ele fosse capaz de se defender. O menino reagira com medo, relutando freneticamente, mas Janess puxara o braço dele, rompendo a pele-nova endurecida que encobria o talho profundo no ombro.

Com uma força surpreendente, a mulher de pele escura o puxara para dentro do pequeno adejador e vedara a escotilha de entrada. Ganindo como um animal selvagem, Duncan se debatia, arranhava, tentando se desvencilhar das garras dela, e golpeava a escotilha arredondada, desesperado para fugir e correr mais uma vez pela noite repleta de caçadores armados.

Porém, a porta do adejador continuara trancada. Ofegante, Janess soltara o menino, jogando para trás o cabelo cor de chocolate e o fuzilando com o olhar.

— Se não parar agora mesmo, Idaho, vou largar você no colo daqueles caçadores Harkonnen.

Virando as costas para ele com desdém, ela acionara os motores do adejador. Duncan sentira o zumbido agourento que preenchia a pequena nave, vibrando no assento e no assoalho. Ele se agachara contra a parede.

— Você já me traiu e me entregou aos Harkonnen! Foi por sua causa que aqueles homens levaram meus pais embora e os mataram. Você é o motivo de eu ter sido obrigado a treinar com tanto afinco e de estarem me caçando agora. Eu *sei* o que você fez!

— Pois é, bom, as coisas mudaram. — Ela erguera a mão escura em um gesto sem sentido, voltando-se na direção dos controles de pilotagem. — Não vou ajudar mais os Harkonnen, não depois do que fizeram comigo.

Indignado, Duncan cerrara os punhos nas laterais do corpo. O sangue do ferimento reaberto escorria sobre sua camisa em frangalhos.

— Depois do que fizeram com *você*?

Ele não conseguia imaginar nada que sequer chegasse perto do sofrimento dele mesmo e de sua família.

— Você não entenderia. É apenas um jovem, mais um dos peões deles. — Janess sorria enquanto o adejador alçava voo. — Mas posso me vingar deles por meio de você.

Duncan debochara:

— Talvez eu seja só um menino, mas passei a noite toda vencendo os Harkonnen no jogo de caça deles. Vi Rabban matar minha mãe e meu pai. Vai saber o que mais fizeram a meus tios, tias e primos!

Duna: Casa Atreides

— Duvido que tenha mais alguém vivo em Giedi Primo com o sobrenome Idaho... ainda mais depois do constrangimento que você lhes causou esta noite. Que pena.

— Se fizeram isso, foi um desperdício de tempo por parte deles — respondera ele, tentando esconder a dor. — Afinal, eu nem conhecia meus parentes.

Janess fizera o adejador acelerar, impulsionando-o a baixas altitudes até que atravessassem a floresta obscura e se afastassem da reserva de vida selvagem.

— Neste momento, estou ajudando você a fugir dos caçadores, então pode ir calando a boca e se alegrando. Não tem outra opção.

Ela pilotava a aeronave com as luzes apagadas, mantendo os motores encobertos, mas Duncan não conseguia imaginar como fariam para fugir da patrulha atenta dos Harkonnen. Ele havia matado vários dos caçadores — e, pior ainda, sido mais astuto que Rabban e o humilhado.

Duncan se permitira abrir o mais tênue sorrisinho de satisfação. Avançando à frente, deixara seu corpo cair, exausto, no assento ao lado de Janess, presa à poltrona do piloto.

— Por que eu deveria confiar em você?

— Por acaso eu *pedi* para que confiasse em mim? — Ela lançara um breve olhar na direção dele, com aqueles seus olhos escuros. — Só aproveite a situação.

— Você vai me contar alguma coisa?

Janess continuara pilotando em silêncio por um longo momento, deslizando sobre as copas das árvores cerradas, antes de responder.

— É verdade. Pois é, eu denunciei seus pais aos Harkonnen. Ouvi os boatos, sabia que sua mãe e seu pai haviam feito alguma coisa para irritar os oficiais... e os Harkonnen não gostam de quem os tira do sério. Eu tinha que cuidar de mim mesma e vislumbrei uma oportunidade. Ao entregá-los, pensei que poderia receber uma recompensa. Além do mais, foram *seus pais* que causaram esse problema, para começo de conversa. *Eles* cometeram os erros. Eu só estava tentando faturar alguma coisa. Nada pessoal. Outra pessoa teria denunciado, se não fosse eu.

Duncan fizera uma careta, cerrando o punho de suas mãos ensebadas. Desejava ter a coragem para cravar sua faca naquela mulher, mas o adejador iria ao chão se o fizesse. Ela era sua única saída. Por ora.

223

O semblante dela se contorcera de raiva, e Janess continuara:

— Mas o que foi que os Harkonnen me deram em troca? Uma recompensa, uma promoção? Não... nada. Um chute no traseiro. Nem mesmo um "Muito obrigado". — Uma expressão perturbada passara pelo rosto dela, desaparecendo tão rapidamente quanto uma pequena nuvem que atravessa o sol. — Não é fácil fazer uma coisa dessas, sabia? Você acha que eu gostei? Mas em Giedi Primo já é raro o suficiente surgir uma oportunidade, e eu já tinha deixado passarem oportunidades demais. Era para isso ter mudado as coisas para mim, de verdade. Mas quando eu me aproximei dos Harkonnen para pedir o mínimo que fosse de consideração, eles me expulsaram, com ordens para nunca mais voltar. Foi tudo em vão, e isso piora tudo. — Ela inflara as narinas. — Ninguém faz uma coisa dessas com Janess Milam sem correr sérios riscos.

— Então você não está fazendo isso por mim, no final das contas. Não é porque você sente remorso pelo que fez e por toda a dor que causou às pessoas. Só quer ficar quite com os Harkonnen.

— Ah, menino, só aproveite as chances que aparecem para você.

Duncan tinha fuçado um dos compartimentos de armazenamento até encontrar duas barras de frutarroz e uma bolha lacrada de suco. Sem pedir permissão, rasgara as embalagens para começar a encher a barriga. As barrinhas tinham apenas um vago gosto de canela, um saborizante usado para simular mélange.

— De nada — dissera Janess, com sarcasmo.

Sem responder, ele só continuara mastigando ruidosamente.

Ao longo daquela noite inteira, o adejador seguira pairando acima das planícies, rumo à cidade ameaçadora de Baronato. Por um momento, Duncan havia pensado que ela pretendia jogá-lo de volta na prisão, onde ele teria que passar por tudo aquilo de novo. Então, metera a mão no bolso, sentindo o cabo de sua faca cega. Mas Janess conduzira a nave sem sinalização para além do complexo penitenciário, na direção sul, sobrevoando uma dúzia de cidades e aldeias.

Eles tinham feito uma parada durante um dia, escondendo-se durante a tarde e repondo seus mantimentos em um pequeno posto de escala de viagem. Janess fornecera a Duncan um macacão azul, limpara sua ferida o máximo que conseguira e aplicara grosseiramente o tratamento médico. Não havia nenhuma atenção especial em seus cuidados;

Duna: Casa Atreides

aquilo meramente exprimia o desejo de sua captora de que ele não chamasse atenção.

Ao anoitecer, tinham alçado voo de novo rumo ao extremo sul, até um espaçoporto independente. Duncan não sabia os nomes dos lugares que estavam visitando, nem perguntava. Ninguém jamais lhe ensinara geografia. Sempre que se dava ao trabalho de arriscar uma pergunta, Janess invariavelmente explodia com ele ou o ignorava por completo.

O complexo do espaçoporto tinha uma aparência mais austera de equipes mercantis e da Guilda, diferente do estilo atabalhoado dos Harkonnen. Era funcional e eficiente, com ênfase em durabilidade em vez de luxo ou apelo visual. Os corredores e as salas eram grandes o suficiente para acomodar o movimento dos tanques fechados contendo Navegadores da Guilda.

Janess pousara o adejatóptero em um ponto fácil de encontrar, depois armara o próprio sistema improvisado de segurança antes de deixar a nave para trás.

— Siga-me — ordenara ela. Com o jovem Duncan em seu encalço, ela marchava rumo ao caos e à confusão do espaçoporto. — Fiz uns preparativos. Mas, se você se perder aqui, eu não vou procurá-lo.

— Por que eu não deveria simplesmente sair correndo? Não confio em você.

— Vou colocá-lo em uma nave que vai tirá-lo de Giedi Primo, levando-o para bem longe dos Harkonnen. — Ela lançara um olhar condescendente para ele, instigando-o. — A escolha é sua, menino. Não preciso de mais dor de cabeça vindo de você.

Travando os dentes, Duncan a seguira sem comentar mais nada.

Janess tinha encontrado um cargueiro surrado, lotado de trabalhadores que levavam caixas chanfradas a bordo. Usando plataformas suspensoras, eles arrastavam páletes pesados até o compartimento de carga, empilhando-os de qualquer jeito.

— O segundo-imediato desta nave é um velho amigo meu e me deve um favor — explicara Janess.

Duncan não perguntara qual era o tipo de gente que uma mulher como Janess Milam consideraria amigo... ou o que ela havia feito para conseguir um favor daqueles ali.

— Não vou pagar um único solari por sua passagem, Idaho. Sua família já custou o suficiente para minha consciência, estragou minha relação com os senhores supremos Harkonnen e não me rendeu *nada*. Mas meu amigo Renno diz que você pode pegar carona no compartimento de carga, contanto que não coma nada a não ser as rações-padrão nem dê despesa de tempo ou crédito a ninguém.

Duncan observava as atividades no espaçoporto ao redor. Não tinha a menor concepção de como era a vida em qualquer outro planeta. O cargueiro não impressionava, parecia velho — porém, se servisse para ir embora de Giedi Primo, então era praticamente um pássaro dourado do paraíso.

Puxando-o pelo braço bruscamente, Janess o fizera marchar até a rampa de carga. O ombro ferido dele latejava.

— Estão transportando materiais recicláveis e outras sucatas, que serão levados a uma estação de processamento em Caladan. É o lar da Casa Atreides... os arqui-inimigos dos Harkonnen. Você está por dentro da inimizade entre essas Casas? — perguntara Janess. Quando Duncan meneara a cabeça em negativa, ela dera risada. — Claro que não. Como um roedorzinho sujo que nem você iria aprender qualquer coisa sobre o Landsraad e as Grandes Casas? — Ela parara um dos trabalhadores que conduzia precariamente uma plataforma suspensora carregada. — Onde está Renno? Diga a ele que Janess Milam está aqui e quer vê-lo agora mesmo. — Ela disparara um olhar de relance para Duncan, que se levantara, tentando parecer apresentável. — Diga que eu trouxe o pacote prometido.

Com um toque no comunicador da lapela, o homem tinha murmurado alguma coisa. Depois, sem nem considerar a presença de Janess, ele seguira empurrando sua carga para dentro do cargueiro atarracado.

Duncan esperava, analisando o movimento ao redor, enquanto Janess franzia a testa, com um ar inquieto. Não demorou para aparecer um homem de aspecto ensebado, com a pele lambuzada de lubrificantes coloridos, graxa e suor oleoso. Janess acenara para ele.

— Renno! Maldição, já estava na hora!

Ele dera um abraço apertado nela, seguido por um beijo longo e molhado. Janess se afastara assim que se libertara dos braços dele, apontando para Duncan.

Duna: Casa Atreides

— Aqui está. Leve-o a Caladan — Ela sorrira. — Não consigo imaginar uma vingança melhor do que entregar este garoto direto ao lugar onde eles menos querem... e onde é menos provável que o encontrem.

— Você se arrisca em uns jogos perigosos, Janess.

— Eu gosto de jogos. Não conte para ninguém.

Ela fechara o punho, brincando de lhe dar um soquinho no ombro. Renno erguera a sobrancelha.

— Qual é o sentido de eu vir até este porto vagabundo sem você me esperando aqui? Quem vai me fazer companhia no beliche escuro e solitário? Não, para mim não vale a pena delatá-la. Mas você ainda me deve uma.

Antes de partir, Janess se ajoelhara para encarar o jovem Duncan Idaho. Parecia estar tentando expressar algo que se assemelhava a compaixão.

— Olha, menino, é o seguinte: quando chegar em Caladan, desembarque da nave e insista em falar com o duque Paulus Atreides em pessoa. *Duque Atreides.* Diga a ele que você vem dos Harkonnen e exija ser levado para servir na casa dele.

Renno erguera bem as sobrancelhas, murmurando alguma coisa ininteligível.

Janess mantinha a expressão firme e inabalável, pensando em pregar uma última peça cruel no menino que havia traído. Ela sabia que não tinha a menor chance de um pivete anônimo e imundo conseguir colocar os pés no Grande Salão do Castelo Caladan — mas aquilo não iria impedi-lo de tentar... durante anos, talvez.

Ela já havia obtido sua vitória roubando o garoto do grupo de caça de Rabban. Quando descobrira que iriam levar Duncan até a Estação da Guarda Florestal, ela se esforçara para encontrá-lo, abduzi-lo e entregá-lo aos maiores inimigos dos Harkonnen. O que mais acontecesse com o garoto a partir dali seria irrelevante para ela, mas Janess achava graça em imaginar todas as tribulações por que Duncan Idaho passaria antes de finalmente desistir.

— Venha — dissera Renno, rude, puxando o braço de Duncan. — Vou encontrar um lugar para você no compartimento de carga, onde possa dormir e se esconder.

Brian Herbert e Kevin J. Anderson

Duncan nem olhara de volta para Janess. Estava se perguntando se ela esperava que ele fosse se despedir ou agradecer, mas ele se recusava. A mulher não tinha ajudado porque se importava com ele, tampouco por remorso. Não, ele não se humilharia e jamais perdoaria Janess pelo papel que ela tivera na destruição da família dele. Mulher estranha.

O garoto subira a rampa olhando direto para a frente, sem saber aonde ia. Perdido e órfão, sem qualquer ideia do que fazer na sequência, Duncan Idaho partiu...

Renno não lhe oferecera conforto algum além de parca comida, mas pelo menos deixara o menino em paz. O que Duncan Idaho mais precisava no universo era de tempo para se recuperar, uns poucos dias para colocar as lembranças em ordem e aprender a conviver com aquelas que não seria capaz de esquecer.

Ele dormia sozinho feito um rato no compartimento de carga da nave de transporte surrada, cercado por sucata e material reciclável. Nada daquilo era macio, mas ainda assim dormia razoavelmente bem naquele chão com cheiro de ferrugem, com as costas contra uma das geladas divisórias internas da nave. Tinham sido os dias mais pacíficos em sua memória recente.

Por fim, conforme a nave foi descendo rumo a Caladan para entregar sua carga e despejá-lo sozinho e sem amigos em um mundo desconhecido, Duncan se sentira pronto para qualquer coisa. Tinha recuperado o ímpeto e a energia; nada o desviaria do objetivo que havia escolhido.

Só precisava encontrar o duque Paulus Atreides.

A história nos permite enxergar o óbvio — mas infelizmente só quando já é tarde demais.

— **Príncipe Raphael Corrino**

Depois de inspecionar o cabelo preto amassado de Leto, as roupas cobertas de poeira e os filetes de transpiração que desciam pelas bochechas, Rhombur chegou a dar uma risadinha. Não tinha a intenção de ofendê-lo com aquela reação, mas parecia incapaz de acreditar na história absurda que Leto lhe contara. Ele recuou e avaliou o amigo.

— Pelos infernos vermelhões! Você não acha que está, hã... exagerando um pouco, Leto?

Rhombur foi até um dos janelões, a passos largos. As alcovas na parede do quarto do principezinho atarracado exibiam estranhezas geológicas escolhidas a dedo, que o enchiam de prazer e orgulho. Muito além das amenidades de seu posto como o filho do conde, Rhombur encontrava alegria em sua coleção de minerais, cristais e pedras preciosas. Poderia ter comprado muitos outros espécimes magníficos, mas ele mesmo tinha encontrado pessoalmente cada pedra em suas explorações por cavernas e pequenos túneis.

Porém, em todas as perambulações dele, Rhombur — de fato, toda a família governante dos Vernius — estivera cego à inquietação entre os trabalhadores. Leto estava compreendendo o porquê de o Velho Duque ter insistido para que o filho aprendesse a interpretar seus súditos e sentir o humor da população.

— No âmago de tudo, garoto, é pela transigência deles que nós governamos — dissera Paulus certa vez. — Mesmo que, felizmente, a maior parte da população não se dê conta. Se você for um governante bom o suficiente, nenhum de seus súditos sequer pensará em questioná-lo.

Como se constrangido pelas notícias dramáticas e pela aparência abarrotada de Leto, o jovem de cabelo eriçado espiou as massas de trabalhadores aglomeradas nos pátios industriais lá embaixo. Tudo parecia tranquilo, os negócios transcorrendo como sempre.

— Leto, Leto... — Ele apontou um dedo rechonchudo às pessoas das classes inferiores, aparentemente contentes, que labutavam como zangões empenhados. — Os suboides sequer são capazes de decidir por conta própria o que vão jantar, que dirá se organizarem e começarem uma rebelião. Isso exige muita... iniciativa.

Leto balançou a cabeça, ainda ofegante. Seu cabelo suado colava na testa. Ele se sentia ainda mais abalado naquele momento, a salvo, sentado com a postura caída em uma confortável cadeira autoformatada nos aposentos particulares de Rhombur. Quando estivera fugindo para salvar a própria vida, tinha sido preciso agir com base apenas em seus instintos. Mas ali, tentando relaxar, era incapaz de evitar que o coração palpitasse. Ele deu uma longa golada de suco azedo de cidrit de um cálice na bandeja de café da manhã de Rhombur.

— Estou apenas relatando o que vi, Rhombur, e eu não *imagino* ameaças. Já vi ameaças reais o suficiente para saber a diferença. — Ele se inclinou, seus olhos cinzentos faiscando para o amigo. — Escute o que estou falando: tem alguma coisa acontecendo. Os suboides estavam falando em derrubar a Casa Vernius, destruindo tudo o que vocês construíram e tomando o poder de Ix. Estavam se preparando para a violência.

Rhombur hesitou, como se ainda esperasse que aquilo tudo fosse uma piada.

— Bom, vou contar a meu pai. Pode passar para ele sua versão dos eventos e, hã, tenho certeza de que ele vai conferir.

Leto deixou os ombros caírem. E se o conde Vernius ignorasse o problema até ser tarde demais?

Rhombur alisou a túnica púrpura e sorriu, depois coçou a cabeça, perplexo. Parecia exigir muita força da parte dele tratar do assunto de novo; o príncipe parecia genuinamente atônito.

— Mas... se você esteve lá, Leto, viu que cuidamos dos suboides. Eles recebem comida, abrigo, família, emprego. Claro, talvez fiquemos com a maior parte dos lucros... é como as coisas são. Assim é nossa sociedade. Mas não abusamos de nossos trabalhadores. Do que é que eles poderiam reclamar?

— Talvez eles enxerguem as coisas de um jeito diferente. A opressão física não é o único tipo de abuso — sugeriu Leto.

Rhombur se animou, depois estendeu a mão.

— Venha, meu amigo. Esta pode ser uma reviravolta interessante para nossas aulas de política hoje. Podemos usar como um caso hipotético.

Duna: Casa Atreides

Leto o seguiu, mais triste do que aflito. Tinha medo de que os ixianos jamais enxergassem aqueles problemas como algo além de uma interessante discussão política.

Do mais alto pináculo do Grand Palais, o conde Dominic Vernius governava um império industrial escondido aos olhos de todos. O homem grandalhão andava em círculos sobre o assoalho transparente de seu Orbescritório, pendurado como uma magnífica bola de cristal no teto da caverna.

As paredes e o chão do escritório eram de vidro ixiano perfeitamente liso, sem arestas ou distorções; o conde parecia estar andando no ar, flutuando sobre seu domínio. Por vezes, Dominic se sentia como uma divindade no céu, admirando o próprio universo. Ele passou a mão calejada pela cabeça lisa, recém-raspada; a pele ainda formigava por conta das loções revigorantes que Shando usava ao lhe massagear o escalpo.

Sua filha Kailea estava sentada em uma cadeira suspensa e o observava. Ele aprovava o interesse dela nos negócios ixianos, mas naquele dia estava atormentado demais para passar muito tempo debatendo. Ele espanou migalhas imaginárias de sua túnica sem mangas, recém-lavada, depois deu meia-volta e voltou a andar em círculos ao redor de sua mesa prateada.

Kailea continuou a observá-lo, sem oferecer qualquer conselho, embora compreendesse o problema que tinham em mãos.

Dominic não esperava que o velho "Roody" cedesse e aceitasse tranquilamente a perda de receita tributária causada pelo novo modelo de paquete ixiano. Não, o imperador encontraria algum jeito de transformar uma simples decisão de negócios em uma afronta pessoal, mas Dominic não fazia ideia de como a retaliação viria nem de qual seria o alvo. Elrood sempre agira com imprevisibilidade.

— O senhor só tem que ficar um passo à frente dele, e é bom nisso — disse Kailea.

Ela estava pensando no modo ardiloso como o pai havia roubado a concubina do imperador bem debaixo do nariz de Elrood... e em como este jamais se esquecera daquela história. Um leve ar de ressentimento obscurecia as palavras da princesa. Ela preferiria ter crescido na maravilhosa Kaitain, não ali, embaixo da terra.

— Não posso ficar à frente dele se não sei em qual direção ele está indo — respondeu Dominic.

O conde ixiano parecia flutuar de ponta-cabeça, com aquele teto de rocha maciça e os pináculos do Grand Palais acima de si e apenas ar abaixo de seus pés.

Kailea amarrou mais forte o laço do vestido, ajustou a barra e se abaixou, estudando os registros de transporte e comparando os manifestos de novo, na esperança de determinar um padrão melhor para a distribuição de tecnologia ixiana. Dominic não esperava que a princesa fosse se sair melhor que os especialistas dele, mas a deixava se divertir. A ideia dela de mandar os maks de combate ixianos inteligentes para alguns comerciantes dos mercados clandestinos tinha sido um golpe de gênio.

Ele parou por um momento para dar um sorrisinho saudoso que fazia seu longo bigode afundar nos vincos ao redor da boca. Sua filha era estonteante, uma obra de arte em todos os sentidos, criada para ser um ornamento na casa de algum grande senhor... mas também era sagaz. Kailea era uma estranha mistura, de fato: fascinada pelos jogos e estilos da corte e tudo que tivesse a ver com a grandiosidade de Kaitain, mas ao mesmo tempo obstinadamente determinada a compreender o funcionamento da Casa Vernius. Apesar da pouca idade, ela compreendia que as complexidades dos bastidores dos negócios eram a verdadeira chave para uma mulher obter poder no Imperium — a não ser que se tornasse uma Bene Gesserit.

Dominic não achava que a filha compreendesse a decisão de Shando de deixar a Corte Imperial e fugir com ele para Ix. Por que a amante do homem mais poderoso do universo deixaria todo aquele esplendor para se casar com um herói de guerra castigado pelas intempéries, morador de uma cidade subterrânea? Por vezes, Dominic se perguntava o mesmo, mas seu amor por Shando não tinha limites e sua esposa lhe dizia com frequência que jamais se arrependera da decisão.

Kailea oferecia um forte contraste com a mãe em todos os sentidos, exceto pela aparência. A jovem não se sentia à vontade naquelas roupas e naqueles enfeites extravagantes, mas estava sempre o mais bem-vestida possível, como se tivesse medo de perder uma oportunidade. Talvez se ressentisse pelas possibilidades perdidas em sua vida e

Duna: Casa Atreides

preferisse ser despachada para algum patrono no Palácio Imperial. O conde havia reparado que ela brincava com os afetos dos filhos gêmeos do embaixador Pilru, como se o casamento com um deles pudesse conectá-la à embaixada em Kaitain. Mas C'tair e D'murr Pilru tinham testes marcados para os cargos da Guilda Espacial; se porventura passassem na prova, deixariam o planeta na semana seguinte. Em todo caso, Dominic tinha certeza de que era capaz de encontrar um par muito mais lucrativo para sua única filha.

Talvez até mesmo Leto Atreides...

Um olho-com piscou com um brilho amarelo na parede, interrompendo seus pensamentos. Era uma mensagem importante, uma atualização quanto aos boatos preocupantes que vinham se espalhando que nem veneno em uma cisterna.

— Pois não? — atendeu ele.

Sem ser convidada, Kailea cruzou o chão invisível e se sentou ao lado do pai a fim de ler o relatório que surgia na superfície mercurial da mesa. Seus olhos esmeralda se estreitavam à medida que iam lendo as palavras.

O leve cheiro do perfume de sua filha e o brilho dos pentes em seu cabelo bronze-escuro fizeram com que o conde abrisse um sorriso paternal. Uma *lady* tão jovem. Uma empresária tão jovem.

— Tem certeza de que quer se preocupar com isso, filha? — perguntou ele, ansiando por protegê-la das notícias sinistras. As relações trabalhistas eram tão mais complexas se comparadas às inovações tecnológicas. Kailea respondeu com um mero olhar de irritação por ele ousar fazer aquela pergunta.

Ele leu mais detalhes sobre o que lhe fora dito mais cedo naquele dia, embora ainda não conseguisse acreditar em tudo que Leto Atreides alegava ter visto e ouvido. Um tumulto se formando nas instalações de fabricação nas profundezas da terra, onde os trabalhadores suboides começavam a se queixar — uma situação sem precedentes.

Kailea respirou fundo, organizando os próprios pensamentos.

— Se os suboides têm tantas queixas, por que é que não elegeram um porta-voz? Por que não fizeram uma reclamação formal?

— Ah, estão apenas resmungando, filha. Alegam que os estamos forçando a montar máquinas que violam as restrições do Jihad Butleriano e que não querem fazer um "serviço blasfemo".

A tela de mensagens se apagou após os dois terminarem de ler o relatório resumido. Kailea se levantou, colocando as mãos na cintura. O tecido de sua saia farfalhava enquanto ela desabafava:

— De onde tiraram ideias tão ridículas? Como podem sequer começar a entender as nuances e as complexidades da gestão das operações? Foram criados e treinados em instalações ixianas... Quem então instigou esses pensamentos na cabeça deles?

Dominic balançou a cabeça reluzente e se deu conta de que a filha tinha feito uma pergunta muitíssimo pertinente.

— Tem razão. Com certeza não foram os suboides que chegaram a essas extrapolações por conta própria.

Kailea continuava indignada.

— Será que não percebem o quanto damos para eles? O quanto provemos e o quanto isso custa? Já conferi os custos e os benefícios. Os suboides não sabem que vida fácil eles levam em comparação com os trabalhadores de outros planetas. — Ela balançou a cabeça e sua boca se curvou para baixo em uma carranca. Então, olhou pelo vidro do assoalho a seus pés, fitando as manufaturas no fundo da caverna abaixo. — Talvez devessem visitar Giedi Primo... ou Arrakis. Aí não reclamariam de Ix.

Mas Dominic não conseguia soltar aquele primeiro fio da meada.

— Os suboides são criados para ter inteligência limitada, só o suficiente para a realização das tarefas que lhes são designadas... e supostamente deveriam fazer tudo sem reclamar. É parte da constituição mental deles. — O conde se uniu à filha observando o chão da gruta, lotado de trabalhadores da linha de montagem dos paquetes. — Será que os bioprojetistas deixaram escapar algo de importante? Será que os suboides têm razão? A definição de uma mente maquinal tem uma ampla abrangência, mas pode haver zonas cinzentas...

Kailea balançou a cabeça e deu tapinhas em seu bloco de cristal riduliano.

— Nossos Mentats e consultores jurídicos são meticulosos a respeito das exigências precisas do Jihad, e temos métodos eficazes de controle de qualidade. Nossa posição tem um fundamento firme e eles podem provar cada asserção que fizermos.

Dominic mordeu o lábio inferior.

Duna: Casa Atreides

— Não é possível que os suboides tenham dados específicos, já que essas violações não existem. Ao menos, não estamos *cientes* de termos passado dos limites, em qualquer ponto de nosso trabalho.

Kailea encarou o pai, depois olhou outra vez para baixo, para a área de trabalho movimentada.

— Talvez o senhor devesse mandar o capitão Zhaz com uma equipe de inspeção para revirar cada pedra e investigar cada aspecto de nossos processos de projeto e fabricação. Para provar para os suboides que as queixas deles são infundadas.

Dominic levou a ideia em consideração.

— Claro que não desejo pegar pesado demais com os trabalhadores. Não quero adotar medidas disciplinares, muito menos uma rebelião. Os suboides devem ser tratados com respeito, como sempre.

O olhar dele cruzou com o dela, e a garota lhe pareceu muito adulta. Endurecendo o tom de voz, Kailea respondeu:

— Sim, eles trabalham melhor assim.

> **Assim como o conhecimento do seu próprio ser,
> o sietch forma uma base firme de onde você parte
> para o mundo e para o universo.**
>
> **— Ensinamento fremen**

Pardot Kynes estava tão fascinado pela cultura, religião e rotina diária dos fremen que continuou completamente alheio ao clamor do debate de vida e morte a seu redor no sietch. O naib Heinar dissera que ele poderia falar com as pessoas e contar as próprias ideias — e assim ele fez, conversando a cada oportunidade que aparecia.

Durante um ciclo inteiro das luas, os fremen seguiram dando suas opiniões, aos sussurros em pequenas cavernas e grutas, ou aos gritos às mesas nas reuniões particulares dos anciões do sietch. Alguns deles até mesmo simpatizaram com o que o estranho forasteiro vinha dizendo.

Embora seu destino permanecesse em suspenso, Kynes não desacelerou nem por um momento. Os guias do sietch mostraram o assentamento para ele, destacando muitas coisas que acharam que lhe seriam interessantes, mas o planetólogo também se detinha a fim de questionar a respeito das mulheres nas fábricas de trajestiladores, dos velhos cuidando das reservas de água e das idosas mirradas que operavam fornos solares ou raspavam a superfície áspera do metal de sucata.

Toda aquela atividade ao redor das cavernas vedadas o deixava estarrecido: alguns trabalhadores pisoteavam resíduos de especiaria para extrair combustível, outros talhavam especiaria para fermentar. Tecelãs em teares automáticos usavam o próprio cabelo, a longa pelagem de ratos mutantes, fiapos de algodão do deserto e até mesmo tiras de pele de criaturas silvestres para produzir seu tecido durável. E é claro que as escolas ensinavam habilidades para sobrevivência no deserto aos pequenos fremen, além das técnicas implacáveis de combate.

Certa manhã, Kynes acordou revigorado, perfeitamente confortável após passar a noite em um colchonete sobre o solo duro. Ele se acostumara a dormir ao relento durante boa parte de sua vida, sobre terrenos difíceis. Seu corpo era capaz de encontrar repouso em praticamente qualquer lugar. Ele fez um desjejum de frutas desidratadas e bolos secos

Duna: Casa Atreides

assados pelas mulheres fremen nos fornos termais. Vestígios de uma barba lhe cobriam o rosto, uma superfície arenosa.

Uma jovem de nome Frieth lhe trouxe uma bandeja e serviu um café com especiaria preparado meticulosamente em um bule ornamentado. Durante o ritual inteiro, ela manteve o olhar voltado para baixo, seus olhos de um azul profundo, como vinha fazendo toda manhã desde a chegada de Kynes no sietch. Ele não dera atenção aos cuidados dela, distante e eficiente, até alguém lhe sussurrar:

— Ela é a irmã solteira de Stilgar, aquele cuja vida você salvou dos monstros Harkonnen.

Frieth tinha feições delicadas e uma pele lisa e bronzeada. Seu cabelo parecia longo o bastante para esvoaçar até a cintura, se um dia ela desfizesse e soltasse o penteado com os hidroanéis. Havia tranquilidade e sabedoria em seus modos, ao estilo fremen; ela corria para satisfazer o menor desejo que Kynes se desse ao trabalho de expressar, muitas vezes sem que ele notasse. O planetólogo talvez tivesse reparado no quanto a moça era bonita se não estivesse tão empenhado em reparar em todo o resto a seu redor.

Após beber até as borras daquele café pungente com um toque de cardamomo, Kynes pegou seu bloco eletrônico para tomar notas e registrar ideias. Ao ouvir um barulho, ele olhou para cima e viu um jovem e esbelto Turok à porta.

— Planetólogo, tenho ordens para levá-lo aonde desejar, contanto que seja dentro do território do Sietch Muralha Vermelha.

Kynes assentiu e abriu um sorriso, deixando de lado as limitações de sua condição como cativo. Aquilo não o incomodava. Era certo que jamais sairia vivo do sietch a não ser que os fremen o aceitassem e decidissem depositar nele sua completa confiança. Se entrasse para a comunidade, segredos entre eles não seriam permitidos; por outro lado, na hipótese de os fremen decidirem por sua execução no fim das contas, também não haveria sentido em guardar segredos de um morto.

Nos dias anteriores, o planetólogo já tinha visto os túneis, as câmaras de armazenamento de alimentos, as reservas de água bem guardadas, até mesmo as destilarias fúnebres *Huanui*. Fascinado, observara os núcleos familiares de homens calejados pelo deserto, cada um com suas várias esposas; ele os vira rezarem a Shai-Hulud. Começava a compilar um esboço mental daquela cultura e dos elos políticos e genealógicos dentro do sietch, mas demoraria décadas para desvendar todas as relações sutis e as nuances das obrigações impostas aos antepassados muitas gerações antes.

— Eu gostaria de subir ao topo da rocha — pediu ele a Turok, lembrando-se de seus deveres como planetólogo imperial. — Imagino que vocês tenham guardado meu veículo terrestre em segurança, certo? Se pudéssemos recuperar parte do equipamento nele, gostaria de estabelecer uma estação de monitoramento meteorológico aqui. É imperativo coletarmos dados climáticos a partir do maior número possível de pontos isolados: variações de temperatura, umidade atmosférica, padrões eólicos.

Turok olhou para o forasteiro, surpreso e descrente. E então deu de ombros.

— Como quiser, planetólogo. — Ciente das tradições conservadoras dos anciões do sietch, Turok se mantinha pessimista quanto ao destino daquele homem entusiasmado, mas não muito perspicaz. Que esforço inútil seria para Kynes continuar fazendo seu trabalho com vigor. Mas se fosse servir para mantê-lo feliz em seus últimos dias... — Vamos, vista seu trajestilador.

— Ah, mas vamos ficar apenas alguns minutos lá fora.

Turok fechou a cara para ele, com um aspecto severo, parecendo muito mais velho do que era.

— Uma única exalação de umidade é um desperdício de água no ar. Não somos ricos a ponto de podermos nos dar ao luxo de desperdiçá-la.

Dando de ombros, Kynes vestiu o uniforme enrugado e escorregadio e, sem pressa, foi prendendo todos os fechos, embora o fizesse de um modo desajeitado. Com um suspiro exagerado, Turok o ajudou, explicando a forma mais eficaz de vestir o traje e ajustar as linguetas para otimizar sua eficiência.

— Você comprou um trajestilador decente. É de fabricação fremen. Nisso, pelo menos, você fez uma boa escolha — observou o jovem.

Kynes acompanhou Turok até a câmara de armazenamento, onde seu veículo terrestre estava sendo guardado. Os fremen o haviam despido de suas amenidades e o equipamento repousava em caixas abertas sobre o chão da caverna, inspecionado e catalogado. Sem dúvida os

Duna: Casa Atreides

habitantes do sietch tinham tentado determinar como poderiam fazer uso daqueles itens.

Ainda estão planejando me matar. Será que não ouviram uma única palavra do que eu disse?, pensou Kynes. Estranhamente, aquela ideia não o deixou deprimido, nem assustado. Apenas encarou a tomada de consciência como um desafio. Não estava disposto a desistir; havia tarefas demais a cumprir. Teria que fazê-los compreender.

No meio da bagunça, ele encontrou seu aparato meteorológico e acondicionou os componentes embaixo do braço, mas não comentou nada sobre o que havia sido feito com seus pertences. Sabia que os fremen tinham uma mentalidade comunitária: tudo que era posse de um indivíduo era posse da comunidade inteira. Como Kynes passara sozinho tantos anos de sua vida, dependendo apenas de si mesmo e de suas capacidades, sentia dificuldade para absorver tal concepção.

Turok não se ofereceu para carregar nada do equipamento, mas foi na frente, mostrando o caminho pelos degraus esculpidos no paredão de pedra. Kynes arfava, sem reclamar. À frente, o guia empurrou diversas barricadas, chicanas de umidade e veda-portas. Turok lançava olhares de relance por sobre o ombro para garantir que o planetólogo estava acompanhando, depois apertava o passo.

Por fim, os dois emergiram de uma fresta em meio aos picos cobertos de pedregulhos. O jovem fremen se apoiou na sombra das rochas, refrescando-se, enquanto Kynes saiu diretamente sob o sol. Ao redor deles, as pedras eram marrom-acobreadas, com algumas descolorações provocadas por líquens. *Um bom sinal*, pensou o planetólogo. As evidências de sistemas biológicos.

Admirando a paisagem avassaladora da Grande Bacia, ele viu dunas daqueles tons acinzentados de branco e marrom que se encontrava em grãos de rocha recém-decomposta, bem como o amarelo-manteiga da areia mais antiga e oxidada.

Com base nos vermes da areia com que se deparara, além dos plânctons da areia que fervilhavam nas areias ricas em especiaria, Kynes sabia que Duna já tinha os alicerces para um complexo ecossistema. Ele tinha certeza de que faltavam apenas alguns empurrões cruciais na direção correta para que aquele lugar adormecido florescesse.

O povo fremen era capaz de tornar esse processo possível.

— Homem imperial, o que você vê quando observa o deserto desse jeito? — perguntou Turok, dando um passo à frente, saindo da sombra.

Kynes respondeu sem nem olhar para o outro:

— Vejo possibilidades ilimitadas.

Em uma câmara vedada no fundo do sietch, a figura encanecida de Heinar se sentava à ponta de uma mesa de pedra, com seu único olho fixado em algo. Tentando manter-se à parte do debate, o naib do sietch observava os anciões do conselho gritarem uns com os outros.

— Sabemos a quem aquele homem deve sua lealdade — disse um velho, Jerath, que tinha uma argola de prata no lóbulo da orelha esquerda, um tesouro tomado de um contrabandista que ele matara em duelo. — Ele trabalha para o Imperium. Vocês já viram o dossiê dele. Está em Duna como convidado dos Harkonnen.

— Isso não quer dizer nada — retrucou outro ancião, Aliid. — Como fremen, por acaso *nós* não vestimos outras roupas, outras máscaras para fingir que nos encaixamos em um ambiente? É um meio de sobrevivência quando as circunstâncias exigem. Você, logo você, deveria saber que não se pode julgar alguém com base apenas na aparência.

Garnah, um ancião de cabelo comprido e aparência cansada, apoiou seu queixo pontudo sobre os nós dos dedos.

— O que me incomoda mais são aqueles três jovens idiotas, o que eles fizeram depois que o planetólogo os ajudou a derrotar os soldados dos Harkonnen. Qualquer adulto que se preze a raciocinar direito teria dado de ombros e mandado a sombra daquele homem fazer companhia às daqueles seis parasitas caídos... Com algum remorso, claro, mas ainda assim é o que deveria ter sido feito. — Garnah suspirou. — Ah, esses jovens inexperientes, destreinados. Foi um erro deixá-los sozinhos no deserto.

Heinar inflou as narinas.

— Você não pode culpar o raciocínio deles, Garnah. Havia a obrigação moral... Pardot Kynes salvou a vida dos garotos. Mesmo jovens impetuosos como aqueles três se deram conta do fardo d'água imposto sobre eles.

— Mas e quanto às obrigações ao Sietch Muralha Vermelha e a nosso povo? Por acaso um débito a um mero servo imperial tem mais

Duna: Casa Atreides

peso do que a lealdade deles a *nós*? — insistiu aquele de cabelo comprido, Garnah.

— A questão não é sobre os rapazes — interrompeu Aliid. — Ommun, Turok e Stilgar fizeram o que acharam ser o melhor. Resta a nós decidir quanto àquele planetólogo e seu destino.

— É um homem de desvarios — disse o primeiro ancião, Jerath. — Já ouviram o que fala? Ele quer árvores, água a céu aberto, irrigação, lavouras... E imagina um planeta verdejante no lugar de um deserto. — Ele bufou, depois brincou com a argola na orelha. — Estou dizendo, é um desvairado.

Unindo os lábios em uma expressão cética, Aliid observou:

— Após os milhares de anos de perambulações que finalmente nos trouxeram até aqui e fizeram de nosso povo o que ele é... como você pode escarnecer do sonho paradisíaco de outro homem?

Jerath franziu a testa, mas aceitou o argumento. Garnah acrescentou:

— Talvez Kynes seja *mesmo* desvairado, mas desvairado apenas o suficiente para ser um santo. O suficiente para ouvir as palavras de Deus de um jeito que não somos capazes.

— *Eis* uma questão que não conseguimos decidir entre nós — afirmou Heinar, enfim usando a voz de comando de sua posição como naib para trazer a discussão de volta ao assunto em pauta. — A escolha que temos diante de nós não trata da palavra de Deus, mas da sobrevivência de nosso sietch. Pardot Kynes testemunhou nosso modo de vida, morou em nosso lar secreto. Sob comando imperial, ele envia relatórios de volta a Kaitain sempre que chega a uma cidade. Pense no risco que isso implica para nós.

— Mas e quanto ao que ele diz de um paraíso em Duna? — perguntou Aliid, ainda tentando defender o estranho. — Água visível, dunas ancoradas por gramíneas, palmares cheios de tamareiras, qanats a céu aberto correndo pelo deserto.

— Conversa de maluco, só isso. O homem sabe demais... a respeito de nós, dos fremen, de Duna. Não podemos permitir que ele guarde esses segredos — resmungou Jerath.

Teimosamente, Aliid tentou argumentar de novo:

— Mas ele matou homens dos Harkonnen. Por acaso isso não impõe a nós, a nosso sietch, um débito de água? Ele salvou três membros de nossa tribo.

Brian Herbert e Kevin J. Anderson

— Desde quando devemos qualquer coisa ao Imperium? — questionou Jerath, puxando mais uma vez sua argola.

— Qualquer um é capaz de matar um Harkonnen. Eu mesmo já fiz isso — acrescentou Garnah, dando de ombros e passando o queixo de um punho para outro.

Heinar se inclinou para a frente.

— Certo, Aliid... E quanto ao que ele diz sobre fazer Duna florescer? Onde está a água para isso tudo? Existe alguma possibilidade de o planetólogo concretizar o que diz?

— Não o ouviram? Ele diz que tem água aqui, muito mais do que as quantidades miseráveis que nós coletamos para nosso sustento — replicou Garnah, com um tom de zombaria.

Jerath ergueu as sobrancelhas e bufou.

— Ah, é? Esse homem está em nosso mundo faz um ou dois meses-padrão e já sabe onde encontrar o tesouro precioso que fremen algum jamais descobriu após gerações e gerações vivendo no deserto? Um oásis no equador, talvez? Rá!

— Ele de fato salvou três dos nossos — persistiu Aliid.

— Três tolos que se puseram na frente do punho dos Harkonnen. Não sinto a menor obrigação em relação a ele pelo resgate. *E* ele também já viu as dagacris. Vocês sabem o que diz nossa lei: quem vê essa faca deve ser purificado ou morto... — A voz de Garnah foi esmorecendo.

— É como você diz — admitiu Aliid.

— Sabe-se que Kynes viaja sozinho para explorar áreas inóspitas. Se ele desaparecer, desapareceu. Nenhum oficial dos Harkonnen ou do Imperium sequer vai dar falta do planetólogo — disse Heinar, dando de ombros.

— Sem dúvida, o desaparecimento será interpretado como um acidente rotineiro. Nosso mundo não é um lugar confortável — concordou Garnah.

Jerath apenas sorriu.

— De qualquer forma, se a verdade vier à tona, é capaz de os Harkonnen ficarem perfeitamente contentes em se livrarem do peso que aquele homem representa. Não há risco algum para nós se o matarmos.

O silêncio pairou no ar poeirento por um instante.

Duna: Casa Atreides

— O que há de ser, será — afirmou Heinar, levantando-se à cabeceira da mesa. — Todos sabemos disso. Não pode haver outra resposta, não podemos mudar de opinião. Devemos proteger o sietch acima de tudo, custe o que custar, não importa o fardo que pesar em nossos corações. — Ele cruzou os braços. — Está decidido. Kynes deve morrer.

Duzentos e trinta e oito planetas vasculhados, muitos com uma habitabilidade baixíssima (conferir cartas celestes anexadas em arquivo à parte). Pesquisas de recursos elencam matérias-primas valiosas. Vários desses planetas merecem ser conferidos novamente, seja pela exploração mineral ou pela possibilidade de colonização. Como nos relatórios anteriores, no entanto, *nenhum sinal de especiaria.*

— Resultados da terceira expedição de batedores independentes entregues ao imperador Fondil Corrino III

Hasimir Fenring havia subornado os guardas e serviçais do velho Elrood, armando o que ele chamava de "uma reunião-surpresa secreta com um representante importante, porém inesperado". O homem com rosto de fuinha se aproveitara de sua lábia e sua ferrenha força de vontade para manipular a agenda do imperador a fim de deixar uma brecha nela. Praticamente parte da mobília do palácio havia mais de três décadas, Fenring, por virtude de sua associação com o príncipe herdeiro Shaddam, era um homem de influência. Seus inúmeros métodos de persuasão convenciam todo indivíduo que era preciso convencer.

O velho Elrood não suspeitava de nada.

Na hora marcada para a chegada da delegação tleilaxu, Fenring garantira que ele e Shaddam estivessem presentes no salão de audiências — ostensivamente no papel de ávidos estudantes da burocracia, com a intenção de se tornarem competentes líderes do Imperium. Elrood, que tinha a ideia de que estava instruindo aqueles protegidos em termos de questões estatais importantes, não fazia a menor ideia de que os dois jovens riam dele pelas costas.

Fenring se inclinou na direção do príncipe herdeiro e sussurrou no ouvido dele:

— Isso aí vai ser divertido demais, hããããã, ah?

— Observe e aprenda — disse Shaddam, solenemente, depois levantou o queixo e esboçou uma risada.

Duna: Casa Atreides

As imensas portas entalhadas se abriram, reluzindo com sugemas e cristais-de-chuva, adornadas com gravações em metal ghlavaniano. Guardas Sardaukar a postos, rígidos e formais em uniformes cinza e pretos, empertigaram-se diante do recém-chegado.

— Agora vai começar o espetáculo — disse Fenring. Ele e Shaddam se seguravam para não darem mais risinhos.

Pajens uniformizados abriram alas para apresentar o visitante de outro mundo, com tons de voz modulados que emitiam uma pompa processada, eletrônica e traduzida.

— Meu senhor imperador, majestade de um milhão de mundos... o Mestre Hidar Fen Ajidica, representante dos Bene Tleilax, está aqui para uma reunião particular, sob convocação imperial.

Um homem que parecia um gnomo de pele cinzenta entrou no salão resplandecendo de orgulho, ladeado por guardas de rosto pálido e pelos próprios serviçais. Calçados com chinelos, seus pés emitiam um ruído que parecia sussurros mexeriqueiros sobre as lajes polidas do assoalho.

Uma onda de surpresa e aversão atravessou os cortesãos. O secretário Aken Hesban, com os bigodes caídos, indignado, permaneceu de pé atrás do trono e fuzilou com o olhar os conselheiros de agenda do imperador, como se aquilo fosse algum tipo de truque.

Elrood IX se levantou subitamente de seu trono imenso e exigiu ver os registros de seus compromissos.

Assim de guarda baixa, é possível que o velho réprobo esteja surpreso o suficiente para dar ouvidos ao convidado, pensou Fenring. Com uma astúcia surpreendente, o secretário Hesban voltou seus olhos de águia para ele, que respondeu, no entanto, apenas com uma expressão curiosa e indiferente.

Ajidica esperava pacientemente, deixando o rumorejo e os sussurros terminarem de fluir a seu redor. Ele tinha um rosto estreito, um nariz comprido e uma barba preta e pontiaguda que protuberava feito uma espátula de seu queixo rachado. A túnica marrom que Ajidica vestia lhe dava ares de certa iminência. Sua pele parecia desgastada pelas intempéries e havia manchas pálidas e descoloridas nas mãos, especialmente nos dedos e nas palmas, como se a exposição frequente a substâncias químicas abrasivas tivesse neutralizado a melanina. Apesar da estatura diminuta, o Mestre tleilaxu avançou como se tivesse todo o direito de estar no salão de audiências de Kaitain.

De uma das laterais do recinto, Shaddam analisava Ajidica, torcendo o nariz por conta dos resquícios de odores alimentícios tão característicos dos tleilaxu.

— Que o Deus uno e verdadeiro banhe Sua luz, proveniente de todas as estrelas do Imperium, sobre vossa majestade, meu senhor imperador — cumprimentou Hidar Fen Ajidica, unindo as mãos e prestando uma reverência enquanto citava a Bíblia Católica de Orange.

Ele parou diante do trono maciço de quartzo de Hagal.

Os tleilaxu eram infames por manejarem os mortos e colherem cadáveres atrás de seus recursos celulares, mas era inegável que se tratavam de cientistas genéticos brilhantes. Uma de suas primeiras criações tinha sido uma nova e marcante fonte alimentícia, o porclesma ("a carne mais doce deste lado do paraíso"), um cruzamento entre uma lesma gigante e um porco terrano. A população no geral, no entanto, ainda via os porclesmas como mutações de laboratório — criaturas feias que excretavam resíduos viscosos e fedorentos, cujas múltiplas bocas trituravam refugos de forma incansável. Aquele era o contexto no qual as pessoas pensavam nos Bene Tleilax, mesmo quando saboreavam medalhões de porclesma marinados em molhos de vinhos caladianos encorpados.

Elrood endireitou os ombros ossudos, formando uma linha firme, e fechou a cara para o visitante.

— O que é que... *isto* está fazendo aqui? Quem deixou este homem entrar? — O velho imperador olhou ao redor da sala ecoante, faiscando os olhos. — Nenhum Mestre tleilaxu jamais adentrou minha corte em busca de uma audiência particular. Como sei que não é um Dançarino Facial impostor? — Elrood fitou seu assessor pessoal, depois seu secretário. — E considerando que ele conseguiu um horário em minha agenda, para começo de conversa, como posso saber que *vocês* não são Dançarinos Faciais? Isso é um ultraje.

O assessor pessoal recuou, abismado diante da sugestão. O minúsculo Ajidica ergueu os olhos para o imperador calmamente, deixando que o ressentimento e o preconceito passassem por ele sem afetá-lo.

— Meu senhor Elrood, podemos fazer testes para comprovar que nenhum de nossos metamorfos roubou a identidade de qualquer um em

Duna: Casa Atreides

sua corte. Garanto-lhe que não sou Dançarino Facial algum. Tampouco sou um assassino ou um Mentat.

— E por que está aqui? — questionou Elrood.

— Como um dos principais cientistas dos Bene Tleilax, tive minha presença solicitada. — O homem-gnomo não havia se mexido nem um centímetro e permanecia aos pés do Trono do Leão Dourado, inabalável em sua túnica marrom. — Desenvolvi um plano ambicioso que poderá beneficiar a família imperial, bem como meu próprio povo.

— Não tenho interesse — retrucou o imperador padixá.

Ele lançou um olhar de relance para seus Sardaukar e estava em vias de erguer sua mão rugosa na intenção de ordenar que dispensassem o cientista com uso de força. Os presentes à corte assistiam, ávidos e entretidos.

Hasimir Fenring deu um rápido passo à frente, ciente de que só teria aquela oportunidade para interceder.

— Imperador Elrood, peço permissão para falar. — Ele sequer esperou pela permissão, mas tentou simular inocência e interesse. — A mera audácia da chegada deste tleilaxu me deixou curioso. Eu me pergunto o que ele teria a dizer.

Ele olhou de relance para o rosto impassível de Hidar Fen Ajidica; o Mestre de pele cinzenta parecia imune a qualquer injúria que lhe era direcionada. Nada no comportamento do homem revelava sua conexão com Fenring, que havia sugerido para *ele* a ideia da especiaria sintética — uma ideia que logo encontrara apoio entre os cientistas tleilaxu.

O príncipe herdeiro Shaddam tomou as rédeas, olhando para o pai com uma expressão de anseio e franqueza.

— Pai, o senhor me instruiu a aprender tudo que eu pudesse com o exemplo da sua liderança. Seria muitíssimo educativo se eu pudesse observar como o senhor lida com esta situação com mente aberta e pulso firme.

Elrood ergueu a mão adornada de anéis, abalada por leves espasmos involuntários.

— Muito bem, ouviremos brevemente o que este tleilaxu tem a dizer. *Brevemente*, sob pena de punições severas caso determinemos que ele desperdiçou nosso precioso tempo. Observe e aprenda. — O imperador disparou um breve olhar de soslaio para Shaddam, depois deu um

Brian Herbert e Kevin J. Anderson

gole em sua cerveja de especiaria posicionada a seu lado. — Isso não deve se estender.

De fato, pai. Não resta muito tempo para o senhor, pensou Shaddam, ainda com um sorriso atento e inocente.

— Minhas palavras exigem privacidade, meu senhor imperador... e absoluta discrição — disse Ajidica.

— Sou eu quem determina isso. Diga-me qual é seu plano — explodiu Elrood.

O Mestre tleilaxu escondeu as mãos nas mangas volumosas de sua túnica marrom.

— Boatos são como uma epidemia, sire. Depois que escapam, espalham-se de pessoa em pessoa, muitas vezes com efeitos mortíferos. Melhor tomar simples precauções iniciais do que ser forçado a tomar medidas de erradicação posteriormente.

Ajidica se calou e aguardou com a postura rígida, recusando-se a falar mais uma única palavra até que o salão de audiências fosse esvaziado.

Impaciente, o imperador gesticulou para dispensar todos os funcionários, pajens, embaixadores, bobos e guardas. Seguranças Sardaukar se posicionaram às portas, onde poderiam proteger o trono, mas todos os outros partiram, resmungando e arrastando os pés. Telas de privacidade zumbiam, erguidas a fim de evitar que eventuais bisbilhoteiros ouvissem a conversa.

Fenring e Shaddam sentaram-se aos pés do trono, à guisa de estudantes dedicados, embora ambos estivessem com seus 30 anos. Com um aspecto frágil e enfermiço, o velho imperador indicou que ambos poderiam permanecer na posição de observadores, e o tleilaxu não se opôs.

Durante todo aquele tempo, o olhar duro de Ajidica jamais se desviara de Elrood. O imperador olhava de volta para o homenzinho, fingindo estar entediado. Enfim satisfeito com as precauções de privacidade, ignorando o desprezo que o imperador tinha por ele e sua raça, Hidar Fen Ajidica se pronunciou:

— Nós, os Bene Tleilax, conduzimos experimentos em todas as áreas da genética, química orgânica e mutações. Recentemente em nossas fábricas, desenvolvemos algumas técnicas de alto teor heterodoxo para sintetizar, digamos, substâncias *incomuns*. — Suas palavras eram contidas e eficientes, sem oferecer mais detalhes do que o necessário. —

Duna: Casa Atreides

Os resultados iniciais indicam a possibilidade de elaborar um sintético que, quanto a todas as propriedades químicas, seria idêntico ao mélange.

— Especiaria? — Elrood concentrou toda a atenção no tleilaxu. Shaddam reparou em um tique nervoso na bochecha direita do pai, logo abaixo do olho. — Criada em laboratório? Impossível!

— Não é impossível, meu senhor. Com o devido tempo e as condições necessárias para o desenvolvimento, essa especiaria criada artificialmente poderia fornecer um estoque inexaurível, produzida em massa e a baixo custo... e poderia compor as reservas exclusivas da Casa Corrino, se o senhor desejasse.

Elrood se inclinou para a frente, como uma ave de rapina mumificada.

— Tal feito era considerado impossível.

— Nossa análise mostra que a especiaria é uma substância de base orgânica. Por meio de experimentos cuidadosos e de seus desdobramentos, acreditamos que os tanques axolotles podem ser modificados para produzir mélange.

— Do mesmo modo como vocês produzem gholas de células humanas mortas? E clones? — indagou o imperador, com uma careta de repulsa. — E clones?

Intrigado e surpreso, Shaddam olhou de relance para Fenring. *Tanques axolotles?*

Ajidica mantinha o foco em Elrood.

— Com... efeito, meu senhor.

— Por que vir até mim? — perguntou Elrood. — Se os diabólicos tleilaxu fossem capazes de criar um substituto da especiaria para si mesmos, penso que deixariam o Imperium à mercê de seu povo.

— Os Bene Tleilax não são uma raça poderosa, sire. Se descobríssemos como produzir nosso próprio mélange e guardássemos o segredo, sabemos que isso despertaria a fúria do Imperium. E o senhor pessoalmente mandaria os Sardaukar para arrancar o segredo de nossas mãos e nos destruir. A Guilda Espacial e a CHOAM ficariam contentes em prestar-lhe assistência para tanto... e também os Harkonnen, que defendem a todo custo o monopólio que detêm sobre a especiaria.

Ajidica abriu um sorriso tênue e desprovido de humor.

— Bom saber que compreendem a posição de subalternos que vocês ocupam — disse Elrood, descansando seu cotovelo ossudo no braço do trono pesado. — Nem mesmo a mais rica das Grandes Casas algum dia desenvolveu uma força militar capaz de se opor a meus Sardaukar.

— Assim sendo, decidimos prudentemente buscar as boas graças da mais poderosa presença da galáxia... a Casa Imperial. Desse modo, podemos colher o maior benefício possível com nossa nova pesquisa.

Elrood levou um dedo comprido aos lábios com aspecto de papel, reflexivo. Aqueles tleilaxu eram inteligentes. Se fossem capazes de manufaturar a substância com exclusividade para a Casa Corrino, *a uma relação custo-benefício adequada*, o imperador ganharia um forte poder de barganha.

A diferença em termos econômicos seria imensa. Traria abaixo a Casa Harkonnen, provocando sua falência. Arrakis se tornaria um planeta de pouca valia, já que extrair o produto das areias lá se tornaria comparativamente caro.

Se aquele gnomo fosse capaz de fazer o que estava sugerindo, o Landsraad, a CHOAM, a Guilda Espacial, os Mentats e as Bene Gesserit seriam todos obrigados a buscar os favores *do imperador* para obter seus mantimentos. A maioria dos herdeiros importantes das famílias nobres já estava viciada em mélange, e o próprio Elrood se tornaria o fornecedor. Uma empolgação aflorava dentro de si.

Ajidica interrompeu o fluxo de pensamento do imperador:

— Permita-me enfatizar que essa não será uma tarefa simples, sire. A estrutura química precisa do mélange é extraordinariamente difícil de analisar, e devemos separar quais componentes são necessários e quais são irrelevantes para a eficácia da substância. Para atingir tal objetivo, os tleilaxu precisarão de uma vasta quantidade de recursos, bem como liberdade e tempo para dar prosseguimento à pesquisa.

Fenring arrastou os pés nos degraus polidos e, olhando para o velho imperador acima, interveio:

— Meu senhor, vejo agora que o Mestre Ajidica tinha razão em pedir privacidade para esta audiência. Uma empreitada dessa magnitude deve ser executada em completo segredo, se a Casa Corrino desejar ter uma fonte exclusiva. Ah, certas forças do Imperium fariam de tudo para evitar que o senhor criasse uma fonte independente e barata de especiaria, hmmmm?

Fenring conseguia ver o reconhecimento gradual por parte do velho quanto às enormes vantagens políticas e econômicas que a proposta de

Duna: Casa Atreides

Ajidica lhe traria — mesmo à luz da aversão instintiva de todos pelos tlei-laxu. Pressentia também uma mudança no equilíbrio de poder, com o imperador senil chegando à exata conclusão que Fenring desejava. *Sim, ainda é possível manipular esta criatura anciã.*

Elrood enxergava muitas forças pendendo na balança. Considerando que os Harkonnen eram ambiciosos e intratáveis, ele teria preferido colocar outra Grande Casa para cuidar de Arrakis, mas o barão ainda tinha décadas à frente no poder. Por motivos políticos, o imperador havia sido forçado a conceder aquele semifeudo valioso à Casa Harkonnen após a queda dos Richese, e os novos governantes lá haviam se entrincheirado. Fundo demais. Nem mesmo o fiasco da governança de Abulurd (instalado em sua posição a pedido do próprio pai, Dmitri Harkonnen) fora capaz de suscitar o resultado desejado pelo imperador. O efeito tinha sido o exato oposto, na verdade, depois da manobra do barão para elevar a si mesmo a uma posição de poder.

Mas o que fazer com Arrakis depois?, pensou Elrood. *Eu gostaria de obter controle total de lá também. Sem o monopólio sobre a especiaria, é possível que o planeta saia uma pechincha. Com o preço certo, talvez ele até se revele útil para outro propósito... Quem sabe uma área de treinamento militar intensíssimo?*

— O senhor estava correto em trazer suas ideias a nossa atenção, Hidar Fen Ajidica. — Elrood uniu as mãos no colo, tilintando os anéis de ouro e se recusando a pedir desculpas por sua rispidez anterior. — Faça a gentileza de nos providenciar um resumo detalhado de suas necessidades.

— Pois não, meu senhor imperador. — Ajidica fez outra mesura, mantendo as mãos escondidas no interior das mangas marrons ondulantes. — O mais importante é que meu povo precisará de equipamentos e recursos... um local para realizarmos nossa pesquisa. Eu mesmo ficarei encarregado do programa, mas os Bene Tleilax necessitam de uma base tecnológica e instalações industriais adequadas. Preferivelmente, instalações que já estejam em funcionamento... e bem protegidas.

Elrood ponderou o pedido. Com certeza, entre todos os mundos do Imperium, haveria algum lugar, um planeta de alta tecnologia com capacidades industriais...

As peças do quebra-cabeça se encaixaram e ele vislumbrou: um modo de obliterar seu velho rival da Casa Vernius, de obter sua vingança pela afronta de Dominic ao ter se envolvido com a concubina real Shando e pelo modelo do novo paquete, que ameaçava abalar os sistemas de lucro imperial. *Ah, será magnífico!*

Sentado aos degraus do pedestal cristalino do trono, Hasimir Fenring não entendeu o motivo pelo qual o imperador sorriu com tamanha satisfação arrogante. O silêncio se prolongou por um longo momento. Ele se perguntava se teria algo a ver com os efeitos psicológicos corrosivos do chaumurky de ação lenta. Não demoraria até o velho se tornar cada vez mais irracional e paranoico. E depois, morreria. *Uma morte terrível, espero.*

Antes, no entanto, todas as devidas engrenagens deveriam ser posicionadas.

— Sim, Hidar Fen Ajidica. Temos um lugar para os esforços de seu povo, acredito eu. Um lugar perfeito — avaliou Elrood.

Dominic não pode descobrir até que não haja mais volta, pensou o imperador. *E então saberá quem fez isso contra ele. Logo antes de ele morrer.*

O momento, como em tantas outras questões do Imperium, teria de ser preciso.

A Guilda Espacial tem trabalhado há séculos para cercar nossos Navegadores de elite de uma aura mística. São reverenciados, desde o mais reles Prático ao mais talentoso Piloto. Vivem em tanques de gás de especiaria e divisam todos os caminhos pelo espaço e pelo tempo, guiando naves até os confins mais remotos do Imperium. No entanto, ninguém sabe os custos humanos envolvidos para tornar-se um Navegador. Devemos guardar segredo, pois, se soubessem a verdade, teriam pena de nós.

— Guia para os Pilotos presente no Manual de Treinamento da Guilda Espacial (sigiloso)

O austero prédio da embaixada da Guilda representava um contraste severo ao restante da grandeza ixiana na cidade estalactítica. A estrutura era insípida, utilitária e cinzenta em meio às torres cavernosas, reluzentes e ornamentadas. A Guilda Espacial tinha outras prioridades para além de ornato e ostentação.

Naquele dia, C'tair e D'murr Pilru seriam testados na esperança de se tornarem Navegadores. C'tair não sabia o que sentir: empolgação ou pavor.

Enquanto os gêmeos marchavam, ombro a ombro, sobre a passarela de cristal protegida que saía do Grand Palais, C'tair achou o prédio da embaixada tão esteticamente repulsivo que pensou em dar meia-volta e ir embora. Diante da riqueza enorme da Guilda, aquela falta de esplendor lhe pareceu estranha a ponto de deixá-lo desconfortável.

Como se pensasse a mesma coisa, mas chegasse a uma conclusão diferente, D'murr olhou para o irmão e disse:

— Depois que as maravilhas do espaço se assomam ao espírito de um Navegador da Guilda, que outras decorações são necessárias? Como pode qualquer ornamentação rivalizar com as maravilhas que um Navegador divisa em uma única viagem pela dobra espacial? O universo, irmão! O universo inteiro.

C'tair assentiu, cedendo.

— Tudo bem, nós dois vamos ter que usar critérios diferentes de agora em diante. "Pensem fora da caixa"... Lembra o que o velho Davee Rogo nos dizia? Que as coisas... mudarão bastante.

Se ele passasse naqueles exames, estaria à altura do desafio, embora não tivesse verdadeiramente o menor desejo de sair da bela cidade cavernosa de Vernii. Sua mãe S'tina era uma importante banqueira da Guilda, seu pai era um embaixador de respeito, e — com a ajuda do próprio conde Vernius — eles haviam feito arranjos para que os gêmeos tivessem aquela oportunidade singular. C'tair faria com que Ix se orgulhasse dele. Talvez alguém chegasse até a erguer uma escultura em sua homenagem algum dia ou a batizar uma gruta tangencial com os nomes dele e do irmão...

Enquanto o pai cumpria deveres diplomáticos com o imperador e milhares de funcionários em Kaitain, seus filhos gêmeos permaneciam na cidade subterrânea, qualificando-se e preparando-se para "coisas maiores". No decorrer de sua infância subterrânea, C'tair e o irmão tinham visitado as instalações da Guilda muitas vezes para encontrar com a mãe. Nas ocasiões anteriores, eles haviam adentrado o edifício na condição de convidados, mas, naquele momento, os gêmeos estavam prestes a passar por tribulações muito mais rigorosas.

O futuro de C'tair seria determinado dentro de poucas horas. Os banqueiros, auditores e especialistas de comércio eram todos humanos, burocratas. Mas um *Navegador* era muito mais.

Não importava o quanto tentasse fortalecer sua autoconfiança, C'tair ainda assim não tinha certeza de que seria capaz de passar naqueles testes de tamanha tortuosidade mental. Quem era ele para acreditar ser capaz de integrar a elite dos Navegadores da Guilda? Seus pais, em suas altas patentes, tinham dado apenas uma *oportunidade* aos gêmeos, a ser *considerada*, não uma garantia. Será que ele estava à altura? Era mesmo tão especial assim? C'tair passou a mão pelo cabelo escuro e se deparou com suor na ponta dos dedos.

— Se vocês se saírem bem o suficiente no teste, os dois vão se tornar importantes representantes da Guilda Espacial. Importantíssimos — dissera a mãe, sorrindo com um orgulho severo.

C'tair sentira um nó se apertar na garganta e D'murr ajeitara a postura para ficar mais alto.

Duna: Casa Atreides

Kailea Vernius também torcia pelos dois. C'tair suspeitava que a filha do conde estivesse enrolando os rapazes, mas tanto ele quanto seu irmão gostavam de flertar com ela. De vez em quando até fingiam ciúmes quando Kailea se referia, de passagem, ao jovem Leto, herdeiro da Casa Atreides. Ela jogava um dos gêmeos contra o outro, e eles engajavam em uma rivalidade amigável pelos afetos dela. Ainda assim, C'tair duvidava que as famílias um dia fossem concordar com um casamento, então era improvável que houvesse qualquer futuro naquilo.

Se C'tair entrasse para a Guilda, seus deveres o levariam para longe de Ix e da metrópole subterrânea que tanto amava. Se ele se tornasse um Navegador, tantas coisas mudariam...

Os irmãos chegaram à câmara de recepção da embaixada meia hora adiantados. D'murr andava em círculos ao lado de seu irmão ansioso, que estava em transe, introspectivo, como se concentrado por inteiro em seus pensamentos e desejos. Embora os dois tivessem uma aparência idêntica, D'murr parecia muito mais forte, muito mais dedicado ao desafio, e C'tair sofria para emular o mesmo comportamento.

Na sala de espera, ele engoliu em seco, repetindo as palavras compartilhadas com o irmão, como um mantra, em seus aposentos privados naquela manhã. *Quero ser um Navegador. Quero entrar para a Guilda. Quero ir embora de Ix e navegar as vias estelares, meu espírito unido ao universo.*

Aos 17, ambos se sentiam um tanto jovens demais para passar por um processo seletivo tão desgastante que os obrigaria a assumir um compromisso permanente com determinada trajetória de vida, independentemente do que viessem a decidir depois. Mas a Guilda desejava mentes resilientes e maleáveis em corpos maduros o bastante. Com frequência, o desempenho de Navegadores treinados desde cedo provava ser dos melhores, alguns até chegavam ao título de Piloto. Os candidatos que eram recebidos cedo *demais*, porém, corriam o risco de sofrer mutações que os transformariam em formas hediondas, dignas apenas de trabalhos braçais; os piores fracassos eram submetidos à eutanásia.

— Está pronto, irmão? — perguntou D'murr.

C'tair absorvia suas forças e seu entusiasmo da autoconfiança do gêmeo.

— Com certeza. Seremos Navegadores depois de hoje, você e eu.

Lutando contra o próprio receio, C'tair afirmou para si mesmo de novo que ele queria aquilo, que seria um grande crédito a suas habilidades, uma honra para sua família... mas não conseguia dissipar o espectro da dúvida que o incomodava. Em seu coração, ele não queria ir embora de Ix. Seu pai, o embaixador, despertara nos dois filhos um profundo apreço pelas maravilhas da engenharia subterrânea, pelas inovações e capacidades tecnológicas daquele planeta. Não havia outro mundo como Ix no Imperium.

E é claro que, se fosse embora, ele perderia Kailea para sempre também.

Quando foram convocados até as entranhas mais recônditas do labirinto da embaixada, os gêmeos atravessaram o portal, lado a lado, sentindo-se bastante solitários. Não havia quem os escoltasse, quem os motivasse rumo à vitória ou os consolasse caso fracassassem. O pai nem mesmo estava presente para oferecer seu apoio; havia pouco, o embaixador fora enviado a Kaitain em preparação para outra reunião do subcomitê do Landsraad.

Naquela manhã, conforme o momento fatídico se aproximava mais e mais, C'tair e D'murr haviam se sentado à mesa do café da manhã na residência da embaixada, escolhendo doces entre um conjunto colorido enquanto S'tina tocava uma hologravação do pai deles. Não estavam com muito apetite, mas escutaram as palavras de Cammar Pilru. C'tair esperava ouvir indícios privilegiados de informação ou conselho, qualquer coisa que pudesse usar em seu benefício. Mas a imagem reluzente do embaixador lhes dera meros encorajamentos e platitudes, como ecos de um discurso desgastado já proferido várias vezes em seus deveres diplomáticos.

Depois, após um último abraço, a mãe havia encarado cada um dos filhos antes de sair às pressas para seus deveres diários na sede do Banco da Guilda, uma seção daquele prédio insípido que se assomava ao redor dos gêmeos. S'tina quisera estar ao lado dos filhos durante o teste, mas havia sido proibida pela Guilda. Os testes para Navegadores eram algo intensamente particular e pessoal. Cada um precisaria passar por aquilo sozinho, confiando apenas nas próprias habilidades. A mãe estaria no escritório, provavelmente distraída e preocupada com o bem--estar deles.

Duna: Casa Atreides

Ao se despedir, S'tina conseguira ocultar a maior parte do temor e do desespero que sentia. C'tair reparara, mas D'murr, não. Ele se perguntava o que era que sua mãe havia escondido dos dois durante os preparativos para o teste. *Será que ela não deseja que seus filhos sejam aprovados?*

Os Navegadores eram figuras lendárias, cercadas de mistérios e superstições fomentadas pela Guilda. C'tair chegara a ouvir boatos, contados aos sussurros, sobre distorções fisiológicas, os danos que a imersão intensa e constante em especiaria causava na fisiologia humana. Ninguém de fora sequer vira um Navegador, então como aquelas pessoas poderiam saber os tipos de mudança causados no corpo de alguém com capacidades mentais tão fenomenais? Ele e o irmão davam risada daquelas especulações ridículas, um convencendo o outro do quanto as ideias eram absurdas.

Mas será que são tão absurdas assim? Do que nossa mãe tem medo?

— C'tair... mantenha a concentração! Você parece abalado — exclamou D'murr.

O tom de voz de C'tair transbordava de sarcasmo ao falar:

— Abalado? Totalmente. Por que será? Estamos prestes a passar pelo maior teste de nossas vidas, e ninguém sabe como estudar para ele. Estou apreensivo de não termos nos preparado o suficiente.

D'murr olhou para ele com uma preocupação intensa, agarrando o braço do irmão.

— Seu nervosismo poderá ser seu fracasso, irmão. Um teste para se tornar Navegador não se refere à capacidade de estudar. É um teste de habilidades naturais e do potencial de expandirmos nossos espíritos. Teremos que passar em segurança pelo vazio. Agora é a sua vez de lembrar o que o velho Davee Rogo nos dizia: o indivíduo só obtém sucesso se deixar a mente ultrapassar os limites que as outras pessoas estabeleceram para si mesmas. C'tair, deixe sua imaginação voar solta e ultrapasse esses limites comigo.

A autoconfiança de seu irmão parecia inabalável, e C'tair não teve escolha a não ser assentir. *Davee Rogo...* Até aquela manhã, fazia anos que ele não pensava no excêntrico e entrevado inventor ixiano. Com 10 anos, os gêmeos tinham sido apresentados ao famoso e visionário Rogo pelo pai, que fizera imagens holográficas dos filhos ao lado dele para a prateleira da embaixada e depois fora embora para encontrar outras pessoas importantes. Os dois meninos, no entanto, tinham continuado conversando com o inventor, que os convidara a visitar seu laboratório. Ao longo de dois anos depois daquilo, até a data de sua morte, Rogo assumira o papel de mentor excêntrico para C'tair e D'murr. Naquele momento, prestes a fazer o teste, os gêmeos dispunham somente dos conselhos recebidos de Davee Rogo a que se apegar, bem como da confiança do inventor no sucesso dos irmãos Pilru.

Rogo já estaria me repreendendo por causa de minha titubeação, pensou C'tair.

— Pense nisso, irmão. Como é que alguém pratica para um emprego que envolve deslocar naves imensas de um sistema estelar para outro em um piscar de olhos? — D'murr deu uma piscadela para demonstrar. — Você vai passar. Nós dois passaremos. Prepare-se para nadar em gás de especiaria.

Enquanto andavam a passos largos até a mesa da recepção interna da embaixada, C'tair fitava a cidade subterrânea de Vernii, além das cadeias reluzentes de luciglobos que iluminavam o local onde outro paquete já estava em construção. Talvez algum dia ele chegasse a pilotar aquele exato mesmo veículo. Pensando em como o Navegador visitante tirara o novo e imenso paquete da caverna, rumo ao espaço aberto, o jovem sentiu uma infusão de desejo. Ele amava Ix, queria ficar lá, queria rever Kailea uma última vez — mas também queria ser um Navegador.

Os irmãos se identificaram na recepção e aguardaram. Continuaram em pé diante do balcão plano de marmoreplás, em silêncio, cada um cismado com os próprios pensamentos pessoais, como se um transe pudesse aumentar suas chances de sucesso. *Vou manter minha mente completamente aberta, pronta para tudo.*

A figura feminina e formosa de uma censora de testes apareceu, usando um traje cinzento e folgado. O timbre do infinito da Guilda estava bordado em sua lapela, mas ela não usava qualquer joia ou outro ornamento. Sem se apresentar, a mulher falou:

— Bem-vindos. A Guilda procura os melhores talentos, porque nosso trabalho é o mais importante de todos. Sem nós, sem as viagens espaciais, a tessitura do Imperium se esgarçaria. Lembrem-se disso e entenderão o quanto devemos ser seletivos.

Duna: Casa Atreides

Ela sequer esboçou um sorriso. Seu cabelo era castanho-avermelhado, cortado rente ao crânio; em qualquer outro momento, C'tair a teria considerado atraente, mas naquele instante ele só conseguia pensar no exame iminente e em nada mais.

Após conferir a identificação dos dois mais uma vez, a censora escoltou os irmãos rumo às câmaras de teste isoladas, instaladas à parte uma da outra.

— Este é um teste individual, e cada um dos dois deverá enfrentá-lo sozinho. É impossível que trapaceiem ou se ajudem.

Alarmados por terem sido separados, C'tair e D'murr se entreolharam, depois desejaram boa sorte um para o outro em silêncio.

A porta da câmara bateu atrás de D'murr com um baque assustador. Seus ouvidos estalaram por conta da diferença na pressão atmosférica. Estava sozinho, intensamente sozinho — mas sabia que estava a par do desafio.

A autoconfiança é metade da batalha.

Ele reparou nas paredes blindadas, nas emendas lacradas, na falta de ventilação. Vapores em ponto de fervura sibilavam de um único bocal no teto... nuvens cada vez mais espessas de um tom laranja enferrujado, com um cheiro forte de gengibre que lhe queimava as narinas. Venenos? Drogas? Foi então que D'murr se deu conta do que a Guilda tinha em mente para ele.

Mélange!

Fechando os olhos, ele inalou o inconfundível odor de canela da rara especiaria. Uma enxurrada inacreditável de mélange, de valor exorbitante, enchia aquele espaço confinado da câmara e permeava cada aspiração dele. Ciente do valor da especiaria de Arrakis graças ao trabalho meticuloso de sua mãe para o Banco da Guilda, D'murr inspirou mais uma longa inalada. O preço daquilo! Não era à toa que a Guilda não testava qualquer um — o custo de um único exame seria suficiente para construir um complexo habitacional em outro planeta.

Deslumbrava a riqueza sob o controle da Guilda Espacial — em serviços bancários, transporte e exploração. A Guilda ia a todos os lugares, alcançava todos. Ele queria ser parte daquilo. Qual era a necessidade de ornamentações frívolas quando possuíam tanto mélange?

Ele sentia as possibilidades rodopiando a seu redor como um elaborado mapa de contornos, com ondulações e interseções, um locus matemático de pontos e caminhos que conduziam para dentro e para fora do vazio. Ele abriu a mente para que a especiaria pudesse transportá-lo a qualquer lugar do universo. Parecia o natural a se fazer.

Conforme a neblina laranja foi engolindo D'murr, ele passou a não enxergar direito as paredes lisas da câmara de teste. Sentia a pressão do mélange em cada poro e em cada célula de seu corpo. A sensação era maravilhosa! Via a si mesmo na própria imaginação como um venerável Navegador, expandindo a mente até os confins mais distantes do Imperium, abrangendo tudo...

D'murr alçava voo sem sair da câmara de testes — ou era o que pensava estar fazendo.

O teste era muito pior do que C'tair poderia ter imaginado.

Ninguém lhe disse o que esperavam que ele fizesse. Não teve a menor chance. Afogou-se com o gás de especiarias e ficou tonto, lutando para manter controle de suas faculdades mentais. A superdose de mélange o deixou estupefato a ponto de não lembrar quem era ou a razão que o levara até ali. Ele lutou para manter o foco, mas acabou se perdendo.

Após recobrar a consciência, suas roupas estavam limpas e seu cabelo e pele, recém-lavados (talvez para que a Guilda pudesse recuperar cada partícula de mélange?); a censora ruiva e formosa o fitava do alto, com condescendência. Ela abriu um sorriso triste, porém cativante, e meneou a cabeça.

— Você bloqueou sua mente para o gás de especiaria, acorrentando-se, portanto, ao mundo normal. — Suas palavras seguintes soaram como uma sentença de morte: — A Guilda não poderá usá-lo.

C'tair se sentou, tossindo. Fungou e suas narinas ainda formigavam em função daquele odor potente de canela.

— Desculpe. Ninguém explicou o que eu deveria...

Ela o ajudou a se levantar, ansiosa para conduzi-lo até o lado de fora do prédio da embaixada.

O coração dele pesava como chumbo derretido. A censora nem precisou responder enquanto o conduzia até a saída. C'tair olhou ao redor, procurando pelo irmão, mas a sala de espera estava vazia.

Duna: Casa Atreides

E então ele descobriu que o próprio fracasso não era a pior coisa que tinha de enfrentar.

— Onde D'murr está? Ele conseguiu? — A voz de C'tair estava cheia de esperança.

A censora assentiu.

— De forma admirável.

Ela estendeu a mão na direção da porta, mas o garoto deu um passo para o lado. C'tair olhou para trás, na direção do corredor interno e da câmara de testes isolada por onde seu irmão entrara mais cedo. Precisava parabenizar D'murr, por mais que sua vitória fosse agridoce para o próprio C'tair. Pelo menos um dos dois iria se tornar um Navegador.

— Você jamais voltará a ver seu irmão. D'murr Pilru agora é nosso — disse a censora, com frieza, movendo-se para barrar o caminho de volta.

Recuperando-se após um instante de abalo, C'tair contornou a censora e correu até a porta da câmara isolada. Bateu e gritou, mas não teve qualquer resposta. Dentro de minutos, guardas da Guilda o cercaram — com uma postura mais profissional do que gentil — e o escoltaram até a saída.

Ainda tonto devido aos efeitos colaterais da superexposição a mélange, C'tair não registrou para onde estava sendo levado. Piscando os olhos, desorientado, de repente ele se viu em pé na passarela de cristal diante da embaixada quadrada e cinzenta. Abaixo de si, outras passarelas e ruas fervilhavam de tráfego e pedestres, viajando de uma torre para outra.

Sentia-se mais solitário do que nunca.

A censora estava nos degraus da embaixada, barrando a reentrada de C'tair. Embora sua mãe trabalhasse em algum lugar lá dentro, bem no fundo da seção bancária, C'tair sabia que as portas daquela instalação, bem como as portas do futuro com o qual ele contava, haviam se fechado para ele.

— Comemore por seu irmão — asseverou a censora, finalmente demonstrando algum sinal de vida na voz. — Ele adentrou outro mundo. É capaz de viajar a lugares que você jamais poderá imaginar.

— Jamais poderei revê-lo ou falar com ele de novo? — disse C'tair, como se parte de si mesmo tivesse sido arrancada fora.

— É improvável — respondeu a censora, cruzando os braços. Ela franziu a testa com ar de desculpas. — A não ser que... ele sofra uma reversão. De primeira, seu irmão mergulhou tão completamente no gás de especiaria que ele já começou o... processo de conversão, ali mesmo. A Guilda não pode negar tamanho talento. D'murr Pilru já começou a se transformar.

— Tragam-no de volta. Só um pouquinho — implorou C'tair, com os olhos cheios de lágrimas. Ele rezava por seu irmão.

Ele queria estar feliz pelo irmão... e orgulhoso. D'murr passara no teste que tanto significava para os dois.

Os gêmeos sempre tinham sido muito próximos. Como um poderia seguir em frente sem o outro? Caso a mãe fizesse uso de suas conexões dentro do Banco da Guilda, talvez pudessem ao menos se despedir. Ou talvez seu pai pudesse usar o privilégio de embaixador para trazer D'murr de volta.

Mas C'tair sabia que aquilo jamais aconteceria. Foi então que ele percebeu. Sua mãe já sabia antes, e o medo dela era de perder *os dois* filhos.

— O processo é, na maioria dos casos, irreversível — disse a censora, com um tom definitivo.

Guardas da Guilda marcharam até onde ela havia parado e postaram-se ao lado, garantindo que C'tair não fosse tentar abrir caminho à força irracionalmente. A mulher acrescentou:

— Confie em mim: você não quer seu irmão de volta.

O corpo humano é uma máquina, um sistema de substâncias químicas orgânicas, condutos de fluidos, impulsos elétricos; um governo é igualmente uma máquina de interações entre sociedades, leis, culturas, recompensas e punições, padrões de comportamento. No fim, o universo em si é uma máquina: planetas ao redor de sóis, astros reunidos em aglomerados estelares, esses aglomerados e outros sóis formando galáxias inteiras... Nosso trabalho é manter esse maquinário em funcionamento.

— Escola Interna Suk, doutrina primária

Franzindo a testa, o príncipe herdeiro Shaddam e o secretário Aken Hesban observaram a aproximação de um homenzinho diminuto e magrelo que, apesar do tamanho, caminhava altivo como um gigante mutelliano. Após anos de treino e condicionamento, todos os médicos Suk pareciam compelidos a se levar demasiadamente a sério.

— Esse Élas Yungar mais parece um artista de circo do que um médico de respeito. Espero que ele saiba o que está fazendo. Só quero o melhor para meu pobre e enfermo pai — disse Shaddam, olhando para as sobrancelhas arqueadas, os olhos pretos e o rabo de cavalo cinza-metálico do sujeito.

A seu lado, Hesban puxou uma das pontas de seus longos bigodes, mas não respondeu. Trajava uma túnica azul que ia até o chão, com frisos dourados. Já fazia anos que a presença daquele homem pomposo incomodava Shaddam, rondando o imperador e mantendo-se mais perto do que deveria, e ele jurou escolher um novo secretário após assumir o trono. E enquanto aquele médico Suk não fosse capaz de encontrar qualquer explicação para o estado de saúde de Elrood, que piorava progressivamente, a ascensão de Shaddam ao trono estaria garantida.

Hasimir Fenring enfatizara que nem mesmo todos os recursos da consagrada Escola Interna Suk seriam capazes de impedir o que havia sido iniciado. A substância química catalisadora implantada no cérebro

Brian Herbert e Kevin J. Anderson

do velho não poderia ser detectada por farejador de venenos algum, já que não era um veneno de fato e que se convertia em um produto perigoso apenas em contato com cerveja de especiaria. Conforme ia se deteriorando, o velho Elrood passava a ingerir quantidades cada vez maiores da cerveja.

O médico diminuto, de apenas um metro de altura, tinha uma pele lisa e olhos de ancião que refletiam os vastos conhecimentos médicos martelados em sua cabeça. Uma tatuagem de diamante preta marcava o centro da testa enrugada de Yungar. Seu rabo de cavalo de cabelo cinza-metálico, preso por um anel Suk de prata, era mais longo do que o visto em uma mulher, quase alcançando o chão.

Élas Yungar não perdeu tempo com amenidades e de pronto abordou um tema familiar:

— Estão com nosso pagamento? — Ele olhou primeiro para o secretário, depois para o príncipe herdeiro, em quem seus olhos estacionaram. — Será preciso abrir uma conta nova antes de começarmos o tratamento. Dada a idade do imperador, nossos cuidados serão bastante prolongados... e inevitavelmente infrutíferos. Ele deve acertar suas contas, como qualquer outro cidadão. Rei, minerador, artesão... isso não faz diferença para nós. Todo ser humano deseja ser saudável e não podemos tratar a todos. Nossos cuidados estão disponíveis apenas àqueles dispostos e capazes de pagar.

Shaddam apoiou uma das mãos sobre a manga das vestes do secretário.

— Ah, sim, não pouparemos despesas em prol da saúde de meu pai, Aken. Já foi tudo acertado.

Eles estavam na passagem logo abaixo do arco da sala imperial de audiências, sob o teto repleto de gloriosos afrescos retratando eventos épicos da história da família Corrino: o sangue do Jihad, a última batalha desesperada na Ponte de Hrethgir, a destruição das máquinas pensantes. Shaddam sempre considerara o estudo da história imperial antiga penoso e tedioso, de pouca relevância a seus objetivos atuais. Não importava o que havia acontecido séculos e séculos antes — ele só esperava que não fosse demorar tanto assim para que ocorresse uma mudança no palácio.

Em meio aos ecos do salão, repousava o trono encrustado de joias do imperador padixá, provocativamente vazio. Funcionários da corte e algu-

Duna: Casa Atreides

mas Bene Gesserit de vestes escuras circulavam em alcovas e passagens adjacentes, tentando não ser vistos. Dois guardas Sardaukar fortemente armados estavam em pé nos degraus do trono, atentos. Shaddam se perguntava se eles o obedeceriam naquele momento, cientes de que o pai dele estava doente em seus aposentos. Decidiu não testar. *Cedo demais.*

— Estamos acostumados com promessas. Ainda assim, eu gostaria de ver o pagamento antes — disse o médico, com um tom de voz teimoso.

Ele mantinha o olhar impertinente voltado para cima, fixo em Shaddam, embora o príncipe herdeiro não tivesse se pronunciado muito. Yungar optara por adotar uma postura estranha naquele jogo de poder, mas logo descobriria que não era páreo para seus oponentes.

— Pagamento antes de sequer olhar para o paciente? — O secretário se surpreendeu. — Quais são suas prioridades, homem?

Por fim, o dr. Yungar se dignou a olhar para Hesban.

— Vocês já trataram conosco antes, secretário, e sabem os custos envolvidos na diplomação de um médico Suk, com condicionamento e treinamento completos.

Enquanto herdeiro do Trono do Leão Dourado, Shaddam tinha familiaridade com o Condicionamento Imperial Suk, que garantia a lealdade absoluta do médico ao paciente. Em séculos de história médica, ninguém jamais conseguira subverter um graduado da Escola Interna.

Alguns cortesãos sentiam dificuldade de reconciliar a lendária lealdade Suk com sua incessante ganância. Os médicos nunca vacilavam na postura evidente, porém tácita, de que não cuidariam de ninguém — nem mesmo do imperador — com base em uma mera *promessa* de remuneração. Médicos Suk não trabalhavam com créditos futuros. O pagamento havia de ser tangível e imediato.

O tom de voz de Yungar era o de uma lamúria irritante.

— Embora talvez não sejamos tão proeminentes quanto os Mentats ou as Bene Gesserit, a Escola Suk ainda é uma das maiores do Imperium. O custo de meu equipamento por si só já vale mais do que a maioria dos planetas. — Yungar apontou para uma cápsula suspensa a seu lado. — Não é por mim que recebo o pagamento, claro. Sou apenas um custodiante, cumprindo meu papel fiduciário. Assim que eu retornar, seus créditos virão comigo à Escola Suk para beneficiar a humanidade.

265

Hesban o fuzilava com o olhar, sem se dar ao trabalho de ocultar seu desdém, com o rosto ruborizando e os bigodes estremecendo.

— Ou pelo menos beneficiar a parcela da humanidade capaz de bancar os serviços de vocês.

— Correto, secretário.

Diante da postura de arrogância firme e equivocada do médico, Shaddam vacilou. Ele se perguntava se seria possível iniciar alguma mudança para colocar aqueles Suk em seu devido lugar quando viesse a ocupar o trono... Percebendo os próprios pensamentos incoerentes, ele os silenciou. *Tudo no devido tempo.*

O príncipe suspirou. Seu pai Elrood deixara muitas pontas soltas escaparem do próprio controle. Fenring tinha razão. Por mais que Shaddam desprezasse a ideia de sujar as mãos com sangue, a eliminação do velho imperador se revelava uma medida necessária.

— Se os custos do tratamento forem a principal preocupação dos senhores, fiquem à vontade para contratar um médico menos dispendioso para o imperador do universo conhecido — desdenhou o médico Suk, provocando sutilmente o secretário.

— Basta de picuinhas. Venha comigo, doutor — disse Shaddam, tomando as rédeas da situação.

O dr. Yungar assentiu, depois deu as costas ao secretário como se ele não tivesse relevância alguma.

— Agora sei por que seu povo tatua um diamante na testa. O que vocês têm em mente é sempre algum tesouro — resmungou Hesban, seguindo os dois.

O príncipe herdeiro os guiou a uma antessala protegida por escudos de segurança, passando por uma cintilante cortina elétrica rumo à câmara interior. Sobre uma mesa dourada no centro havia pingentes de piropala, danikines de mélange e vincobolsas parcialmente abertas, revelando sugemas brilhantes.

— Isso há de bastar. A não ser que o tratamento se revele mais complexo do que o esperado — disse o Suk. Com sua cápsula de equipamentos flutuando a seu lado como um cãozinho leal, o doutor foi arrastando os pés de volta pelo caminho de onde tinham vindo. — Sei como chegar aos aposentos do imperador.

Duna: Casa Atreides

Sem mais explicações, Yungar passou às pressas pelo limiar e subiu a grande escadaria que levava às suítes protegidas onde repousava o imperador.

Os guardas Sardaukar mantiveram-se atrás do campo de força que protegia os tesouros enquanto Shaddam e Hesban marchavam atrás do médico. Fenring já os esperava à cabeceira do homem moribundo, emitindo aqueles seus ruídos irritantes pela boca e garantindo que nenhum dos tratamentos tivesse qualquer potencial de sucesso.

O imperador definhava em um imenso leito real sob um dossel feito das melhores sedas-merh bordadas segundo o antigo método terrano. Os pés da cama eram de ucca entalhada, uma madeira de lei de Elacca, cultivada para crescimento em ritmo acelerado. Havia o som apaziguante de fontes montadas em alcovas nas paredes, vertendo água fresca que borbulhava e rumorejava. Luciglobos aromáticos configurados para meia-luz flutuavam nos cantos do quarto.

Enquanto Shaddam e Fenring observavam de pé, o médico Suk gesticulou para um atendente uniformizado, dispensando-o, e subiu os dois degraus baixos até a cabeceira da cama. Havia três lindas concubinas imperiais ao redor do enfermo, como se a mera presença delas pudesse revitalizá-lo. A fedentina do velho pairava no ar, apesar da ventilação e do incenso.

O imperador Elrood vestia trajes reais de cetim liso e um gorro de dormir antiquado que lhe cobria o couro cabeludo sarapintado. Estava deitado por cima das cobertas, pois reclamava de estar sentindo calor demais. O homem parecia combalido e mal conseguia manter os olhos abertos.

Shaddam se alegrava ao ver como era notável o declínio do estado de saúde de seu pai desde a visita do embaixador tleilaxu. Ainda assim, Elrood tinha dias bons e dias ruins, com o hábito irritante de recobrar a vitalidade após uma queda significativa como aquela.

Um canecão de cerveja de especiaria gelada repousava sobre uma bandeja perto de sua mão encurvada como uma garra e coberta de anéis, ao lado de uma segunda caneca vazia. Montado sobre o dossel da cama, Shaddam reparou nos braços entômicos e agitados de um farejador de venenos.

O senhor deve estar com sede, pai. Beba mais cerveja, pensou Shaddam.

O médico abriu sua cápsula suspensa para revelar instrumentos brilhantes, escâneres fazendo cliques e frascos coloridos de fluidos de teste. Yungar puxou um pequeno aparelho branco do interior da cápsula, passando o dispositivo por sobre o corpo de Elrood.

Após puxar o gorro de dormir de cetim e revelar o couro cabeludo suado, o dr. Yungar fez uma varredura do crânio de Elrood, erguendo a cabeça do idoso para conferi-lo por inteiro. Pequeno, debilitado e *velho*, o imperador resmungava de desconforto.

Shaddam se perguntava como ele mesmo ficaria depois dos 150 anos de idade... de preferência, ao fim de um duradouro e glorioso reinado. Reprimiu um sorriso e prendeu a respiração durante o exame. A seu lado, Fenring permaneceu calmo e indiferente. Apenas o secretário estava de cara fechada.

O médico guardou o escâner, depois estudou o cubo contendo o prontuário do paciente imperial. Logo ele se voltou para o velho grogue e declarou:

— Nem mesmo o mélange é capaz de mantê-lo jovem para sempre, sire. Na sua idade, é natural que a saúde comece a entrar em declínio. Às vezes rapidamente.

Shaddam soltou um suspiro inaudível de alívio.

Com grande dificuldade, Elrood se sentou na cama enquanto as concubinas ajeitavam os travesseiros com borlas atrás dele para lhe servir de apoio. A pele de pergaminho de seu rosto cadavérico estava franzida, com vincos profundos.

— Mas até poucos meses atrás eu me sentia tão bem.

— O envelhecimento não é um perfeito gráfico de declínio. Há altos e baixos, recobros e detenças. — O médico tinha a audácia de usar um tom de voz sabichão que deixava implícito que o imperador era incapaz de compreender conceitos tão complexos. — O corpo humano é uma sopa química e bioelétrica, e as mudanças com frequência são disparadas por acontecimentos aparentemente inofensivos. Vossa majestade tem sofrido de estresse ultimamente?

— Sou o imperador! — explodiu Elrood, desta vez respondendo como se o Suk fosse absurdamente burro. — Tenho muitas responsabilidades. Claro que isso causa estresse.

Duna: Casa Atreides

— Então trate de delegar mais tarefas ao príncipe herdeiro e seus assessores de confiança, como Fenring logo ali. Vossa majestade não viverá para sempre, compreende? Nem mesmo um imperador é capaz disso. Faça planos para o futuro. — Com um jeito arrogante, o médico fechou sua valise. Shaddam queria dar um abraço nele. — Vou prescrever medicamentos e aparelhos que farão com que o senhor se sinta melhor.

— A única prescrição que desejo é mais especiaria em minha cerveja. — Elrood bebeu um gole profundo da caneca, engolindo ruidosamente.

— Como quiser — aquiesceu o franzino médico Suk. Da cápsula suspensa, sacou uma bolsa que posicionou sobre a mesa de cabeceira. — Aparelhos para aliviar a tensão dos músculos, caso precise. As instruções estão contidas em cada unidade. Mande suas concubinas aplicarem-nos onde doer.

— Certo, certo. Agora me deixe. Tenho trabalho a fazer.

O dr. Yungar desceu os degraus da cama, de costas, fazendo uma mesura.

— Com sua licença, sire.

Impaciente, o imperador gesticulou com a mão retorcida, dispensando-o. As concubinas andavam de um lado para outro, sussurrando uma no ouvido da outra e observando com olhos arregalados. Duas apanharam os aparelhos para distensionar os músculos e brincaram com os controles.

Shaddam sussurrou a um atendente para que o médico acompanhasse o secretário Hesban, encarregado de firmar os acordos para a transferência do pagamento. Era óbvio que Hesban queria continuar nos aposentos reais e discutir certos documentos, tratados e outras questões de Estado com o idoso enfermo, mas o príncipe — sentindo-se capaz de cuidar daquelas questões sozinho — não queria o severo conselheiro por perto.

Quando o Suk saiu, o velho Elrood falou ao filho:

— Talvez o médico tenha razão, Shaddam. Há uma questão que eu gostaria de discutir com você e Hasimir. Uma política e um projeto ao qual desejo dar continuidade, apesar de meu estado pessoal de saúde. Já lhe contei de nossos planos quanto a Ix e à suplantação tleilaxu que acontecerá, mais cedo ou mais tarde?

Shaddam revirou os olhos. *Claro, seu velho idiota! Eu e Fenring já fizemos a maior parte do trabalho. Foi ideia nossa mandar os Dançarinos*

Faciais de Tleilax para Ix, porque eles poderiam se disfarçar e se infiltrar nas classes trabalhadoras.

— Contou, pai. Estamos cientes dos planos.

Elrood os chamou com a mão, e suas feições se assombraram. De soslaio, Shaddam viu Fenring dispensar as concubinas ao redor, depois aproximar-se para ouvir as palavras do imperador.

— Recebi uma mensagem cifrada de nossos agentes em Ix hoje de manhã. Vocês sabem da inimizade entre mim e o conde Dominic Vernius?

— Ah, sim... sabemos, pai — respondeu Shaddam. Ele pigarreou. — Uma velha afronta, uma mulher roubada...

Os olhos embaçados de Elrood se iluminaram.

— Parece que nosso impetuoso Dominic anda brincando com fogo, treinando seus homens com maks de combate com mobilidade que analisam os oponentes e processam os dados, provavelmente usando um cérebro computadorizado. Ele também anda vendendo essas "máquinas inteligentes" no mercado clandestino.

— Sacrilégio, sire. Isso claramente vai contra os estatutos da Grande Convenção — murmurou Fenring.

— De fato, e essa não é a única infração. A Casa Vernius tem desenvolvido sofisticados aprimoramentos ciborgues também. Substituições mecânicas para o corpo. Podemos tirar vantagem disso.

Shaddam franziu a testa, aproximando-se e sentindo o cheiro azedo da cerveja de especiaria no hálito do velho.

— Ciborgues? Mas aí são mentes *humanas* ligadas a corpos robóticos, e, portanto, não configuram uma violação do Jihad.

Elrood abriu um sorriso.

— Porém, compreendemos que houve certas... concessões. Verdade ou não, esse é exatamente o tipo de desculpa de que nossos impostores precisam para terminar o serviço. Nossa hora de agir é agora. A Casa Vernius está à beira da destruição e um empurrãozinho será suficiente para derrubá-los.

— Hãââ, ah, que *interessante*. E desse modo os tleilaxu poderão dominar as sofisticadas instalações ixianas para conduzirem suas pesquisas — disse Fenring.

— Isso é de extrema importância, e vocês observarão como eu lido com a situação — disse Elrood, fungando. — Observem e aprendam. Já

Duna: Casa Atreides

iniciei meu plano. Os trabalhadores suboides ixianos estão, digamos, *angustiados* diante da situação, e estamos... — O imperador fez uma pausa para terminar sua cerveja de especiaria, estalando os lábios. — ... *encorajando* o descontentamento deles por meio de nossos representantes.

Enquanto apoiava o caneco vazio, Elrood se sentiu subitamente letárgico. Ele ajustou seus travesseiros, virou de costas e caiu em um sono espasmódico.

Trocando um olhar cúmplice com Fenring, Shaddam pensou na conspiração contida na conspiração — em sua participação secreta nos acontecimentos em Ix e em como ele e Fenring tinham feito para iniciar o contato entre o Mestre tleilaxu e Elrood, para começo de conversa. Usando os próprios metamorfos geneticamente modificados, os Bene Tleilax estavam agitando fervores religiosos e causando descontentamento entre as classes inferiores de Ix naquele momento. Para os tleilaxu fanáticos, o menor indício de uma máquina pensante — e, por consequência, os ixianos que as estivessem criando — era obra de Satanás.

Enquanto os jovens saíam dos aposentos do imperador, Fenring sorria, pensando coisas parecidas. "Observem e aprendam", dissera o velho idiota.

Elrood, seu cretino condescendente, você mesmo tem tanto a aprender... mas lhe falta tempo para isso.

> **Os líderes do Jihad Butleriano não forneceram uma definição adequada de inteligência artificial, incapazes de prever todas as possibilidades de uma sociedade imaginativa. Temos, portanto, uma área nebulosa substancial na qual podemos maquinar.**
>
> — **Parecer jurídico ixiano confidencial**

Embora a explosão tivesse ocorrido ao longe, o impacto abalou a mesa à qual Leto e Rhombur estavam sentados, estudando a amostragem de livros de contabilidade. Pequenas lascas de plascreto decorativo caíram do teto, onde uma rachadura comprida acabara de surgir. Um raio irregular atravessou em zigue-zague um janelão de observação de vidroplás, rachando-o.

— Pelos infernos vermelhões! O que foi isso? — exclamou Rhombur.

Leto já se levantara em um sobressalto, jogando os livros de contabilidade para o lado e procurando pela fonte da explosão. Do outro lado da gruta subterrânea, diversos edifícios severamente avariados desmoronavam até virarem escombros. Os dois jovens trocaram olhares inexpressivos.

— Prepare-se — disse Leto, levantando a guarda na hora.

— Hã, preparar para o quê?

Leto não sabia.

Tinham seguido juntos a uma das salas de estudo do Grand Palais, a princípio para estudar Filosofia do Cálculo e os fundamentos do Efeito Holtzman, voltando-se depois para a manufatura ixiana e seus sistemas de distribuição. Nas paredes ao redor, antigas pinturas haviam sido penduradas em molduras hermeticamente fechadas, incluindo obras dos velhos mestres terranos Claude Monet e Paul Gauguin, com placas interativas que permitiam aprimoramentos pelos artistas de profundidade ixianos. Desde que Leto reportara sua aventura até os túneis dos suboides, não tivera mais notícias de discussões ou investigações subsequentes a respeito do assunto. Talvez o conde esperasse que o problema se resolvesse sozinho.

Duna: Casa Atreides

Outro impacto contundente abalou a sala, mais próximo e mais forte. O príncipe de Ix agarrou a mesa para que ela não tombasse. Leto correu até a janela rachada.

— Rhombur, olhe aquilo!

Alguém gritava das travessias aéreas que conectavam os edifícios estalactíticos. À esquerda, uma cápsula de transporte desgovernada mergulhou até estourar no chão, espalhando lascas de cristal e passageiros mutilados.

A porta da sala de estudos se abriu com violência. O capitão Zhaz da Guarda Palaciana irrompeu no cômodo portando uma das novas armaleses de assalto pulsadas. Quatro subordinados o seguiam, todos armados à mesma maneira e trajando as fardas prateadas e brancas da Casa Vernius. Ninguém em Ix, em particular o próprio conde, cogitara que Leto ou Rhombur precisariam da proteção de guarda-costas pessoais.

— Venham conosco, jovens mestres! — exclamou Zhaz, arfando.

Emoldurados pela barba castanha e quadrada do homem, seus olhos disparavam, eletrizados, ao reparar nos fragmentos de pedra que caíam do teto e no vidroplás rachado. Embora estivesse pronto para lutar até a morte, era nítido que Zhaz não compreendia o que se deflagrava na cidade normalmente pacífica de Vernii.

— O que está acontecendo, capitão? — perguntou Rhombur, enquanto a escolta de guardas os conduzia para fora da sala, rumo ao corredor, onde as luzes piscavam. Sua voz estremeceu por um momento, e então ficou mais forte assim que ele se lembrou de que era o herdeiro de um conde. — Diga-me... minha família está em segurança?

Outros guardas e cortesãos ixianos corriam tumultuosamente, os gritos de pânico, agudos e estridentes, contrastando com o som de mais uma explosão. De muito abaixo, ouvia-se o ruído de uma turba furiosa, tão distante que parecia um murmúrio grave. E então Leto distinguiu o zumbido dos disparos de armalês. Antes que o capitão pudesse sequer responder à pergunta de Rhombur, Leto adivinhou a fonte da comoção.

— Problemas com os suboides, milordes! — berrou Zhaz. — Mas não se preocupem... teremos tudo sob controle em breve. — Ele tocou um botão no cinto e uma porta até então oculta se abriu na parede espelhada de mármore. O capitão e a guarda doméstica haviam treinado e se preparado por tanto tempo contra ataques externos em larga escala que pareciam não saber como lidar com uma revolta interna. — Aqui ficarão seguros. Tenho certeza de que sua família estará aí lhes esperando.

Assim que os dois jovens se agacharam para entrar pela meia-porta baixa atrás dos espelhos, o portal se fechou com um baque atrás si. Sob a luz amarela dos luciglobos de emergência, Leto e Rhombur correram acompanhando uma faixa eletromagnética enquanto o capitão da guarda se comunicava com gritos frenéticos por meio de um receptor-com portátil. Uma luz lavanda piscava do instrumento, e Leto escutou o som metálico de uma voz em resposta a Zhaz:

— O socorro está a caminho.

Segundos depois, um veículo blindado apareceu rugindo pelo trilho protegido, guinchando ao parar. Zhaz entrou a bordo com os dois jovens herdeiros e uma dupla de guardas, deixando o restante dos soldados para trás a fim de defenderem a saída. Leto se jogou em um assento individual enquanto Zhaz e Rhombur subiam no da frente. O bonde começou a se mexer.

— Os suboides explodiram duas colunas de diamante. Parte da crosta superior já colapsou — revelou Zhaz, arfante, enquanto consultava a tela lavanda de seu receptor-com. Seu rosto empalidecera, tamanho o choque, e ele coçou a barba castanha. — Isso é impossível.

Já tendo avistado os sinais da tempestade, Leto sabia que a situação deveria ser ainda pior do que o capitão da guarda imaginava. Não teria como os problemas de Ix serem resolvidos no intervalo de uma hora.

Desesperada, uma voz metálica os interrompeu com mais um relato:

— Os suboides estão fervilhando a partir dos níveis inferiores! Como foi... como foi que eles se organizaram desse modo?

Rhombur praguejou, e Leto olhou para o amigo atarracado com uma expressão de quem entendia o que estava acontecendo. Ele tentara avisar os ixianos, mas não era hora de insistir naquele ponto. A Casa Vernius não se demonstrara disposta a considerar a seriedade da situação.

No bonde, um suporte de segurança se encaixou sobre Leto assim que ele se posicionou no assento e o veículo continuou a acelerar com um zumbido suave, subindo em alta velocidade até cavernas ocultas no teto rochoso. O capitão Zhaz mexia no teclado-com à frente do compartimento, os dedos dançando sobre as teclas de comunicação. Um brilho azul

Duna: Casa Atreides

cercava suas mãos. Ao lado, Rhombur observava atento o capitão da guarda como se soubesse da possibilidade de ser convocado para assumir as rédeas da situação a qualquer momento.

— Estamos em uma cápsula de fuga — explicou um dos guardas secundários para Leto. — Vocês dois estão em segurança, por enquanto. Os suboides não serão capazes de penetrar nossas defesas superiores depois que elas forem ativadas.

— Mas e meus pais? E Kailea? — perguntou Rhombur.

— Temos um plano, uma alternativa. Você e sua família precisam se reunir em um ponto de encontro. Por todos os santos e pecadores, espero que meu pessoal se lembre do que fazer. Pela primeira vez na vida, não é somente um treino.

O veículo fez várias mudanças de pista, com cliques e zumbidos conforme a velocidade aumentava, depois ascendeu por uma subida íngreme rumo à escuridão. Logo, a pista foi se nivelando e o transporte foi banhado em luz ao acelerar pela imensa muralha-janela de couraçaplás de visibilidade unidirecional. Tiveram apenas um vislumbre dos motins lá embaixo: clarões de incêndios espontâneos e o redemoinho de manifestações embaixo da cidade. Com outra explosão, um dos tubos transparentes das passarelas superiores se estilhaçou e os cacos despencaram até o fundo da caverna; minúsculas figuras de pedestres caíram feito fantoches, debatendo-se em queda livre rumo à morte certa.

— Pare aqui, capitão! Preciso ver o que está acontecendo lá embaixo — pediu Rhombur.

— Por favor, senhor, não demore mais do que alguns segundos. Os rebeldes podem irromper por aquela janela.

Leto tinha dificuldades em compreender o que estava ouvindo. Rebeldes? Explosões? Evacuações de emergência? Ix lhe parecera um lugar tão sofisticado, tão pacífico, tão... protegido contra qualquer discórdia. Mesmo insatisfeitos com suas vidas, como os suboides poderiam ter orquestrado um ataque coordenado daquela magnitude? Onde teriam adquirido os recursos para tanto?

Pelo painel de visibilidade unidirecional, Leto avistou soldados fardados da Casa Vernius no andar inferior da gruta enfrentando uma batalha já perdida contra enxames de oponentes de pele lisa e pálida. Os suboides arremessavam explosivos ou aparatos incendiários de fabricação

grosseira enquanto os ixianos fuzilavam as turbas com os feixes pur-
púreos dos disparos de armalês.

— O comando-com diz que os suboides estão se rebelando em todos
os níveis. Estão gritando "Jihad" enquanto atacam — anunciou Zhaz,
com um tom de incredulidade na voz.

— Pelos infernos vermelhões! — exclamou Rhombur. — O que o Jihad
tem a ver com isso? Ou conosco?

— Precisamos sair da janela, senhor — insistiu Zhaz, puxando a
manga da blusa de Rhombur. — Devemos chegar ao ponto de encontro.

Rhombur se afastou da janela, trôpego, enquanto parte de uma rua
ladrilhada desabava do outro lado e ondas de suboides pálidos escalavam
os túneis obscuros lá embaixo.

O bonde acelerou na pista e fez uma curva à esquerda, pela escuridão, depois subiu de novo. Rhombur assentia, com o rosto esbraseado e
aflito.

— Temos centros secretos de comando nos níveis superiores. Foram
tomadas precauções para esse tipo de acontecimento e, a esta altura,
nossas unidades militares já terão cercado as principais instalações de
manufatura. Não deve demorar muito para suprimirem isso.

Parecia uma tentativa do filho do conde de convencer a si mesmo.

No assento frontal, Zhaz estava inclinado sobre o teclado-com, que
lançava uma luz pálida em seu rosto.

— Atenção... problemas à frente, senhor!

Ele tomou conta dos controles. O veículo balançou e Zhaz pegou
uma pista alternativa. Os outros dois guardas deixaram as armas a postos, estreitando os olhos contra a escuridão rochosa ao redor, prontos
para abrir fogo.

— A Unidade Quatro foi sobrepujada — declarou o capitão. — Os suboides penetraram as paredes laterais. Estou tentando chamar a Unidade Três no lugar.

— *Sobrepujada?* — Rhombur estava com o rosto corado por constrangimento ou medo. — Como em todos os infernos os suboides conseguiram isso?

— O comando-com diz que há envolvimento dos tleilaxu... e alguns
de seus Dançarinos Faciais. Estão todos fortemente armados. — Zhaz arquejou ao ler os relatórios que chegavam. — Que Deus nos proteja!

Duna: Casa Atreides

As perguntas caíam em uma avalanche ao redor de Leto. *Os tleila-xu? Por que eles atacariam Ix? Jihad? Aqui é um planeta de máquinas... e os tleilaxu são fanáticos religiosos. Será que eles temem tanto assim as máquinas ixianas a ponto de infiltrar os próprios metamorfos criados em laboratório entre o proletariado suboide? Isso explicaria a capacidade de organização. Mas qual seria o interesse deles? Por que este lugar?*

Conforme o bonde foi seguindo em disparada, Zhaz analisava o teclado-com, por meio do qual recebia os relatórios de combate.

— Por todos os santos e pecadores! Engenheiros tleilaxu acabaram de explodir os canais que redirecionam calor do núcleo magmático do planeta.

— Mas precisamos dessa energia para manter as fábricas em funcionamento — clamou Rhombur, ainda agarrado ao assento.

— Destruíram também as linhas de reciclagem onde o refugo industrial e os subprodutos químicos são despejados no manto. — A voz do capitão soava cada vez mais irregular. — Estão mirando no coração de Ix... paralisando nossa capacidade industrial.

Enquanto Leto refletia sobre o que havia aprendido durante seus meses naquele planeta, as peças do quebra-cabeça começavam a se encaixar em sua mente. Disse:

— Considerando a situação, tudo isso pode ser remediado. Eles sabiam exatamente onde atingir para debilitar Ix sem causar estragos permanentes... — Leto assentiu com um ar soturno conforme o motivo foi ficando claro. — Os tleilaxu querem manter este mundo e suas instalações intactos. Pretendem assumir o controle sobre o planeta.

— Não seja ridículo, Leto. Nunca entregaríamos Ix àqueles tleilaxu imundos. — Rhombur parecia mais perplexo do que irritado.

— Talvez... não tenhamos muita escolha quanto a isso, senhor — disse Zhaz.

Quando Rhombur começou a vociferar exigindo armas, um dos guardas abriu um compartimento embaixo do bonde e pegou um par de pistolas de fléchettes e cinturões-escudo, que então foram entregues aos dois príncipes.

Sem questionar, Leto colocou o cinturão e apertou um botão de teste para confirmar que a unidade estava funcional. Sentiu a arma de projéteis gelada em sua mão. Conferiu o pente de dardos mortíferos, aceitou

Brian Herbert e Kevin J. Anderson

duas unidades adicionais do guarda e as inseriu nos compartimentos do cinturão-escudo.

A cápsula de fuga seguia, ribombando, dentro do túnel escuro e longo. Adiante, Leto divisou uma luz que ia crescendo e ficando mais clara a cada segundo. Ele se lembrou do que seu pai lhe dissera certa vez a respeito dos tleilaxu: "Eles destroem tudo que pareça uma máquina pensante". Ix teria sido um alvo natural para eles.

A luz adiante os alcançou, ofuscando os olhos de Leto, e eles seguiram ruidosamente em meio à claridade.

A religião e a lei de nossas massas devem ser a mesma coisa. A desobediência tem de ser um pecado e exigir castigos religiosos. Isso trará o duplo benefício de gerar maior obediência e maior coragem. Entenda, não podemos depender tanto da coragem dos indivíduos, e sim da coragem de uma população inteira.

**— Pardot Kynes, discurso
aos representantes reunidos dos grandes sietch**

Sem ter ideia do destino decretado para ele, Pardot Kynes caminhava pelos túneis acompanhado de seus novos fiéis companheiros, Ommun e Turok. O trio saiu para visitar Stilgar, que estava descansando e se curando nas câmaras de sua família.

Assim que viu o visitante, com aparência mais delgada, Stilgar se levantou e se sentou inclinado para a frente em seu leito. Embora os ferimentos devessem ter sido fatais, em pouco tempo o jovem fremen havia se recuperado quase por completo.

— Devo-lhe a água de minha vida, planetólogo — disse, e então, com grande seriedade, cuspiu no chão da caverna.

Kynes se espantou por um momento, depois lhe sobreveio a compreensão. Ele sabia da importância da água para aquele povo, sobretudo a umidade preciosa contida no corpo de cada indivíduo. Para Stilgar, sacrificar até mesmo uma gota de saliva era uma demonstração de grande honra.

— Eu... agradeço por sua água, Stilgar — respondeu Kynes, forçando um sorriso. — Mas pode ficar com o resto dela por enquanto. Quero que fique bem.

Frieth, a irmã silente de Stilgar, ficava ao lado da cama do jovem, sempre atarefada, o azul sobre azul de seus olhos disparando de um lado para outro em busca de algo mais a cumprir. Ela fitou Kynes longamente, como se o estivesse avaliando, mas a expressão era indecifrável. Depois desapareceu, em silêncio, para buscar mais unguentos que acelerassem a recuperação de seu irmão.

Mais tarde, conforme Kynes caminhava pelas passagens do sietch, apareceram curiosos que o seguiam e lhe davam ouvidos. No meio das rotinas cotidianas dos fremen, aquele planetólogo alto, de barba por fazer, continuava sendo algo de novo e interessante. Seu discurso louco, porém visionário, poderia até soar ridículo, a mais absurda das fantasias, mas mesmo as crianças do sietch o perseguiam.

A multidão tagarela e intrigada acompanhava Kynes conforme ele professava suas ideias, gesticulando e admirando o teto como se nele visse o céu aberto. Embora tentassem, aqueles fremen não conseguiam imaginar as nuvens se reunindo para derramar chuva sobre o deserto. *Gotas de umidade caindo do céu vazio? Absurdo!*

Algumas crianças davam risada da mera ideia de cair chuva em Duna, mas Kynes não parava de falar, explicando as etapas de seu processo para colher até mesmo o menor dos vestígios de vapor d'água do ar. Ele coletaria cada gota de orvalho nas sombras para ajudar a transformar Arrakis do jeito preciso, abrindo caminho para uma viçosa e vibrante ecologia.

— Vocês devem considerar este mundo em termos de engenharia. Este planeta, em sua totalidade, é uma mera expressão de energia, uma máquina motorizada por seu sol — explicou Kynes, com um tom professoral. Estava feliz de ter uma plateia tão atenta, embora não tivesse certeza do quanto o entendiam. Ele abaixou o tom de voz e olhou para uma menina de olhos arregalados. — O que ele precisa é ser remodelado para servir a nossas necessidades. Temos a capacidade de fazer isso em... Duna. Mas será que temos a disciplina e a motivação? — Kynes desviou o olhar e fitou outra pessoa. — Isso depende de *nós*.

Àquela altura, Ommun e Turok já haviam escutado a maior parte das preleções do planetólogo. Embora tivessem debochado dele a princípio, por fim as palavras começaram a fazer sentido. Quanto mais ouviam daquele entusiasmo irrefreado e daquela honestidade radiante, mais começavam a *acreditar*. Por que não sonhar? A julgar pela expressão no rosto dos ouvintes, era visível que outros fremen também começavam a considerar as possibilidades.

Os anciões do sietch chamavam os convertidos de otimistas e ingênuos demais. Inabalável, Kynes seguia disseminando suas ideias, por mais afrontosas que pudessem parecer.

Ostentando uma expressão funesta, o naib Heinar estreitou seu único olho e estendeu a sagrada dagacris, ainda embainhada. Em pé e rí-

Duna: Casa Atreides

gido à frente do líder, o poderoso guerreiro ergueu as mãos para receber o presente.

O naib, então, entoou as palavras ritualísticas:

— Uliet, o mais velho dos Liet, você foi escolhido para esta tarefa pelo bem de nosso sietch. Seu valor foi provado muitas vezes em combate contra os Harkonnen. Você é um montarenador bem-sucedido e um dos maiores guerreiros dentre os fremen.

Homem de meia-idade e de feições ásperas, Uliet se curvou em reverência. As mãos permaneciam estiradas diante de si. Ele aguardou, sem vacilar. Embora fosse um homem profundamente religioso, manteve seu alumbramento sob controle.

— Tome esta dagacris consagrada, Uliet.

Heinar pegou o cabo entalhado e desembainhou a lâmina comprida, de um branco leitoso. A dagacris era uma relíquia sagrada entre os fremen, produzida a partir do dente de cristal de um verme da areia. Aquela lâmina em particular era *fixada*, conectada ao corpo de seu dono de modo que se dissolvesse quando este morresse.

— Sua lâmina foi mergulhada na venenosa Água da Vida e abençoada por Shai-Hulud — continuou Heinar. — Como rege nossa tradição, a lâmina sacra não deve ser embainhada de novo até provar sangue.

Uliet pegou a arma, atordoado de súbito diante da importância da tarefa para a qual fora selecionado. Intensamente supersticioso, ele havia observado os grandes vermes no deserto, tendo-os montado diversas vezes. Mas jamais se permitira familiarizar-se com aquelas criaturas magníficas. Não era capaz de esquecer que eram as manifestações do grande criador do universo.

— Se for da vontade de Shai-Hulud, não falharei.

Uliet aceitou a lâmina e a estendeu ao alto, com a ponta envenenada direcionada para longe do corpo.

Os outros anciões estavam parados atrás do naib de um olho só, firmes em sua decisão.

— Leve dois hidromestres consigo para coletarem a água daquele planetólogo e usarem-na pelo bem de nosso sietch — disse Heinar.

— Talvez devamos pegar uma pequena quantidade para plantar um arbusto em homenagem a ele — sugeriu Aliid, mas ninguém o apoiou.

Saindo da câmara rochosa, Uliet seguiu altivo e orgulhoso, um legítimo guerreiro fremen. Não temia aquele planetólogo, embora o forasteiro falasse com fervor dos próprios planos desvairados e insensatos, como se guiado por uma visão divina. Um tremor percorreu a espinha do assassino.

Uliet semicerrou seus olhos azuis profundos e espantou os pensamentos da cabeça enquanto caminhava pelas passagens à sombra. Dois hidromestres o acompanhavam, carregando litrofões vazios para coletar o sangue de Kynes e panos absorventes para cada gota que pudesse ser derramada no chão de pedra.

Não foi difícil encontrar o planetólogo. Um grupo o seguia, e na expressão das pessoas havia deslumbramento ou ceticismo com um toque de admiração. Destacando-se acima dos outros, Kynes caminhava sem rumo, arengando no caminho e agitando os braços. Seu rebanho caminhava atrás dele a uma distância desconfiada, às vezes fazendo perguntas, mas, na maior parte do tempo, apenas ouvindo.

— A questão humana não se resume a quantos são capazes de sobreviver dentro do sistema, mas a qual tipo de existência é possível para aqueles que sobreviverem — dizia Kynes enquanto Uliet se aproximava, com a dagacris exposta na mão e sua missão escrita no rosto.

Avançando, implacável, Uliet contornou a multidão. Os ouvintes do planetólogo avistaram o assassino e a lâmina. Afastaram-se e entreolharam-se, cientes do que aquilo significava; alguns ficaram decepcionados, outros com medo. Todos se calaram. Aqueles eram os modos do povo fremen.

Kynes não reparou em nada. Com um dedo, traçava um círculo no ar:

— É possível termos água a céu aberto aqui, com uma mudança pequena, porém viável. *Nós conseguiremos, se vocês me ajudarem.* Imaginem... andar ao ar livre, sem um trajestilador... — Ele apontou para as duas crianças mais próximas de si, que recuaram timidamente. — Imaginem só: tanta umidade no ar que nunca mais precisarão usar trajestiladores.

— Quer dizer que poderíamos até ter água em uma lagoa para mergulhar e beber quando quiséssemos? — perguntou um dos céticos, com a voz sarcástica.

— Com certeza. Já vi em muitos mundos, e não há motivos para não podermos fazer o mesmo em Duna também. Com captadores de vento,

Duna: Casa Atreides

somos capazes de extrair a água do ar e usá-la para plantar gramíneas, arbustos, qualquer coisa que vá retê-la em seus sistemas de células e raízes, mantendo-a ali. Na verdade, além de tais lagos a céu aberto, poderíamos até cultivar pomares com frutos doces e suculentos para colhermos.

Uliet deu um passo à frente, em um transe determinado. Os hidromestres que o acompanhavam permaneceram logo atrás; não seriam requisitados até a matança ser concluída.

— Que tipo de frutos? — indagou uma menina.

— Ah, qualquer tipo que você quiser. Primeiro, teríamos que prestar atenção nas condições do solo e da umidade. Uvas, talvez, nos barrancos rochosos. Eu me pergunto qual seria o gosto de um vinho envelhecido arrakino... — Kynes sorriu. — E umas frutas redondas alaranjadas, portogais. Ah, como eu gosto delas! Meus pais tinham um pé em Salusa Secundus. Portogais têm uma casca dura e grossa, mas podemos descascá-las. Dentro, o fruto se divide em partes, doce e suculento, e é do tom laranja mais vivo que você pode imaginar.

Uliet enxergava apenas uma neblina avermelhada. Sua missão ardia no cérebro, obscurecendo todo o resto no campo de visão. As ordens do naib Heinar lhe ecoavam no crânio. Ele cruzou o espaço onde antes os ouvintes estavam reunidos e ouviu o palavrório do planetólogo. Tentava não dar ouvidos aos sonhos, não pensar nas visões que Kynes conjurava. Era claro que aquele homem se tratava de um demônio, enviado para deturpar a mente de seus ouvintes...

O assassino olhava fixo à frente enquanto Kynes continuava a vagar pelo corredor, sem reparar no outro. Com gestos amplos, descrevia savanas, canais e florestas. Pintava imagens na imaginação de todos. O planetólogo lambeu os lábios como se já pudesse sentir o gosto do vinho de Duna.

Uliet deu um passo à frente dele e ergueu a dagacris envenenada.

No meio de uma frase, Kynes de repente notou o estranho. Como se irritado com a distração, ele piscou uma única vez e disse simplesmente:

— Retire-se.

E, esbarrando em Uliet ao passar por ele, o forasteiro continuou falando:

— Ah, florestas! Verdes e exuberantes, até perder de vista, cobrindo colinas e campinas e largos vales. Nos tempos antigos, a areia chegava às plantas e as destruía, mas acontecerá o contrário na futura versão de Duna: o vento carregará sementes por todo o planeta e mais árvores e outras plantas vão crescer, como crianças.

O assassino ficou paralisado, estarrecido de ser dispensado tão casualmente. *Retire-se.* A importância da tarefa a ele encarregada o transfixou. Se matasse aquele homem, as lendas fremen o chamariam de Uliet, o Destruidor de Sonhos.

— Contudo, antes de mais nada, precisamos instalar captadores de vento nas rochas — continuou Kynes, esbaforido. — São sistemas simples, fáceis de construir, que apanham a umidade e a canalizam para onde será de alguma serventia. Cedo ou tarde, teremos vastas galerias pluviais subterrâneas para toda essa água, um passo na direção de levarmos a água de volta à superfície. Sim, eu disse *de volta*. No passado, a água corria livremente por Duna. Eu vi os sinais.

Consternado, Uliet fitava a faca envenenada, incapaz de acreditar que aquele homem não tinha o menor medo dele. *Retire-se.* Kynes arrostara a morte e simplesmente saíra andando. *Guiado por Deus.*

Uliet ficou parado ali, a faca em riste, enquanto os ombros desprotegidos do servo imperial pareciam debochar dele. Poderia facilmente cravar um golpe mortífero na coluna daquele homem.

Mas o assassino não conseguia se mexer.

Ele via a confiança do planetólogo, como se protegido por algum guardião sagrado. A visão apresentada por aquele grande homem para o futuro de Duna já cativava aquela gente. E os fremen, com suas vidas árduas e as gerações de inimigos que os forçaram a vagar de planeta em planeta, *precisavam* de um sonho.

Talvez alguém finalmente tivesse sido enviado para guiá-los — um profeta. A alma de Uliet seria condenada para sempre se ousasse matar o tão aguardado mensageiro enviado por Deus!

Mas ele aceitara a missão do líder de seu sietch e sabia que uma dagacris jamais poderia ser embainhada sem antes derramar sangue. Naquele caso, o dilema tampouco poderia ser resolvido com um corte pequeno, pois a lâmina estava envenenada; o menor arranhão seria fatal.

Conciliar ambos os fatos estava fora de cogitação. As mãos de Uliet tremiam ao redor do cabo da faca recurvada.

Duna: Casa Atreides

Sem reparar que todos haviam se calado a seu redor, Kynes tagarelava sobre o posicionamento dos captadores de vento, mas o público, ciente do que deveria acontecer, observava seu estimado guerreiro.

E então Uliet se flagrou salivando. Tentou não pensar naquilo, mas — como se estivesse em um sonho — parecia sentir o gosto do sumo doce e grudento das portogais, fruta fresca que simplesmente poderia colher do pé e comer... uma mordida da polpa saborosa irrigada pela água pura de um lago a céu aberto. Água para todos.

Uliet deu um passo para trás, depois outro, com a faca em mãos em um gesto cerimonial. Recuando um terceiro passo, ouviu Kynes discursar sobre planícies cobertas de trigo e centeio, sobre chuvas suaves na primavera.

O assassino se virou, aturdido, pensando na palavra que o mensageiro lhe dirigira. *Retire-se.*

Deu meia-volta e encarou a faca que empunhava diante de si. E então Uliet balouçou, parou e balouçou de novo, para a frente, de propósito... e caiu sobre a própria lâmina. Seus joelhos não se dobraram e ele não vacilou nem tentou evitar seu destino ao se deixar cair de cara no chão, direto na ponta da faca. A dagacris envenenada mergulhou no ponto abaixo de seu esterno e perfurou até o coração. Estatelado sobre o chão de pedra, seu corpo estremeceu. Em poucos segundos, Uliet estava morto. Derramou pouquíssimo sangue.

O público do sietch deu um grito diante do presságio que havia acabado de testemunhar e recuou. Enquanto os fremen admiravam Kynes com uma reverência religiosa, a fluidez das palavras do planetólogo foi diminuindo até virar um balbucio e cessar. Ele deu meia-volta e viu o sacrifício que aquele fremen acabara de fazer por ele, o derramamento de sangue.

— O que está acontecendo? Quem era aquele homem? — questionou Kynes.

Os hidromestres correram à frente para remover o corpo de Uliet. Com um farfalhar de túnicas e um sudário de cobertores, toalhas e panos, removeram o assassino tombado, carregando-o até as destilarias fúnebres para ser processado.

Os outros fremen fitavam Kynes, reverentes.

— Olhem! Deus nos mostrou o que fazer. Foi Ele quem guiou Uliet. Ele falou com Pardot Kynes — exclamou uma mulher.

Brian Herbert e Kevin J. Anderson

— Umma Kynes — disse alguém. *Profeta* Kynes.

Um homem se levantou e mirou severamente os reunidos a seu redor.

— Seríamos estúpidos se não o escutássemos agora.

Havia gente correndo em disparada pelo sietch. Incapaz de compreender a religião dos fremen, Kynes nada entendia de tudo o que estava acontecendo.

Todavia, daquele momento em diante, ele não achava que teria quaisquer dificuldades em fazer com que pessoa alguma lhe desse ouvidos.

Forasteiro nenhum jamais viu uma tleilaxu e viveu para contar a história. Considerando o pendor dos tleilaxu para a manipulação genética — vejam-se, por exemplo, os memorandos relacionados a clones e gholas —, essa simples observação levanta uma cornucópia de dúvidas adicionais.

— Análise das Bene Gesserit

Uma mulher ixiana ofegante com credenciais plenas de mensageira chegou a Kaitain para entregar um importante comunicado ao imperador. Ela marchou palácio adentro sem fazer uma única pausa, nem para responder a qualquer pergunta. Nem mesmo Cammar Pilru, o embaixador oficial enviado de Ix, ouvira a mensagem ainda com as notícias terríveis da rebelião subterrânea dos suboides.

Como não existia comunicação instantânea via dobra espacial entre planetas, mensageiros certificados e diplomados recebiam passagem em paquetes expressos para transportar comunicações memorizadas instantaneamente e entregá-las em mãos aos devidos destinatários. O resultado era muito mais rápido do que a comunicação por rádio ou outros sinais eletrônicos que demorariam anos para atravessar a vastidão do espaço.

Sob a escolta de dois agentes da Guilda, a mensageira Yuta Brey providenciou uma reunião imediata com o imperador. A mulher se recusava ferrenhamente a revelar qualquer informação mesmo ao embaixador do próprio planeta, que ficara sabendo do alvoroço e correra até o salão de audiências. O magnífico Trono do Leão Dourado estava vazio; Elrood mais uma vez se sentia cansado e doente.

— Essa notícia é somente para os ouvidos do imperador, uma solicitação urgente e particular do conde Dominic Vernius — disse Brey ao embaixador Pilru, com um olhar ríspido. A Guilda e a CHOAM usavam várias técnicas severas para a doutrinação dos mensageiros a fim de garantir a precisão e a lealdade. — Queira por gentileza permanecer por perto, embaixador? Trago também notícias cruciais sobre a possível derrocada de Ix. O senhor precisa estar a par da situação.

Boquiaberto, o embaixador Pilru suplicou mais informações à mensageira, mas a mulher permaneceu em silêncio. Deixando a escolta da Guilda e o diplomata ixiano para trás no salão de audiências, os guardas de elite Sardaukar examinaram as credenciais de Brey e a conduziram sozinha à antessala adjacente aos aposentos de Elrood.

Vestindo um robe com o brasão imperial na lapela, o imperador parecia envelhecido e exaurido. Estava sentado com a postura caída em uma cadeira com o encosto elevado, apoiando os pés em um banco aquecido. A seu lado, havia um homem alto, de aspecto nervoso e bigodes caídos: o secretário Aken Hesban.

Brey ficou surpresa ao ver o velho sentado naquela poltrona um tanto comum em vez de seu trono imenso. Em função do estado de sua moléstia, as escleras de Elrood tinham manchas azuladas, e ele mal conseguia manter a cabeça ereta no pescoço flácido e fino como um trilho. Dava a impressão de que o imperador desmaiaria a qualquer momento.

Com uma mesura breve, ela anunciou:

— Sou a mensageira Yuta Brey, vinda de Ix, sire, com uma solicitação importante do senhor Dominic Vernius.

O imperador fez uma careta ao ouvir o nome de seu antigo rival, mas não disse nada, só esperou, pronto para dar o bote. Tossiu e cuspiu alguma coisa em um lenço rendado.

— Estou ouvindo.

— É somente para os ouvidos do imperador — disse ela, fitando Hesban com insolência.

— E? — redarguiu Elrood, com um sorriso seco. — Eu já não escuto muito bem, e este distinto cavalheiro é meus ouvidos. Ou devo dizer "São meus ouvidos"? Usa-se o plural ou não nessa situação?

O secretário se curvou para sussurrar algo no ouvido dele.

— Fui informado de que o certo é "Ele *é* meus ouvidos" — emendou Elrood, assentindo de modo decisivo.

— Como quiser — disse Brey. Ela recitou as palavras memorizadas, repetindo até mesmo as entonações que Dominic Vernius utilizara. — Estamos sob ataque dos Bene Tleilax, sob o falso pretexto de uma crise interna. Por meio da infiltração de Dançarinos Faciais impostores, os tleilaxu fomentaram uma insurreição em meio a nossa classe trabalhadora. Valendo-se desses meios pérfidos, os rebeldes ganharam a vantagem do

Duna: Casa Atreides

elemento surpresa. Muitas de nossas instalações defensivas estão destruídas ou sitiadas. Como loucos, eles gritam "Jihad! Jihad!".

— Uma guerra santa? — indagou Hesban. — Por conta do quê? O que Ix fez agora?

— Não temos a menor ideia, *monsieur* secretário. Os tleilaxu são conhecidos por serem fanáticos religiosos. Nossos suboides são criados para seguirem instruções e por isso são facilmente manipuláveis. — Yuta Brey hesitou, com um leve tremor nos lábios. — O conde Dominic Vernius solicita respeitosamente uma intervenção imediata dos Sardaukar do imperador contra esse ato ilícito.

Ela recitou informações detalhadas a respeito dos posicionamentos militares ixianos e tleilaxu, incluindo a magnitude da sublevação, as fábricas avariadas e os cidadãos assassinados. Entre as vítimas, destacava-se o nome da própria esposa do embaixador, uma banqueira da Guilda morta em uma explosão no prédio da embaixada da Guilda.

— Foram longe demais. — Indignado, Hesban parecia pronto para dar pessoalmente a ordem para a defesa de Ix. A solicitação da Casa Vernius era evidentemente razoável. Olhando para baixo, para o imperador, ele acrescentou: — Senhor, se os tleilaxu desejam acusar Ix de violação de qualquer estatuto da Grande Convenção, que o façam abertamente na corte do Landsraad.

Apesar do cheiro de incenso queimando no ar e dos *hors-d'œuvres* com especiaria dispostos em travessas de madrepérola, Brey ainda assim sentia o cheiro acre de doença que pairava no ar abafado da antessala. Elrood estava inquieto em seu robe pesado. Ele semicerrou os olhos embaçados.

— Levaremos o pedido em consideração, mensageira. Sinto que preciso descansar um pouco agora. Ordens médicas, compreende? Discutiremos essa questão amanhã. Por favor, pegue algo para se refrescar ou saciar a fome e escolha um dos quartos destinados aos dignatários visitantes. Talvez você também queira se encontrar com o embaixador ixiano.

Um ar de preocupação eletrizou o olhar da mulher.

— Esta informação foi passada para mim há várias horas, sire. Estamos em uma situação de extremo desespero. Fui instruída a dizer para vossa majestade que o conde Vernius acredita que qualquer delonga será fatal.

Hesban respondeu em voz alta, ainda confuso quanto ao motivo de Elrood recusar-se a agir imediatamente:

— Pessoa nenhuma *diz* coisa alguma para o imperador, minha jovem. *Solicita-se*, não mais do que isso.

— Minhas sinceras desculpas, sire — disse a mensageira, dirigindo-se a Elrood. — Por favor, perdoe minha agitação, mas hoje testemunhei meu mundo sofrer um golpe mortal. Que resposta devo levar ao conde Vernius?

— Seja paciente. Retornarei a ele no devido tempo, após refletir quanto a minha resposta.

Toda a cor do rosto de Brey se esvaiu.

— Posso perguntar *quando*?

— Não, não pode! Sua audiência está concluída — esbravejou Elrood. Ele a fuzilou com o olhar.

Assumindo o controle da situação, o secretário Hesban deu um passo à frente e levou a mão ao ombro de Brey para conduzi-la na direção da porta enquanto olhava com curiosidade por cima do ombro, na direção do imperador.

— Como quiser, sire.

Brey fez uma mesura e os guardas de elite a escoltaram até a saída.

Elrood captara a expressão de raiva e desespero da mensageira quando ela se dera conta de que sua missão fora por água abaixo. Ele vira a angústia e as lágrimas se formando nos olhos dela. Tão cansativo, tão previsível.

Mas tudo transcorrera perfeitamente.

Assim que a mensageira ixiana e o secretário da corte saíram, o príncipe herdeiro Shaddam e Fenring adentraram a antessala e se posicionaram diante de Elrood. O velho sabia que eles tinham ficado ouvindo a audiência através da parede.

— Que bela formação vocês dois estão recebendo, hein? Observem e aprendam — disse Elrood.

— Ah, sim. O senhor lidou com a situação de uma forma magistral, meu pai. Os acontecimentos estão se desdobrando justamente como o senhor previu.

Duna: Casa Atreides

Com uma boa dose de intervenção invisível, minha e de Fenring, concluiu Shaddam consigo mesmo.

O imperador estava radiante, mas então teve um acesso de tosse.

— Meus Sardaukar teriam sido mais eficientes do que os tleilaxu, mas eu não poderia arriscar mostrar minhas cartas cedo demais. Uma reclamação formal dos ixianos ao Landsraad poderia ser um problema. Temos que nos livrar da Casa Vernius e colocar os tleilaxu no lugar como nossos fantoches, com legiões de Sardaukar enviadas depois para atuar e garantir a ocupação.

— Hããããã, ah, talvez seja preferível nos referirmos à situação como "Promover uma transição suave e organizada". Evitar o termo "invadir" — observou Fenring.

Elrood sorriu com seus lábios apergaminhados, expondo os dentes de um modo que o fazia parecer ainda mais uma caveira.

— Perceba, Hasimir, que você está de fato aprendendo a se tornar um político, no fim das contas... apesar de seus métodos um tanto diretos.

Embora todos os três soubessem os motivos ocultos para terem provocado a derrocada de Ix, nenhum deles comentava sobre os benefícios que receberiam após Hidar Fen Ajidica começar sua pesquisa para a produção de especiaria artificial naquele planeta.

O secretário Hesban entrou de novo no recinto, atipicamente afoito. Ele fez uma mesura.

— Sire, por gentileza, perdoe minha intrusão. Enquanto eu transferia a mensageira de volta à escolta da Guilda, ela os informou que o senhor se recusou a agir de acordo com os regulamentos imperiais. Ela já se uniu ao embaixador Pilru para solicitar uma audiência imediata com os membros do Conselho do Landsraad.

— Hããããã, ela está agindo pelas costas de vossa majestade, sire — disse Fenring.

— Absurdo — explodiu o velho imperador, procurando sua onipresente caneca de cerveja de especiaria. — O que uma *mensageira* sabe de regulamentos imperiais?

— Embora não sejam qualificados para o treinamento completo de Mentat, mensageiros licenciados possuem uma memória perfeita, sire — apontou Fenring, aproximando-se de Elrood na posição que geralmente era ocupada pelo secretário Hesban.

— Ela não é capaz de processar os conceitos, mas é bem possível que tenha todos os regulamentos e codicilos facilmente acessíveis em seu cérebro. Citou vários deles em minha presença — insistiu Hesban.

— Ah, sim. Mas como ela pode contestar a decisão do imperador se ele ainda não concluiu sua deliberação? — perguntou Shaddam.

Hesban puxou um de seus bigodes caídos, intensificando cada vez mais sua carranca direcionada ao príncipe herdeiro, mas se conteve para não repreender Shaddam por sua ignorância em direito imperial.

— Por acordo mútuo entre o Conselho Federado do Landsraad e a Casa Corrino, exige-se do imperador que ele preste assistência imediata ou mobilize uma reunião emergencial do Conselho de Segurança para dirimir a questão. Se seu pai não agir dentro de uma hora, o embaixador ixiano tem o direito de mobilizar o Conselho pessoalmente.

— Conselho de Segurança? — Elrood fez uma careta e olhou primeiro para o secretário Hesban, depois para Fenring, procurando auxílio. — Qual regulamento esta mulher infernal está citando?

— Volume 30, seção 6.3, da Grande Convenção.

— O que diz nele?

Hesban respirou fundo.

— Esse regulamento trata de situações de beligerância entre Casas, em que um apelo ao imperador é feito por uma das partes envolvidas nas hostilidades. O regulamento foi idealizado para proibir que o imperador assuma um lado; nessas questões, vossa majestade deve agir como um árbitro neutro. Neutro, sim... mas é preciso agir. — O secretário arrastava os pés. — Sire, receio que eu não compreenda o motivo pelo qual o senhor deseje essa delonga. Certamente não está do lado dos... dos *tleilaxu*?

— Há muitas coisas que você não compreende, Aken. Apenas cumpra com minha vontade — disse o imperador.

O secretário pareceu ressentido.

— Hmmmm. — Fenring andava em círculos atrás da cadeira de encosto elevado. Ele pegou um biscoito crocante de frutas cristalizadas de uma das bandejas. — Tecnicamente, a mensageira está correta, sire. Vossa majestade não poderia atrasar em um ou dois dias a resposta. O regulamento também afirma que, se convocada, uma reunião do Conselho de Segurança do Landsraad não pode ser encerrada sem que uma decisão seja tomada. — Fenring levou um dedo aos lábios enquanto refletia. — As

Duna: Casa Atreides

partes hostis e os respectivos representantes têm o direito de participar. No caso dos ixianos, seus representantes poderiam ser a Guilda Espacial, bem como o embaixador Pilru... que, aliás, tem um filho ameaçado pela rebelião em Ix e outro que integrou recentemente a Guilda.

— Lembre-se também de que a esposa do embaixador foi morta durante a rebelião. As pessoas estão morrendo — acrescentou Hesban.

— Considerando nossos planos para os tleilaxu usarem as instalações ixianas, também seria aconselhável manter a Guilda fora disso — manifestou-se Shaddam.

— Planos? — O secretário pareceu alarmado ao descobrir que havia sido deixado de fora de discussões tão importantes. Ele se virou para Elrood. — Que planos, sire?

— Mais tarde, Aken. — O imperador franziu a testa. Remexendo-se desconfortavelmente na cadeira, puxou o tecido do robe para cobrir seu peito afundado. — Maldita seja aquela mulher!

— Os agentes da Guilda estão a sua espera, ao lado dela, no salão — pressionou Hesban. — O embaixador Pilru exige uma audiência com o senhor. Em pouco tempo, as outras Casas ficarão sabendo das notícias e também insistirão que alguma medida seja tomada... sobretudo as que detêm cargos de diretoria na CHOAM. Esse tumulto em Ix terá drásticas consequências econômicas, pelo menos para o futuro imediato.

— Tragam-me os regulamentos e dois Mentats para realizarem análises independentes. Encontrem alguma coisa que possa nos livrar dessa situação! — O imperador pareceu vigilante de repente, inflamado pela crise. — A Casa Corrino não deverá interferir com a tomada de Ix por parte dos tleilaxu. Nosso futuro depende disso.

— Como... quiser, sire.

Hesban fez uma mesura e saiu, em um farfalhar de seus tecidos finos de tons de azul profundo. Seguia perplexo, mas disposto a cumprir ordens.

Minutos depois, um criado entrou na antessala com um projetor e uma tela oval de pretoplás. Agitado, ele montou o aparato sobre uma mesa. Fenring o posicionou para que o imperador pudesse ver melhor.

Hesban retornou, ladeado por dois Mentats com os lábios manchados pelo vermelho do suco de sapho. Do lado de fora, a guarda de elite dos Sardaukar detinha vários representantes que clamavam por permissão para entrar. Entre eles, distinguia-se audivelmente a voz aguda e agitada do embaixador ixiano.

Fenring resgatou dados registrados em rolos de shigafio enquanto o secretário Hesban resumia os eventos e todo aquele imbróglio para a dupla de Mentats imperiais. Imagens dançavam sobre a mesa — palavras em preto impressas em galach. Mantendo-se próximo ao amigo, Shaddam analisava as minúcias das leis como se fosse encontrar alguma sutileza que pudesse ter passado despercebida a todos os outros.

Ambos os Mentats estavam rígidos, com os olhares distantes, enquanto faziam suas análises separadas da lei e dos códigos subsidiários.

— Para começar, vejamos a seção 6.3 — disse um dos Mentats.

As palavras rolavam pelo campo do projetor em um borrão até pararem em uma página em particular. Uma seção estava destacada em vermelho e uma segunda cópia em holodisco da página pairava no ar. A duplicata flutuou até o colo do imperador para que ele e os outros lessem.

— Não vai funcionar. Referência cruzada com 78.3, volume 12 — sugeriu o segundo Mentat.

Inclinando-se para mais perto, Elrood passou os olhos pelo regulamento. Depois, passou a mão pela página e ela desapareceu.

— Guilda dos infernos — praguejou. — Vamos deixá-los de joelhos assim que...

Fenring pigarreou para interromper o fio da meada confuso do imperador antes que ele revelasse mais do que deveria.

O holoprojetor começou sua busca mais uma vez assim que os Mentats se calaram. O secretário Hesban se aproximou para estudar as páginas que começavam a desacelerar diante dele.

— Que se explodam os regulamentos! É o que eu gostaria de fazer, uma bomba atômica em todas essas leis — continuou Elrood, encolerizado. — Por acaso eu governo ou não o Imperium? Ceder ao Landsraad, evitar pisar nos calos da Guilda... Como imperador, eu não deveria ser obrigado a me curvar a outros poderes.

— De fato, sire — concordou Hesban. — Mas estamos presos em uma rede de tratados e alianças.

— Talvez tenha algo aqui. Apêndice do Jihad 19.004 — disse Fenring, de repente. Ele fez uma pausa. — Em questões que envolvem o Jihad Butleriano e os estatutos estabelecidos posteriormente, é concedida ao imperador uma

Duna: Casa Atreides

latitude maior para tomar decisões em relação ao modo de punir quem violar a interdição às máquinas pensantes.

Os olhos fundos do imperador se iluminaram.

— Ah, neste caso, como temos questões pertinentes acerca de possíveis violações por parte dos ixianos, talvez possamos prosseguir legalmente com "a devida cautela" — sugeriu Elrood. — Em especial porque recentemente recebemos relatórios perturbadores sobre desenvolvimentos de máquinas.

— Recebemos? — perguntou o secretário.

— Com certeza. Lembram dos maks de combate reativos no mercado clandestino? Tal acusação exige uma análise mais detalhada.

Shaddam e Fenring sorriram um para o outro. Todos sabiam que aquela postura não sustentaria uma análise mais detalhada, mas Elrood, por ora, apenas precisava retardar seu envolvimento. Os tleilaxu garantiriam a conquista dali a um ou dois dias. Sem apoio externo, a Casa Vernius não tinha a menor chance.

Enunciando as palavras exatas em galach, Hesban acrescentou:

— Segundo este Apêndice, o imperador padixá é o "Santo Guardião do Jihad", encarregado de protegê-lo e a tudo que ele representa.

— Ah, sim. Neste caso, podemos solicitar as supostas evidências do embaixador tleilaxu e então conceder a Pilru um período determinado de tempo para dar sua resposta subsequente. — Shaddam fez uma pausa e olhou para Fenring, buscando encorajamento. — Ao fim do dia, o imperador poderia emitir uma solicitação para uma cessação temporária das hostilidades.

— A essa altura, será tarde demais — afirmou o secretário Hesban.

— Exatamente. Ix perecerá e não haverá nada que eles possam fazer a respeito.

Semelhante a muitas iguarias culinárias, a vingança é um prato que se saboreia calmamente, após uma demorada e delicada preparação.

— **Imperador Elrood IX, compreensões em seu leito de morte**

Meia hora depois, Shaddam testemunhou a entrada dos embaixadores antagônicos na antessala do imperador para uma audiência em particular a fim de "resolver a questão". Por sugestão de Fenring, ele trocara de roupa e vestira um traje mais formal com sutis detalhes militares. Assim, enquanto o pai lhes pareceria desarrumado e desleixado, *ele* portaria a aparência de um líder.

O embaixador ixiano tinha um rosto largo, carnudo e com bochechas rosadas. Seu corpo inteiro parecia abarrotado dentro de um macacão de sarja com amplas lapelas e um colarinho afofado. O cabelo ralo e grisalho havia sido penteado às pressas. Como admitia não estar pessoalmente a par das condições da crise em Ix, trazia consigo a mensageira Yuta Brey como testemunha.

Mofra Tooy, o único membro da delegação tleilaxu que tinham conseguido encontrar, era um homem de baixa estatura com um cabelo alaranjado rebelde e pele acinzentada. O homem deixava transparecer sua fúria malcontida, fervendo por dentro enquanto seus olhinhos escuros fuzilavam a contraparte ixiana. Tooy havia sido instruído a dizer apenas o necessário.

O embaixador Pilru continuava espantado com toda a situação, começando a tomar consciência da morte de sua esposa S'tina e a sentir o luto. Tudo lhe parecia irreal. Um pesadelo. Estava inquieto, mexendo os pés, preocupado com seu planeta, seu cargo e seu filho desaparecido, C'tair. O olhar do embaixador disparava pelo recinto, procurando apoio entre os assessores e a equipe do imperador. Sentiu calafrios diante da aspereza nos olhares que lhe devolviam.

Dois agentes da Guilda rondavam os fundos da antessala, com posturas inexpressivas. Um deles tinha um rosto rubente, marcado por cicatrizes, e o outro tinha a cabeça deformada, com bolhas na nuca. Shaddam

Duna: Casa Atreides

já tinha visto pessoas parecidas, que haviam começado o treinamento para se tornarem Navegadores da Guilda e fracassado nos rigores do processo seletivo.

— Primeiro ouviremos Mofra Tooy. Quero que ele se explique, bem como as suspeitas de seu povo — anunciou o imperador, com a voz rouca.

— E o motivo de tomarem medidas tão violentas e sem precedentes! — interveio Pilru.

Os outros ignoraram a explosão.

— Descobrimos atividades ilegais em Ix — começou o tleilaxu, com uma voz infantil. — Os Bene Tleilax sentiram que era imperativo impedir essa praga antes que outra insidiosa inteligência maquinal recaísse sobre o Imperium. Caso esperássemos, a raça humana poderia ser submetida a mais milênios de escravidão. Não tivemos escolha a não ser agir como agimos.

— Mentiroso! — rosnou Pilru. — O que faz de vocês os executores dos estatutos, sem o devido processo legal? Vocês não têm provas, porque não houve atividade ilícita alguma em Ix. Temos aderido cuidadosamente a todas as diretrizes do Jihad.

Com uma tranquilidade notável para um tleilaxu, Tooy manteve o olhar nos outros presentes no recinto como se Pilru fosse mais que desprezível.

— Nossas forças tomaram as medidas necessárias antes que eles pudessem destruir as evidências. Por acaso não tiramos lições da Grande Rebelião? Uma vez ativa, uma inteligência maquinal pode se tornar vingativa e desenvolver a capacidade de criar cópias de si mesma para se disseminar feito um incêndio. Ix é a fonte de todas as máquinas pensantes. Nós, os tleilaxu, estamos dando continuidade à guerra santa apenas para manter o universo livre desse inimigo. — Embora o embaixador Pilru tivesse duas cabeças a mais de altura que ele, Tooy gritou em sua direção: — Jihad! Jihad!

— Ora, veja bem, senhor. Esse é um comportamento injustificado — respondeu Pilru, recuando vários passos.

— "Não criarás uma máquina à semelhança da mente de um homem." O senhor e a Casa Vernius serão condenados por seus pecados! — explodiu o tleilaxu.

— Acalme-se — interveio Elrood.

Magistralmente suprimindo um sorriso, o imperador gesticulou para que Tooy voltasse à posição anterior. Com relutância, o diminuto delegatário cooperou.

Pilru e a mensageira ixiana conversaram em um tom de voz baixo e ansioso. Enfim o embaixador se manifestou novamente:

— Peço ao imperador para que exija provas de tais violações. Os Bene Tleilax agiram fora da legalidade, destruindo nossa base comercial sem primeiro submeter as acusações ao Landsraad. — Ele acrescentou rapidamente: — Nem ao imperador.

— As evidências estão sendo compiladas — respondeu Tooy. — E incluirão também a motivação verdadeira por trás dos atos criminosos cometidos por vocês, ixianos. Suas margens de lucro têm diminuído, o que põe em risco sua posição como membros da CHOAM.

Ah, aqueles relatórios que falsificamos tão habilmente!, pensou Shaddam, trocando olhares com Hasimir Fenring. Ninguém era capaz de manipular documentos tão bem quanto o amigo.

— Isso é uma mentira descarada — rebateu Pilru. — Estamos lucrando mais do que nunca, sobretudo após nosso novo modelo de paquete. É só perguntar para a Guilda. Seu povo não tinha o menor direito de incitar violência tamanha...

— Tivemos todo o direito, o direito *moral*, de proteger o Imperium de mais uma era de subjugação às máquinas. Enxergamos a motivação por trás dos subterfúgios ixianos para a criação de mentes maquinais. Por acaso o lucro de vocês vale mais do que a segurança da humanidade? Os ixianos venderam a própria alma!

As veias saltavam na testa de Pilru; ele acabou perdendo a paciência de embaixador.

— Seu cretino mentiroso, essa é uma invenção absurda! — Ele se voltou para Elrood. — Sire, requisito que envie os Sardaukar para intervir em Ix e proteger nosso povo dessa invasão ilícita cometida pelas forças dos Bene Tleilax. Não infringimos quaisquer leis.

— Violar o Jihad Butleriano é uma denúncia grave — disse o imperador, em um tom de voz pensativo, embora, na verdade, não se importasse nem um pouco com aquilo. Ele cobriu a boca e tossiu mais uma vez. — Tal acusação não deve ser encarada de forma leviana. Pense nas consequências...

Duna: Casa Atreides

Elrood falava com uma lentidão deliberada, da qual Shaddam achava graça. O príncipe herdeiro viu-se forçado a admitir que sentia *alguma* admiração por certas coisas em seu pai à beira da morte, mas o auge de Elrood já pertencia ao passado e era chegada a hora de ter sangue fresco no poder.

A mensageira se pronunciou:

— Imperador Elrood, os tleilaxu estão tentando ganhar tempo enquanto a batalha se desdobra em Ix. Use seus Sardaukar para conseguir uma cessação das hostilidades, depois permita que cada lado apresente seus argumentos e suas evidências ao tribunal.

O imperador arqueou as sobrancelhas, depois fitou a mensageira, empinando o nariz fino.

— Na posição de mera mensageira, você não está qualificada a apresentar argumentos para mim. — Ele olhou para os guardas Sardaukar. — Retirem esta mulher.

O desespero dava à voz dela um tom irregular:

— Perdão, sire, mas tenho maior familiaridade com a crise em Ix, e meu senhor Vernius me instruiu a tomar todas as medidas necessárias. Requisitamos que os Bene Tleilax apresentem provas imediatas ou que retirem suas forças. Eles não estão compilando evidências. Essa é apenas uma tática de postergação!

— Quando poderão me apresentar suas provas? — inquiriu o imperador, voltando o olhar para Tooy.

— *Supostas* provas — protestou Pilru.

— Dentro de três dias imperiais, sire — disse o tleilaxu.

Houve suspiros de protesto da parte dos ixianos.

— Mas, senhor, em três dias eles terão tempo para consolidar as conquistas militares e falsificar qualquer evidência desejada. — Os olhos de Pilru cintilavam. — Já assassinaram minha esposa, destruíram prédios... Meu filho está desaparecido. Por favor, não permita que continuem essa devastação irrefreada durante *três dias*!

O imperador considerou a questão por um momento, e os presentes se calaram.

— Tenho certeza de que os ixianos estão exagerando o desconforto para me obrigar a tomar uma decisão apressada. Considerando a gravidade das acusações, sinto-me inclinado a esperar pelas provas, ou pela ausência de provas. — Ele olhou para seu secretário. — O que me diz, Aken? Essa decisão segue à risca a lei imperial referente a uma situação como esta?

Hesban murmurou, concordando.

Elrood assentiu para Pilru como se estivesse prestando um incrível favor pessoal.

— Acho, no entanto, que as provas deveriam ser enviadas dentro de dois dias em vez de três. Podem dar conta disso, embaixador Tooy?

— Será difícil, sire, mas... como quiser.

Embasbacado, Pilru ruborizou de raiva.

— Milorde, como pode ficar contra nós e tomar o lado desses... desses *tleilaxu imundos*?

— Embaixador, seu preconceito não é bem-vindo aqui em minha antessala imperial. Não tenho nada além do maior respeito por seu conde... e, claro, por sua senhora, lady Shando.

Shaddam olhou para os agentes da Guilda nos fundos da sala. Em tons de voz controlados, conversavam em um idioma secreto. Em um instante, todos assentiram um para o outro. Uma violação do Jihad Butleriano era uma questão seríssima para eles.

— Mas, dentro de dois dias, meu planeta estará perdido. — Pilru lançou um olhar suplicante aos agentes da Guilda, buscando apoio, mas eles permaneceram em silêncio, sem fazer contato visual.

— Não podem fazer isso... vão condenar nosso povo à destruição! — gritou Yuta Brey para Elrood.

— Mensageira, a senhorita *é* impertinente, assim como Dominic Vernius. Pare de abusar de minha paciência. — Com um olhar severo para o representante tleilaxu, Elrood ordenou: — Embaixador Tooy, traga-me suas provas, provas *irrefutáveis*, dentro de dois dias, ou retire suas forças de Ix.

Mofra Tooy fez uma mesura. Fora da vista dos agentes da Guilda que estavam diretamente atrás dele, abriu um leve sorriso, brevemente e às margens da boca, e logo o dissipou.

— Pois bem — disse o embaixador ixiano, já tremendo de raiva. — Exijo uma sessão imediata do Conselho de Segurança do Landsraad.

— E isso lhe será concedido, precisamente de acordo com a lei — disse Elrood. — Já tomei providências que acredito serem as melhores para

Duna: Casa Atreides

o Imperium. Mofra Tooy deverá se dirigir ao Conselho dentro de dois dias, assim como o senhor. Se quiser retornar ao planeta nesse ínterim, um paquete expresso será destinado a seu uso. Mas esteja avisado: se essas acusações forem mesmo válidas, embaixador, a Casa Vernius terá muito pelo que pagar.

Limpando o suor da cabeça careca, Dominic Vernius analisava seu embaixador. Pilru acabara de entregar um relatório perturbador ao conde e sua lady. O homem estava claramente ansioso para encontrar o filho desaparecido em meio ao caos da cidade subterrânea, embora tivesse voltado ao planeta havia menos de uma hora. Os dois estavam juntos em um centro operacional subterrâneo, nas profundezas daquele teto rochoso, já que o Orbescritório transparente no Grand Palais era vulnerável demais em tempos de guerra. Ouviam-se os sons mecânicos dos transportes por tubo deslocando equipamento e tropas ixianas pelas catacumbas da crosta do planeta.

As incursões defensivas não estavam progredindo. Por meio de sabotagens bem planejadas e gargalos cuidadosamente organizados, os tleilaxu já controlavam a maior parte do subterrâneo e os ixianos estavam sendo arrebanhados rumo a áreas cada vez menores. Os suboides rebeldes tinham uma ampla superioridade numérica em relação aos defensores ixianos sitiados, vantagem da qual os invasores tleilaxu se aproveitaram por completo, manipulando com facilidade os trabalhadores pálidos.

— Elrood nos traiu, meu amor — disse Dominic, abraçando a esposa. Tinham apenas a roupa suja do corpo e alguns tesouros domésticos que haviam conseguido resgatar. Mas ele já compreendia toda a situação. — Eu sabia que o imperador me detestava, mas nunca esperei um comportamento tão desprezível, nem mesmo dele. Se pelo menos eu pudesse provar...

Com um aspecto pálido e mais frágil do que nunca, embora seus olhos reluzissem de uma determinação ferrenha, lady Shando respirou fundo. Linhas delicadas vincavam os traços refinados de seus olhos e de sua boca, os únicos indícios de envelhecimento, lembretes sutis a Dominic para valorizar ainda mais a beleza, o amor e o caráter dela a cada dia. Dando um passo para o lado dele, ela enlaçou o braço com o dele.

— E se eu for até ele e suplicar por misericórdia? É possível que ele seja razoável, em respeito a quaisquer lembranças que ainda possa ter de minha pessoa... — sugeriu lady Shando.

— Eu não deixaria você fazer isso. Ele a odeia agora e se ressente de mim por termos nos casado. Roody está além de qualquer compaixão. — Dominic cerrou os punhos e analisou o rosto do embaixador Pilru, mas não encontrou esperanças. Olhando de volta para Shando, acrescentou: — Conhecendo-o, não há dúvidas de que ele mesmo já estabeleceu intrigas tão complexas que não conseguiria retroceder agora nem se quisesse. Jamais receberemos reparações de guerra, mesmo que saiamos vitoriosos. A fortuna de minha família será confiscada e eu serei destituído de minha posição pessoal de poder. — Ele abaixou o tom de voz, tentando ocultar o desespero. — E tudo porque ele quer ficar quite comigo por tirar a mulher dele há muito, muito tempo.

— Farei o que quiser que eu faça, Dominic — disse ela, com um tom suave. — Você fez de mim sua esposa, não sua concubina. Eu sempre lhe falei... — A voz dela foi evanescendo.

— Eu sei, meu amor. — Ele apertou a mão da esposa. — Eu faria de tudo por você também. Tudo valeu a pena... até mesmo isto.

— Aguardo suas ordens, milorde — intercedeu o embaixador Pilru, profundamente agitado. Seu filho C'tair estava ali, em algum lugar, escondendo-se, lutando, talvez já morto.

Dominic mastigou o interior das bochechas.

— É evidente que a Casa Vernius já havia sido destinada à destruição, e não há alternativa. Todas as acusações ilegítimas nada significam e o escudo de papel da lei foi rasgado em pedacinhos. O imperador pretende nos destruir, e não podemos lutar contra a Casa Corrino, sobretudo contra uma traição tamanha. Não duvido que o Landsraad vá protelar e depois avançar sobre os espólios da guerra. — Furioso, ele se aprumou, endireitando os ombros largos. — Levaremos as armas atômicas e os escudos de nossa família, fugindo para além do alcance do Imperium.

Pilru reprimiu um grito.

— Virarão... *renegados*, milorde? E quanto ao restante de nós?

— Infelizmente, não temos escolha, Cammar. É o único modo de sair desta armadilha com vida. Quero que entre em contato com a Guilda e solicite um transporte de emergência. Cobre qualquer favor que eles nos

Duna: Casa Atreides

devem. Os agentes da Guilda assistiram à sessão com o imperador, por isso estão cientes de nossa situação. Diga que também queremos levar nossas forças militares conosco... o pouco que nos resta. — Dominic abaixou a cabeça. — Jamais imaginei que chegaríamos a esse ponto... expulsos de nosso próprio palácio e de nossas próprias cidades...

O embaixador assentiu com uma postura rígida, depois partiu em meio à cintilação de uma passagem blindada.

Uma das paredes do centro administrativo ganhou vida, iluminando-se com quatro projeções em painéis separados, mostrando batalhas que ocorriam em todo o planeta — cenas a cores transmitidas por olhos-com portáteis. Os ixianos continuavam a acumular perdas.

Balançando a cabeça, Dominic disse:

— Agora devemos conversar com nossos amigos e funcionários mais próximos para informá-los dos perigos que enfrentarão caso nos acompanhem. Será muito mais difícil e perigoso se fugirem conosco do que se forem subjugados pelos tleilaxu. Ninguém será obrigado a nos acompanhar, levaremos apenas voluntários. Como uma Casa renegada, todos os membros de nossa família e seus apoiadores serão perseguidos por caçadores de glória.

— Caçadores de recompensas — disse Shando, com a voz pesada em um misto de tristeza e raiva. — Você e eu teremos que nos separar, Dominic... para despistá-los e aumentar nossas chances.

Dois painéis da parede se apagaram assim que os tleilaxu encontraram e desativaram os olhos-com que transmitiam as imagens.

Dominic abrandou a voz:

— Depois, quando nossa Casa e nosso planeta nos forem devolvidos, vamos nos lembrar do que fizemos aqui e do que foi dito. Estamos fazendo história. Um drama de alta qualidade. Posso lhe contar uma anedota, um estudo de caso paralelo?

— Gosto muito de suas histórias — disse ela, com um sorriso suave no rosto forte, porém delicado. Os olhos cor de avelã dançavam. — Muito bem, o que diremos a nossos netos?

Por um momento, a atenção do conde se voltou para uma nova rachadura no teto e para a água que escorria de uma das paredes.

— Salusa Secundus já foi o planeta capital do Imperium. Sabe por que mudaram para Kaitain?

Brian Herbert e Kevin J. Anderson

— Algum problema atômico. Uma devastação em Salusa — respondeu ela.

— Segundo a versão imperial, foi um acidente infeliz. Mas a Casa Corrino só diz isso porque não quer dar ideias às pessoas. A verdade é que uma outra família renegada, uma Grande Casa cujo nome foi removido dos registros históricos, foi capaz de pousar em Salusa com as próprias armas atômicas. Em um ataque ousado, bombardearam a capital e desencadearam uma catástrofe ecológica. O planeta ainda não se recuperou.

— Um ataque atômico? Eu não tinha ideia.

— Depois disso, os sobreviventes mudaram o trono imperial para Kaitain, que fica em um sistema solar diferente e mais seguro, onde o jovem imperador Hassik III reconstruiu o governo. — Notando a expressão de preocupação no rosto da esposa, ele se aproximou dela e a abraçou com força. — Não vamos fracassar, meu amor.

Os painéis remanescentes na parede piscaram e se apagaram assim que os tleilaxu destruíram os últimos olhos-com.

No Imperium, existe o nobre, porém raramente utilizado, "princípio do indivíduo", o qual permite que alguém que tenha violado uma lei por escrito em uma situação de perigo ou necessidade extremos possa solicitar uma sessão especial da corte da jurisdição a fim de explicar e justificar a inevitabilidade de suas ações. Vários procedimentos jurídicos derivam desse princípio, dentre eles o Júri Drey, o Tribunal às Cegas e o Julgamento por Confisco.

— **Direito do Imperium: comentários**

Apesar das desastrosas baixas militares sofridas durante a rebelião inesperada, restavam ainda diversos espaços secretos em Ix. Séculos antes, durante o período de paranoia após a Casa Vernius assumir as operações das máquinas, os engenheiros estabeleceram, sob juramento de sigilo, sem qualquer registro, uma colmeia de salas protegidas contra transmissões, câmaras de algas e esconderijos disfarçados com a famosa engenhosidade ixiana. Demoraria séculos até um inimigo conseguir escavá-la; até a própria Casa Vernius havia se esquecido de metade desses espaços.

Guiados pelo capitão Zhaz e pela tropa de guarda-costas pessoais, Leto e Rhombur se esconderam em uma câmara com paredes de algas, acessível por um tubo que levava à crosta do planeta. Inspeções de rotina dos inimigos detectariam apenas os sinais vitais das algas, já que vastos campos de dispersão cercavam o restante da câmara isolada.

— Só teremos que ficar aqui por alguns dias — disse Rhombur, com dificuldades para recuperar seu otimismo costumeiro. — Com certeza, o Landsraad ou as forças imperiais logo chegarão para nosso resgate, e a Casa Vernius poderá começar a reconstruir Ix. Tudo se ajeitará.

Estreitando os olhos, Leto continuou em silêncio. Se suas suspeitas estivessem corretas, demoraria bem mais.

— Esta câmara é apenas um ponto de encontro, mestre Rhombur. Aguardaremos o conde e seguiremos as ordens dele — elucidou o capitão Zhaz.

Rhombur assentiu vigorosamente.

— Sim, meu pai saberá o que fazer. Ele já passou por muitas situações militares desafiadoras antes. — O príncipe abriu um sorriso radiante. — Algumas ao lado de seu pai, Leto.

Leto deu um tapinha com a mão forte no ombro do outro em um gesto de apoio. Mas não sabia quantos dos envolvimentos anteriores de Dominic Vernius em combate haviam sido manobras desesperadas de defesa como aquela; Leto tinha a impressão de que as vitórias de Dominic no passado tinham sido basicamente investidas avassaladoras contra grupos fragilizados de rebeldes.

Lembrando-se do que seu pai lhe havia ensinado — "Conheça os detalhes de seus arredores em qualquer circunstância difícil" —, Leto reservou um momento para inspecionar o esconderijo. Procurava rotas de fuga, pontos vulneráveis. Tinham esculpido a câmara de algas em cristal de rocha maciça, com uma camada verde externa que conferia ao interior um laivo azedo e orgânico. Na toca de fuga, havia quatro apartamentos, uma grande cozinha com estoque completo de mantimentos de sobrevivência e uma nave de emergência capaz de, em último caso, entrar em baixa órbita planetária.

Um maquinário silencioso sem fricção operava reservatórios de nulentropia no cerne da câmara, mantendo o frescor dos alimentos e bebidas. Outros compartimentos continham roupas, armamentos, bibliofilmes e engenhosos jogos ixianos para os refugiados passarem o tempo ali escondidos. A espera infinita provavelmente era a parte mais difícil de ficar naquele santuário protegido, e o tédio era um aspecto muitas vezes ignorado do isolamento e da fuga. Os ixianos, porém, haviam pensado em todos os preparativos necessários.

Já era noite, como os cronos deles informavam. Zhaz dispôs seus guardas nos corredores externos e perto da escotilha camuflada. Rhombur disparava uma rajada infinita de perguntas, a maioria das quais o capitão era incapaz de responder: o que estava acontecendo lá fora? Poderiam ousar alimentar esperanças de serem libertados por apoiadores ixianos, ou será que os invasores tleilaxu iriam aprisioná-los, ou coisa pior? Será que algum ixiano apareceria para notificar Rhombur da morte de seus pais? Por que os outros ainda não haviam aparecido no ponto de encontro? Eles tinham alguma ideia do quanto da capital de

Duna: Casa Atreides

Vernii continuava intacta? Em caso negativo, quem poderia descobrir para informá-los?

Um alarme soou, interrompendo-o, anunciando um intruso. Alguém tentava entrar na câmara.

O capitão Zhaz abriu um monitor portátil e apertou um botão para iluminar o espaço e ativar uma tela de vídeo. Leto viu três rostos familiares perto dos olhos-com instalados no corredor secundário — Dominic Vernius e sua filha Kailea, com o vestido rasgado e o cabelo acobreado desgrenhado. Os dois carregavam lady Shando, que mal parecia consciente e tinha ataduras grosseiras nos braços e nas costelas.

— Permissão para entrar — solicitou Dominic, com a voz comprimida e granular do outro lado dos alto-falantes. — Abram a porta, Rhombur. Zhaz! Precisamos de atendimento médico para Shando.

Havia uma sombra sob os olhos do conde e seus dentes pareciam branquíssimos abaixo do bigode volumoso.

Rhombur Vernius correu até os controles, mas o capitão da guarda o deteve com um puxão urgente no braço.

— Por todos os santos e pecadores, lembre-se dos Dançarinos Faciais, jovem príncipe!

Leto de repente se deu conta de que metamorfos tleilaxu eram capazes de assumir a aparência de pessoas conhecidas e se infiltrar na maioria das áreas seguras. Deteve então o outro braço do príncipe ixiano enquanto Zhaz prosseguia com o interrogatório e recebia o contrassinal. Por fim, uma mensagem apareceu no escâner de identificação biométrica da câmara segura. *Confirmado: Conde Dominic Vernius.*

— Permissão concedida — disse Rhombur no fone. — Entrem! Mãe, o que aconteceu?

Kailea parecia abatida, como se tivesse perdido o chão em relação a seus planos para seu futuro e ainda não conseguisse acreditar que estava em queda livre. Os recém-chegados recendiam a suor, fumaça e medo.

— Sua irmã estava dando uma bronca nos suboides, mandando-os voltarem a trabalhar. Tremenda tolice — disse Shando, com um brilho de diversão transparecendo em meio à dor.

— E alguns deles estavam mesmo prestes a voltar ao trabalho... — defendeu-se a jovem, conforme um rubor de raiva aflorava embaixo das manchas de fuligem em suas bochechas.

— Até que um deles sacou uma pistola maula e abriu fogo. Que bom que ele não sabia mirar direito. — Shando tocava o próprio braço e a própria costela, estremecendo por conta da ferida aberta.

Dominic empurrou os guardas e abriu o estojo de primeiros socorros para cuidar pessoalmente dos ferimentos da esposa. Ele disse:

— Não é nada sério, meu amor. Estarei por perto para beijar as cicatrizes depois. Mas você não devia ter corrido um risco desses.

— Nem para salvar Kailea? — objetou Shando, tossindo, e as lágrimas deixaram seus olhos reluzentes. — Você teria feito o mesmo para proteger qualquer um de seus filhos... ou mesmo Leto Atreides. E nem ouse negar.

Desviando o olhar, Dominic assentiu a contragosto.

— Ainda assim, isso me deixa contrariado... o quanto você chegou perto da morte. Se isso tivesse se concretizado, pelo que eu lutaria? — O conde acariciava o cabelo da esposa e ela, em contrapartida, apertava a palma da mão dele contra a própria bochecha.

— Muita coisa, Dominic. Ainda lhe restaria muito pelo que lutar.

Observando a interação, Leto compreendeu o que motivara uma linda e jovem concubina a deixar seu imperador e o motivo de um herói de guerra ter arriscado a fúria de Elrood para se casar com ela.

Lá fora, no corredor oculto, havia meia dúzia de soldados armados retornando a seus postos e trancando a porta de acesso atrás de si. Pela tela que monitorava o exterior, Leto viu os outros — tropas de choque para o caso de uma incursão violenta de rebeldes — instalando canholeses, sensores e equipamento sônico de defesa no tubo de acesso à câmara.

Aliviado por ver sua família enfim em segurança, Rhombur abraçou seus pais e sua irmã.

— Vai ficar tudo bem. Vocês vão ver — disse ele.

Apesar do ferimento, lady Shando parecia altiva e corajosa, embora as marcas salinas ao redor de seus olhos vermelhos evidenciassem lágrimas. Envergonhada, Kailea olhou de relance para Leto, depois seus olhos esmeralda se voltaram para o chão. Parecia derrotada e frágil, diferente de seu habitual porte distante. Ele queria reconfortá-la, mas hesitou. Tudo parecia inconstante demais, assustador demais.

Duna: Casa Atreides

— Não temos muito tempo, crianças. Este momento exige medidas desesperadas — disse Dominic, limpando o suor da testa, depois esfregando os bíceps suados.

O escalpo raspado do conde estava sujo do sangue de alguma outra pessoa; Leto se perguntou se seria aliado ou inimigo. A insígnia helicoidal rasgada pendia de sua lapela.

— Então agora não é hora de nos chamar de *crianças*. Somos parte desta luta — retrucou Kailea, com uma força surpreendente.

Rhombur se levantou, a postura reta. Ao lado de seu pai de ombros largos, ele exibia um ar atipicamente régio, abandonando a aparência de garoto mimado e atarracado.

— E estamos prontos para ajudá-lo a reconquistar Ix. Vernii é nossa cidade e precisamos tomá-la de volta.

— Não, vocês três ficarão aqui. — Dominic levantou a palma larga e calejada de sua mão para silenciar os protestos instantâneos de Rhombur. — A prioridade é manter os herdeiros em segurança. Não aceitarei discussões. Cada segundo que perdemos discutindo me afasta mais de meu povo, e ele precisa desesperadamente de minha liderança neste exato momento.

— Vocês são jovens demais para lutar, meninos. São o futuro de suas respectivas Casas... os dois — disse Shando, com uma firmeza inquebrável no rosto delicado.

Dominic deu um passo à frente e parou diante de Leto, olho no olho pela primeira vez, como se finalmente enxergasse o menino Atreides como um homem.

— Leto, seu pai jamais me perdoaria se algo lhe acontecesse com o filho. Já enviamos uma mensagem ao Velho Duque, notificando-o da situação. Em resposta, Paulus prometeu assistência limitada e despachou uma missão de resgate para levar você, Rhombur e Kailea em segurança até Caladan. — Dominic colocou as mãos volumosas nos ombros das crianças que, naquele momento, precisavam ser muito mais do que crianças. — O duque Atreides os protegerá e lhes concederá um santuário contra isso tudo. É o que ele tem a oferecer por ora.

— Isso é ridículo — disse Leto, seus olhos cinzentos faiscando. — O senhor deveria se refugiar com a Casa Atreides também, milorde. Meu pai jamais se oporia a isso.

309

Dominic abriu um sorriso vago.

— Sem dúvida Paulus faria exatamente o que você diz... mas *não posso*, porque isso condenaria meus filhos.

Rhombur olhou para a irmã, alarmado. Lady Shando assentiu e continuou em defesa do marido; os dois já haviam discutido as várias possibilidades.

— Rhombur, se você e Kailea se exilarem em Caladan, então haverá uma chance de viverem em segurança, sem que valha a pena para ninguém ir atrás de vocês. Suspeito que esta revolta sangrenta tenha sido concebida com apoio e influência imperiais, e todas as peças encaixaram.

Rhombur e Kailea olharam um para o outro, incrédulos, e depois para Leto.

— Apoio imperial?

— O que o imperador quer com Ix, eu não sei — disse Dominic. — Mas o rancor de Elrood é contra *mim* e sua mãe. Se eu for com vocês à Casa Atreides, os caçadores irão atrás de todos nós. Encontrarão um motivo para atacar Caladan. Não, sua mãe e eu precisamos encontrar um jeito de levar este conflito para longe de vocês.

Rhombur estava indignado; a pele pálida dele, ruborizada.

— Podemos aguentar aqui mais um pouco, pai. Não quero deixá-lo para trás.

— A decisão já foi tomada, meu filho. Tudo já foi negociado. Além da operação de resgate dos Atreides, ninguém mais nos prestará socorro... nenhum Sardaukar imperial para nos ajudar, nenhum exército do Landsraad para reprimir os tleilaxu. Os suboides são peões deles. Mandamos um apelo para todas as Casas Maiores e para o Landsraad, mas ninguém agirá com a urgência necessária. Alguém foi muito esperto e nos sobrepujou...

Ao lado do marido, lady Shando mantinha a cabeça erguida, apesar da dor e da aparência desgrenhada. Ela havia sido a lady de uma Grande Casa e, antes daquilo, uma concubina imperial. Porém, antes de mais nada, era plebeia de nascença. Shando poderia ser feliz mesmo sem toda a riqueza do governo ixiano.

— Mas o que acontecerá com os senhores? — indagou Leto, já que Rhombur e Kailea não demonstravam ter coragem de perguntar.

— A Casa Vernius vai se tornar... renegada. — Shando deixou a palavra no ar.

Duna: Casa Atreides

Um silêncio estarrecido tomou conta do ambiente por um instante.

— Pelos infernos vermelhões! — exclamou Rhombur, enfim, e sua irmã também soltou um arquejo.

Shando se levantou e deu um beijo nos filhos.

— Levaremos o que for possível, depois Dominic e eu vamos nos separar e nos esconder. Talvez durante anos. Alguns dos mais leais vão nos acompanhar, outros vão fugir completamente, e outros ainda ficarão aqui, para o bem ou para o mal. Construiremos uma nova vida, e cedo ou tarde nossa sorte vai mudar de novo.

Dominic apertou a mão de Leto de um jeito canhestro. Não era bem o enroscar de dedos à moda imperial, mas mais daquele modo que os velhos terranos faziam, já que o Imperium — do imperador até todas as Casas Maiores — abandonara a Casa Vernius. Depois de se declarar renegada, a família Vernius não integraria mais o Imperium.

Shando e Kailea choravam baixinho enquanto se abraçavam, ao passo que Dominic segurava o filho pelos ombros. Momentos depois, o conde Vernius e a esposa saíram às pressas pelo tubo de acesso da câmara, levando consigo um contingente de guardas, enquanto Rhombur e a irmã permaneceram abraçados, assistindo à partida de seus pais.

Na manhã seguinte, os três refugiados estavam sentados em cadeiras suspensas, desconfortáveis, porém eficientes, comendo barrinhas energéticas e bebendo suco de ixap. Aguardando.

Kailea falava pouco, como se tivesse perdido a energia para enfrentar as circunstâncias. Seu irmão mais velho tentava animá-la, sem sucesso. Isolados ali, encastelados, nada ouviam do que acontecia do lado de fora, não sabiam se reforços haviam chegado nem se a cidade continuava queimando...

A princesa havia se limpado e feito um esforço árduo para remendar o vestido avariado e as rendas rasgadas, depois passara a ostentar sua aparência alterada tal qual uma medalha.

— Era para eu participar de um baile esta semana. O Solstício de Dur, uma das maiores efemérides de Kaitain. Minha mãe falou que eu poderia ir quando tivesse idade — disse, com a voz vazia, como se toda a emoção tivesse sido extirpada de si. Ela olhou para Leto e soltou um riso desprovido de alegria. — Considerando que eu já poderia estar noiva de meu futuro marido este ano, devo ter idade para ir a um baile. Não acha?

Ela cutucava a manga de renda rasgada do vestido. Leto não sabia o que dizer para a garota. Tentava pensar no que Helena diria em seu lugar.

— Quando chegarmos em Caladan, pedirei para que minha mãe ofereça um grande baile como forma de recebê-la. Você gostaria disso, Kailea?

Ele sabia que lady Helena se ressentia daqueles dois ixianos por causa de seu preconceito religioso, mas com certeza o coração dela amoleceria, considerando a situação. No mínimo, a duquesa jamais se permitiria ser flagrada cometendo uma gafe social.

Os olhos de Kailea faiscaram de zanga em face de tal sugestão, e Leto se encolheu de volta no assento.

— Como? Com pescadores fazendo alguma dancinha obscena e plantadores de arroz realizando um rito de fertilidade?

As palavras dela machucaram, e Leto sentiu que seu mundo e sua ancestralidade seriam inadequados para alguém como ela.

Contudo, Kailea se abrandou e apoiou os dedos no antebraço do rapaz.

— Peço desculpas, Leto. De verdade. Eu queria tanto ir para *Kaitain*, ver o Palácio Imperial, as maravilhas da corte.

Rhombur estava sentado, cabisbaixo.

— Elrood jamais permitiria isso, mesmo se ele só estivesse com raiva de nossa mãe.

Kailea se levantou e ficou andando em círculos naquela pequena câmara com cheiro de algas.

— Por que ela acabou abandonando o imperador? Podia ter ficado no palácio, vivendo uma vida de luxo. Em vez disso, veio para esta... *caverna*. Uma caverna que agora está tomada por pragas. Se nosso pai se importasse com ela de verdade, teria lhe pedido para que sacrificasse tanta coisa? Não faz sentido.

Leto tentou consolá-la.

— Você não acredita no amor, Kailea? Eu vi o modo como seus pais olham um para o outro.

— Claro que eu acredito no *amor*, Leto. Mas acredito também em bom senso, e temos que pesar um contra o outro.

Kailea deu as costas para os dois e começou a revirar os arquivos de entretenimento atrás de algo que a distraísse. Leto decidiu não insistir. Em vez disso, voltou-se para Rhombur e lhe fez uma sugestão:

Duna: Casa Atreides

— Deveríamos aproveitar o tempo para aprender a operar a ornave. Só por via das dúvidas.

— Não é necessário. Eu dou conta de operá-la sozinho — desencorajou Rhombur.

Após dar outro gole no suco azedo, bem preservado, Leto contraiu os lábios.

— Mas e se você estiver ferido... ou coisa pior? O que faremos, então?

— Ele tem razão — disse Kailea, sem nem tirar os olhos esmeralda dos arquivos de entretenimento. Sua voz soava cansada e frágil. — Vamos mostrar para ele, Rhombur.

O irmão olhou para Leto, do outro lado da mesa.

— Muito bem, você sabe como um ornitóptero funciona? Ou uma nave auxiliar?

— Aprendi a pilotar tópteros aos 10 anos. Mas as únicas naves auxiliares que vi eram robopilotadas.

— Máquinas descerebradas, realizando sempre as mesmas funções predeterminadas. Odeio essas coisas... embora sejamos nós quem as produz. — Rhombur deu uma mordida na barrinha energética. — Bom, quer dizer, *produzíamos*. Antes da invasão tleilaxu.

Ele ergueu a mão direita sobre a cabeça e esfregou o anel da joia de fogo que o designava como herdeiro da Casa ixiana.

Seguindo um gesto de comando, um grande quadrado desceu suavemente do teto até parar no assoalho. Olhando pela abertura no teto, Leto viu algo de formato delgado e tons prateados guardado lá em cima.

— Venha comigo. — Rhombur entrou no painel, e Kailea se uniu a ele. — Faremos uma revisão dos sistemas.

Assim que Leto pisou a bordo, sentiu um impulso lançá-los para cima. Os três dispararam pelo teto e além, pela lateral de uma nave prateada, até uma plataforma no alto da fuselagem do veículo.

A ornave lembrava Leto de um cargueiro espacial, um pequeno veículo com uma carcaça estreita e janelas de plás. Combinação de espaçonave e ornitóptero, as ornaves operavam fosse na atmosfera do planeta ou em baixa órbita. Violando o monopólio da Guilda sobre as viagens espaciais, eram um dos segredos mais sigilosos dos ixianos, a ser empregado apenas como último recurso.

Uma escotilha deslizante se abriu na lateral do veículo e Leto ouviu os sistemas da nave o cercarem com o zumbido de maquinário e aparelhos eletrônicos. Rhombur o guiou até um centro de comando compacto, com duas poltronas de encosto elevado e controles digitais reluzentes à frente. Ele se acomodou no primeiro assento, e Leto, no outro. O resiliente material sensiforme assumiu a silhueta dos corpos deles. Um brilho verde suave iluminava os painéis. Kailea ficou em pé atrás do irmão, apoiando as mãos no encosto.

Os dedos de Rhombur dançaram sobre os painéis brilhantes de controle, e ele explicou:

— Estou configurando seu lado para o modo tutorial. A nave vai ensiná-lo a pilotá-la.

O painel de Leto mudou de cor para amarelo. Perguntando-se mais uma vez sobre o tabu do Jihad Butleriano quanto a máquinas pensantes, ele franziu o cenho, confuso. O quanto aquela nave seria capaz de pensar por conta própria? Sua mãe o avisara quanto ao risco de aceitar as coisas sem pensar, especialmente coisas ixianas. Do outro lado da janela frontal transparente de plás, via apenas o cinza das rochas, o interior áspero da câmara de algas.

— Então ela é capaz de pensar por conta própria? Semelhante aos novos maks de treinamento que você me mostrou?

Rhombur fez uma pausa.

— Hã, eu sei o que você está pensando, Leto, mas esta máquina não emula os processos de pensamento humanos. Os suboides simplesmente não entendem. Assim como nosso mak de guerra reativo, que analisa o adversário para tomar decisões em combate, ela não *pensa*... só reage, com reflexos-relâmpago. Lê e antecipa seus movimentos, aí responde.

— Para mim, soa como uma forma de pensar — discordou Leto.

Na zona do painel digital, luzes dançavam sobre outras luzes.

Kailea soltou um suspiro de frustração.

— O Jihad Butleriano acabou há milhares de anos e, ainda assim, a humanidade age como se fôssemos roedores aterrorizados se escondendo de sombras. Há um preconceito contra os ixianos em todo o Imperium porque criamos *máquinas* complexas. As pessoas não entendem o que fazemos, e essa incompreensão gera desconfiança.

Leto assentiu.

Duna: Casa Atreides

— Então me ajudem a entender. Vamos começar.

Ele olhou para o painel de controle e tentou conter a impaciência. Após os acontecimentos recentes, todos sentiam os efeitos do estresse contínuo.

— Coloque os dedos sobre as placas de identificação. Não é necessário tocar de fato o painel. Deixe a mão um pouco acima dele — instruiu Rhombur.

Ao seguir a orientação, o corpo de Leto foi cercado por um brilho amarelo pálido que fez sua pele formigar.

— A nave está absorvendo os componentes identitários de seu corpo: o formato do rosto, pequenas cicatrizes, impressões digitais, folículos capilares, marcas das retinas. Configurei a máquina para que aceite suas instruções — explicou Rhombur. Quando o brilho diminuiu, ele disse: — Está autorizado agora. Ative o tutorial passando o polegar direito sobre a segunda fileira de luzes.

Leto obedeceu, e uma caixa de realidade sintética apareceu diante de seus olhos, projetando uma visão aérea que passava por sobre montanhas escarpadas e gargantas rochosas — o mesmo cenário que ele observara meses antes, no dia em que tinha desembarcado, sem cerimônias, pela nave auxiliar da Guilda.

De repente, centelhas preencheram o ar na câmara do esconderijo abaixo. Explosões e rajadas de estática inundaram os ouvidos de Leto, que ficaram zumbindo. A imagem sintética da paisagem ficou borrada, ganhou foco de novo e então desapareceu.

— Sente-se — ordenou Rhombur. — Hã... isso não é só mais uma simulação.

— Já nos encontraram! — berrou Kailea.

Ela se abaixou em um assento baixo no casco interno da ornave atrás do de Leto e foi automaticamente cercada por um campo de segurança pessoal. Leto sentiu o calor de outro CSP envolvendo-o enquanto Rhombur tentava afivelar o cinto do assento do piloto.

Na tela de segurança da ornave, Rhombur avistou soldados tleilaxu e suboides armados invadindo o tubo de acesso à câmara oculta, disparando rajadas de armalês para arrombar a entrada escondida. Os invasores já haviam penetrado a segunda barreira. Os corpos do capitão Zhaz e de uns poucos soldados remanescentes estavam estirados em uma pilha fumegante no chão.

— Talvez seus pais tenham conseguido fugir. Espero que estejam em segurança — disse Leto.

Rhombur levou as mãos ao campo de controle digital, tirando a ornave do modo tutorial e preparando-a para uma decolagem de verdade. Leto se inclinou para trás no assento, tentando abrir mão do comando. A simulação externa ainda lhe preenchia os olhos, distraindo-o com visões impecáveis das paisagens ixianas.

Uma luz azul piscava de fora da nave. Uma explosão abalou a todos ali dentro. Leto ouviu Rhombur soltar um grunhido de dor, sacudindo a mão para dissipar o restante do holograma do tutorial. O príncipe ixiano caiu para a frente em seu assento, sangue pingando do rosto.

— Mas que infernos? Rhombur? — chamou Leto.

— Isso é real, Leto! Conduza esta coisa para fora daqui — gritou Kailea.

Leto moveu os dedos sobre o painel, lutando para encontrar o comando que mudava do modo tutorial para o modo ativo, mas Rhombur não terminara de preparar a nave. Uma segunda explosão do outro lado da parede da câmara lançou estilhaços de pedra cobertos de algas. Figuras sinistras emergiam na sala principal lá embaixo.

Rhombur gemia de dor. Abaixo deles, suboides gritavam e apontavam para a nave com os três refugiados. Disparos de armalês queimavam as paredes de pedra e a carcaça blindada da ornave. Leto ativou a sequência de lançamento automatizada. Apesar de suas preocupações anteriores, fervoroso, ele esperava que a mente computadorizada interativa da nave funcionasse.

A ornave disparou direto por um canal acima, depois por uma cobertura de pedra, uma camada de neve e, enfim, pelo céu aberto, repleto de nuvens ofuscantes. Manobrando com os dedos, Leto evitou, por pouco, uma rajada brilhante de disparos a laser, defesas automáticas dos rebeldes. Ele estreitou os olhos contra a súbita luz solar.

Rodopiando no alto da estratosfera e tentando obter uma visão clara de qualquer inimigo que pudesse atingi-los do espaço, Leto reparou em um paquete portentoso em baixa órbita planetária. Dois riscos de luz dispararam da nave imensa em padrões que formavam um V — um sinal familiar para Leto. *Naves dos Atreides*.

Duna: Casa Atreides

Pelo teclado-com, Leto mandou um sinal de identificação no idioma de combate especial que seu pai e seus professores lhe haviam martelado na cabeça. Naves de resgate desceram pelas laterais da ornave, como uma escolta. Os pilotos sinalizaram para que ele confirmasse sua identidade. Rajadas purpúreas a estibordo da nave pulverizaram uma nuvem mais abaixo, onde naves inimigas estavam escondidas.

— Rhombur, você está bem? — Kailea tirou um momento para avaliar os ferimentos do irmão.

O jovem Vernius se mexeu, levou a mão à cabeça e resmungou. Uma caixa de aparelhos eletrônicos montada no teto atingira seu crânio, depois se espatifara no assoalho.

— Hã, infernos vermelhões! O maldito CSP não foi ativado a tempo.

Ele pestanejou, depois limpou o sangue escuro que escorria nos olhos.

Usando suas novas habilidades, Leto seguiu a escolta até a segurança do paquete que os aguardava, onde avistou duas grandes fragatas de batalha dos Atreides. Enquanto a ornave voava para o interior do hangar, uma mensagem em galach chegou pelo sistema-com em um familiar sotaque caladiano.

— Ainda bem que deixamos o paquete esperando uma hora a mais. Bem-vindo a bordo, príncipe Leto. O senhor e seus companheiros estão bem? Quantos sobreviventes?

Ele olhou para Rhombur, que segurava a cabeça ferida.

— Somos três, mais ou menos intactos. Só nos tirem logo de Ix.

Após a ornave pousar entre as escoltas dos Atreides dentro das baias designadas no imenso hangar do paquete, Leto olhou ao redor. Através das comportas das naves maiores, viu soldados Atreides de farda verde e preta com a familiar insígnia de gavião. Soltou um suspiro profundo de alívio.

Depois, olhou preocupado para Rhombur. Kailea limpava o sangue da testa dele com um paninho. Voltando-se para Leto, o príncipe ixiano disse:

— Bom, pode deixar as simulações de lado, amigo. É sempre melhor aprender na prática.

E então desmaiou e tombou de lado.

317

Mesmo a mais pobre das Casas pode ser rica em lealdade. Alianças que precisam ser compradas com subornos ou recompensas são vazias e defectivas, sujeitas a se partir no pior momento possível. Alianças cuja origem é o *coração*, no entanto, são mais fortes do que adamante e mais valiosas do que o mais puro mélange.

— Duque Paulus Atreides

Do outro lado da galáxia, dentro do compartimento de carga de outro paquete, um único cruzador espacial ixiano sem identificação repousava sozinho, indistinguível em meio às naves lotadas. O veículo fugitivo saltara de uma linha de carga a outra, mudando de destino a cada embarque.

Em seu interior, Dominic e Shando Vernius compunham o grupo de passageiros remanescente de suas forças armadas em frangalhos. Muitos membros da guarda da família haviam sido mortos, e vários não tinham conseguido chegar à nave de fuga a tempo; outros aceitaram o risco de permanecer em Ix e encarar as consequências da revolução. Todos a bordo estavam em silêncio havia muito tempo.

O criado pessoal de lady Shando, Omer, retorceu o corpo, virando os ombros estreitos; seu cabelo preto havia sido cortado na altura exata do colarinho, mas naquele momento ambos pareciam um tanto desconjuntados. Omer era o único membro da equipe domiciliar que optara por acompanhar a família em seu exílio. Homem tímido, abominava a perspectiva de tentar uma vida nova em meio aos tleilaxu.

Os sucintos relatórios do embaixador Pilru deixavam eminentemente claro que ninguém poderia esperar qualquer auxílio das forças militares do Landsraad, nem do imperador. Ao declararem-se renegados, haviam cortado todos os laços — e todas as obrigações — com o direito imperial.

Os assentos, as caixas de armazenamento e os armários a bordo da nave renegada estavam repletos de pedras preciosas e itens valiosos, tudo que pudessem vender para obter dinheiro rápido. Aquela fuga poderia se provar muito, muito longa.

Duna: Casa Atreides

Dominic estava sentado ao lado da esposa, segurando a mão pequena e delicada dela. A testa raspada estava enrugada de preocupação.

— Elrood enviará suas equipes para nos rastrearem. Seremos caçados como animais — disse ele.

— Ai, por que ele não nos deixa em paz agora? Já perdemos tudo — murmurou Omer, sacudindo seu cabelo preto e liso.

— Não é o suficiente para Roody — explicou Shando, voltando-se ao criado. Sentava-se com as costas retas e a postura régia. — Ele nunca me perdoou por tê-lo convencido a abrir mão de mim. Nunca menti, mas ele pensa que eu o enganei.

Ela olhava pela escotilha estreita, decorada com ser-cromo reluzente. A nave ixiana era pequena, sem identificações externas que indicassem pertencer à Casa Vernius: um veículo simples usado para transporte de carga ou conduzir passageiros. Shando apertou a mão do marido e tentou não pensar no quanto o destino deles tinha mudado.

Lembrou-se do dia de sua partida da Corte Imperial, banhada e perfumada, envolta em flores frescas das estufas de Elrood. As outras concubinas lhe deram presentes: broches, joias, echarpes radiantes que brilhavam com o calor do corpo. Ela era jovem e empolgada à época, e seu coração se inflava de gratidão pelas lembranças e experiências ao mesmo tempo que doía de vontade de começar uma vida nova com o homem que ela amava tão desesperadoramente.

Shando mantivera o romance com Dominic em segredo, deixando Elrood sob o que ela achava se tratarem de bons termos e encerrando seu tempo de serviço com a bênção dele. Fizeram amor uma última vez e conversaram com carinho sobre as lembranças de que partilhavam. Elrood não compreendia o desejo dela de partir de Kaitain, mas tinha muitas outras concubinas, afinal. Perder Shando não significava muito para ele... até descobrir que ela o abandonara por amar outro homem.

A fuga caótica de Ix era bastante diferente de sua partida de Kaitain. Shando suspirou amargamente.

— Após um reinado de quase um século e meio, Roody aprendeu a esperar pela hora certa de se vingar — comentou ela.

Tendo superado havia muito qualquer sombra de ciúmes, Dominic deu risada daquele apelido íntimo.

— Bom, agora ele acertou as contas. Teremos que ser pacientes e encontrar algum modo de restaurar a fortuna de nossa Casa. Se não por nós, ao menos por nossos filhos.

— Confio em Paulus Atreides para mantê-los em segurança. O duque é um homem bom — disse Shando.

— Não devemos, no entanto, confiar em ninguém para *nos* manter em segurança. Isso já vai ser bem desafiador para nós — observou Dominic.

O casal logo teria que se separar e assumir novas identidades, escondendo-se em planetas insulados e nutrindo a esperança de voltarem a se reunir um dia. Tinham oferecido um polpudo suborno à Guilda para que não fossem mantidos registros de seus respectivos destinos. Marido e esposa se agarraram um ao outro, cientes de que nada em suas vidas era garantido a partir de então.

Adiante, havia só o espaço desconhecido.

Sozinho em meio aos resquícios de um planeta dilacerado pela guerra, C'tair Pilru estava escondido em uma saleta minúscula, protegida contra transmissões. Esperava que nenhum dos suboides fosse conseguir encontrá-lo. Parecia ser sua única chance de sobreviver à carnificina.

A mãe certa vez lhe mostrara aquele lugar, escondido atrás de uma parede da masmorra do Grand Palais, protegido nas profundezas da crosta. Como membros da corte dos Vernius e filhos do embaixador a Kaitain, C'tair e D'murr detinham um espaço designado a eles para segurança pessoal, caso houvesse qualquer emergência. Com a mesma eficiência metódica que aplicava em sua rotina como bancária na Guilda, S'tina se preparara para todas as contingências e fazia questão de que os filhos se lembrassem daquilo. Suado, faminto e aterrorizado, C'tair ficara aliviado ao descobrir que o esconderijo estava intacto em meio ao caos, a tiroteios e explosões.

E então, em segurança e letárgico, ele finalmente sentiu o choque daquilo que estava acontecendo a sua cidade — a seu *mundo* — atingi-lo com toda a força. Não conseguia acreditar em tudo que já se havia perdido, em como toda aquela grandeza se reduzira a pó, sangue e fumaça.

Seu irmão gêmeo tinha ido embora, levado pela Guilda para ser treinado como Navegador. Ao mesmo tempo que se ressentia pela perda,

Duna: Casa Atreides

pelo menos ela significava que D'murr estava a salvo da revolução. C'tair não desejaria aquelas tribulações para ninguém... mas esperava que seu irmão tivesse, de algum modo, recebido as notícias àquela altura. Será que os tleilaxu estavam mantendo as coisas por baixo dos panos?

C'tair tentou contatar o pai, mas o embaixador ficara preso em Kaitain no auge da crise. Em meio a incêndios, explosões e bandos de suboides assassinos, via-se com poucas opções além de se esconder e sobreviver. O jovem de cabelo escuro seria morto se tentasse chegar às câmaras administrativas dos Vernius.

Sua mãe já estava morta.

E ele se escondia em seu espaço fechado, com os luciglobos extintos, ouvindo os vagos tremores dos combates distantes e o barulho, muito mais ruidoso, da própria respiração e do próprio coração acelerado. Ele estava *vivo*.

Três dias antes, tinha visto os revolucionários destruírem uma ala das instalações da Guilda, a seção contendo o prédio cinzento e quadrado que abrigava todas as funções bancárias ixianas. Sua mãe estava lá. Ele e D'murr haviam visitado a sala dela várias vezes na infância.

Ele sabia que S'tina se isolara nas câmaras de arquivos com uma barricada, incapaz de fugir e descrente de que rebeldes suboides ousariam atacar uma fortaleza neutra da Guilda. Porém, os suboides não entendiam de política, nem das sutilezas do poder. S'tina enviara uma última transmissão a C'tair, dizendo-lhe para que aguentasse firme e se mantivesse em segurança, marcando um reencontro para assim que a violência baixasse. Nenhum dos dois acreditava que a situação pudesse piorar.

No entanto, enquanto C'tair observava, explosões plantadas por rebeldes suboides arrancaram uma parte do prédio. A estrutura cedera de seu suporte no teto da caverna. Queimando, estremecendo e desmoronando, os escombros tinham rolado até caírem com um estrondo monumental no fundo da gruta, matando centenas de rebeldes que estavam assistindo, além dos bancários e funcionários da Guilda. Todos aqueles que buscavam refúgio lá dentro.

O ar estava repleto de fumaça e gritos, e a guerra continuava. Ele sabia que seria inútil abrir caminho até lá e procurar pela mãe. Então, ao se dar conta de que seu mundo inteiro estava ruindo, C'tair correra até o único abrigo que conhecia.

Enfurnado no esconderijo à prova de transmissões, ele dormiu em posição fetal, depois acordou com uma vaga sensação de determinação, parcialmente corroída pela raiva e pelo luto. C'tair encontrou e fez um inventário dos mantimentos guardados em câmaras de armazenamento de nulentropia, além de conferir as armas antiquadas no pequeno arsenal. Ao contrário das câmaras de algas maiores, aquele esconderijo secreto não contava com qualquer ornave. A esperança de C'tair era de que aquela câmara não constasse em qualquer registro, sigiloso ou não. Do contrário, os tleilaxu e seus seguidores cooptados dentre os suboides com certeza o encontrariam.

Atordoado e inquieto, C'tair continuou escondido, matando o tempo sem saber quando poderia escapar ou enviar uma mensagem sequer. Não achava que qualquer força militar externa fosse chegar em Ix — isso já teria acontecido àquela altura. Seu pai partira de uma vez por todas. Espalhados em meio ao pânico, alguns boatos diziam que a Casa Vernius fora embora, renegada. O Grand Palais já havia sido abandonado e saqueado. Logo viria a se tornar a sede dos novos mestres de Ix.

Será que Kailea Vernius tinha conseguido fugir com sua família, escapando da destruição? C'tair esperava que sim, pelo bem dela. Do contrário, teria sido um alvo para os revolucionários furiosos. Era uma bela jovem, criada para funções da corte, para o luxo e as intrigas palacianas, nunca para aquela luta acirrada pela sobrevivência.

Era nauseante pensar em sua amada cidade, pilhada e pisoteada. Ele se lembrou das passarelas de cristal, dos edifícios estalactíticos, das conquistas magníficas na construção dos paquetes, veículos que poderiam ser conduzidos em um instante, como um passe de mágica, pelas habilidades de um Navegador da Guilda. Quantas vezes ele e D'murr tinham explorado aqueles longos túneis, admirando as grutas imensas e observando a prosperidade se disseminar entre todos os habitantes de Ix? Os suboides haviam estragado tudo. E para quê? O rapaz duvidava que eles mesmos sequer compreendessem.

C'tair pensou que talvez fosse capaz de encontrar uma passagem até a superfície. De lá, poderia contatar uma nave de transporte e usar créditos roubados para comprar uma passagem de Ix a Kaitain, onde contataria seu pai. Será que Cammar Pilru ainda era o embaixador? De um governo em exílio? Pouco provável.

Duna: Casa Atreides

Não, ele não poderia ir embora e abandonar seu mundo à própria sorte. Ix era seu lar, e ele se recusava a fugir. Mas havia jurado sobreviver... de algum modo. Faria o que fosse preciso. Depois que a poeira baixasse, poderia usar roupas velhas e adotar uma postura submissa para fingir ser um dos ixianos desafetos lidando com os novos mestres do planeta. Duvidava, porém, que algum dia estaria a salvo de verdade.

Não se quisesse continuar a lutar...

Nas semanas que se seguiram, C'tair foi capaz de sair de seu esconderijo na calada das noites programadas do subterrâneo, usando um rastreador-vital ixiano para evitar guardas tleilaxu e outros inimigos. Com asco, ele via a magnífica Vernii desmoronar bem diante de seus olhos.

O Grand Palais estava ocupado pelos horríveis homens-gnomo, pérfidos usurpadores de pele cinzenta que tinham roubado um mundo inteiro diante dos olhos indiferentes do Imperium. Aquelas figuras de toga dos furtivos representantes tleilaxu infestaram a cidade subterrânea. Equipes de invasores varriam os edifícios estalactíticos como furões, em busca de nobres escondidos. As tropas de Dançarinos Faciais se revelaram muito mais eficientes do que as classes baixas imprudentes.

Lá embaixo, os suboides comemoravam nas ruas... mas não sabiam o que mais fazer. Logo ficaram entediados e voltaram, taciturnamente, a seus antigos postos de trabalho. Sem a provocação de Dançarinos Faciais dizendo-lhes o que desejar ou exigir, os suboides não tinham reuniões organizadas, nenhuma forma de tomar as próprias decisões. Suas vidas voltaram a ser as mesmas, sob o domínio de outros mestres e, inclusive, com cotas de produção mais exigentes. C'tair se deu conta de que os novos governantes tleilaxu teriam que começar a obter lucros exorbitantes para compensar os prejuízos materiais daquela conquista militar.

Nas ruas da cidade subterrânea, C'tair arrastava os pés, passando despercebido em meio à população derrotada — supervisores de turno e famílias de trabalhadores de classe média que sobreviveram aos expurgos e não tinham para onde ir. Trajando roupas indistintas, ele atravessou as passarelas avariadas até o nível superior da cidade arruinada e pegou tubos elevadores que o levaram aos escombros dos centros de manufatura. Não poderia se esconder para sempre, mas também não poderia ser identificado.

C'tair se recusava a aceitar que a batalha estava perdida. Os Bene Tleilax tinham poucos amigos entre o Landsraad. Por certo não seriam capazes de suportar uma resistência coordenada. E, no entanto, Ix não parecia oferecer a menor resistência.

Parado em meio a um pequeno grupo de pedestres temerosos sobre uma calçada de ladrilhos entrelaçados, ele observou as figuras loiras, de feições esculpidas, dos soldados a marchar. Trajavam fardas cinza e pretas — definitivamente não eram ixianos, nem suboides, muito menos tleilaxu. Altos e com a postura ereta, aqueles soldados altivos carregavam atordoadores, ostentavam capacetes escuros de controle de multidão e aplicavam a ordem. Uma nova ordem. Horrorizado, C'tair os reconheceu.

Os Sardaukar do imperador!

A visão das tropas imperiais prestando auxílio no processo de dominação deixou C'tair enfurecido conforme foi compreendendo o tamanho daquela conspiração... mas ele precisava mascarar suas emoções entre a multidão. Não podia deixar que reparassem nele. Ao redor, ouvia os resmungos dos nativos ixianos — apesar da força Sardaukar, mesmo as classes médias estavam descontentes com a mudança da situação. O conde Vernius tinha sido um governante de bom coração, ainda que um tanto distraído; os Bene Tleilax, por outro lado, eram fanáticos religiosos com legislações brutais. Muitas das liberdades que os ixianos davam como certas logo desapareceriam sob o novo governo.

C'tair desejava fazer alguma coisa para se vingar daqueles invasores traiçoeiros. Jurou que aquele seria seu objetivo, pelo tempo que fosse necessário.

Conforme seguia pelas ruas obscuras e avariadas do fundo da gruta, ele se entristecia ao ver os edifícios cobertos de fuligem desabando do teto. Os níveis superiores da cidade estavam arruinados. Dois dos pilares de diamante que sustentavam a imensa abóbada de rocha haviam estilhaçado, e as avalanches resultantes enterraram quarteirões inteiros de complexos habitacionais suboides.

Sufocando um lamento, C'tair se deu conta de que praticamente todas as obras de arte públicas de Ix haviam sido destruídas, incluindo o modelo estilizado de um paquete da Guilda que antes agraciava a Cúpula da Praça. Até mesmo o lindo céu de fibra ótica no teto rochoso estava danificado, com falhas em suas projeções. Severos e fanáticos, os tleilaxu

Duna: Casa Atreides

não eram conhecidos por seu apreço às demonstrações artísticas. Para eles, a arte era apenas um empecilho.

Ele lembrou que Kailea Vernius testara experimentações nos campos da pintura e das esculturas móveis. Chegara a conversar com C'tair sobre certos estilos que estavam em voga em Kaitain, absorvendo avidamente toda imagem turística que o pai dele trouxesse de suas viagens a trabalho como embaixador. Mas não havia mais arte, nem Kailea.

Mais uma vez, C'tair se sentiu paralisado pela própria solidão.

Sem ser visto, ao passar pelas ruínas de um prédio externo que desabara sobre o que outrora tinha sido um jardim botânico, C'tair parou de repente, hipnotizado. Algo fisgara sua atenção, e ele semicerrou os olhos para enxergar melhor.

Em meio aos escombros fumegantes, surgia a imagem nebulosa, pouco visível, de um velho conhecido. C'tair piscou, incrédulo — seria sua imaginação, um holograma vacilante de um disco-diário... ou alguma outra coisa? Passara o dia sem comer e, encontrava-se tenso e fatigado ao ponto de quase desmaiar. Mas ainda assim *ali* estava a imagem. Não estava?

Através da fumaça e dos vapores ardidos, reconheceu a silhueta do velho inventor Davee Rogo, o gênio inválido que virara amigo dos gêmeos e lhes ensinara suas inovações. C'tair arquejou, espantado, e a aparição começou a sussurrar com sua voz frágil e rouca. Seria um fantasma...? Uma visão? Uma alucinação? Aparentemente, o excêntrico Rogo estava orientando C'tair sobre o que fazer, descrevendo os componentes tecnológicos de que ele precisava e explicando como montar tudo.

— Você é real? O que está me dizendo? — sussurrou C'tair, aproximando-se.

Por algum motivo, a imagem borrada do velho Rogo não respondia às perguntas. C'tair não compreendia, mas lhe deu ouvidos. Fios e escombros metálicos estavam espalhados a seus pés, onde uma máquina havia sido destruída por explosivos indiscriminados. *Estes são os componentes de que preciso.*

Abaixando-se e olhando em volta com cautela para garantir que não havia observadores indesejados, ele reuniu as partes que se destacavam em sua mente em meio a outros resquícios tecnológicos: pequenos pedaços de metal, cristais de plás e células eletrônicas. O idoso lhe inspirara de alguma sorte.

Brian Herbert e Kevin J. Anderson

C'tair guardou os itens nos bolsos e embaixo da roupa. Ix estava prestes a sofrer grandes mudanças sob o novo governo tleilaxu; portanto, qualquer resquício do passado precioso de sua civilização poderia revelar-se valioso. Os tleilaxu confiscariam tudo se o encontrassem.

Nos dias seguintes, C'tair continuou a sair para suas explorações assombradas, mas jamais defrontou de novo a imagem do velho; nunca compreendeu de verdade o que havia encontrado. Mas ele trabalhou arduamente para aumentar sua coleção tecnológica, seus *recursos*. Continuaria sua batalha... sozinho, se necessário.

A cada noite, esgueirava-se debaixo do nariz dos inimigos que iam se instalando em ocupações permanentes. Saqueou áreas vazias dos níveis superiores e inferiores da cidade antes que as equipes de reconstrução realizassem uma limpeza para remover lembranças indesejadas.

Recordando-se do que a visão de Rogo havia sussurrado em sua imaginação, ele começou a construir... *algo*.

Quando as naves de resgate dos Atreides retornaram a Caladan e se aproximaram dos campos de espaçoporto da cidade de Cala, o Velho Duque organizou preparativos mínimos para a recepção. Eram tempos e circunstâncias sinistros demais para os protocolos habituais que envolviam ministros, fanfarra e bandeirolas.

O duque Atreides esperou ao ar livre, semicerrando os olhos contra o sol entre as nuvens conforme as naves iam pousando. Usava sua capa favorita de pele de baleia malhada para se proteger dos ventos frios, embora não combinasse com o padrão de sua túnica. Todos os funcionários e tropas domésticas esperavam, em prontidão, ao lado da plataforma receptora, mas ele não se importava com sua roupa, nem com a impressão que causaria. Paulus estava apenas contente por ter seu filho de volta, são e salvo.

Lady Helena estava ao lado dele com a postura rígida e a aparência impecável, trajando um vestido e uma capa formais. Conforme a fragata estacionava na área de aterrissagem do espaçoporto, Helena olhou para o marido com uma expressão de "Eu avisei", depois recompôs as feições, abrindo um sorriso receptivo para todos verem. Nenhum observador jamais seria capaz de imaginar as brigas acaloradas que o casal tivera enquanto o paquete estava a caminho, levando-lhes o filho de volta para casa.

Duna: Casa Atreides

— Não entendo como você pôde oferecer santuário àqueles dois — repreendeu ela, com a voz baixa, porém gélida. Seus lábios continuavam a sorrir. — Os ixianos violaram os estatutos do Jihad e agora estão pagando o preço. É perigoso interferir com os castigos de Deus.

— Os dois filhos dos Vernius são inocentes e continuarão aqui como convidados da Casa Atreides pelo tempo que for necessário. Por que é que você continua discutindo comigo? Já tomei minha decisão.

— Suas decisões não precisam ser gravadas em pedra. Se me der ouvidos, talvez consiga tirar esse véu de seus olhos e enxergar o perigo que todos nós estaremos correndo em função da presença deles. — Helena estava à exata distância de seu marido que qualquer observador esperaria de uma duquesa. — Estou preocupada por nós e por nosso filho.

A nave na pista de aterrissagem estendeu seus esquis e se preparou para pousar. Exasperado, Paulus se virou para a esposa.

— Helena, devo a Dominic Vernius mais do que você poderia imaginar... e não fujo de minhas obrigações. Mesmo sem a dívida de sangue que temos desde Ecaz, ainda assim eu me ofereceria para proteger os filhos dele. E minha motivação parte tanto de meu próprio coração quanto do senso de dever. Amoleça seu coração, mulher. Pense em tudo que aquelas duas crianças passaram.

Uma rajada de vento fez o cabelo dela esvoaçar, mas Helena não se abalou. Por ironia, foi a primeira a erguer a mão, em saudação, assim que a porta de desembarque se abriu. Ela falou pelo canto da boca:

— Paulus, você está expondo o pescoço para o carrasco imperial, e faz isso sorrindo! Vamos pagar por essa sandice de modos que você sequer imagina. Só quero o melhor para todos.

Ao redor deles, os guardas domésticos ignoravam deliberadamente a discussão. Uma bandeira verde e preta tremulava na brisa. A rampa da nave se estendeu.

— Será que sou o único que pensa na *honra da família* em vez de pensar em politicagem? — rosnou Paulus.

— Shhh! Mantenha a voz baixa.

— Se eu fosse viver minha vida inteira apenas com base em decisões seguras e alianças vantajosas, sequer seria um homem, e com certeza não seria digno de ser duque.

Os soldados marcharam e ficaram em posição de sentido, formando um caminho para os três resgatados de Ix. Leto foi quem emergiu primeiro, inspirando profundamente o ar fresco do mar e piscando diante do sol nebuloso de Caladan. Estava banhado e trajava roupas limpas novamente, mas seus modos ainda denunciavam o cansaço; a pele parecia acinzentada, o cabelo escuro estava bagunçado e havia cicatrizes no nariz e na testa, acima dos olhos de gavião.

Leto respirou fundo de novo, como se sedento pelos aromas de sal e iodo do oceano próximo, pelos indícios de cheiro de peixe e fumaça de lenha. *Estou em casa.* Ele nunca mais queria ficar longe de Caladan. Além da rampa, encontrou o olhar do pai, que emanava um brilho radiante por revê-lo e, ao mesmo tempo, ardente de indignação e fúria pelo que se passara com a Casa Vernius.

Rhombur e Kailea saíram da nave a passos vacilantes e pararam ao lado de Leto no topo da rampa. Os olhos esmeralda de Kailea estavam assombrados, examinando o entorno, observando seu novo mundo, como se o céu fosse vasto demais acima de si. Leto queria reconfortá-la. De novo, ele se reprimiu, daquela vez por conta da presença de sua mãe.

Endireitando-se, Rhombur fez um esforço visível para alinhar os ombros e arrumar o topete loiro. Sabia que ele era tudo que restava da Casa Vernius, o rosto que todos os membros do Landsraad veriam enquanto seu pai, o conde renegado, estivesse foragido. Sabia que a luta estava só começando. Leto levou a mão forte ao ombro do amigo e o guiou até a plataforma de recepção.

Após um momento de silêncio, Leto e Paulus avançaram um na direção do outro ao mesmo tempo. O Velho Duque pressionou sua barba grisalha contra a lateral da cabeça do filho; os dois trocaram tapinhas nas costas, sem dizer nada. Afastaram-se, e Paulus levou as mãos largas e calejadas até o bíceps do filho, admirando-o.

Leto olhou para trás do pai e viu a mãe, recebendo-os com um sorriso caloroso, porém forçado. O olhar dela saltava entre Rhombur e Kailea, depois voltava para Leto; ele sabia que lady Helena Atreides receberia os dois exilados com a devida pompa de uma visita de dignatários importantes. Leto reparou, no entanto, que ela escolhera joias e cores resplandecentes com as marcas da Casa Richese, rival de Ix, como se jogasse sal nas feridas dos Vernius. O duque Paulus parecia não ter reparado.

Duna: Casa Atreides

O Velho Duque se virou para oferecer uma saudação vigorosa a Rhombur, que ainda tinha uma atadura cobrindo o ferimento em sua cabeça.

— Bem-vindo, bem-vindo, rapaz. Como prometi a seu pai, você e sua irmã continuarão aqui conosco, protegidos pelo poder da Casa Atreides até que toda a poeira baixe.

Kailea olhou para cima, para as nuvens vaporosas, como se nunca tivesse visto o céu aberto. Estremeceu de frio, parecendo perdida.

— E se a poeira nunca baixar? — perguntou ela.

Cumprindo com suas obrigações, Helena se adiantou para conduzir a filha dos Vernius pelo braço.

— Venha, criança. Vamos ajudá-los a se acomodar caso Caladan precise ser o lar de vocês por um tempo.

Rhombur cumprimentou o Velho Duque com um semiaperto de mão imperial.

— Hã, eu nem sei como expressar minha gratidão, senhor. Kailea e eu compreendemos o risco que está correndo ao nos proteger.

Helena lançou um olhar de relance por sobre o ombro para o marido, que a ignorou.

Paulus gesticulou na direção do castelo sobre o penhasco.

— A Casa Atreides valoriza a lealdade e a honra muito acima da política. — Ele lançou um olhar rígido e revelador para seu filho exausto, que respirou fundo, recebendo a lição como se fosse o golpe de uma espada. — Lealdade e honra. É assim que sempre deve ser.

**Somente Deus pode conceber
criaturas vivas e sencientes.**

— Bíblia Católica de Orange

Na sala de parto número um do complexo em Wallach IX, em uma macamed, uma recém-nascida estava deitada, aos berros — a filha da linhagem genética do barão Vladimir Harkonnen. O cheiro de sangue e desinfetante pairava no ar, envolto no farfalhar de roupas limpas e esterilizadas. O brilho ofuscante dos luciglobos refletia-se nas paredes ásperas de pedra e superfícies de metal polido. Muitas filhas haviam nascido ali; muitas novas Irmãs.

Com uma empolgação maior do que a demonstrada pelas Bene Gesserit normalmente, as Reverendas Madres de mantos escuros sondavam a bebê magricela com instrumentos, falando dela em tons de preocupação. Uma Irmã usou uma agulha hipodérmica para tirar uma amostra de sangue, enquanto outra fez uma raspagem da pele com uma cureta de alcance superficial. Ninguém emitia um som mais alto do que um sussurro. *Tom de pele estranho, bioquímica fraca, baixo peso...*

Ensopada de suor, Gaius Helen Mohiam estava deitada desconfortavelmente ao lado, tentando recuperar o controle sobre os tecidos surrados de seu corpo. Embora sua preservação ocultasse a idade real, ela parecia velha demais para gestar. Havia sido um parto difícil, mais difícil do que todos os oito que tivera antes. Àquela altura, ela se sentia uma anciã exausta.

Duas acólitas atendentes se apressaram até a cama dela e a conduziram para a lateral de uma passagem arqueada. Uma delas colocou um pano refrescante sobre sua testa e a outra levou uma esponja úmida a seus lábios, espremendo algumas gotas de umidade na boca seca. Mohiam já fizera sua parte no processo; a Irmandade cuidaria do restante. Embora não soubesse dos planos de suas Irmãs para aquela criança, sabia que sua filha deveria sobreviver.

Sobre a maca de inspeção, mesmo antes da limpeza do muco e do sangue em sua pele, a bebê foi virada e posicionada contra a superfície de

Duna: Casa Atreides

um escâner. Com frio e com medo, a menina chorava, mas de forma apenas intermitente, a voz soando mais fraca a cada momento.

Sinais eletrônicos enviavam todos os biorresultados a uma unidade de recepção central, que dispunha os dados em uma coluna em um grande monitor na parede para que as especialistas Bene Gesserit avaliassem. As Reverendas Madres estudavam os resultados, comparando-os com uma segunda coluna que mostrava os valores ideais.

— A disparidade é bem acentuada — palpitou Anirul, com a voz baixa e os olhos arregalados em seu rosto delicado.

A decepção da jovem Madre Kwisatz parecia um peso maciço em seus ombros.

— E bastante inesperada — acrescentou a Madre Superiora Harishka. Seus olhos de pássaro reluziam em meio às rugas em seu rosto. Além dos tabus que proibiam as Bene Gesserit de usarem meios artificiais de fertilização em seus programas de reprodução, havia outros que as impediam de inspecionar ou manipular os fetos *in utero*. Amargamente, a anciã balançou a cabeça e disparou um olhar de relance à figura de Mohiam, ensopada de suor e ainda em vias de se recuperar na macamed perto da porta. — A linha genética está correta, mas esta... *criança* não é a certa. Cometemos um equívoco.

Anirul se inclinou sobre a bebê para vê-la mais de perto. A criança tinha uma palidez mórbida e ossos faciais disformes, além de um ombro desconjuntado ou malformado. Outras deficiências, talvez crônicas, levariam mais tempo para serem avaliadas.

E é ela que está destinada a se tornar a avó do Kwisatz Haderach? A fraqueza não gera força.

Por dentro, Anirul estava perturbada, tentando determinar o que poderia ter dado errado. Mais uma vez, as outras Irmãs diriam que ela era jovem e impetuosa demais. As projeções nos registros de reprodução haviam sido tão precisas, as informações das Outras Memórias tão certeiras. Embora gerada por Vladimir Harkonnen, aquela menina não era o que deveria ser. Aquela recém-nascida debilitada jamais seria o próximo passo no caminho genético que culminaria — dentro de apenas duas gerações — no Santo Graal do programa de reprodução das Bene Gesserit, seu superindivíduo.

— Será que algo estava incorreto no índice reprodutivo? Ou seria isto uma aberração? — indagou a Madre Superiora, desviando os olhos da criança.

— Não há certezas no campo da genética, Madre Superiora — arguiu Anirul, afastando-se da bebê. Sua autoconfiança tinha evaporado, mas ela tentou não inventar desculpas. Passou a mão nervosa pelo cabelo curto bronze-acastanhado. — As projeções estão corretas. Receio que a linhagem simplesmente tenha se recusado a cooperar... desta vez.

A Madre Superiora olhou ao redor, para as médicas e as outras Irmãs no recinto. Cada comentário, cada movimento, seria registrado e armazenado nos arquivos de Wallach IX — bem como nas Outras Memórias — para consulta pelas gerações futuras.

— Você está sugerindo tentarmos outra vez com o próprio barão? Ele não foi exatamente a mais cooperativa das cobaias.

Anirul abriu um vago sorriso. *Que eufemismo.*

— Nossas projeções oferecem a probabilidade mais alta. Precisa ser do barão Harkonnen e precisa ser de Mohiam. Milhares de anos de seleção cuidadosa culminaram nesta afluência. Temos outras opções, mas nenhuma tão boa quanto esta... e por isso precisamos tentar de novo. — Ela tentava soar filosófica. — Já ocorreram outras falhas no caminho, Madre Superiora... não podemos permitir que um fracasso decrete o fim do programa inteiro.

— Claro que não — explodiu Harishka. — Devemos contatar o barão outra vez. Enviar nossa melhor e mais persuasiva representante enquanto Mohiam se recupera.

Anirul fitava a criança sobre a maca. Exausta, a bebê estava deitada em silêncio, mexendo suas mãozinhas e chutando o ar. Sequer conseguia sustentar longos períodos de choro. *Não é um material genético resiliente.*

No arco do limiar, Mohiam fazia um grande esforço para sentar-se em sua maca de recuperação, espiando a recém-nascida com brilho no olhar. Ao reparar instantaneamente na deformidade, na fraqueza, ela soltou um gemido e desabou sobre os lençóis.

Tentando reconfortá-la, a Madre Superiora Harishka voltou à maca.

— Precisamos de sua força agora, Irmã, não de seu desespero. Vamos garantir que você tenha outra chance com o barão.

Ela cruzou os braços e, com um farfalhar de seu manto, saiu da sala de parto acompanhada por suas assistentes.

Na varanda de seus aposentos no Forte Harkonnen, o barão admirava seu corpo nu em frente ao espelho, como gostava de fazer com fre-

Duna: Casa Atreides

quência. Em sua extensa ala habitacional, havia muitos espelhos e muita iluminação para que ele desfrutasse constantemente da perfeição da forma que a natureza lhe concedera. Era esbelto e musculoso, com um belo tom de pele — principalmente quando seus amantes tiravam um tempo para passar óleos perfumados em cada poro de seu corpo. Ele passou os dedos pelos músculos definidos de seu abdome. Magnífico.

Não era à toa que as bruxas tinham pedido para que ele procriasse com elas uma segunda vez. Ele era, afinal, extraordinariamente belo. Com os programas de reprodução da Irmandade, era natural que desejassem o melhor material genético disponível. Sua primeira filha com Mohiam, aquela criatura grotesca, devia ter nascido tão perfeita que elas queriam mais uma. Apesar de ser uma perspectiva asquerosa, ele se perguntava se era mesmo tão horrível assim.

Mas queria saber como suas filhas iriam se encaixar nos planos de longo prazo daquelas mulheres diabólicas e sigilosas. Elas tinham múltiplos programas de reprodução, e ninguém que não fosse Bene Gesserit parecia capaz de compreendê-los... ou será que pretendiam voltar a filha contra ele no futuro? As Irmãs tomavam cuidado para não gerar nenhum herdeiro bastardo, evitando assim disputas dinásticas... Não que o barão se importasse, em todo caso. Mas o que ele ganharia com aquilo? Até Piter de Vries parecia incapaz de lhe fornecer uma explicação.

— O senhor não nos deu sua resposta, barão — disse a Irmã Margot Rashino-Zea atrás dele, sem demonstrar o menor sinal de desconforto com a nudez do Harkonnen.

No reflexo do espelho, ele viu a bela Irmã de cabelo dourado. Será que achavam que a beleza dela seria capaz de tentá-lo, com sua formosura e suas feições delicadas? Ele se indagou se preferiria ela à outra. Mas nenhuma das ideias lhe agradava, nem um pouco.

Como representante da pérfida Irmandade, Margot acabara de falar da "necessidade" de o barão copular uma segunda vez com a bruxa Mohiam. Não fazia nem um ano ainda. A pachorra daquelas criaturas! Margot, ao menos, usava palavras cuidadosas e um pouco de finesse em vez das exigências traiçoeiras que Mohiam lhe fizera naquela noite. Pelo menos desta vez as bruxas tinham enviado uma porta-voz melhor.

Diante daquela bela mulher, ele se recusava a vestir uma peça de roupa que fosse, sobretudo após tal pedido. Exibiu-se para ela, fingindo não reparar na própria nudez. *Acho que essa beldade esguia gostaria de cruzar com alguém como eu.*

— Mohiam era um tanto sem graça para meu gosto — disse ele, enfim virando-se para encarar a emissária da Irmandade. — Diga-me, bruxa, por acaso nasceu uma menina como minha primogênita, conforme prometido?

— Que diferença faria para o senhor?

Os olhos verde-acinzentados de Margot permaneciam fixos nos do barão, mas ele sentia que ela queria deixar o olhar vagar por todo seu corpo, por seus músculos e sua pele dourada.

— Eu não disse que fazia diferença, mulher estúpida... mas sou de sangue nobre e lhe fiz uma pergunta. Responda ou morra.

— As Bene Gesserit não temem a morte, barão — falou Margot, com um tranquilíssimo tom de voz. Sua serenidade o deixava ao mesmo tempo irritado e intrigado. — Sim, sua primogênita foi uma menina. Nós, Bene Gesserit, somos capazes de influenciar essas coisas. Um filho homem não teria utilidade alguma para nós.

— Sei. Então por que voltaram?

— Não tenho autorização para revelar mais do que eu lhe disse.

— Esta segunda solicitação de sua Irmandade me soa profundamente ofensiva. Mandei que as Bene Gesserit jamais me incomodassem outra vez. Poderia ordenar que a matassem por me desafiar. Este é meu planeta e meu Forte.

— Não seria inteligente agir com violência.

O tom de voz dela era firme, com uma insinuação de ameaça. Como ela podia parecer tão forte e monstruosa, dona de um corpo tão enganosamente adorável?

— Da última vez, vocês ameaçaram revelar meus supostos estoques de especiaria. Será que agora inventaram algo novo ou vão usar a mesma chantagem batida?

— Podemos sempre fornecer novas ameaças, se o desejar, barão. No entanto, os relatórios de sua produção fraudulenta de especiaria já seriam suficientes para despertar a ira do imperador.

O barão arqueou uma sobrancelha e finalmente se dignou a buscar um robe de tecido preto e liso repousando sobre sua poltrona de camarim.

Duna: Casa Atreides

— Por fontes de autoridade, tomei conhecimento de que várias das Grandes Casas possuem as próprias reservas de mélange. Há quem diga que nem mesmo o imperador Elrood está acima da prática.

— O imperador não anda de bom humor, *nem* apresenta boa saúde ultimamente. Parece estar preocupado com Ix.

O barão Harkonnen parou e refletiu sobre aquilo. Seus espiões na corte real em Kaitain haviam relatado que o velho Elrood se mostrava cada vez mais instável e com pavio curto nos últimos tempos, exibindo sinais de paranoia. A mente dele vinha se deteriorando, e a saúde, falhando, por isso ele se comportava de forma mais cruel do que nunca — o que tinha sido evidenciado pela permissão leviana dada à destruição da Casa Vernius.

— O que acham que eu sou? Um touro salusano premiado para servir de reprodutor?

Ele nada tinha a temer, pois as bruxas não possuíam mais evidência física alguma contra ele. As reservas de especiaria haviam sido espalhadas em esconderijos profundos e isolados em Lankiveil, e cada resquício de evidência em Arrakis tinha sido destruído. Tudo fora conduzido de forma magistral por um ex-auditor da CHOAM, a serviço dos Harkonnen. O barão sorriu. A serviço *até então*, na verdade, pois De Vries já tinha dado um jeito no homem.

Aquelas Bene Gesserit poderiam ameaçá-lo o quanto quisessem, mas não possuíam nenhum poder real sobre ele. Ciente daquilo, o barão detinha um novo poder, uma nova forma de resistir.

A bruxa continuava a fitá-lo, impertinente. A vontade dele era de espremer o pescocinho de Margot e fazê-la se calar para sempre. Mas não resolveria o problema, mesmo que ele sobrevivesse ao confronto. As Bene Gesserit simplesmente mandariam outra no lugar, depois mais outra. Ele precisava ensinar às bruxas uma lição de que não se esqueceriam tão cedo.

— Mandem sua madre reprodutora para mim, se insistem. Vou me preparar para ela.

Ele sabia exatamente o que fazer. Seu Mentat, Piter de Vries, e talvez até mesmo seu sobrinho Rabban ficariam felizes em ajudar.

— Muito bem. A Reverenda Madre Gaius Helen Mohiam estará a caminho dentro de uma quinzena, barão.

Brian Herbert e Kevin J. Anderson

Sem mais uma palavra, Margot partiu. Seu cabelo loiro reluzente e sua pele leitosa pareciam radiantes demais para serem contidos no manto insípido da Irmandade.

O barão convocou De Vries. Era hora de colocar mãos à obra.

Sem um objetivo, a vida de nada vale. Às vezes um objetivo se torna a vida inteira de um homem, uma paixão que tudo consome. Porém, uma vez conquistado o objetivo, o que vem depois? Ah, pobre homem, *o que vem depois*?

— Lady Helena Atreides, diários pessoais

Após os anos de repressão em sua infância em Giedi Primo, o jovem Duncan Idaho considerava o mundo exuberante de Caladan um paraíso. Ele havia aterrissado sem mapa em uma cidade do lado oposto do planeta em relação ao Castelo Caladan. O amigo de Janess, o segundo-imediato Renno, havia cumprido suas obrigações com ele, enxotando o gaiato nas ruas de um espaçoporto da planície.

Sem prestar atenção nele, a tripulação descarregara o volume de materiais recicláveis e sucata industrial, recebendo uma carga nova de arroz--pundi embalado em sacos de fibra de grãos. Sem se despedir, oferecer conselho ou sequer desejar boa sorte a Duncan, Renno subiu a bordo de seu cargueiro de novo e retornou ao paquete em órbita.

Duncan não tinha do que reclamar: pelo menos, havia escapado dos Harkonnen. Só faltava encontrar o duque Atreides.

O menino se viu em meio a estranhos, em um mundo estranho, assistindo à nave subir até o céu nublado. Caladan era um planeta de aromas ricos e sedutores, com a atmosfera úmida e carregada com o sal do mar, o azedo dos peixes e a acidez das flores silvestres. Ao longo de toda sua vida em Giedi Primo, ele jamais vira qualquer coisa parecida.

No continente sul, as colinas eram íngremes e cobertas de gramíneas de um verde intenso e terraços de jardins esculpidos nos barrancos, como degraus tortuosos. Grupos de esforçados trabalhadores rurais se deslocavam sob o sol nebuloso e amarelo. Não eram ricos, mas pareciam felizes. Trajando roupas velhas, eles transportavam vegetais e frutas frescas em páletes sobre plataformas suspensoras até o mercado.

Quando Duncan encarou com olhos vorazes os agricultores de passagem, um homem de idade bastante gentil ofereceu um melão paradan maduro demais, o qual o menino devorou. A doce umidade vertia por entre seus dedos. Era a coisa mais deliciosa que ele já tinha comido na vida.

Vendo a energia do menino, bem como seu desespero, o fazendeiro lhe perguntou se ele gostaria de voltar para trabalhar nos arrozais por alguns dias. O velho não ofereceu remuneração, apenas um lugar para dormir e comida. Duncan concordou na hora.

Na longa caminhada de volta, o rapaz lhe contou sua história, explicando as batalhas com os Harkonnen, como seus pais haviam sido presos e mortos, como ele fora escolhido para a caçada de Rabban e como conseguira escapar.

— Agora preciso me apresentar ao duque Atreides — disse ele, com absoluta fé. — Mas não sei onde ele está, nem como encontrá-lo.

O velho fazendeiro o ouviu, atento, depois assentiu com um ar sério. Os caladianos sabiam das lendas em torno de seu duque e haviam testemunhado a maior de suas touradas à ocasião da partida de seu filho Leto para Ix. Aquele povo honrava seu líder e lhe parecia perfeitamente razoável que qualquer cidadão solicitasse uma audiência com os Atreides.

— Posso lhe dizer a cidade onde o duque mora. O marido de minha irmã tem até um mapa do mundo inteiro, e posso lhe mostrar — disse o velho. — Mas não sei como você vai chegar lá. É muito longe.

— Sou jovem e forte. Eu dou conta.

O fazendeiro assentiu e conduziu seu visitante até os arrozais.

Duncan ficou quatro dias com a família do homem, trabalhando submerso até a cintura nos campos alagados. Ele caminhava pela água, limpando os canais e plantando mudinhas resistentes em meio à lama solta. Ele aprendeu as melodias e canções dos plantadores de arroz-pundi.

Certa tarde, os vigias nas árvores baixas soaram o alarme, batendo em panelas. Momentos depois, ondas na água de turfa sinalizavam a chegada de um cardume de peixes-pantera, animais dos pântanos que nadavam em bandos à procura de presas. Eram capazes de arrancar toda a carne dos ossos de um agricultor em questão de momentos.

Duncan escalou um dos troncos retorcidos das árvores para se unir aos outros plantadores de arroz, que estavam em pânico. Ele ficou nos galhos mais baixos, tirando o musgo barba-de-velho enquanto olhava para baixo, vendo a chegada das ondulações. Dentro da água, viam-se

Duna: Casa Atreides

criaturas grandes, com muitas presas, encouraçadas com escamas largas. Vários dos peixes-pantera rodeavam o tronco da árvore pantaneira onde Duncan se refugiara.

Alguns dos animais se ergueram sobre cotovelos escamosos, braços rudimentares com nadadeiras frontais que haviam se desenvolvido e virado garras desajeitadas. Com a maior parte de seus corpos fora d'água, os peixes carnívoros se esticaram para cima, enormes e mortíferos. Piscaram os olhos fendidos e molhados para o menino pouco além do alcance nos galhos acima. Após um longo momento encarando-os, Duncan subiu mais um galho. Os peixes-pantera submergiram de novo e foram embora, rodopiando pelos vastos arrozais até desaparecerem.

No dia seguinte, Duncan aceitou a marmita que a família do fazendeiro lhe preparara e partiu rumo à costa, onde cedo ou tarde encontrou trabalho armando as redes para um barco pesqueiro que varria as águas mornas dos mares do sul. Pelo menos, a embarcação o levaria ao porto no continente onde se localizava o Castelo Caladan.

Durante semanas ele manejou as redes, estripou os peixes e comeu até se fartar na galé. O cozinheiro usava muitos temperos que Duncan desconhecia — pimentas e mostardas picantes caladianas que lhe faziam os olhos marejar e o nariz escorrer. Os homens davam risada de seu desconforto e lhe diziam que ele nunca seria homem até ser capaz de comer aquela sorte de comida. Para a surpresa deles, o jovem Duncan encarou aquilo como um desafio e logo começou a pedir refeições com mais tempero. Não demorou para que fosse capaz de encarar pratos mais apimentados do que qualquer outro tripulante. Ele parou de ser objeto de chacota dos pescadores e passou a receber elogios.

Antes do fim da viagem, um grumete que dormia no beliche ao lado dele lhe mostrou um cálculo que revelava que Duncan tinha completado 9 anos havia quase seis semanas.

— Eu me sinto muito mais velho do que isso — comentou Duncan.

Ele não esperava que fosse demorar tanto para chegar a seu destino, mas sua vida já estava melhor, apesar do trabalho incrivelmente árduo que tinha arranjado para si. Sentia-se seguro e mais livre, de um jeito que jamais se sentira. A tripulação era sua nova família.

Sob céus nublados, o barco pesqueiro enfim chegou ao porto, e Duncan deixou o mar para trás. Não pediu pagamento, não se despediu do capitão — simplesmente partiu. A travessia do oceano era apenas um passo no caminho. Nem por um único instante em sua longa jornada ele se desviou de seu objetivo principal de chegar ao Velho Duque. Nunca tirou vantagem de ninguém e sempre trabalhou com afinco pela hospitalidade que lhe era oferecida.

Certo dia, em um beco pelas docas, um marinheiro de outro navio tentou abusar dele, mas Duncan reagiu com músculos duros como aço e reflexos ágeis como chicote. Golpeado e ferido, o predador recuou. Aquele garoto selvagem era demais para ele.

Duncan começou a pegar carona em carros e caminhões terrestres, entrando de gaiato em trens-tubo e tópteros de carga que faziam viagens curtas. Avançava inexoravelmente rumo ao norte, aproximando-se cada vez mais do Castelo Caladan conforme os meses passavam.

Quando as chuvas frequentes se precipitavam, ele encontrava árvores sob as quais poderia se abrigar. Porém, por mais molhado e faminto que estivesse, não se sentia tão mal assim, pois se lembrava daquela noite terrível na Estação da Guarda Florestal, do frio que passara e da forma como precisara usar uma faca para cortar o próprio ombro. Depois daquilo, momentos breves de desconforto eram algo com que ele, sem dúvida, era capaz de lidar.

Às vezes engatava uma conversa com outros viajantes e ouvia relatos a respeito do famoso duque, fragmentos da história dos Atreides. Lá em Giedi Primo, ninguém falava daquele tipo de coisa. As pessoas guardavam suas opiniões para si e só revelavam qualquer informação se coagidas. Ali, porém, os nativos ficavam felizes em conversar sobre as próprias situações. Certa tarde, enquanto viajava com três artistas de rua, Duncan se deu conta, espantado, de que o povo de Caladan realmente *amava* seu líder.

Em um contraste marcante, Duncan tinha ouvido apenas histórias terríveis a respeito dos Harkonnen. Conhecia o medo da população e as consequências brutais que acompanhariam qualquer resistência real ou imaginária. Naquele novo planeta, porém, as pessoas respeitavam o governante em vez de temê-lo. Segundo o que Duncan ouvia, o Velho Duque caminhava acompanhado apenas de uma pequena guarda real pelas vilas e mercados, visitando o povo sem usar armadura ou escudo, sem medo de um atentado.

Duna: Casa Atreides

O barão Harkonnen ou Glossu Rabban jamais ousariam uma coisa daquelas.

Acho que vou acabar gostando desse duque, pensou Duncan certa noite, enroscado sob o cobertor que um dos artistas de rua lhe emprestara...

Finalmente, após meses de viagem, chegou à aldeia ao sopé do promontório que sustentava o Castelo Caladan. Aquela estrutura magnífica se erguia feito uma sentinela vigiando os mares tranquilos. Em algum lugar lá dentro, morava o duque Paulus Atreides, àquela altura já uma figura lendária para o menino.

Duncan estremeceu com o frio da manhã e respirou fundo. A neblina se abria acima do litoral, transformando o sol nascente em uma bola de um laranja vivo. Marchou para fora da aldeia e começou a subir a longa e íngreme estrada até o castelo. Até seu destino.

Enquanto caminhava, fez o que pôde para ficar apresentável, tirando o pó de suas roupas e prendendo seu pulôver amarrotado dentro das calças. Mas se sentia autoconfiante, apesar da aparência. Aquele duque poderia aceitá-lo ou expulsá-lo; de um jeito ou de outro, Duncan Idaho sobreviveria.

Ao chegar diante dos portões que levavam ao grande pátio, ele se deparou com uma dupla de guardas dos Atreides que tentou barrar seu caminho, pensando que se tratasse de um pedinte.

— Não sou mendigo. Atravessei a galáxia para ver o duque e preciso contar-lhe minha história — anunciou Duncan com a cabeça erguida.

Os guardas simplesmente deram risada.

— Podemos encontrar uns restos de comida para você na cozinha, mas só isso.

— Seria muito gentil da parte de vocês, senhores — concordou Duncan, com o estômago roncando de fome —, mas não foi para isso que vim até aqui. Por favor, enviem uma mensagem ao Castelo dizendo que... — Ele tentava se lembrar da construção da frase que um dos cantores itinerantes lhe ensinara — ... que o mestre Duncan Idaho solicita uma audiência com o duque Paulus Atreides.

Em resposta, o menino ouviu mais risadas, mas viu certo respeito relutante começar a se imiscuir na expressão dos guardas. Um dos dois saiu e voltou com um café da manhã, minúsculos ovos assados para Duncan.

Brian Herbert e Kevin J. Anderson

Após agradecer ao guarda, ele devorou os ovos, lambeu os dedos e se sentou no chão para esperar. Horas se passaram.

Os guardas continuaram olhando para ele e balançando a cabeça. Um perguntou se ele tinha armas ou dinheiro consigo, ao que Duncan negou. Enquanto um fluxo constante de pessoas entrava e saía com suas solicitações, os guardas papeavam entre si. Duncan ficou sabendo de uma rebelião em Ix e das preocupações do duque a respeito da Casa Vernius, especialmente em razão de uma recompensa que o imperador oferecera para quem localizasse Dominic e Shando Vernius. Pelo visto, o filho do duque, Leto, havia acabado de retornar a Caladan do planeta devastado de Ix, junto de dois refugiados da realeza. O castelo todo estava um tumulto só.

Ainda assim, Duncan aguardou.

O sol se deslocou acima e desapareceu sob o horizonte do grande mar. O jovem passou a noite acomodado em um canto do pátio. Na manhã seguinte, com outros guardas começando seu turno, ele repetiu sua história e sua solicitação por uma audiência. Desta vez, mencionou que fugira de um planeta comandado pelos Harkonnen e gostaria de oferecer seus serviços à Casa Atreides. A menção ao nome Harkonnen pareceu ter capturado a atenção deles. Mais uma vez, os guardas o revistaram em busca de armas, mas de forma mais minuciosa.

No começo da tarde, após ser revistado e sondado — primeiro por um escâner eletrônico para revelar quaisquer aparelhos letais escondidos, depois por um farejador de venenos —, Duncan enfim foi conduzido ao interior do castelo. Uma antiga estrutura de pedra com corredores e cômodos decorados por tapeçarias suntuosas, o lugar era coberto por uma pátina de história e tinha uma elegância desgastada. Os assoalhos de madeira rangiam debaixo dos pés.

Sob um amplo arco de pedra, dois guardas Atreides o submeteram a mais uma bateria de inspeções com aparelhos elaborados, que mais uma vez nada de suspeito encontraram. Era apenas um menino, sem nada a esconder, mas eles exibiam sua paranoia tal qual um adereço estranho e desconfortável, como se os novos procedimentos tivessem acabado de ser instaurados. Enfim satisfeitos, gesticularam para que Duncan entrasse em um salão amplo com teto abobadado sobre vigas escuras e pesadas.

Duna: Casa Atreides

No centro do recinto, o Velho Duque analisou o visitante. Forte como um urso, com uma barba farta e olhos verdes brilhantes, Paulus relaxava em um assento confortável de madeira, não um trono cheio de ostentação. Era um lugar onde poderia ficar à vontade durante horas enquanto conduzia as questões de Estado. No topo do encosto da cadeira, logo acima da cabeça do velho patriarca, entalharam a insígnia de um gavião na madeira escura de Elacca.

Ao lado dele, estava sentado seu filho Leto, de pele olivácea, corpo magro e aspecto cansado, como se ainda não tivesse se recuperado plenamente de suas tribulações. Os olhos de Duncan encontraram os olhos cinzentos de Leto, e o primeiro pressentiu que ambos tinham muito o que contar um ao outro, muito o que compartilhar.

— Temos aqui um menino bastante persistente, Leto — disse o Velho Duque, olhando para o filho.

— A julgar pela aparência, ele quer algo bem diferente de todos os outros suplicantes que ouvimos hoje. — Leto arqueou as sobrancelhas. Tinha apenas cinco ou seis anos a mais que Duncan, o que era um abismo na idade deles, mas parecia que ambos haviam sido obrigados a amadurecer desde cedo. — Ele não parece ambicioso.

A expressão de Paulus se abrandou conforme ele se inclinava adiante em sua grande cadeira.

— Há quanto tempo você está esperando lá fora, garoto?

— Ah, isso não importa, milorde duque. Eis-me aqui — respondeu Duncan, esperando ter usado as palavras certas.

Nervoso, ele coçava uma marca de nascença no queixo.

O Velho Duque fechou a cara por um instante para o guarda que conduzira o recém-chegado até lá:

— Vocês alimentaram este rapazinho?

— Eles providenciaram muito sustento, senhor. Obrigado. E também dormi muito bem em seu pátio confortável.

— No *pátio*? — Outra careta para o guarda. — Bom, e o que o traz aqui, rapazinho? Você veio de uma das aldeias de pescadores?

— Não, milorde... sou de Giedi Primo.

Os guardas tensionaram a mão sobre as armas. O Velho Duque e seu filho trocaram um olhar de relance, descrentes a princípio.

— Então é melhor nos contar o que aconteceu com você — sugeriu Paulus.

O rosto do pai e do filho adquiriu um aspecto sombrio e entojado conforme Duncan foi contando sua história, sem omitir detalhe algum.

O duque arregalou os olhos. Ele viu a expressão inocente no rosto daquele menino e olhou para o filho, refletindo que aquela história não poderia ter sido inventada. Leto assentiu. Nenhum garoto seria capaz de elaborar um relato daqueles aos 9 anos, mesmo que instruído por outra pessoa.

— E assim cheguei aqui, senhor, para vê-lo — concluiu Duncan.

— Em *qual* cidade você aterrissou aqui em Caladan mesmo? — perguntou o duque. — Descreva-a para nós.

Duncan não conseguia lembrar o nome, mas contou o que tinha visto e o Velho Duque concordou que ele deveria ter, de fato, chegado do outro lado do mundo.

— Falaram-me para vir até sua pessoa, milorde, e perguntar se o senhor tem algum serviço que eu possa realizar. Odeio os Harkonnen, senhor, e estou disposto a jurar lealdade para sempre à Casa Atreides se eu puder apenas permanecer aqui.

— Acho que eu acredito nele, pai — disse Leto em voz baixa, estudando os olhos profundos em tons de verde-azulado do menino. — Ou esta é uma lição que o senhor está tentando me ensinar?

Paulus endireitou a coluna, mantendo as mãos sobre o colo, e seu peito parecia estar tendo espasmos. Após um momento, Duncan se deu conta de que o homem grandalhão estava reprimindo um grande ataque de riso. Quando o Velho Duque não conseguiu mais se segurar, ele irrompeu em uma gargalhada profunda e bateu nos joelhos.

— Rapaz, eu admiro o que você fez. Qualquer jovem com colhões como os seus é um homem que eu preciso ter como membro de meu pessoal!

— Obrigado, senhor.

— Tenho certeza de que podemos encontrar algum trabalho urgente que ele possa fazer, pai — disse Leto, com um sorriso cansado. Para ele, aquele rapaz corajoso e persistente era uma esperançosa mudança em relação a tudo que ele tinha visto recentemente.

Duna: Casa Atreides

O Velho Duque se levantou do conforto de sua cadeira e chamou os funcionários, insistindo que oferecessem roupas, banho e mais comida ao menino. Ele ergueu a mão.

— Pensando bem, tragam todo um banquete. Meu filho e eu desejamos almoçar com o jovem mestre Idaho.

Eles adentraram uma sala de jantar adjacente, entre a correria e os clamores dos trabalhadores que estavam preparando tudo o que seu duque havia comandado. Um dos criados escovou o cabelo escuro e cacheado do garoto, passando um limpador de estática sobre suas roupas poeirentas. Na ponta da mesa, com Duncan sentado à direita e Leto à esquerda, Paulus Atreides apoiou seu queixo no punho imenso.

— Tenho uma ideia, rapaz. Já que se provou capaz de lidar com aqueles Harkonnen monstruosos, acha que um mero touro salusano estaria além de suas capacidades?

— Não, senhor — disse Duncan. Ele tinha ouvido falar dos grandes espetáculos do duque. — Se quiser que eu lute com eles pelo senhor, farei de bom grado.

— *Lutar?* — Paulus riu. — Não é bem o que tenho em mente.

O duque se recostou com um grande sorriso no rosto, olhando para Leto, que, por sua vez, explicou:

— Acho que encontramos um cargo para você aqui no Castelo Caladan, jovem. Pode trabalhar nos estábulos, sob a orientação do mestre-estribeiro Yresk. Vai ajudar a cuidar dos touros de meu pai, alimentando-os e, caso consiga se aproximar o suficiente, escovando-os também. Eu mesmo já fiz isso. Vou apresentá-lo a Yresk. — Ele olhou para o pai. — Lembra que ele me deixava fazer carinho nos touros quando eu tinha a idade de Duncan?

— Ah, esse menino vai fazer muito mais do que carinho nessas feras — disse o Velho Duque. Paulus arqueou uma sobrancelha grisalha à medida que pratos e mais pratos magníficos eram levados à mesa. Ele reparou na expressão de encantamento no rosto de Duncan. — E se for bom o suficiente em seu trabalho, talvez a gente possa encontrar algumas tarefas mais atraentes para você.

345

A história raramente foi bondosa com aqueles que devem ser punidos. As punições das Bene Gesserit não podem ser esquecidas.

— Máxima das Bene Gesserit

Uma nova delegação das Bene Gesserit chegava a Giedi Primo, levando Gaius Helen Mohiam consigo. Pouco depois de dar à luz sua filha Harkonnen doente, Mohiam se via no Forte do barão pela segunda vez no intervalo de um ano.

Ela chegou durante o dia daquela vez, embora a camada de nuvens gordurosas e os pilares de fumaça das chaminés sem filtro das fábricas conferissem ao céu uma aparência maltratada que estrangulava qualquer indício de sol.

A nave auxiliar da Reverenda Madre desceu no mesmo espaçoporto de antes, com a mesma demanda por "serviços especiais". Porém, em segredo, o barão Harkonnen jurara fazer as coisas de um jeito diferente daquela vez.

Marchando em um ritmo perfeito, com rostos pétreos, um regimento das tropas domésticas do barão cercou a nave das Bene Gesserit — mais do que o suficiente para intimidar as bruxas.

Outrora um prático em Arrakis e naquele momento chefe da segurança doméstica dos Harkonnen, o burseg Kryubi se postou diante da rampa de desembarque da nave auxiliar, dois passos à frente de seus subordinados mais próximos. Todos vestiam trajes formais azuis.

Mohiam apareceu no topo da rampa, envolvida em seu manto das Bene Gesserit e ladeada por acólitas atendentes, guardas pessoais e outras Irmãs. Ela franziu a testa com desdém ao ver o burseg e seus homens.

— Qual é o sentido desta recepção? Onde está o barão?

O burseg Kryubi ergueu o olhar para ela.

— Não tente usar sua Voz manipuladora em mim ou haverá uma reação... perigosa das tropas. Tenho ordens para conceder permissão apenas a você, sozinha, para ver o barão. Sem guardas, sem atendentes, sem companhia. Ele a aguarda no salão formal do Forte. — O homem gesticulou para as atendentes atrás dela. — Nenhuma dessas outras poderá entrar.

Duna: Casa Atreides

— Impensável. Solicito cortesias diplomáticas formais. Minha delegação inteira deve ser recebida com o respeito que lhe é devido — protestou Mohiam.

Kryubi sequer vacilou. "Eu sei o que a bruxa quer", dissera o barão. "E se ela pensa que pode aparecer aqui para cruzar comigo quando quiser, está redondamente enganada!" Fosse lá o que aquilo significava.

O burseg a encarou, olho no olho.

— Sua solicitação foi negada. — Ele tinha muito mais medo dos castigos do barão do que de qualquer coisa que aquela mulher pudesse fazer contra ele. — Está livre para ir embora, se isso a desagradar.

Com um ruído de escárnio, Mohiam começou a descer a rampa, olhando de relance para aquelas que tinham ficado na nave.

— Apesar de todas suas perversões, o barão Vladimir Harkonnen é um tanto puritano — disse ela, com deboche, mais para as tropas Harkonnen do que para a própria delegação. — Ainda mais no que diz respeito a questões de sexualidade.

Kryubi, que não estava a par da situação, ficou intrigado com a alusão. Mas decidiu que era melhor ficar no escuro quanto a certos assuntos.

— Conte-me, burseg, como você sequer ficaria sabendo se eu usasse a Voz em você? — questionou a bruxa, com um tom de voz irritante.

— Um soldado jamais revela seu arsenal completo de defesas.

— Entendi.

O tom dela era apaziguante, sensual. Kryubi não se sentiu ameaçado, mas ficou se perguntando se seu blefe havia funcionado.

Aquele soldado idiota não sabia, mas Mohiam era uma Proclamadora da Verdade, capaz de reconhecer nuances de falsidade e engodo. Ela permitiu que o pomposo burseg a acompanhasse na travessia da ponte pelo túnel. Uma vez dentro do Forte Harkonnen, a Reverenda Madre assumiu sua melhor postura de autoconfiança altiva, movendo-se com uma indiferença ensaiada.

Mas cada um de seus sentidos aguçados estava atento à menor das anomalias. O barão a deixara desconfiada ao extremo. Mohiam sabia que ele estava tramando alguma coisa.

Andando inquieto em círculos no Grande Salão, o barão Harkonnen olhava ao redor, com os olhos pretos atentos faiscando. O cômodo era vasto e gélido, com a iluminação forte demais em função dos luciglobos sem filtro nos cantos e espalhados pelo teto. Enquanto caminhava em suas botas pretas pontiagudas, ele ouvia os passos ecoarem, o que fazia com que aquele salão todo parecesse oco, vazio — um bom lugar para uma emboscada.

Embora a ala residencial do Forte parecesse vazia, o barão postara guardas e olhos-espiões em várias alcovas. Sabia que não poderia enganar a vadia Bene Gesserit por muito tempo, mas não importava. Mesmo se descobrisse que estava sendo vigiada, já serviria para deixá-la com suspeitas e evitar que armasse seus truques pérfidos. A cautela deveria lhe render alguns segundos de vantagem, pelo menos.

Como ele planejava estar no controle daquela vez, o barão *queria* que seu pessoal assistisse. Daria um excelente espetáculo para eles, algo para servir de assunto em suas casernas e naves militares por anos a fio. Melhor ainda, colocaria as bruxas em seu devido lugar. *É, tentem me chantagear para ver só!*

Piter de Vries chegou por trás dele, avançando tão rápida e sorrateiramente que chegou a sobressaltar o barão.

— Não faça isso, Piter! — explodiu ele.

— Eu trouxe o que o senhor me pediu, meu barão. — O Mentat deturpado estendeu a mão, oferecendo dois pequenos plugues, transmissores de ruído branco. — Insira os dois no fundo de seus canais auriculares. Foram elaborados para distorcer qualquer Voz que ela tente usar. O senhor ainda vai conseguir ouvir as conversas normais, mas os plugues vão abafar os sons indesejados.

O barão respirou fundo e tensionou os músculos. Os preparativos tinham que ser perfeitos.

— Só preste atenção a *seu* papel, Piter. Eu sei o que estou fazendo.

Ele desceu até uma pequena alcova, pegou o decantador de conhaque kirana e deu uma longa golada direto da garrafa. Sentindo a bebida queimar no peito, ele limpou a boca e o gargalo.

O barão já consumira naquele dia mais álcool do que de costume, talvez mais do que o recomendável, considerando as tribulações que ele estava prestes a enfrentar. De Vries, que reconhecia a ansiedade de seu mestre, olhou-o como se risse dele por dentro. Com uma careta, o barão deu mais um gole demorado, só para provocar o Mentat.

Duna: Casa Atreides

De Vries perambulava de um lado para outro, apreciando o plano que tinham urdido em conjunto, ansioso para participar.

— Talvez, barão, a bruxa esteja voltando aqui por ter gostado tanto do primeiro encontro. — Ele gargalhou. — Acha que ela anda *desejando-o* desde então?

O barão fez outra careta para ele... daquela vez tão furiosa que o Mentat se perguntou se teria ido longe demais. Mas De Vries sempre era capaz de guiar a conversa a favor de si para evitar represálias.

— Essa é a melhor projeção que meu Mentat é capaz de oferecer? Pense, desgraçado! Por que as Bene Gesserit iriam querer *outra* filha comigo? Será que estão só esfregando sal na ferida para que eu as odeie ainda mais?

Ele fez um ruído de deboche, perguntando-se se tal coisa sequer seria possível.

Talvez precisem de duas filhas por algum motivo. Ou talvez algo tenha saído errado com a primeira... Os lábios fartos do barão curvaram-se para cima em um leve sorriso. *Esta criança com certeza seria a última.*

Não restavam provas para as Bene Gesserit usarem como chantagem. Lankiveil passara a ocultar o maior tesouro de mélange dos Harkonnen bem embaixo do nariz de Abulurd. O imbecil não tinha a menor ideia de que estava sendo usado para encobrir as atividades secretas do barão. Embora tivesse coração e cabeça fracos, Abulurd ainda era um Harkonnen. Mesmo que descobrisse o engodo, não ousaria expô-lo pelo medo de destruir a própria riqueza familiar. Abulurd tinha reverência demais pela memória do pai deles para aquilo.

O barão se afastou do kirana, e o sabor adocicado e ardido se azedou no fundo de sua boca. Ele trajava um pijama marrom e preto de tecido folgado, amarrado firmemente sobre o abdome rígido, ostentando a insígnia de um grifo azul-claro da Casa Harkonnen no lado esquerdo do peito. Arregaçara as mangas para expor os bíceps. Seu cabelo avermelhado tinha sido cortado bem curto, com um topete para conferir um ar mais devasso.

Ele lançou um olhar severo para De Vries. O Mentat bebia de uma pequena garrafinha do suco vermelho vivo de sapho.

— Estamos prontos, meu barão? Ela está esperando do lado de fora.

— Estamos, Piter. — Ele se reclinou na poltrona. Suas calças de seda eram largas, e os olhos curiosos da Reverenda Madre não seriam capazes de detectar o volume de qualquer arma ali, pelo menos não uma que ela *esperasse* encontrar. O barão sorriu. — Pode mandá-la entrar.

Quando Mohiam adentrou o salão principal do Forte Harkonnen, o burseg Kryubi e suas tropas fecharam as portas atrás dela e permaneceram do lado de fora. As travas se trancaram com um estalido. Imediatamente atenta, ela reparou que o barão havia orquestrado cada detalhe daquele encontro.

Os dois pareciam estar a sós naquele salão comprido, austero e frio, banhado pela luz forte. O Forte inteiro transmitia uma impressão de ângulos retos e daquela aspereza bruta que os Harkonnen tanto amavam; era mais uma sala de conferência industrial do que um salão de palácio suntuoso.

— Saudações novamente, barão Harkonnen — falou Mohiam, com um sorriso que sobrepunha a boa educação a seu escárnio. — Vejo que já antecipou nosso encontro. Talvez até esteja ansioso por ele? — Ela desviou o olhar, voltando-se para a ponta dos próprios dedos. — É possível que eu lhe permita um pouco mais de prazer desta vez.

— Talvez — disse o barão, em tom afável.

Ela não gostou da resposta. *Qual é o jogo dele?* Mohiam olhou ao redor, sentindo as correntes de ar, espiando as sombras, tentando ouvir os batimentos cardíacos de mais alguém que estivesse de tocaia. Havia alguém ali... mas onde? Será que planejavam assassiná-la? Ousariam uma coisa daquelas? Ela monitorou os próprios batimentos para evitar que acelerassem.

Sem dúvida, o barão tinha mais em mente do que sua mera cooperação. Mohiam nunca esperara obter uma vitória fácil contra ele, ainda mais naquela segunda vez. As cabeças de algumas das Casas Menores poderiam ser esmagadas ou manipuladas — as Bene Gesserit certamente sabiam o que fazer —, mas tal não seria o destino da Casa Harkonnen.

Ela fitou os olhos infernais do barão, esforçando-se para usar suas habilidades de Proclamadora da Verdade, mas era incapaz de ver o que ele estava pensando ou desvendar seus planos. Em seu âmago, Mohiam sentia uma pontada de medo que mal reconhecia. Até que ponto ia a audácia dos Harkonnen? O barão não poderia se dar ao luxo de recusar a demanda da Irmandade, ciente das informações que as Bene Gesserit

Duna: Casa Atreides

poderiam usar contra ele. Ou será que estava disposto a arriscar a possibilidade de sofrer sérias penalidades imperiais?

Ou então, igualmente importante, será que ele estava disposto a arriscar uma punição das Bene Gesserit? Aquela também não era uma questão leviana.

Em outro momento, ela poderia ter gostado de participar de um jogo com ele, um duelo físico e mental contra um oponente poderoso. Ele era escorregadio, muito mais propenso a dobrar-se e retorcer-se do que a quebrar. Naquele momento, porém, o barão estava abaixo da linha do desprezo dela, servindo como um animal reprodutor de cujos genes a Irmandade necessitava. Ela não sabia o porquê, nem a importância que aquela filha teria, mas, se Mohiam retornasse a Wallach IX sem cumprir a missão, sofreria uma severa reprimenda de suas superioras.

Ela decidiu não desperdiçar mais nem um minuto. Convocando a plenitude dos talentos da Voz que as Bene Gesserit lhe haviam ensinado, com manipulações de palavras e tons para torná-las irresistíveis a qualquer ser humano destreinado, ela disse, sem cerimônia:

— *Coopere comigo.*

Era um comando que ela esperava que ele fosse obedecer.

O barão simplesmente sorriu. Nem se mexeu, mas seus olhos correram de um lado para outro. Mohiam ficou tão espantada diante da ineficácia da Voz que se deu conta, tarde demais, de que o barão havia lhe preparado uma armadilha diferente.

O Mentat Piter de Vries já havia emergido do interior de uma alcova oculta. Ela se virou, pronta para o combate, mas o Mentat se deslocava com a mesma rapidez de uma Bene Gesserit.

O barão admirou a cena, apreciando o que estava vendo.

De Vries tinha em mãos uma arma rudimentar, porém eficaz. O antigo embaralhador neural servia como um atordoador de alta potência. Ele disparou uma rajada antes que ela sequer tivesse a chance de se mexer. As ondas crepitantes a atingiram, provocando um curto-circuito em sua mente e em seu controle muscular.

Mohiam caiu para trás, contorcendo-se e tremendo com espasmos dolorosos, cada centímetro quadrado de sua pele parecendo fustigado por picadas de formigas imaginárias.

Que efeito delicioso, pensou o barão, enquanto observava.

Ela desabou no chão de pedra polida com os braços e pernas estatelados, como se tivesse sido esmagada por um pé gigante. Sua cabeça atingiu os ladrilhos duros e Mohiam sentiu um zumbido nos ouvidos em razão da pancada. Sem piscar, ela fitava o teto abobadado. Mesmo com seu extremo controle muscular prana-bindu, ela não conseguia se mexer.

Finalmente, o rosto zombeteiro do barão apareceu acima dela, inserindo-se em seu campo de visão limitado. Os braços e pernas de Mohiam estremeciam com impulsos nervosos aleatórios. Ela sentiu algo úmido e quente e percebeu que tinha perdido o controle da bexiga. Uma linha tênue de saliva escorria do canto de seus lábios e atravessava a bochecha em um caminho que ia até a base da orelha.

— Pois bem, *bruxa*, esse atordoador não lhe causará quaisquer danos permanentes — disse o barão. — Na verdade, você vai recuperar o controle de seu corpo dentro de uns vinte minutos. É tempo o suficiente para nos conhecermos melhor.

Ele andava ao redor dela, sorrindo, entrando e saindo de sua visão periférica.

Erguendo a voz para que as escutas eletrônicas transmitissem tudo aos observadores escondidos, ele prosseguiu:

— Conheço as falsas evidências que vocês forjaram contra a Casa Harkonnen para nos chantagear, e minha equipe jurídica já está a postos para lidar com tais acusações em qualquer tribunal do Imperium. Vocês ameaçaram usar isso caso eu não lhes desse mais uma filha, mas essa é uma ameaça imprestável de um bando de bruxas imprestáveis.

O barão fez uma pausa, depois sorriu, como se a próxima ideia tivesse acabado de lhe ocorrer.

— Ainda assim, não me incomodo em satisfazer seus desejos e lhes dar mais uma filha. De verdade, não me incomodo. Mas saiba disto, bruxa, e leve minha mensagem a sua Irmandade: vocês *não podem* manipular o barão Vladimir Harkonnen para seus propósitos sem sofrer as consequências.

Aplicando todo seu treinamento para se concentrar na ativação de certos nervos e músculos, Mohiam reconectou os olhos para que pudesse pelo menos movimentá-los e olhar ao redor. O embaralhador neural agira com uma eficácia inacreditável, no entanto, e o resto do corpo dela permanecia indefeso.

Duna: Casa Atreides

Lutando contra a repulsa, o barão se abaixou e arrancou as saias dela. Que forma asquerosa ela possuía, sem os padrões musculares masculinos que ele tanto admirava e desejava.

— Ora, parece que você teve um acidentezinho aqui — disse ele, franzindo a testa diante do tecido molhado de urina.

Piter de Vries estava logo atrás da Reverenda Madre, olhando para o rosto de Mohiam, largo e tórpido. Ela viu os lábios manchados de vermelho e o brilho meio ensandecido nos olhos do Mentat. Do lado oposto, o barão abriu as pernas dela e depois começou a baixar as próprias calças pretas e folgadas.

Ela não conseguia ver o que ele estava fazendo, nem queria.

Eufórico pelo sucesso de seu plano, o barão não teve qualquer dificuldade de manter a ereção daquela vez. Corado do conhaque que havia tomado, encarava aquela mulher desinteressante e a imaginava como uma velha ressequida que ele acabara de sentenciar à mais brutal arena de escravizados dos Harkonnen. A mulher, que se imaginava tão súpera e poderosa, via-se em completo desamparo... à mercê dele!

O barão sentiu um prazer imenso em estuprá-la — a primeira vez que ele se lembrava de sentir prazer com uma mulher, embora ela fosse apenas um pedaço de carne mole.

Durante a violência do ataque, Mohiam ficou deitada sobre o chão gelado em uma fúria impotente. Conseguia sentir cada movimento, cada toque, cada estocada dolorosa, mas ainda não tinha controle voluntário sobre seus músculos. Seus olhos permaneciam abertos, embora ela achasse que conseguiria piscar caso se empenhasse o suficiente.

Em vez de desperdiçar tal energia, no entanto, a Reverenda Madre se concentrava internamente, sentindo sua bioquímica, alterando-a. A eficácia da arma atordoadora do Mentat não fora absoluta. Os músculos eram uma coisa, mas a química corporal interna era outra. O barão Vladimir Harkonnen iria se arrepender.

Anteriormente, ela havia manipulado sua ovulação para atingir o pico da fertilidade naquela hora exata. Mesmo estuprada, ela não teria dificuldade em conceber uma nova filha com o esperma do barão. Aquela era a consideração mais importante.

Em teoria, ela não precisava de mais nada daquele homem vil. Mas a Reverenda Madre Gaius Helen Mohiam pretendia *dar algo em troca*, uma vingança de ação lenta da qual ele jamais se esqueceria pelo resto da vida.

Ninguém tinha permissão de esquecer uma punição das Bene Gesserit.

Embora permanecesse paralisada, Mohiam era uma Reverenda Madre experiente. Seu corpo continha dentro de si armas heterodoxas que permaneciam a sua disposição, por mais vulnerável que ela parecesse estar.

Com as sensibilidades e funções notáveis de seus corpos, as Irmãs Bene Gesserit eram capazes de criar antídotos para venenos introduzidos em seus sistemas. Conseguiam neutralizar as cepas mais hediondas das doenças às quais fossem expostas e destruir os patógenos virulentos... ou deixá-los dormentes em seus corpos, guardando-os para uso posterior. Mohiam trazia consigo várias daquelas doenças latentes e era capaz de ativá-las pelo controle da própria bioquímica.

O barão estava em cima dela, rosnando feito um animal, com a mandíbula travada e os lábios curvados em um sorriso desdenhoso. Gotas de suor cobriam seu rosto avermelhado. Ela olhou para cima. Os olhares dos dois se cruzaram e ele passou a penetrá-la com mais força, ainda sorrindo.

Foi então que Mohiam selecionou uma doença em particular que representaria uma vingança extremamente gradual: um transtorno neurológico que destruiria o belo corpo do barão. Era óbvio que o físico dele lhe era uma fonte de enorme prazer, motivo de orgulho desmedido. A Reverenda Madre poderia infectá-lo com inúmeras moléstias fatais e supurativas, mas a escolhida seria um golpe muito mais profundo e lento. Ela obrigaria o barão a enfrentar a própria aparência todos os dias, conforme ficasse mais gordo e mais fraco. Seus músculos se degenerariam e seu metabolismo entraria em curto-circuito. Em poucos anos, ele sequer seria capaz de andar sozinho.

Era algo tão simples de se fazer... mas os efeitos se estenderiam durante anos. Pelo resto da vida dele. Mohiam imaginava o barão afligido por dores, tão obeso que não conseguiria ficar em pé sem auxílio, gritando de agonia.

Ao terminar, arrogante em sua crença de que havia mostrado à bruxa quem era mais poderoso, o barão Vladimir Harkonnen se afastou e ficou em pé, franzindo a testa para ela com asco.

— Piter, pegue uma toalha para que eu possa me limpar da gosma desta vadia.

Duna: Casa Atreides

O Mentat saiu correndo do recinto, aos risinhos. As portas do salão foram reabertas. Guardas fardados marcharam salão adentro para assistir enquanto Mohiam recuperava as funções de seus músculos, pouco a pouco.

O barão Harkonnen admoestou a Reverenda Madre abrindo um sorriso cruel:

— Diga às Bene Gesserit para que nunca mais me perturbem com suas tramoias genéticas.

Ela foi se levantando com um braço só, aos poucos recolhendo suas roupas rasgadas e ficando em pé com a coordenação motora quase totalmente recuperada. Mohiam ergueu o queixo, orgulhosa, mas não conseguia esconder sua humilhação. E o barão não conseguia esconder seu prazer em observá-la.

Acha que venceu, pensou ela. *Veremos.*

Satisfeita com o que tinha feito e diante da inevitabilidade de sua terrível vingança, a Reverenda Madre saiu do Forte Harkonnen a passos largos. O burseg do barão a acompanhou por parte do caminho, depois permitiu que ela voltasse sozinha e sem escolta até a nave auxiliar, como um cão castigado. Outros guardas permaneciam rígidos em postura de sentido, protegendo a base da rampa.

Mohiam se acalmou enquanto se aproximava da nave, e enfim esboçou um sorriso. Não importando o que tinha acontecido lá, ela carregava uma nova filha com sangue Harkonnen dentro de si. E era aquilo, claro, o que as Bene Gesserit queriam desde o começo...

Como eram simples as coisas quando nosso messias era somente um sonho.

— Stilgar, naib do Sietch Tabr

Para Pardot Kynes, a vida nunca mais seria a mesma depois de ter sido aceito no sietch.

A data marcada para seu casamento com Frieth se aproximava, o que exigia dele horas de preparo e meditação, estudando os rituais matrimoniais dos fremen, sobretudo a *ahal*, a cerimônia em que a mulher escolhia seu parceiro — e com certeza tinha sido Frieth quem tomara a iniciativa naquela relação. Muitas outras fascinações o distraíam, mas ele sabia que não poderia cometer erro algum em uma questão de tamanha delicadeza.

Para os líderes do sietch, aquela era uma ocasião grandiosa, mais espetacular do que outros casamentos comuns daquela comunidade. Nunca acontecera de um forasteiro se casar com uma fremen, por mais que o naib Heinar tivesse ouvido histórias de ocorrências ocasionais em outros sietch.

Depois de o pressuposto assassino Uliet se sacrificar, a história que se espalhara em todo o sietch (e que sem dúvida também chegara a outras comunidades ocultas dos fremen) era que Uliet teria tido uma visão verdadeira de Deus, e esta havia direcionado suas ações. O velho de um olho só — Heinar — e os anciões do sietch — Jerath, Aliid e Garnah — tinham ficado devidamente consternados por terem questionado as palavras emocionadas do planetólogo de início.

Embora Heinar tivesse se oferecido para renunciar à posição de naib, curvando-se ao homem que ele passara a acreditar ser um profeta de além das estrelas, Kynes não tinha o menor interesse em se tornar líder do sietch. Tinha muito trabalho diante de si — desafios em uma escala muito maior do que a mera política local. Estava perfeitamente feliz em ser deixado em paz para se concentrar em seu plano de terraformação e estudar os dados coletados pelos instrumentos instalados ao longo do deserto. Precisava compreender aquela vastidão arenosa e suas sutilezas antes de decidir ao certo como mudar as coisas para melhor.

Duna: Casa Atreides

Os fremen trabalhavam duro para atender à menor das sugestões de Kynes, por mais incoerente que pudesse soar. Passaram a acreditar em tudo que ele dizia. Kynes se via tão absorto nas transformações, no entanto, que mal reparava na devoção deles. Se o planetólogo dizia que precisavam tirar certas medidas, os fremen atravessavam o deserto para estabelecer pontos de coleta em regiões remotas e reabrir estações de testagem botânica abandonadas pelo Imperium muito tempo antes. Alguns assistentes devotos chegavam até a viajar para territórios proibidos no sul, usando um meio de transporte secreto que não revelavam a Kynes.

Durante aquelas primeiras semanas frenéticas de acúmulo de informações, dois fremen tinham se perdido — embora Kynes nem tivesse ficado sabendo. Ele se deleitava com o glorioso fluxo de dados que chegava até si. Era mais do que sequer poderia ter sonhado em realizar caso trabalhasse sozinho como planetólogo imperial por anos a fio. Estava em um paraíso científico.

No dia anterior a seu casamento, redigiu e editou cuidadosamente o primeiro relatório que emitiu desde que entrara para o sietch, o ápice de semanas de trabalho. Um mensageiro fremen enviou o documento até Arrakina, onde então foi transmitido ao imperador. O trabalho de Kynes com os fremen ameaçava colocá-lo em um conflito de interesses enquanto planetólogo imperial, mas ele precisava manter as aparências. Em trecho algum do relatório mencionou, ou mesmo deixou transparecer, indícios de sua nova relação com o povo do deserto. Kaitain não deveria jamais suspeitar que ele tinha se "naturalizado".

Na cabeça dele, *Arrakis* nem existia mais. Aquele mundo passara a ser — e seria para sempre — *Duna*; após viver no sietch, ele não conseguia mais considerar o planeta com outro nome, a não ser a designação fremen. Quanto mais descobria, mais Pardot Kynes se dava conta de que aquele planeta estranhamente seco e infértil guardava segredos ainda mais profundos do que o imperador imaginava.

Duna era um baú de tesouros esperando para ser aberto.

O jovem e impetuoso Stilgar já havia se recuperado completamente do ferimento de espada dos Harkonnen e insistia em ajudar Kynes com suas tarefas e deveres tediosos. O ambicioso jovem fremen alegava que aquele era o único modo de diminuir o pesado fardo d'água imposto a seu clã. O planetólogo não se sentia merecedor de uma obrigação daquelas, mas se curvou à pressão do sietch como um salgueiro ao vento. Os fremen não ignorariam nem se esqueceriam de algo assim.

A irmã solteira de Stilgar lhe tinha sido oferecida como esposa. Frieth parecia tê-lo acolhido sem que o planetólogo sequer se desse conta, remendando suas roupas e lhe oferecendo comida antes mesmo de ele perceber que estava com fome. As mãos dela eram ligeiras e os olhos azuis eram vivos, donos de uma inteligência faiscante. Ela o resgatara de várias gafes nas quais ele não tivera nem tempo de reagir. O forasteiro achava, porém, que aquelas atenções não passavam de uma simples demonstração de apreço por ele ter salvado a vida do irmão dela, e por isso as aceitava sem pensar muito a respeito.

Kynes jamais considerara se casar; era um homem solitário demais, movido unicamente por seu trabalho. Entretanto, uma vez recebido pelas benesses da comunidade, começara a entender o quanto era fácil ofender os fremen — e sabia que seria melhor não ousar recusar aquela proposta. Também se dera conta de que talvez o casamento com Frieth facilitaria as coisas para futuros pesquisadores, dadas as várias restrições políticas impostas aos fremen pelos Harkonnen.

E assim, quando as duas luas cheias se ergueram no céu, Pardot Kynes se uniu aos outros fremen para o ritual matrimonial. Antes que a noite terminasse, estaria casado. Estava com uma barba rala àquela altura, pela primeira vez na vida. Embora hesitante quanto a expressar o que pensava a respeito de qualquer coisa, Frieth parecia aprovar a nova aparência.

Conduzida por Heinar, o naib com olho de pirata, além da Sayyadina do sietch — uma líder religiosa que muito se assemelhava a uma Reverenda Madre —, a procissão matrimonial desceu das montanhas após uma longa e cuidadosa jornada a céu aberto e avançou pelas areias onduladas das dunas em seguida. As luas banhavam a paisagem desértica com um brilho perolado e cintilante.

Admirando as dunas sinuosas, pela primeira vez Kynes pensou que elas o lembravam das curvas suaves e sensuais do corpo de uma mulher. *Talvez eu pense em casamento mais do que imaginava.*

Os fremen seguiram enfileirados, escalando o lado mais firme a favor do vento e, depois, abrindo caminho ao longo da crista suave. Alertas

Duna: Casa Atreides

a trilhas de verme e naves espiãs dos Harkonnen, vigias do sietch tinham assomado a pontos de observação. Sob o olhar de seus colegas da tribo, Kynes se sentia inteiramente seguro. Havia se tornado um deles e sabia que os fremen dariam suas vidas por ele.

O planetólogo admirou a linda e jovem Frieth sob o luar, o cabelo longuíssimo e os olhos grandes de um azul sobre azul voltados para ele, avaliando-o, quiçá amando-o. Ela trajava a túnica preta que indicava seu posto de noiva.

Nas cavernas, outras esposas fremen haviam trançado o cabelo de Frieth por horas com os hidroanéis de metal dela e os de seu futuro marido, a fim de simbolizar a união de suas existências. Muitos meses antes, o sietch tomara todos os mantimentos do veículo terrestre de Kynes e somara os recipientes de água dele aos estoques principais. Assim que o planetólogo tinha sido aceito como fremen, ele recebera um pagamento em hidroanéis por sua contribuição, entrando para a comunidade na posição de um homem relativamente rico.

Enquanto Frieth olhava para o noivo, Kynes se dava conta pela primeira vez do quanto ela era bonita e desejável — e recriminou-se por não ter percebido antes. Naquele momento, as fremen solteiras estavam correndo até o campo de dunas, com seu cabelo longo e solto esvoaçando à brisa noturna. Kynes ficou observando enquanto elas começavam as danças e os cânticos da tradição matrimonial.

Era raro que os membros do sietch lhe explicassem seus costumes, de onde vinham os rituais ou o que eles significavam. Para os fremen, tudo simplesmente *era* do jeito que era. Muito tempo antes, o modo de vida deles fora se desenvolvendo por necessidade durante as peregrinações zen-sunitas de planeta em planeta, e as tradições permaneciam inalteradas desde então. Ninguém se dava ao trabalho de questioná-las, então por que Kynes o faria? Além do mais, se ele era mesmo o profeta que tanto acreditavam ser, então deveria compreender aquelas coisas intuitivamente.

Não era difícil decifrar o costume de amarrar os hidroanéis nas tranças da noiva enquanto as solteiras deixavam o cabelo solto e livre. Elas corriam pela areia de pés descalços, os passos flutuando. Algumas eram apenas meninas, mas outras já haviam amadurecido e estavam na idade de se casar. As dançarinas se lançavam no ar e rodopiavam, girando tanto que o cabelo delas fluía em todas as direções, como uma auréola ao redor da cabeça.

Simbólico de uma tempestade no deserto. Redemoinhos de Coriolis, pensou Kynes. Com seus estudos, ele descobrira que aqueles ventos eram capazes de exceder oitocentos quilômetros por hora, carregando poeira e partículas de areia com força suficiente para arrancar a carne dos ossos de um homem.

Subitamente preocupado, Kynes olhou para cima. Para seu alívio, o céu noturno do deserto estava límpido e salpicado de estrelas; qualquer tempestade teria como prenúncio uma neblina de poeira. Os vigias fremen notariam sinais com a antecedência necessária para que todos tomassem precauções imediatas.

A dança e a cantoria das meninas continuavam. Kynes estava ao lado de sua futura esposa, mas olhava para cima, pensando nos efeitos das luas gêmeas sobre a maré, em como as ondulações gentis da gravidade poderiam ter afetado a geologia e o clima daquele mundo. Talvez sondagens profundas do centro do planeta pudessem lhe revelar mais daquilo que buscava saber...

Nos meses futuros, ele tencionava colher amostras extensivas da calota no polo norte. Ao medir os estratos e analisar o conteúdo isotópico, Kynes seria capaz de traçar um preciso histórico climático de Arrakis. Poderia mapear os ciclos de aquecimento e derretimento, além dos antigos padrões de precipitação. Usando aquelas informações, seria possível determinar onde toda a água teria ido parar.

Até o momento, a aridez daquele lugar não fazia sentido. Seria possível que toda a reserva de água de um mundo estivesse hidratada em camadas rochosas sob a areia, presa na crosta do planeta em si? Um impacto astronômico? Explosões vulcânicas? Nenhuma das alternativas parecia viável.

A complexa dança matrimonial se findava, e o naib de um olho só e a velha Sayyadina se aproximaram. A sacerdotisa olhou para o casal e fitou Kynes com o olhar encoberto sob o luar que parecia os globos predatórios e escuros de um corvo: o pleno azul sobre azul do vício em especiaria.

Após meses se alimentando da comida dos fremen, todos os sabores misturados com o gosto forte de mélange, Kynes se admirara no espelho certa manhã e reparara que o branco de seus olhos havia começado a assumir um tom azul-celeste. A mudança o espantara.

Duna: Casa Atreides

No entanto, ele se sentia mais vivo, com a mente mais afiada e o corpo energizado. Parte daquilo podia ser consequência de seu entusiasmo pelas atividades de pesquisa, mas ele sabia que a especiaria devia ter alguma relação.

A especiaria estava por toda a parte dali: no ar, na comida, nas roupas, nos panos pendurados nas paredes e nos tapetes. O mélange se mesclava com a vida nos sietch tanto quanto a água.

Naquele dia, logo após Kynes notar a mudança em suas escleras, Turok, que ainda aparecia para levá-lo em suas expedições diárias, também reparara no novo tom azulado.

— Está se tornando um de nós, planetólogo. Aquele azul que chamamos de olhos dos Ibad. Você é parte de Duna agora. Nosso mundo o mudou para sempre.

Kynes esboçara um sorriso em resposta, mas com alguma incerteza, pois sentia certo medo.

— De fato — concordara ele.

E então estava prestes a se casar — outra mudança importante.

Diante dele, a enigmática Sayyadina enunciou uma série de palavras em chakobsa, um idioma que Kynes não compreendia, mas ele lhe deu as devidas respostas memorizadas. Os anciões do sietch tinham tomado precauções extremas para a preparação do planetólogo. Talvez um dia, com mais pesquisa, ele viesse a compreender os rituais a seu redor, o idioma antigo, as tradições misteriosas. Por ora, porém, ele só era capaz de arriscar alguns palpites razoáveis.

Durante a cerimônia, manteve-se disperso, idealizando os vários testes que poderia aplicar nas áreas arenosas e rochosas do planeta, sonhando com as novas estações experimentais que construiria, considerando quais jardins de teste poderia plantar. Tinha planos meticulosos para implementar e, finalmente, contava com toda a mão de obra que poderia desejar. Seria preciso uma quantidade inacreditável de trabalho para despertar aquele mundo novamente — mas, com os fremen partilhando do mesmo sonho, Pardot Kynes sabia que era possível.

Era possível!

Ele sorriu, e Frieth o encarou, sorrindo também, embora com certeza tivesse pensamentos bem distintos em mente. Um tanto alheio às atividades a seu redor e prestando pouca atenção ao que o rito representava, quase sem se dar conta, Kynes se viu casado ao modo fremen.

**O altivo de fato constrói muros de castelo atrás
dos quais esconde suas dúvidas e seus medos.**

— Axioma das Bene Gesserit

As neblinas da alvorada carregavam um laivo de iodo do mar, erguendo-se dos penhascos escuros que sustentavam os pináculos do Castelo Caladan. Em geral, era uma cena pacífica e revigorante para Paulus Atreides, mas ela o deixara inquieto naquele dia.

O Velho Duque estava em uma das varandas das torres, inspirando fundo o ar fresco. Ele amava aquele planeta, especialmente de manhã cedo; puro e fresco, aquele tipo de silêncio lhe dava mais energia do que uma boa noite de sono seria capaz de fornecer.

Mesmo em tempos de tensão como aqueles.

Para se proteger do frio, ele se embrulhara em um roupão verde feito de lã grossa de Canidar. Sua esposa estava atrás dele, nos aposentos reais, prestando atenção a cada movimento do marido, como sempre fazia depois de uma briga. Era uma questão de praxe. Geralmente, se Paulus não objetasse, Helena se aproximava mais para admirar o planeta junto dele, com olhos cansados e parecendo magoada, mas não convencida; depois, ele a abraçava e o gelo ia derretendo, e então ela tentava trazer a questão à tona de novo. Ainda insistia que a Casa Atreides estava correndo sério perigo por causa do que ele tinha feito.

O casal conseguia ouvir gritos, risadas abafadas e os sons de gente se exercitando mais abaixo. O duque olhou na direção do pátio coberto, contente em ver Leto já conduzindo as rotinas de treinamento com o príncipe exilado de Ix. Ambos usavam escudos corporais que zuniam e oscilavam à luz laranja da alvorada. Na mão esquerda, os jovens portavam adagas atordoadoras, de lâmina embotada, e na direita, espadas de treino.

Nas últimas semanas morando em Caladan, Rhombur tivera tempo para se recuperar rápida e completamente da concussão que sofrera durante a fuga de Ix. Os exercícios e o ar fresco melhoraram sua saúde, seu tônus muscular, o aspecto de seu rosto. Mas o coração do jovenzinho atarracado e seu humor demorariam um bom tempo para se recobrar. Ele ainda parecia perdido em relação ao que acontecera.

Duna: Casa Atreides

Os dois circundavam um ao outro, aparando investidas, desferindo golpes de espada, tentando calcular com que velocidade eram capazes de manejar suas lâminas sem que fossem defletidas pelos campos protetores. Desafiavam-se e davam botes, engajando em séries de ataques sem a menor esperança de penetrar a defesa do oponente. As lâminas cantavam e ricocheteavam contra os escudos cintilantes.

— Os meninos têm tanta energia a uma hora destas — observou Helena, esfregando os olhos avermelhados. Um comentário pouco arriscado, que provavelmente não provocaria qualquer objeção. Ela deu meio passo na direção do marido. — Rhombur até já perdeu peso.

O Velho Duque olhou para ela, reparando nas marcas de idade em suas feições de porcelana, nos fios grisalhos em seu cabelo escuro.

— Esta é a melhor hora para treinar. Faz o sangue correr pelo resto do dia. Ensinei isso a Leto quando ele era criancinha.

Ao longe, vindo do mar, o duque ouviu o som metálico de uma boia marinha que sinalizava os corais e o deslizar de um coráculo pesqueiro, um dos barcos de pau-de-vime locais, com cascos impermeabilizados. Em meio à neblina, avistou os faróis de uma traineira mais distante, cortando a névoa marinha que pairava à margem e colhendo alga-melão.

— Sim... os meninos estão se exercitando, mas você reparou em Kailea sentada ali? Por que acha que ela acordou tão cedo? — indagou Helena.

A cadência no final da pergunta despertou a curiosidade do duque. Ele olhou para baixo, reparando pela primeira vez na adorável filha da Casa Vernius. Kailea estava deitada em um banco de coral polido sob a luz do sol, comendo com delicadeza frutas variadas de uma bandeja. Tinha consigo um exemplar de capa forrada da Bíblia Católica de Orange — um presente de Helena —, repousando a seu lado no banco, mas não estava lendo.

Intrigado, Paulus coçou a barba.

— Por acaso a garota sempre acorda cedo assim? Suspeito que ela não esteja ajustada ainda a nossos dias caladianos.

Helena apenas observava enquanto Leto investia com fúria contra o escudo de Rhombur, deslizando sua adaga atordoadora para dar um choque elétrico no príncipe de Ix. Este soltou um uivo, depois deu uma risadinha enquanto recuava. Leto ergueu a espada de treino como se tivesse marcado um ponto e, com seus olhos cinzentos, lançou um olhar de esguelha para Kailea, saudando-a com um toque da ponta da espada na própria testa.

— Você já notou o jeito como seu filho olha para ela, Paulus? — O tom de voz de Helena era severo, de desaprovação.

— Não, não reparei.

O olhar do Velho Duque disparou de Leto para a jovem de novo. Em sua cabeça, a filha de Dominic Vernius era apenas uma criança. A última vez que a vira tinha sido na infância dela. Talvez sua mente lenta e rafada não a imaginasse chegando tão cedo à idade adulta. O mesmo valia para Leto. Refletindo a respeito, ele disse:

— Os hormônios daquele garoto estão em plena produção. Deixe-me falar com Thufir. Encontraremos meninas adequadas para ele.

— Amantes como as suas? — Helena se afastou do marido, parecendo magoada.

— Não há nada errado com isso. — Ele rezou com todo o coração para que ela não explorasse *aquele* assunto de novo. — Contanto que nunca vire nada sério.

Como qualquer outro nobre no Imperium, Paulus tinha suas amásias. O casamento com Helena, uma das filhas da Casa Richese, havia sido arranjado por motivos estritamente políticos após muita reflexão e muita barganha. Ele dera seu melhor e até chegara a amá-la por um tempo — uma surpresa genuína. Mas Helena se afastara dele com o tempo, absorta em questões religiosas e sonhos perdidos em vez da realidade presente.

De forma discreta e silenciosa, Paulus por fim voltara aos braços de suas amantes, tratando-as bem, divertindo-se e tomando o cuidado de não gerar bastardo algum com elas. Nunca falava a respeito, mas Helena estava ciente dos casos. Sempre estivera.

E tinha que conviver com aquele fato.

— Nunca vire nada sério? — Helena se inclinou na varanda para enxergar Kailea melhor. — Receio que Leto *sinta* algo por aquela garota, que ele esteja se apaixonando por ela. Falei para você não o mandar para Ix.

— Não é amor — redarguiu Paulus, fingindo prestar atenção nos movimentos do duelo de espadas e escudos lá embaixo.

Duna: Casa Atreides

Os garotos tinham mais energia do que habilidade; precisavam desenvolver melhor sua finesse. O mais desajeitado dos guardas Harkonnen seria capaz de derrotar os dois em um piscar de olhos.

— Tem certeza? — perguntou Helena, com um tom preocupado. — Há muita coisa em jogo. Leto é o herdeiro da Casa Atreides, o filho de um duque. Ele deve ter cautela e escolher seus interesses românticos com cuidado. Precisa nos consultar, negociar os termos, tirar o máximo que puder...

— Eu sei disso — resmungou Paulus.

— Sabe bem até demais. — A voz de sua esposa ficou gélida e severa. — Talvez uma de suas bonejas não seja uma má ideia, afinal. Pelo menos, vai servir para mantê-lo longe de Kailea.

No pátio, a jovem mordiscava as frutas, olhando para Leto com uma admiração recatada e dando risada de um golpe particularmente despropositado que ele conseguira desferir. Rhombur contra-atacou e os escudos se chocaram, lançando faíscas um contra o outro. Quando Leto se virou para sorrir de volta, Kailea olhou para sua bandeja de café da manhã, fingindo indiferença.

Helena reconhecia os movimentos da dança do cortejo, tão complexos quanto qualquer esgrima.

— Está vendo como os dois se olham?

O Velho Duque balançou a cabeça com tristeza.

— Houve uma época em que a filha da Casa Vernius teria sido um par excelente para Leto.

Ele se entristecia em saber que seu amigo Dominic Vernius estava sendo caçado por decreto imperial. Em um gesto aparentemente irracional, o imperador Elrood determinara que o conde não era apenas renegado e exilado, mas também um traidor. Nem Dominic nem lady Shando enviaram qualquer recado a Caladan, mas Paulus tinha esperanças de que ambos tivessem sobrevivido; os dois eram alvos valiosos para qualquer caçador de recompensas ambicioso.

A Casa Atreides se arriscara muito ao oferecer refúgio aos dois filhos dos Vernius em Caladan. Dominic cobrara todos os favores que lhe restavam entre as Casas do Landsraad, que tinham confirmado a condição de protegidos dos jovens exilados, contanto que não aspirassem a recuperar o antigo título de sua Casa.

— Eu nunca concordaria com um casamento entre nosso filho e... *ela* — afirmou Helena. — Enquanto você andou se pavoneando por aí com touradas e desfiles, eu estava aqui com o pé no chão. A Casa Vernius já vem decaindo em prestígio há anos. Eu lhe falei isso, mas você nunca me ouve.

— Ah, Helena, seu preconceito como Richese a impede de olhar para Ix de forma justa. Os Vernius sempre foram rivais de sua família e a derrotaram nas guerras comerciais — respondeu Paulus, com a voz branda.

Apesar das discordâncias do casal, ele tentava tratá-la com o respeito que lhe era devido enquanto lady de uma Grande Casa, mesmo quando ninguém estava ouvindo.

— É evidente que a ira de Deus recaiu sobre Ix — apontou ela. — Inegável. Você deveria se livrar de Rhombur e Kailea. Poderia mandar os dois para longe ou até matá-los... Seria um favor.

O duque Paulus fervilhou de raiva. Sabia que não demoraria até ela voltar ao assunto.

— Helena! Cuidado com o que fala. — Ele a encarou, incrédulo. — Essa é uma sugestão ultrajante, até vindo de você.

— Por quê? A Casa deles causou a própria destruição ao escarnecer dos estatutos da Grande Rebelião. Os Vernius provocaram a Deus com sua húbris. Qualquer um vê. Eu mesma lhe avisei antes de Leto ir para Ix. — Ela segurava a bainha do roupão, tremendo de emoção enquanto tentava fazer um discurso razoável. — Será que a humanidade ainda não aprendeu sua lição? Pense só nos horrores pelos quais nós passamos, a escravidão, o quase extermínio. Jamais devemos nos desviar do caminho correto de novo. Ix estava tentando trazer as máquinas pensantes de volta. "Não criarás uma máquina à semelhança..."

— Não precisa citar os versículos para mim — cortou ele.

Quando Helena caía naquela mentalidade rígida de fanática, nenhuma réplica era capaz de dissuadi-la.

— Mas se você só parasse para ler e ouvir — suplicou Helena. — Posso lhe mostrar passagens...

— Dominic Vernius era meu amigo, Helena. E a Casa Atreides apoia seus amigos. Rhombur e Kailea são *meus* convidados aqui no Castelo Caladan e não quero ouvir outra palavra sua a esse respeito.

Duna: Casa Atreides

Embora Helena tivesse dado as costas e desaparecido de volta nos aposentos, o duque sabia que ela voltaria para tentar convencê-lo mais uma vez, em outro momento. Ele suspirou.

Agarrado ao guarda-corpo da varanda, Paulus olhou de novo para os garotos, que continuavam com seus exercícios. Era mais uma escaramuça do que qualquer outra coisa. Leto e Rhombur se atacavam, dando risadas e correndo, dispersando energia.

Apesar de sua intolerância, Helena tinha apresentado alguns argumentos válidos. Aquele era o tipo de abertura que seus inimigos de longa data, os Harkonnen, usariam para tentar destruir os Atreides. As equipes jurídicas rivais provavelmente já estavam empenhadas quanto a isso. Se a Casa Vernius tivesse chegado de fato a violar os preceitos butlerianos, então era possível que a Casa Atreides fosse considerada culpada por cumplicidade.

No entanto, a sorte estava lançada, e Paulus se via disposto a enfrentar o desafio. Ainda assim, era imperativo garantir que nada de terrível acontecesse ao próprio filho.

Lá embaixo, os meninos continuavam lutando, sempre brincalhões, embora o Velho Duque soubesse que Rhombur ansiava retaliar contra a miríade de inimigos sem rosto que havia expulsado sua família de seu lar ancestral. Para que aquilo fosse possível, porém, ambos os jovens precisariam de *treinamento* — não apenas com as instruções brutais e urgentes para o uso de armamentos pessoais, mas com um estudo das habilidades necessárias para liderar e das abstrações de um governo em larga escala.

Com um sorriso sombrio, o duque percebeu o que tinha que fazer. Rhombur e Kailea haviam sido entregues a seus cuidados. Ele prometera que os manteria em segurança, fizera um juramento de sangue para com Dominic Vernius. Deveria lhes dar a melhor chance possível.

Ele deixaria Rhombur e Leto sob os cuidados de seu Mestre dos Assassinos, Thufir Hawat.

O guerreiro Mentat parecia um pilar de ferro, encarando seus dois novos pupilos. Os três estavam em um penhasco inóspito sobre o mar, quilômetros ao norte do Castelo Caladan. O vento atingia as rochas lisas e subia, agitando chumaços de capim dos pampas. Gaivotas cinzentas rodopiavam no alto, grasnando entre si e vasculhando a praia rochosa atrás de alimento. Ciprestes atrofiados se amontoavam como corcundas, curvados contra a constante brisa oceânica.

Leto não fazia ideia da idade de Thufir Hawat. O atlético Mentat havia treinado o duque Paulus quando este era muito mais jovem e afastava qualquer sinal de envelhecimento por meio da força bruta. Sua pele coriácea era fruto da exposição às intempéries de planetas diversos ao longo das antigas campanhas dos Atreides, desde o calor escaldante até o frio paralisante, passando por tempestades violentas e pelos reveses árduos do espaço aberto.

Thufir Hawat encarava os jovens em silêncio, de braços cruzados sobre sua placa peitoral de couro marcado. Seus olhos eram como armas; seu silêncio, uma provocação. Incapazes de esboçar o menor dos sorrisos, os lábios eram manchados pela cor intensa de groselha do suco de sapho.

Leto ficou ao lado de seu amigo, nervoso. Seus dedos estavam gelados a ponto de ele desejar ter trazido luvas. *Quando vamos começar a treinar?* Ele e Rhombur se entreolharam, impacientes, à espera.

— Eu disse que vocês devem *olhar para mim*! — estourou Hawat. — Eu poderia ter avançado e estripado os dois enquanto ficaram trocando esses olhares fofinhos.

Ele deu um passo ameaçador na direção dos rapazes.

Leto e Rhombur usavam roupas finas, confortáveis, mas com ares régios. A brisa fazia esvoaçarem suas capas; a de Leto era de seda-merh esmeralda brilhante, com a bainha preta, enquanto a do príncipe de Ix ostentava com orgulho os tons púrpura e cobre da Casa Vernius. Mas Rhombur parecia visivelmente desconfortável de estar ao imponente ar livre.

— É tudo tão... aberto — sussurrou ele.

Após um silêncio interminável, Hawat ergueu o queixo, pronto para começar.

— Antes de mais nada, tirem essas capas ridículas.

Leto levou a mão até o fecho da capa na altura da garganta, mas Rhombur hesitou por um breve instante. Ato contínuo, Hawat sacou sua espada curta e partiu o fino cordão a poucos milímetros da jugular do príncipe. O vento agarrou a capa púrpura e cobre e a levou embora como uma bandeirola perdida para além do penhasco. O tecido voou como uma pipa antes de cair nas águas revoltas lá embaixo.

Duna: Casa Atreides

— Ei! — protestou Rhombur. — Por que você...?

Hawat ignorou a lamúria indignada.

— Vocês vieram aqui para aprender a pegar em armas. Por que estão vestidos para um baile do Landsraad ou um banquete imperial? — O Mentat fez um ruído de escárnio e cuspiu ao vento. — O combate é um trabalho sujo. A não ser que queiram esconder armas sob as capas, usá-las é estupidez. É como carregar a própria mortalha nos ombros.

Leto ainda segurava sua capa esverdeada. Hawat esticou o braço, agarrou a ponta do tecido, puxou e o retorceu — e em um átimo havia capturado a mão direita de Leto, a dominante. O Mentat puxou com força e jogou o pé para a frente, enroscando-o ao tornozelo do jovem. Leto caiu esparramado no chão rochoso.

Com a visão tomada por estática, o jovem Atreides ofegou, na tentativa de recuperar o fôlego. Rhombur riu do amigo, depois conseguiu se controlar.

Hawat puxou a capa e a largou no ar, deixando-a voar com os ventos oceânicos para unir-se à de Rhombur. Em seguida, afirmou:

— Qualquer coisa pode ser uma arma. Vocês estão portando suas espadas e vejo adagas embainhadas nas laterais do corpo. Estão com seus escudos, e essas são armas óbvias. Porém, vocês também devem portar uma variedade de outras minúcias escondidas: agulhas, campos de atordoamento, pontas envenenadas. — Hawat pegou uma espada longa de treinamento e golpeou o ar. — Enquanto o inimigo vê as armas óbvias, vocês podem usá-las como isca para atacar com algo ainda mais mortífero.

Leto se levantou, sacudindo o pó e a sujeira.

— Mas, senhor, vai contra o espírito esportivo usar armas ocultas. Isso não viola os estatutos do...?

Hawat estalou os dedos como se fosse um disparo na frente do rosto de Leto.

— Não me venha falar de lisura quando o assunto é assassinato. — A pele áspera do Mentat ficou mais avermelhada, como se ele mal conseguisse manter a raiva sob controle. — A intenção de vocês é se exibir para as moças ou eliminar o oponente? Isto aqui não é um jogo. — O veterano se concentrou em Rhombur, fitando-o tão atentamente que o jovem recuou meio passo. — Dizem que há uma recompensa imperial por sua cabeça, príncipe, caso um dia saia de seu santuário em Caladan. Você é o filho exilado da Casa Vernius. Sua vida não é a de um plebeu. Nunca se sabe quando um golpe mortal será desferido, por isso deve estar preparado o tempo inteiro. Intrigas de corte e de política têm as próprias regras, mas amiúde elas não são observadas por todos os jogadores.

Rhombur engoliu em seco.

Virando-se para Leto, Hawat acrescentou:

— Rapaz, sendo herdeiro da Casa Atreides, sua vida também está em perigo. Todas as Grandes Casas devem estar o tempo inteiro em alerta quanto a assassinos.

Leto se aprumou, fixando o olhar no instrutor.

— Compreendo, Thufir, e quero aprender. — Ele olhou para Rhombur. — *Nós* queremos aprender.

Os lábios manchados de vermelho do Mestre dos Assassinos abriram um sorriso.

— Já é um começo. Há muitos boçais ineptos trabalhando para as outras famílias no Landsraad... mas vocês, meus garotos, precisam se tornar exemplos reluzentes de referência. Não devem aprender apenas o combate com escudo e adaga e as sutis artes do assassinato, mas também o manejo das armas da política e do governo. Devem aprender a se defender com cultura e retórica em igual medida a que usarão de golpes físicos. — O guerreiro Mentat endireitou os ombros e firmou o corpo. — Todas essas coisas vocês aprenderão comigo.

Ele ativou seu escudo corporal. Atrás do campo cintilante, Hawat brandiu uma adaga em uma das mãos e a espada longa na outra.

Por instinto, Leto ativou o próprio cinturão-escudo, e o campo de Holtzman tremeluziu a sua frente, cintilante. Atrapalhando-se, Rhombur repetiu o gesto bem na hora em que o Mentat fingiu lançar um ataque, recuando no último segundo possível antes que sangue fosse tirado do rapaz.

Hawat jogava as armas de uma mão à outra — esquerda, direita e esquerda de novo —, provando que era capaz de usar qualquer uma para um golpe mortal.

— Observem com cuidado. Um dia, suas vidas podem depender disso.

Qualquer caminho que estreite as possibilidades futuras pode se tornar uma armadilha letal. Os humanos não estão percorrendo um caminho através de um labirinto: eles esquadrinham um vasto horizonte, repleto de oportunidades únicas.

— Manual da Guilda Espacial

Junção era um mundo austero de variações geográficas limitadas, paisagens frugais e controle climático estrito para a remoção de inconveniências problemáticas. Um lugar propício, escolhido para abrigar a sede da Guilda Espacial mais em virtude de sua localização estratégica do que pela vista.

Ali, os candidatos aprendiam a se tornar Navegadores.

Florestas secundárias cobriam milhões de hectares, mas consistiam em buxeiros atrofiados e carvalhos-anões. Certos vegetais da Velha Terra cresciam em abundância, cultivados pelos nativos — batatas, pimentas, berinjelas, tomates e uma variedade de ervas —, mas as lavouras costumavam gerar produtos alcalinizados que só eram comestíveis após um processamento cuidadoso.

Depois do teste que abrira sua mente, atordoado pelas novas visões que se descortinavam a sua frente graças à superexposição a mélange, D'murr Pilru havia sido levado até ali sem ter a chance de se despedir de seu irmão gêmeo ou de seus pais. Ficara chateado a princípio, mas as exigências do treinamento da Guilda rapidamente o preencheram com tamanho maravilhamento que ele passara a ignorar todo o resto. Descobrira ter se tornado muito mais capaz de concentrar seus pensamentos... e de se esquecer deles também.

As construções em Junção — imensas formas com extrusões arredondadas e angulares — seguiam o padrão arquitetônico da Guilda, aos modos da embaixada em Ix: eram práticas ao extremo e impressionantes em sua imensidão. Cada estrutura contava com um cartucho arredondado contendo a marca do infinito. As infraestruturas mecânicas eram ixianas e richesianas, instaladas séculos antes e ainda em funcionamento.

A Guilda Espacial preferia ambientes que não interferissem com o trabalho tão importante que faziam. Para um Navegador, toda distração guardava um potencial perigoso. Os estudantes da Guilda logo aprendiam isso, e não foi diferente com o jovem candidato D'murr — ele precisava estar longe de casa e completamente absorto em seus estudos para que não surgissem preocupações com os problemas de seu antigo planeta.

Em um campo de capim-atro, ele estava imerso no interior de seu próprio contêiner de gás de mélange — parcialmente nadando e parcialmente rastejando, conforme o corpo dava andamento a suas transformações, adaptando os sistemas físicos ao bombardeio de especiaria. Membranas haviam começado a conectar seus dedos das mãos e dos pés e o corpo estava ficando maior e mais flácido, assumindo a forma de um peixe. Ninguém lhe dera explicações quanto à dimensão daquelas mudanças inevitáveis, e ele não queria — nem precisava — perguntar. Não fazia diferença. Uma porção tão grande do universo havia se aberto para ele que aquilo lhe parecia um preço modesto a pagar.

Os olhos de D'murr haviam encolhido e perdido os cílios; também estavam desenvolvendo catarata. Não precisava mais deles para enxergar, no entanto, uma vez que tinha outros olhos — a visão interior. O panorama do universo se desdobrava diante dele. No processo, tinha a sensação de deixar todo o resto para trás... e aquilo não o incomodava.

Em meio à neblina, D'murr notou que o campo de capim-atro estava coberto por fileiras bem organizadas de contêineres de candidatos, cada qual com seu respectivo vindouro Navegador. Uma vida por contêiner. Os tanques expeliam nuvens alaranjadas de fumaça filtrada de mélange, rodopiando ao redor de auxiliares humanoides mascarados que ficavam por perto, esperando para deslocar os tanques quando solicitado.

O instrutor-chefe, um Navegador Piloto de nome Grodin, flutuava no interior de um tanque de arestas escuras, em destaque sobre uma plataforma elevada; os candidatos o viam mais com a mente do que com os olhos. Grodin acabara de retornar da dobra espacial com um pupilo, cujo tanque havia sido posicionado a seu lado e conectado por uma tubulação flexível de modo que os gases dos dois se fundiam.

D'murr realizara três breves voos até o momento. Era considerado um dos melhores candidatos. Depois que aprendesse a se orientar pela

Duna: Casa Atreides

dobra espacial por conta própria, receberia seu brevê de Prático, o mais baixo na escala dos Navegadores — ainda assim muito acima do que ele havia sido quando não passava de um mero humano.

As expedições do Piloto Grodin pela dobra espacial eram jornadas lendárias de descobrimento em meio a incompreensíveis nós dimensionais. A voz do instrutor-chefe gorgolejava de um alto-falante dentro do tanque de D'murr em uma linguagem de suma ordem. Ele descrevia a ocasião quando transportara criaturas parecidas com dinossauros em um paquete à moda antiga. Então desconhecidos para ele, os monstros eram capazes de esticar o pescoço a distâncias incríveis. Enquanto o paquete estava em voo, um deles conseguira abrir caminho pela nave com seus dentes até chegar a uma câmara de navegação, de modo que seu rosto aparecera do lado de fora do tanque de Grodin, espiando-o com olhos arregalados e demonstrando curiosidades...

É tão agradável aqui, pensou D'murr, sem formar palavras, enquanto absorvia a história. Com as narinas abertas, inalou uma dose profunda daquele mélange intenso e penetrante. Os humanos com os sentidos embotados comparavam o cheiro pungente ao de canela forte... mas o mélange era muito mais do que isso, tão infinitamente complexo.

D'murr já não precisava se preocupar com as questões mundanas dos seres humanos; eram tão triviais, tão limitados e de visão estreita: maquinações políticas, populações labutando como formigas em um formigueiro ameaçado, vidas faiscando entre luz e opacidade como centelhas em uma fogueira. Sua vida anterior era uma lembrança vaga e evanescente, sem nomes ou rostos específicos. Ele via imagens, mas as ignorava. Jamais poderia voltar ao que um dia tinha sido.

Em vez de simplesmente terminar sua história sobre a criatura dinossauro, o Piloto Grodin entrou em uma tangente sobre os aspectos técnicos daquilo que o pupilo escolhido acabara de realizar em sua jornada interestelar, explicando como os dois tinham empregado matemática superior e mudanças dimensionais para vislumbrar o futuro — de modo similar àquele como o monstro pescoçudo espiara o tanque dele.

— Um Navegador precisa fazer mais do que apenas *observar* — dizia a voz arranhada de Grodin pelo alto-falante. — Um Navegador utiliza o que ele vê a fim de guiar as espaçonaves em segurança pelo vácuo. Falhar em aplicar certos princípios básicos pode levar os paquetes a desastres e à perda de todas as vidas e de toda a carga a bordo.

Antes que qualquer um dos novos adeptos como D'murr pudesse se tornar um Prático na dobra espacial, era preciso dominar as formas de lidar com crises como dobras parciais, falhas de presciência, princípios de intolerância a especiaria, defeitos em geradores de Holtzman ou mesmo sabotagem deliberada.

D'murr tentava visualizar os destinos recaídos sobre seus infelizes antecessores. Ao contrário da crença popular, os Navegadores em si não dobravam o espaço; eram os motores de Holtzman que o faziam. Os Navegadores usavam sua presciência limitada para escolher caminhos seguros para viajar. Uma nave era capaz de se deslocar pelo vácuo sem a orientação deles, mas era um perigoso jogo de adivinhação que invariavelmente levava ao desastre. Um Navegador da Guilda não garantia uma jornada segura — mas melhorava imensamente as probabilidades. Em caso de eventos imprevisíveis, problemas ainda podiam ocorrer.

O treinamento de D'murr acontecia dentro do limite do conhecimento da Guilda... que não era capaz de abarcar todas as eventualidades. O universo e seus habitantes estavam em estado de constante mudança. Todos da velha guarda compreendiam aquilo, incluindo as Bene Gesserit e os Mentats. Os sobreviventes aprendiam a se ajustar às mudanças, a esperar o inesperado.

No limite da consciência de D'murr, seu tanque de mélange começou a se deslocar na plataforma suspensora e a entrar na fila atrás dos tanques dos outros estudantes. Ele ouviu um instrutor-assistente recitando passagens do Manual da Guilda Espacial; mecanismos de circulação de gás zuniam ao redor do sujeito. Todos os detalhes pareciam tão nítidos, tão transparentes, tão importantes. D'murr nunca se sentira tão vivo!

Inalando profundamente o mélange alaranjado, ele sentiu suas preocupações começando a se dissipar. Seus pensamentos voltavam à ordem, deslizando suavemente pelos caminhos neurais de seu cérebro aprimorado pela Guilda.

— *D'murr... D'murr, meu irmão...*

O nome rodopiava junto ao gás, como um sussurro no universo — um nome que não lhe servia mais, pois lhe havia sido designado um número-nav da Guilda. Nomes eram associados com a individualidade. Impu-

Duna: Casa Atreides

nham limitações e preconceitos, conexões familiares e históricos prévios, impunham a *individualidade* — a antítese de tudo que ser um Navegador representava. Um agente da Guilda se fundia com o cosmos e enxergava caminhos seguros em meio aos vincos do destino, visões prescientes que possibilitavam guiar a matéria de lugar em lugar, como peças de xadrez em um jogo cósmico.

— D'murr, consegue me ouvir? D'murr?

A voz parecia vir do alto-falante dentro de seu tanque, mas também de uma grande distância. Ele ouviu algo familiar no timbre, nas inflexões. Seria possível que ele tivesse esquecido tanto assim? *D'murr*. Era um nome quase apagado em seus pensamentos.

Sua mente traçava conexões cada vez menos importantes, e sua boca reta formou palavras gorgolejantes:

— Sim. Estou ouvindo.

Guiado por seu auxiliar, o tanque de D'murr deslizava por um caminho pavimentado rumo a um prédio imenso e bulboso onde os Navegadores moravam. Ninguém mais parecia ouvir a voz.

— Sou eu, C'tair — prosseguiu a transmissão. — Seu irmão. Consegue me ouvir? Até que enfim esta coisa funcionou. Como você está?

— C'tair?

O Navegador em potencial sentiu a mente dobrar sobre si mesma, comprimindo os resquícios do estado moroso em que se encontrava, anterior à Guilda. Tentando ser humano outra vez, só por um momento. Será que era importante?

Era uma sensação dolorosa e limitante, como a de um homem que põe antolhos, mas as informações estavam lá: sim, seu irmão gêmeo. C'tair Pilru. Humano. Ele teve vislumbres de seu pai em trajes de embaixador, de sua mãe vestindo o uniforme do Banco da Guilda, de seu irmão (da mesma aparência que ele) de cabelo e olhos escuros, os dois brincando juntos, explorando. Aquelas imagens haviam sido extirpadas de seus pensamentos, assim como a maioria das outras coisas daquela esfera... mas não completamente.

— Sim — disse D'murr. — Conheço você. Eu me lembro.

Em Ix, às sombras de uma alcova onde ele havia montado seu aparelho de transmissão, C'tair estava encurvado, desesperado para evitar ser descoberto — mas aquilo valia todos os riscos. Lágrimas corriam por suas bochechas, e ele engoliu em seco. Os tleilaxu e os suboides continuavam com suas chacinas e expurgos, destruindo qualquer resquício de tecnologia que encontrassem e que não lhes fosse familiar.

— Tiraram você de mim, na câmara de teste da Guilda — disse C'tair, sua voz não passando de um rouquido. — Não me deixaram vê-lo, não me deixaram me despedir. Vejo que foi você quem deu sorte, D'murr, considerando tudo o que aconteceu aqui em Ix. Seu coração ficaria partido de ver o planeta agora. — Trêmulo, ele respirou fundo. — Nossa cidade foi destruída logo após a Guilda tirar você de nós. Centenas de milhares de mortos. Os Bene Tleilax estão no poder agora.

D'murr fez uma pausa, precisando de algum tempo para reverter à forma limitada de comunicação interpessoal.

— Eu conduzi um paquete pela dobra espacial, irmão. Detenho a galáxia em minha mente, enxergo a matemática. — Suas palavras lentas saíam confusas. — Agora eu sei o motivo... Eu sei... Ahhh, sinto dor por causa de nossa conexão. C'tair, como?

— Esta comunicação machuca você? — C'tair se afastou do transmissor, preocupado, e prendeu a respiração, com medo de que algum dos furtivos espiões tleilaxu o ouvisse. — Desculpe, D'murr. Talvez eu deva...

— Não é importante. A dor se desloca, como uma cefaleia... mas é diferente. Nada por minha mente... e além dela. — D'murr soava distraído, a voz distante e etérea. — Que conexão é esta? Que aparelho?

— D'murr, você não me ouviu? Ix foi destruída... nosso mundo, nossa cidade, agora é um campo de prisioneiros. Nossa mãe foi morta em uma explosão! Não consegui salvá-la. Estou escondido aqui e corro grandes riscos por estabelecer esta comunicação. Nosso pai está exilado em algum lugar... em Kaitain, creio eu. A Casa Vernius virou renegada. Estou preso aqui, sozinho!

D'murr permaneceu concentrado no que considerava tratar-se da questão primária.

— Comunicação diretamente pela dobra espacial? Impossível. Explique para mim.

Pasmo com a falta de preocupação de seu irmão gêmeo diante daquelas notícias horrendas, C'tair optou, mesmo assim, por não o repreender. Afinal de contas, D'murr passara por mudanças mentais extremas e

Duna: Casa Atreides

não poderia ser responsabilizado por aquilo que havia se tornado. C'tair jamais seria capaz de compreender as coisas pelas quais seu irmão tinha passado. Ele mesmo fora reprovado no teste da Guilda por ser medroso e rígido demais. Senão, também poderia ser um Navegador àquela altura.

Prendendo a respiração, ele ouviu um rangido na passarela acima, passos distantes desaparecendo. Vozes sussurrantes. E então o silêncio, permitindo que C'tair continuasse a conversa.

— Explique — insistiu D'murr.

Ansioso por ter qualquer tipo de conversa, C'tair contou ao irmão do equipamento recuperado.

— Lembra-se de Davee Rogo? O velho inventor que nos levava até seu laboratório para nos mostrar as coisas em que estava trabalhando?

— Inválido... muletas suspensoras. Decrépito demais para andar.

— Sim, lembra que ele costumava falar sobre comunicação nos comprimentos de onda da energia dos neutrinos? Uma rede de varas embrulhadas em cristais de silício?

— Ahhh... dor de novo.

— Você está sofrendo! — C'tair olhou ao redor, com medo do risco que ele mesmo ainda corria. — Não vou me demorar muito.

O tom de D'murr era de impaciência. Ele queria ouvir mais.

— Continue a explicação. Preciso saber desse aparelho.

— Certo dia, durante os combates, quando eu queria muito conversar com você, trechos e fragmentos das coisas que ele falava vieram a mim. Nos escombros de um prédio arruinado, pensei ter visto uma imagem nebulosa dele a meu lado. Feito uma visão. Rogo estava falando comigo com aquela voz velha e áspera, me dizendo o que fazer, qual era o material necessário e como montá-lo. Ele me deu as ideias de que eu precisava.

— Interessante. — A voz do Navegador soava monótona e apática.

A falta de sentimento e de compaixão de seu irmão era perturbadora. C'tair tentou fazer perguntas a respeito das experiências de D'murr na Guilda Espacial, mas o gêmeo não tinha a menor paciência para responder e disse que não poderia conversar sobre segredos da Guilda, nem mesmo com seu irmão. Viajara pela dobra espacial, e tinha sido incrível. Era só isso o que ele dizia.

— Quando poderemos conversar outra vez? — perguntou C'tair.

O aparelho lhe parecia perigosamente quente, perto de parar de funcionar. Precisaria desligá-lo em breve. D'murr soltou o resmungo de uma dor distante, mas não deu nenhuma resposta definitiva.

Mesmo ciente do desconforto do irmão, ainda que D'murr não sentisse o mesmo, C'tair tinha uma necessidade humana de se despedir.

— Então adeus, por ora. Sinto saudade de você.

E ao pronunciar aquelas palavras, entaladas havia muito tempo, ele sentiu a própria dor se aliviar — o que era estranho, de certo modo, pois não tinha mais certeza de que seu irmão o compreendia como antes.

Sentindo-se culpado, C'tair interrompeu a conexão. E então ficou sentado em silêncio, sobrecarregado por emoções conflitantes: alegria por ter falado com o irmão gêmeo outra vez, mas tristeza pelas reações ambivalentes de D'murr. Quanto seu irmão havia de fato mudado?

D'murr deveria ter se importado com a morte da mãe deles e com as tragédias recaídas sobre Ix. A função de um Navegador afetava toda a espécie humana. Será que um Navegador não deveria se importar *mais* com as pessoas, proteger ainda *mais* a humanidade?

Em vez disso, o jovem parecia ter cortado todos os laços, destruído todas as pontes. Será que D'murr estava refletindo a filosofia da Guilda ou havia sido tão consumido por si mesmo e suas novas habilidades que se transformara em um ególatra? Será que era necessário que ele se comportasse daquele jeito? Teria D'murr rompido todo contato com sua própria humanidade? Ainda não era possível saber.

C'tair tinha a sensação de ter perdido seu irmão de novo.

Ele removeu os contatos de bioneutrino da máquina que expandia temporariamente seus poderes mentais, amplificando os pensamentos e assim possibilitando que ele se comunicasse com o distante planeta de Junção. Sentindo-se tonto de repente, voltou à toca blindada e se deitou na cama estreita. Com os olhos fechados, ele visualizava o universo por trás das pálpebras, perguntando-se como deveria ser para o irmão gêmeo. Sua mente zunia com o estranho resíduo daquele contato, uma ressaca da expansão mental.

Pela voz de D'murr, era como se ele estivesse falando debaixo d'água, por meio de filtros de compreensão. Relembrando a conversa, significados ocultos ocorriam a C'tair — sutilezas e refinamentos. Ao longo daquela noite, isolado em seu quarto secreto, pensamentos tomavam sua

Duna: Casa Atreides

mente, tão avassaladores quanto uma possessão demoníaca. O contato acendera alguma coisa inesperada no cérebro dele, uma reação impressionante.

Ele ficou dias sem sair do esconderijo, absorto em suas lembranças aprimoradas, usando o protótipo do aparato para concentrar os próprios pensamentos e atingir uma clareza obsessiva. Hora após hora, a conversa com o gêmeo se tornava mais nítida para si, com palavras e duplos sentidos desabrochando como pétalas de uma flor — como se ele atravessasse um tipo próprio de dobra espacial da mente e da memória. As nuances do diálogo com D'murr se tornavam mais e mais evidentes, significados nos quais C'tair não havia reparado de início. Aquilo lhe dava um vislumbre do que seu irmão havia se tornado.

Era emocionante. E aterrorizante.

Finalmente, ao voltar a si depois de um número desconhecido de dias, ele notou pacotes de comida e de bebida espalhados a seu redor. O quarto fedia. Ele se olhou no espelho, chocado ao perceber que havia deixado crescer uma barba castanho-escura que pinicava. Seus olhos estavam vermelhos; o cabelo, desgrenhado. C'tair mal se reconhecia.

Se Kailea Vernius pousasse os olhos nele de novo, recuaria de horror ou desdém e o despacharia para trabalhar nos níveis inferiores mais obscuros, junto aos suboides. De algum modo, no entanto, após a tragédia de Ix, a violação de sua linda cidade subterrânea, a paixonite infantil pela filha do conde parecia irrelevante. De todos os sacrifícios que C'tair tivera que fazer, aquele era um dos menores.

E ele tinha certeza de que outros, mais difíceis, estavam por vir.

Antes de se higienizar ou limpar seu esconderijo, ele começou os preparativos para a próxima chamada com o irmão.

Percepções regem o universo.

— Ditado das Bene Gesserit

Uma nave auxiliar robopilotada desceu de seu paquete em órbita no sistema Laoujin rumo à superfície de Wallach IX, transmitindo os códigos de segurança necessários para contornar as defesas primárias da Irmandade. O mundo nativo das Bene Gesserit era apenas mais uma parada no longo circuito errante do paquete entre as estrelas do Imperium.

Vendo sua espessa cabeleira encanecer e seu corpo dar os primeiros sinais de envelhecimento, Gaius Helen Mohiam pensou que seria bom ficar em casa após tantos meses de outros deveres, cada missão individual representando um fio na vasta tapeçaria das Bene Gesserit. Nenhuma das Irmãs compreendia o padrão total, o enredo completo de eventos e pessoas, mas Mohiam fazia sua parte.

Com o avanço da gravidez, a Irmandade a chamara de volta para casa na intenção de permanecer na Escola Mãe até chegar a hora de dar à luz sua tão aguardada filha. Apenas a Madre Kwisatz Anirul compreendia o verdadeiro valor da menina no programa de reprodução, a forma como tudo dependia daquela criança que estava no ventre de Mohiam. Esta compreendia que a bebê era importante, mas mesmo os sussurros das Outras Memórias, com os quais sempre podia contar para oferecer uma cacofonia de conselhos, guardavam um silêncio deliberado a respeito da gestação.

Ela era a única passageira a bordo da nave auxiliar da Guilda. Trabalhando sob o espectro do Jihad, os fabricantes richesianos do robopiloto haviam se esforçado para criar um aparelho de aspecto desajeitado e coberto de rebites, parecendo recusar-se com veemência a imitar uma mente ou uma aparência minimamente humana... ou mesmo sofisticada.

O robopiloto transportava passageiros e materiais da nave grande até a superfície do planeta e vice-versa, em uma cadeia de eventos bem ensaiada. Suas funções incluíam o mínimo de flexibilidade de programação para lidar com padrões de tráfego aéreo ou condições climáticas adversas. Era uma sequência de rotina: do paquete ao planeta, do planeta ao paquete...

Duna: Casa Atreides

Em um assento a bordo da nave, Mohiam refletia sobre a vingança deliciosa urdida para o barão. Já fazia alguns meses, e sem dúvida ele seguia sem suspeitas, mas uma Bene Gesserit é capaz de esperar muito até dar o devido troco. Ao longo dos anos, conforme seu precioso corpo enfraquecesse e inchasse por causa da doença, um Vladimir Harkonnen completamente derrotado poderia até mesmo contemplar o suicídio.

O ato vingativo de Mohiam talvez tivesse sido impulsivo, mas era digno e adequado depois das ações do barão. A Madre Superiora Harishka não permitiria que a Casa Harkonnen saísse impune, e Mohiam achava que sua ideia espontânea tinha sido cruelmente apropriada. Pouparia tempo e dores de cabeça para a Irmandade.

Conforme a nave descia até a troposfera, Mohiam nutria a esperança de que aquela nova criança fosse perfeita, porque o barão não teria mais utilidade para nenhuma delas. Do contrário, a Irmandade sempre tinha outras opções e outros planos. Elas dispunham de diversos esquemas de reprodução.

Mohiam era de um *tipo* considerado ideal para certo programa genético misterioso. Ela sabia o nome de algumas outras candidatas, mas não todas, e sabia também que a Irmandade não queria mais de uma gravidez ao mesmo tempo no programa por receio de que pudesse complicar o índice reprodutor. Mohiam se perguntava, todavia, por que havia sido selecionada de novo após o primeiro fracasso. Suas superioras não tinham oferecido explicações, e ela sabia que era melhor nem questionar. De novo, as Vozes nas Outras Memórias guardavam seus conselhos para si mesmas.

Será que os detalhes importam?, perguntava-se ela. *Estou carregando a filha que elas querem em meu útero*. Um parto bem-sucedido elevaria a estatura de Mohiam, seria capaz até de resultar em sua eleição, cedo ou tarde, ao posto de Madre Superiora pelas censoras, quando estivesse bem mais velha... dependendo do quanto aquela filha fosse de fato importante.

E ela sentia que a menina seria *importantíssima*.

A bordo da nave auxiliar robopilotada, a Reverenda Madre sentiu uma mudança súbita no movimento. Ao olhar pela janela estreita, viu o horizonte de Wallach IX se aproximar violentamente enquanto a nave emborcava e despencava, descontrolada. O campo de segurança ao redor de seu assento cintilava em um tom incomum e desconcertante de amarelo. Sons mecânicos, que até o momento se limitavam a um chiado tranquilo, passaram a bramir pela cabine, ferindo os ouvidos dela.

As luzes piscavam loucamente no módulo de controle à frente. Os movimentos do robopiloto eram bruscos e incertos. Ela havia sido treinada para agir em momentos de crise, e seu cérebro trabalhava com rapidez. Mohiam sabia das falhas ocasionais — estatisticamente improváveis — das naves auxiliares, exacerbadas pela falta de pilotos com capacidade de pensar e reagir. Quando um problema acontecia de fato — e era o caso naquele momento —, o potencial para o desastre era elevado.

A nave despencava, entre guinadas e sobressaltos. Pedaços de nuvem, feito retalhos de tecido, se chocavam contra as janelas. O robopiloto repetia os mesmos movimentos circulares, incapaz de tentar algo novo. O motor falhou e ficou em silêncio.

Não é possível. Não agora que estou carregando esta criança, pensou Mohiam. Se sobrevivesse àquela situação, sentia em suas vísceras que sua bebê seria saudável e seria exatamente aquela da qual a Irmandade tanto precisava.

Mas ela se via atormentada por pensamentos sinistros e começou a tremer. Os Navegadores da Guilda, como os do paquete acima, utilizavam cálculos dimensionais de suma ordem para enxergar o futuro, o que lhes possibilitava conduzir as naves em segurança pelos vácuos perigosos da dobra espacial. Será que a Guilda Espacial havia descoberto e passado a temer o programa secreto das Bene Gesserit?

À medida que a nave se precipitava rumo ao desastre, uma série inacreditável de possibilidades rodopiava pela cabeça de Mohiam. O campo de segurança a seu redor se estendia e se tornava mais amarelo. Seu corpo fazia pressão contra ele, ameaçando atravessá-lo. Segurando o próprio ventre em um gesto protetor, ela sentia um desejo frenético de viver, de ver a criança prosperar — e seus pensamentos iam muito além das preocupações paroquiais de mãe e filha, abarcavam um significado muito maior.

Ela se perguntava se suas suspeitas estariam totalmente equivocadas. E se alguma força superior que ela e suas Irmãs sequer poderiam conceber estivesse por trás daquilo? Será que as Bene Gesserit, por meio de seu programa de reprodução, estavam brincando de Deus? Será que um Deus de verdade — a despeito do cinismo e do ceticismo da Irmandade em relação à religião — existiria mesmo?

Duna: Casa Atreides

Que piada cruel.

As deformidades de sua primeira filha e a morte iminente do novo feto junto de Mohiam... tudo parecia apontar para alguma coisa. Mas, caso fosse verdade, quem — ou *o que* — estaria por trás daquele momento crítico?

As Bene Gesserit não acreditavam em acidentes nem em coincidências.

— "Não terei medo" — entoou ela, com olhos fechados. — "O medo mata a mente. O medo é a pequena morte que leva à aniquilação total. Enfrentarei meu medo. Permitirei que passe por cima e através de mim. E, quando tiver passado, voltarei o olho interior para ver seu rastro. Onde o medo não estiver mais, nada haverá. Somente eu restarei."

Era a Litania contra o Medo, concebida em tempos antigos por uma Irmã Bene Gesserit e passada de geração em geração.

Mohiam respirou fundo e sentiu seu tremor diminuir.

A nave auxiliar manteve a posição por um momento, a janela da Reverenda Madre apontada na direção do planeta. O motor roncou de novo. Ela viu uma massa continental se aproximar em alta velocidade e distinguiu o complexo extenso da Escola Mãe, uma cidade labiríntica de estuque branco com telhas de siena.

Será que a nave estava despencando contra a escola principal, desgovernada, com alguma terrível força explosiva a bordo? Uma única colisão seria capaz de aniquilar o coração da Irmandade.

Mohiam se debateu contra o campo de segurança, mas não conseguia se libertar. A nave deu um tranco e a terra desapareceu de vista. A janela se inclinou para cima, revelando o sol branco-azulado à margem da atmosfera.

E então seu campo de segurança clareou e Mohiam percebeu que a nave havia se endireitado. O motor estava ligado de novo, um fluxo mecânico agradável. No compartimento frontal, o robopiloto se deslocava com aparente eficácia, como se nada tivesse acontecido. Uma de suas medidas de emergência programadas devia ter sido bem-sucedida.

Assim que a nave foi aterrissando suavemente no chão em frente à grande praça, Mohiam soltou um longo suspiro de alívio. Saiu depressa rumo à escotilha na intenção de correr até a segurança da construção mais próxima... mas então parou e tirou um momento para se recompor antes de seguir a passos tranquilos. Reverendas Madres precisavam manter as aparências.

Brian Herbert e Kevin J. Anderson

Ao descer pela rampa, como se flutuasse, foi cercada por um grupo protetor de Irmãs e acólitas. A Madre Superiora exigiu que a nave auxiliar fosse guinchada para uma revisão completa e uma investigação, buscando provas de sabotagem ou confirmação de simples falha mecânica. Uma transmissão brusca de rádio do paquete lá em cima, no entanto, frustrou suas ordens.

A Reverenda Madre Anirul Sadow Tonkin aguardava Mohiam com um olhar radiante de orgulho, parecendo muito jovem com seu rosto meigo e seu cabelo curto bronze-acastanhado. Mohiam jamais compreendera a importância de Anirul, embora até mesmo a Madre Superiora lhe demonstrasse respeito. As duas mulheres assentiram uma para a outra.

Entre suas Irmãs, Mohiam foi escoltada até um prédio seguro, com um grande contingente de guardas armadas a postos para ficar de olho. Ela seria paparicada e monitorada com atenção até a hora de a bebê nascer.

— Chega de viagens para você, Mohiam — disse a Madre Superiora Harishka. — Você deve permanecer aqui, em segurança... até termos sua filha.

> **Vós, turbados de coração, sede fortes e não temais. Eis que vosso Deus virá com vingança. Ele virá e salvar-vos-á dos idólatras das máquinas.**
>
> **— Bíblia Católica de Orange**

Na ala das concubinas do Palácio Imperial, máquinas trepidantes de massagem verdascavam e amassavam peles nuas, usando óleos aromáticos para acariciar cada glorioso contorno das mulheres do imperador. Aparelhos sofisticados de manutenção física extraíam celulite, fortaleciam tônus musculares, enrijeciam abdomes e queixos e faziam minúsculas injeções para suavizar as peles. Cada detalhe precisava ser do jeito que o velho Elrood preferia, embora ele não parecesse mais tão interessado. Mesmo a mais velha das quatro mulheres, a septuagenária Grera Cary, aparentava metade da idade que tinha de verdade, sustentada em parte pelo consumo frequente de especiaria.

A luz da alvorada tinha tons de âmbar ao atravessar as camadas das espessas janelas de couraçaplás reforçado. Concluída a massagem de Grera, a máquina a embrulhou em uma toalha morna de malha karthan e posicionou sobre seu rosto um pano refrescante, encharcado de eucalipto e zimbro. A maca da concubina se transformou em uma cadeira sensiforme.

Uma estação mecanizada de manicure desceu do teto, e Grera sussurrou suas meditações diárias enquanto as unhas das mãos e dos pés eram cortadas, esmaltadas e pintadas com um tom de verde exuberante. A máquina recuou de volta ao compartimento acima e a mulher se levantou, deixando cair a toalha. Um campo elétrico passou sobre seu rosto, seus braços e suas pernas, removendo pelos quase imperceptíveis, mas indesejáveis.

Perfeita. Perfeita para as exigências do imperador.

De todo o contingente atual de concubinas, apenas Grera tinha idade o suficiente para se lembrar de Shando, um joguete que abandonara o serviço imperial para se casar com um herói de guerra e se acomodar em uma "vida normal". Elrood não prestava muita atenção em Shando quando ela estava em meio a tantas mulheres, mas, com a partida dela, passara a ralhar com as outras e se lamuriar por sua perda. A maioria das concubinas escolhidas como favoritas nos anos seguintes parecia-se bastante com Shando.

Enquanto observava as outras concubinas passando por procedimentos semelhantes de tonificação muscular, Grera Cary pensou em como as coisas tinham mudado para todo o harém do imperador. Menos de um ano antes, era raro que aquelas mulheres se congregassem, já que Elrood solicitava companhia com frequência, cumprindo o que ele chamava de seu "dever real". Uma delas, de Elacca, arranjara até um apelidinho secreto para o velhote, que acabou se espalhando entre as outras: "Fornicário", uma referência, em um dos antigos idiomas terranos, à proeza e ao apetite sexuais de Elrood. As mulheres o usavam apenas entre si, entre risinhos.

— Por acaso alguém viu o Fornicário? — perguntou a mais alta dentre as duas concubinas mais jovens na outra ponta da sala.

Grera trocou um sorriso com ela, e as mulheres riram como adolescentes.

— Receio que nosso carvalho imperial tenha virado um salgueiro chorão.

O velho passara a visitar a ala das concubinas em raras ocasiões. Embora Elrood passasse mais tempo na cama do que nunca, era por um motivo inteiramente diferente. Sua saúde sofrera um declínio rápido, e sua libido já estava morta. Era provável que a cabeça fosse o próximo item da lista.

De repente, as mulheres tagarelas se calaram, voltando-se alarmadas para a entrada principal da ala. Sem anunciar sua presença, o príncipe herdeiro Shaddam entrou junto de seu sempre presente companheiro, Hasimir Fenring, a quem elas tinham apelidado de "Furão" por causa do rosto estreito e do queixo pontudo. As mulheres se cobriram rapidamente e se aprumaram a fim de demonstrar respeito.

— O que temos de tão engraçado, hããã, ah? — indagou Fenring. — Ouvi risinhos.

— As garotas estavam apenas se divertindo com uma piadinha — disse Grera, com um tom cauteloso. Sendo a mais velha ali, era comum que ela falasse pelas concubinas.

Havia boatos de que aquele homenzinho diminuto matara duas de suas amantes a punhaladas. A julgar pelo comportamento serpenteante

Duna: Casa Atreides

dele, Grera acreditava nos rumores. Ao longo de seus anos de experiência, ela aprendera a reconhecer um homem capaz de crueldade extrema. A genitália de Fenring era supostamente malformada e estéril, embora sexualmente funcional. Ela mesma, porém, nunca dormira com aquele homem, nem pretendia.

Fenring a analisou com seus olhos excessivamente grandes e desalmados, depois passou para as duas novas concubinas loiras. O príncipe herdeiro ficou atrás dele, perto da porta que dava para o solário. Magro e ruivo, Shaddam usava um uniforme cinza dos Sardaukar com arremates em prata e dourado. Grera sabia que o herdeiro imperial amava jogos militares.

— Por favor, compartilhem a piadinha conosco — insistiu Fenring. Ele se dirigia à loira menor, uma garota miúda, recém-saída da adolescência e apenas um pouco mais baixa do que ele, cujos olhos lembravam os de Shando. — Eu e o príncipe Shaddam apreciamos o humor.

— Era só uma conversa particular. Coisas pessoais — respondeu Grera, com um passo à frente, protetora.

— E ela não consegue falar por conta própria? — retrucou Fenring, fuzilando a mulher mais velha com o olhar. Ele usava uma túnica preta de bainha dourada e muitos anéis nas mãos. — Se foi escolhida para entreter o imperador padixá, tenho certeza de que sabe contar uma piadinha, ah, hmmmmm?

— Foi como Grera falou. Só coisas de garotas. Não vale a pena repetir — confirmou a jovem loira.

Fenring agarrou uma das pontas da toalha que ela segurava com força contra seu corpo curvilíneo. Medo e surpresa tomaram o rosto dela. Ele puxou a toalha, expondo um seio.

Com raiva, Grera protestou:

— Pare com este absurdo, Fenring. Somos concubinas reais. Ninguém além do imperador pode encostar em nós.

— Sorte de vocês.

Fenring olhou para Shaddam do outro lado da sala. O príncipe herdeiro assentiu rigidamente.

— Ela tem razão, Hasimir. Se quiser, compartilho uma de minhas concubinas com você.

— Mas eu não encostei nela, meu amigo... Só estava ajeitando um pouco a toalha. — Ele soltou o tecido e a garota se cobriu outra vez. — Mas, por acaso, o imperador anda... hmmmm, ah, fazendo uso do serviço de vocês ultimamente? Ouvimos que certa parte dele já feneceu.

Fenring ergueu o olhar para Grera Cary, mais alta que o Furão. Ela lançou um olhar de relance para o príncipe herdeiro, procurando por apoio e segurança, mas nada encontrou. Os olhos gelados dele a atravessaram. Por um momento, a concubina se perguntou como seria aquele herdeiro imperial na cama, se teria a proeza sexual que o pai dele um dia tivera. Mas ela duvidava. Levando em conta o olhar de peixe morto daquele ali, até mesmo o velho caquético em seu leito de morte seria um amante mais competente.

— Venha comigo, velhota, para me contar mais algumas piadas. Talvez possamos até trocar algumas — ordenou Fenring. — Eu sei ser engraçado.

— Agora, senhor?

Com os dedos da mão livre, ela indicou a própria toalha de malha karthan. Os olhos reluzentes no rosto dele se estreitaram perigosamente.

— Uma pessoa de meu calibre não tem tempo para esperar uma mulher se vestir. Claro que é *agora*! — Ele agarrou a toalha dela e a conduziu aos puxões. Grera o acompanhou, esforçando-se para manter a toalha embrulhada no corpo. — Por aqui. Vamos, vamos.

Enquanto Shaddam os seguia de forma passiva, achando graça, Fenring a forçava a ir até a porta.

— Vou falar sobre isso com o imperador! — protestou ela.

— Melhor falar mais alto, pois ele está com dificuldades de audição. — Fenring abriu um sorriso com ar de loucura. — E quem vai contar para ele? Tem dias em que ele sequer se lembra do próprio nome... Com certeza não vai se importar com uma mulher acabada como você.

O tom de voz dele provocou um arrepio que desceu pela espinha de Grera. As outras concubinas se agitaram, confusas e indefesas enquanto sua *grande dame* era conduzida sem cerimônias até o corredor, para longe delas.

Àquela hora da manhã, não havia sequer um cortesão real por ali, apenas guardas Sardaukar, rígidos em posição de sentido. E com o príncipe herdeiro Shaddam por perto, os soldados faziam absoluta vista grossa. Grera os encarou, mas o olhar deles a atravessava como se ela nem estivesse ali.

Duna: Casa Atreides

Visto que sua voz exasperada e gaguejante parecia irritar Fenring, Grera decidiu que era mais seguro se calar. O Furão estava agindo de um jeito estranho, mas, por ser uma concubina imperial, ela não tinha o que temer quanto a ele. O homenzinho furtivo não ousaria fazer uma burrice como chegar a feri-la.

Ao olhar de relance para trás de repente, viu que Shaddam desaparecera. Devia ter saído por outra passarela. Ela estava completamente a sós com aquele homem vil.

Fenring passou por uma barreira de segurança e empurrou Grera primeiro para dentro de um cômodo. Ela tropeçou no chão de marmoreplás preto e branco. Com uma lareira de litocreto ornando uma das paredes, a ampla alcova era um espaço que já servira de suíte para hóspedes, mas naquele momento estava desmobiliada. Tinha cheiro de tinta fresca e de anos de abandono.

Orgulhosa e destemida, ainda que apenas de toalha, Grera ficou parada e lançou olhares intermitentes de relance para o Furão. Tentava demonstrar uma postura nem desafiadora, nem desrespeitosa. Ao longo de seus anos de serviço, aprendera a cuidar de si mesma.

A porta se fechou atrás deles. Estavam a sós, e nada de Shaddam reaparecer. O que aquele homenzinho queria com ela?

De sua túnica, Fenring sacou um objeto oval encrustado com uma pedra verde. Depois de apertar um botão na lateral, uma longa lâmina esverdeada emergiu, reluzindo sob o lustre de luciglobos.

— Não trouxe você aqui para um interrogatório, sua acabada — disse ele, em um tom de voz suave, erguendo a arma no ar. — Na verdade, preciso testar isto aqui em você. É novinha em folha, percebe, e você é um dos pedaços de carne ambulante do imperador do qual eu jamais gostei.

Assassinato não era novidade para Fenring, tão familiarizado com matar alguém com as próprias mãos quanto com armar acidentes ou contratar capangas. Às vezes ele gostava de sujar-se de sangue, mas em outras ocasiões preferia sutilezas e ardis. Quando era mais novo, com 19 anos recém-completados, chegara a escapar do Palácio Imperial certa noite para matar dois criados aleatoriamente, só para provar que era capaz. Ainda tentava manter a prática.

Fenring sempre soubera que possuía o que era preciso para matar, mas ficara surpreso em descobrir o quanto gostava daquilo. Matar o príncipe herdeiro anterior, Fafnir, tinha sido seu maior triunfo até aquele momento. Depois que o velho Elrood finalmente morresse, este passaria a ser seu maior troféu. *Não dá para mirar muito mais alto do que isso.*

Ainda assim, ele precisava se manter a par das novas técnicas e invenções. Nunca se sabia quando poderiam vir a ser úteis. Ademais, aquela neuradaga era tão intrigante...

Grera Cary olhou para a lâmina esverdeada cintilante e arregalou os olhos.

— O imperador me ama! O senhor não pode...

— Ele *ama*? Uma concubina que já passou do ponto? Elrood fica mais tempo é choramingando pela perda de Shando. Está tão senil que nem vai notar seu sumiço, e todas as outras concubinas subirão um degrau de bom grado.

Antes que Grera tivesse a chance de fugir, o homicida estava em cima dela com uma rapidez tremenda.

— Ninguém vai sentir sua falta, Grera Cary.

Ele ergueu a lâmina esverdeada pulsante e, com um fogo obscuro nos olhos faiscantes, apunhalou o torso dela repetidamente. A toalha de karthan caiu no chão e a neurolâmina estocou a pele coberta de cremes e óleos de Grera.

A concubina gritou de agonia, gritou de novo, passou aos gemidos sufocados e tremores e por fim emudeceu... Nenhuma laceração, nenhum vestígio de sangue, apenas uma agonia imaginária. A dor em sua plenitude, mas nenhuma marca para incriminá-lo — tinha como um assassinato ser melhor?

Com o cérebro inundado de prazer, Fenring se ajoelhou sobre a concubina veterana, analisando o corpo formoso largado sobre a toalha desmazelada. Tinha um belo tom de pele e músculos firmes já torpes pela morte. Era difícil acreditar que aquela mulher tinha a idade que diziam ter. Devia ter precisado de muito mélange e uma boa dose de condicionamento corporal. Ele conferiu o pescoço de Grera, procurando duas vezes pelos batimentos cardíacos. Nada. Decepcionante... de certa forma.

Não havia sangue no corpo, nem na lâmina esverdeada, nenhuma ferida profunda — mas ele a apunhalara até a morte. Ou pelo menos era o que ela havia *pensado*.

Duna: Casa Atreides

Uma arma interessante, aquela neurolâmina. Era a primeira vez que ele usava uma. Fenring sempre preferia testar as ferramentas importantes de seu ofício em situações que não exigissem combate, já que não gostaria de ser surpreendido no meio de uma crise.

Chamada de *ponta* por seu inventor do enfadonho planeta de Richese, a neuradaga era uma das poucas inovações recentes de lá que Fenring considerava dignas. A ilusória lâmina esverdeada deslizou de volta para seu compartimento com um estalido realista. A vítima não apenas pensara que estava sendo apunhalada até a morte, mas também chegara a de fato *sentir* um ataque poderoso o bastante para matar, graças a uma intensa neuroestimulação. De certo modo, a própria mente de Grera é que a matara. E não deixara uma única marca em sua pele.

Às vezes, o derramamento de sangue de verdade acrescentava um clímax explosivo a uma experiência que já era emocionante, mas a limpeza subsequente por vezes trazia contratempos.

Fenring reconheceu os ruídos familiares atrás de si: a abertura da porta e a desativação do campo de segurança. Ao se virar, encontrou Shaddam encarando-o.

— Isso era mesmo necessário, Hasimir? Que desperdício... Ainda assim, ela não era mais útil.

— A pobre velhota infartou, creio eu. — De uma das dobras em sua túnica, Fenring sacou outra *ponta*, encrustada de rubi com uma longa lâmina avermelhada. — É melhor eu testar esta aqui também. Seu pai está aguentando mais do que esperávamos, e isso aqui daria cabo dele fácil, fácil. Nenhuma evidência no corpo, nenhuma marca. Por que esperar o *n'kee* continuar sua ação?

Ele sorriu. Shaddam meneou a cabeça, como se finalmente mudasse de opinião. Olhando ao redor, ele estremeceu e tentou parecer severo:

— Vamos esperar o tempo que tivermos que esperar. Concordamos em não fazer nada brusco.

Fenring odiava quando o príncipe herdeiro tentava pensar demais.

— Hããããã? Achei que você estivesse ansioso! Ele tem tomado péssimas decisões administrativas, desperdiçando mais dinheiro dos Corrino a cada dia que continua vivo. — Seus grandes olhos reluziam. — Quanto mais tempo ele continuar naquele estado, mais a história vai pintá-lo como um governante patético.

— Não posso fazer mais nada contra meu pai. Temo o que pode acontecer.

Hasimir Fenring fez uma mesura.

— Como quiser, meu príncipe.

Os dois saíram, deixando o corpo de Grera onde estava. Alguém iria encontrá-lo, cedo ou tarde. Não era a primeira vez que Fenring agia de modo tão flagrante, mas as outras concubinas não o desafiariam. Seria um aviso para elas, que disputariam entre si para definir quem seria a nova favorita do velho impotente, tentando tirar vantagem da situação.

Quando a notícia enfim chegasse ao imperador, era provável que ele já nem se lembrasse do nome de Grera Cary.

O homem não passa de um pedrisco jogado em uma lagoa. E se o homem não passa de um pedrisco, então todas as suas obras não podem ser maiores que isso.

— **Ditado zen-sunita**

Leto e Rhombur treinaram pesado durante longas horas todos os dias, ao estilo Atreides. Mergulharam na rotina de exercícios com todo o entusiasmo e toda a determinação de que dispunham. O atarracado príncipe ixiano recuperou o vigor, perdeu um pouco de peso e tonificou os músculos.

Os dois jovens eram bastante compatíveis, bons parceiros de esgrima. Como um tinha completa confiança no outro, ambos eram capazes de forçar seus limites, confiantes de que nada perigoso iria lhes ocorrer.

Embora treinassem vigorosamente, o Velho Duque esperava mais do que apenas transformar o príncipe exilado em um lutador competente: também queria alegrar o amigo de seu filho e fazer com que se sentisse em casa. Paulus só podia imaginar os terrores pelos quais os pais renegados de Rhombur estariam passando nos rincões inóspitos da galáxia.

Thufir Hawat deixava os dois lutarem com impetuosidade e entrega, afiando as habilidades dos pupilos. Leto logo identificou uma melhoria notável, tanto em si mesmo quanto no herdeiro do pouco que restava da Casa Vernius.

Seguindo o conselho do Mestre dos Assassinos sobre a importância das armas da cultura e da diplomacia, além da esgrima, Rhombur desenvolveu um interesse por música. Experimentou com diversos instrumentos até enfim se decidir pelos tons tranquilizantes, porém complexos, do baliset de nove cordas. Apoiado nas paredes do castelo, ele dedilhava e tocava canções simples, tirando melodias de ouvido das quais se lembrava da infância ou músicas agradáveis que ele mesmo compunha.

Com frequência, sua irmã Kailea o ouvia tocar enquanto estudava as lições de história e religião que constituíam o currículo das jovens nobres. Helena Atreides ajudava dando aulas, por insistência do duque Paulus. Kailea estudava de bom grado, ocupando a cabeça, resignada com sua situação de prisioneira política no Castelo Caladan, mas tentando imaginar algo a mais para si mesma.

Leto sabia que o ressentimento de sua mãe era mais profundo do que ela transparecia em público. Helena era uma preceptora rígida com Kailea, que reagia estudando com determinação ainda maior.

Certa noite, bem tarde, Leto subiu até o quarto da torre após seus pais terem se retirado para dormir. Pretendia pedir ao duque que os levasse em uma das escunas dos Atreides para uma excursão subindo e descendo a costa. Porém, ao se aproximar da porta de madeira dos aposentos ducais, entreouviu Paulus e Helena envolvidos em uma discussão profunda:

— O que você fez para encontrar um novo lar para aqueles dois? — Pelo modo como sua mãe enunciava as palavras, Leto sabia exatamente a quem se referia. — Por certo alguma Casa Menor na periferia do Imperium vai aceitá-los se o suborno for alto o bastante.

— Não pretendo mandar aqueles jovens a lugar algum, e você sabe disso. São nossos convidados e estão a salvo dos desprezíveis tleilaxu. — A voz dele diminuiu até virar um resmungo. — Não entendo por que Elrood simplesmente não envia seus Sardaukar para varrer aqueles vermes das cavernas de Ix.

Lady Helena lhe deu uma resposta seca:

— Apesar de suas qualidades desagradáveis, os tleilaxu sem dúvida vão conduzir as fábricas de Ix de volta ao caminho da retidão, para que obedeçam aos estatutos impostos pelo Jihad Butleriano.

Paulus bufou, exasperado, mas Leto sabia que sua mãe falava com seriedade fatalista, e aquilo o assustava ainda mais. A voz dela ficava mais fervorosa enquanto tentava convencer o marido.

— Não vê que talvez tudo isso estivesse destinado a acontecer? Você jamais deveria ter mandado Leto para Ix. Ele já foi corrompido pelos hábitos daquele povo, pelo jeito orgulhoso de pensar, pela ignorância arrogante das leis de Deus. Mas a dominação de Ix trouxe Leto de volta para nós. Não repita o mesmo erro.

— Erro? Estou muito satisfeito com tudo que nosso menino aprendeu. Ele dará um belo duque um dia. — Leto ouviu o baque de uma bota sendo arremessada em um canto. — Pare de se preocupar. Você não sente um pingo de pena de Rhombur e Kailea?

Duna: Casa Atreides

Sem se deixar abalar, ela respondeu:

— Por conta do orgulho deles, o povo de Ix infringiu a Lei e pagou por isso. Devo sentir pena deles? Penso que não.

Paulus bateu com força em um móvel e Leto ouviu madeira sendo arrastada sobre pedra, uma cadeira empurrada para o lado.

— E eu devo acreditar que logo *você* estaria familiarizada o suficiente com o funcionamento interno de Ix para fazer tal julgamento? Ou chegou a essa conclusão com base no que você queria ouvir, sem se deixar perturbar pela falta de provas? — Ele riu, e seu tom de voz se abrandou. — Além do mais, parece estar se dando bem com a jovem Kailea. Ela gosta de sua companhia. Como pode me dizer essas coisas e depois fingir gentileza para com ela?

A resposta de Helena beirou a razoabilidade:

— As crianças não podem ser outra coisa além do que são, Paulus... não pediram para nascer e crescer lá, expostas a tudo, menos aos ensinamentos corretos. Acha que alguma vez elas já pegaram em uma Bíblia Católica de Orange? Não é culpa delas. Elas são o que são, e não posso odiá-las por isso.

— Então, o que...?

Ela explodiu com tamanha veemência que Leto deu um passo para trás de surpresa, silencioso em meio às sombras do corredor.

— Foi *você* quem fez uma escolha aqui, Paulus. A escolha errada. E isso vai custar caro para você e nossa Casa.

Ele soltou um ruído grosseiro pela boca.

— Não havia escolha, Helena. Por minha honra e minha palavra... não havia *escolha*.

— Ainda assim, foi sua decisão, a contrapelo de meus avisos e conselhos. Uma decisão sua e somente sua, Paulus Atreides. — Havia uma frieza assustadora na voz da duquesa. — Você terá de viver com as consequências e sofrerá amargamente por causa delas.

— Ai, acalme-se e vá dormir, Helena.

Perturbado, Leto saiu em surdina, tendo esquecido o que ia perguntar e sem esperar para ver quando os pais apagariam as luzes.

Na manhã seguinte, tranquila e ensolarada, Leto estava ao lado de Rhombur, diante de uma janela aberta, admirando os cais ao sopé do pro-

395

Brian Herbert e Kevin J. Anderson

montório. O oceano se estendia como uma pradaria verde-azulada, curvando-se no horizonte distante.

— Um dia perfeito — disse Leto, dando-se conta de que seu amigo estava com saudade de casa, da cidade subterrânea de Vernii, provavelmente cansado do clima molesto daquele planeta. — Agora é minha vez de lhe mostrar Caladan.

Os dois seguiram pelas escadas no caminho estreito que descia o penhasco, segurando-se nos corrimãos, pisando nos degraus desgastados pelas intempéries, evitando o musgo escorregadio e as crostas brancas formadas pelo marulho.

O duque possuía vários barcos atracados nas docas, e Leto escolheu seu coráculo favorito, uma embarcação branca a motor de uns quinze metros de comprimento. Com um casco largo e radiante, contava com uma cabinezinha espaçosa na proa e uma escada espiralada que dava para aposentos no nível inferior. À ré da cabine, havia dois conveses, à meia-nau e na popa, com compartimentos de carga embaixo: um belo arranjo para uma pescaria ou um passeio motorizado. Módulos adicionais guardados na praia poderiam ser instalados para alterar as funções da embarcação, acrescentando mais espaço à cabine ou convertendo um ou dois compartimentos de carga em mais áreas de convivência ou para dormir.

Os criados prepararam um almoço para eles enquanto três assistentes da marina conferiam todos os sistemas a bordo, preparativos para uma viagem que duraria o dia inteiro. Rhombur observou que Leto tratava aquelas pessoas como se fossem amigos seus enquanto carregavam os equipamentos.

— E sua esposa, Jerrik? A perna dela melhorou? E você, Dom, conseguiu terminar o telhado de sua cabana de defumação?

Por fim, enquanto Rhombur admirava com curiosidade e trepidação, Leto lhe deu um tapinha no ombro.

— Lembra sua coleção de rochas? Nós vamos mergulhar atrás de gemas-de-coral.

Encontradas em recifes nodosos de corais, essas pedras preciosas eram itens populares em Caladan, porém perigosos de manejar. Acreditava-se que gemas-de-coral continham minúsculas criaturas vivas dentro, que faziam com que suas chamas interiores fervessem e dançassem.

Duna: Casa Atreides

Por conta dos perigos e dos custos envolvidos em seu armazenamento, elas não dispunham de um grande mercado de exportação, dada a alternativa mais viável das sugemas originárias de Buzzell. Ainda assim, as gemas-de-coral locais eram lindas.

Leto considerou dar uma de presente a Kailea. Com a riqueza da Casa Atreides, ele poderia comprar muitos tesouros maiores para a irmã de Rhombur, se desejasse, mas era provável que aquele presente fosse ter mais significado se ele o pegasse pessoalmente. Em todo caso, talvez ela apreciasse o gesto.

Com todos os preparativos completos, ele e Rhombur embarcaram no coráculo de pau-de-vime. Uma flâmula dos Atreides estava hasteada na proa, oscilando com a brisa. Enquanto os assistentes da marina soltavam as amarras, um deles perguntou:

— O senhor dá conta sozinho deste passeio, milorde?

Leto deu risada e dispensou o homem com um gesto.

— Jerrik, você sabe que eu lido com estes barcos há anos. Os mares estão calmos e temos um porto-com a bordo. Mas agradeço sua diligência. Não se preocupe, não vamos longe, só até os corais.

Rhombur perambulava pelo convés e tentava ajudar, fazendo tudo o que Leto instruísse. Nunca estivera em um barco na vida. Os motores os levaram para longe dos penhascos, além do porto protegido, rumo ao mar aberto. A luz do sol cintilava como vagafaíscas sobre a superfície ondeada marinha.

O príncipe de Ix ficou em pé na proa enquanto Leto operava os controles. Rhombur absorveu a experiência da água, do vento e do sol, sorrindo. Respirou fundo.

— Eu me sinto tão solitário e tão livre aqui fora.

Olhando para o oceano, Rhombur avistou embarcações de extração de algas com lâminas coriáceas e frutas redondas que pareciam cabaças sustentando as plantas como bexigas de ar.

— Melões paradan — indicou Leto. — Se quiser, é só esticar a mão e pegar. Se você nunca comeu paradan direto do mar, é uma experiência única... mas é um bocado salgado para o meu gosto.

Ao longe, a estibordo, nadava um cardume de murmons, criaturas grandes, porém inofensivas, que pareciam troncos de árvore peludos e ficavam à deriva nas correntes oceânicas, cantando para si mesmas com piados graves.

Leto guiou o coráculo durante cerca de uma hora, consultando mapas e cartas de navegação por satélite, rumo a um emaranhado de corais proeminentes. Ele entregou um binóculo a Rhombur e apontou um trecho espumante e tumultuoso do mar. Escarpas pretas e isoladas de rochas mal despontavam das ondas, feito a espinha central de um leviatã adormecido.

— Ali está o recife. Vamos ancorar a meio quilômetro de distância mais ou menos, para não correr o risco de danificar o casco. E aí podemos mergulhar. — Leto abriu um compartimento e pegou um saco e uma pequena faca-espátula para cada um. — As gemas-de-coral não crescem a uma profundidade muito grande. Podemos mergulhar sem cilindros de oxigênio. — Ele deu um tapinha nas costas de Rhombur. — Já está na hora de você trabalhar por seu sustento aqui.

— Evitar que você se meta em *encrenca* já é, hã, trabalho o suficiente — replicou Rhombur.

Depois de firmar o coráculo com uma corda de ancoragem, Leto apontou um escâner sobre o mar para mapear os contornos dos recifes.

— Preste atenção — disse ele, esperando o amigo olhar para a tela. — Vê aquelas fendas e aquelas caverninhas? É lá que você encontrará as gemas-de-coral.

Rhombur espiou o escâner e assentiu.

— Cada uma está encrustada em uma casca, como uma ferida orgânica que cresce ao redor — explicou Leto. — Não é muito bonito até você a abrir e se deparar com as pérolas mais lindas do universo, como gotinhas derretidas de uma estrela. Mas elas precisam ser mantidas úmidas o tempo inteiro, porque a atmosfera faz com que oxidem na hora e se tornem extremamente pirofóricas.

— Ah — disse Rhombur. Não tinha certeza do que aquela palavra queria dizer, mas era orgulhoso demais para perguntar. Atrapalhado, ele fechou seu cinto, que sustentava a faca-espátula e uma pequena aqualume para sondar as cavernas mais escuras.

— Mostro para você assim que descermos — prometeu Leto. — Por quanto tempo você consegue prender a respiração?

Duna: Casa Atreides

— Tanto quanto você, óbvio.

Leto tirou a camisa e as calças e Rhombur se apressou para fazer o mesmo. Simultaneamente, os dois jovens mergulharam. Leto dava braçadas descendentes na água morna, cada vez mais fundo até começar a sentir a pressão ao redor do crânio.

O grande recife era uma paisagem convoluta e permanentemente submersa. Tufos de coralga oscilavam nas correntes suaves, com as bocas minúsculas em suas lâminas apanhando pedaços de plâncton. Peixes com tons de joias entravam e saíam de tocas nas camadas de coral.

Rhombur segurou o braço do jovem Atreides e apontou para uma longa enguia roxa à deriva, balançando uma cauda emplumada com as cores do arco-íris. O ixiano tinha um aspecto cômico com suas bochechas infladas, tentando prender o fôlego.

Agarrando-se à superfície áspera do coral, Leto deu um impulso e espiou as rachaduras e as reentrâncias, sondando-as com o facho da aqualume. Com os pulmões doloridos, ele enfim encontrou um nó descolorido e sinalizou para Rhombur, que se aproximou. Porém, assim que Leto sacou a faca-espátula para extrair a gema-de-coral, Rhombur começou a agitar os braços e a nadar até a superfície o mais depressa possível, sem ar.

Leto continuou embaixo d'água, embora seu peito latejasse. Por fim, desalojou o nódulo, que provavelmente renderia uma gema-de-coral de tamanho médio. Com o tesouro em mãos e o peito prestes a explodir, voltou à superfície, espalhando água e encontrando Rhombur agarrado à beirada do coráculo, ofegante.

— Encontrei uma. Olhe só.

Mantendo-a embaixo d'água, deu nela uma batidinha com o lado cego da faca até remover a casca externa. Lá dentro, uma forma ovoide levemente torta cintilava com uma luz perolada própria. Minúsculos pontos de luz circulavam como areia derretida presa em epóxi transparente.

— Sensacional — disse Rhombur.

Pingando, Leto saiu da água e subiu no convés a meia-nau, perto do bote salva-vidas. Ele pegou um balde e o encheu com água do mar, deixando a gema-de-coral cair dentro antes que secasse em suas mãos.

— Agora você tem que achar a sua.

Com o cabelo loiro colado à cabeça pela água do mar, o príncipe ixiano assentiu, tomou fôlego profundamente várias vezes e mergulhou de novo. Leto foi atrás.

Dentro de uma hora, a dupla havia reunido metade do balde de lindas gemas-de-coral.

— Uma bela pescaria. Gostou? — avaliou Leto, agachado no convés ao lado de Rhombur, que mergulhava os dedos no balde, fascinado pelo tesouro.

O amigo grunhiu. Seus olhos dançavam com uma alegria infantil.

— Isso abriu meu apetite. Vou preparar os farnéis de comida — comentou Leto.

— Também estou morrendo de fome. Hã, precisa de ajuda?

Leto se levantou e ergueu seu nariz aquilino altivamente no ar.

— Senhor, eu sou o herdeiro ducal residente, com um longo currículo atestando minha competência na preparação de uma simples refeição.

Ele foi se pavoneando até a cozinha coberta enquanto Rhombur mexia nas gemas-de-coral molhadas feito uma criança brincando com bolinhas de gude.

Algumas eram perfeitamente esféricas, outras disformes e côncavas. Rhombur se perguntava por que algumas tinham um brilho interno faiscante enquanto outras eram mais opacas em comparação. Ele colocou três das maiores no convés a meia-nau e ficou observando a luz do sol refletir nelas, uma sombra pálida do brilho capturado em seu interior. Reparando nas diferenças, ele se perguntou o que poderiam fazer com o tesouro.

Sentia falta de sua coleção de pedras preciosas e cristais, ágatas e geodos de Ix. Tinha vagado por cavernas, túneis e minas atrás delas. Aprendera muito de geologia assim — e então os tleilaxu o expulsaram do planeta com sua família. Fora obrigado a deixar tudo para trás. Embora não o dissesse, Rhombur decidiu que daria um grande presente à mãe se um dia voltasse a vê-la.

Leto se inclinou para fora da porta da cozinha.

— O almoço está pronto. Venha comer antes que eu jogue para os peixes.

Rhombur saiu trotando para se sentar à pequena mesa enquanto Leto servia duas cumbucas fumegantes de sopa de ostra caladiano, temperada com vinho nouveau das parreiras da Casa Atreides.

Duna: Casa Atreides

— Foi minha avó quem criou esta receita. É uma de minhas favoritas.

— Nada mau. Ainda que tenha sido *você* quem preparou. — Rhombur tomava direto da cumbuca e lambia os lábios. — É, hã, que bom que minha irmã não veio junto. Ela provavelmente viria toda arrumada e você sabe que ela nunca iria nadar com a gente. — Ele tentou esconder o tom de humor na voz.

— Claro. Tem razão — disse Leto, sem muita certeza.

A qualquer observador, era óbvio o modo como ele e Kailea flertavam um com o outro, embora Rhombur compreendesse — em termos políticos — que um romance entre os dois seria uma estupidez, na melhor das hipóteses, e um perigo, na pior.

Sobre o convés a meia-nau, logo atrás deles, o sol batia no revestimento do piso de teca, aquecendo-o e secando a água derramada — expondo as frágeis gemas-de-coral à atmosfera oxidante. Ao mesmo tempo, as três maiores estouraram em clarões incandescentes, fundindo-se em uma pequena supernova de calor intenso, forte o bastante para derreter o casco de uma nave de metal.

Leto se levantou na hora, derrubando sua cumbuca de sopa. Do outro lado das largas janelas de plás das escotilhas, ele viu chamas azul-alaranjadas dispararem ao alto, incendiando o convés, incluindo o bote salva-vidas. Uma das gemas-de-coral se estilhaçou, espalhando fragmentos quentes em todas as direções, cada um dos quais dando início a incêndios secundários.

Dentro de segundos, duas outras tinham corroído completamente o convés do coráculo, caindo no compartimento de carga logo abaixo e abrindo buracos nos paióis. Uma estourou um contêiner de combustível sobressalente, incendiando-o com uma explosão, e a outra foi queimando até a carena para se extinguir nas águas refrescantes outra vez. Embora quimicamente tratado com uma substância retardadora de chamas, o casco de pau-de-vime era incapaz de conter todo aquele calor.

Leto e Rhombur saíram correndo da cozinha, gritando um com o outro, mas sem saber o que fazer.

— O incêndio! Precisamos apagar o incêndio!

— São gemas-de-coral! — Leto procurava algo com que extinguir as chamas. — Elas queimam muito, não são fáceis de apagar.

Brian Herbert e Kevin J. Anderson

As chamas cresciam e lambiam o convés enquanto o coráculo balançava com as explosões abaixo. Preso às serviolas, o bote era uma causa perdida, tomado pelo fogo.

— Corremos o risco de afundar e estamos muito longe da praia — disse Leto, pegando um extintor químico e disparando o jato contra as chamas.

Os dois apanharam as mangueiras e as bombas de um paiol frontal e encharcaram o barco com água marinha, mas o compartimento de carga já estava perdido. Uma fumaça escura e oleosa subia pelas rachaduras no convés superior. Um bipe de alerta sinalizava infiltrações de grandes quantidades de água.

— Vamos afundar! — gritou Rhombur, lendo a instrumentação. A fumaça ardida o fazia tossir.

Leto arremessou um colete de flutuação para o amigo enquanto prendia outro à própria cintura.

— Vá até o porto-com. Anuncie nossa posição e mande um pedido de socorro. Sabe como operá-lo?

Rhombur confirmou com um ganido enquanto Leto manejava outro extintor químico, mas logo sua carga foi exaurida, sem surtir efeito. Os dois ficariam presos ali, flutuando, cercados apenas pelos destroços do barco. Ele precisava chegar a terra firme, a um lugar onde pudessem esperar.

Leto se lembrou de uma lição de seu pai: "No meio de uma crise aparentemente impossível de resolver, cuide das partes *solucionáveis* primeiro. Depois, reduzido o leque de possibilidades, você parte para os aspectos mais difíceis".

Ouviu Rhombur gritando no porto-com, repetindo o pedido de socorro. Leto passara a ignorar o incêndio. O coráculo já estava afundando e logo submergiria, deixando os dois à mercê. Ele olhou na direção por onde tinham navegado e viu a espuma da água ao redor do emaranhado dos corais. Saiu correndo até a cabine.

Antes que o incêndio alcançasse os motores na popa, deu partida no barco e usou o arranque de emergência para cortar a âncora, acelerando até o recife. O coráculo em chamas se assemelhava a um cometa sobre as águas.

— O que está fazendo? Aonde vamos? — gritou Rhombur.

Duna: Casa Atreides

— Ao recife! Vou tentar prender o barco lá para não afundar. E aí podemos nos concentrar em apagar o fogo — respondeu, aos berros.

— Você vai bater no recife com a gente aqui dentro? Isso é loucura!

— Prefere afundar? O barco vai naufragar de um jeito ou de outro.

E então, como se para enfatizar o argumento de Leto, outro pequeno contêiner de combustível explodiu no nível inferior, transmitindo uma onda de choque através do assoalho.

Rhombur agarrou a mesa chumbada da cozinha para manter o equilíbrio.

— Você que manda.

— Recebeu retorno no porto-com?

— Não. Espero, hã, que tenham nos ouvido.

Leto ordenou que Rhombur continuasse tentando e ele obedeceu, ainda sem resposta.

As ondas se encrespavam ao redor deles, chegando até o guarda-mancebo do convés. Fumaça preta subia até o céu e o fogo varria o compartimento do motor. O coráculo ia afundando, arrastando-se, e cada vez mais água fluía para seu interior. Leto forçou os motores, ainda em disparada rumo às rochas. Não sabia se ganhariam a corrida. Caso conseguisse bater no coral, ele e Rhombur poderiam permanecer em segurança ao lado dos destroços. Não sabia quanto tempo o resgate demoraria.

Como se impulsionadas por um demônio, as ondas de crista branca se ergueram à frente deles, ameaçando formar uma barreira. Mas Leto manteve o curso e não desacelerou.

— Segure firme!

No último momento, os motores falharam, engolidos pelas chamas. O coráculo seguiu avançando puramente por inércia e bateu no recife escarpado. O choque atirou os dois jovens contra o convés. Rhombur bateu a cabeça e se levantou, piscando, atordoado. Sangue pingava de sua testa, bem perto do outro ferimento oriundo da fuga de Ix na ornave.

— Vamos! Ao mar! — gritou Leto. Ele agarrou o braço do amigo e o empurrou para fora da cabine. Do compartimento de carga da proa, Leto arremessava mangueiras e bombas portáveis à espuma da água. — Mergulhe esta ponta da mangueira na água, o mais fundo que der para alcançar! E tente não se cortar no recife.

403

Rhombur escalou o guarda-mancebo enquanto Leto acompanhava, esforçando-se para manter o equilíbrio sobre a ressaca violenta e os poços revoltos da maré. O barco estava preso, então não precisavam se preocupar, por ora, em morrer afogados — só com o desconforto.

As bombas começaram a agir e as duas mangueiras, cada uma com um dos rapazes, borrifaram água do mar. A água saía em uma cortina espessa sobre as chamas. Rhombur limpou o sangue dos olhos e continuou direcionando a mangueira. Lavaram o coráculo com uma torrente interminável até enfim as chamas começarem lentamente a se apagar.

Rhombur parecia exausto e abatido, mas Leto se sentia estranhamente eufórico.

— Anime-se, Rhombur. Pense nisso: em Ix tivemos que escapar de uma revolução que quase destruiu o planeta inteiro. Faz este pequeno acidente parecer brincadeira de criança, não acha?

— Hã, verdade. Não me divirto assim há séculos — disse o outro, taciturno.

A dupla estava mergulhada até a cintura na água revolta, manejando as mangueiras. A fumaça continuava a subir contra o céu limpo de Caladan, como um sinal de socorro.

Logo, os dois escutaram o rugido distante, porém crescente, de motores poderosos. Momentos depois, um alibarco veloz surgiu, uma embarcação de casco duplo capaz de atingir enormes velocidades sobre as águas. Ele se aproximou evitando as rochas. Sobre a proa, Thufir Hawat balançava a cabeça para Leto, em reprovação.

Entre as responsabilidades do comando está a necessidade de punir... mas somente quando a vítima o exige.

— Príncipe Raphael Corrino, Discursos sobre a liderança de um Imperium galáctico, 12ª edição

Com o cabelo cor de chocolate bagunçado e as roupas rasgadas e inadequadas para o deserto, a mulher corria pelas areias, em fuga.

Janess Milam olhou por sobre o ombro, piscando entre lágrimas escaldadas pelo sol. Ao ver a sombra da plataforma suspensora que carregava o barão Harkonnen e seu sobrinho Rabban, ela acelerou. Seus pés escavavam a areia fina, fazendo-a perder o equilíbrio. Tropeçou e caiu para a frente em meio ao vasto deserto, onde era mais quente, mais seco e mais mortífero.

Enterrado a sota-vento de uma duna próxima, o martelador batia, pulsava... chamava.

Ela tentou encontrar um refúgio de rochas, cavernas frescas, até mesmo a sombra de uma pedra. No mínimo, queria morrer fora do campo de visão deles, para que não rissem dela. Mas os Harkonnen a largaram no meio de um mar aberto de dunas. Janess escorregou e comeu areia.

Da perspectiva deles, em segurança sobre a plataforma suspensora, o barão e seu sobrinho observavam a luta dela, a fuga patética daquela minúscula figura humana sobre a areia. Portavam seus trajestiladores como se fossem fantasias, com as máscaras frouxas.

Haviam retornado a Arrakis poucas semanas antes, depois de uma estadia em Giedi Primo, e Janess chegara na nave de prisioneiros do dia anterior. A princípio, o barão cogitara executar a mulher na própria cidade de Baronato, mas Rabban queria que ela sofresse diante de seus olhos sobre as areias escaldantes, como castigo por ter ajudado Duncan Idaho a fugir.

— Ela parece tão insignificante lá embaixo, não acha? — comentou o barão, desinteressado. Às vezes, seu sobrinho tinha mesmo umas ideias ímpares, embora lhe faltasse a concentração para levá-las a cabo. — Isso é muito mais satisfatório do que uma simples decapitação, e também faz bem para os vermes. É comida para eles.

Rabban fez um barulho grave com a garganta em seu pescoço grosso, notavelmente parecido com o rosnado de um animal, e observou:

— Não deve demorar agora. Os marteladores sempre chamam um verme. *Sempre.*

O barão assomava em pé sobre a plataforma, sentindo o calor do sol, o suor reluzindo em sua pele. Seu corpo estava dolorido, uma condição de que ele vinha padecendo havia vários meses. Ele inclinou a plataforma suspensora para a frente a fim de obter uma visão melhor de sua vítima.

— A esta altura, aquele rapaz já se tornou um Atreides, pelo que ouvi falar. Trabalhando com os touros salusanos do duque — refletiu ele.

— Está morto se eu o vir de novo algum dia. — Rabban limpou o suor salgado da testa queimada de sol. — Ele e qualquer outro Atreides que eu flagrar a sós.

— Você é forte como um boi, Rabban. — O barão apertou o ombro musculoso do sobrinho. — Mas não desperdice energia em coisas insignificantes. Os Atreides é que são nossos inimigos de verdade... não um ganadeiro insignificante. *Ganadeiro...* hmmm...

Lá embaixo, Janess rolava pelo barranco de uma duna, lutando para ficar em pé de novo. Com uma risada grave, o barão disse:

— Ela nunca vai se afastar o suficiente do martelador a tempo.

As vibrações ressonantes continuaram a pulsar no chão, como a percussão distante de uma canção fúnebre.

— Está quente demais aqui fora — resmungou Rabban. — Você não poderia ter trazido uma cobertura para fazer sombra? — Levando o hidrotubo de seu trajestilador até a boca, ele deu um gole insatisfatório de água morna.

— Eu gosto de suar. Faz bem para a saúde, expurga as toxinas do sistema.

Rabban estava inquieto. Assim que se cansou de assistir à corrida desajeitada da mulher, ele olhou para o outro lado da paisagem quente e arenosa, procurando os indícios da monstruosidade por vir.

— Aliás, o que foi que aconteceu com aquele planetólogo que o imperador jogou em nosso colo? Eu o levei para caçar vermes uma vez.

Duna: Casa Atreides

— Kynes? Sabe-se lá. — O barão fez um ruído de escárnio. — Está sempre pelo deserto, aparece em Cartago para entregar relatórios quando bem entende e depois desaparece outra vez. Faz um tempo que não tenho notícias dele.

— O que acontece se ele se ferir? Vai dar problema para nós por não estarmos de olho nele?

— Duvido. A cabeça de Elrood já não é mais o que um dia foi. — O barão deu risada, com um tom tênue e anasalado de deboche. — Não que a cabeça do imperador fosse lá grande coisa, mesmo em seu auge.

A mulher de cabelo escuro, já coberta de poeira, seguia lutando para atravessar as dunas. Ela chutava a areia, caía e se debatia para ficar em pé outra vez, recusando-se a desistir.

— Isso está me entediando. Não tem desafio algum em ficar aqui parado, olhando — reclamou Rabban.

— Alguns castigos são fáceis, mas *fácil* nem sempre é o suficiente. Apagar aquela mulher de nada serve para apagar a mancha que ela deixou na honra da Casa Harkonnen... com ajuda da Casa Atreides.

— Então, vamos fazer mais do que isso. Vamos até os Atreides — disse Rabban, com um sorriso nos lábios grossos.

O barão sentia as ondas de calor contra seu rosto exposto, absorvendo o silêncio vibrante do deserto tórrido. Ao sorrir, a pele em suas bochechas ameaçava rachar.

— Talvez façamos algo a respeito.

— O quê, tio?

— Talvez seja hora de nos livrarmos do Velho Duque. Assim não teremos mais pedras em nosso caminho.

Rabban espumou de expectativa.

Com uma tranquilidade deliberada no intuito de provocar agitação em seu sobrinho, o barão focou as lentes de óleo de seu binóculo e analisou o espaço ao longe em vários graus de ampliação. Esperava avistar a trilha de verme pessoalmente em vez de depender dos ornitópteros de segurança. Por fim, notou os tremores se aproximando. Sentiu a própria pulsação sincronizar com o martelador: *tum... tum... tum...*

Os rastros das dunas crescentes lançavam ondas de sombra até o horizonte, um morro em movimento alongado, uma crista de areia como um peixe imenso nadando logo abaixo da superfície. No ar quente e inerte, o barão ouviu o som abrasivo e áspero da fera serpenteante. Empolgado, ele puxou o cotovelo de Rabban e apontou.

A unidade-com na orelha de Rabban chiou e alguém com um filtro de voz falou tão alto que até o barão ouviu as palavras abafadas. Rabban deu um tapa no aparelho e respondeu:

— Estamos cientes! Já vimos.

O barão continuou seus devaneios conforme o verme subterrâneo se aproximava feito uma locomotiva:

— Mantenho contato com certos... *indivíduos* em Caladan, sabe? O Velho Duque é uma criatura de hábitos. E hábitos podem ser perigosos. — Ele sorriu, com os lábios rígidos e os olhos semicerrados contra o clarão do sol. — Já temos agentes em operação, e tenho um plano.

Ao longe, nas dunas à frente, Janess rodopiava e corria em pânico. Ela havia visto o verme chegando.

A onda de areia revirada alcançou o martelador a sota-vento de uma duna em formato de rabo de baleia. Em uma explosão, como um tsunami engolindo um porto, o martelador desapareceu dentro de uma bocarra imensa, forrada de dentes de cristal.

— Mova a plataforma. Atrás dela! — mandou o barão, com urgência na voz.

Rabban operava os controles do suspensor, conduzindo-o para flutuar sobre o deserto em busca de uma vista melhor da cena.

Acompanhando as vibrações dos passos da mulher, o verme mudou de curso. A areia ondulou mais uma vez conforme a monstruosidade mergulhava debaixo da terra, espreitando como um tubarão atrás de uma nova presa.

Janess desabou no cume da duna, estremecendo, segurando os joelhos contra o queixo, tentando não emitir ruído algum que atraísse o verme enorme. A areia se mexia à frente. Ela ficou paralisada, segurando a respiração.

O monstro parou. Janess estava imóvel, aterrorizada, rezando em silêncio.

Rabban guiou a plataforma suspensora até um ponto logo acima da mulher encurralada. Janess olhou para o alto e viu os Harkonnen; estava com a mandíbula travada, os olhos fustigavam como adagas, parecia um animal preso com medo de se mexer.

Duna: Casa Atreides

O barão se abaixou para pegar uma garrafa de licor de especiaria, esvaziada durante a longa espera pela execução de Janess. Ele ergueu a garrafa de vidro marrom como se brindasse, com um sorriso malicioso.

O verme da areia aguardava, enterrado, alerta à menor fração de movimento.

E então o barão arremessou a garrafa contra a mulher de pele escura. O vidro rodopiou no ar, refletindo raios de luz do sol e dando voltas no ar. Caiu na areia a alguns metros dos pés de Janess, com um baque alto.

O verme avançou na direção dela.

Praguejando aos gritos contra os Harkonnen, Janess se atirou do barranco, seguida por uma pequena avalanche de areia. Mas o chão desapareceu sob seus pés, como a porta escancarada de um alçapão.

A bocarra do verme emergiu, uma caverna de dentes reluzentes sob o sol, para engolir Janess e tudo ao redor. Uma nuvem de poeira ficou à deriva no ar vacilante enquanto o verme imenso mergulhava de volta nas areias, como uma baleia no mar.

Rabban tocou sua unidade-com, exigindo saber se o veículo de observação acima havia capturado registros holográficos de alta resolução.

— Nem cheguei a ver o sangue dela, nem a ouvi-la gritar. — Ele parecia decepcionado.

— Pode estrangular um de meus criados, se for fazer você se sentir melhor. Mas só porque estou de bom humor — ofereceu o barão.

Da plataforma suspensora, ele olhou para as dunas plácidas, ciente do perigo e da morte que espreitavam lá embaixo. Queria que fosse seu velho rival duque Paulus Atreides ali em vez da mulher. Quando aquele dia chegasse, ele colocaria todos os holodiscos dos Harkonnen em operação para aproveitar o espetáculo de todos os ângulos e saborear a experiência de novo e de novo, todas as vezes devorando carne humana para sentir o sabor, da mesma forma que o verme.

Não importa, disse o barão para si mesmo. *Tenho algo tão interessante quanto isso em mente para aquele velho.*

Fale a verdade. É sempre a alternativa mais fácil, e com frequência é o argumento mais poderoso.

— Axioma das Bene Gesserit

Duncan Idaho encarava o monstruoso touro salusano do outro lado das barras do campo de força da jaula, seu olhar infantil cruzando com os olhos multifacetados da criatura feroz. O touro tinha uma couraça preta escamosa, múltiplos chifres e dois cérebros que formavam somente um pensamento: *destruir qualquer coisa que se mexa*.

Àquela altura, o menino estava trabalhando nos estábulos havia semanas, esforçando-se ao máximo até mesmo no mais desprezível dos serviços. Ele dava comida e água para os touros de combate, cuidava deles e limpava suas jaulas imundas enquanto as feras ficavam atrás de barricadas de força a fim de evitar que o atacassem.

Ele gostava do serviço, apesar de os outros o considerarem um trabalho braçal degradante. Duncan nem julgava aquilo como um trabalho de baixo nível, embora vários outros cavalariços fossem dessa opinião. Eram simples tarefas, e ele levava em conta seu pagamento em liberdade e alegria mais do que suficiente. Dada a graciosa generosidade de seu benfeitor, o duque Paulus Atreides, ele nutria um profundo amor por aquele senhor.

Duncan comia bem e tinha um lugar quentinho para morar, com roupas limpas sempre que precisasse. Embora ninguém lhe pedisse, mesmo assim ele trabalhava duro, com motivação e empenho. Havia até mesmo algum tempo para relaxar, e ele e outros trabalhadores tinham o próprio ginásio e um salão de recreação. Também podia nadar no mar sempre que quisesse e conhecera um homem gentil no porto que o levava consigo para um dia de pescaria de vez em quando.

No momento, o Velho Duque contava com cinco daqueles touros mutantes para seus jogos. Duncan tentara fazer amizade com as feras, domesticando-as com agrados como capim verde doce ou frutas frescas, mas o mestre-estribeiro Yresk o pegara no pulo e reagira com gritos exasperados:

— O Velho Duque usa esses bichos em touradas... Você acha mesmo que ele prefere que sejam *domesticados*? — Seus olhos inchados se arre-

Duna: Casa Atreides

galaram de raiva. Aquele mestre-estribeiro grisalho havia aceitado Duncan sob ordens do duque, mas a contragosto, e não dispensava tratamento especial ao menino. — Ele quer que ataquem, não que comecem a ronronar quando ele estiver desfilando na Plaza de Toros. O que o povo iria pensar?

Duncan tinha abaixado a cabeça, recuando. Sempre obediente, nunca mais tentou transformar aquelas feras em seus bichinhos de estimação.

Ele chegara a ver gravações holográficas dos espetáculos anteriores do duque, além das apresentações de outros toureiros renomados; embora o entristecesse testemunhar a matança de um daqueles magníficos animais sob seu cuidado, a confiança e a bravura do duque Atreides o maravilhavam.

A última *corrida de toros* em Caladan havia acontecido para comemorar a partida de Leto Atreides para estudar em outro planeta muitos meses antes. E o Velho Duque recém-anunciara uma nova grande tourada, daquela vez para entreter seus convidados de Ix, que haviam chegado como exilados em Caladan. *Exilados.* Em certo sentido, essa também era a condição de Duncan...

Embora tivesse os próprios aposentos em um prédio externo comum, onde moravam muitos dos trabalhadores do castelo, às vezes Duncan dormia nos estábulos, onde podia ouvir os roncos e os rosnados contidos das feras. Já tinha encarado condições muito piores na vida. Os estábulos em si eram confortáveis, e ele gostava de ficar a sós com os animais.

Sempre que dormia lá, mantinha-se atento aos movimentos dos touros em seus sonhos. Sentia que estava se conectando com os humores e instintos deles. Já fazia dias que as criaturas vinham se mostrando cada vez mais tensas e mal-humoradas, no entanto, sujeitas a ataques destrutivos em seus currais... como se soubessem que seu nêmesis, o Velho Duque, estava planejando mais uma tourada.

Do lado de fora das jaulas, o pequeno Duncan reparou em novas marcas profundas nos lugares onde os touros salusanos haviam cravado os chifres em seus currais, tentando se libertar e furar algum oponente imaginário.

Aquilo *não* estava certo. Duncan sabia. Havia passado tanto tempo observando os touros que sentia como se compreendesse seus instintos.

Sabia como eles deveriam reagir, como provocá-los e como acalmá-los — mas aquele era um comportamento fora do normal.

Ao mencionar a questão para o mestre-estribeiro Yresk, o homem macilento pareceu alarmado de repente. Ele coçou o cabelo branco e ralo, mas então sua expressão mudou. Yresk fixou os olhos em Duncan, inchados e desconfiados.

— Veja só, não há nada errado com esses touros. Se eu não o conhecesse, eu pensaria que você é só mais um dos Harkonnen, tentando causar encrenca. Agora, suma.

— Harkonnen! Odeio eles.

— Você viveu entre eles, rato de estábulo. Nós, Atreides, somos treinados para estar sempre em estado de alerta. — Ele deu um cutucão em Duncan. — Não tem mais tarefas para completar? Ou vou precisar arranjar para você?

Duncan tinha ouvido falar que Yresk viera na verdade de Richese, muitos anos antes, então não era um Atreides de verdade. Ele não contrariaria o homem, de todo modo, embora se recusasse a ficar calado.

— Eu fui escravizado por eles. Tentaram me caçar feito um animal.

Yresk abaixou as sobrancelhas cabeludas; o corpo esquelético e o cabelo branco rebelde se assemelhavam aos de um espantalho.

— Mesmo entre as pessoas comuns, a velha contenda entre as Casas é profunda. Como vou saber quais cartas você poderia ter na manga?

— Não foi por isso que lhe falei dos touros, senhor. Só estou preocupado. Não sei nada sobre a contenda entre as Casas.

Yresk deu risada, sem levá-lo a sério.

— A rivalidade entre os Atreides e os Harkonnen já existe há milhares de anos. Você não sabe nada sobre a Batalha de Corrin, a grande traição, a Ponte de Hrethgir? A história de como um ancestral covarde dos Harkonnen quase custou à humanidade a vitória contra as detestáveis máquinas pensantes? Corrin foi a luta final, e teríamos sido derrotados na investida derradeira se um Atreides não tivesse salvado o dia.

— Eu nunca aprendi muita coisa de história. Já era bem difícil achar o que comer.

Atrás das dobras de pele enrugada, os olhos do mestre-estribeiro eram grandes e expressivos, como se tentassem passar a impressão de que ele era só um velho gentil.

Duna: Casa Atreides

— Pois bem, a Casa Atreides e a Casa Harkonnen já foram aliadas no passado, *amigas* até, mas depois daquela traição jamais voltaram a sê-lo. É uma briga que tem se mantido quente desde então... e você, rapazinho, veio de Giedi Primo. Do planeta natal *dos Harkonnen*. — Yresk deu de ombros, movendo seu corpo ossudo. — Não pode esperar que depositemos completa confiança em você, não é? Seja grato pelo tanto que já conquistou do Velho Duque.

— Mas eu não tive envolvimento na Batalha de Corrin. O que isso tem a ver com os touros? Tudo aconteceu há muito tempo — objetou Duncan, ainda sem compreender.

— E lá se foi todo o tempo que eu tinha para ficar de papo na tarde de hoje. — Yresk retirou uma pá de esterco de cabo comprido de um apoio na parede. — Guarde suas suspeitas para si de agora em diante. Todo mundo aqui sabe o que deve ser feito.

Embora Duncan trabalhasse com afinco e fizesse tudo que podia para ganhar seu pão, o fato de que ele saíra do planeta dos Harkonnen ainda lhe causava dores de cabeça. Além de Yresk, alguns dos outros ganadeiros também o tratavam como se ele fosse um espião maldisfarçado. O que Rabban poderia querer com um infiltrado de 9 anos de idade, Duncan não conseguia imaginar.

Era a primeira vez, porém, que ele se sentia tão afrontado pelo preconceito.

— Tem algo errado com os touros, senhor. O duque precisa saber disso antes da tourada — insistiu ele.

Yresk riu dele mais uma vez.

— Quando eu precisar do conselho de uma criança em meu trabalho, com certeza virei perguntar para você, pequeno Idaho.

O mestre-estribeiro foi embora e Duncan voltou aos currais para encarar os touros salusanos agitados e ferozes. Eles o fuzilaram com seus olhares ardentes e multifacetados.

Havia algo terrivelmente errado. Ele sabia, mas ninguém queria lhe dar ouvidos.

Se vistas sob a devida luz, imperfeições podem ser extremamente valiosas. As Grandes Escolas, em sua incessante busca pela perfeição, com frequência têm dificuldades para compreender esse postulado — até que lhes seja provado que nada no universo é aleatório.

— *Filosofias da Velha Terra*, manuscritos recuperados

Na escuridão de sua alcova isolada e protegida no complexo da Escola Mãe, Mohiam estava sentada com a coluna ereta, segurando sua barriga volumosa. Sentia a pele como um pedaço de couro repuxado, sem a resiliência da juventude. As roupas de cama estavam encharcadas de transpiração e o pesadelo ainda estava fresco na memória. Sua nuca latejava com visões de sangue e chamas.

Tinha sido um presságio, uma mensagem... uma premonição gritante que Bene Gesserit alguma seria capaz de ignorar.

Ela se perguntava quanto de mélange lhe havia sido administrado por sua enfermeira e se poderia ter tido alguma interação medicamentosa com as outras substâncias. Ainda sentia o gosto amargo na boca, meio gengibre, meio canela. Qual a dose segura de especiaria para uma grávida? Mohiam estremeceu. Não importava de que modo ela tentasse racionalizar seu terror, não tinha como ignorar o poder da mensagem.

Sonhos... pesadelos... presciência... Prever acontecimentos terríveis que abalariam o Imperium durante milênios. Um futuro que não deve jamais vir a ser! Ela não ousava ignorar o aviso... mas será que poderia confiar em si mesma para interpretá-lo corretamente?

A Reverenda Madre Gaius Helen Mohiam não passava de um pedrisco no princípio de uma avalanche.

Será que a Irmandade sabia mesmo o que estava fazendo? E quanto à criança que crescia dentro dela, faltando um mês para o parto? A visão que tivera girava em torno de sua filha. *Algo importante, algo terrível...* As Reverendas Madres não tinham lhe contado tudo, e àquela altura até mesmo as Irmãs das Outras Memórias estavam com medo.

Duna: Casa Atreides

O quarto tinha cheiro de umidade em função da chuva lá fora; as velhas paredes de gesso estavam molhadas e poeirentas. Embora seus aposentos particulares mantivessem uma temperatura confortável graças a aquecedores de precisão, o calor mais agradável vinha das brasas na lareira baixa de frente para a cama — um anacronismo ineficiente, mas o cheiro da fumaça da lenha e o brilho amarelo-alaranjado dos carvões inspiravam uma espécie de complacência primitiva.

O fogo da destruição, uma labareda infernal varrendo a galáxia, de planeta em planeta. Jihad! Jihad! Aquele seria o destino da humanidade se algo desse errado com os planos das Bene Gesserit para a filha dela.

Sentada na cama, Mohiam se recompôs mentalmente e efetuou uma conferência rápida dos sistemas de seu corpo. Nenhuma emergência, tudo funcionando normalmente, toda a bioquímica em perfeita condição.

Tinha sido só um pesadelo... ou algo além?

Mais racionalizações. Ela sabia que não deveria inventar desculpas, mas precisava dar ouvidos ao que a premonição tinha mostrado. As Outras Memórias sabiam a verdade.

Mohiam permanecia sob a observação constante das Irmãs — talvez estivesse sendo vigiada até mesmo naquele momento. Uma luz roxa no canto do quarto era ligada a um olho-com de visão noturna, com vigias do outro lado que respondiam à Reverenda Madre Anirul Sadow Tonkin, a jovem que parecia carregar uma importância que lhe transcendia a idade. Contudo, no sonho de Mohiam, finalmente as silentes Vozes das Outras Memórias tinham revelado indícios do papel de Anirul no projeto. O choque do pesadelo libertara as Vozes, transformando as recordações reticentes em explicações veladas.

Kwisatz Haderach. O encurtamento do caminho. O messias e superindivíduo procurado pelas Bene Gesserit havia tanto tempo.

A Irmandade detinha diversos programas de reprodução, aprimorando várias características da humanidade. Muitos eram irrelevantes, alguns até serviam como farsa ou distração. Nenhum, porém, era tão proeminente quanto o programa do Kwisatz Haderach.

Como uma antiga medida de segurança no começo do plano de cem gerações, as Reverendas Madres cientes do projeto tinham feito votos de silêncio, até mesmo nas Outras Memórias, com juramentos para não divulgar os detalhes completos a pessoa alguma, exceto a raras exceções a cada geração.

Anirul era uma delas, a Madre Kwisatz. Ela sabia tudo a respeito do programa. *É por isso que até a Madre Superiora deve lhe dar ouvidos!*

A própria Mohiam havia sido deixada no escuro, embora a bebê se desenvolvendo em seu útero estivesse a apenas três degraus da culminação. Àquela altura, o plano genético de verdade já estava gravado em pedra, o resultado de milhares de anos de ajustes e planejamentos. O futuro dependeria daquela nova criança. Sua primeira filha, a imperfeita, representava um passo em falso, um equívoco.

E qualquer equívoco poderia trazer à tona o futuro terrível que ela previra.

O pesadelo de Mohiam lhe mostrara o que poderia acontecer ao destino da humanidade se o plano fracassasse. A premonição tinha sido uma dádiva; por mais difícil que fosse aquela decisão, não poderia deixar de agir com base nela. Não ousaria.

Anirul também conhece meus pensamentos, o futuro terrível previsto em meu sonho? Um aviso, uma promessa... ou uma ordem?

Pensamentos... as Outras Memórias... a multidão de anciãs no interior de Mohiam oferecia conselhos, receios, avisos. Não eram mais capazes de guardar segredo a respeito do Kwisatz Haderach, como sempre tinham feito. Desde então, Mohiam adquirira a habilidade de chamá-las, e elas surgiriam, discretamente, uma por uma ou em bando. Poderia pedir-lhes uma orientação coletiva, mas não queria. Já haviam revelado o suficiente para ela despertar com um grito entalado.

Equívocos não devem ser permitidos.

Mohiam precisava tomar as próprias decisões, escolher o próprio caminho rumo ao futuro e determinar o melhor modo de evitar aquele destino hediondo e sangrento que havia previsto.

Levantando-se da cama e ajeitando a camisola, Mohiam caminhou a passos pesados pela escuridão. Andando com dificuldade em razão do volume de sua barriga, foi até a alcova ao lado, a ala neonatal onde os bebês ficavam. Ela se perguntou se as vigias da Irmandade iriam impedi-la.

Seus próprios pensamentos revoltos a fizeram parar. Dentro da maternidade escura e aquecida, detectou a respiração irregular e imperfeita de sua primeira filha Harkonnen, já com 9 meses de vida. No útero, a irmã por nascer chutava e se revirava... Seria ela quem a impelia? A nova bebê teria desencadeado a premonição?

A Irmandade precisava de uma filha perfeita, saudável e forte. Descendentes imperfeitos eram irrelevantes. Em qualquer outra circunstância, as Bene Gesserit poderiam ter achado um uso até para uma criança doente e inválida; porém, Mohiam tinha visto o papel crucial da filha Harkonnen no programa do Kwisatz Haderach — e o que aconteceria se aquilo enveredasse pelo caminho errado.

O sonho estava vívido em sua cabeça, como um esquema holográfico. Ela só precisava segui-lo, sem questionamentos. *Vá em frente*. O consumo pesado de mélange com frequência despertava visões prescientes, e Mohiam não tinha dúvida em relação ao que vira. Era uma visão clara como um cristal de Hagal — bilhões assassinados, o Imperium derruído, as Bene Gesserit quase destruídas, outro jihad devastando a galáxia, varrendo tudo em seu caminho.

Tudo isso aconteceria se o plano de reprodução desse errado. Qual era a importância de uma única vida indesejada diante de ameaças tão momentosas?

Sua primeira filha adoentada com o barão Harkonnen estava no caminho, era um risco. Aquela criança tinha o potencial de arruinar a progressão ordeira na escada genética. Mohiam precisava remover qualquer possibilidade daquele equívoco ou acabaria com o sangue de bilhões em suas mãos.

Mas minha própria filha?

Lembrou a si mesma de que a menina não era *sua filha* de verdade; era o produto de um índice reprodutivo das Bene Gesserit e propriedade de todas as Irmãs que haviam se comprometido — com ou sem conhecimento — com o programa geral de reprodução. Mohiam gerara outras descendentes em seu serviço à Irmandade, mas apenas duas crianças carregavam uma combinação tão perigosa de genes.

Duas. E só uma poderia existir. Do contrário, os riscos seriam altos demais.

Aquela bebê debilitada jamais teria serventia ao plano principal. A Irmandade já a descartara. Algum dia, talvez, a criança pudesse ser criada para ser uma servente ou cozinheira na Escola Mãe, mas em nenhum momento conquistaria algo de significativo. De qualquer forma, Anirul raramente olhava para a cara daquela criança decepcionante, que também não recebia muita atenção das outras Irmãs.

Eu me importo com você, pensou Mohiam, depois censurou a si mesma pela emoção. Decisões difíceis precisariam ser tomadas; havia um preço a ser pago. Em uma onda gélida, lembranças da visão pesadelar a invadiram outra vez, fortalecendo sua resolução.

Diante da criança na maternidade, ela delicadamente massageou seu pescoço e testa... e então recuou. Uma Bene Gesserit não sentia nem demonstrava *amor* — nem romântico, nem familiar. Emoções eram consideradas perigosas e impróprias.

Mais uma vez culpando as alterações químicas da gravidez em seu corpo, Mohiam tentou compreender os próprios sentimentos, reconciliá-los com o que lhe fora ensinado ao longo da vida inteira. Se ela não amasse a criança — porque o amor era proibido —, então por que não...? Ela engoliu em seco, incapaz de colocar aquele pensamento terrível em palavras. E, por outro lado, caso de fato amasse aquela bebê — contra todos os ditames —, então seria um motivo ainda mais forte para fazer o que estava prestes a fazer.

Eliminar a tentação.

Sentia amor pela criança ou só pena? Ela não queria compartilhar aquelas reflexões com nenhuma de suas Irmãs. Estava envergonhada por sentir aquilo, mas não pelo que estava prestes a fazer.

Depressa. Acabe logo com isso!

O futuro exigia que Mohiam o fizesse. Se não agisse com base naquele aviso presciente, planetas inteiros morreriam. A nova criança seria uma filha com um enorme destino adiante e, para garanti-lo, era preciso sacrificar a outra.

Ainda assim, Mohiam hesitava, como se um grande peso maternal a restringisse, tentando deter qualquer visão que a estivesse motivando.

Ela acariciou a garganta da criança. A pele morna... a respiração lenta e regular. Nas sombras, Mohiam enxergou os ossos faciais deformados, os ombros caídos, a pele pálida... A criança parecia tão fraca, remexendo-se e choramingando.

Mohiam sentiu o hálito quente de sua filha contra sua mão. Fechando o punho, a Reverenda Madre se esforçou para se controlar.

Duna: Casa Atreides

— "Não terei medo. O medo mata a mente" — sussurrou consigo mesma. Mas estava tremendo.

De esguelha, viu outro olho-com, com sua luz roxa penetrando a escuridão da maternidade. Ela posicionou o corpo entre o olho-com e a criança, de costas para quem estivesse assistindo. Olhava para o futuro, não para o que estava fazendo. Mesmo uma Reverenda Madre às vezes sentia o peso da consciência...

Mohiam prosseguiu conforme o sonho lhe ordenara, segurando um pequeno travesseiro contra o rosto da criança até que os sons e os movimentos cessassem.

Ao fim, ainda trêmula, ela arrumou a roupa de cama em torno do corpinho minguado, depois posicionou a cabeça da criança morta no travesseiro e cobriu seus bracinhos e ombros deformados com uma manta. Teve a sensação repentina de ser muito, muito idosa. Bem mais velha do que de fato era.

Está feito. Mohiam descansou a palma da mão direita na barriga volumosa. *Agora, filha, você não pode falhar conosco.*

Quem governa assume uma responsabilidade irrevogável pelos governados. Você é um fazendeiro. Isso exige, em certos momentos, um ato de amor altruísta que talvez pareça apenas divertido para aqueles a quem você governa.

— Duque Paulus Atreides

No espetacular camarote reservado à Casa Atreides no alto da Plaza de Toros, Leto escolheu uma poltrona de almofada verde ao lado de Rhombur e Kailea. Lady Helena Atreides, que não tinha nenhum apreço por aqueles espetáculos públicos, estava atrasada. Para a ocasião, Kailea Vernius usava seda e fitilhos, véus coloridos e um vestido suntuoso e esvoaçante confeccionados especialmente para ela pelas costureiras da família Atreides. Leto achou que a jovem estava de tirar o fôlego.

Não havia ameaça de chuva nos céus nublados, mas a temperatura permanecia fresca, e o ar, úmido. Mesmo daquela altura, era possível sentir os cheiros da arena: poeira, sangue velho, corpos amontoados e as pedras das pilastras e arquibancadas.

No grande pronunciamento feito pela rede de notícias ao redor do planeta, o duque Paulus Atreides dedicara aquela tourada aos filhos exilados da Casa Vernius. Ele lutaria pela honra deles, simbolizando a luta contra a ocupação ilegal de Ix e contra a recompensa imposta pela captura do conde Dominic e de lady Shando, pais dos jovens principados.

Ao lado de Leto, ansioso, Rhombur se inclinava para a frente, com o queixo quadrado apoiado nas mãos enquanto olhava para a areia compactada na arena. Havia cortado e penteado seu cabelo loiro, mas que, de alguma forma, ainda parecia bagunçado. Com uma expectativa tremenda e alguma preocupação pela segurança do Velho Duque, eles aguardaram o *paseo*, o desfile introdutório que antecedia a tourada em si.

Sobre o camarote ducal, penduraram-se bandeirolas coloridas que tremulavam no ar úmido junto das flâmulas do brasão de gavião dos Atreides. Naquele caso, todavia, o líder da Casa não ocupava o assento principal; estava na arena, como participante, e não espectador.

Duna: Casa Atreides

Ao redor deles, a Plaza de Toros era preenchida pelo burburinho do falatório dos milhares de espectadores. As pessoas acenavam e comemoravam. Uma banda local tocava balisets, flautas de osso e instrumentos de sopro de metal — uma música enérgica que aguçava o clima de empolgação.

Leto admirou as arquibancadas protegidas ao redor, ouvindo a música e os ruídos alegres da multidão. Ele se perguntava por que sua mãe estava demorando tanto. O povo logo repararia na ausência dela.

Finalmente, escoltada por um grupo de aias, chegou lady Helena, avançando em meio à turba. Caminhava a passos leves e de cabeça erguida, embora seu rosto parecesse nebuloso. As damas de companhia a deixaram na entrada do camarote ducal e voltaram aos assentos a elas designados no patamar inferior.

Sem dizer palavra a seu filho e tampouco olhar para os convidados, Helena se acomodou no assento entalhado em destaque, ao lado do espaço vazio onde o duque se sentava nas ocasiões em que assistia aos toureiros. Ela havia ido à capela uma hora antes do evento para comungar com seu Deus. Tradicionalmente, o toureiro deveria dedicar um tempo para a contemplação religiosa antes da tourada, mas o duque Paulus estava mais preocupado em testar seu equipamento e se exercitar.

— Tive que rezar para seu pai ser salvo da própria estupidez. Rezar por todos nós. Alguém precisava — murmurou ela, olhando para Leto.

Forçando um sorriso para a mãe, o rapaz respondeu:

— Tenho certeza de que ele ficará grato.

Ela meneou a cabeça, suspirou e olhou para a arena abaixo. Uma fanfarra ruidosa de trombetas emitia rajadas de sons que se repetiam em cacofonia ressoante a partir dos alto-falantes que cercavam a Plaza de Toros.

Os ganadeiros corriam ao redor da arena em librés com os quais não estavam acostumados, balançando bandeiras e flâmulas vibrantes enquanto avançavam pela areia compactada. Momentos depois, em uma entrada triunfal executada com perfeição, o duque Paulus Atreides surgiu montado em um irretocável garanhão branco. Plumas verdes erguiam-se de seu cabresto, com um rastro de fitas brancas fluindo da crina do cavalo para os braços e as mãos do cavaleiro.

Para a ocasião, o duque usava um impetuoso traje preto e magenta, com cequins, um cinto brilhante em tons de esmeralda e um chapéu tra-

Brian Herbert e Kevin J. Anderson

dicional de toureiro, marcado com uma série de miniaturas do brasão dos Atreides para indicar o número de touros que ele já havia matado. Mangas bufantes e pantalonas ocultavam o aparato de seu escudo corporal protetor. Uma capa púrpura brilhante lhe cobria os ombros.

Leto analisou as figuras lá embaixo, tentando reconhecer o rosto do ganadeiro Duncan Idaho, que havia se voluntariado tão audaciosamente para trabalhar para o duque. Ele deveria integrar o *paseo*, mas Leto não o encontrou.

O garanhão branco bufava e trotava em círculos enquanto Paulus erguia a mão enluvada para saudar seus súditos. Ele parou defronte ao camarote ducal e fez uma reverência profunda para a esposa, sentada rígida em seu assento. Como esperado, ela acenou com uma flor vermelha como sangue e mandou um beijo. O povo gritava e dava vivas, imaginando um romance de conto de fadas entre seu duque e a lady dele.

Rhombur se inclinou para a frente em seu assento estofado, porém desconfortável, sorrindo para Leto.

— Nunca vi nada assim na vida. Eu, hã, mal posso esperar.

Dentro dos estábulos, atrás das barras do campo de força, o touro salusano eleito soltava um mugido abafado e avançava contra a parede, lascando a madeira. Os suportes de ferro reforçado rangiam.

Duncan recuou depressa, em pânico. Os olhos multifacetados da criatura ardiam em vermelho-cobre, como se avivassem brasas em suas órbitas oculares. O touro parecia furioso e maligno, um pesadelo de criança no mundo real.

Para o *paseo*, o garoto usava sedas-merh especiais, em tons de branco e verde, presenteadas pelo duque a todos os ganadeiros para aquele dia da apresentação. Duncan nunca tocara, quanto mais vestira, roupas tão chiques na vida; não se sentia à vontade em trajá-las naquele estábulo imundo. Mas, naquele momento, seu incômodo era ainda maior.

O tecido parecia escorregadio em sua pele limpa e hidratada. Os criados tinham dado um banho nele, cortado o cabelo e limpado as unhas. O menino tinha a sensação de que lhe haviam esfolado de tanto esfregar. Renda branca envolvia seus pulsos acima das mãos calejadas. Trabalhando nos estábulos, aquele aspecto imaculado não duraria muito.

Duna: Casa Atreides

A uma distância segura o suficiente do touro, pelo menos por enquanto, Duncan endireitou o chapéu na cabeça. Ele observou a fera que bufava e arranhava o chão de tábuas, investindo contra a lateral da jaula mais uma vez. O menino meneou a cabeça, abismado e preocupado.

Ao se virar, encontrou Yresk a seu lado. O mestre-estribeiro assentiu tranquilamente na direção do feroz touro salusano, com assombro e cansaço nos olhos inchados.

— Parece que ele está ansioso para enfrentar nosso duque.

— Ainda há algo errado, senhor. Nunca vi o animal atiçado deste jeito — insistiu Duncan.

Yresk levantou suas sobrancelhas fartas e coçou a guedelha de cabelo branco.

— É mesmo? Com tantos anos de experiência que você tem? Falei para não se preocupar.

Duncan se irritou com o sarcasmo.

— Não consegue perceber, senhor?

— Ora, rato de estábulo, touros salusanos são criados para ser ferozes. O duque sabe o que está fazendo. — Yresk cruzou seus braços de espantalho, mas não se aproximou da jaula. — Além do mais, quanto mais nervoso este aí estiver, melhor ele vai lutar, e nosso duque com certeza gosta de oferecer um bom espetáculo. O povo dele adora.

Como se quisesse enfatizar o argumento de Yresk, o touro se atirou contra o campo de força, soltando um urro profundo de seu peito que mais parecia um grande motor. A cabeça chifruda e o couro tinham cortes profundos nos pontos em que ele se ferira ao tentar pisotear o que estivesse à vista.

— Acho que deveríamos escolher um touro diferente, mestre Yresk.

— Bobagem — retrucou o outro, já perdendo a paciência. — O veterinário do estábulo que trabalhava para os Atreides em pessoa realizou testes no tecido do corpo no animal, e está tudo dentro dos conformes. Você deveria estar pronto para o *paseo*, não aqui, arranjando confusão. Agora vá, antes que perca sua oportunidade.

— Estou tentando *evitar* confusão, senhor — insistiu Duncan. Ele lançava um olhar desafiador para Yresk. — Vou pessoalmente falar com o duque. Talvez ele me escute.

— Não vai fazer nada disso, seu rato de estábulo. — Deslocando-se como uma enguia, Yresk o agarrou pelo tecido escorregadio de seu traje. — Já fui paciente o bastante com você, a pedido do duque, mas não posso deixá-lo arruinar a tourada. Não vê toda aquela gente lá fora?

Duncan se debateu e gritou por socorro. Mas os outros já estavam fazendo fila no portão para o grande desfile em torno da arena. A fanfarra fez soar uma nota ensurdecedora, e a multidão deu vivas diante da expectativa.

Sem brutalidade excessiva, Yresk lançou o menino em um dos currais vazios, ligando o campo de contenção para mantê-lo ali. Duncan caiu em cima de pilhas de ração pisoteada e suja de esterco marrom-esverdeado.

— Pode ficar aqui durante o evento — disse Yresk, com um aspecto triste. — Eu sabia que deveria esperar confusão vindo de você, um simpatizante dos Harkonnen.

— Mas eu odeio os Harkonnen!

Duncan se levantou, tremendo de raiva. Suas roupas de seda estavam arruinadas. Ele se atirou contra as grades, como tinha feito o touro, mas não havia a menor chance de escapar.

Ajeitando-se para ficar apresentável outra vez, Yresk saiu caminhando na direção dos arcos para o *paseo*. O mestre-estribeiro lançou um olhar de relance por cima do ombro.

— Seu rato de estábulo, você só está aqui porque o duque gosta de você. Mas eu cuido dos estábulos dele há quase vinte anos e sei exatamente o que estou fazendo. Fique quietinho aí... Tenho um trabalho a fazer.

Na jaula ao lado de Duncan, o touro salusano fervia como uma caldeira prestes a explodir.

O duque Paulus Atreides estava no centro da arena, virando o corpo lentamente para absorver o entusiasmo enérgico da plateia; um calor residual subia das arquibancadas cheias. Ele abriu um sorriso seguro e brilhante para o público, que uivou em aprovação. Ah, como seu povo adorava ser entretido!

Paulus ativou o escudo corporal na configuração parcial. Precisava manobrar com cuidado para se manter protegido. O elemento do perigo o mantinha à flor da pele e elevava o nível de suspense para os espectadores. Ele tinha em mãos a *muleta*, um recorte de tecido colorido sobre um

Duna: Casa Atreides

bastão que ele usava para distrair o animal em suas investidas e desviar a atenção do centro de seu próprio corpo.

As longas varetas farpadas, *banderillas* com veneno nas pontas, ficavam enroladas perto do pano para Paulus lançar mão delas quando precisasse. Ele teria que se aproximar da criatura e fincá-las nos músculos do cachaço, injetando uma neurotoxina que enfraqueceria o touro salusano aos poucos até que ele pudesse dar o golpe de misericórdia.

Paulus já havia desempenhado aquele papel dezenas de vezes, geralmente em grandes feriados caladianos. Sentia extremo conforto diante das multidões e gostava de exibir sua coragem e suas habilidades. Era como o Velho Duque compensava os súditos por sua devoção. A cada tourada, parecia que suas capacidades físicas atingiam um patamar ainda mais alto enquanto ele andava na linha tênue entre viver a vida intensamente e arriscá-la ao enfrentar uma besta feroz. Ele esperava que Rhombur e Kailea apreciassem o espetáculo e se sentissem mais em casa.

Apenas uma vez, quando era mais jovem, Paulus chegara a se sentir ameaçado de verdade por um touro — um animal lento, de passos pesados, o levara a desligar seu escudo durante uma sessão de treino e transformara-se em um redemoinho de chifres e cascos. Aquelas criaturas mutantes não eram apenas violentas, mas também tinham a inteligência de dois cérebros, e o jovem duque cometera o erro de se esquecer desse aspecto — mas só uma vez. O touro o cortara com seus chifres, abrindo feridas na lateral do corpo dele. Paulus caíra na areia e teria sido chifrado até a morte se não estivesse treinando ao lado do à época jovem Thufir Hawat.

Ao ver o perigo, o guerreiro Mentat lançara ao vento todo o protocolo da arena e saltara imediatamente para atacar e despachar a criatura. Durante a batalha que se seguira, o touro feroz chegara a abrir uma longa ferida na perna de Hawat, deixando-lhe uma cicatriz sinuosa permanente. A marca passara a ser um lembrete eterno da intensa devoção do Mentat a seu duque.

Na arena, cercado por seus súditos sob os céus nublados, o duque Paulus acenou e inspirou longa e profundamente. A fanfarra sinalizava que a tourada estava para começar.

A Casa Atreides não era a família mais poderosa do Landsraad, tampouco a mais rica. Ainda assim, Caladan provia muitos recursos: os campos de arroz-pundi, a fartura de peixes nos mares, as safras de algas,

Brian Herbert e Kevin J. Anderson

as frutas e vegetais das terras cultiváveis, os instrumentos musicais feitos à mão e as esculturas em ossos dos povos aborígenes do sul. Nos anos anteriores, havia também uma demanda maior pelas tapeçarias fiadas pelas Irmãs Isoladas, um grupo religioso recluso nos planaltos do continente oriental. No geral, Caladan fornecia tudo que seu povo poderia desejar, e o duque Paulus sabia que a fortuna de sua família estava garantida. Agradava-lhe imensamente saber que um dia passaria tudo aquilo a seu filho, Leto.

O touro salusano mutante disparou em sua direção.

— Hô, hô!

O duque deu risada e sacudiu sua *muleta* multicolorida, saltitando para trás enquanto o touro passava ao largo, em um estrondo. A criatura jogava a cabeça de um lado para outro, brandindo o crânio que mais parecia uma pá espinhosa. Um chifre se moveu com lentidão suficiente para penetrar o campo de Holtzman pulsante do escudo do duque, o qual então se virou de lado só o bastante para que a protusão óssea arranhasse sua proteção externa de raspão.

Vendo o quanto o chifre havia chegado perto de seu amado líder, a plateia soltou um arquejo coletivo. O duque desviou para o lado conforme o touro passava por ele, chutando a areia fina no ar. A fera derrapou até parar. Paulus estendeu a *muleta* com uma mão, sacudindo o tecido e sacando uma de suas *banderillas* farpadas.

Ele desviou a atenção para o camarote ducal acima, tocando a testa com o gancho da ponta da *banderilla*, em uma saudação. Leto e o príncipe Rhombur se levantaram na hora, empolgados, mas Helena continuou em seu assento, com os olhos anuviados e as mãos cruzadas sobre o colo.

O animal rodopiou e se orientou de novo. Normalmente, touros salusanos ficavam tontos após errarem o alvo, mas aquele não desacelerou nem um pouco. Paulus percebeu que seu oponente monstruoso era dono de uma energia jamais vista, com olhos mais aguçados e uma fúria mais tempestuosa. Ainda assim, o duque sorriu. Derrotar aquele oponente à altura representaria seu auge, um tributo digno aos ixianos exilados sob sua salvaguarda.

O duque brincou com o touro durante mais alguns passes, dançando longe do alcance dos chifres e completando o espetáculo esperado para a plateia animada. A seu redor, o escudo parcial cintilava.

Duna: Casa Atreides

No entanto, ao reparar que o touro não havia se cansado durante quase uma hora inteira e que se mantinha concentrado em tentar matá-lo, o duque Paulus ficou preocupado o suficiente para decidir que seria melhor encerrar a tourada o quanto antes. Ele usaria o próprio escudo, um truque que aprendera com um dos maiores toureiros do Imperium.

Na investida seguinte, quando a criatura passou por ele, com os cascos martelando a areia compactada, seus chifres ricochetearam no escudo pessoal do duque, uma colisão que acabou por finalmente desorientar a fera.

O duque agarrou a *banderilla* e a mergulhou nas costas do touro como uma estaca, cravando o gancho espinhoso nos músculos grossos do cachaço. Um sangue oleoso verteu a partir do corte no couro. Paulus soltou o cabo da lança envenenada ao abrir caminho. Era esperado que a toxina na ponta serrilhada provocasse uma ação imediata, queimando os neurotransmissores no cérebro duplo da fera.

A multidão comemorou e o touro rugiu de dor, rodopiando e tropeçando, as pernas dando sinais de estarem prestes a ceder. O duque pensou que fosse por causa do veneno; todavia, para sua surpresa, o touro salusano ficou em pé mais uma vez e disparou na direção dele. Paulus se esquivou de novo, mas o touro conseguiu prender a *muleta* em seus múltiplos chifres, balançando a cabeça e rasgando o colorido tecido cerimonial, reduzindo-o a farrapos.

O duque estreitou os olhos e soltou o bastão. O desafio seria maior do que o esperado. Consternada, a plateia gritou, e ele foi incapaz de se conter, oferecendo-lhe um sorriso corajoso. *Sim, as touradas difíceis são as melhores, e o povo de Caladan vai se lembrar desta por muito, muito tempo.*

Paulus sacou sua segunda *banderilla*, cortando o ar como se estivesse com uma espada delgada de esgrima e virando-se para arrostar o touro imensamente musculoso que partia em sua direção. Não tinha mais uma capa com a qual distrair a criatura, que passara a ver o centro do corpo do duque como alvo principal. Tinha apenas uma lança curta e farpada como arma e um escudo parcial como proteção.

Ele avistou guardas dos Atreides, incluindo Thufir Hawat, em pé às margens da arena, prontos para correr em seu socorro. Mas o duque ergueu a mão, indicando que recuassem. Precisava dar conta daquilo sozinho.

Não poderia se dar ao luxo de ordenar que uma multidão de combatentes viessem a seu resgate quando as coisas ficassem um pouco mais complicadas.

O touro salusano fustigava o chão com seu trote, fuzilando o duque com os olhos multifacetados, e Paulus pensou ter visto um clarão de consciência ali. A criatura sabia exatamente quem ele era — e pretendia matá-lo. Mas o duque também tinha algo parecido em mente.

Avançando diretamente contra o toureiro, o animal foi ganhando velocidade. Paulus se perguntou por que a neurotoxina ainda não havia desacelerado o touro. Questionamentos fatais lhe ocorriam: *Como isso é possível? Eu mesmo mergulhei as* banderillas *no veneno. Mas será que era veneno mesmo?*

Cogitando um ato de sabotagem, o duque estendeu a *banderilla* para cima, as pontas farpadas reluzindo contra a luz do sol entre as nuvens. O touro se aproximou, bufando e soltando pelas narinas e pela boca uma espuma que cobria até seu focinho escuro e escamoso.

Quando poucos metros os separavam, o touro fintou para a direita. O duque Paulus golpeou rapidamente com a lança curta, mas a fera se esquivou na hora e atacou de uma direção diferente. Naquela tentativa, a ponta serrilhada ficou presa em um dos nós da pele escamosa do touro, sem a penetrar. A pequena arma foi arrancada da mão do duque e caiu na areia à medida que o touro saía em disparada.

Por um momento, Paulus se viu desarmado. Ele recuou para pegar a *banderilla* no chão. Dando as costas ao touro, esperava ouvir seus cascos freando até parar, em seguida girando e retornando — mas, enquanto o duque estava abaixado para recuperar sua arma, de repente o touro já estava ali perto, chegando em uma velocidade impossível, com os chifres apontados em sua direção.

O duque se apressou para o lado, tentando sair do caminho, mas o touro já estava em sua zona de segurança, inclinando-se sob o escudo parcial e acertando o alvo. Cravou profundamente os chifres longos e curvados nas costas do duque, quebrando as costelas e perfurando os pulmões e o coração.

O touro rugiu em triunfo. Para o horror da multidão, o monstro ergueu Paulus no ar, jogando-o de um lado para outro. Sangue respingava sobre a areia, gotas vermelhas escorrendo devagar pela superfície cônca-

Duna: Casa Atreides

va do pequeno escudo. O duque moribundo se contorcia e se debatia, empalado em uma floresta de chifres.

A plateia caiu em um silêncio mortal.

Em poucos segundos, Thufir Hawat e os guardas dos Atreides estavam na arena, com suas armaleses a retalhar o touro salusano enfurecido até que o animal não passasse de uma montanha de carne fumegante. O embalo da própria criatura fez com que pedaços de sua carcaça saíssem voando em direções diferentes. Sua cabeça degolada, mas ainda intacta, caiu com um baque no chão.

O corpo do duque deu uma pirueta no ar e tombou de costas na areia pisoteada.

No camarote ducal lá no alto, Rhombur soltou um grito, incrédulo. Kailea soluçou, aos prantos. Lady Helena deixou o queixo tombar sobre o peito e chorou.

Leto se levantou, com toda a cor da pele se esvaindo. Sua boca se abria e fechava, mas ele não conseguia encontrar palavras para expressar o completo estado de choque em que se encontrava. Queria correr até a arena, mas, pela condição mutilada do pai, concluiu que jamais o alcançaria a tempo. Não haveria últimas palavras entre suspiros e sussurros.

O duque Paulus Atreides, aquele magnífico homem do povo, estava morto.

Lamentos ensurdecedores irromperam das arquibancadas. Leto sentiu a vibração abalar o camarote ducal. Não conseguia descolar os olhos do pai, que jazia destroçado e ensanguentado sobre o solo, e sabia que aquela visão pesadelar o acompanharia pelo resto da vida.

Thufir Hawat estava ao lado do Velho Duque caído, mas mesmo um guerreiro Mentat já não tinha o que fazer por ele.

Estranhamente, a voz calma da mãe de Leto cortou a algazarra que os cercava, e o menino ouviu as palavras com clareza, afiadas como um picador de gelo.

— Leto, meu filho, agora *você* é o duque Atreides.

Princípio da vacina antimaquinal: todo aparato tecnológico contém em si os instrumentos de seu revés, bem como os de sua própria destruição.

— Gian Kana, czar de patente imperial

Não demorou para que os invasores realizassem alterações permanentes nas prósperas cidades subterrâneas. Muitos ixianos inocentes morreram e muitos outros desapareceram enquanto C'tair esperava que alguém o encontrasse e o matasse.

Em breves excursões fora de seu esconderijo protegido, C'tair descobriu que Vernii, a antiga capital de Ix, havia sido rebatizada de Hilacia pelos tleilaxu. Os usurpadores fanáticos tinham chegado até a alterar os registros imperiais para que se referissem ao nono planeta no sistema Alkaurops como Xuttuh em vez de Ix.

C'tair queria estrangular todo e qualquer tleilaxu que encontrasse, mas preferiu desenvolver um plano mais sutil.

Vestido como um trabalhador de classe baixa, C'tair falsificou formulários que apontavam que ele já havia trabalhado como supervisor de linha subalterno, um grau acima de um suboide, responsável por uma equipe de trabalho de doze homens. Tinha estudado o suficiente sobre soldagem e vedação das chapas do casco das naves para alegar que aquele havia sido seu emprego. Ninguém esperaria muito dele.

A seu redor, os Bene Tleilax estripavam sua cidade e a reconstruíam à imagem de um inferno obscuro.

Ele tinha horror às mudanças e desprezava a *audácia* tleilaxu. E, pelo que era possível notar, os Sardaukar imperiais tinham de fato prestado auxílio naquela abominação.

Por ora, C'tair nada poderia fazer a respeito; precisava esperar o momento oportuno. Estava sozinho: seu pai exilado em Kaitain e com medo de voltar, sua mãe assassinada, seu irmão gêmeo levado pela Guilda. Só ele permanecia em Ix, como um rato escondido nas paredes.

Mas até ratos podem causar um estrago significativo.

Ao longo dos meses, C'tair aprendeu a se misturar, a parecer um cidadão insignificante e temeroso. Ele desviava o olhar de todos, mantinha

Duna: Casa Atreides

as mãos sujas e usava roupas esfarrapadas e cabelo desgrenhado. Não poderia deixar que soubessem que era filho do antigo embaixador de Ix em Kaitain, que servira fielmente à Casa Vernius — e ainda a serviria, se encontrasse um modo de fazê-lo. Outrora, ele havia caminhado livremente pelo Grand Palais e até escoltara a própria filha do conde — fatos que, se fossem descobertos, seriam uma sentença de morte para ele.

Acima de tudo, ele não podia deixar que os fanáticos invasores antitecnologia descobrissem seu esconderijo protegido ou os aparelhos que guardava por lá. Seu repositório poderia muito bem ser a última esperança para o futuro de Ix.

Pelas grutas da cidade, C'tair observou placas sendo arrancadas, ruas e distritos ganhando novos nomes e os pequenos gnomos — todos homens, nenhuma mulher — ocupando imensas instalações de pesquisa para operações secretas e nefastas. As ruas, passarelas e instalações eram protegidas por guardas imperiais Sardaukar com disfarces óbvios ou então pelos próprios Dançarinos Faciais metamórficos dos invasores.

Pouco depois de garantir a vitória, os Mestres tleilaxu tinham revelado suas identidades, encorajando os rebeldes suboides a extravasar a raiva contra alvos selecionados e aprovados a dedo. Atrás da multidão, trajando o macacão simples de um trabalhador, C'tair observara os operários de pele lisa se aglomerarem ao redor da fábrica que havia produzido os novos maks de combate inteligentes.

— A Casa Vernius é responsável por tudo o que recaiu sobre si mesma! Ela queria trazer de volta as máquinas pensantes. Destruam este lugar! — gritara um agitador suboide carismático, quase certamente um Dançarino Facial infiltrado.

Enquanto os desamparados sobreviventes ixianos assistiam com horror, os suboides haviam quebrado as janelas de plás e usado bombas térmicas para incendiar a pequena fábrica. Tomados por um fervor religioso, eles uivavam e arremessavam pedras.

Sobre um pódio erguido às pressas, um Mestre tleilaxu berrava nos falantes-com e amplificadores:

— Somos seus novos mestres e vamos garantir que as capacidades de manufatura de Ix estejam completamente de acordo com os estatutos da Grande Convenção. — As chamas continuavam a crepitar, e alguns dos suboides davam vivas, entretanto a maioria nem parecia prestar atenção. — Assim que possível, devemos reparar estes estragos e retornar às operações normais neste mundo... com condições melhores para os suboides, claro.

C'tair olhara ao redor, vendo o prédio queimar e sentindo-se nauseado. O tleilaxu prosseguiu:

— Toda tecnologia ixiana deverá, de agora em diante, passar pelo escrutínio de um rigoroso comitê de análise religiosa, a fim de garantir sua adequação. Qualquer tecnologia questionável será sucateada. Ninguém pedirá que vocês coloquem suas almas em risco trabalhando em máquinas heréticas.

Mais vivas, mais cacos de plás, alguns gritos.

C'tair se dera conta, porém, de que o custo daquela conquista seria enorme para os tleilaxu, mesmo com apoio imperial. Como Ix era uma das maiores economias do Imperium, os novos governantes não ousariam permitir que as linhas de produção permanecessem ociosas. Os tleilaxu fariam todo um espetáculo ao destruir alguns dos produtos questionáveis, como os maks reativos, mas ele duvidava que os aparelhos ixianos realmente lucrativos fossem descontinuados.

Apesar das promessas, os novos mestres haviam ordenado que os suboides voltassem ao trabalho — para fazer o que tinham sido criados para fazer —, mas seguindo apenas ordens e modelos dos tleilaxu. C'tair concluiu que não demoraria para que as fábricas voltassem a abastecer o mercado, e cargas e mais cargas de solari entrariam nos cofres dos Bene Tleilax para compensar aquela aventura militar dispendiosa.

Naquele momento, porém, o sigilo e os protocolos de segurança desenvolvidos por gerações dos Vernius se voltariam contra a própria Casa. Ix sempre fora envolta em mistérios, então quem notaria a diferença? Se os clientes pagantes estivessem satisfeitos com os produtos de exportação, habitante algum do Imperium se importaria com questões de política interna ixiana. Qualquer um que fosse de fora logo esqueceria tudo que acontecera ali. Aquele episódio seria varrido para debaixo do tapete sem deixar vestígios.

Os tleilaxu deviam ter contado com isso desde o início, pensou C'tair. O mundo inteiro de Ix — ele *jamais* iria se referir ao planeta pelo nome Xuttuh, nem mesmo em pensamento — estava isolado do Imperium, como um enigma... assim como também ocorria com os planetas nativos dos Bene Tleilax havia séculos.

Duna: Casa Atreides

Os novos mestres impuseram restrições a viagens espaciais e toques de recolher com uma mortífera aplicação de força. Dançarinos Faciais expulsavam "traidores" de esconderijos semelhantes ao de C'tair e os executavam sem o menor estardalhaço. Ele não via luz no fim do túnel para aquela repressão, mas jurou nunca desistir. Aquele era seu planeta e lutaria por ele de todas as formas possíveis.

C'tair não contou a ninguém seu nome e tentava não chamar atenção — mas ouvia e absorvia cada história ou cada boato espalhados aos sussurros, arquitetando planos. Sem saber em quem confiar, presumia que todos eram informantes — fosse um Dançarino Facial ou um reles vira-casaca. Às vezes era fácil de reconhecer um delator pela objetividade de suas perguntas. "Onde você trabalha? Onde mora? O que está fazendo nesta rua?"

Mas outros não eram tão fáceis assim de detectar, como era o caso da idosa enrugada com quem *ele* havia puxado conversa. Só quisera perguntar como chegar ao local de trabalho que lhe havia sido designado. Não tinha sido ela a ir atrás dele, exceto para parecer inofensiva... meio como uma criança com uma granada no bolso.

— Que escolha de palavras interessante — dissera ela, e C'tair nem se lembrava das palavras que tinha empregado. — E sua inflexão... talvez você fosse da nobreza ixiana? — Ela lançara um olhar significativo para alguns dos edifícios estalactíticos arruinados no teto.

— N-não, fui um c-criado durante minha vida inteira, talvez eu tenha adotado sem querer alguns desses maneirismos desagradáveis deles — balbuciara ele. — Peço desculpas.

C'tair fizera uma mesura e partira às pressas, sem aguardar as instruções que havia pedido para a velha.

Sua resposta tinha sido desajeitada e talvez o tivesse incriminado, por isso ele jogara fora as roupas que estava usando e jamais dera as caras de novo naquela ruela. Depois, passara a prestar mais atenção do que antes nos próprios marcadores de identidade na voz, tentando mascará-los. Sempre que possível, evitava sequer falar com estranhos. C'tair ficava horrorizado com o fato de tantos ixianos oportunistas terem jurado lealdade a seus novos mestres, esquecendo-se da Casa Vernius em menos de um ano.

Nos primeiros dias de confusão após a tomada de Ix, C'tair reunira fragmentos de tecnologia abandonada e construíra o transmissor-receptor

Brian Herbert e Kevin J. Anderson

batizado de "Rogo". Entretanto, em pouco tempo, todos os itens tecnológicos que não fossem os mais primitivos haviam sido confiscados e criminalizados. C'tair ainda afanava o que fosse possível, revirando as sucatas atrás de tudo que pudesse ser valioso. Era um risco que ele considerava que valia muito a pena correr.

Talvez sua luta ali continuasse por anos, se não décadas.

Ele se lembrava da infância partilhada com D'murr e Davee Rogo, o inventor inválido, que fizera amizade com os meninos. Em seu laboratório particular, oculto no interior de um veio ignorado de uma mina de carvão na crosta superior, o velho Rogo ensinara muitos princípios interessantes aos jovens e mostrara alguns de seus protótipos que não haviam logrado sucesso. O inventor dava risada, seus olhos radiantes reluzindo enquanto incentivava os irmãos a desmontarem e remontarem algumas das invenções complicadas dele. C'tair aprendera muito sob a tutela daquele homem.

Então, ele se lembrou do desinteresse de seu irmão Navegador quando lhe contara da imagem oscilante avistada nos escombros. Talvez o fantasma de Davee Rogo não tivesse voltado dos mortos para dar instruções, afinal. Ele nunca vira uma aparição semelhante, nem antes, nem depois. Mas aquela experiência, fosse uma mensagem sobrenatural ou uma alucinação, permitira que C'tair realizasse um propósito muitíssimo humano: restabelecer a comunicação com seu irmão gêmeo, mantendo o laço de amor dos dois enquanto D'murr se perdia nos mistérios da Guilda.

Aprisionado em seus diversos esconderijos, C'tair precisava viver vicariamente, voando pelo universo na mente de seu irmão sempre que os dois faziam contato pelo transmissor-receptor. Ao longo dos meses, com empolgação e orgulho, ele foi descobrindo como tinham sido os primeiros voos solo de D'murr pela dobra espacial em seu treinamento de Prático com sua própria nave da Guilda. Então, poucos dias antes, D'murr havia sido aprovado para sua primeira missão comercial, guiando uma nave de transporte colonial não tripulada que dobrava o vazio muito além do alcance do Imperium.

Se continuasse seu trabalho extraordinário para a Guilda, o Navegador em treinamento que outrora fora D'murr Pilru seria promovido ao transporte de mercadorias e pessoal entre os planetas primários das

Duna: Casa Atreides

Grandes Casas, talvez pelas cobiçadas rotas de Kaitain. Ele viria a se tornar um Navegador de verdade, talvez até mesmo chegando ao patamar de Piloto...

Contudo, o aparelho de comunicação apresentava problemas persistentes. Os cristais de silício precisavam ser cortados com uma radiofresa e conectados com grande precisão; depois, funcionavam durante um período brevíssimo antes de se desintegrar sob a intensa pressão. Por mais tênues que fossem, rachaduras inutilizavam os cristais. C'tair usara o aparelho em quatro ocasiões para falar com o irmão e, após cada uso, precisara cortar e reencaixar minuciosamente novos cristais.

Ele estabelecera laços cautelosos com grupos do mercado clandestino que lhe forneciam aquilo de que precisava. Os cristais de silício contrabandeados traziam selos de aprovação sigilosamente gravados a laser pelo comitê de análise religiosa. Sempre engenhosos, os comerciantes possuíam os próprios meios de falsificar os selos e os gravavam em toda parte, frustrando os esforços de controle das forças de ocupação.

Ainda assim, C'tair contatava o furtivo vendedor o mínimo possível a fim de reduzir os próprios riscos de ser pego... mas aquilo também limitava o número de vezes que poderia conversar com seu irmão.

Atrás de uma barricada com outras pessoas inquietas e suadas que se recusavam deliberadamente a reconhecer umas às outras, C'tair olhava para o outro lado do vasto fundo da gruta, na direção dos canteiros de construção onde se assentava o esqueleto de um paquete em construção. Acima, pedaços da projeção do céu permaneciam avariados e escuros, e os tleilaxu não demonstravam a menor inclinação a repará-los.

Holofotes e alto-falantes sobre suspensores pairavam acima da multidão enquanto as pessoas reunidas aguardavam um pronunciamento e instruções. Ninguém queria perguntar nem ouvir.

Finalmente, uma voz sem gênero ribombou nos alto-falantes suspensos, ressoando nas paredes rochosas:

— Este paquete é um modelo dos Vernius que não foi aprovado e não cumpre com os padrões do comitê de análise religiosa. Os Mestres tleilaxu retornarão ao modelo anterior, e esta nave deverá ser desmontada de imediato.

Um burburinho suave de estarrecimento passou pela multidão.

— As matérias-primas serão recuperadas e novas equipes de trabalho serão estabelecidas. A construção recomeçará dentro de cinco dias.

A cabeça de C'tair rodopiava conforme os organizadores em túnicas marrons marchavam entre as multidões para formar equipes. Como filho de um embaixador, ele tivera acesso a informações que não estavam disponíveis a outros de sua idade. Sabia que os paquetes do modelo antigo tinham uma capacidade de carga significativamente menor e operavam com menos eficiência. Mas que objeção religiosa os invasores poderiam ter em relação a um aumento das margens de lucro? O que os tleilaxu tinham a ganhar com um transporte espacial menos eficiente?

Então, lembrou-se de uma história que seu pai embaixador contara tempos antes, em uma época mais arrogante em que as coisas pareciam garantidas. Cammar Pilru dissera que o velho imperador Elrood andava descontente com tanta inovação, pois aquilo afetava a receita de suas tarifas. As peças começavam a se encaixar. A Casa Corrino enviara tropas Sardaukar disfarçadas para manter um punho de ferro sobre a população ixiana, e C'tair concluiu que retornar ao modelo antigo do paquete era como os tleilaxu pretendiam compensar o imperador por seu apoio militar.

Engrenagens dentro de engrenagens dentro de engrenagens...

Ele se sentia nauseado. Se fosse verdade, era um motivo tão mesquinho para tantas vidas perdidas, para a destruição das gloriosas tradições de Ix, para a derrocada de toda uma família nobre e de um modo de vida planetário. C'tair estava furioso com todos os envolvidos — até com o conde Vernius, que deveria ter previsto aquilo e tomado precauções para não criar inimigos tão poderosos.

A convocação para o trabalho ressoou pelos sistemas de som, e C'tair foi designado a se juntar às equipes de suboides que desmontariam a nave parcialmente construída e recuperariam as partes no pátio industrial da gruta. Esforçando-se para manter uma expressão neutra enquanto manejava um laser de construção a fim de cortar os componentes, ele limpou o suor em seu cabelo escuro. Desejou ter a chance de apontar o laser em um ataque contra os tleilaxu. Outras equipes levavam embora as vigas e chapas de metal, empilhando-as para o próximo projeto de montagem.

Com todo aquele estrondo e retinir de metal ao redor, C'tair se lembrou de épocas melhores e mais ordeiras, quando ele ficava na compa-

Duna: Casa Atreides

nhia de D'murr e Kailea na plataforma de observação acima. Parecia ter acontecido tanto tempo antes. Os três tinham observado um Navegador conduzindo o último dos novos paquetes para fora da gruta. Talvez tivesse sido o último daquele modelo a ser construído na história... a não ser que C'tair pudesse ajudar a derrubar aqueles destruidores.

O processo de desmanche da magnífica nave era gradual, e os ecos e odores químicos eram horrorosos. Será que os suboides sempre tinham trabalhado sob aquelas condições? Se fosse o caso, eram de se imaginar os motivos para terem se tornado tão insatisfeitos a ponto de se rebelar. No entanto, C'tair não acreditava que a violência tivesse sido inteiramente instigada pelos próprios trabalhadores.

Tudo aquilo teria sido parte do plano do imperador? Destruir a Casa Vernius e acabar com todo o progresso? Onde e como os Bene Tleilax entravam em cena no esquema das influências, C'tair não tinha certeza. De todas as raças, eles eram o povo mais odiado da galáxia conhecida. Certamente Elrood poderia ter encontrado várias Grandes Casas que pudessem assumir as operações em Ix sem desestabilizar a economia do Imperium. O que mais o imperador padixá poderia ter em mente para aqueles fanáticos religiosos? Por que estava disposto a sujar as mãos com eles?

Com asco, C'tair observou as outras mudanças na gruta, vendo as instalações serem modificadas enquanto continuava a trabalhar no desmanche do paquete. Os novos senhores tleilaxu eram criaturinhas ocupadas, sempre andando às pressas daquele jeito misterioso, armando operações clandestinas nas maiores estruturas de Ix, trancando antigas fábricas, fechando janelas, erguendo cercas elétricas e campos minados. *Guardando seus segredinhos asquerosos.*

C'tair incumbiu a si mesmo a missão de aprender todos os segredos deles, por quaisquer meios necessários, pelo tempo que fosse necessário. Os tleilaxu tinham que cair...

A questão derradeira: por que existe a vida? A resposta: em função da própria vida.

— Autoria desconhecida, considerada de origem zen-sunita

Duas Reverendas Madres conversavam sobre uma colina descampada: uma velha e uma jovem. Atrás das nuvens, o sol minguante, Laoujin, lançava barranco abaixo as sombras compridas das túnicas pretas encapuzadas das mulheres. Ao longo dos séculos, um número incontável de outras Reverendas Madres estivera naquele mesmo lugar, sob aquele mesmo sol, discutindo assuntos sérios, relevantes à sua época.

Se as duas quisessem, poderiam revisitar as crises do passado por meio das Outras Memórias. A Reverenda Madre Anirul Sadow Tonkin realizava aquelas jornadas mentais com mais frequência do que a maioria; cada circunstância era apenas outro pequeno passo na longuíssima estrada. Desde o ano anterior, ela vinha deixando crescer o cabelo bronze-acastanhado até que as madeixas pendessem na altura de seu queixo fino.

Na base da colina, um edifício de branconcreto estava em construção. Como abelhas operárias, as trabalhadoras — cada uma com uma planta baixa inteira na própria mente — manejavam um maquinário pesado, preparando-se para erguer e encaixar os módulos do teto. Ao raro observador externo, com suas bibliotecas e escolas das Bene Gesserit, Wallach IX parecia imutável, mas na verdade a Irmandade adaptava o planeta constantemente para a sobrevivência, sempre demudando, sempre crescendo.

— O trabalho delas está lento demais. Queria que já tivessem concluído — reclamou Anirul, esfregando a testa; ultimamente, vinha sofrendo de dores de cabeça crônicas. Conforme o parto de Mohiam se aproximava, eram tremendas as responsabilidades dela enquanto Madre Kwisatz. — Você se dá conta de como faltam poucos dias para a bebê nascer?

— Assuma toda a culpa, Anirul. Foi você quem exigiu que não fosse uma instalação de parto comum — retrucou a Madre Superiora Harishka, com um tom de voz severo, ao que Anirul enrubesceu e desviou o olhar.

Duna: Casa Atreides

— Todas as Irmãs estão cientes da importância deste evento. Muitas suspeitam de que não seja apenas mais uma criança embrenhada nas tramas de nossos programas de reprodução. Algumas até andaram falando sobre o Kwisatz Haderach.

Anirul prendeu uma mecha solta de seu cabelo de bronze atrás da orelha.

— Inevitável. Todas as Irmãs sabem de nosso sonho, mas poucas suspeitam do quão perto ele está de se tornar realidade. — Ela ajeitou a túnica para se sentar na grama macia da colina. Gesticulava na direção da construção, onde os sons de carpintaria ressoavam nitidamente no ar. — Mohiam deve parir dentro de uma semana, Madre Superiora. Ainda nem temos o teto pronto.

— Elas vão terminar a tempo, Anirul. Acalme-se. Todas estão fazendo o melhor que podem para cumprir suas ordens.

Anirul reagiu como se tivesse levado um tapa, mas então disfarçou. *Será que ela me vê como uma garota destemperada e impetuosa?* Talvez tivesse sido insistente demais com suas instruções para as instalações, e às vezes a Madre Superiora olhava para ela com certo ressentimento. *Será que ela inveja que as Outras Memórias tenham escolhido a mim para conduzir um programa tão ambicioso? Será que ela se ressente de meu conhecimento?*

— Não sou tão jovem quanto sugere o tratamento que está me dispensando — disse Anirul, a despeito do que aconselhavam mais sabiamente as vozes. Pouquíssimas Bene Gesserit tinham o peso da história dentro de si como ela. Pouquíssimas sabiam de todas as maquinações, de todas as etapas do programa do Kwisatz Haderach, de todos os fracassos e sucessos ao longo dos milênios, de todos os desvios do plano em mais de noventa gerações. — Tenho o conhecimento necessário para obtermos sucesso.

A Madre Superiora fechou o cenho para ela.

— Então tenha mais fé em nossa Mohiam. Ela já entregou nove filhas à Irmandade. Confio nela para controlar o momento exato em que escolherá dar à luz e até mesmo para retardar o processo, se necessário. — Um fio de cabelo quebradiço saiu de sua contenção cuidadosa no capuz, esvoaçando sobre a bochecha da anciã. — O papel dela nisso é mais importante do que qualquer instalação de parto.

Brian Herbert e Kevin J. Anderson

Anirul desafiou o tom de voz de reprimenda dela:

— De fato. E não devemos ter outro fracasso, como o último.

Nem mesmo uma Reverenda Madre era capaz de dominar todas as facetas do desenvolvimento embrionário. Por meio de seus processos internos, ela poderia estabelecer o funcionamento do próprio metabolismo, mas não o da criança. Selecionar o sexo da bebê era um ajuste da química da *mãe*, ao escolher o óvulo e espermatozoide precisos que iriam se unir. Porém, uma vez que o zigoto começava a se desenvolver no útero, o descendente se via efetivamente, por conta própria, iniciando um processo de crescimento *independente* do da mãe.

— Consigo sentir que essa filha será indispensável, um ponto crucial — afirmou Anirul.

Um baque retumbante ressoou mais abaixo, e Anirul fez uma careta. Uma das partes do telhado havia desabado dentro do prédio, e as Irmãs trabalhadoras corriam para corrigir o erro.

A Madre Superiora proferiu um impropério.

Com esforços hercúleos, as instalações de parto foram erguidas a tempo, enquanto a Madre Kwisatz Anirul andava de um lado para outro. Trabalhadoras e roboperários terminaram os acabamentos apenas horas antes do momento previsto para o nascimento. O equipamento médico foi trazido e conectado. Luciglobos, leitos, cobertores... até mesmo uma brasa quente na lareira arcaica a queimar madeira, solicitada por Mohiam.

Enquanto Anirul e Harishka inspecionavam o trabalho, ambas ainda com cheiro de poeira e materiais de construção, pararam para observar a entrada ruidosa de uma maca motorizada que trazia Gaius Helen Mohiam, enormemente grávida. Ela estava sentada e parecia alerta, já sentindo as contrações crescentes. As Reverendas Madres e atendentes médicas de jaleco branco a escoltavam, cacarejando de emoção como galinhas.

— Essa foi por pouco, Madre Superiora. Não gosto desses pontos vulneráveis adicionais em uma tarefa que já é complexa — observou Anirul.

— Concordo — anuiu Harishka. — As Irmãs serão advertidas pela letargia. Todavia, caso seu projeto fosse menos ambicioso... — Ela deixou o pensamento pairar no ar.

Ignorando a Madre Superiora, Anirul reparou nos acabamentos e na decoração do espaço, com o forro complexo de marfim e pérolas e os enta-

Duna: Casa Atreides

lhes ornamentados de madeira. Talvez ela devesse ter pedido para as Irmãs se concentrarem mais na funcionalidade do que na extravagância...

Harishka cruzou seus braços finos sobre o peito.

— O modelo desta nova sala é semelhante ao que tínhamos antes. Será que era mesmo necessário construí-la?

— Não é, de modo algum, semelhante — rebateu Anirul. Com o rosto corando, ela limpou o tom defensivo de suas palavras. — A antiga sala de parto simplesmente não era mais funcional.

A Madre Superiora abriu um sorriso condescendente; ela compreendia a necessidade de um edifício imaculado, sem qualquer memória ou fantasma.

— Anirul, por meio de nossa Missionaria Protectora, manipulamos as superstições de povos com mentalidade retrógrada... mas nós, Irmãs, não deveríamos ser supersticiosas.

Anirul recebeu o comentário com bom humor.

— Eu lhe garanto, Madre Superiora, que tal conjectura é despropositada.

Os olhos amendoados da mulher mais velha reluziram.

— As outras Irmãs estão dizendo que você acredita que a velha sala de parto estava amaldiçoada, que foi esse o motivo das deformidades da primeira criança... e de sua morte misteriosa.

Anirul endireitou a coluna.

— Não é hora para discutirmos tais boatos, Madre Superiora.

Ela correu os olhos pelas preparações frenéticas, vendo Mohiam acomodada no leito e as Irmãs reunindo toalhas mornas de malha karthan, líquidos e lencinhos. Uma câmara incubadora piscava suas luzes nos monitores da parede. Parteiras de primeira ordem se agitavam, preparando-se para quaisquer complicações imprevistas.

Sobre a maca, Mohiam já parecia inteiramente recomposta, introspectiva e em meditação. Porém, Anirul reparou no quanto ela parecia envelhecida, como se os últimos resquícios de juventude tivessem se esvaído.

Harishka levou a mão descarnada ao antebraço de Anirul em um gesto súbito e surpreendente de intimidade.

— Todas nós temos superstições primitivas, mas devemos dominá-las. Por ora, não se preocupe com nada, exceto esta criança. A Irmandade precisa de uma filha saudável, com um futuro poderoso.

Brian Herbert e Kevin J. Anderson

As integrantes da equipe médica conferiram o equipamento e assumiram seus postos ao redor de Mohiam, reclinada na cama, respirando fundo; suas bochechas estavam vermelhas por conta do esforço. Duas parteiras a sustentavam na milenar posição de parto. A grávida começou a cantarolar para si mesma, permitindo apenas o mais leve lampejo de desconforto transparecer em sua expressão conforme ela sentia as contrações cada vez mais intensas.

Mantendo distância, porém observando com um olhar afiado, Anirul refletia sobre o que a Madre Superiora lhe dissera. Em segredo, havia consultado um mestre de Feng Shui para perguntar da antiga sala de parto. Um velho murcho com feições terrasiáticas, ele era um praticante da antiga filosofia zen-sunita que preconizava que a arquitetura, a disposição da mobília e a utilização máxima de cor e luz influenciavam no bem-estar dos habitantes de uma construção. Assentindo sabiamente, ele declarara que a velha instalação havia sido montada de modo incorreto e mostrara para Anirul o que precisava ser feito. O encontro acontecera apenas um mês antes da data esperada para o parto, e a Madre Kwisatz não perdera um segundo sequer.

Naquele momento, enquanto observava a abundância de luz que se derramava sobre o leito de Mohiam, atravessando janelas e claraboias de verdade em vez de originária dos punhados de luciglobos artificiais, Anirul confirmava a si mesma que não houvera nada de "supersticioso" em sua decisão. O Feng Shui tratava do alinhamento do ser humano com a natureza e da importância de ter uma consciência intensa dos arredores — uma filosofia que, no fim, se aproximava assaz do modo de pensar das Bene Gesserit.

Muito dependia daquele único parto. Se houvesse uma chance, até mesmo mínima, de tudo aquilo influenciar os eventos, Anirul não queria ter o menor envolvimento em sua negação. Usando o poder de seu cargo, ela exigira uma nova instalação de parto construída de acordo com as recomendações do mestre de Feng Shui. Depois, despachara o velho, deixando que as outras Irmãs acreditassem que ele era apenas um jardineiro itinerante.

Ela se aproximou do leito de Mohiam, olhando para sua paciente. A hora estava chegando. Anirul torcia para que o velho tivesse razão. Aquela filha era a última chance da Irmandade — a melhor chance.

Assim que Mohiam concentrou sua mente na tarefa, tudo aconteceu sem demora.

Duna: Casa Atreides

O choro insistente de uma bebê preencheu a câmara, e Anirul ergueu uma menina perfeita no ar para que a Madre Superiora a visse. Até as vozes das Outras Memórias comemoraram a vitória. Todas estavam radiantes, em triunfo, exultantes diante daquele tão aguardado parto. Agitada, a criança esperneava e se debatia.

As Irmãs limparam a recém-nascida e a mãe com toalhas e deram a Mohiam um longo gole de suco para restaurar seus fluidos corporais. Anirul lhe entregou a bebê. Ainda resfolegante do trabalho de parto, Mohiam apanhou a menina e olhou para ela, permitindo que um sorriso atípico de orgulho atravessasse seu rosto.

— Ela vai se chamar *Jéssica*, que significa "riqueza" — anunciou orgulhosamente, ainda arfando.

Quando as outras Irmãs se afastaram, Mohiam encarou Anirul e Harishka, que estavam a seu lado. Em um sussurro direcionado apenas para as duas, ela disse:

— Sei que esta criança é parte do programa do Kwisatz Haderach. As vozes nas Outras Memórias me contaram. Tive uma visão e sei do futuro terrível que nos aguarda caso falhemos com ela.

A Madre Kwisatz e a Madre Superiora trocaram olhares desconfortáveis. Olhando de soslaio como se esperasse que a revelação espontânea pudesse enfraquecer o poder de Anirul sobre o programa, Harishka sussurrou uma resposta:

— Você tem ordens de manter sigilo. Sua filha será a avó do Kwisatz Haderach.

— Era o que eu suspeitava. — Mohiam se recostou no travesseiro para refletir sobre a enormidade da revelação. — Falta tão pouco...

Do lado de fora, ressoavam palmas e vivas conforme a notícia do nascimento corria rapidamente pelas áreas de treinamento. As varandas acima dos enclaves da biblioteca e das câmaras de discussão transbordavam de acólitas e professoras celebrando o feliz acontecimento, embora apenas algumas soubessem o pleno significado da criança no programa de reprodução.

Gaius Helen Mohiam entregou a bebê às parteiras, recusando-se a formar qualquer vínculo parental proibido pelas Bene Gesserit. Embora mantivesse sua compostura, sentia-se exaurida, desgastada até os ossos

Brian Herbert e Kevin J. Anderson

e *velha*. Jéssica era sua décima filha para a Irmandade, e ela esperava que seus deveres gestacionais tivessem chegado ao fim. Olhou para a jovem Reverenda Madre Anirul Sadow Tonkin. Como poderia fazer melhor do que já tinha feito? Jéssica... o futuro da Irmandade.

Sou mesmo afortunada de participar deste momento, pensou Anirul enquanto olhava para a mãe exausta. Era estranho que, de todas as Irmãs que haviam trabalhado em prol daquele objetivo ao longo de milhares de anos, dentre todas que observavam avidamente nas Outras Memórias, fosse *ela* a responsável por supervisionar o nascimento de Jéssica. A própria Anirul guiaria aquela criança durante os anos de treinamento rumo à união sexual de importância crítica pela qual ela deveria passar, levando o programa de reprodução a seu penúltimo passo.

Envolvida em uma coberta, a bebê finalmente havia parado de chorar e estava deitada, em paz, abrigada no calor de seu berço.

Semicerrando os olhos para enxergar do outro lado do plás protetor, Anirul tentava imaginar como Jéssica seria quando fosse adulta. Imaginou o rosto da bebê alongando-se e afinando-se, e conseguia visualizar uma mulher alta, de grande beleza, com as feições régias de seu pai, o barão Harkonnen, lábios generosos, pele lisa. O barão jamais viria a conhecer sua filha, sequer saberia seu nome, pois aquele seria um dos segredos mais bem guardados das Bene Gesserit.

Um dia, quando Jéssica tivesse idade, receberia as ordens de ter uma filha, e a criança seria apresentada ao filho de Abulurd Harkonnen, o meio-irmão mais novo do barão. No momento, Abulurd e sua esposa tinham apenas um único filho, Rabban — porém, Anirul havia tomado providências para sugerir que o casal tivesse outros. Assim, aumentaria as chances de ele ter um filho homem que sobrevivesse até a idade adulta, além de contribuir para a seleção genética, melhorando as probabilidades de uma boa sincronização sexual.

Um vasto quebra-cabeça permanecia evidente para Anirul, cada peça representava um evento distinto no incrível programa de reprodução das Bene Gesserit. Só faltava encaixar mais algumas e o Kwisatz Haderach viria a se tornar uma realidade de carne e osso — o homem todo-poderoso capaz de atravessar o tempo e o espaço, a ferramenta definitiva a ser manejada pelas Bene Gesserit.

Duna: Casa Atreides

Anirul se perguntou, como frequentemente fazia sem ousar dizer em voz alta, se um homem assim seria capaz de fazer com que as Bene Gesserit recuperassem um fervor religioso genuíno, como o fanatismo da família Butler e sua cruzada. E se ele fizesse com que as pessoas o reverenciassem como um deus?

Imagine só uma coisa dessas, pensou ela. As Bene Gesserit — que usavam a religião apenas para manipular os outros — capturadas pelo próprio líder messiânico. Ela duvidava que aquilo pudesse acontecer.

A Reverenda Madre Anirul saiu para celebrar com suas Irmãs.

**O jeito mais seguro de guardar
um segredo é fazer as pessoas acreditarem
que elas já sabem a resposta.**

— Antigo ditado fremen

— Umma Kynes, você já realizou tantos feitos — disse Heinar, fitando com seu único olho o planetólogo sentado a seu lado sobre um promontório rochoso acima do sietch.

O naib passara a tratá-lo de igual para igual, talvez até com um grau exagerado de respeito. Kynes havia parado de se dar ao trabalho de discutir com o povo do deserto a cada vez que o chamavam de "umma", a palavra no idioma deles para "profeta".

Os dois assistiam ao pôr do sol acobreado que se derramava sobre o vasto campo de dunas do Grande Erg. Muito ao longe, uma neblina difusa pairava no horizonte, os vestígios finais de uma tempestade de areia que havia passado no dia anterior.

Ventos poderosos tinham varrido as dunas, esfregado suas superfícies, refeito os contornos da paisagem. Kynes relaxava contra a rocha áspera, bebericando uma xícara pungente de café de especiaria.

Ao ver o marido prestes a subir à superfície do lado de fora do sietch, Frieth, grávida, saíra correndo atrás enquanto eles esperavam para se despedir do sol por mais um dia. Um elaborado jogo de café de latão estava acomodado entre os dois, sobre a pedra plana; Frieth o levara junto de uma seleta dos bolos crocantes de gergelim de que Kynes tanto gostava. Quando ele se lembrou de agradecê-la pelo carinho, ela já havia desaparecido de volta nas cavernas, como uma sombra.

Após um longo momento, Kynes assentiu distraidamente diante do comentário do naib.

— Sim, já realizei tantos feitos, mas ainda tenho muito mais a realizar.

Ele pensava nos planos notavelmente complexos que seriam necessários para concretizar seu sonho de ver o renascimento de Duna, um nome planetário pouco conhecido no Imperium.

Imperium. Era raro que pensasse no velho imperador — as prioridades de Kynes e a ênfase de sua vida haviam mudado muito. Ele jamais

Duna: Casa Atreides

voltaria a ser um mero planetólogo imperial, não depois de tudo pelo que passara com aquele povo do deserto.

Heinar agarrou o pulso de seu amigo.

— Dizem que o pôr do sol é um momento para refletir e repensar as coisas, meu caro. Vamos nos concentrar no que já fizemos em vez de permitir que o abismo vazio do futuro nos oprima. Faz pouco mais de um ano que você está neste planeta, mas já conseguiu encontrar uma nova tribo, uma nova esposa. — Heinar sorriu. — E logo terá um novo filho, quem sabe um menino.

Kynes retribuiu o sorriso com melancolia. Frieth estava quase no fim da gestação. Ele ficara um tanto surpreso de a gravidez sequer ter acontecido, considerando que era tão raro ele estar em casa. Ainda não tinha certeza de como reagir àquele futuro próximo em que seria pai de primeira viagem. Nunca havia considerado aquela ideia antes.

Porém, o nascimento se encaixaria perfeitamente com o plano geral que ele tinha para aquele planeta espetacular. O filho dele poderia crescer para liderar os fremen muito tempo após o próprio Kynes não estar mais vivo, ajudando a dar continuidade a seus esforços. O plano mestre tinha sido elaborado para durar séculos.

Enquanto planetólogo, ele precisava pensar a longo prazo, algo que não era um hábito para os fremen — todavia, considerando seu passado longo e turbulento, eles já deveriam ter se acostumado com aquilo. O povo do deserto tinha uma história oral que remontava a milhares de anos, com relatos contados no sietch que descreviam as peregrinações infindáveis de planeta em planeta de seus antepassados, escravizados e perseguidos até enfim encontrarem um lar em um mundo onde ninguém mais suportaria viver.

O modo de vida fremen era conservador, mudando pouco de geração em geração, e aquele povo não estava acostumado a considerar o amplo escopo do progresso. Partindo do princípio de que o ambiente não poderia ser adaptado, continuou sendo prisioneiro do planeta, e não seu mestre.

Kynes tinha esperanças de mudar tudo aquilo. Havia mapeado seu grande plano, incluindo esboços de cronogramas para plantio e acumulação de água, marcos para cada conquista sucessiva. De hectare em hectare, Duna seria resgatado da desolação.

As equipes fremen de Kynes varriam a superfície, tirando amostras do Grande Bled, espécimes geológicos do Erg Menor e da Planície Fúnebre — porém, diversos fatores de terraformação permaneciam como variáveis desconhecidas.

As peças se encaixavam dia após dia. Quando Kynes expressara um desejo por mapas melhores da superfície do planeta, ficara estarrecido ao descobrir que os fremen já possuíam mapas topográficos detalhados e até mesmo análises climáticas.

— Por que eu não tive acesso a esse material antes? Eu era o planetólogo imperial, e os mapas que recebi da cartografia por satélite eram terrivelmente imprecisos.

O velho Heinar sorrira para ele, estreitando seu único olho.

— Pagamos um suborno considerável à Guilda Espacial para evitar que eles nos observem muito de perto. O custo é alto, mas os fremen continuam livres... e os Harkonnen continuam no escuro, bem como o restante do Imperium.

Kynes ficara espantado a princípio, depois simplesmente se dera por satisfeito por dispor de toda a informação geográfica de que precisava. De imediato, despachara comerciantes para que negociassem com os contrabandistas e obtivessem sementes geneticamente modificadas de plantas do deserto. Precisaria elaborar e construir todo um ecossistema do zero.

Nas grandes reuniões do conselho, os fremen perguntavam a seu novo "profeta" qual seria o próximo passo, quanto tempo cada etapa demoraria, quando Duna se tornaria um mundo verde e exuberante. Kynes avaliara suas estimativas e calmamente analisara os números. Com os trejeitos de um professor respondendo a uma criança que fez uma pergunta absurdamente simples, ele dera de ombros e respondera:

— Vai demorar entre trezentos e quinhentos anos. Talvez um pouco mais.

Alguns dos fremen reprimiram resmungos de angústia enquanto os restantes se atentaram estoicamente ao umma e depois prosseguiram fazendo o que ele pedia. *Entre trezentos e quinhentos anos*. Pensamento a longo prazo, para além do tempo de vida daquelas pessoas. Os fremen precisariam alterar seu modo de vida.

Duna: Casa Atreides

Ao receber uma visão de Deus, o quase assassino Uliet acabara se sacrificando por aquele homem. Daquele momento em diante, os fremen haviam se convencido por completo da inspiração divina de Kynes. Ele só precisava apontar e o fremen do sietch faria o que ele quisesse.

Qualquer outra pessoa poderia ter se aproveitado de um sentimento de poder tamanho. Mas Pardot Kynes simplesmente encarava a situação com altivez e continuava o trabalho. Ele visualizava o porvir em termos de eras e mundos, não de indivíduos ou pequenos territórios.

No presente momento, enquanto o sol desaparecia embaixo das areias em uma sinfonia metálica de cores, Kynes tomava as últimas gotas de seu café de especiaria, limpando o antebraço na barba cheia de areia. Apesar do conselho de Heinar, ele tinha dificuldades em refletir pacientemente sobre o ano que se passara... As demandas de trabalho dos séculos por vir pareciam tão mais significativas, tão mais dignas de sua atenção.

— Heinar, quantos fremen existem? — perguntou, admirando a serenidade do deserto. Ele tinha ouvido histórias de tantos outros sietch e visto fremen isolados nas cidades e aldeias dos Harkonnen... mas pareciam os fantasmas de uma espécie ameaçada. — No mundo inteiro.

— Você quer que contemos nossos números, umma Kynes? — indagou Heinar, não por descrença, mas apenas para esclarecer a ordem.

— Preciso ter uma ideia da população para realizar projeções de nossas atividades terraformativas. Devo saber exatamente quantos trabalhadores temos à disposição.

Heinar se levantou.

— Será feito. Vamos enumerar nossos sietch e contabilizar seus habitantes. Enviarei montarenadores e morcegos distrans a todas as comunidades. Em breve lhe retornaremos com um número.

— Obrigado.

Kynes apanhou sua xícara, mas, antes que pudesse pegar os pratos, Frieth já havia saído às pressas das sombras da caverna — devia estar esperando que eles terminassem — e reunido os itens do jogo de café. Sua gravidez não a desacelerava nem um pouco.

O primeiro censo dos fremen. Uma ocasião grandiosa, pensou Kynes.

Ávido, com brilho nos olhos, Stilgar apareceu nos aposentos cavernosos de Kynes na manhã seguinte.

Brian Herbert e Kevin J. Anderson

— Estamos nos preparando para sua longa jornada, umma Kynes. Rumo ao sul distante. Temos coisas importantes para lhe mostrar.

Desde que se recuperara da lesão a faca desferida pelos Harkonnen, Stilgar havia se tornado um dos seguidores mais devotos de Kynes. Parecia receber parte do status do planetólogo por ser cunhado dele. Stilgar, no entanto, não servia a si mesmo, mas ao bem maior dos fremen.

— Qual será a duração dessa jornada? E para onde iremos? — inquiriu Kynes.

O sorriso do jovem reluzia, mostrando dentes bem brancos.

— É surpresa! Você precisa ver, ou é capaz de não acreditar. Pense nisso como um presente nosso para você.

Curioso, Kynes olhou ao redor de sua alcova de trabalho. Ele levaria seus cadernos para documentar a jornada.

— Mas quanto tempo vai demorar?

— Vinte marteladores — respondeu Stilgar, na terminologia das profundezas do deserto, depois dirigiu-se ao outro por cima do ombro ao partir. — Rumo ao sul distante.

Já imensamente grávida, Frieth continuava a passar longas horas trabalhando nos teares e bancadas de reparo de trajestiladores. Naquela manhã, Kynes terminou seu café e tomou o desjejum ao lado dela, embora pouco conversassem entre si. Frieth simplesmente o observava e ele sentia que não entendia coisa alguma.

As fremen pareciam viver em um mundo à parte, em um espaço separado naquela sociedade de habitantes do deserto, sem qualquer conexão com a interação que Kynes encontrava em outros lugares do Imperium. Dizia-se, porém, que eram combatentes perigosíssimas e que, se um inimigo fosse deixado ferido à mercê daquelas mulheres ferozes, seria melhor se matar antes que elas o fizessem.

Além disso, havia o mistério ainda sem resposta das Sayyadinas, as mulheres sagradas do sietch. Até o momento, Kynes vira apenas uma delas, trajando uma longa túnica preta como a de uma Reverenda Madre das Bene Gesserit — e nenhum dos fremen parecia disposto a lhe revelar muito a respeito delas. *Mundos diferentes, mistérios diferentes.*

Kynes pensava que seria interessante, algum dia, compilar um estudo sociológico sobre como culturas diferentes reagiam e se adaptavam a ambientes extremos. Ele se perguntava o que as realidades árduas de um

Duna: Casa Atreides

planeta poderiam causar nos instintos naturais e nos papéis tradicionais dos sexos. Mas já tinha trabalho demais a fazer. Além do mais, era um planetólogo, não um sociólogo.

Ao terminar sua refeição, Kynes se inclinou para a frente e beijou a esposa fremen. Com um sorriso, ele passou a mão na barriga redonda dela sob a túnica.

— Stilgar diz que devo acompanhá-lo em uma jornada. Voltarei assim que der.

— Quanto tempo? — indagou ela, pensando no nascimento iminente do bebê. Pelo visto, obcecado pela perspectiva de longo prazo que tinha quanto ao futuro do planeta, Kynes não havia reparado na data prevista de nascimento do próprio filho e acabara se esquecendo de incluí-la entre seus planos.

— Vinte marteladores — disse ele, embora não tivesse certeza do quanto aquela distância significava ao certo.

Frieth ergueu as sobrancelhas em uma expressão comedida de surpresa, depois abaixou o olhar e começou a limpar a louça do desjejum.

— Mesmo a mais longa das viagens pode passar mais rápido quando o coração está contente. — O tom de voz dela revelava uma decepção das mais tênues. — Aguardarei seu retorno, meu marido. — Ela hesitou e, por fim, concluiu: — Escolha um bom verme.

Kynes não sabia o que ela queria dizer com aquilo.

Momentos depois, Stilgar e dezoito outros jovens fremen com traje completo para o deserto guiaram Kynes pelas passagens tortuosas que desciam e saíam pela montanha de barreira até o enorme oceano de areias ocidental. Kynes sentiu uma pontada de preocupação. Aquela vastidão árida parecia extensa e perigosa demais. Naquele momento, ele agradecia por não estar sozinho.

— Vamos atravessar o equador e além, umma Kynes, até onde temos outras terras, nossos próprios projetos secretos. Você verá.

Kynes arregalou os olhos; as histórias que ouvira sobre as regiões inóspitas do sul eram todas sinistras e terríveis. Ele fitou a distância ameaçadora enquanto Stilgar rapidamente conferia o trajestilador do planetólogo, apertando os fechos e ajustando os filtros até que tudo estivesse satisfatório.

— Mas como seguiremos viagem? — perguntou Kynes.

Ele sabia que o sietch tinha o próprio ornitóptero, apenas um plana-dor, na verdade; não era grande o suficiente para transportar tanta gente.

Stilgar olhou para ele com uma expressão de expectativa.

— Vamos *montar*, umma Kynes. — Ele assentiu na direção do jovem que, muito tempo antes, havia levado Stilgar ferido de volta ao sietch no veículo terrestre de Kynes. — Ommun vai se tornar um montarenador hoje mesmo. É um grande acontecimento entre nosso povo.

— Tenho certeza de que é mesmo — anuiu Kynes, com sua curiosida-de atiçada.

Em seus trajes manchados pelo deserto, os fremen saíram mar-chando e atravessaram a areia em fila única. Sob as túnicas, usavam tra-jestiladores e botinas *temag* nos pés. Seus olhos de um azul-índigo pare-ciam contemplar o passado distante.

Um vulto saiu correndo pela crista de uma duna, vários metros à frente do restante do grupo. Levava consigo uma longa estaca escura, que cravou na areia, mexendo nos controles até Kynes ouvir o *tum* rever-berante de seu martelar repetitivo.

O planetólogo já tinha visto aquela coisa durante a fracassada caça a um verme conduzida por Glossu Rabban.

— Ele está tentando fazer um verme aparecer?

— Se Deus quiser — confirmou Stilgar, assentindo.

Ajoelhando-se nas areias, Ommun sacou um pacote de ferramentas embrulhadas em tecido, selecionou algumas e as dispôs organizadas a sua frente. Longos ganchos de ferro, aguilhões pontiagudos e rolos de cordas.

— O que ele está fazendo agora? — perguntou Kynes.

O martelador batia de forma ritmada na areia. O grupo fremen es-perava com seus fardos e suprimentos.

— Venha. Devemos nos preparar para a chegada de Shai-Hulud — disse Stilgar, cutucando o planetólogo para que o seguisse enquanto as-sumiam posição em meio às dunas banhadas de sol e os fremen sussurra-vam entre si.

Logo Kynes detectou algo que vivenciara apenas uma vez: o ines-quecível som, entre um sibilar e um rugido crescente, proveniente da ava-lanche de areia que indicava a aproximação de um verme, inexoravelmen-te atraído pelo latejar do martelador.

Duna: Casa Atreides

No topo da duna, Ommun se agachou, agarrando seus aguilhões e ganchos. Longos laços de corda pendiam de sua cintura. Ele se mantinha perfeitamente imóvel. Seus irmãos fremen aguardavam sobre a crista de uma duna próxima.

— Ali! Está vendo? — apontou Stilgar, mal conseguindo conter a emoção. Ele indicava o sul, onde a areia ondulava como se um navio de guerra subterrâneo avançasse direto na direção do martelador.

Kynes não sabia o que estava acontecendo. Será que Ommun tinha intenções de enfrentar a grande fera? Seria algum tipo de cerimônia ou sacrifício antes da longa jornada deles pelo deserto?

— Prepare-se — avisou Stilgar, agarrando o braço de Kynes. — Vamos ajudar você de todo modo que pudermos.

Antes que o planetólogo pudesse fazer outra pergunta, um vórtice estrondoso de areia se formou ao redor do martelador. Alerta e preparado para o combate, Ommun se afastou, abaixando-se, pronto para saltar.

E então a boca enorme de um verme da areia surgiu das profundezas e engoliu o martelador. Os anéis amplos das costas da besta emergiram do fundo do deserto.

Ommun se apressou, correndo a toda velocidade para acompanhar o ritmo da criatura, mas acabou se atrasando por causa da areia solta. E então ele saltou sobre as costas arqueadas da criatura, usando o gancho e as garras para se içar sobre um dos segmentos do verme.

Kynes ficou admirado, incapaz de organizar seus pensamentos ou compreender o que aquele jovem ousado estava fazendo. *Isso não pode estar acontecendo. Não é possível*, pensou ele.

Ommun cravou um dos ganchos côncavos no vão entre os segmentos do verme e puxou com força, separando os anéis bem protegidos e expondo a carne rosada subcutânea.

O verme se virou para manter seu segmento exposto longe das areias abrasivas. Ommun se ajeitou e plantou mais um gancho, abrindo bem um segundo segmento para que o verme fosse obrigado a subir ainda mais, emergindo de seu mundo secreto no subterrâneo. No ponto mais alto sobre as costas do verme, atrás de sua cabeça imensa, o jovem fremen plantou uma estaca e soltou suas longas cordas, de modo que elas caíssem pelas laterais da criatura. Ele ficou em pé sobre o verme, altivo e orgulhoso, e chamou os outros com um gesto.

Dando vivas, os fremen correram adiante. Kynes tentava acompanhá-los, aos tropeços. Três jovens escalaram as cordas, adicionando mais do que eles chamavam de "ganchos de criador" para manter o verme acima das dunas. O verme gigantesco começou a avançar, mas de um jeito confuso, como se não compreendesse por que aquelas figuras incômodas o fustigavam.

Conforme mantinham o ritmo, os fremen arremessavam suprimentos para o alto; fardos foram atados às costas do verme com outras cordas. Os primeiros montadores armaram uma pequena estrutura o mais rápido possível. Estimulado por Stilgar, Kynes corria, estarrecido, ao lado do verme gigantesco. O planetólogo sentia o calor por fricção emanando das entranhas e tentou imaginar os assombrosos incêndios químicos que constituíam a fornalha nas profundezas do próprio verme.

— Pronto, umma Kynes! — berrou Stilgar, ajudando-o a colocar os pés nos nós das cordas.

Desajeitadamente, Kynes escalou, encontrando apoio para suas botas do deserto na couraça grosseira do verme. Ele escalou e escalou. A energia fervilhante de Shai-Hulud o fez perder o fôlego, mas Stilgar o ajudou a assomar ao topo, onde os outros montadores fremen estavam reunidos.

Eles haviam montado um palanquim para Kynes, com uma plataforma improvisada e um assento. Os outros continuavam em pé, segurando suas cordas como se o verme enorme fosse um garanhão escoiceando. Com gratidão, Kynes assumiu o lugar que lhe havia sido oferecido e se segurou nos apoios de braço. A sensação que ele tinha lá em cima era desconcertante, como se não pertencesse e pudesse facilmente tombar e morrer esmagado. As manobras ondulantes do verme faziam seu estômago se revirar.

— Normalmente estes assentos são reservados às Sayyadinas — explicou Stilgar. — Mas sabemos que você não tem o treinamento para montar Shai-Hulud, e por isso este será um lugar de honra para nosso profeta. Não há nenhuma vergonha nisso.

Kynes assentiu distraidamente e olhou à frente. Os outros fremen parabenizaram Ommun, que havia completado com sucesso aquele importante rito de passagem. Ele se tornara um montarenador de respeito, um verdadeiro homem do sietch.

Duna: Casa Atreides

Ommun puxou as cordas e ganchos, conduzindo o verme.

— Haiiiii-Yoh!

A imensa e sinuosa criatura avançou pelas areias, rumo ao sul.

Kynes passou aquele dia inteiro montado, com o vento seco e poeirento soprando em seu rosto e a luz do sol refletindo nas areias. Era impossível estimar a velocidade com a qual o verme disparava, mas sabia mas ele sabia que devia ser impressionante.

Enquanto as brisas quentes açoitavam ao redor, ele era capaz de sentir as lufadas de oxigênio e os odores de pedra queimada pela passagem do verme. Na ausência de uma vegetação rasteira em Duna, o planetólogo concluiu que os próprios vermes deviam ser os responsáveis por gerar a maior parte do oxigênio atmosférico.

Segurar-se no palanquim era tudo o que Kynes podia fazer. Não tinha como acessar suas anotações e registros na mochila às costas. E que relatório magnífico aquilo renderia — embora ele soubesse, em seu coração, que jamais poderia entregar uma informação daquelas ao imperador. Ninguém além dos fremen conhecia aquele segredo, e assim deveria continuar. *Estamos mesmo montando um verme!* Ele passara a ter outras obrigações, novas alianças imensamente mais importantes.

Séculos antes, o Imperium havia instalado estações de testes biológicos em pontos estratégicos da superfície de Duna, mas as estruturas já se encontravam em péssimo estado de conservação. Nos meses anteriores, Kynes se dedicara a reabri-las usando as poucas tropas imperiais designadas ao planeta só para manter as aparências; a maior parte das estações, no entanto, era operada por suas próprias equipes fremen. Ele ficara admirado com a capacidade de seus irmãos de sietch de se infiltrar no sistema, de encontrar as coisas por conta própria e de manejar a tecnologia. Era um povo maravilhosamente adaptável — e adaptar-se era o único modo de sobreviver em um lugar como Duna.

Sob a direção de Kynes, os trabalhadores fremen removiam os equipamentos das estações biológicas isoladas, levavam os itens necessários aos sietch e preenchiam a papelada para registrá-los como perdidos ou danificados; sem saber de nada, o Imperium enviava novos instrumentos para que os monitores das estações pudessem continuar o trabalho...

Após horas de viagem em alta velocidade pela Grande Chã, o enorme verme desacelerou, exibindo óbvios sinais de fadiga, e Ommun demonstrou dificuldades em exercer seu controle. A criatura dava sinais de querer se enterrar, cada vez mais disposta a arriscar o contato da areia com o tecido sensível exposto.

Por fim, Ommun conduziu a monstruosidade até ela parar, exaurida. A tropa de homens do deserto desceu enquanto Kynes foi escorregando pelos segmentos grosseiros do verme até cair no solo. Ommun arremessou os fardos que restavam e saiu por último, deixando que a criatura — cansada demais para dar meia-volta e atacá-los — ondulasse de volta para as profundezas das areias. Os fremen removeram os ganchos para que seu Shai-Hulud pudesse se recuperar.

Os homens correram até uma linha de rocha onde havia cavernas e abrigo, incluindo — para a surpresa de Kynes — um pequeno sietch que lhes deu as boas-vindas para uma noite de comida e conversas. As notícias do sonho do planetólogo haviam se espalhado por todos os cantos secretos de Duna, e o líder daquele sietch disse que era uma grande honra receber umma Kynes.

No dia seguinte, o grupo partiu em outro verme da areia, e depois mais um. Kynes logo adquiriu uma compreensão mais completa do que Stilgar quisera dizer com sua avaliação de uma jornada de "vinte marteladores".

O vento estava fresco; a areia, radiante. Os fremen sentiam um prazer imenso em sua grande aventura. Kynes estava sentado no palanquim como se fosse o próprio imperador, admirando a paisagem do deserto. Para ele, as dunas eram infinitamente fascinantes e, ao mesmo tempo, estranhamente parecidas, apesar da variação de latitude.

Perto do sietch de Heinar, um mês antes, Kynes havia pilotado sozinho seu pequeno ornitóptero imperial, explorando a região sem rumo. Uma tempestade reduzida o fizera se desviar do caminho, mas ele mantivera o controle, mesmo contra os vendavais, e então ficara admirado ao olhar para baixo e ver um ponto em meio ao espaço aberto das areias, onde a tempestade havia descoberto uma bacia geográfica branca e plana — uma caldeira de sal.

Kynes já chegara a ver algo como aquilo, mas nunca ali em Duna. A formação geológica tinha uma configuração ovaloide e era espelhada e

Duna: Casa Atreides

branca, marcando os limites do que já tinha sido um mar aberto milhares de anos antes. De acordo com suas estimativas, a caldeira tinha trezentos quilômetros de comprimento. Ele ficara emocionado de imaginar que aquela bacia poderia ter sido um vasto oceano continental no passado.

Depois de pousar o tóptero, o planetólogo descera usando seu trajestilador, abaixando-se bem e semicerrando os olhos contra a poeira revolta. Ajoelhando-se, ele mergulhara os dedos na superfície branca e fina e os levara à boca para confirmar suas suspeitas. *Sais amargos.* Não restavam dúvidas de que tinham existido, *sim*, reservatórios de água a céu aberto naquele planeta. No entanto, por algum motivo, todos haviam desaparecido.

Conforme uma sucessão de vermes da areia levava os fremen viajantes até o outro lado do equador, rumo ao sul profundo do planeta inóspito, Kynes viu muito mais que o lembrou de sua descoberta, como depressões resplandecentes que poderiam ser resquícios de antigos lagos e outros corpos de água. Mencionou aquilo a seus guias fremen, mas eles só conseguiram oferecer explicações baseadas em mitos e lendas que não faziam sentido científico. Os colegas de viagem pareciam mais concentrados no destino.

Por fim, após dias longos e desgastantes, deixaram o último verme para trás. Os fremen seguiram pelas paisagens rochosas até as regiões do sul profundo de Duna, perto do círculo antártico, aonde o grande Shai-Hulud se recusava a ir. Embora alguns comerciantes de água tivessem explorado as calotas polares do norte, as latitudes inferiores permaneciam essencialmente desabitadas; era um lugar a ser evitado, envolto em mistérios. Ninguém chegara ali — exceto aqueles fremen.

Cada vez mais empolgada, a tropa andou durante um dia inteiro sobre o terreno cascalhoso, até Kynes enfim avistar aquilo que eles queriam tanto lhe mostrar. Ali, os fremen haviam criado e preservado um vasto tesouro.

Perto da minúscula calota de gelo polar, em uma região supostamente fria e inóspita demais para ser habitada, havia um acampamento secreto montado por fremen de diversos sietch. Seguindo o percurso de um leito seco, eles adentraram um cânion acidentado. O solo era composto de pedras arredondadas pela água corrente de eras passadas. O ar era gelado, porém mais quente do que ele jamais esperaria encontrar tão a fundo no círculo antártico.

De um penhasco acima, onde o gelo e os ventos frios do topo cediam lugar ao ar mais morno das profundezas, chegava até mesmo a pingar água de rachaduras na rocha — correndo sazonalmente pelo comprimento do leito que eles haviam seguido para chegar ali. Sábias, as equipes fremen haviam instalado lupas e espelhos solares nas paredes de rocha para aquecer o ar e derreter o gelo no chão. E ali, sobre o solo rochoso, cuidavam de plantas.

Kynes estava sem palavras. Era uma visão de seu sonho diante de seus próprios olhos!

Ele se perguntou se aquela água se originava das fontes termais, porém, ao tocá-la, descobriu que era gelada e, ao prová-la, que não era sulfurosa, mas refrescante — de longe, a melhor água que ele já tinha tomado desde que chegara em Duna. Água pura, não reciclada mil vezes por filtros e trajestiladores.

— Eis nosso segredo, umma Kynes — anunciou Stilgar. — E tudo isso fizemos em menos de um ano.

Em trechos úmidos do solo do leito, cresciam tufos de gramíneas resilientes, girassóis do deserto brilhantes e até mesmo vinhas rastejantes de uma cabaça resistente. O que mais impressionou Kynes foi ver fileiras de jovens tamareiras atrofiadas agarrando-se à vida e tragando a umidade que entrava pelas fendas na rocha porosa e subia de um lençol freático sob o solo do cânion.

— Palmeiras! — exclamou ele. — Vocês já começaram.

— Sim, umma. — Stilgar assentiu. — Podemos ter um vislumbre do futuro de Duna aqui. Como você nos prometeu, *é possível*. Os fremen do mundo inteiro já começaram a realizar suas tarefas de disseminar as gramíneas a sota-vento das dunas para ancorá-las.

Kynes estava radiante. Então eles de fato lhe davam ouvidos! Aquelas gramíneas dispersas iriam disseminar suas redes de raízes, retendo água e estabilizando as dunas. Com o equipamento roubado das estações de testes biológicos, os fremen poderiam continuar o trabalho, cortando bacias coletoras, erguendo destilarias eólicas e encontrando outros métodos de reter cada gotícula de água trazida pelos ventos...

O grupo se manteve abrigado no cânion durante vários dias e Kynes se sentiu estonteado com o que viu lá. Enquanto acampavam, dormiam e caminhavam em meio aos palmares, os fremen de outros sietch chega-

Duna: Casa Atreides

vam em grupos intervalados. O lugar aparentava ser um novo ponto de encontro para o povo oculto. Emissários apareciam para admirar, deslumbrados, as palmeiras e plantas que cresciam a céu aberto, bem como as vagas manchas de umidade que vazavam das rochas.

Certa tarde, um montarenador solitário chegou a passos pesados trazendo seu equipamento e procurando umma Kynes. Ofegante, o recém-chegado abaixou a cabeça, como se não quisesse que seu olhar cruzasse com o do planetólogo.

— Seguindo suas ordens, nossa contagem foi concluída. Recebemos respostas de todos os sietch e agora sabemos quantos fremen existem — anunciou ele.

— Que bom — disse Kynes, com um sorriso. — Preciso de um número aproximado para começar o planejamento de nossos trabalhos.

E então ficou esperando, com grande expectativa.

O jovem olhou para cima e o encarou diretamente com seus olhos de azul sobre azul.

— Temos registro de mais de quinhentos sietch.

Kynes arquejou, surpreso. Muito mais do que ele esperava!

— E o número de fremen em Duna é de aproximadamente dez milhões — concluiu o viajante. — O senhor gostaria que eu compilasse os números exatos, umma Kynes?

O planetólogo deu um passo cambaleante para trás, boquiaberto. Incrível! As estimativas imperiais e os relatórios dos Harkonnen sugeriam meras centenas de milhares, no máximo um milhão.

— Dez milhões! — repetiu ele, abraçando o embasbacado jovem mensageiro.

Tantos voluntários. *Com um exército de trabalhadores desse tamanho, podemos de fato reconstruir o planeta inteiro!*

Radiante, o emissário deu um passo para trás, curvando-se diante da honra que o planetólogo lhe demonstrava.

— E tenho mais notícias, umma Kynes. Fui instruído a lhe dizer que sua esposa Frieth deu à luz um menino forte que, sem dúvida, será o orgulho de seu sietch um dia.

Kynes ofegou e não soube o que dizer. Ele era pai! Ao olhar para Ommun, Stilgar e os outros membros de sua equipe de exploração, viu todos erguerem as mãos e gritarem seus parabéns. Até o momento, não

Brian Herbert e Kevin J. Anderson

tinha compreendido completamente, mas Kynes sentiu uma onda de orgulho varrer sua sensação de surpresa.

Considerando a própria bênção, o planetólogo admirou as palmeiras, as gramíneas e as flores que cresciam, depois a fatia estreita do céu azul emoldurado pelas paredes do cânion. Frieth dera à luz um filho!

— E agora os fremen totalizam dez milhões *e um* — disse ele.

O ódio é tão perigoso quanto o amor. A capacidade para qualquer uma dessas emoções também representa a capacidade para seu oposto.

— Instruções cautelares para a Irmandade, arquivos das Bene Gesserit em Wallach IX

O brilho fraco dos dois sóis do sistema binário Kuentsing atravessava os céus nublados de Bela Tegeuse. O mais próximo, vermelho-sangue, lançava uma luz arroxeada no céu da tarde, enquanto o sol primário, branco-gelo, distante demais para emanar muita luz ou calor, pairava como um buraco iluminado nos céus crepusculares. Um planeta de aspecto desagradável e superfície acidentada, Bela Tegeuse não fazia parte de nenhuma das principais rotas transespaciais da Guilda e não era comum que os paquetes parassem por lá.

Naquele lugar medonho, a lady supervisionava seus jardins na superfície e tentava se lembrar de que aquele era apenas um lar temporário. Mesmo passado mais de meio ano, ela ainda se sentia uma estranha por lá.

Fitava a escuridão gelada e os campos de cultivo agrícola, assistindo aos lavradores locais que havia contratado. Usando um nome falso, ela mobilizara parte de seus recursos remanescentes para adquirir uma pequena propriedade, com a esperança de morar naquele planeta... e simplesmente sobreviver até poder reencontrar os outros. Desde sua fuga desesperada, não os vira nem recebera notícias. Também nunca mais abaixara a guarda desde então, nem por um instante. Elrood ainda estava vivo e os caçadores continuavam à solta.

Lucidiscos planos lançavam todo o espectro da luz visível sobre os campos, cuidando das fileiras de frutas e vegetais exóticos que seriam vendidos a preços elevados aos funcionários públicos mais abastados.

Além das margens dos campos, a vegetação nativa de Bela Tegeuse era espinhosa e resiliente, nada receptiva. A luz natural de Kuentsing era fraca demais para prover a fotossíntese necessária para as plantas delicadas da lavoura da lady.

Ela sentia o frio cortante contra seu rosto. Sua pele sensível, outrora acariciada por um imperador, rachara e asperizara por conta das intempéries. Mas jurara ser forte, adaptar-se e resistir. E teria sido muito mais fácil resistir se ela ao menos pudesse avisar seus entes queridos de que estava viva e em segurança. Morria de vontade de revê-los, mas não ousaria tentar o contato; era um risco muito grande para si mesma e para aqueles que tinham fugido com ela.

O maquinário de colheita seguia ruidosamente pelas fileiras bem organizadas das lavouras, colhendo o que estivesse maduro. Os lucidiscos brilhantes lançavam sombras alongadas, como se fossem criaturas furtivas rondando as plantações. Alguns dos lavradores de aparência desleixada cantarolavam em coro enquanto moviam safras que eram frágeis demais para a colheita mecânica. Cestas suspensoras prontas para o mercado aguardavam na estação de coleta.

Somente alguns dos funcionários domésticos mais leais da lady haviam recebido permissão para acompanhá-la em sua nova vida. Ela não queria deixar qualquer ponta solta, ninguém que pudesse denunciá-la aos espiões imperiais — tampouco desejava expor seus fiéis companheiros ao perigo.

Apenas com extremo cuidado ousava falar com as poucas pessoas conhecidas que moravam perto dela em Bela Tegeuse. No máximo, arriscava meia dúzia de conversas furtivas, olhares e sorrisos rápidos. Poderia haver olhos-com e agentes infiltrados em qualquer lugar.

Com um rastro minuciosamente forjado de documentos de identidade, a lady havia se tornado uma mulher respeitável de nome Lizett, uma viúva cujo marido fictício — um comerciante local e funcionário de baixo escalão da CHOAM — deixara-lhe recursos financeiros suficientes para administrar aquela modesta propriedade.

Sua existência havia se transformado por completo: não havia mais regalias de atividades da corte, música, banquetes, recepções, funções a cumprir com o Landsraad... nem mesmo as tediosas reuniões do Conselho. Ela simplesmente vivia um dia após o outro, lembrando-se dos velhos tempos e sentindo saudade enquanto aceitava a realidade de que aquela nova vida seria o máximo que ela poderia um dia obter.

O pior de tudo: talvez nunca mais fosse rever aqueles que amava.

Como um general inspecionando suas tropas, a lady caminhava pelas fileiras das lavouras, avaliando frutos vermelhos e espinhosos que

Duna: Casa Atreides

pendiam de parreiras suspensas. Trabalhara arduamente para decorar os nomes das plantações exóticas que cultivava. Era importante manter uma fachada convincente, ser capaz de jogar conversa fora com qualquer um e não levantar suspeitas.

Sempre que aparecia do lado de fora do casarão, usava um lindo colar de produção ixiana, um hologerador disfarçado. O aparelho cobria o rosto dela com um campo que distorcia suas belas feições, suavizava os ossos da face, alargava o queixo delicado e alterava a cor dos olhos. Daquela forma, ela se sentia segura... o bastante.

Com uma pausa a fim de olhar para cima, viu o que parecia uma chuva cintilante de estrelas cadentes perto do horizonte. Do outro lado da paisagem obscura, fulgiam as luzes dos ranchos e o brilho de uma aldeia distante. Mas aquilo era outra coisa. Luzes artificiais... Transportes ou naves auxiliares?

Bela Tegeuse não era um mundo populoso. Suas fortunas e recursos eram escassos e sua principal participação na história guardava algo de sinistro e sangrento: muito tempo antes, o planeta tinha sido sede de colônias de escravizados, aldeias resistentes, mas sofridas, de onde pessoas escravizadas eram colhidas e em seguida plantadas em outros mundos. Ela mesma se sentia como uma prisioneira... mas, pelo menos, estava viva e sabia que sua família estava em segurança.

— Não importa o que aconteça, nunca abaixe a guarda, meu amor. Nunca — aconselhara seu marido ao se separarem.

Por isso, naquele constante estado de alerta, a lady reparou nos holofotes de três ornitópteros conforme se aproximavam de um espaçoporto distante. As naves pairavam baixo na paisagem plana e ressecada. Haviam ligado os faróis de busca noturna na potência máxima, embora estivesse tão claro quanto possível no auge de uma dupla tarde em Bela Tegeuse.

Ela sentiu dedos gélidos imaginários envolverem seu coração, mas ainda assim manteve a postura resoluta e se embrulhou na capa azul-escura que estava usando. Teria preferido vestir as cores da Casa à qual pertencia, mas não ousava mais nem mesmo guardar aqueles itens em seu guarda-roupa.

Uma voz chamou da casa principal:

— Madame Lizett! Tem alguém vindo, e eles se recusam a responder a nossas saudações!

Brian Herbert e Kevin J. Anderson

Ao se virar, deparou-se com a figura de ombros estreitos de Omer, um de seus principais assistentes dos velhos tempos, que a acompanhara até ali sem saber o que mais fazer. Nenhuma outra atividade seria tão importante ou satisfatória, Omer lhe garantira, e ela era grata pela devoção do criado.

A lady considerou fugir dos tópteros que se aproximavam, mas descartou a ideia. Se aqueles intrusos se provassem quem ela temia que fossem, não haveria a menor chance de fuga. Por outro lado, se sua intuição estivesse enganada, não haveria necessidade de correr.

A esquadrilha de ornitópteros chegou voando, as asas batendo e os motores roncando. Aterrissaram de modo bruto e indiscriminado sobre as lavouras dela, desalinhando os lucidiscos de pleno espectro e esmagando a colheita.

Quando as portas das três aeronaves se abriram e as tropas emergiram, ela soube que estava condenada.

Em uma visão que parecia saída de um sonho, ela se lembrou de tempos mais felizes, da chegada de tropas muito diferentes em seus dias de juventude na Corte Imperial, quando a euforia de ser uma cortesã real começava a perder o brilho. O imperador lhe dedicara bastante atenção por um tempo, mas o interesse fora minguando e ele passara a se concentrar em outras concubinas. Era o esperado. Ela não se sentira desprezada, já que Elrood continuara a mantê-la.

Mas então, certo dia, após a repressão da revolta em Ecaz, ela assistira a um desfile de vitória de combatentes imperiais marchando pelas ruas de Kaitain. As bandeirolas eram tão brilhantes que doía na vista, as fardas tão limpas e perfeitas, os homens tão corajosos. À frente da coluna, ela flagrara o primeiro vislumbre de seu futuro marido, um guerreiro orgulhoso com ombros largos e um largo sorriso. Mesmo de longe, a mera presença dele já a havia deslumbrado, e ela sentira suas paixões despertarem, vendo-o como o maior dentre todos os soldados que retornavam...

No entanto, aqueles soldados que chegavam em Bela Tegeuse eram diferentes — muito mais assustadores, vestindo as fardas cinza e pretas dos Sardaukar.

Um comandante burseg avançou, ostentando a insígnia de seu posto hierárquico. Erguendo a mão em um gesto autoritário, ele sinalizou para que os homens assumissem suas posições.

Duna: Casa Atreides

Mantendo sua farsa, com apenas uma nesga de esperança, mas de queixo erguido, a lady seguiu em frente para encontrá-lo.

— Sou a madame Lizett, a dona desta propriedade. — Sua voz saiu ríspida e ela fechou a cara ao ver a lavoura destruída. — Por acaso, os senhores ou aqueles que os empregam tencionam reparar todo este estrago causado pelo descuido de sua chegada?

— Cale essa sua boca! — explodiu um dos soldados, apanhando sua armalês.

Idiota. Eu poderia estar com um escudo, pensou a lady. Se fosse o caso e ele disparasse, toda aquela região de Bela Tegeuse seria obliterada na explosão pseudoatômica resultante.

O comandante burseg ergueu a mão para silenciar o soldado, e ela compreendeu a armação que haviam planejado: um soldado impetuoso e descontrolado para intimidá-la e um líder militar firme revelando-se como a voz da razão. Um soldado bonzinho, um soldado malvado.

— Estamos aqui sob ordens imperiais — anunciou o burseg. — Investigamos o paradeiro dos traidores sobreviventes de uma Casa renegada. Por meio do direito de aquisição, exigimos que coopere.

— Não tenho familiaridade com legalidades — disse a lady. — Mas não sei nada de renegados. Sou apenas uma viúva tentando tocar minha modesta fazenda. Permitam que meus advogados entrem em contato. Ficarei feliz em cooperar de toda forma a meu alcance, mas receio que será uma decepção para os senhores.

— Não será decepção alguma — rosnou o soldado impetuoso.

Ao redor deles, os lavradores interromperam o serviço, paralisados. O burseg deu um passo à frente e parou diante da lady, que sequer vacilou. Ele analisou o rosto dela, franzindo a testa. Ela sabia que sua aparência holomascarada não batia com o que aquele homem esperava ver; então, encarou-o também.

Antes que ela compreendesse as intenções do homem, ele agarrou o colar ixiano e o arrancou. A lady nada sentiu, mas soube na hora que seu disfarce havia se dissolvido.

— Melhor assim. Não sabe nada de renegados, é mesmo? — provocou o burseg.

Ele deu uma risada de escárnio e a lady o fuzilou com o olhar. Tropas Sardaukar continuaram fazendo fila ao saírem dos três tópteros, assumindo posição ao redor da mulher. Alguns invadiram o casarão enquanto outros vasculhavam o celeiro, o silo solar e outras construções externas. Será que esperavam que ela tivesse à disposição uma grande força militar? Em comparação com o estilo de vida com o qual estava acostumada, parecia-lhe que ela mal tinha dinheiro para roupas novas e comida quente.

Outro Sardaukar com uma expressão funesta agarrou o braço da lady, que tentou se soltar, mas ele arregaçou a manga da capa dela e, em um átimo, raspou-a com uma pequena cureta. Ela arquejou, pensando que o soldado a tivesse envenenado, mas o Sardaukar apenas deu um passo para trás e analisou a amostra de sangue roubada.

— Identidade confirmada, senhor — disse ele, olhando para seu comandante burseg. — Lady Shando Vernius, de Ix.

As tropas recuaram, mas Shando nem se mexeu. Sabia o que estava por vir.

Durante mais de um ano, o velho imperador andava cada vez mais irracional, com a mente em ruínas e o corpo trêmulo. Elrood sofria de mais delírios do que o normal, sentindo mais ódio do que um único corpo deveria ser capaz de conter. Entretanto, continuava sendo o imperador e seus decretos deviam ser seguidos à risca.

Para ela, a única dúvida que restava era se iriam torturá-la primeiro, tentando obter informações que não possuía a respeito do paradeiro de Dominic... ou se simplesmente concluiriam o serviço de uma vez.

Por uma porta lateral do casarão, Omer saiu correndo, aos berros. Seu cabelo escuro estava desgrenhado e ele brandia uma arma grosseira de caça encontrada em um dos armários. *Que tolo*, pensou ela. *Corajoso, querido e leal... mas ainda assim um tolo.*

— Milady! Deixem-na em paz! — gritou Omer.

Alguns dos Sardaukar miraram nele e nos lavradores hirsutos na plantação, mas a maioria mantinha a mira em Shando. Ela olhou para o céu e pensou naqueles que mais amava, em seu marido e seus filhos, e desejou apenas que não sofressem aquele mesmo fim. Ela precisava admitir que, se tivesse escolha, até em um momento como aquele, faria tudo de novo. Não se arrependia da perda de prestígio e riqueza que sua fuga da corte real lhe custara. Shando conhecera o amor que poucos nobres haviam vivenciado.

Duna: Casa Atreides

Pobre Roody. Você jamais entendeu esse tipo de amor, pensou ela, com uma pontada de pena. Como sempre, Dominic tinha razão. Em sua mente, ela via mais uma vez o conde Vernius, com a mesma aparência de quando o vira pela primeira vez: um belo e jovem soldado, voltando vitorioso da batalha.

Shando ergueu a mão para tocar a visão do rosto de Dominic uma última vez...

E então todos os Sardaukar abriram fogo.

**Tenho de governar com mão forte e olhar
vigilante, como o gavião entre as aves menores.**

— Duque Paulus Atreides, a asserção dos Atreides

Duque Leto Atreides.

Governante do planeta Caladan, membro do Landsraad, líder de uma Grande Casa... Aqueles títulos não significavam nada para ele. Seu pai estava morto.

Leto se sentia pequeno. Derrotado e confuso, não estava preparado para o fardo que lhe haviam incumbido tão cruelmente aos 15 anos. Sentado na cadeira exageradamente grande e desconfortável na qual a figura tempestuosa do Velho Duque costumava presidir as cortes formais e informais, ele se sentia deslocado, um impostor.

Não estou pronto para ser duque!

Ele declarara sete dias de luto oficial, durante os quais conseguira contornar a maioria das difíceis reuniões de negócios que precisaria conduzir como líder da Casa Atreides. O simples fato de ter que lidar com as condolências das outras Grandes Casas quase exigira demais dele... ainda mais com a carta formal do imperador Elrood IX, sem dúvida escrita por seu secretário, mas assinada pela própria mão entrevada do velho. "Tombou um grande homem do povo. A Casa Atreides tem minhas sinceras condolências e orações por seu futuro", dizia o documento.

Por algum motivo inexplicável, aquilo lhe soara como uma ameaça — havia algo sinistro na inclinação da assinatura, talvez, ou na escolha das palavras. Ele queimou a carta na lareira de seus aposentos particulares.

O mais importante de tudo para Leto foi ter recebido demonstrações genuínas de luto a partir do povo de Caladan: flores, cestos de peixe, bandeiras bordadas, poemas e canções compostos por aspirantes a bardos, entalhes e até mesmo desenhos e pinturas representando o Velho Duque em sua glória, vitorioso na arena de touros.

Sozinho, quando ninguém poderia vê-lo em seu momento de fraqueza, Leto chorava. Sabia o quanto o povo amava o duque Paulus e se lembrava do sentimento de poder que o envolvera no dia em que ele e o pai haviam segurado o troféu da cabeça degolada do touro na Plaza de Toros.

Duna: Casa Atreides

Na hora, sentira uma avidez por se tornar duque, envolto pelo amor e pela lealdade. *Casa Atreides!*

Naquele novo cenário, porém, desejava qualquer outro destino no universo.

Lady Helena havia se trancado em seus aposentos, ignorando os criados que tentavam cuidar dela. Leto nunca observara muito amor ou afeto entre seus pais, e não conseguia identificar se o luto de sua mãe era sincero ou mera atuação. As únicas pessoas que ela concordava em receber eram seus sacerdotes pessoais e conselheiros espirituais. Helena se agarrava aos significados sutis arrancados dos versículos da Bíblia Católica de Orange.

Leto sabia que precisava fazer algo para sair do fundo do poço — precisava encontrar força em seu âmago e se voltar à empreitada de governar Caladan. O duque Paulus teria desdenhado do sofrimento de Leto e o repreendido por não encarar imediatamente as prioridades de sua nova vida. "Deixe o luto para seus momentos de privacidade, garoto. Jamais revele qualquer sinal de fraqueza da parte da Casa Atreides", teria dito ele.

Em silêncio, Leto jurou dar seu melhor. Seria o primeiro de muitos sacrifícios que sem dúvida precisaria fazer naquele novo posto.

O príncipe Rhombur se aproximou de Leto, sentado no pesado assento ducal no salão de reuniões vazio, ruminando sua dor com os olhos fixos em um grande retrato do pai com os paramentos completos de toureiro na parede oposta. Rhombur colocou a mão no ombro do amigo e apertou.

— Leto, por acaso você comeu? Tem que manter sua força.

Respirando fundo, Leto se virou para seu camarada de Ix, cujo rosto largo estava tomado pela preocupação.

— Não comi, não. Você se importaria de me acompanhar no café da manhã?

Ele se ergueu rigidamente de seu assento desconfortável. Era hora de assumir seu papel.

Thufir Hawat os acompanhou na refeição matinal que se estendeu durante horas enquanto determinavam planos e estratégias para o novo regime. Durante uma pausa na discussão, o guerreiro Mentat abaixou a cabeça e fitou o olhar cinzento de Leto.

— Caso eu ainda não tenha deixado evidente, meu duque, juro ao senhor a mais plena lealdade e renovo meus votos com a Casa Atreides. Farei tudo que puder para auxiliá-lo e aconselhá-lo. — E então a expressão dele endureceu. — Mas milorde deve compreender que todas as decisões partem *do senhor* e apenas do senhor. Meus conselhos podem contradizer os do príncipe Rhombur, os de sua mãe ou os de qualquer outro assessor escolhido. Em todo caso, será preciso decidir. O *senhor* é o duque. O senhor é a Casa Atreides.

Leto estremeceu, sentindo a responsabilidade pairar acima de si como um paquete da Guilda prestes a despencar.

— Estou ciente disso, Thufir, e precisarei de toda assistência que eu puder receber.

Ele se sentou com a postura ereta e deu goles do creme doce de uma tigela de pudim morno de arroz-pundi, preparado por um dos chefs de cozinha que sabia que era a sobremesa preferida de Leto quando criança. Mas já não tinha o mesmo gosto; suas papilas gustativas pareciam entorpecidas.

— Como está indo a investigação em torno do falecimento de meu pai? Foi mesmo um acidente ou só fizeram parecer um acidente?

O Mentat franziu a testa e uma expressão atormentada encobriu a couraça de seu rosto.

— Fico hesitante em dizê-lo, meu duque, mas receio que tenha sido assassinato. Acumulam-se as evidências de um plano ardiloso, de fato.

— O quê? — explodiu Rhombur, batendo o punho na mesa. Seu rosto enrubescia. — Quem fez isso ao duque? Como?

O jovem ixiano sentia um afeto não apenas por Leto, mas pelo patriarca dos Atreides que concedera santuário para ele e sua irmã. Um sentimento visceral e profundo dizia a Rhombur que a motivação teria sido a de castigar Paulus por sua generosidade com os exilados de Ix.

— Eu sou o duque, Rhombur — disse Leto, pousando a mão no antebraço do amigo. — *Eu* cuidarei disso.

O jovem Atreides pensou quase ter ouvido o ruído das engrenagens girando dentro da mente complexa do Mentat.

— A análise química do tecido muscular do touro salusano revelou tênues indícios de duas drogas — contou Hawat.

— Achei que as feras fossem testadas antes de cada tourada. — Leto semicerrou os olhos, mas por um momento não conseguia tirar da memó-

Duna: Casa Atreides

ria os vislumbres de seus tempos de infância, quando ia admirar os imensos touros nos estábulos e aquela figura de olhos inchados, o mestre-estribeiro Yresk, o deixava alimentar os animais... para o horror dos ganadeiros. — Por acaso nosso veterinário era parte do complô?

— Os testes costumeiros foram feitos antes do *paseo*, conforme solicitado. — Com uma expressão de desgosto em seus lábios manchados de vermelho, Thufir tamborilou os dedos na mesa enquanto reunia os pensamentos e avaliava sua resposta. — Infelizmente, as análises prescritas não buscavam as substâncias corretas. O touro havia sido afetado por um estimulante pesado que gradualmente se acumulou em seu corpo ao longo dos dias, administrado em doses pontuais.

— Ainda assim não seria o suficiente — respondeu Leto, abrindo as narinas. — Meu pai era um bom toureiro. *O melhor.*

O Mentat meneou sua cabeleira desgrenhada.

— O touro recebeu também um agente neutralizador, um composto químico que combatia a neurotoxina das *banderillas* do duque e ao mesmo tempo disparava mais uma liberação do estimulante. Em vez de o touro ser paralisado, na verdade era estimulado. A fera ia se tornando uma máquina de matar ainda mais perigosa à medida que o Velho Duque ia se cansando.

Leto fervia de raiva. Com um sobressalto furioso, levantou-se do assento à mesa do café da manhã e disparou um olhar de relance ao onipresente farejador de venenos. Andou em círculos, deixando seu pudim de arroz esfriar. Então virou-se e ordenou bruscamente, convocando todas as técnicas de liderança que lhe haviam sido ensinadas:

— Mentat, forneça uma projeção primária. Quem faria uma coisa dessas?

Thufir estava sentado, imóvel, enquanto entrava em modo Mentat profundo. Dados corriam pelo computador dentro de seu crânio, um cérebro humano que simulava as capacidades dos antigos e detestáveis inimigos da humanidade.

— Possibilidade mais plausível: um ataque pessoal de um dos grandes inimigos políticos da Casa Atreides. Dado o momento do atentado, suspeito que possa ser um castigo contra o Velho Duque por seu apoio à Casa Vernius.

— Minha exata suspeita — murmurou Rhombur.

Para Leto, o filho de Dominic Vernius já parecia um adulto, endurecido e temperado, não mais um mero companheiro de estudos com bom coração que sempre tivera uma vida de regalias. Em Caladan, ele perdera peso e fortalecera os músculos. Seus olhos tinham ganhado certo brilho pétreo.

— Mas nenhuma Casa declarou kanly contra nós — observou Leto. — No antigo rito de vendeta há requerimentos, protocolos que devem ser seguidos, não é verdade, Thufir?

— Não podemos confiar na adesão de todos os inimigos do Velho Duque a tais sutilezas. Devemos ser muito cautelosos — disse Hawat.

Rhombur ficou vermelho, pensando na expulsão de sua família de Ix.

— E há aqueles que vão distorcer os protocolos conforme as próprias necessidades.

— Possibilidade secundária: o alvo poderia ter sido o duque Paulus *em pessoa* e não a Casa Atreides... o resultado de uma pequena vingança ou de um rancor pessoal — prosseguiu o Mentat. — O culpado poderia ser um súdito de Caladan desgostoso de alguma decisão tomada pelo duque. Embora esse assassinato tenha consequências galácticas, é possível que sua causa seja, ironicamente, trivial.

Leto negou com a cabeça.

— Não consigo acreditar nisso. Vi o quanto o povo amava meu pai. Nenhum dos súditos o trairia, nenhum mesmo.

Hawat não vacilou.

— Meu duque, não superestime a força do amor e da lealdade, nem subestime o poder do ódio pessoal.

— Hã, qual é o cenário mais provável? — indagou Rhombur.

O Mentat fitou o duque, olho no olho.

— Um atentado para enfraquecer a Casa Atreides. A morte do patriarca o deixa em uma situação vulnerável, milorde. O senhor é jovem e destreinado.

Leto respirou fundo, mas controlou a raiva enquanto ouvia.

— Os inimigos agora enxergam a Casa Atreides como instável e podem agir contra nós — continuou o conselheiro. — Também é possível que os aliados vejam o senhor como um risco e, por isso, apoiem-no com, digamos... certa timidez. É um momento perigosíssimo para o senhor.

— Os Harkonnen? — perguntou Leto.

Duna: Casa Atreides

Hawat deu de ombros.

— É possível. Ou algum aliado deles.

Leto pressionou as têmporas e inspirou fundo de novo. Notou que Rhombur olhava para ele com desconforto.

— Continue sua investigação, Thufir — pediu Leto. — Uma vez que administraram drogas ao touro salusano, sugiro que seus interrogatórios se concentrem nos estábulos.

Em pé diante de seu novo duque, o ganadeiro Duncan Idaho fez uma mesura respeitosa, pronto para jurar lealdade mais uma vez. Funcionários da Casa Atreides lhe deram um banho, embora ele ainda usasse o uniforme do estábulo. Os trajes arruinados da malfadada tourada final tinham sido jogados fora. Seu cabelo escuro e cacheado estava bagunçado.

Ardia uma fúria em seu interior. Ele tinha certeza de que a morte do duque Paulus poderia ter sido evitada se alguém tivesse simplesmente lhe dado ouvidos. O luto o atingia como uma facada e, inclemente, ele se questionava se poderia ter feito algo além do que fizera: deveria ter insistido mais ou falado com outra pessoa, além do mestre-estribeiro Yresk? Ele se perguntava se devia revelar o que tentara fazer, mas por ora optou por ficar em silêncio.

Parecendo pequeno demais para o assento ducal, Leto Atreides semicerrou seus olhos cinzentos e mirou Duncan de forma penetrante.

— Garoto, eu me lembro de quando você entrou para nossa equipe. — O rosto dele parecia mais fino e muito mais velho do que quando Duncan o vira pela primeira vez no salão do castelo. — Foi logo depois de eu ter escapado de Ix com Rhombur e Kailea.

Os refugiados de Vernius também estavam sentados no salão, bem como Thufir Hawat e um contingente de guardas. Duncan olhou para eles de relance, depois voltou a atenção ao jovem duque.

— Ouvi histórias de sua fuga dos Harkonnen, Duncan Idaho — prosseguiu Leto. — Soube como foi torturado e aprisionado. Meu pai confiou em você quando lhe conferiu um cargo aqui no Castelo Caladan. Faz ideia de como uma decisão dessas era incomum para ele? — O jovem duque se inclinou para a frente em seu assento de madeira escura.

Duncan assentiu.

— Sim, milorde. — Ele sentia um rubor quente de culpa em seu rosto pelo fracasso com o benfeitor que lhe demonstrara tamanha generosidade. — Faço.

— Mas alguém drogou os touros salusanos antes da tourada final de meu pai... e você era uma das pessoas que estavam cuidando das feras. Oportunidade para isso não lhe faltava. Por que não o vi no *paseo* quando todos os outros marchavam ao redor da arena? Lembro de ter procurado por sua figura. — A voz de Leto se tornou muito mais firme. — Duncan Idaho, você foi enviado até aqui, com esse aspecto inocente e indignado, como assassino secreto a serviço dos Harkonnen?

Duncan recuou, abismado. Clamou:

— De forma alguma, milorde! Tentei avisar todo mundo. Por dias a fio, eu sabia que havia algo errado com os touros. Falei repetidamente ao mestre-estribeiro Yresk, mas ele nada fez. Só riu de mim. Cheguei até a discutir com ele. Foi por isso que eu não estava no *paseo*. Eu estava prestes a avisar o Velho Duque em pessoa, mas o mestre-estribeiro me trancafiou em um dos currais sujos durante a tourada para me impedir. — Lágrimas se acumulavam em seus olhos. — Aquela roupa chique que seu pai me deu ficou arruinada. Nem cheguei a vê-lo tombar na arena.

Surpreso, Leto se aprumou na imensa cadeira de seu pai. Ele olhou para Hawat.

— Vou averiguar, milorde — garantiu o Mentat.

O jovem duque analisou o menino. Duncan Idaho estava em pé diante dele, sem demonstrar o menor sinal de medo, apenas uma profunda tristeza. Parecia haver sentimentos de abertura e de devoção genuína naquele rosto pueril. Ao que tudo indicava, aquele refugiado de 9 anos parecia estar verdadeiramente satisfeito em fazer parte do Castelo Caladan, apesar de sua função ingrata e degradante como ganadeiro.

Leto Atreides não tinha muitos anos de experiência em julgar pessoas ardilosas e sopesar o coração humano, mas tinha uma intuição de que poderia confiar naquele garoto dedicado. Duncan era resiliente, inteligente e feroz — mas não traiçoeiro.

Seja cauteloso, duque Leto, dizia a si mesmo. *Há muitos truques nas mangas do Imperium, e este poderia ser um deles.* Ele pensou no velho mestre-estribeiro; Yresk estava no Castelo Caladan desde o casamento arranjado dos pais de Leto... *Seria possível um plano desses ter passado*

Duna: Casa Atreides

tantos anos germinando? Sim, ele imaginava que fosse possível. Mas as implicações o faziam estremecer.

Lady Helena entrou no salão de recepção desacompanhada, deslizando com passos furtivos e sombras profundas pairando ao redor de seus olhos. Leto observou a mãe ocupar a cadeira vazia a seu lado, reservada para os momentos em que ela costumava acompanhar o marido. Com a coluna ereta, sem dizer palavra, ela examinou o garoto diante deles.

Momentos depois, os guardas dos Atreides trouxeram o mestre-estribeiro Yresk ao salão, sem cerimônias. Seus tufos de cabelo branco estavam bagunçados, e os olhos inchados, arregalados e inseguros. Quando Thufir Hawat terminou de resumir a história que Duncan tinha contado, o mestre-estribeiro deu risada e sacudiu os ombros ossudos em um gesto exagerado de alívio.

— Depois de todos os anos em que lhe servi, o senhor vai acreditar neste rato de estábulo, neste *Harkonnen*? — Ele revirou os olhos inchados com indignação. — Por favor, milorde!

Excessivamente dramático, pensou Leto. Hawat reparou o mesmo.

Yresk conduziu um dedo aos lábios, como se avaliando outra possibilidade.

— Agora que o senhor mencionou, milorde, talvez o próprio garoto estivesse envenenando o touro. Não era possível vigiá-lo o tempo todo.

— É mentira! — gritou Duncan. — Eu queria contar ao duque, mas você me trancou no curral. Por que não tentou impedir a tourada? Eu o alertei diversas vezes... e agora o duque está morto.

Hawat apenas escutava, com o olhar distante e os lábios úmidos com a cor de groselha de uma dose fresca de suco de sapho. Leto viu que ele estava entrando no modo Mentat outra vez, varrendo todos os dados de que se recordava acerca dos acontecimentos que envolviam também o jovem Duncan e Yresk.

— E então? — perguntou Leto ao mestre-estribeiro. Ele se obrigou a não pensar nos velhos tempos, nas lembranças de estar na companhia daquele homem magrelo que sempre cheirava a estrume e suor.

— O rato de estábulo pode ter me dito algumas bobagens, milorde, mas ele estava com medo dos touros. Não posso simplesmente cancelar uma tourada porque uma criança pensa que os animais são assustadores. — Ele soltou um ruído de escárnio. — Cuidei do moleque, lhe dei todas as chances...

— E, no entanto, não lhe deu ouvidos quando ele quis avisá-lo a respeito dos touros, e agora meu pai está morto — interrompeu Leto, reparando que Yresk parecia amedrontado de repente. — Por que você faria uma coisa dessas?

— Possível projeção — manifestou-se Hawat. — Por meio de seu serviço a lady Helena, Yresk trabalhou a vida toda para a Casa Richese, que já teve elos com os Harkonnen no passado, além de uma relação de rivalidade com Ix. Pode ser que ele nem esteja ciente de seu papel no esquema geral ou...

— O quê? Isso é absurdo! — insistiu Yresk. Ele coçou seu cabelo branco. — Não tenho relação alguma com os Harkonnen.

Ele disparou um olhar de relance para lady Helena, mas ela se recusou a estabelecer contato visual com ele.

— Não interrompa meu Mentat — advertiu Leto.

Thufir Hawat observou lady Helena, cujo olhar gélido estava direcionado para ele. E então voltou a atenção para o filho dela para concluir sua projeção:

— Resumo: o casamento de Paulus Atreides com Helena da Casa Richese foi perigoso, até mesmo para a época. O Landsraad viu a união como uma forma de enfraquecer o elo entre Richese e Harkonnen, ao passo que o conde Ilban Richese aceitou o casamento como uma medida desesperada de resgatar a fortuna da família no momento em que perdiam Arrakis. Quanto à Casa Atreides, o duque Paulus recebeu uma diretoria formal na CHOAM e se tornou membro votante do Conselho... algo que sua família jamais teria conseguido por outros meios. Quando o séquito matrimonial chegou a Caladan com lady Helena, entretanto, talvez nem todos os funcionários dos Richese tenham prestado sua completa lealdade aos Atreides. Seria possível ter havido contato entre os agentes Harkonnen e o mestre-estribeiro Yresk... sem o conhecimento de lady Helena, é claro.

— Tais especulações são de um desvario enorme, especialmente para um Mentat — protestou Yresk.

Leto notou que ele procurava o apoio de alguém no recinto, qualquer um... com a exceção de Helena, cujo olhar parecia tentar evitar. Em seu pescoço fino, o pomo de adão subia e descia.

Duna: Casa Atreides

O jovem duque encarou a mãe, sentada em silêncio ao lado com a mandíbula travada. Um arrepio cortante desceu subitamente pela espinha dele. Do outro lado da madeira entalhada da porta dos aposentos ducais, Leto tinha ouvido as palavras dela a respeito das políticas de seu pai quanto aos Vernius. As palavras ecoaram na cabeça dele: *Foi você quem fez uma escolha aqui, Paulus. A escolha errada. E isso vai custar caro para você e nossa Casa.*

— Hã, ninguém fica de olho de verdade em um mestre-estribeiro, Leto — apontou Rhombur, em voz baixa.

Mas Leto continuou a observar lady Helena. Yresk se mudara para Caladan como parte do séquito matrimonial dos Richese. Seria possível que sua mãe o tivesse traído? Que tipo de controle ela teria sobre o mestre-estribeiro?

A garganta dele ficou seca à medida que as peças se encaixavam em sua mente, com uma percepção súbita semelhante à percepção de um Mentat. Tinha sido *ela*! Lady Helena Atreides em pessoa colocara as engrenagens em ação. Ah, talvez houvesse recebido algum auxílio externo, até mesmo dos Harkonnen... e com certeza fora Yresk o encarregado de executar os detalhes de fato.

Mas partira dela a decisão de castigar o duque. Ele sabia daquilo, no âmago de sua alma. Ao lado de seu filho de 15 anos, ela passaria a controlar Caladan e a tomar as decisões que *ela mesma* considerasse mais prudentes.

Leto, meu filho, agora você *é o duque Atreides.* Aquelas tinham sido as palavras de lady Helena, meros instantes depois da morte de seu marido. Uma reação estranha para uma mulher em choque diante do luto.

— Por favor, parem com isso — implorou Yresk, torcendo as mãos com nervosismo. — Milorde, eu jamais trairia a Casa a que sirvo. — Ele apontou para Duncan. — Mas o senhor *sabe* que este rato de estábulo deve ser um dos Harkonnen. Ele veio de Giedi Primo não faz muito tempo.

Lady Helena permanecia sentada com rigidez. Quando enfim se pronunciou, sua voz falhou, como se pouco a tivesse usado nos últimos dias. Ela voltou um olhar desafiador ao filho.

— Você conhece Yresk desde que era criança, Leto. Por que acusar um membro de meu séquito? Não seja ridículo.

— Ainda não fizemos quaisquer acusações, mãe. Por ora, é apenas uma discussão — disse Leto, com toda a cautela.

Enquanto líder da Casa Atreides, ele precisava se esforçar para se distanciar da própria infância, da época em que era um menino emocionado pedindo ao mestre-estribeiro para ver os touros. Yresk o ensinara como acariciar vários animais, montar alguns dos cavalos mais velhos, amarrar nós e ajustar os arreios.

Mas o deslumbrado menino Leto se tornara o novo duque da Casa Atreides.

— Devemos estudar as evidências antes de chegarmos a qualquer conclusão — acrescentou.

As emoções transpareciam no rosto de Yresk, e Leto de repente teve medo do que o mestre-estribeiro diria. Encurralado e temendo por sua vida, será que ele implicaria Helena? Os guardas no salão apenas escutavam, atentos. Kailea observava, absorvendo cada detalhe. Os outros, sem dúvida, ouviriam e repetiriam cada palavra que fosse dita ali. O escândalo abalaria Caladan, talvez o próprio Landsraad.

Mesmo se sua mãe tivesse armado o incidente na tourada, mesmo se Yresk o tivesse feito sob ordens — ou sob suborno ou chantagem —, Leto não ousava deixar o homem confessar ali. Queria a verdade, mas em particular. Se a notícia de que lady Helena era quem estava por trás da morte do Velho Duque vazasse, aquilo destruiria a Casa Atreides. Seu governo sofreria um golpe irreparável... e ele não teria opção a não ser aplicar a mais severa punição contra a própria mãe.

Ele estremeceu ao se recordar da tragédia *Agamemnon* e da maldição de Atreus que atormentava sua família desde a alvorada da história. Respirando fundo, ele percebeu que precisava ser forte.

— Faça o que for necessário, garoto. Ninguém poderá culpá-lo por isso, contanto que tome as decisões corretas — dissera seu pai certa vez.

Mas qual era a decisão correta naquele momento?

Helena se levantou de sua cadeira e se dirigiu a Leto com um tom maternal e irredutível:

— A morte de meu marido não foi um ato de perfídia... mas um castigo de Deus. — Ela gesticulou na direção de Rhombur e Kailea, que pareciam atordoados diante da declaração. — Meu amado duque foi castigado por sua amizade com a Casa Vernius, por permitir que estas crianças vi-

Duna: Casa Atreides

vessem em nosso castelo. A família destes dois violou os mandamentos, e mesmo assim Paulus os recebeu. Foi o orgulho de meu marido que o matou... não um reles mestre-estribeiro. Simples assim.

— Já ouvi o suficiente, mãe — disse Leto.

Helena lhe disparou um olhar indignado e destruidor, como se ele fosse criança.

— Não terminei de falar. Você ainda não compreende todas as facetas envolvidas para ser um duque...

Leto permaneceu sentado, empregando todo o poder que foi capaz de reunir em sua voz e em sua compostura:

— Eu *sou* o duque, mãe, e você *vai* se calar ou ordenarei que seja retirada do salão à força e trancafiada em uma das torres.

Helena empalideceu, os olhos tomados por um brilho selvagem enquanto lutava para conter o espanto. Não conseguia acreditar que o próprio filho havia se dirigido a ela daquela maneira, mas achou melhor não pressionar. Como sempre, lutou para manter as aparências. Já tinha visto expressões semelhantes no rosto do Velho Duque e não ousaria deixar a tempestade se aproximar.

Ainda que tivesse sido melhor ter se mantido calado, Yresk gritou:

— Leto, garoto, não é possível que você acredite mais neste rato de estábulo órfão do que em mim...

Leto olhou para aquele espantalho tresloucado e comparou seu comportamento com o do jovem e altivo Duncan. O rosto de Yresk, com seus olhos inchados, reluzia de suor.

— Ele me parece, sim, ter mais credibilidade, Yresk. E nunca mais me chame de "garoto" — asseverou Leto, devagar.

Hawat deu um passo adiante.

— Talvez seja possível adquirirmos novas informações com interrogatórios mais aprofundados. Questionarei o mestre-estribeiro pessoalmente.

O olhar de Leto recaiu sobre seu Mentat.

— Seria melhor que fizesse isso em particular, Thufir. Ninguém além de você.

Leto fechou os olhos por um brevíssimo instante e engoliu a seco. Sabia que, mais tarde, teria de mandar uma mensagem a Hawat para garantir que o mestre-estribeiro não sobrevivesse ao interrogatório...

temendo o que mais ele pudesse revelar. Um breve aceno de cabeça dizia a Leto que o Mentat compreendia tudo o que havia sido deixado implícito. Todas as informações que Hawat extraísse ficariam em segredo entre ele e seu duque.

Yresk começou a uivar assim que os guardas o agarraram pelos braços finos. Antes que o mestre-estribeiro tivesse a oportunidade de gritar algo mais, Hawat cobriu a boca dele com a mão.

Em seguida, como se tivesse sido combinado para que aquilo ocorresse no momento de maior confusão, os guardas abriram as portas principais do salão a fim de permitir a entrada de um homem de uniforme. Ele entrou a passos largos, os olhos fixos em Leto e apenas nele, no assento no fim do corredor. Sua insígnia de identificação eletrônica dizia que era um mensageiro oficial, recém-desembarcado de um cargueiro no espaçoporto da cidade de Cala. Leto ficou tenso, sabendo que não era possível que aquele homem estivesse trazendo boas novas.

— Milorde duque, trago notícias terríveis.

As palavras do mensageiro trespassaram a todos os presentes na corte como uma descarga elétrica. Os guardas que detinham Yresk estacaram, mas Hawat gesticulou para que partissem antes que o pronunciamento fosse feito.

O mensageiro marchou até o assento ducal e respirou fundo algumas vezes para se preparar. Ciente da situação em Caladan, com o novo duque e os ixianos exilados, ele escolheu as palavras com cuidado:

— É meu triste dever informá-lo que, por decreto imperial, lady Shando, considerada renegada e traidora pelo imperador Elrood IX, foi rastreada e executada pelos Sardaukar em Bela Tegeuse. Todos os membros da comitiva dela também foram mortos.

Como se um golpe tivesse lhe tirado todo o ar, Rhombur despencou sobre o degrau de mármore ao lado do assento ducal. Kailea, que observara tudo em silêncio, começou a soluçar. Irrefreadas, lágrimas caíam de seus olhos esmeralda. Ela se apoiou contra a parede e socou a pilastra de pedra com seu punho frágil até sangue desabrochar da mão.

Helena olhou com tristeza para seu filho e assentiu.

— Está vendo, Leto? Mais um castigo. Eu tinha razão. Os ixianos e todos aqueles que os apoiam estão amaldiçoados.

Com um olhar de ódio para a mãe, Leto convocou os guardas:

Duna: Casa Atreides

— Por favor, escoltem minha mãe a seus aposentos e instruam os criados dela para que ordenem os preparativos para uma longa viagem. — Ele se esforçava para evitar que a voz falhasse. — Acredito que o estresse dos últimos dias exija que ela busque repouso em algum lugar muito, muito longe daqui.

**Em circunstâncias adversas, cada criatura
se transforma em outra coisa, evoluindo ou invo-
luindo. O que nos faz humanos é sabermos o que já
fomos no passado e – com alguma esperança –
lembrarmo-nos de como reverter a tal condição.**

— **Embaixador Cammar Pilru,
despachos em defesa de Ix**

O sistema de alarme silencioso da câmara de refúgio despertou C'tair outra vez. Úmido de suor em razão de seus pesadelos recorrentes, ele se sentou na cama em um sobressalto, pronto para lutar e afastar os invasores que estivessem a sua caça.

Mas os Bene Tleilax ainda não haviam encontrado aquele lugar, embora tivessem chegado bem perto, usando seus malditos escâneres. A toca protegida contra transmissões contava com um monitor interno automático que deveria ser capaz de operar durante séculos sem problemas, mas os investigadores fanáticos usavam aparelhos tecnológicos de varredura para detectar a operação de máquinas proibidas. Cedo ou tarde, iriam encontrá-lo.

Agindo com uma eficiência discreta, ele correu para desligar tudo: luzes, ventilação, aquecimento. Depois, permaneceu sentado na completa e sufocante escuridão, suando, à espera. Não ouvia nada, exceto a própria respiração. Ninguém espreitou a porta oculta. Nada.

Após um longo período, ele se permitiu se mexer.

Os escâneres aleatórios causariam um estrago sério à capacidade de seu escudo de continuar a esconder o rapaz e seu estoque de peças. C'tair sabia que precisaria roubar um aparelho daqueles. Se conseguisse analisar como funcionava a tecnologia tleilaxu, poderia montar um sistema capaz de combater seus efeitos.

Na maioria das manhãs, os salões e espaços públicos do que fora o Grand Palais (no momento, um prédio governamental dos tleilaxu) ficavam vazios. C'tair escapulia por um duto de acesso oculto e entrava em uma unidade de armazenamento perto do corredor principal. De lá, percorria uma breve distância até chegar a um tubo elevador que dava acesso

Duna: Casa Atreides

direto à saída do prédio, às outras estruturas estalactíticas e aos níveis inferiores, inclusive. Poderia continuar avançando, manter as aparências — e continuar vivo. Suas chances, porém, seriam maiores se encontrasse uma forma de ludibriar os escâneres tecnológicos.

Ainda existia a possibilidade de haver algum investigador de rotina por ali, ou talvez o homem tivesse passado para outro andar. C'tair saiu correndo à caça, ouvindo, observando as luzes dos corredores, espreitando. Já aprendera todos os segredos daquele segmento do prédio.

Embora estivesse com uma pistola atordoadora e uma armalês na cintura, temia que as redes de sensores tleilaxu detectassem seu uso. Se fosse o caso, equipes dedicadas seriam enviadas especialmente para procurá-lo. Era por isso que ele carregava uma lâmina longa e afiada em um dos punhos. Seria eficiente e silencioso. A melhor opção.

Ao montar sua armadilha, ele enfim viu um tleilaxu calvo e de cara amarrada aproximar-se pelo corredor. Com as duas mãos, o investigador segurava uma pequena tela que lançava cores e padrões de fogos de artifício. Estava tão atento às leituras que nem reparou em C'tair a princípio — até que este corresse a sua frente com a lâmina da adaga estendida.

C'tair queria dar vazão ao ódio com um grito, esbravejando e desafiando, mas apenas sibilou para o homem. O tleilaxu se boquiabriu, revelando pequenos dentes brancos como pérolas. Antes que o investigador tivesse a chance de gritar, C'tair já havia cortado sua garganta.

O homem tombou no chão, jorrando sangue, mas C'tair pegou o escâner antes que caísse na superfície rígida. Fitou o aparelho com voracidade, sequer reparando nas convulsões de seu inimigo moribundo conforme uma poça de sangue se espalhava lentamente sobre os azulejos ornamentados e polidos do que outrora havia sido o Grand Palais da Casa Vernius.

O rapaz não sentia o menor remorso. Já cometera uma série de crimes pelos quais seria executado se os fanáticos o apanhassem algum dia. Que lhe importava mais uma transgressão, contanto que estivesse de consciência limpa? Quantas pessoas os tleilaxu haviam aniquilado? Quanto da história e da cultura ixiana a invasão havia destruído? Quanto sangue *eles* já não tinham nas mãos?

Avançando com rapidez, C'tair arrastou o corpo até o duto de acesso que levava a seu espaço secreto no interior da rocha maciça, depois limpou o sangue que restava. Exausto e grudento por causa do líquido vermelho já ressequido, ficou paralisado por um momento conforme um vislumbre de sua vida anterior lhe perfurava a consciência insensível. Olhando para as próprias mãos ensanguentadas, ele se perguntou o que a bela e delicada Kailea Vernius pensaria se o visse daquele jeito. Sempre que tinham a certeza de que iriam vê-la, C'tair e seu irmão tomavam um cuidado extraordinário para se arrumar com esmero, vestindo roupas deslumbrantes e finalizando com um toque de água de colônia.

Ele tirou um instante para se lamentar por aquilo que os tleilaxu o haviam obrigado a se tornar... e então se perguntou se Kailea teria se transformado também, sabia-se lá por quais ordálios a jovem teria passado. C'tair se deu conta de que sequer sabia se ela ainda estava viva. Engoliu em seco.

Mas ele próprio também não sobreviveria por muito tempo caso não apagasse as provas de seu crime e desaparecesse de volta em seu esconderijo.

O investigador tleilaxu era surpreendentemente pesado para seu tamanho, o que sugeria uma densa estrutura óssea. C'tair desovou o corpo de pele cinzenta em uma lata de nulentropia; o sol entraria em colapso no céu de Ix antes que o cadáver começasse a apodrecer.

Após limpar-se e trocar de roupa, ele se empenhou na tarefa primária que tinha em mãos. Tomado pela avidez, pegou o escâner roubado e voltou à bancada de trabalho.

Era relativamente fácil de entender como operar aquela unidade. Seus controles eram rudimentares: um painel tátil preto e uma tela de cor âmbar que identificava máquinas e seus rastros tecnológicos. As marcas estavam em uma linguagem de programação tleilaxu, que ele facilmente decifrou recitando as palavras para um aparelho anticriptografia que havia trazido escondido nos primeiros dias frenéticos após a invasão.

Compreender o funcionamento interno do escâner tleilaxu acabou se revelando um problema muito mais difícil. C'tair precisava trabalhar com extrema cautela, dada a provável existência de um sistema de segurança que poderia derreter os componentes. Não ousava aplicar qualquer ferramenta para tentar abrir o escâner. Teria que utilizar métodos passivos.

Mais uma vez, desejou que o espírito do velho Rogo reaparecesse para lhe oferecer conselhos valiosos. C'tair se sentia solitário demais

Duna: Casa Atreides

naquela salinha esquecida e às vezes precisava lutar contra a tentação de sentir pena de si mesmo. Ele encontrava força diante da certeza de que estava fazendo algo extremamente importante. Talvez o futuro de Ix estivesse nas batalhas obductas que ele conseguia vencer.

Precisava sobreviver e manter o esconderijo intacto, pois seu casulo protetor abrigava o importante comunicador transespacial. Não demoraria muito até que encontrasse um modo de localizar os sobreviventes da Casa Vernius para lhes prestar uma assistência valiosa. Talvez fosse o único sobrevivente capaz de libertar seu amado planeta.

E, para defender a sala protegida, era necessário que C'tair desvendasse o funcionamento do maldito escâner tleilaxu...

Eventualmente, após dias de frustração, ele usou um aparelho de sondagem com a esperança de criar um esquema em reflexo do interior do escâner. Para sua surpresa, o mecanismo emitiu um clique. C'tair depositou o escâner na bancada e se afastou. Depois, aproximando-se de novo para examinar o aparelho de perto, reparou que havia uma abertura nas arestas de um lado. Aplicou pressão em cada lado da ranhura e puxou.

O escâner abriu sem explodir nem derreter. Em êxtase, C'tair descobriu não apenas os dispositivos internos da unidade, mas também um holoprojetor ativado por pino que fazia aparecer a imagem de um guia de usuário no ar — um homenzinho holográfico todo garboso, feliz em explicar tudo a respeito do escâner.

Solícito e animado, o guia de usuário não tinha a menor preocupação que algum competidor roubasse a tecnologia da unidade, baseada no raro e precioso "espelho richesiano", algo que nenhum forasteiro jamais fora capaz de duplicar. Construído com minerais e polímeros desconhecidos, acreditava-se que tais espelhos continham prismas dentro de prismas de uma cúpula geodésica.

Conforme C'tair estudava o escâner, a contragosto passou a admirar sua fabricação e pela primeira vez suspeitou do envolvimento dos Richese no complô contra Ix. O ódio entre as duas Casas vinha de longa data, e os richesianos ficariam felizes em apoiar a destruição de seus principais rivais...

O próximo passo dele era usar o próprio conhecimento intuitivo, os componentes sobressalentes e aquele espelho richesiano para criar um dispositivo capaz de bloquear o escâner. Após consultas repetidas ao guia irritantemente solícito, ele começou a engendrar uma solução...

Mais uma vez, o encontro noturno com os comerciantes clandestinos havia sido desesperador, com muitos olhares apavorados por sobre o ombro, mas que escolha restava a C'tair? Apenas aqueles mercadores ilícitos seriam capazes de obter os poucos componentes dos quais ele precisava para o bloqueador do escâner.

Após as compras, ele retornou ao prédio silencioso no teto, usando um cartão biométrico com embaralhador de identidade para enganar a estação de entrada, passando-se por um técnico tleilaxu. Subindo o tubo elevador até o prédio que outrora fora o Grand Palais, rumo a seu esconderijo, C'tair pensou nos vários desenhos técnicos que havia deixado espalhados sobre sua bancada. Estava ansioso para voltar ao trabalho.

Assim que pisou no corredor, no entanto, C'tair se deu conta de que estava no andar errado. Em vez de portas sem janelas e depósitos, aquele andar possuía uma série de escritórios separados por plás transparente. Luzes noturnas de um tom alaranjado opaco ardiam nas baias; em placas gritantes e agourentas nas portas e janelas, havia palavras escritas em um idioma tleilaxu que ele não compreendia.

C'tair parou, sondando o lugar. Não havia ingressado o suficiente nas camadas de rocha maciça. Irritado, recordou-se de que, no passado, aqueles espaços haviam sido câmaras de conferência, gabinetes de embaixadores, salas de reunião para cortesãos do conde Vernius. Com as mudanças, tudo ali parecia tão... tão funcional.

Antes que pudesse recuar, C'tair ouviu alguma coisa à esquerda — um clangor de metal e um ruído raspando — e se abaixou de volta na direção do tubo elevador para retornar a seu andar. Tarde demais. Ele havia sido avistado.

— Você aí, estranho! Aproxime-se para ser identificado — chamou um homem das sombras, falando em galach com sotaque ixiano. Era provável que fosse um dos colaboradores, um vira-casaca ixiano que vendera a alma ao inimigo às custas do próprio povo.

Atrapalhando-se com seu cartão biométrico com o embaralhador, C'tair estremeceu ao ouvir os baques pesados de botas se aproximando.

Duna: Casa Atreides

Ele passou o cartão na leitora no controle do elevador. Mais vozes o chamaram. Esperava ouvir o disparo de armas a qualquer momento.

Após um instante interminável, o tubo elevador se abriu — porém, ao correr pela abertura, C'tair deixou cair sem querer a sacola contendo as peças que acabara de adquirir. Não tinha tempo para buscá-la.

Balbuciando um xingamento, ele mergulhou no elevador e deu o comando para ir ao andar correto em um sussurro ríspido. Bem na hora, a porta se fechou com um clique e o som das vozes desapareceu. A preocupação dele era que os guardas pudessem desabilitar o elevador ou convocar os Sardaukar — por isso, precisava sair dali o quanto antes. Pareceu uma eternidade até chegar em seu andar.

A porta se abriu e C'tair espiou com cuidado, olhando para os dois lados. Nem sinal de alguma presença por ali. Estendendo a mão de volta ao painel do tubo elevador, ele o programou para parar em quatro outros andares, depois o despachou, vazio, para que subisse até as passagens na crosta.

Segundos depois, C'tair estava todo suado no santuário de sua câmara protegida, grato por ter escapado com vida, mas furioso consigo mesmo pelo descuido que cometera. Acabou perdendo seus preciosos componentes, além de dar aos tleilaxu uma pista do que estava aprontando.

Depois daquilo, começariam a procurar especificamente por ele.

Todos vivemos, por um tempo, na sombra de nossos predecessores. Mas nós, os líderes que determinam o destino de planetas inteiros, cedo ou tarde deixamos de ser sombras e nos tornamos a própria luz.

— Príncipe Raphael Corrino,
Discursos sobre a liderança

Como membro oficial do Conselho Federado das Casas Maiores e Menores, o duque Leto Atreides embarcou em um paquete e viajou até Kaitain para a próxima reunião do Landsraad. Ostentando seu cargo formal fora do planeta pela primeira vez, ele pensava já ter se recuperado o bastante do luto pelo pai para realizar uma grande aparição em público.

Quando Leto tomara a decisão de participar do evento, Thufir Hawat e vários outros assessores de protocolo dos Atreides tinham se trancado junto ao duque nas salas de reunião do castelo para oferecer cursos intensivos em diplomacia. Como professores severos, eles pairavam ao redor de seu governante insistindo que Leto se mantivesse a par de todos os fatores sociais, econômicos e políticos que um duque precisava levar em consideração. O forte clarão dos luciglobos iluminava a sala de paredes de pedra enquanto uma brisa marítima entrava pelas janelas abertas, trazendo o som das ondas e os gritos das gaivotas. Apesar das distrações, Leto assistira às aulas; contudo, insistira para que Rhombur ficasse a seu lado o tempo inteiro.

— Um dia ele vai precisar saber dessas coisas todas, quando a Casa Vernius for restaurada — justificara.

Alguns assessores demonstraram ceticismo, mas não discutiram.

Ao partir do espaçoporto da cidade de Cala, acompanhado apenas por Thufir Hawat como seu guarda-costas e confidente, Leto se lembrou do conselho dos assessores para não tomar atitudes impulsivas.

— Compreendo, mas meu senso de honra me impele a fazer o que é necessário — respondera ele, ajeitando a capa nos ombros.

De acordo com a antiga tradição, era direito de Leto aparecer no fórum do Landsraad e propor sua exigência. Uma exigência por justiça.

Duna: Casa Atreides

Como novo duque, tinha um objetivo, além de um misto de ingenuidade juvenil e raiva suficiente para fazê-lo acreditar que seria capaz de obter sucesso, não importando o que os assessores lhe dissessem. Infelizmente, porém, lembrou-se das poucas vezes em que seu pai fizera propostas de petição ao Landsraad; Paulus sempre voltava para casa com o rosto vermelho, expressando escárnio e impaciência com a burocracia ineficiente.

Mas Leto começaria uma tábula rasa, com grandes esperanças.

Sob os céus eternamente ensolarados de Kaitain, erguia-se o imenso Salão de Oratória do Landsraad, altivo e imponente, o pico mais alto de uma cordilheira de edifícios legislativos e escritórios governamentais ao redor de uma casa dos comuns elipsoidal. O local havia sido erigido graças às contribuições de todas as Casas, cada família nobre tentando superar as outras em termos de grandiosidade. Representantes da CHOAM ajudaram a angariar recursos em todo o Imperium, e apenas por ordem especial de um antigo imperador — Hassik Corrino III — foi que os planos exorbitantes de construção do Landsraad foram cerceados, de modo que o Salão de Oratória não ofuscasse o próprio Palácio Imperial.

Após o holocausto nuclear de Salusa Secundus e a realocação da sede do governo do Imperium, todos ficaram ansiosos para estabelecer uma nova ordem mais otimista. Hassik III quisera demonstrar que, mesmo após o atentado malsucedido de obliteração contra a Casa Corrino, o Imperium continuaria com seus negócios em um nível mais alto do que o anterior.

Bandeirolas das Grandes Casas oscilavam como escamas de dragão iridescentes pelas paredes na fachada do Salão do Landsraad. No espaço cintilante da casa dos comuns, cercado por prédios imensos de metal e plás, Leto teve dificuldades para localizar a bandeira verde e preta da Casa Atreides, mas enfim a encontrou. As cores púrpura e cobre da Casa Vernius haviam sido removidas e queimadas em praça pública.

Thufir Hawat estava ao lado do jovem duque. Leto desejou que seu amigo Rhombur estivesse ali também, mas ainda não era seguro para o príncipe ixiano exilado sair de seu santuário em Caladan. Dominic Vernius continuava foragido, mesmo após os relatos da morte de Shando; Leto sabia que aquele homem de olhar aguçado estaria de luto à própria maneira. E tramando vingança...

Brian Herbert e Kevin J. Anderson

Em todo caso, Leto teria de fazer aquilo sozinho. Seu pai não esperaria menos dele. Assim, sob o sol radiante de Kaitain, endireitou a postura, pensou em sua história familiar e em tudo que ocorrera desde os dias sombrios de Atreus, e então fixou o olhar adiante. Seguiu marchando sobre as ruas de ladrilhos, afastando da mente o sentimento de pequenez diante da imponência do Landsraad.

Enquanto adentrava o Salão de Oratória na companhia de representantes de outras famílias, Leto reparou nas cores da Casa Harkonnen, com o timbre de um grifo azul pálido. Só de olhar para as bandeirolas, já sabia o nome de algumas outras famílias: Casas Richese, Teranos, Mutelli, Ecaz, Dyvetz e Canidar. No centro, muito maior que as demais, estava a bandeira imperial da Casa Corrino, em escarlate e ouro vibrantes e com o timbre centralizado do leão.

A fanfarra ao redor da entrada dos representantes era ensurdecedora e ininterrupta. Conforme compareciam os homens e algumas mulheres, um locutor anunciava o nome e posto de cada recém-chegado. Leto avistou só alguns poucos nobres de verdade; a maioria era composta por embaixadores, líderes políticos ou sicofantas remunerados.

Embora ele mesmo ostentasse um título da realeza, Leto não se sentia poderoso, nem importante. Afinal, o que era o duque de uma Casa mediana comparado até mesmo com um primeiro-ministro de uma das famílias mais abastadas? Embora controlasse a economia e a população de Caladan e outros patrimônios dos Atreides, várias outras Casas dominavam mundos e riquezas muito maiores. Por um momento, ele se viu como um peixinho em meio aos tubarões, depois suprimiu esses pensamentos antes que erodissem sua autoconfiança. O Velho Duque nunca se dera ao luxo de sentir-se pequeno.

No enorme salão, ele se perguntou onde poderia encontrar os assentos vazios que até recentemente eram ocupados pela Casa Vernius; havia apenas uma pequena satisfação em saber que, embora ocupassem Ix, os Bene Tleilax jamais receberiam tal honraria. O Landsraad não permitiria a presença dos desprezados representantes tleilaxu em seu clube exclusivo. Em geral, Leto não teria a menor paciência para tamanho preconceito generalizado, mas abriria uma exceção para aquele caso.

Enquanto davam início à reunião do Conselho com intermináveis formalidades, Leto assumiu seu lugar à mesa, no assento forrado preto e

Duna: Casa Atreides

marrom de um dos lados, semelhante àquele oferecido aos dignatários das outras Casas. Hawat se uniu a ele, e Leto observou o andamento dos trâmites, ávido para aprender e pronto para fazer sua parte. Mas precisava esperar até que chamassem seu nome.

Os verdadeiros chefes das famílias não podiam se dar ao trabalho de participar de todas aquelas reuniões. Conforme foi ouvindo uma série de questões banais, pautas que se arrastavam por muito mais tempo do que era necessário, Leto logo compreendeu o motivo. Pouquíssimas coisas eram de fato resolvidas, apesar de todo o falatório, discussão e picuinhas em torno das minúcias de protocolo e direito imperial.

Recém-empossado de seu título, no entanto, Leto faria com que aquela ocasião marcasse sua recepção formal. Quando a pauta dinâmica sinalizou finalmente que era sua vez de se pronunciar, o jovem atravessou a vastidão vertiginosa do assoalho polido dentro daquela câmara cavernosa, sem a companhia do guerreiro Mentat nem de qualquer outro assessor, e subiu ao púlpito central. Tentando não parecer um mero adolescente, ele se lembrou da presença poderosa de seu pai e recordou os vivas gritados na arena, quando ergueram a cabeça degolada do touro.

Passando os olhos pelo mar de representantes dignos e entediados, Leto respirou fundo. Amplificadores apanhariam suas palavras para transmiti-las de modo que todos os presentes pudessem ouvi-las; eram feitos registros em shigafio para a devida documentação. Aquele seria um discurso vital para ele — a maioria daquelas pessoas não tinha a menor ideia de sua personalidade, e muitos sequer sabiam seu nome. Ao se dar conta de que formariam uma primeira impressão a partir das palavras que ele pronunciasse naquele dia, Leto sentiu o peso sobre seus ombros imprensá-lo ainda mais.

Esperou até ter certeza de que havia capturado a atenção de todos, mesmo que duvidasse que qualquer um tivesse a energia mental necessária para se concentrar em qualquer novidade àquela altura da reunião do Conselho.

— Muitos dos senhores foram amigos e aliados de meu pai, Paulus Atreides... — começou ele, e então soltou sua bomba: — ... recentemente assassinado em um atentado hediondo e covarde.

Leto lançou um olhar afiado na direção dos assentos dos representantes Harkonnen. Não sabia os nomes ou os títulos dos dois homens que representavam a Casa inimiga.

Sua implicação era clara o bastante, embora não fizesse acusações específicas nem tivesse qualquer prova específica. O mestre-estribeiro Yresk, que, conforme solicitado por Leto, não sobrevivera ao interrogatório, havia confirmado a cumplicidade de Helena, mas sem revelar detalhes adicionais sobre outros conspiradores. Por isso, o novo duque Atreides simplesmente usara aquela declaração para capturar a atenção dos presentes entediados na câmara — e certamente conseguira.

Os Harkonnen sussurraram entre si, lançando olhares nervosos e irritados para o pódio. Leto os ignorou e se voltou mais uma vez ao aglomerado central de representantes.

Bem à frente dele, no assento da Casa Mutelli, ele reconheceu o velho conde Flambert, um cavalheiro antiquíssimo cuja memória supostamente falhava havia muitos anos. Incapaz de se lembrar das coisas a longo prazo, ele mantinha a seu lado a figura atarracada de um ex-candidato a Mentat de cabelo loiro, que servia como sua memória portátil. O único dever do Mentat fracassado era lembrar o velho Flambert das coisas, fornecendo-lhe todos os dados de que o nobre precisasse. Embora nunca tivesse concluído seu treinamento como computador humano, servia bem o bastante às necessidades do senil conde.

A voz de Leto atravessou a assembleia, tão nítida e concisa quanto o repique dos sinos das boias em uma manhã fresca de Caladan:

— A placa acima da porta do próprio imperador declara: "A lei é a ciência suprema". Portanto, vejo-me aqui não em meu nome, mas representando aqueles que outrora foram de uma Grande Casa e que não podem mais estar presentes para se pronunciar. Os Vernius foram aliados próximos de minha família.

Vários dos presentes nos bancos próximos resmungaram. Outros se remexeram, inquietos. Já tinham ouvido demais sobre os Vernius.

Audaciosamente, o jovem Atreides prosseguiu:

— O conde Dominic Vernius e sua família foram obrigados a se declararem renegados após a tomada ilegal de Ix pelos Bene Tleilax... que, como todos aqui sabem, são uma raça depravada e asquerosa, indigna de representação diante deste augusto corpo. Enquanto a Casa Vernius clamava por ajuda e apoio contra essa invasão ultrajante, todos *os senhores* se esconderam nas sombras e protelaram até que tal assistência se tornasse irrelevante.

Duna: Casa Atreides

Leto tomou cuidado para não acusar o próprio Elrood, embora estivesse claro em sua mente que o imperador em pessoa encorajara o adiamento das ações de defesa a Ix.

Um grande murmúrio tomou o Salão do Landsraad, acompanhado por expressões de confusão e revolta. Leto notou que eles o viam como um jovem impetuoso, um rebelde impulsivo e mal-educado que não sabia a verdadeira ordem das coisas no Imperium. Não era de bom tom discutir aquelas questões desagradáveis abertamente.

Contudo, ele não se deixou abalar.

— Todos aqui conheciam Dominic Vernius como um homem honrado, de confiança. Todos tinham negócios com Ix. Quantos não chamavam Dominic de amigo? — Ele olhou ao redor rapidamente, mas se pronunciou de novo antes que qualquer um reunisse a coragem de levantar a mão em público: — Embora eu não faça parte da família Vernius, os invasores tleilaxu também ameaçaram minha própria vida, e escapei por pouco graças à assistência de meu pai. Dominic e sua esposa também fugiram, renunciando a seu patrimônio... e recentemente lady Shando Vernius foi assassinada, caçada como um animal! — A raiva e o pesar fizeram sua visão rodopiar, mas ele respirou fundo e prosseguiu: — A todos que conseguem me ouvir, saibam que exprimo sérias ressalvas quanto aos Bene Tleilax e seus ultrajantes atos recentes. Seja por kanly ou não, eles hão de ser trazidos à justiça. A Casa Atreides não é aliada do governo ilegal de Ix... E como ousam rebatizar o planeta para Xuttuh? Acaso o Imperium é civilizado ou vamos nos afogar em um mar de bárbaros? — Ele esperou, com os batimentos cardíacos latejando em sua cabeça. — Se o Landsraad ignorar tamanha tragédia inconcebível, não estão enxergando que algo assim poderia acontecer com qualquer um *dos senhores*?

Um representante da Casa Harkonnen se pronunciou sem a cortesia de se levantar para anunciar sua intenção.

— A Casa Vernius se declarou renegada. Conforme a lei de longa data, os Sardaukar do imperador e quaisquer outros caçadores de recompensas têm todo o direito de perseguir e eliminar a esposa do renegado. Cuidado, filhotinho de duque. É apenas pela bondade de nossos corações que estamos concedendo a vocês o direito de oferecer asilo aos filhos deles. Não há exigências legais para tanto.

Leto acreditava que o Harkonnen estava errado, mas não quis começar uma discussão jurídica, ainda mais sem a orientação de Thufir.

— Então, qualquer Casa pode ser perseguida, tendo seus membros assassinados por capricho pelos Sardaukar, e ninguém aqui considera que isso seja *errado*? Qualquer potência pode esmagar uma Grande Casa do Landsraad e o restante dos senhores vai simplesmente cobrir os olhos e esperar que não aconteça com a própria família no ataque seguinte?

— O imperador não age por capricho! — gritou alguém.

Algumas vozes clamaram em concordância... porém não muitas. Leto percebeu que aquele gesto de patriotismo e lealdade era provavelmente consequência do estado de saúde cada vez mais debilitado de Elrood. O ancião não era visto na função havia meses. Estava supostamente de cama e à beira da morte.

Leto levou as mãos à cintura.

— Posso ser jovem, mas não sou ignorante. Membros do Landsraad, com suas alianças mutáveis e falsas lealdades, considerem o seguinte: que juramento podem oferecer uns aos outros se suas promessas se desfazem ao vento como poeira? — Então repetiu as palavras que seu pai usara para recebê-lo assim que ele desembarcara da nave de resgate saída de Ix: — A Casa Atreides valoriza a lealdade e a honra muito acima da política. — Ele ergueu a mão, e sua voz assumiu uma assonância abrangente e dominante: — Deixo essa admoestação a cada um aqui: lembrem-se da Casa Vernius. O que aconteceu com eles *pode* acontecer com os senhores, e acontecerá caso não tomem cuidado. Em quem poderão confiar, se as Casas se voltarem umas contra as outras diante da menor oportunidade?

O jovem duque viu suas palavras acertando o alvo em alguns dos representantes, mas sabia, em seu coração, que se convocasse uma votação pela remoção da recompensa oferecida pelo aniquilamento da Casa Vernius, poucos lhe demonstrariam apoio.

Leto respirou fundo. Ele se virou, fingindo ter concluído, mas falou por cima do ombro:

— Talvez o melhor conselho a lhes oferecer seja que pensem em sua própria situação. Perguntem a si mesmos: *em quem eu posso confiar de verdade?*

Ele caminhou até a passagem arqueada da câmara do Conselho do Landsraad. Não houve aplausos... tampouco risadas. Apenas um silêncio

Duna: Casa Atreides

estarrecido, e ele suspeitou ter atingido mais alguns. Ou talvez estivesse apenas sendo otimista. O duque Leto Atreides ainda tinha muito o que aprender sobre política — era o que Hawat lhe diria na viagem de volta, sem dúvida —, mas o jovem jurou a si mesmo nunca ser como os impostores daquela câmara, que apenas diziam as coisas da boca para fora. Ao longo de toda sua vida, enquanto respirasse, Leto continuaria sendo uma pessoa verdadeira, fiel e confiável. Cedo ou tarde, os outros enxergariam aquilo nele... talvez até mesmo seus inimigos.

Thufir Hawat o alcançou nos portais das colunatas, e ambos saíram do enorme Salão de Oratória enquanto o Landsraad dava continuidade aos negócios sem eles.

**A história demonstra que o avanço da tecnologia
não é uma curva constante e ascendente. Há
períodos de platô, surtos na elevação e até mesmo
inversões.**

— *Tecnologia do Imperium*, 532ª edição

Enquanto duas figuras sombrias observavam, o dr. Yungar, inexpressivo, passava um escâner Suk sobre o pálido idoso que jazia sobre o leito, como se estivesse se afogando nas cobertas volumosas, lençóis bordados e redes diáfanas. O instrumento diagnóstico zumbia.

Ele nunca mais vai precisar das concubinas, pensou Shaddam.

— O imperador está morto — anunciou Yungar, jogando seu comprido rabo de cavalo cinza-metálico sobre o ombro.

— Ah, ora. Pelo menos agora está em paz — disse Shaddam, com uma voz grave e rouca, embora um arrepio supersticioso lhe percorresse a espinha.

Será que Elrood soubera no instante final quem tinha sido responsável por sua morte? Logo antes de morrer, os olhos reptilianos do velho haviam se voltado para o filho. Com o estômago revirado, o príncipe herdeiro se lembrara do dia terrível em que o imperador descobrira a cumplicidade de Shaddam no assassinato de seu primogênito, Fafnir... e de como o velho rira ao descobrir que o caçula estava colocando contraceptivos na comida da própria mãe, Habla, para que ela não pudesse conceber outro filho que viesse a rivalizá-lo.

Será que Elrood tinha alguma suspeita daquilo? Teria ele amaldiçoado o próprio filho em seus pensamentos derradeiros?

Bom, já era tarde demais para mudar de ideia. O antigo governante enfim estava morto, e Shaddam tinha sido a causa. Não, ele não. *Fenring*. Deixaria que o amigo fosse o bode expiatório, se necessário. Um príncipe herdeiro jamais poderia admitir tal culpa.

Logo ele não seria mais o príncipe herdeiro — finalmente seria o imperador. Imperador padixá do universo conhecido. Era imperativo, no entanto, que não demonstrasse empolgação ou triunfo. Deveria esperar o fim da cerimônia formal de coroação.

Duna: Casa Atreides

— Não que seja inesperado — disse Hasimir Fenring a seu lado, com a cabeça baixa e o queixo franzino apoiado contra a garganta. — O pobre coitado vinha definhando fazia um tempo, ah, hmmmmm.

O médico Suk dobrou o escâner e o levou ao bolso da túnica. Todos os outros já haviam recebido ordens para sair do recinto: as concubinas, os guardas, até o secretário Hesban.

— Ainda assim, há algo de estranho a respeito deste caso — comentou Yungar. — Há dias venho sentindo uma desconfiança... uma sensação de que havia algo aqui além de um idoso morrendo de causas naturais. Devemos ser cautelosos ao extremo em nossa análise, já que é o imperador...

— *Era* o imperador — corrigiu Shaddam, rápido demais.

Fenring fez um gesto sutil de aviso para chamar sua atenção.

— Exatamente. — O médico Suk passou a mão sobre a tatuagem de diamante preta em sua testa.

Shaddam se perguntou se ele estaria incomodado porque não receberia mais os valores extravagantes pela continuidade do tratamento.

— Meu bom doutor, o imperador Elrood era um ancião e estava sob muito estresse. — Executando uma bênção incomum, Fenring se abaixou e levou as pontas dos dedos até a testa gelada do velho, que parecia, para Shaddam, uma pedra coberta por um pergaminho. — Nós, que éramos mais próximos dele, reparamos em alterações visíveis em seu estado de saúde e em sua capacidade mental dentro dos, digamos, últimos dois anos. Seria melhor o senhor não dar voz a insinuações e desconfianças infundadas que pudessem prejudicar a estabilidade do Imperium, ainda mais neste período difícil, hããããã? O imperador padixá Elrood IX tinha mais de 150 anos de idade, com um dos reinados mais longevos da história dos Corrino. Deixemos a questão se encerrar assim.

Shaddam pigarreou.

— O que mais poderia ser, doutor? A segurança em torno de meu pai é impenetrável, guardas e farejadores de venenos por toda parte. Ninguém poderia ter lhe feito mal.

Yungar lançou um olhar incomodado para o homem com rosto de furão atrás do príncipe.

— Identidade, motivação e oportunidade. Estas são as perguntas. Embora eu não seja um investigador de polícia, tenho certeza de que um

Mentat estaria apto para fornecer respostas a todas as três. Vou compilar meus dados e fornecê-los a um comitê. É mera formalidade, mas deve ser cumprida.

— Quem faria uma coisa dessas a meu pai? — inquiriu Shaddam, aproximando-se.

A fala brusca do médico o deixou tenso, mas o Suk já havia demonstrado sua natureza pomposa. O morto sobre a cama parecia observá-los, com seus dedos iguais a uma garra apontando em um gesto de acusação.

— Mais evidências precisam ser reunidas primeiro, sire.

— *Evidências?* De que tipo?

Shaddam tentou se acalmar. O suor irrompeu de sua testa e ele passou a mão pelo cabelo arruivado cuidadosamente penteado. Talvez estivesse levando a encenação longe demais.

Fenring parecia senhor de si e avançou até o outro lado da cama, perto de onde tinham ficado as sobras do último copo de cerveja de especiaria do imperador.

Com um sussurro que apenas Shaddam ouviria, o médico disse:

— Em razão de minha lealdade Suk, é meu dever avisá-lo, príncipe Shaddam, que vossa alteza também pode estar correndo extremo perigo. A julgar pelos relatórios que vi, certas forças não desejam que a Casa Corrino permaneça no poder.

— Desde quando a Escola Suk obtém relatórios sobre as intrigas e as alianças imperiais? — questionou Fenring, esgueirando-se mais para perto. Ele não chegara a ouvir as palavras exatas, mas havia aprendido por conta própria a valiosa habilidade de ler lábios alguns anos antes. Ajudava muito com suas atividades de espionagem. Ele tentara ensinar o truque a Shaddam, mas o príncipe herdeiro ainda não havia desenvolvido tal aptidão.

— Temos nossas fontes. Lamentavelmente, conexões desse tipo são necessárias até mesmo para uma escola como a nossa, dedicada à medicina — disse o médico Suk.

Lembrando-se da insistência do médico em receber o pagamento completo antes mesmo de olhar para o paciente, Shaddam fechou a cara diante daquela ironia.

— Vivemos em tempos perigosos — acrescentou Yungar.

— Suspeitam de alguém em particular? — perguntou Shaddam, rouco, acompanhando a direção do olhar do médico. Talvez pudessem armar

Duna: Casa Atreides

para que o secretário Hesban levasse a culpa... plantar evidências, espalhar boatos.

— Em sua posição, o mais seguro seria suspeitar de todos, sire. Eu gostaria de conduzir uma autópsia no imperador Elrood. Junto de um parceiro da Escola Interna Suk, posso fazer uma varredura e analisar cada órgão, cada tecido, cada célula... só por garantia.

Shaddam franziu a testa.

— Me parece um terrível desrespeito a meu pai, fatiá-lo em pedacinhos de tal forma. Ele tinha certo... certo horror à cirurgia. Ah, ora. Melhor deixá-lo repousar em paz. Devemos nos preparar imediatamente para as cerimônias funerárias de Estado. E para minha coroação.

— Ao contrário, é uma demonstração de respeito pela memória de Elrood tentarmos determinar o que lhe aconteceu — persistiu Yungar. — Talvez alguma coisa tenha sido implantada em seu corpo algum tempo atrás, quando seu comportamento começou a se alterar... alguma coisa que aos poucos causou sua morte. Um médico Suk é capaz de encontrar os vestígios mais sutis, mesmo dois anos depois.

— Só de pensar em uma autópsia, já fico enjoado. Sou o herdeiro do Imperium, e eu o proíbo — disse Shaddam.

Ele fitou o cadáver do idoso e os pelos de seus braços se eriçaram, como se o fantasma da velha criatura pairasse sobre sua cabeça. O príncipe olhou de esguelha, desconfiado, para as sombras nos cantos e para a lareira fria.

Esperara sentir felicidade e alívio quando seu pai finalmente lhe passasse o Trono do Leão Dourado — naquele momento, porém, sabendo que seu chaumurky tinha sido a causa da morte do imperador, Shaddam se arrepiava.

— De acordo com o direito imperial, posso protocolar uma insistência formal para que a autópsia seja realizada, sire — explicou o médico Suk, com a voz ainda tranquila e baixa. — E, para seu próprio bem, é exatamente isso que devo fazer. Vejo que vossa alteza é inexperiente no que diz respeito às intrigas, pois cresceu protegido na corte. Sem dúvida, pensa que estou agindo de forma tola, mas eu lhe garanto que não estou errado a respeito disso. Tenho um pressentimento na boca do estômago.

— Talvez o bom doutor tenha razão — interveio Fenring.

Brian Herbert e Kevin J. Anderson

— Como você pode...? — Ao ver um brilho peculiar nos olhos de Fenring, Shaddam interrompeu o que ia dizer, depois espiou o médico e lhe disse: — Preciso me consultar com meu conselheiro.

— É claro.

Yungar observou os dois seguirem para o lado, perto da porta.

— Você enlouqueceu? — sussurrou Shaddam, assim que ele e Fenring se viram a uma boa distância.

— Concorde com ele por ora. Depois, graças a um... — Fenring sorriu, escolhendo a palavra certa — ... mal-entendido, o velho Elrood será cremado antes que tenham a chance de cortá-lo.

— Entendi — respondeu Shaddam, com uma compreensão súbita. Depois, voltando para perto de Yungar, disse ao médico: — Mande buscar seu sócio para que façam a autópsia. Meu pai será enviado à enfermaria, onde poderão completar o procedimento.

— Será necessário um dia para trazermos o outro médico. Poderiam fazer os arranjos para garantir que o corpo seja mantido sob refrigeração? — perguntou o Suk.

Shaddam abriu um sorriso educado.

— Com certeza.

— Despeço-me, então, sire.

Com uma mesura, o Suk se retirou às pressas, com passos rápidos e a túnica médica farfalhando. Seu cabelo cinza-metálico comprido sacudia no rabo de cavalo, preso por um anel de prata.

Quando os dois ficaram a sós, com um sorriso ardiloso, Fenring disse:

— Era isso ou teríamos de matar o cretino, e não ousaríamos arriscar uma coisa dessas.

Uma hora mais tarde, graças a uma infeliz série de acontecimentos, o imperador Elrood IX foi reduzido a cinzas no crematório imperial, e seus restos mortais acabaram extraviados. Um zelador e dois atendentes médicos da corte pagaram por aquele erro com suas vidas.

> **A Memória e a História são duas faces da mesma moeda. Com o tempo, entretanto, a História tende a pender para uma impressão favorável dos eventos, enquanto a Memória está condenada a preservar os piores aspectos.**
>
> **— Lady Helena Atreides, diários pessoais**

Pai, eu não estava pronto.

Os mares noturnos de Caladan estavam revoltos e a chuva impelida pelo vento fustigava as janelas da torre leste do castelo. No entanto, outro tipo de tempestade se agitava dentro do duque Leto: a preocupação com o futuro de sua Casa atormentada.

Vinha evitando aquela tarefa havia muito tempo... meses, a bem da verdade. Naquela noite isolada, tudo o que queria era se sentar em um cômodo aquecido por uma lareira na companhia de Rhombur e Kailea. Em vez disso, ele finalmente decidira inventariar alguns dos itens pessoais do Velho Duque.

Baús de armazenamento contendo as coisas de seu pai tinham sido levados e alinhados contra uma das paredes. Os criados haviam atiçado as brasas na lareira até subir uma bela chama, e uma panela de vinho quente preenchia o recinto com os aromas picantes de terra-moscada e um toque oneroso de mélange. Quatro pequenos luciglobos forneciam luz o suficiente para a realização das tarefas.

Kailea havia encontrado um casaco de peles guardado e tomado para si, embrulhando-se nele para se aquecer — mas a peça também a deixava deslumbrante. Apesar das mudanças radicais em sua vida e da nova distância em relação a seus sonhos de brilhar na Corte Imperial, a filha dos Vernius era uma sobrevivente. Por pura força de vontade, Kailea parecia dobrar o ambiente a seu redor, tirando o melhor de sua situação.

Apesar dos revezes políticos que resultariam de qualquer romance com a família renegada, o duque Leto — governante de uma Grande Casa — via-se ainda mais atraído pela garota. Mas ele se lembrava do aviso principal de seu pai: "Nunca se case por amor, ou será o fim de nossa Casa". Paulus Atreides tinha conseguido martelar aquilo na cabeça do filho com o mesmo vigor de qualquer outro treinamento de liderança. Leto sabia que jamais poderia ignorar o comando do Velho Duque; aquilo já tinha se tornado parte dele.

Ainda assim, Kailea o atraía, por mais que ele ainda não tivesse conseguido reunir a coragem de expressar seus sentimentos por ela. De todo modo, achava que a princesa dos Vernius já sabia; Kailea era dona de um espírito forte e lógico. Era possível ver em seus olhos esmeralda, na curva de sua boca felina, no olhar contemplativo que ela direcionava para Leto quando achava que ele não fosse reparar.

Com a permissão de Leto, Rhombur olhou curiosamente em alguns dos baús de armazenamento, procurando lembranças antigas, dos tempos de guerra, da amizade entre Paulus e Dominic Vernius. Do fundo de um dos baús, ele puxou uma capa bordada e a desdobrou.

— O que é isso? Nunca vi seu pai usá-la.

Leto analisou o desenho e entendeu na hora o que era: o gavião dos Atreides abraçando a lâmpada de conhecimento dos Richese.

— Acredito que seja a capa matrimonial dele, de quando meus pais se casaram.

— Ah, desculpa — disse Rhombur, a voz quase sumindo de constrangimento. Ele dobrou a capa e a guardou de volta no baú.

Balançando a cabeça, Leto respirou fundo. Sabia que estavam pisando em um campo minado da memória, então era preciso que simplesmente aguentasse firme.

— Meu pai não escolheu morrer e me deixar nesta posição, Rhombur. Minha mãe tomou as próprias decisões. Ela poderia ter sido uma assessora valiosa para mim. Em outras circunstâncias, eu seria grato pela assistência e pelos conselhos sábios dela. Mas, em vez disso... — Ele suspirou e olhou amargamente para Kailea. — Como eu disse, ela tomou as próprias decisões.

Apenas ele e o guerreiro Mentat sabiam a verdade sobre a cumplicidade de Helena no assassinato, e era um segredo que Leto jurara levar consigo para o túmulo. Com a morte do mestre-estribeiro durante o interrogatório, o novo duque passara a ter sangue fresco nas mãos — pela primeira vez, mas certamente não pela última. Nem mesmo Rhombur ou Kailea desconfiavam da verdade.

Ele tinha mandado a mãe embora do Castelo Caladan na companhia de dois criados que ele mesmo escolhera. Para seu "repouso e bem-estar",

Duna: Casa Atreides

lady Helena fora conduzida ao continente oriental, onde viveria sob condições primitivas com as Irmãs Isoladas, uma comuna religiosa retrógrada. Altivamente, sem se dar ao trabalho de exigir explicações pelo comportamento do filho, Helena aceitara o banimento.

Apesar de sua fachada forte, Leto sofria em segredo pela perda da mãe e se sentia aturdido por perder os dois pais em um intervalo de poucos meses. Mas Helena havia cometido o ato mais hediondo de traição possível contra a própria família, a própria Casa, e ele sabia que jamais seria capaz de perdoá-la ou sequer de vê-la outra vez. Matá-la estava fora de questão; o pensamento nem passara pela cabeça dele. Afinal, era sua mãe, e ele não era como ela. Além do mais, tirá-la de seu campo de visão era uma questão prática, pois a Leto sobejaram vastos patrimônios para administrar, e o bem-estar dos cidadãos de Caladan era sua prioridade. Ele precisava se colocar a postos e governar a Casa Atreides.

De um baú cheio, Rhombur tirou um baralho à moda antiga com cartas feitas à mão e alguns dos prêmios do Velho Duque, incluindo medalhas de honra militar, uma faca lascada e uma pequena bandeirola manchada de sangue. Leto encontrou conchas, um cachecol colorido, um poema de amor de autoria desconhecida, uma madeixa de cabelo castanho-avermelhado (que não era a cor do cabelo de Helena), outra de cabelo loiro e braceletes femininos de metal esmaltado, mas ele não tinha ideia de como explicar aqueles itens.

Sabia que seu pai tinha amantes, mas Paulus jamais levara nenhuma delas ao castelo como concubinas oficiais. O Velho Duque apenas aproveitava e, sem dúvida, cobria aquelas mulheres de penduricalhos, tecidos ou guloseimas.

Leto ignorou os objetos e fechou a tampa pesada da caixa. O duque Paulus tinha direito às próprias memórias, ao próprio passado e aos próprios segredos. Nenhuma daquelas lembranças estava relacionada às fortunas da Casa Atreides. O novo duque precisava se concentrar na política e nos negócios. Thufir Hawat, os outros assessores da corte e até mesmo o príncipe Rhombur estavam se esforçando ao máximo para orientá-lo, mas Leto se sentia como um recém-nascido, tendo que aprender tudo do zero.

Conforme continuava a chover lá fora, Kailea serviu um caneco de vinho quente e o entregou a Leto, depois serviu outros dois para si mesma e o irmão. Pensativo, o duque o bebericou, saboreando o gosto ardido. O calor pareceu entrar em seus ossos, e ele sorriu ao agradecer.

Ela baixou o olhar para aquela estranha parafernália e ajustou um dos pentes dourados em seu cabelo acobreado. Leto reparou que o lábio inferior dela tremia.

— O que foi, Kailea?

Respirando fundo, ela olhou para o irmão, depois para Leto.

— Nunca terei a oportunidade de ver as coisas de minha mãe desse jeito. Nem as do Grand Palais, nem os poucos itens preciosos que ela levou quando fugimos.

Rhombur deu um passo adiante e abraçou sua irmã, mas ela continuou a olhar para Leto e prosseguiu:

— Minha mãe guardava lembranças do próprio imperador, tesouros que ele lhe dera na época em que ela encerrou o concubinato. Tinha tantas memórias, tantas histórias para me contar. Não passei tempo o bastante ouvindo-a quando estava viva.

— Vai ficar tudo bem. Vamos criar nossas próprias memórias — falou Rhombur, tentando consolá-la.

— E vamos fazer com que eles se lembrem de *nós* — disse Kailea, com a voz subitamente áspera.

Sentindo náusea e um cansaço profundo, Leto esfregou o sinete ducal em seu dedo. O anel ainda parecia estranho e pesado, mas ele sabia que jamais poderia removê-lo até algum dia em um futuro distante, quando o repassaria ao próprio filho para continuar as tradições da Casa Atreides.

Lá fora, a tempestade projetava mais chuva contra as muralhas e as janelas do anoso castelo de pedra enquanto o mar murmurava uma espumosa canção de ninar nos penhascos abaixo. Caladan parecia imenso e avassalador ao redor de Leto, que se sentia incrivelmente pequeno. Embora ainda fosse uma noite inóspita, nos momentos em que o jovem duque trocou sorrisos com Kailea e Rhombur, ele se sentiu aquecido e confortável em seu lar.

Leto ficou sabendo do falecimento do imperador enquanto ele e três serventes lutavam para pendurar a cabeça do touro salusano no salão de refeições. Os trabalhadores usavam cordas e polias para içar o

Duna: Casa Atreides

troféu monstruoso em um ponto daquelas paredes até então vazias e extremamente polidas.

A figura taciturna de Thufir Hawat aguardava por perto, observando tudo com as mãos nas costas. Distraído, o Mentat tocou a longa cicatriz na própria perna, uma lembrança da vez em que resgatara um duque Paulus muito mais jovem de outro touro enfurecido. Daquela derradeira vez, porém, ele não chegara a agir a tempo...

Kailea estremeceu ao olhar para a criatura hedionda acima.

— Vai ser difícil comer neste salão, com esta coisa nos encarando. Ainda consigo ver o sangue nos chifres.

Leto fitou a cabeça do touro, avaliando-a.

— Vejo como um lembrete de que jamais devo baixar a guarda. Ainda que com a interferência de conspiradores humanos, mesmo um animal estúpido é capaz de vencer um líder de uma Grande Casa do Landsraad. — Ele sentiu um calafrio. — Pense nessa lição, Kailea.

— Receio que não seja um pensamento dos mais reconfortantes — murmurou ela, com seus olhos verdes repletos de lágrimas contidas. Piscando para clarear a visão, ela se voltou às próprias atividades.

Com uma pasta de relatórios de cristal riduliano aberta sobre a mesa diante de si, ela dedicava suas energias a estudar a contabilidade doméstica. Beneficiando-se do que havia aprendido no Orbescritório de Ix, Kailea analisava a entrada de renda no patrimônio dos Atreides a fim de determinar como se distribuíam o trabalho e a produtividade nos continentes e mares de Caladan. Ela e Leto discutiam o tema a fundo, apesar da tenra idade dos dois. A exilada tinha uma ótima cabeça para negócios, como Leto ficou feliz em descobrir.

— Ser um bom duque não diz respeito apenas a esgrimir e tourear — dissera Thufir Hawat certa vez, muito antes dos problemas e desafios mais recentes. — O gerenciamento das pequenas coisas é, com frequência, uma batalha ainda mais difícil.

Por algum motivo, aquela afirmação havia se fixado na mente de Leto, e ele estava descobrindo a sabedoria contida naquelas palavras...

Quando o mensageiro imperial entrou marchando no salão de refeições, recém-saído de um paquete da Guilda, sua postura era rígida sob as vestes formais escarlates e douradas, as cores do Imperium.

— Solicito uma audiência com o duque Leto Atreides.

Brian Herbert e Kevin J. Anderson

Leto, Rhombur e Kailea congelaram, lembrando-se das notícias horríveis que haviam recebido da última vez que um mensageiro entrara na grande sala de recepção. O duque rezou para que não tivesse acontecido nada com o fugitivo Dominic Vernius. Mas o mensageiro oficial trajava as cores da Casa Corrino e parecia já ter feito aquele pronunciamento uma dezena de vezes.

— É meu dever anunciar a todos os membros das Casas Maiores e Menores do Landsraad que o imperador padixá Elrood Corrino IX faleceu, abatido por uma moléstia prolongada, no 138º ano de seu reinado. Que a história se lembre de seu extenso governo com carinho e que sua alma encontre a paz eterna.

Leto recuou um passo, estarrecido. Um dos trabalhadores quase deixou que a cabeça do touro escorregasse da posição que ocupava na parede, mas Hawat gritou para que o homem prestasse atenção.

O imperador fora uma presença imutável na galáxia pelo período de duas vidas de duração normal. Elrood morava em Kaitain, cercado por guardas, protegido contra todas as ameaças e fortemente viciado na especiaria geriátrica. Leto jamais considerara que o velho pudesse morrer algum dia, por mais que naquele intervalo mais recente de um ou dois anos tivesse ouvido notícias de que Elrood andava cada vez mais frágil.

O jovem duque se voltou ao mensageiro e assentiu com formalidade.

— Por favor, mande condolências ao príncipe herdeiro Shaddam. Quando serão conduzidas as cerimônias fúnebres de Estado? A Casa Atreides estará presente, é claro.

— Não será necessário. A pedido do trono, haverá apenas uma cerimônia particular para os familiares próximos — respondeu o mensageiro, com uma voz firme.

— Entendo.

— No entanto, Shaddam Corrino, prestes a ser coroado Shaddam IV, imperador padixá do universo conhecido, graciosamente solicita sua presença e seu juramento de lealdade na ocasião em que sua alteza formalmente ascenderá ao Trono do Leão Dourado. Os detalhes da cerimônia estão sendo organizados.

Leto lançou um olhar de relance para Thufir Hawat e respondeu:

— Assim será.

Com um aceno breve de cabeça, o mensageiro concluiu:

Duna: Casa Atreides

— Quando o protocolo estiver pronto e todo o cronograma preparado, os devidos informes serão enviados a Caladan.

Ele fez uma mesura, balançando a capa escarlate e dourada, e deu meia-volta com um clique nítido de seus sapatos. Então saiu marchando rumo ao adejador que o levaria de volta ao espaçoporto para sua viagem até o próximo planeta imperial, onde mais uma vez transmitiria a notícia.

— Ora, hã... é uma boa notícia — disse Rhombur, amargamente. Seu rosto estava pálido, porém rígido. Mantivera-se parado em silêncio na passagem, absorvendo as informações. — Se não fosse pelo ciúme mesquinho e pela intervenção do imperador, minha família poderia ter se recuperado da crise em Ix. O Landsraad teria enviado ajuda.

— Elrood não queria que nos recuperássemos — concordou Kailea, desviando o olhar dos livros de contabilidade. — Só lamento que minha mãe não tenha vivido para ouvir essa notícia.

Os lábios de Leto se voltaram para cima em um sorriso de otimismo cauteloso.

— Espera, isso nos oferece uma oportunidade inesperada. Pensem só. Apenas Elrood nutria essa animosidade pessoal contra a Casa Vernius. Ele e a mãe de vocês tinham um passado doloroso, que nós sabemos que era o real motivo por trás da recusa dele em retirar a recompensa oferecida pela morte de sua família. Era uma razão *pessoal*.

Parado sob a cabeça degolada do touro, Hawat olhava para Leto com atenção, ouvindo em silêncio e esperando ver o que seu novo duque iria sugerir.

— Tentei falar com o Conselho do Landsraad, mas são frívolos, não se comprometem — continuou Leto. — Nada farão para nos ajudar. Shaddam, por outro lado, é meu primo por parte de mãe... — Ele passou a língua por dentro do lábio inferior. — Só o encontrei três vezes, mas minha avó materna também era filha de Elrood. Posso alegar laços de sangue. Quando Shaddam se tornar o novo imperador, vou pedir para que ofereça anistia a vocês como um gesto de perdão. Ao jurar a lealdade eterna da Casa Atreides, vou lembrá-lo da grande história da Casa Vernius.

— Por que ele concordaria com uma coisa dessas? Qual é a vantagem para ele? — indagou Kailea.

— Porque seria a coisa certa a se fazer. O mais justo — respondeu Rhombur.

Sua irmã olhou para ele como se o irmão tivesse enlouquecido.

— Ele vai concordar para estabelecer o tom de seu reinado — disse Leto. — Todo novo imperador quer criar uma identidade, mostrar que é diferente do antecessor, livre das decisões e dos costumes anteriores. É possível que Shaddam esteja em um humor magnânimo. De toda forma, dizem que ele não estava nos melhores termos com o pai, e com certeza vai querer mostrar quem é, ainda mais depois de um século sob o governo de Elrood.

Kailea se atirou nos braços de Leto, e ele lhe deu um abraço desajeitado.

— Seria tão maravilhoso termos nossa liberdade de volta, Leto... e o patrimônio de nossa família! Talvez tenha algo para salvar de Ix, afinal.

— Vamos manter as esperanças, Kailea. Tente imaginar e é possível que aconteça — disse Rhombur, com um otimismo cauteloso.

— Não devemos ter medo de perguntar — acrescentou Leto.

— Certo. Se tem alguém capaz disso, é você, meu amigo — concordou Rhombur.

Inflamado pela determinação e pelo otimismo, Leto começou a traçar planos para sua procissão formal até Kaitain.

— Faremos algo que eles jamais esperariam. Rhombur e eu vamos aparecer para a coroação juntos.

Seu olhar cruzou com o olhar alarmado de seu assessor Mentat.

— É perigoso levar o filho da Casa Vernius, milorde.

— E é precisamente o que eles não esperam.

Que sentidos nos faltam para que não consigamos ver nem ouvir um outro mundo a nossa volta?

— Bíblia Católica de Orange

Alguns consideravam a vastidão rochosa da Estação da Guarda Florestal um mundo de maravilhas naturais, lindo e intocado. O barão Vladimir Harkonnen, porém, detestava estar tão longe de prédios fechados, ângulos retos, metal e plás. O ar frio tinha um cheiro rude e desagradável sem os vapores conhecidos de fábricas, óleo lubrificante e maquinário. Tudo natural demais, hostil demais.

Contudo, o barão sabia da importância de seu destino e por isso se mantinha entretido ao longo da caminhada observando o desconforto ainda maior de seu Mentat deturpado. Com uma túnica suja e cabelo bagunçado, Piter de Vries tinha dificuldades para acompanhar o ritmo do chefe. Embora sua mente operasse como uma máquina poderosa, o corpo era mimado, raquítico e fraco.

— Tudo é tão *primitivo* aqui, meu barão, tão imundo e frio — reclamou De Vries, com ferocidade nos olhos. — Tem certeza de que precisamos nos afastar tanto? Não temos outra alternativa além de nos embrenhar na floresta?

— Tem gente que paga caro para visitar lugares como este. Chamam de *resorts* — respondeu o barão.

— Piter, cale a boca e acompanhe nosso passo — ordenou Rabban.

Eles foram subindo o barranco íngreme rumo a uma muralha de pedra calcária coberta de gelo e esburacada por cavernas. Com uma careta, o Mentat rebateu soltando as próprias farpas:

— Não foi aqui que aquele garotinho derrotou você e sua equipe de caça, Rabban?

O sobrinho do barão se virou, encarando De Vries sob as pálpebras espessas.

— Se não segurar essa língua, é *você* quem eu vou caçar da próxima vez — rosnou ele.

— O inestimável Mentat de seu tio? Mas então como ele poderia me substituir? — perguntou De Vries, em um tom de voz despreocupado.

— É um bom argumento — concordou o barão, casquinando.

Rabban resmungou algo para si mesmo.

Mais cedo, os guardas e especialistas do barão haviam vasculhado a área isolada da reserva de caça, uma varredura de segurança para garantir que o trio pudesse andar por ali desacompanhado, sem a comitiva de sempre. Com uma pistola maula na cintura e um fuzil de dissipação de calor pendurado no ombro, Rabban insistia que era capaz de dar conta do ataque de quaisquer lebréus selvagens ou outros predadores. O barão não confiava tanto assim em seu sobrinho, considerando o fato de que um garotinho havia de fato lhe passado a perna — mas, pelo menos, ali poderiam manter distância de olhares curiosos.

No topo de uma ribanceira, os três pararam para descansar em uma beirada escarpada, depois subiram mais um barranco. Rabban ia na frente, abrindo caminho pela densa vegetação rasteira até uma pedra calcária mais exposta. Ali, uma rachadura baixa dava para um espaço obscuro entre o solo e a pedra esfarelada.

— É por aqui. Vamos — indicou Rabban.

O barão se ajoelhou e projetou a luz de uma lanterna anelar dentro da abertura da caverna.

— Siga-me, Piter.

— Não sou espeleólogo. Além do mais, estou cansado — retrucou o Mentat.

— Você simplesmente não tem a forma física para isso — retorquiu o barão, respirando fundo para sentir os próprios músculos. — Precisa se exercitar mais. Manter-se em forma.

— Não foi para isso que o senhor me adquiriu, meu barão.

— Eu o adquiri para fazer qualquer coisa que eu *mandar* você fazer.

O barão se abaixou e foi rastejando para o interior da abertura; minúsculo, porém poderoso, o facho de luz em seu dedo sondava a escuridão adiante.

Embora ele tentasse manter seu físico em perfeitas condições, ao longo do último ano vinha sofrendo de dores no corpo e fraquezas inesperadas. Ninguém havia reparado — ou talvez ninguém ousasse mencionar — que ele também vinha ganhando peso, embora sua dieta continuasse a mesma. Sua pele havia adquirido uma textura mais grossa e uma aparência mais pálida. Cogitara discutir seu problema com especialistas, talvez

Duna: Casa Atreides

mesmo um médico Suk, apesar dos imensos custos de se consultar com um deles. Parecia que a vida era uma série interminável de problemas.

— Aqui tem cheiro de urina de urso — reclamou De Vries enquanto se enfiava no buraco.

— Como você reconheceria o cheiro de urina de urso? — perguntou Rabban, empurrando o Mentat para dentro a fim de abrir espaço para si mesmo.

— Eu sinto o *seu* cheiro. Não é possível que um animal selvagem seja mais rançoso do que o senhor.

Os três pararam lá dentro e o barão acendeu um pequeno luciglobo, que saiu flutuando até chegar à parede mais próxima nos fundos da caverna baixa. O terreno do lugar era acidentado, coberto de musgo e poeira. Não mostrava o menor sinal de habitação humana.

— Uma bela projeção mimética, não? O melhor trabalho que nosso pessoal já fez — comentou o barão.

Ele esticou a mão coberta de anéis para a frente e a imagem da parede ficou borrada, indistinta.

Rabban localizou uma leve protuberância de pedra e a pressionou; toda a parede dos fundos se afastou ruidosamente e desapareceu, revelando um tubo de acesso.

— Um esconderijo muitíssimo especial — anunciou o barão.

Luzes se acenderam em um clarão, iluminando uma passagem que levava até o cerne da ribanceira. Após os três entrarem e vedarem a projeção da parede falsa, De Vries olhou ao redor, deslumbrado.

— Até de mim guardou este segredo, meu barão?

— Rabban encontrou esta caverna em uma de suas caçadas. Nós fizemos... certas modificações usando uma nova tecnologia, uma técnica impressionante. Acho que você verá as possibilidades, depois que eu explicar os detalhes.

— É um esconderijo bem elaborado — concordou o Mentat. — Não existe excesso de zelo quando se trata de espiões.

O barão ergueu uma das mãos na direção do teto e gritou a plenos pulmões:

— Maldito príncipe herdeiro Shaddam! Para a vala com ele! Não... para as mais obscuras profundezas de uma gruta infernal, coberta de lava e encrustada de imundície!

Brian Herbert e Kevin J. Anderson

A explosão de sentimentos traiçoeiros deixou até mesmo De Vries chocado, e o barão deu uma risada.

— Aqui, Piter, como em nenhum outro lugar em Giedi Primo, eu não fico nem um pouco preocupado com espiões. — Ele os conduziu até a câmara principal. — Nós três podemos nos esconder aqui e resistir a tudo, até mesmo a um ataque de armas atômicas contrabandeadas. Ninguém vai nos encontrar. Há reservatórios de nulentropia contendo armas e mantimentos que vão durar para sempre. Tudo que é crucial para a Casa Harkonnen está aqui, desde registros genealógicos até documentos financeiros e nosso material de chantagem... todos os detalhes sórdidos e fascinantes que temos sobre as outras Casas.

Rabban se sentou a uma mesa extremamente polida e apertou um botão em um painel. De repente, as paredes se tornaram transparentes, emitindo um brilho amarelo para destacar cadáveres distorcidos, 21 ao todo, suspensos nos vãos entre folhas de plás.

— Aqui está a equipe de construção. Este é nosso... memorial especial em homenagem a eles — disse Rabban.

— Um tanto faraônico — acrescentou o barão, com um tom de voz leviano.

A carne dos cadáveres estava descolorida e inchada; os rostos, contorcidos em esgares macabros, feitos à hora da morte. A expressão das vítimas carregava uma grande dose de tristeza e resignação, mais do que horror pela morte iminente. Qualquer um que trabalhasse na construção de uma câmara secreta para os Harkonnen deveria saber desde o começo que estaria condenado.

— Vai ser um tanto desagradável olhar para eles enquanto apodrecem, mas, cedo ou tarde, teremos belos esqueletos limpos para admirar — comentou o barão.

As outras paredes eram cobertas por complexos ornamentos em relevo do grifo azul dos Harkonnen, além de imagens asquerosas e pornográficas de cópulas entre seres humanos e de pessoas com animais, desenhos sugestivos e um relógio mecânico que ofenderia a maioria dos observadores. Rabban olhou para aquilo e deu uma risadinha conforme as partes masculinas e femininas interagiam em um ritmo constante e perpétuo.

De Vries deu meia-volta, analisando os detalhes e submetendo-os às próprias projeções Mentat.

Duna: Casa Atreides

O barão sorria.

— Este lugar é cercado por uma projeção protetora que torna objetos invisíveis a todos os comprimentos de onda. Nenhum escâner é capaz de detectar este espaço, seja por visão, audição, calor ou mesmo toque. Chamamos a projeção de *nulcampo*. Veja bem: estamos em um lugar que, para o restante do universo, não *existe*. É perfeito para discutirmos nossos... deliciosos planos.

— Nunca ouvi falar de um campo dessa sorte... não da Guilda, nem de Ix — comentou De Vries. — Quem inventou?

— Talvez você se lembre de nosso... pesquisador visitante, de Richese.

— Chobyn? — perguntou o Mentat, respondendo à própria pergunta em seguida: — Sim, era esse seu nome.

— Ele veio até nós em sigilo com uma técnica de ponta que os richesianos desenvolveram. É uma tecnologia nova e arriscada, mas nosso amigo Chobyn enxergou suas possibilidades e sabiamente a trouxe à Casa Harkonnen para que apenas nós pudéssemos explorá-la, contanto que o remunerássemos o bastante.

— E, com certeza, nós pagamos o suficiente — acrescentou Rabban.

— Valeu cada solari — afirmou o barão. Ele tamborilava os dedos em seu ritmo habitual em cima da mesa. — Dentro deste não globo, não existe vivalma que possa nos ouvir, nem mesmo um Navegador da Guilda com sua maldita presciência. Neste momento, temos Chobyn trabalhando em... algo ainda melhor para nós.

Impaciente, Rabban jogou o corpo para trás em um dos assentos.

— Vamos chegar logo no assunto que temos de tratar.

De Vries se sentou à mesa autolimpante, os olhos brilhando e as capacidades de Mentat já agindo e apreendendo as implicações de uma tecnologia de invisibilidade. Os fins para os quais ela poderia ser usada...

O barão olhou das feições estúpidas de seu sobrinho para o Mentat deturpado. *Que completo contraste estes dois, representando os extremos do espectro intelectual.* Tanto Rabban quanto De Vries precisavam de supervisão constante, o primeiro em razão da cabeça oca e do pavio curto, o segundo porque sua genialidade poderia ser igualmente perigosa.

Apesar de suas óbvias deficiências, Rabban era o único Harkonnen que viria a ser o sucessor do barão. Sem dúvida, Abulurd não era qualificado, e, além daquelas duas filhas bastardas que as Bene Gesserit tinham arrancado dele, o barão não possuía descendentes próprios. Precisava, portanto, treinar o sobrinho quanto aos usos e abusos adequados do poder para que pudesse um dia morrer tranquilo, sabendo que a Casa Harkonnen perseveraria.

Seria ainda melhor, no entanto, se os Atreides fossem destruídos...

Talvez Rabban devesse ter dois guias Mentats em vez de um só, como de praxe. Dada sua natureza combativa tal qual a de um touro, a governança de Rabban seria especialmente brutal, talvez em uma escala jamais vista em Giedi Primo, mesmo com o longo histórico dos Harkonnen de tortura e maus-tratos contra escravizados.

A expressão do barão nublou.

— Vamos aos negócios. Agora escutem, vocês dois. Piter, quero que use a plenitude de suas capacidades de Mentat.

De Vries sacou seu pequeno frasco de suco de sapho de um bolso da túnica. Deu um gole e estalou os lábios de um jeito pelo qual o barão sentia repulsa.

— Meus espiões relataram informações muito preocupantes — anunciou o barão. — Tem a ver com Ix e com alguns supostos planos do imperador antes de morrer. — Ele tamborilou os dedos no ritmo da cançãozinha que sempre tocava em sua cabeça. — É uma trama com sérias implicações para a fortuna de nossa família. A CHOAM e a Guilda nem estão sabendo de nada.

Rabban resmungou. De Vries ajeitou a coluna, esperando mais dados.

— Parece que o imperador e os tleilaxu firmaram algum tipo de aliança para trabalhos heterodoxos e extremamente ilegais — continuou o barão.

— Porclesmas e merda combinam — comentou Rabban.

O barão riu da analogia.

— Descobri que nosso amado e falecido imperador em pessoa estava por trás da tomada de Ix. Ele forçou a Casa Vernius a renegar-se e equipou os tleilaxu para que pudessem dar início a pesquisas naquele planeta, adaptando seus métodos de acordo com as sofisticadas instalações ixianas.

— E que pesquisas seriam essas, meu barão? — perguntou De Vries.

O barão soltou a bomba:

Duna: Casa Atreides

— Eles estão atrás de um método biológico para sintetizar mélange. Pensam que podem produzir a própria especiaria artificialmente a baixo custo, excluindo assim Arrakis, ou seja, *nós*, dos canais de distribuição.

Rabban grunhiu.

— Impossível. Ninguém é capaz disso.

Mas a mente do Mentat rodopiava conforme as informações se conectavam.

— Eu não subestimaria os tleilaxu... ainda mais combinados com as instalações e a tecnologia de Ix. Eles terão tudo de que precisam.

Rabban endireitou a postura.

— Mas, se o imperador for capaz de produzir especiaria sintética, o que acontece com nosso patrimônio? E todas as reservas de especiaria que passamos anos acumulando?

— Se o novo mélange sintético for barato e eficaz, as fortunas de especiaria dos Harkonnen vão evaporar. Praticamente da noite para o dia — afirmou De Vries, com uma expressão pétrea.

— Exatamente, Piter! — O barão bateu com o punho coberto de anéis sobre a mesa. — Coletar especiaria de Arrakis envolve um processo incrivelmente caro. Se o imperador tiver a própria fonte de mélange barato, o mercado entrará em colapso e a Casa Corrino controlará o que sobrar... um novo monopólio inteiramente nas mãos do imperador.

— A CHOAM não vai gostar disso — disse Rabban com uma sagacidade incomum.

— Então devemos levar essa informação à Guilda Espacial — sugeriu De Vries. — Revelar o que o imperador estava fazendo e garantir que Shaddam encerre essas investigações. A CHOAM e a Guilda não vão querer perder seus investimentos na produção de especiaria.

— Mas e se o novo imperador firmar um tratado com eles primeiro, Piter? — indagou o barão. — A CHOAM já é propriedade parcial da Casa Corrino. Shaddam tem a intenção de imprimir a própria marca ao encetar seu reinado. E se a CHOAM pressioná-lo para conferir *a si mesma* acesso à especiaria sintética com um desconto extraordinário, como recompensa pela cooperação? A Guilda iria adorar ter um estoque mais barato e confiável. É capaz até de abandonar Arrakis de uma vez se muito for exigido dela.

— Então seremos os únicos deixados de lado. A Casa Harkonnen será pisoteada por todos — rosnou Rabban.

Os olhos do Mentat se mantiveram semicerrados enquanto ele falou em um átimo, com um tom de voz monótono:

— Não podemos nem mesmo apresentar uma queixa formal às Casas do Landsraad. O conhecimento de um substituto à especiaria causaria um alvoroço entre as famílias federadas. As alianças políticas mudaram recentemente e há várias Casas que não achariam ruim a quebra de nosso monopólio nem se importariam com a queda do preço do mélange. As únicas Casas que sairiam perdendo seriam as que investiram pesado em estoques secretos e ilícitos de especiaria ou nas dispendiosas operações de colheita em Arrakis.

— Em outras palavras, *nós*, mais uma vez... e alguns de nossos aliados mais próximos — disse o barão.

— As Bene Gesserit e sua namoradinha bruxa provavelmente adorariam ter um estoque barato também.

O barão olhou feio para o sobrinho. Rabban só deu risada.

— Então, o que podemos fazer a respeito?

De Vries respondeu sem consultar o barão.

— A Casa Harkonnen deve cuidar disso por conta própria. Não devemos esperar qualquer auxílio externo.

— Lembrem-se de que temos apenas um semifeudo em Arrakis — apontou o barão. — Concedido a nossa família por tolerância da CHOAM e do imperador. E agora é como se fosse um gancho de carne onde eles nos penduraram. Devemos agir com extrema cautela.

— Não detemos a força militar necessária para enfrentar todos esses inimigos — observou Rabban.

— Teremos que ser sutis — disse De Vries.

— Sutis? — O barão arqueou as sobrancelhas. — Certo então, estou disposto a tentar coisas novas.

— Devemos intervir na pesquisa dos tleilaxu em Ix — afirmou De Vries. — De preferência, destruí-la. Sugiro que a Casa Harkonnen também liquide vários de seus ativos, construa uma reserva de dinheiro vivo e venda a produção de especiaria atual extraindo o máximo possível de lucro, porque ela pode desaparecer a qualquer momento.

O barão olhou para Rabban e disse:

— Precisamos espremer a produção. Ah, e mande o imbecil do seu pai aumentar a extração de pele de baleia em Lankiveil. Temos que encher nossos cofres. As batalhas por vir poderão nos ser custosas.

Duna: Casa Atreides

O Mentat limpou uma gota vermelha dos lábios.

— Devemos fazer isso com o máximo de sigilo. A CHOAM observa nossas atividades financeiras atentamente e detectaria se começássemos a fazer movimentações incomuns. Por ora, é melhor não revelarmos nossa carta na manga no que diz respeito à pesquisa dos tleilaxu. Não queremos que a CHOAM ou a Guilda unam suas forças com o novo imperador contra a Casa Harkonnen.

— Temos que manter o Imperium dependente de nós — acrescentou o barão.

Rabban exibiu uma carranca, tentando abrir caminho pelas implicações por via da força bruta.

— Mas, considerando que os tleilaxu estão entrincheirados em Ix, como destruiremos essa pesquisa sem expor o que ela de fato é? Sem entregar nosso envolvimento e virar todos os inimigos contra nós?

De Vries se recostou para observar os desenhos sexuais nas paredes. Os cadáveres apodrecidos pendurados em suas vitrines pareciam bisbilhoteiros hediondos. Sua mente revirou os cálculos de Mentat até ele enfim responder:

— Precisamos de mais alguém lutando por nós. De preferência sem saber disso.

— Quem? — perguntou Rabban.

— Foi por isso que trouxemos Piter aqui — disse o barão. — Precisamos de sugestões.

— Projeção primária: Casa Atreides — revelou De Vries.

Rabban ficou boquiaberto.

— Os Atreides nunca lutariam por nós!

De Vries disparou uma resposta:

— O Velho Duque está morto e a Casa Atreides enfrenta instabilidade no momento. O sucessor de Paulus, Leto, é um jovenzinho impetuoso. Não tem amigos no Landsraad e fez um discurso recente um tanto constrangedor no Conselho. Voltou para casa humilhado.

O barão ficou esperando, tentando ver aonde seu Mentat queria chegar com aquilo.

— Segundo ponto de dados: a Casa Vernius, forte aliada dos Atreides, foi expulsa de Ix pelos tleilaxu — continuou De Vries. — O conde Dominic está foragido, com uma recompensa por sua cabeça, e lady Shando acaba de ser assassinada com base em sua condição de renegada. A Casa Atreides ofereceu santuário aos dois filhos dos Vernius e está profundamente envolvida com as vítimas dos tleilaxu. — O Mentat ergueu um dedo para somar os dados. — Agora, o jovem e inconsequente duque é amigo próximo do príncipe exilado de Ix e culpa os tleilaxu pela tomada do planeta, pela recompensa oferecida e pela condição arruinada da família Vernius. Leto disse ao Landsraad: "A Casa Atreides valoriza a lealdade e a honra muito acima da política". Talvez ele ache que seu dever é ajudar Rhombur Vernius a recuperar sua posição em Ix. Quem melhor do que ele para dar esse golpe por nós?

O barão sorriu, acompanhando as implicações.

— Então... começamos uma guerra entre a Casa Atreides e os tleilaxu! E deixamos que os dois se aniquilem mutuamente. Assim, os Atreides *e* o centro de pesquisa de especiaria sintética acabarão destruídos.

Era evidente que Rabban expressava dificuldades para visualizar aquele cenário. Pela expressão intensa em seu rosto, o barão podia ver que o sobrinho estava se esforçando ao máximo para tentar acompanhá-los.

O Mentat assentiu e concluiu:

— Se jogarmos direito, podemos realizar isso mantendo a Casa Harkonnen completamente alheia às hostilidades. Alcançaremos nossos objetivos e nossas mãos seguirão inteiramente limpas.

— Brilhante, Piter! Fico feliz por não o ter executado em todas aquelas ocasiões em que você foi irritante demais.

— Eu também — respondeu De Vries.

O barão abriu uma das câmaras de nulentropia para pegar um frasco de conhaque kirana caríssimo.

— Vamos brindar. — Ele abriu um sorriso ardiloso. — Porque acabo de me dar conta de quando e como podemos fazer isso tudo acontecer.

Seus dois ouvintes não poderiam ter ficado mais atentos.

— O novo duque está se sentindo sobrecarregado com as complexidades de administrar seu patrimônio — continuou o barão. — Naturalmente, vai comparecer à coroação de Shaddam IV. Nenhuma Grande Casa arriscaria ofender o novo imperador padixá esnobando-o em seu dia de glória.

De Vries acompanhou o raciocínio na hora:

— Quando o duque Leto viajar para a coroação... será nossa chance de atacar.

Duna: Casa Atreides

— Em Kaitain? — perguntou Rabban.

— Suspeito que seja algo mais interessante do que isso — disse De Vries.

O barão bebericou a doçura morna do conhaque envelhecido.

— Ahhh, será uma vingança deliciosa. E Leto nem suspeitará, não terá ideia de que direção veio o golpe.

Os olhos de Rabban se iluminaram:

— Vamos fazê-lo se contorcer, tio?

O barão pegou taças de cristal para seu sobrinho e seu Mentat. Rabban virou todo o conhaque em um único gole, mas De Vries ficou apenas admirando o líquido, como se estivesse realizando uma análise química.

— Vamos, Rabban, ele vai se contorcer e se contorcer até uma grande bota imperial esmagá-lo.

**Ninguém a não ser um tleilaxu tem
permissão para pisar em Bandalong, a mais santa
das cidades dos Bene Tleilax, pois seu território
consagrado é protegido fanaticamente e purificado pelo Deus desse povo.**

— *Diplomacia no Imperium*, uma publicação do Landsraad

O edifício marcado pelo incêndio outrora havia sido uma fábrica ixiana para produção de maks de combate — uma das indústrias sacrílegas que profanavam os santos mandamentos do Jihad Butleriano. *Não mais.* Hidar Fen Ajidica admirava as fileiras de tanques e auxiliares, satisfeito em ver que o lugar havia sido completamente purificado e adaptado para um bom uso. *Deus aprovará.*

Após a vitória dos tleilaxu, as instalações tinham sido esvaziadas de suas máquinas peçonhentas e o local fora abençoado por Mestres plenamente paramentados a fim de ser usado para os desígnios grandiosos dos Bene Tleilax. Apesar das ordens e do apoio do velho imperador Elrood, já falecido, Ajidica nunca considerara a empreitada de Ix um projeto imperial. Os tleilaxu não agiam em benefício de ninguém a não ser de si mesmos e de seu Deus. Guardavam os próprios propósitos, que jamais seriam compreendidos por pessoas impuras de fora.

— A estratégia tleilaxu está sempre entretecida em uma trama maior de estratégias na qual qualquer uma pode ser a estratégia real — entoou ele, o axioma de seu povo. — A magia de nosso Deus é a nossa salvação.

Cada tanque axolotle continha os ingredientes de um experimento distinto, cada um representando um meio alternativo de resolver o problema do mélange artificial. Ninguém de fora jamais chegara a ver um tanque axolotle dos tleilaxu, tampouco a compreender sua verdadeira função. Para produzir a preciosa especiaria, Ajidica sabia que precisaria recorrer a métodos perturbadores. *Outros ficariam horrorizados, mas Deus aprovará*, repetia ele para si mesmo, no âmago secreto de sua alma. Cedo ou tarde, seriam capazes de produzir a especiaria em massa.

Duna: Casa Atreides

Ao se dar conta da complexidade do desafio, o Mestre pesquisador buscara adeptos da tecnologia em Tleilax I — eruditos que tinham perspectivas bastante divergentes sobre os modos de concretizar aquele objetivo. No ponto inicial do processo, todas as opções deveriam ser consideradas, todas as evidências analisadas atrás de pistas a serem inseridas diretamente no código genético das moléculas orgânicas, ao qual os tleilaxu se referiam como a Língua de Deus.

Todos os adeptos da tecnologia concordavam que a especiaria artificial teria que ser desenvolvida como uma substância orgânica em tanques axolotles, considerados fontes divinas de vida e energia. Os Mestres pesquisadores haviam nutrido incontáveis programas anteriores com resultados assombrosos, de porclesmas a clones e gholas... apesar de terem ocorrido muitos fracassos infelizes no meio do caminho também.

Aqueles recipientes exóticos eram a descoberta mais sagrada dos tleilaxu, e seu funcionamento era mantido em segredo até mesmo do príncipe herdeiro Shaddam, seus assessores e seus Sardaukar. O sigilo e a segurança em Ix — que passara a ser Xuttuh — havia sido uma das exigências do acordo original com o imperador Elrood. Achando graça de um jeito depreciativo, o velho concordara. Devia ter imaginado que poderia tomar aqueles segredos quando quisesse.

Muitos faziam aquele tipo de suposição ridícula quanto aos tleilaxu. Ajidica estava acostumado a ser subestimado por idiotas.

Ninguém além de um Mestre tleilaxu ou um pesquisador tleilaxu de sangue puro jamais teria acesso àquele conhecimento. Ajidica inspirou fundo o vapor das substâncias químicas pungentes, o fedor úmido e desagradável que era uma consequência inevitável dos tanques em operação. Odores naturais. *Sinto a presença de meu Deus*, pensou ele, formando as palavras em islamiyat — o idioma arcano que jamais era pronunciado em voz alta fora dos kehls, os conselhos secretos de sua raça. *Deus é misericordioso. Somente Ele pode me guiar.*

Um luciglobo flutuava diante dos olhos dele, oscilando em vermelho... longa, longa, curta, pausa... longa, curta, mudança de cor para azul... cinco piscadas rápidas e volta para o vermelho. O emissário do príncipe herdeiro estava ansioso por vê-lo. Hidar Fen Ajidica sabia que era melhor não deixar Hasimir Fenring esperando. Embora não tivesse o próprio título de nobreza, o impaciente Fenring era o amigo mais próximo do herdeiro

Brian Herbert e Kevin J. Anderson

imperial e compreendia as dinâmicas de manipulação de poder pessoal melhor do que a maioria dos grandes líderes do Landsraad. Ajidica até nutria certo respeito pelo homem.

Resignado, o tleilaxu se virou e passou tranquilamente por uma zona de identificação que seria fatal a qualquer indivíduo não autorizado. Mesmo o príncipe herdeiro seria incapaz de atravessar em segurança. A superioridade dos modos daquele outro povo o fez sorrir. Ixianos costumavam usar maquinário e campos de força para se proteger, como descobriram os implacáveis e desajeitados rebeldes suboides... causando detonações caóticas e danos colaterais. Os tleilaxu, por outro lado, recorriam a agentes biológicos, liberados por meio de interações engenhosas — toxinas e neblinas neurais que matavam os infiéis powindah no momento em que pisassem onde não deveriam.

Lá fora, na área de espera segura, a figura sorridente de Hasimir Fenring saudou Ajidica assim que o pesquisador saiu da zona de identificação. De certos ângulos, aquele homem de queixo franzino parecia uma fuinha, mas de outros lembrava um coelho — de aparência inócua, mas perigosíssimo. Os dois se encontraram no que outrora fora um saguão ixiano conectado por uma rede intrincada de tubos elevadores de plás transparente. O mortífero assassino imperial tinha uma cabeça a mais de altura do que o Mestre pesquisador.

— Ah, meu caro Fen Ajidica — disse Fenring, ronronando. — Seus experimentos estão indo bem, hãããã, ah? O príncipe herdeiro Shaddam está ansioso para receber uma atualização enquanto começa a reger seu Imperium.

— Fizemos um bom progresso, senhor. Nosso imperador por ser coroado já recebeu meu presente, imagino?

— Recebeu, e que belo presente. Ele agradece. — Fenring abriu um sorriso rígido ao se lembrar do que era: uma hermarraposa de pelo prateado, capaz de se autorreplicar, um cacareco vivo que não servia a absolutamente qualquer propósito. — Como vocês chegaram a uma criatura tão interessante?

— Somos adeptos das forças da vida, senhor.

Os olhos, pensou Ajidica. *Repare nos olhos dele. Revelam emoções perigosas. No momento, cruéis.*

— Então vocês gostam de brincar de Deus? — insinuou Fenring.

Duna: Casa Atreides

Com uma indignação controlada, Ajidica retorquiu:

— Há apenas um Deus Altíssimo. Eu não ousaria tomar Seu lugar.

— Claro que não. — Fenring estreitou os olhos. — Nosso novo imperador expressa sua gratidão, mas aponta que há um presente que ele preferiria imensamente ter recebido... uma amostra de especiaria artificial.

— Estamos trabalhando arduamente nesse problema, senhor, mas comunicamos ao imperador Elrood desde o princípio que demoraria vários anos, talvez até mesmo décadas, até chegarmos ao desenvolvimento de um produto completo. Muito de nosso trabalho preliminar tem simplesmente girado em torno de consolidar nosso controle sobre Xuttuh e adaptar as instalações já existentes.

— Então nenhum progresso tangível foi feito? — O escárnio de Fenring era tão extremo que ele não conseguia contê-lo.

— Há muitos sinais promissores.

— Que bom. Então posso dizer a Shaddam para quando ele deverá esperar esse presente? Ele gostaria de recebê-lo antes de sua coroação, que acontecerá daqui a seis semanas.

— Não creio que seja possível, senhor. Foi há menos de um mês-padrão que o senhor nos trouxe uma carga de mélange para servir de catalisador.

— Eu lhe dei material suficiente para comprar planetas inteiros.

— Claro, claro, e *estamos* avançando o mais rápido possível. Porém, os tanques axolotles precisam ser desenvolvidos e modificados, provavelmente ao longo de várias gerações. Shaddam deverá ser paciente.

Fenring analisou o pequeno tleilaxu, procurando sinais de intenções traiçoeiras.

— Paciente? Lembre-se, Ajidica, de que o imperador não tem paciência ilimitada.

O homem de proporções diminutas não gostava daquele predador imperial. Algo no discurso e nos olhos escuros e exageradamente grandes de Fenring trazia um tom subjacente de ameaça, mesmo quando discutiam assuntos mundanos. *Não se engane. Este homem será o executor das ordens do novo imperador — será meu assassino na possibilidade de meu fracasso.*

Ajidica respirou fundo, mas disfarçou com um bocejo para não demonstrar seu medo. Ao se pronunciar, reuniu toda a calma que tinha:

— Quando nosso sucesso for da vontade de Deus, assim será. Nós seguimos o cronograma Dele, não o nosso, nem o do príncipe Shaddam. É como o universo opera.

Os olhos de Fenring faiscaram perigosamente.

— Você compreende a importância deste projeto? Não apenas para o futuro da Casa Corrino e para a economia do Imperium... mas para sua própria sobrevivência também?

— Com certeza. — Ajidica sequer reagiu à ameaça. — Meu povo já aprendeu o valor da espera. Uma maçã colhida cedo demais pode estar verde e azeda, mas quando simplesmente esperamos até que esteja madura, então o fruto é doce e delicioso. Uma vez aperfeiçoada, a especiaria artificial alterará toda a estrutura de poder do Imperium. Não é possível desenvolver uma substância assim da noite para o dia.

Fenring fez uma careta.

— Temos sido pacientes, mas isso não pode continuar desta forma.

Com um sorriso generoso, Ajidica disse:

— Se desejar, podemos marcar reuniões regulares a fim de demonstrar nosso trabalho e nosso progresso. Tais distrações, porém, servirão apenas para adiar nossos experimentos, nossas análises de substância, nossas instalações.

— Não, prossigam — rosnou Fenring.

Tenho o cretino exatamente onde quero, e ele não gosta nem um pouco de estar onde está, pensou Ajidica. Ainda assim, tinha a distinta impressão de que aquele assassino poderia eliminá-lo sem hesitação. Naquele exato momento, apesar do rigor das varreduras de segurança, não havia dúvida de que Fenring trazia consigo uma variedade de armamentos escondidos sob a roupa, a pele e o cabelo.

Ele vai atentar contra minha vida assim que eu for dispensável, quando Shaddam pensar que já tem tudo de que precisa.

Hidar Fen Ajidica contava, porém, com as próprias armas escondidas. Estabelecera planos de contingência para lidar com os mais perigosos dos forasteiros... a fim de garantir que os tleilaxu mantivessem o controle a todo instante.

Nossos laboratórios podem até, de fato, chegar a um substituto para a especiaria, pensou ele. *Mas powindah nenhum saberá como ele é feito.*

Nosso cronograma alcançará a estatura de um fenômeno natural. A vida de um planeta é um tecido vasto e de trama firme. As alterações na vegetação e na vida animal serão determinadas, a princípio, pelas forças físicas brutas que manipulamos. Mas, à medida que se estabelecerem, nossas mudanças se tornarão influências controladoras por conta própria, e teremos de lidar com isso também. Não se esqueça, porém, de que precisamos controlar apenas três por cento da energia da superfície — somente três por cento — para fazer a estrutura inteira pender para nosso sistema autossustentado.

— Pardot Kynes, sonhos para Arrakis

Quando seu filho Liet tinha um ano e meio de vida, Pardot Kynes e a esposa embarcaram em uma jornada rumo ao deserto. Vestiram a criança silente em um trajestilador e uma túnica feitos sob medida para proteger a pele contra o sol e o calor.

Era um deleite para Kynes estar com sua família, mostrar-lhes o que ele havia conseguido realizar no projeto de transformação de Duna. Sua vida inteira dependia da capacidade que tinha de compartilhar os próprios sonhos.

Seus três aprendizes — Stilgar, Turok e Ommun — tentaram insistir em acompanhá-los para proteger e guiar a família, mas Kynes não lhes dera ouvidos.

— Já passei mais tempo sozinho em regiões selvagens do que qualquer um de vocês tem de vida. Dou conta de uma viagem de alguns dias com minha família — dissera ele, dispensando-os com um gesto. — Além do mais, já não passei a vocês trabalho o suficiente? Ou devo deixar mais tarefas?

— Se houver mais a ser realizado, ficaremos felizes em fazê-lo para você — respondeu Stilgar.

Brian Herbert e Kevin J. Anderson

— Apenas... apenas mantenham-se ocupados — dissera Kynes, perplexo.

Ele partira a pé, acompanhado por Frieth e o pequeno Liet. O bebê seguia em um dos três kulons do sietch, um jumento do deserto domesticado levado a Duna por contrabandistas e garimpeiros.

Embora fosse um animal adaptado ao ambiente árido e rigoroso por meio de cruzamentos consanguíneos, seu custo d'água era elevado. Os fremen haviam até mesmo desenvolvido um trajestilador modificado de quatro patas para a criatura, o qual guardava um pouco da umidade transpirada. Só que o kulon tinha dificuldade em se mexer com aquela geringonça — além do fato de que ficava ridículo —, então Kynes decidiu não se dar ao trabalho de tomar medidas tão extremas. Em vez disso, levou quantidades adicionais de água em litrofões presos ao lombo do animal.

Sob a sombra do amanhecer, a figura alta e barbada de Kynes conduziu seu grupelho por uma senda sinuosa que apenas um fremen chamaria de caminho. Seus olhos, como os de Frieth, continham o azul dos Ibad. O jumento do deserto subia pelo barranco íngreme, mas não emitia ruído algum de incômodo. Kynes não se incomodava de acompanhá-los a pé; era o que ele tinha feito durante boa parte da vida, ao longo dos anos de estudos ecológicos em Salusa Secundus e Bela Tegeuse. Seus músculos eram firmes, duros, como os fios de um chicote. Além disso, quando ele caminhava, conseguia manter os olhos mais concentrados nas pedrinhas e variações de grãos de areia sob suas botas do que nas montanhas remotas ou no sol escaldante.

Ansiosa por agradar ao marido, Frieth prestava atenção toda vez que Kynes apontava alguma formação rochosa, analisava a composição de algum trecho do solo ou avaliava cantos à sombra como possíveis locais para plantar futura vegetação. Após um tempo de incerteza, ela também começou a fazer os próprios comentários para ele.

— A maior força de um fremen é a observação — disse Frieth, como se citasse um antigo provérbio para o marido. — Quanto mais observamos, mais sabemos. Tal conhecimento nos confere poder, sobretudo quando os outros são incapazes de ver.

— Interessante.

Kynes sabia pouco a respeito do passado de sua esposa fremen. Andava ocupado demais para perguntar muitos detalhes a respeito da in-

Duna: Casa Atreides

fância ou dos interesses dela, mas Frieth não parecia nem um pouco ofendida pela obsessão dele com o trabalho de terraformação. Na cultura fremen, maridos e esposas viviam em mundos distintos, conectados apenas por algumas poucas pontes estreitas e frágeis.

O planetólogo sabia, porém, que as fremen tinham a reputação de serem combatentes ferozes — letais no campo de batalha e até mais temidas do que os soldados imperiais no combate direto. Até aquele momento, ele conseguira evitar descobrir tal lado cruel de Frieth e esperava jamais testemunhá-lo pessoalmente. Leal ao extremo, ela deveria ser uma aliada e uma inimiga formidável em igual medida.

Enquanto marchavam com dificuldade, um pequeno trecho de vegetação fisgou a atenção de Kynes. Parando o kulon atrás de si, ele se ajoelhou para inspecionar aquela plantinha verde, miúda e pálida que crescia em um nicho à sombra onde se acumulavam a poeira e a areia. Ele reconheceu o espécime como um tubérculo raro e tirou a poeira de suas folhas minúsculas e impermeáveis.

— Olhe aqui, Frieth — chamou ele, como um professor, com brilho nos olhos. — É de uma tenacidade maravilhosa.

Frieth assentiu.

— Em tempos de necessidade, costumávamos escavar essas raízes. Dizem que um único tubérculo rende meio litro d'água, o suficiente para uma pessoa sobreviver por vários dias.

Kynes se perguntava o quanto de conhecimento do deserto a irmã de Stilgar ocultava dele no interior de sua mente fremen; até aquele momento, ela não havia compartilhado praticamente nada com ele. Ele dizia a si mesmo que era por sua culpa, por não prestar atenção suficiente à esposa.

Ansioso para comer as folhas verdes da planta sofrida, o kulon abaixou o focinho, inflando as narinas e cheirando. Mas Kynes o afastou.

— Essa planta é importante demais para lhe servir de tira-gosto.

Ele perscrutou o terreno com o olhar na intenção de encontrar outros tubérculos, mas não reparou em mais nenhum perto dali. Pelo que ele tinha aprendido, aquelas plantas eram nativas de Duna, sobreviventes de fosse lá qual catástrofe tivesse drenado ou ocultado toda a umidade daquele mundo.

Os viajantes fizeram uma breve pausa para alimentar a criança. Conforme Frieth montava uma levitassombra sobre uma protuberância,

Brian Herbert e Kevin J. Anderson

Kynes foi recordando o trabalho dos meses recentes e o tremendo progresso já realizado no começo daquele projeto que duraria séculos.

Duna já havia sido uma estação de testes botânicos, um posto avançado à parte onde algumas amostras tinham sido plantadas séculos no passado, durante a expansão imperial, antes da descoberta das propriedades prescientes e geriátricas do mélange — em uma época em que aquele mundo era um buraco infernal no deserto sem qualquer uso discernível. Mas as estações botânicas haviam sido, por fim, abandonadas; as plantas esparsas e as outras formas de vida, tanto vertebradas quanto artrópodes, acabaram esquecidas para sobreviver naquele ambiente hostil aos modos que estivessem a seu alcance.

Muitas espécies tinham sobrevivido e se diversificado, demonstrando durabilidade e adaptabilidade notáveis, como mutações de capim-espada, cactos e outras formas de vegetação do clima árido. Kynes já havia conseguido, com contrabandistas, cargas contendo gérmens e embriões mais promissores. Os trabalhadores fremen estavam empenhados em semear as preciosas sementes pelas areias, cada uma delas representando um núcleo crucial de vida, um grão do futuro de Duna.

Ao conversar com um vendedor de água, Kynes ficara sabendo do falecimento do imperador Elrood IX, tendo recordações vívidas de sua audiência em Kaitain, quando o velho governante lhe incumbira a missão de pesquisar a ecologia de Arrakis. O planetólogo devia seu futuro inteiro àquela única reunião. Tinha uma imensa dívida de gratidão para com Elrood, mas duvidava que o antigo imperador sequer tivesse pensado nele naquele último intervalo de mais ou menos um ano de vida.

Ao ficar sabendo da notícia assombrosa, Kynes cogitara marchar de volta até Arrakina, comprar uma passagem em um paquete e participar dos serviços fúnebres de Estado — mas decidira que ficaria completamente deslocado naquela situação. Havia se tornado um morador do deserto, rústico e empedernido, afastado das formalidades da política imperial. Sobretudo, Pardot Kynes tinha um trabalho muito mais importante para concluir ali.

No sul distante, longe dos vigias dos Harkonnen, os fremen haviam plantado gramíneas adaptáveis ao clima árido a sota-vento em dunas selecionadas, ancorando-as contra os ventos ocidentais predominantes. Depois que aquelas inclinações se estabilizavam, as faces a barlavento

Duna: Casa Atreides

das dunas iam ficando mais e mais altas, tentando cobrir as mudas, mas os fremen deslocavam as gramíneas para manter o ritmo. E então, cedo ou tarde, estas consistiriam em peneiras gigantes se erguendo como uma barreira maleável de muitos quilômetros, algumas com mais de 1.500 metros de altura.

Enquanto contemplava, Kynes ouviu sua esposa se remexer sob a levitassombra. Ela conversava suavemente com o pequeno Liet, dando de mamar por meio de uma abertura no trajestilador.

O planetólogo refletiu sobre a segunda fase de seu processo de transformação ecológica, em que ele e sua equipe plantariam variedades mais resilientes de capim-espada, adicionariam fertilizantes químicos processados e construiriam captadores de vento e precipitadores de orvalho. Posteriormente, tomando cuidado para não pressionar demais a nova e frágil ecologia, plantariam amaranto, fedegoso, giesta-brava e tamargueira-anã, plantas de raízes mais profundas. Em seguida, seria a vez de ícones bem conhecidos do deserto, como saguaro e cacto-barril. O cronograma se estendia até o horizonte, por décadas e mais décadas.

Nas áreas habitadas do norte de Duna, os fremen precisavam se contentar com plantios reduzidos e vegetação oculta. A vasta população do deserto conhecia o segredo da terraformação e trabalhava doando coletivamente seu suor e sangue vital... e, como podia, mantinha escondidos de olhos curiosos aquela tarefa fenomenal e o sonho que a acompanhava.

Kynes tinha a paciência necessária para ver a metamorfose acontecer de pouco em pouco. Os fremen tinham uma fé intensa em seu "umma". A crença inabalável nos sonhos de um único homem e em suas demandas difíceis aquecia o coração do planetólogo, mas ele estava determinado a lhes oferecer mais do que grandes preleções e promessas vazias. Os fremen mereciam *ver* um brilho radiante de esperança — e era exatamente aquilo que ele havia conquistado.

Os outros sabiam daquele lugar na Bacia de Gesso, claro, mas ele queria ser o primeiro a mostrá-lo para Frieth e seu filho, o bebê Liet.

— Estou levando você para ver algo incrível — disse Kynes enquanto sua esposa desmontava o pequeno acampamento. — Quero lhe mostrar exatamente o que Duna pode vir a ser. Então você vai entender o motivo para eu estar trabalhando com tanto afinco.

Brian Herbert e Kevin J. Anderson

— Eu já entendo, marido. — Frieth abriu um sorriso cúmplice, depois fechou o zíper de sua mochila. — Você não é capaz de guardar segredos de mim.

Quando ela olhou para ele com uma estranha confiança, Kynes se deu conta de que não precisava racionalizar seus sonhos para os fremen. Nenhum deles.

Analisando os perigos e a inclinação cada vez mais íngreme da trilha, Frieth não colocou Liet de volta no lombo do kulon, preferindo levá-lo no colo.

Absorto em seus pensamentos outra vez, Kynes começou a falar com Frieth como se ela fosse sua aluna mais dedicada:

— Aquilo que os analfabetos ecológicos não percebem a respeito de um ecossistema é que é um *sistema*.

Ele se agarrou a uma rocha na parede da montanha acidentada e a usou para se impulsionar adiante. Nem olhou para trás para observar as dificuldades do kulon em fazer uma curva tão fechada, com os cascos tropeçando nas pedras soltas, mas enfim dando um jeito de acompanhá-los. Nos braços da mãe, o bebê Liet choramingou, depois calou-se. Frieth continuava ouvindo o marido.

— Um sistema mantém certa estabilidade fluida que pode ser destruída com um único passo em falso em determinado nicho — prosseguia Kynes. — Tudo desaba com o menor dos erros. Um sistema ecológico flui de ponto em ponto... mas se alguma coisa represar esse fluxo, então a ordem desaba. Uma pessoa destreinada pode não reparar nesse colapso iminente até ser tarde demais.

Os fremen já haviam introduzido formas artrópodes, populações de criaturas que escavavam o solo, aerando-o. Raposas-orelhudas, ratos-cangurus e outros animais maiores, como lebres-do-deserto e jabutis-da-areia, junto de seus devidos predadores, o gavião-do-deserto e o caboré, além de escorpiões, centopeias e aranhas-de-alçapão, e até mesmo o morcego-do-deserto e a vespa-mordedora... cada um deles era um pequeno ponto interconectado na teia da vida.

O planetólogo não sabia dizer se Frieth compreendia o que ele estava dizendo, nem se estava ou não interessada. Em seu silêncio, ela concordava com todo o coração. Pelo menos uma vez, porém, desejou que sua esposa debatesse com ele. Mas Pardot Kynes era o marido dela e conside-

Duna: Casa Atreides

rado um profeta entre os fremen. Profundamente arraigadas, as crenças de Frieth eram fortes demais para que questionasse qualquer coisa que ele dissesse.

Kynes inspirou fundo pelos filtros nasais e continuou a subir a lateral da montanha. Se não chegassem à abertura da caverna ainda pela manhã, o sol ficaria a pino e os cozinharia. Teriam que encontrar abrigo e só chegariam à Bacia de Gesso no dia seguinte. Ansioso para lhe mostrar seu tesouro ecológico, Kynes apertou o passo.

As rochas se erguiam acima e à direita deles, como a coluna vertebral nodosa de um lagarto esfomeado, lançando sombras e abafando os sons. O kulon seguiu farejando em busca de algo para comer. Frieth, que carregava o bebê sem reclamar, de repente ficou paralisada. Seus olhos azuis se arregalaram, disparando de um lado para outro. Ela abaixou a cabeça e ficou ouvindo.

Cansado e com calor, mas ainda avançando com uma pontada de ansiedade e expectativa, Kynes seguiu mais uns cinco metros antes de reparar que a esposa ficara para trás.

— Marido! — sussurrou ela bruscamente, olhando para o céu branco azulado acima como se tentasse enxergar o que havia do outro lado de uma barricada montanhosa.

— O quê? — perguntou ele, piscando de surpresa.

Um tóptero blindado de reconhecimento zuniu sobre o cume e se elevou do outro lado da parede montanhosa. Kynes o fitou, parado no meio da trilha a céu aberto, sob o sol. Reparou nas sinalizações dos Harkonnen surradas por tempestades de areia, a tinta arranhada no timbre do grifo azul.

Frieth abraçou mais forte o bebê e saiu correndo à procura de um lugar para se esconder.

— Marido! Por aqui! — Ela escondeu o bebê em um canto de pedra protegido e pequeno demais para qualquer adulto, depois voltou correndo para buscar Kynes antes que ele reagisse. — Os Harkonnen... devemos nos esconder! — Ela o puxou pela manga do trajestilador.

O tóptero de dois lugares voava em círculos ao redor do penhasco. Kynes percebeu que sua família havia sido avistada; era um alvo óbvio na montanha exposta. Tropas Harkonnen atacavam fremen solitários por esporte, caçando-os impunemente.

Armas surgiram do cone da aeronave. A janela lateral de plás se abriu, deslizando para que um soldado com um sorriso no rosto e farda Harkonnen conseguisse estender seu fuzil de armalês. Tinha espaço para mover a coronha e mirar.

Quando a esposa de Kynes passou pelo jumento do deserto, ela soltou um grito de gelar o sangue e deu um tapa forte no lombo do kulon. O animal assustado zurrou e saiu em disparada, galopando no caminho sinuoso e espalhando pedras soltas com seus cascos.

Frieth virou na direção oposta e correu ladeira abaixo, mantendo o rosto firme e concentrado. Kynes se esforçou para acompanhá-la. Os dois tropeçaram no barranco, desviando de rochas e buscando sombras. Ele não conseguia acreditar que ela deixara Liet sozinho, até perceber que seu filho estava mais protegido do que os pais. O bebê se acomodou nas sombras, calando-se e ficando parado instintivamente.

Ele se sentia atrapalhado e exposto, mas sua esposa parecia saber o que fazer. Havia sido criada como fremen e compreendia como desaparecer no deserto.

O tóptero passou por eles, clangorando e voltando sua mira para o kulon em pânico. Frieth devia saber que os Harkonnen iriam atrás do animal primeiro. O atirador lateral se inclinou para fora da janela aberta, com um sorriso no rosto queimado de sol. Ele disparou um raio branco-alaranjado quase invisível de sua armalês, dilacerando o jumento do deserto em pedaços de carne, vários dos quais caíram crista íngreme abaixo, enquanto a cabeça e a as patas da frente ficaram pelo caminho, fumegantes.

Explosões de armalês estouraram na parede rochosa, lançando lascas de pedra pelos ares. Mal conseguindo manter o equilíbrio, Kynes e Frieth corriam desordenadamente. Ela empurrou o marido contra uma parede atrás da mais tênue protuberância de rocha magmática e os disparos da armalês ricochetearam, errando-os por centímetros. Kynes sentiu o cheiro de ozônio e de fumaça de pedra no ar.

O tóptero se aproximou. O atirador lateral se inclinava para fora, mirando com a arma, preferindo levar a caçada como um esporte em vez de permitir que o piloto atingisse os dois com os armamentos mais pesados instalados na nave.

Foi naquele momento que as tropas guardiãs de Kynes abriram fogo.

Duna: Casa Atreides

Das ameias escondidas na parede camuflada do penhasco perto da caverna, atiradores fremen fuzilaram o casco blindado do tóptero. Lasers brilhantes ofuscaram a visão da escotilha da cabine de comando. Um dos defensores ocultos usava uma arma de artilharia à moda antiga, montada no ombro para disparar pequenos explosivos obtidos com contrabandistas. O projétil atingiu a parte inferior da nave de reconhecimento, fazendo-a cambalear e sacudir no ar.

O impacto súbito abalou o equilíbrio precário do atirador lateral, derrubando-o de seu assento. Ele tombou para fora da nave, aos gritos, e caiu até se estatelar em uma nuvem explosiva de carne vermelha contra as rochas lá embaixo; seu fuzil de armalês abandonado caiu com um estardalhaço atrás dele.

Frieth estava abaixada contra a parede do penhasco, abraçando Kynes com força, estarrecida com aquela defesa inesperada dos fremen. Era possível notar que ela havia esperado enfrentar os agressores sozinha — mas ele tinha outros protetores também.

Conforme o tóptero Harkonnen rodopiava no céu, defensores fremen abriram fogo contra os componentes vulneráveis do motor. O ar recendia a fogo e metal queimado. O piloto tentava estabilizar o veículo desesperadamente enquanto uma fumaça preta saía dos exaustores e o sangue vital de seus óleos lubrificantes vazava das linhas de transporte interrompidas. A aeronave rodopiou, rangeu e despencou pesadamente.

O tóptero acertou a lateral do penhasco, partiu-se ao meio e continuou a descer, raspando contra a parede rochosa. Em vão, suas asas articuladas continuaram batendo, estremecendo como músculos involuntários até a nave se estatelar na base do penhasco.

— Não conheço nenhum sietch por aqui. Quem são estas pessoas? A que tribo pertencem? — indagou Frieth, esbaforida e confusa.

— São minhas tropas, defendendo o projeto.

Abaixo, ele reparou que o piloto Harkonnen havia sobrevivido à queda. Parte do teto do tóptero se abriu e o homem ferido começou a sair, rastejando e segurando um braço mole. Dentro de instantes, tropas fremen camufladas saíram fervilhando das rochas e cercaram os destroços.

O piloto tentou recuar de volta à questionável segurança de sua nave, mas dois fremen o puxaram para fora. Com um lampejo azul e branco de uma dagacris e um borrifo de carmim, o homem estava morto. Hidromestres — os consagrados responsáveis pelos cadáveres — carregaram o corpo para um local onde pudessem recuperar a água do moribundo. Kynes sabia que quaisquer umidade ou compostos químicos fertilizantes passíveis de recuperação no corpo daquela vítima seriam dedicados ao projeto da Bacia de Gesso em vez de enriquecer alguma família específica.

— Mas o que poderia ser tão importante por aqui? O que é que você está fazendo, marido? — perguntou Frieth.

Ele a recompensou com um sorriso reluzente.

— Você verá. Queria que fosse nossa primeira visitante.

Frieth voltou correndo para buscar o filho em seu esconderijo protegido. Pegou o bebê e o examinou à procura de algum possível ferimento. O pequeno Liet nem havia chorado.

— É um verdadeiro fremen — disse ela com orgulho, erguendo-o para que Kynes o visse.

Lá embaixo, equipes organizadas haviam começado a desmontar o tóptero destruído, arrancando os metais, os motores e o estoque de mantimentos. Os fremen mais jovens rastejaram pela face do penhasco perigoso para recuperar o fuzil de armalês caído.

Com um suspiro triste, Kynes conduziu sua esposa para além dos restos mortais do kulon abatido.

— Teremos carne, pelo menos... isso é raro. E acho que teremos um bom motivo para comemorar quando voltarmos à caverna.

Os fremen trabalhavam furiosamente para esconder todos os vestígios da queda do tóptero, arrastando os componentes pesados até túneis ocultos, remendando marcas nas rochas e até mesmo varrendo a areia no solo do deserto. Embora Kynes já estivesse com aquele povo havia um tempo, o rigor da eficiência deles ainda o espantava.

Guiando o caminho a passos largos, ele conduziu Frieth até uma abertura baixa e protegida pouco depois do meio-dia. O sol queimava o deserto, destacando o pico irregular das montanhas com sua linha de fogo amarelo. Fora da caverna, o cheiro de ar fresco e úmido das rochas era como um sopro refrescante.

Kynes tirou seus tubos nasais e respirou fundo, gesticulando para que a esposa fizesse o mesmo, embora ela parecesse relutante em abrir mão de seus instintos de sobrevivência no deserto. E então ela sorriu, deslumbrada, ao olhar no fundo das sombras.

Duna: Casa Atreides

— Sinto cheiro de água, meu marido.

Ele tomou o braço dela.

— Venha comigo. Quero que veja uma coisa.

Ao passar por uma quebra angular, cujo propósito era bloquear a luz e impedir a evaporação dentro da gruta, Kynes fez gestos magnânimos para mostrar o Éden construído na Bacia de Gesso.

Luciglobos amarelos pairavam no teto. O ar estava repleto de umidade e recendia aos cheiros de flores, arbustos e árvores. Um rumorejo de água corria como risos de estreitos canais escavados. Com um aspecto cuidadosamente elaborado para parecer aleatório, canteiros de flores exibiam uma explosão magenta e laranja.

Os sistemas de irrigação faziam pingar gotículas d'água em tanques repletos de algas enquanto ventiladores agitavam o ar, estabilizando o nível de umidade. A gruta estava viva, repleta de cores, borboletas, mariposas e abelhas, carregadas com o tesouro de pólen e néctar ao redor.

Frieth ficou boquiaberta e, por um momento, Kynes pôde espiar o que havia por baixo da máscara de porcelana de seu rosto, vendo muito mais do que jamais havia reparado antes.

— É o paraíso, meu amor!

Um beija-flor pairou diante dela com um borrão minúsculo de asas antes de sair em disparada outra vez. Em uma euforia própria, os jardineiros fremen andavam de um lado para outro, cuidando das plantas.

— Um dia, jardins iguais a este crescerão por toda a extensão de Duna. Esta é uma demonstração de como será cuidar de lavouras e plantas, água a céu aberto, pomares, flores decorativas, gramíneas verdejantes. Temos aqui um símbolo para todos os fremen, a fim de lhes mostrar minha visão e fazê-los compreender do que são capazes.

A umidade escorria pelas paredes da caverna, tocando a rocha ressecada que conhecia apenas a sede havia incontáveis éons.

— Eu mesma não compreendia de verdade... até agora — confessou Frieth.

— Entende por que vale a pena lutar até a morte por tudo isso?

Kynes andou ao redor do jardim, inalando os perfumes das folhas e das flores. Encontrou uma árvore da qual pendiam globos alaranjados de frutos maduros. Apanhou um deles, grande e dourado. Nenhum dos outros trabalhadores questionaria seu direito aos produtos frescos.

Brian Herbert e Kevin J. Anderson

— Portogal, uma das frutas das quais falei lá no Sietch Muralha Vermelha — disse ele.

Kynes a entregou a Frieth como presente, e ela a segurou com reverência nas mãos bronzeadas como se fosse o maior tesouro que já tivesse recebido na vida.

Ele gesticulou de um modo expansivo na direção da gruta fechada.

— Lembre-se bem disso, minha esposa. Todos os fremen precisam testemunhar. Duna, *nosso* planeta Duna, pode ficar assim dentro de apenas alguns séculos.

Até o inocente carrega dentro de si a própria culpa, ao próprio modo. Ninguém atravessa a vida sem pagar, de um jeito ou de outro.

— Lady Helena Atreides, diários pessoais

Imediatamente após o anúncio da primeira cerimônia de coroação após quase um século e meio, a Casa Atreides deu partida aos preparativos familiares. Do amanhecer ao cair da noite, os criados do Castelo Caladan percorriam armários e armazéns, reunindo roupas, berloques e presentes necessários para a viagem formal até a Corte Imperial.

Enquanto isso, Leto vagava por seus aposentos, tentando refinar seu plano e decidir o melhor modo de obter uma liberação para Rhombur e Kailea. *O novo imperador Shaddam precisa ouvir minha súplica.*

Os conselheiros de protocolo do novo duque haviam passado horas discutindo as cores corretas das capas, faixas de braço e túnicas de seda-merh, debatendo se os adornos deveriam ser mais berrantes ou discretos, pedras caras importadas de Ecaz ou algo mais simples. Por fim, como lembrete de sua experiência memorável com Rhombur, Leto insistira em usar uma pequena gema-de-coral suspensa em uma esfera transparente cheia de água.

Kailea queria desesperadamente se juntar aos dois rapazes. Visitar o palácio em Kaitain, onde sua mãe costumava servir ao imperador, era o sonho de sua vida. Leto via o anseio em seus olhos verdes, a esperança em seu rosto, mas não havia opção senão proibi-la. Rhombur precisava acompanhar a comitiva, apresentar o caso da própria família; porém, se fracassasse, o herdeiro dos Vernius arriscava ser executado por ter abandonado seu refúgio. A vida de Kailea correria perigo também.

Caso a missão fosse bem-sucedida, todavia, Leto jurou que levaria Kailea pessoalmente ao planeta capital, uma viagem requintada de férias como ela sempre imaginara.

Naquele momento, em meio ao silêncio que antecede o amanhecer, ele perambulava sobre os assoalhos de madeira de seu aposento superior, ouvindo o ranger das velhas tábuas. Era o som reconfortante de seu lar. Quantas vezes outros duques não tinham perambulado naquele

Brian Herbert e Kevin J. Anderson

mesmo assoalho, refletindo sobre decisões de Estado? Sem dúvida, o duque Paulus o havia feito em diversas ocasiões, atormentado como tinha sido pelas revoltas dos primitivos no continente sul ou pelos pedidos do imperador para apagar incêndios de rebeliões em outros planetas. Foram aquelas as primeiras vezes em que Paulus Atreides sujara sua espada de sangue e se tornara um irmão de armas de Dominic Vernius.

Ao longo dos anos, o Velho Duque servira com talento e finesse, sabendo os momentos de ser rígido e os de ser leniente. Com dedicação, ética e estabilidade econômica, ele havia criado uma população devotamente leal e orgulhosa da Casa Atreides.

Como poderia Leto ter a esperança de fazer o mesmo?

Sua voz preencheu o espaço:

— Pai, o senhor deixou um vazio tão grande para eu preencher.

Ele respirou fundo, afastando com irritação aquela autopiedade. Não poderia dar menos do que seu melhor, por Caladan e pela memória do Velho Duque.

Em alvoradas mais tranquilas, ele e Rhombur teriam descido até o pátio para treinar o combate com facas e escudos sob o olhar vigilante de Thufir Hawat. Naquele dia, no entanto, Leto tivera esperanças de conseguir descansar mais um pouco, mas a tentativa se provou frustrada. Tinha dormido mal, assombrado pelo peso das decisões que pareciam desgastar as lajes daquele castelo alto sob seu fardo. Lá embaixo, o mar batia como um rilhar de dentes — águas revoltas que refletiam os pensamentos caóticos de Leto.

Embrulhando-se em um roupão caro de pele de baleia importada, ele amarrou o cordão na cintura e seguiu descalço pelos degraus curvos que levavam ao salão principal. Sentiu o cheiro amargo do café sendo passado e um leve toque do mélange que seria acrescentado a sua xícara. Leto sorriu, sabendo que o cozinheiro insistiria que o jovem duque recebesse uma dose adicional de energia.

Era possível ouvir os ruídos da cozinha ao longe, com estações de preparo de alimentos sendo ajustadas, café da manhã sendo preparado, brasas à moda antiga sendo atiçadas. A preferência do Velho Duque sempre fora ter o crepitar de brasas de verdade em alguns dos cômodos, e Leto dava continuidade à tradição.

Ao passar descalço pelo Salão de Espadas a caminho do salão de banquetes, ele parou ao encontrar alguém inesperado.

Duna: Casa Atreides

O jovem ganadeiro, Duncan Idaho, havia removido da prateleira uma das espadas cerimoniais longas e cheias de entalhes ornamentais de Paulus. Ele a segurava nas mãos, apontando-a para baixo para apoiá-la contra o chão de pedra. Embora a arma comprida tivesse quase o mesmo tamanho do menino de 10 anos, Duncan agarrava sua empunhadura com determinação. O padrão trançado do cabo lhe conferia o apoio necessário.

Duncan se virou, espantado por ter sido descoberto. A voz de Leto travou em sua garganta antes de ele lhe dar uma bronca. Queria saber o que o garoto estava fazendo ali, sem supervisão e sem permissão. E então ele reparou nos olhos arregalados de Duncan, com rastros de lágrimas escorrendo como tributários salgados pelo rosto.

Constrangido, mas cheio de orgulho, o menino se aprumou.

— Sinto muito, milorde duque.

Seu tom carregava tristeza e soava muito mais grave do que a voz de qualquer criança deveria soar. Ele olhou para a espada e depois para além das colunas arqueadas do salão de refeições, onde pendia o impetuoso retrato de Paulus Atreides na parede mais distante. O patriarca belicoso os encarava do quadro com olhos verdes ardentes; ele ostentava seu traje de toureiro como se nada no universo pudesse tirá-lo de seu caminho.

— Eu sinto tanta falta dele — disse Duncan.

Com um nó na garganta que gradualmente se expandiu até se tornar um peso de chumbo no peito, Leto se aproximou do menino.

Paulus havia deixado sua marca em tantas vidas. Mesmo aquele jovem que trabalhava com os touros, um mero garoto que de algum modo havia conseguido enganar os caçadores Harkonnen e fugir de Giedi Primo, sentia a perda como se fosse um ferimento fatal.

Não sou o único que ainda sente a dor pelo falecimento de meu pai, percebeu Leto. Ele agarrou o ombro de Duncan e o silêncio entre os dois disse mais do que horas de conversa poderiam ter comunicado.

Duncan enfim se afastou e se apoiou sobre a espada comprida como se fosse uma muleta. Sua pele corada voltou ao tom normal e ele respirou fundo.

— Eu vim... vim lhe fazer uma pergunta, milorde, antes de o senhor ir a Kaitain.

Os dois ouviram um clangor de panelas a distância e o som de criados correndo para lá e para cá. Não tardaria até que alguém fosse aos aposentos de Leto com uma bandeja de café da manhã. O quarto estaria vazio.

— Pode perguntar.

— É sobre os touros, senhor. Agora que Yresk não está mais por aqui, venho cuidando deles todos os dias, eu e alguns dos outros ganadeiros... mas o que o senhor pretende fazer com eles? O senhor vai fazer touradas igual a seu pai?

— Não! — exclamou Leto rapidamente, com uma pontada de medo tomando conta de si. Tentou suprimir o reflexo. — Não — repetiu, com mais calma. — Acho que não. Os dias de tourada em Caladan terminaram.

— Então o que devo fazer, milorde? Ainda preciso cuidar dos animais?

Leto conteve uma risada. Com aquela idade, o menino deveria estar brincando, fazendo uma ou outra tarefa e ocupando a cabeça com devaneios das grandes aventuras que o aguardavam em sua vida.

Porém, quando Leto fitou os olhos de Duncan, viu que a pessoa diante dele era muito mais do que um simples garoto. Muito mais velha por dentro.

— Você conseguiu enganar os Harkonnen na cidade-prisão deles, correto?

Duncan assentiu, mordendo o lábio inferior.

— Você os enfrentou na reserva florestal quando tinha apenas 8 anos — continuou Leto. — Matou vários deles e, se me lembro bem de sua história, arrancou um aparelho rastreador do próprio ombro e preparou uma armadilha para os caçadores. Humilhou Glossu Rabban em pessoa.

Mais uma vez, Duncan assentiu, não com orgulho, mas simplesmente confirmando o resumo dos acontecimentos.

— E conseguiu achar seu caminho até o outro lado do Imperium, chegando até aqui em Caladan, porque era onde queria estar — concluiu o jovem duque. — Nem mesmo a distância de vários continentes pôde desviá-lo de nossa porta de entrada.

— Tudo isso é verdade, milorde duque.

Leto apontou para a grande espada cerimonial.

— Meu pai usava esta espada para treino. É grande demais para você, pelo menos por enquanto... mas talvez seja possível, com alguma instrução, que você se torne um guerreiro formidável. Um duque sempre pre-

Duna: Casa Atreides

cisa de sentinelas e protetores confiáveis. — Ele franziu os lábios, pensando a respeito. — Acha que seria digno de fazer parte de minha guarda?

Os olhos azul-esverdeados do garoto brilharam e ele abriu um sorriso, vincando a pele ao redor das trilhas de lágrimas que começavam a secar.

— O senhor vai me mandar às escolas marciais de Ginaz para que eu possa me tornar seu Mestre-Espadachim?

— Hô, hô! — Leto soltou uma gargalhada retumbante que soou espantosa até mesmo a seus ouvidos por lembrar tanto a risada de seu pai. — Não vamos nos adiantar, Duncan Idaho. Vamos treiná-lo aqui até o limite de suas capacidades... depois veremos se é bom o suficiente para tamanha recompensa.

Duncan assentiu solenemente.

— Eu *serei* bom o bastante.

Ouvindo os criados ocupados no salão de refeições, Leto ergueu uma das mãos para chamá-los. Tomaria seu café da manhã com aquele menino e conversariam mais um pouco.

— Pode contar comigo, meu duque — concluiu Duncan.

Leto respirou profunda e longamente. Queria partilhar da autoconfiança inabalável daquele jovem.

— Claro, Duncan, eu acredito em você.

541

As inovações parecem ter vida e senciência próprias. Nas condições corretas, uma ideia nova e radical — uma mudança de paradigma — pode aparecer em muitas mentes de uma vez. Ou pode permanecer em sigilo na mente de um único homem por anos, décadas, séculos... até que outra pessoa pense o mesmo. Quantas descobertas brilhantes perecem antes de sua fruição ou permanecem adormecidas, sem jamais serem abraçadas pelo Imperium como um todo?

— Ombudsmen dos Richese, "Réplica ao Landsraad, o verdadeiro domínio do intelecto: propriedade privada ou recursos para a galáxia?"

O transporte por tubo deixou seus dois passageiros nas profundezas do Forte Harkonnen e então, com uma precisão programada, fez com que disparassem pelo trilho de acesso.

Ocupada pelo barão e seu sobrinho Glossu Rabban, a cápsula correu na direção do aglomerado pantanoso da cidade de Harko, um borrão fumacento na paisagem onde os prédios se acumulavam. Até onde o barão sabia, não havia nenhum mapa detalhado do submundo da cidade, já que ela continuava a crescer tal qual um fungo. Não sabia ao certo aonde estavam indo.

Enquanto tramavam contra os Atreides, insistira para que Piter de Vries encontrasse instalações laboratoriais extensas, porém confidenciais, bem sob as asas da influência Harkonnen. O Mentat dissera que a tarefa estava completa e o barão nem perguntara mais nada. Despachado por De Vries, o transporte por tubo os levava até lá naquele momento.

— Quero saber o plano inteiro, tio. Me conta o que vamos fazer — disse Rabban, inquieto ao lado dele no compartimento.

Adiante, no cubículo do piloto, um especialista em veículos surdo os apressava. O barão não prestava atenção à paisagem que passava rapidamente, repleta de prédios quadrados e escuros e de nuvens de

Duna: Casa Atreides

fumaça e resíduos derramadas das fábricas. Giedi Primo produzia mercadorias o suficiente para se bancar, somando-se às entradas consideráveis do comércio de pele de baleia em Lankiveil e da escavação mineral em asteroides variados. No entanto, os maiores lucros de fato da Casa Harkonnen — diante dos quais todos os outros, mesmo combinados, pareciam minúsculos — vinham da exploração de especiaria em Arrakis.

— O plano é simples, Rabban, e pretendo lhe oferecer um papel crucial nele — respondeu ele enfim. — Se você estiver apto.

Os olhos sob as pálpebras pesadas de seu sobrinho se iluminaram, e seus lábios grossos contorceram a boca generosa formando um sorriso malicioso. O surpreendente foi que, daquela vez, ele soube se calar e esperar o tio continuar. *Talvez ele acabe por aprender...*

— Se obtivermos sucesso, Rabban, nossas fortunas terão um crescimento dramático. Melhor ainda, alcançaremos uma satisfação pessoal em saber que, pelo menos, arruinamos a Casa Atreides após todos esses séculos de atritos.

Rabban esfregou as mãos de prazer, mas o olhar obscuro do barão foi se tornando mais rígido conforme ele prosseguia:

— Se fracassar, porém, vou garantir sua transferência para Lankiveil, onde será treinado segundo a vontade de seu pai... incluindo cantorias coletivas e declamações de poemas sobre amor fraterno.

Rabban fez uma careta.

— Não fracassarei, tio.

O carro-tubo chegou a um laboratório blindado de alta segurança e o condutor gesticulou para que saíssem do veículo. O barão não seria capaz de encontrar seu caminho de volta ao Forte Harkonnen nem se sua vida dependesse daquilo.

— Que lugar é este? — perguntou Rabban.

— Uma instalação de pesquisas — disse o barão, chamando-o com um gesto. — Na qual estamos preparando uma surpresa terrível.

Rabban marchou adiante, ansioso para ver. O lugar tinha cheiro de solda, óleo queimado, fusíveis estourados e suor. Pelo espaço aberto no chão atulhado, Piter de Vries subiu para recebê-los com um sorriso nos lábios manchados. Seus passos delicados, bem como os movimentos sinuosos e repentinos, conferiam-lhe os trejeitos de um lagarto.

— Você está aqui há semanas, Piter — disse o barão. — É melhor que este lugar preste. Já lhe falei para não desperdiçar meu tempo.

— Não se preocupe, meu barão — respondeu o Mentat, indicando que se aproximassem do tramo elevado do prédio. — Nosso pesquisador de estimação, Chobyn, se superou.

— E eu sempre pensei que os richesianos eram melhores com imitações baratas do que com inovações de verdade — comentou Rabban.

— Há exceções em toda parte. Vamos ver o que Piter tem para nos mostrar — disse o barão.

Ocupando a maior parte da câmara estava o que De Vries, em segredo, prometera ao barão: uma nave de guerra Harkonnen modificada, de 140 metros de diâmetro. Espelhado e perfeitamente polido, o veículo havia sido usado com bons resultados em batalhas convencionais para ataques pesados e fugas rápidas. Havia pouco, tinha sido convertido segundo as especificações exatas de Chobyn, que pedira para que podassem os estabilizadores verticais, substituíssem o motor e removessem uma seção da cabine de tropas para abrir espaço para a tecnologia necessária. Todos os registros da existência da nave foram expurgados dos livros-razão dos Harkonnen. Piter de Vries era bom com manipulações daquele tipo.

Um homem rotundo e careca, de cavanhaque cinza-metálico, surgiu do compartimento de máquinas da nave de ataque, sujo de graxa e outros óleos lubrificantes.

— Meu barão, estou contente que tenha vindo ver o que construí para o senhor. — Chobyn guardou uma ferramenta no bolso do macacão. — A instalação está completa. Meu nulcampo irá operar com perfeição. Já o sincronizei com o maquinário desta nave.

Rabban bateu com o nó dos dedos no casco, perto da cabine de comando.

— Por que tão grande? Tem tamanho para transportar uma unidade de veículo terrestre blindado. Como vamos fazer qualquer operação secreta com isto?

Chobyn franziu as sobrancelhas, sem reconhecer aquele jovem corpulento.

— E o senhor seria...?

— Este é Rabban, meu sobrinho — apresentou o barão. — Ele fez uma pergunta válida. Eu pedi uma pequena nave de espionagem.

Duna: Casa Atreides

— Esta é a menor que fui capaz de montar — respondeu Chobyn, bufando. — O gerador de nulcampo é capaz de projetar somente campos de invisibilidade com a partir de 140 metros. As restrições são... inacreditáveis. Eu... — O inventor pigarreou, subitamente impaciente. — O senhor deve aprender a pensar além de seus preconceitos. Perceba o que temos aqui. Por natureza, a invisibilidade mais do que compensa qualquer redução na capacidade de manobra. — Ele fechou o cenho outra vez. — Que diferença faz o tamanho quando não é possível ver o veículo, em todo caso? A nave de ataque ainda cabe perfeitamente dentro do compartimento de carga de uma fragata.

— Vai servir, Chobyn. Se funcionar — disse o barão.

De Vries perambulava pelo convés da nave.

— Se ninguém souber *procurar* a nave, Rabban, você não correrá perigo algum. Imagine só o caos que poderá criar! Você será como um fantasma assassino.

— Muito bom! — Rabban parou quando a percepção inundou seu rosto: — *Eu*?

Chobyn fechou uma escotilha de acesso atrás das máquinas.

— Tudo é simples e funcional. A nave estará pronta até amanhã, quando os senhores partirem para a coroação do imperador padixá.

— Já conferi, meu barão — assegurou De Vries.

— Excelente. Você provou seu valor, Chobyn.

— *Eu* é que vou pilotar? — repetiu Rabban, como se não conseguisse acreditar na ideia. Sua voz hesitava de empolgação.

O barão Harkonnen assentiu. Apesar das limitações, o sobrinho ao menos dava um excelente piloto e atirador, além de ser seu herdeiro aparente. O inventor sorriu e disse:

— Acredito que fiz a escolha certa em tê-lo procurado diretamente, barão. A Casa Harkonnen já enxergou, de imediato, as possibilidades de minha descoberta.

— Quando o novo imperador ficar sabendo disso, ele mesmo vai exigir uma nave para si — apontou Rabban. — É capaz até de mandar os Sardaukar para que a tomem de nós.

— Então devemos garantir que Shaddam não descubra. Pelo menos não ainda — respondeu Piter de Vries, esfregando as mãos.

— Para inventar tudo isso, você deve ser um homem brilhante, Chobyn — comentou o barão.

— Na verdade, apenas adaptei um campo de Holtzman para nossos fins. Séculos atrás, a matemática de Tio Holtzman foi desenvolvida para escudos e motores de dobra espacial. Eu simplesmente estendi os princípios muito além do já realizado.

— E agora você espera ficar mais rico do que jamais imaginou, nem em seus sonhos mais desvairados? — sondou o barão.

— Merecidamente, não concorda, barão? Olhe só o que fiz para o senhor. Se eu ficasse em Richese e tivesse passado pelos devidos trâmites, teria que aguardar anos de burocracia, buscas de título e investigações de patente, tudo isso só para ver meu governo tomando o grosso dos lucros derivados de minha própria invenção... sem falar dos imitadores que iriam começar a trabalhar assim que descobrissem o que eu estivesse fazendo. Com um pequeno ajuste aqui e outro ali, outra pessoa já consegue uma patente diferente, capaz de realizar, em essência, a mesma coisa.

— Então você manteve isso em segredo até vir para cá? — perguntou Rabban. — Ninguém mais sabe desta tecnologia?

— Seria tolice de minha parte contar para mais alguém. Vocês possuem o único gerador de nulcampo em todo o universo. — Chobyn cruzou os braços sobre o macacão manchado.

— Por enquanto, talvez — apontou o barão. — Contudo, os ixianos eram espertinhos, e os tleilaxu também são. Cedo ou tarde, mais alguém terá algo parecido com isso, se é que já não tem.

Rabban se aproximou do incauto richesiano.

— Entendo seu argumento, barão — retrucou Chobyn, dando de ombros. — Não sou um homem ganancioso, mas gostaria de poder lucrar com minha própria invenção.

— É um homem sábio — aquiesceu o barão, disparando um olhar breve e significativo para o sobrinho robusto. — E merece receber o pagamento completo.

— É bom manter segredo sobre coisas importantes — acrescentou Rabban.

O Harkonnen mais jovem estava diretamente atrás do inventor rechonchudo, que ostentava uma expressão radiante diante do elogio e limpava as mãos na perna do macacão.

Duna: Casa Atreides

Rabban avançou com rapidez, como em uma chicotada, envolvendo o pescoço de Chobyn com seu antebraço musculoso e apertando-o como um torno mecânico. O inventor perdeu o fôlego, mas não conseguiu emitir qualquer ruído além de um arquejo. O rosto de Rabban se avermelhou devido à força exercida até receber a recompensa do estalo ruidoso de uma coluna vertebral esmagada.

— Todos devemos tomar mais cuidado com nossos segredos, Chobyn — murmurou o barão, com um sorriso. — Você não tomou o cuidado necessário.

Como um boneco partido ao meio, Chobyn desabou, ouvindo-se apenas o roçar do tecido de sua roupa contra o chão manchado de óleo. Rabban tinha sido tão violento que Chobyn nem teve tempo de emitir um gorgolejar mortal ou proferir um insulto derradeiro.

— Será que essa foi uma decisão sábia, meu barão? — perguntou De Vries. — Não deveríamos ter testado a nave primeiro para garantir que seremos capazes de reproduzir a tecnologia?

— Por quê? Não confia em nosso inventor... o *falecido* Chobyn?

— A nave funciona — afirmou Rabban. — Além do mais, você tinha o inventor sob vigilância de olhos-com, e nós temos as plantas detalhadas e os registros holográficos que ele elaborou durante o processo de construção.

— Também já dei cabo dos trabalhadores — concordou o Mentat, assentindo. — Nenhuma chance de vazamento.

Rabban abriu um sorriso ganancioso.

— Não guardou nenhum para mim?

De Vries deu de ombros nervosamente.

— Bom, eu me diverti, mas não sou um porco. Deixei alguns para você, sim. — Ele indicou com a cabeça uma estrutura de portas maciças. — Segundo cômodo à direita. Cinco em macas, drogados. Divirta-se.

O Mentat deturpado deu um tapinha no ombro do Harkonnen musculoso. Rabban avançou alguns passos na direção da porta, mas hesitou e olhou para trás, para seu tio, que não havia lhe concedido ainda a permissão para se retirar. O barão observava De Vries, que franziu a testa e disse:

— Somos os primeiros a ter uma não nave, meu barão. Com a vantagem da surpresa, ninguém jamais suspeitará do que pretendemos fazer.

— Do que *eu* farei — corrigiu Rabban, grosseiramente.

De Vries usou uma unidade-com portátil para falar com vários trabalhadores lentos no laboratório:

— Limpem esta bagunça e transfiram a nave de ataque para a fragata da família antes do horário de partida amanhã.

— Quero que todas as fichas técnicas e registros sejam confiscados e postos sob sigilo — ordenou o barão, assim que o Mentat desligou o comunicador.

— Claro, meu barão — confirmou De Vries. — Cuidarei disso pessoalmente.

— Pode ir agora — disse o barão para seu sobrinho ansioso. — Uma ou duas horas de relaxamento lhe farão bem... para colocar sua cabeça no lugar antes do trabalho importante que temos pela frente.

Elas demonstram habilidades sutis e altamente eficazes nas artes integradas de observação e coleta de dados. A informação é a especialidade delas.

— Relatório imperial sobre as Bene Gesserit,
usado para propósitos de tutoria

— Isso é impressionante — comentou a Irmã Margot Rashino-Zea, admirando as construções imponentes nas laterais da imensa estrutura ovaloide da sala dos comuns do Imperium e do Landsraad. — Um espetáculo para todos os sentidos.

Após longos anos no planeta nublado e bucólico de Wallach IX, os olhos dela doíam com tantos elementos visuais diferentes.

Uma névoa refrescante e fina emergia da fonte no centro da sala, uma composição artística extraordinária que avultava sobre tudo cem metros acima. No desenho reluzente de uma nebulosa espiralada, a fonte estava repleta de réplicas em tamanhos exagerados de planetas e outros corpos celestes que emitiam jatos perfumados em uma miríade de cores. A refração dos holofotes de feixe estreito na água criava círculos de arco-íris que dançavam em silêncio no ar.

— Ah, sim, percebe-se que você nunca esteve em Kaitain — disse o príncipe herdeiro Shaddam, caminhando casualmente ao lado da linda Bene Gesserit loira.

Guardas Sardaukar se mantinham atrás, garantindo que estariam próximos o suficiente para evitar que qualquer mal recaísse sobre o herdeiro imperial. Margot conteve um sorriso, sempre satisfeita em ver o quanto os outros subestimavam a Irmandade.

— Ah, já estive, sim, sire. Mas a familiaridade não diminui minha admiração pela magnífica capital do Imperium.

Trajando uma túnica preta nova, que farfalhava rigidamente ao se mover, Margot seguiu acompanhada por Shaddam de um lado e Hasimir Fenring do outro. Ela não escondia seu longo cabelo dourado, seu rosto jovial e sua beleza imaculada. Na maior parte do tempo, as pessoas esperavam que as Bene Gesserit fossem velhas bruxas cobertas por camadas de roupas escuras. Muitas, no entanto, como era o caso de Margot Rashino-

-Zea, podiam ser incrivelmente atraentes. Com uma liberação precisa dos feromônios do corpo e flertes selecionados a dedo, ela era capaz de usar a própria sexualidade como arma.

Mas não ali, não naquela ocasião. A Irmandade tinha outros planos para o futuro imperador.

Margot era quase da altura de Shaddam e bem mais alta do que Fenring. Atrás do trio, longe o suficiente para não escutá-los, uma comitiva de Reverendas Madres os seguia, mulheres investigadas e liberadas pelo próprio Fenring. O príncipe herdeiro não sabia o que aquelas outras tinham a ver com a reunião, mas Margot em breve revelaria o motivo.

— Você deveria ver os jardins de noite. A água parece uma chuva de meteoros — disse Shaddam.

— Ah, sim — concordou Margot, com um vago sorriso. Seus olhos verde-acinzentados reluziam. — Este é meu lugar favorito para estar ao fim da tarde. Já vim aqui duas vezes desde que cheguei... na expectativa desta reunião em particular, sire.

Embora estivesse tentando manter uma conversa casual com aquela representante das poderosas Bene Gesserit, Shaddam se sentia desconfortável. Todos queriam alguma coisa, todos tinham seus objetivos particulares e todos achavam que mereciam receber favores ou que tinham material o suficiente para chantageá-lo até mudar de opinião. Fenring já havia cuidado de vários daqueles parasitas, embora outros tantos estivessem a caminho.

Naquele momento, o desconforto tinha menos a ver com a Irmã Margot e mais com as preocupações de Shaddam para com a escalada de desconfiança e de conflitos entre as Grandes Casas. Mesmo sem uma autópsia dos Suk, vários membros importantes do Landsraad haviam levantado questionamentos incômodos a respeito da morte misteriosa do imperador, que ainda pairava no ar. Alianças estavam mudando e sendo reconstruídas; impostos e dízimos importantes de diversos planetas abastados estavam atrasados e sem a devida explicação.

E os tleilaxu alegavam que demorariam anos para produzir a especiaria sintética prometida.

Shaddam e seu conselho interno discutiriam a crise emergente de novo naquela manhã, dando continuidade às reuniões que haviam acontecido ao longo de toda aquela semana. Em razão do duradouro reinado de Elrood, certa estabilidade (se não estagnação) havia se estabelecido à força por todo o Imperium. Ninguém se lembrava *como* implementar uma transição organizada de governo.

Em todos os planetas, forças militares cresciam em poderio e entravam em estado de alerta. Os Sardaukar de Shaddam não eram exceção. Em toda parte, os espiões se viam mais atarefados do que nunca. Às vezes ele se perguntava se teria sido um erro solicitar a transferência do secretário Aken Hesban, que naquele momento estava sentado em um escritório minúsculo com paredes de rocha, supervisionando as atividades de mineração nas entranhas de um asteroide, pronto para ser reconvocado se as coisas piorassem demais.

Mas fará um dia de frio em Arrakis antes que isso aconteça.

O incômodo de Shaddam o deixava assustado, talvez até um pouco supersticioso. Seu pai, aquele velho abutre, estava morto — despachado ao mais profundo dos infernos descritos na Bíblia Católica de Orange —, mas ele ainda sentia o sangue invisível nas próprias mãos.

Antes de sair do palácio para se encontrar com a Irmã Margot, Shaddam tinha apanhado uma capa sem pensar muito, querendo manter os ombros aquecidos contra o frio que ele imaginava que faria de manhã cedo. A capa dourada estivera pendurada em seu guarda-roupa junto de tantas outras que ele nunca usara, mas naquele momento se lembrou de que aquela peça específica havia sido uma das favoritas de seu pai.

Ao se dar conta daquilo, Shaddam se arrepiou inteiro. Sentiu o tecido requintado pinicar, fazendo-o estremecer. A corrente de ouro parecia apertar a garganta dele como se fosse uma forca.

Ridículo, disse para si mesmo. Objetos inanimados não carregavam os espíritos dos mortos, não poderiam lhe fazer qualquer mal. Ele tentou tirar aquelas preocupações da cabeça. Uma Bene Gesserit com certeza seria capaz de identificar seu desconforto e ele não poderia permitir que aquela mulher tivesse tanto poder sobre ele.

— Amo as artes daqui — comentou Margot. Ela apontava para um andaime fixado à face do Salão de Oratória do Landsraad, onde pintores trabalhavam em um afresco representando cenas de beleza natural e conquistas tecnológicas de todo o Imperium. — Acredito que foi seu bisavô Vutier Corrino II o responsável por grande parte destas obras, estou enganada?

— Ah, sim... Vutier foi um grande mecenas — disse Shaddam, com alguma dificuldade. Resistindo à vontade de tirar a capa mal-assombrada e atirá-la ao chão, jurou a si mesmo vestir apenas as próprias roupas dali em diante. — Ele dizia que um espetáculo sem criatividade ou calor humano de nada significava.

— Acho que a senhora deveria fazer a gentileza de dizer sua proposta, Irmã — sugeriu Fenring, reparando no desconforto do amigo, embora tivesse errado o palpite quanto à causa de tal sentimento. — O tempo do príncipe herdeiro é valioso. Há muitos transtornos após o falecimento do imperador.

Shaddam e Fenring haviam assassinado Elrood IX. Jamais seria possível apagar tal fato, e eles não estavam conseguindo escapar por completo das desconfianças de acordo com os boatos. Era possível que estourasse uma guerra entre o Landsraad e a Casa Corrino, a menos que o príncipe herdeiro consolidasse sua posição logo.

Margot havia sido tão persistente quanto à importância de determinado assunto, fazendo uso de toda a influência das Bene Gesserit, que enfim acabaram por lhe conceder uma audiência de última hora. O único horário disponível era o da caminhada matinal de Shaddam, normalmente reservado para reflexões pessoais em silêncio ("em luto pelo falecido pai", segundo a fofoca que Fenring conseguira disseminar pela corte).

Margot agraciou o homem com rosto de fuinha ao lado com um lindo sorriso, uma jogada casual do cabelo loiro-mel e um estudo analítico dos olhos verde-acinzentados.

— Você sabe muito bem o que desejo discutir com seu amigo, Hasimir — disse ela, com um tom de familiaridade que deixou o herdeiro imperial estarrecido. — Por acaso não o preparou?

Fenring meneou a cabeça, desajeitado, e Shaddam percebeu que ele estava enfraquecido na presença dela. Aquele não era o homem mortífero e imponente de sempre. A delegação Bene Gesserit já estava por lá havia alguns dias, à espreita, e Margot Rashino-Zea passara um bom tempo com Fenring em discussões particulares. Shaddam abaixou a cabeça, sentindo certo afeto — ou respeito mútuo, pelo menos — entre os dois. Impossível!

— Hããã, ah, pensei que a senhora seria capaz de explicar melhor do que eu, Irmã. Sire, a adorável Margot tem uma proposta interessante para o senhor. Acho que deveria escutá-la.

Duna: Casa Atreides

A Bene Gesserit olhou de um jeito estranho para Shaddam. *Será que ela reparou em meu estado de aflição?*, perguntou-se ele, entrando em pânico de repente. *Será que ela sabe o motivo de meus sentimentos?*

O murmúrio da fonte preencheu a conversa. Margot tomou as mãos de Shaddam entre as dela, e ele achou o contato agradavelmente macio e caloroso. Fitando os olhos sensuais dela, sentia a força daquela mulher se derramar sobre si, como um conforto.

— O senhor precisa de uma esposa, sire. E as Bene Gesserit são capazes de fornecer a melhor compatibilidade ao senhor e à Casa Corrino.

Assustado, Shaddam lançou um olhar de relance para o amigo e tirou as mãos das dela. Fenring abriu um sorriso amarelo.

— Logo o senhor será coroado imperador — prosseguiu Margot. — A Irmandade pode ajudá-lo a garantir sua base de poder... mais do que uma aliança com qualquer uma das Grandes Casas do Landsraad. Ao longo de sua vida, seu pai criou alianças via matrimônio com as famílias Mutelli, Hagal e Ecaz, além do casamento com a mãe do senhor, de Hassika V. No entanto, em tempos difíceis como estes, acreditamos que lhe renderia maior vantagem aliar seu trono ao poder e aos recursos da Irmandade Bene Gesserit. — O tom de voz dela era firme e convincente.

Ele reparou que a comitiva das Irmãs havia parado a certa distância e estava observando. Sem os escutar, os Sardaukar permaneciam de guarda, porém imóveis como estátuas. Shaddam olhou para o rosto perfeitamente esculpido de Margot, seu cabelo dourado, sua presença hipnótica.

Ela o surpreendeu virando-se para a comitiva e apontando:

— Vê aquela mulher no centro ali? A de cabelo bronze-acastanhado?

Ao reparar no gesto, a Reverenda Madre indicada deu um passo adiante. Shaddam semicerrou os olhos, avaliando as feições da mulher, o rosto inocente. Mesmo de longe, ele a achava um tanto atraente, embora não fosse uma beleza clássica. Não tão bonita quanto Margot, infelizmente, mas parecia jovem e vigorosa.

— O nome dela é Anirul, uma Bene Gesserit de Grau Secreto.

— O que isso significa?

— É apenas um de nossos títulos, sire, bastante comum na Irmandade. Não significa nada fora de nossa ordem e é irrelevante para seu trabalho como imperador. — Margot parou por um segundo. — O senhor só pre-

Brian Herbert e Kevin J. Anderson

cisa saber que Anirul é uma das melhores. Nós a oferecemos ao senhor em casamento.

Shaddam sentiu um choque de surpresa.

— O quê?

— As Bene Gesserit são bastante influentes, o senhor sabe. Podemos operar nos bastidores a fim de tranquilizar quaisquer dificuldades atuais com o Landsraad. Isso o liberaria para realizar o trabalho de imperador e firmar seu lugar na história. Vários de seus avôs fizeram isso, com bons resultados. — Ela estreitou os olhos. — Estamos cientes dos problemas que enfrenta, sire.

— Sim, sim, eu sei disso tudo.

Ele olhou para Fenring, como se o homem com rosto de fuinha pudesse se explicar. Em seguida, gesticulou para que a própria Anirul se aproximasse. Os guardas olharam uns para os outros, incomodados, sem saber se deveriam acompanhá-la ou não.

Margot intensificou o olhar para Shaddam.

— Vossa majestade é, no momento, o homem mais poderoso do universo, sire, mas seu poder político se equilibra com o Conselho do Landsraad e as forças poderosas da Guilda Espacial e das Bene Gesserit. Seu matrimônio com uma de minhas Irmãs seria... mutuamente benéfico.

— Além do mais, sire, uma aliança com qualquer uma das Grandes Casas traria certa... bagagem — acrescentou Fenring, com os olhos ainda maiores do que de costume. — O senhor teria que se unir a uma família a despeito de outra. Não queremos desencadear mais uma rebelião.

Embora surpreso com a sugestão, Shaddam apreciou a ideia. Um dos adágios de seu pai sobre liderança sugeria que um governante precisava prestar atenção aos próprios instintos. A capa mal-assombrada pesava nos ombros dele, como um fardo esmagador. Talvez os poderes das bruxas da Irmandade pudessem espantar qualquer força malevolente que habitasse suas roupas e seu palácio.

— Esta Anirul de vocês parece de fato possuir certos atrativos. — Shaddam ficou observando conforme a referida se aproximava dele, parando em uma postura atenta e desviando o olhar a cinco passos de sua pessoa real.

— Então vai considerar nossa proposta, sire? — perguntou Margot, e respeitosamente recuou um passo, no aguardo da decisão.

Duna: Casa Atreides

— Considerar? — Shaddam sorriu. — Já considerei. Em minha posição, é preciso tomar decisões de forma rápida e decisiva. — Ele olhou para Fenring, estreitando os olhos. — Não concorda, Hasimir?

— Ah, hããã, isso depende de se o senhor estiver escolhendo uma roupa ou uma esposa.

— Um conselho sábio na superfície, mas não creio que seja sincero. É óbvio que você é amigo da Irmã Margot, e foi *você* quem marcou esta reunião, plenamente ciente do pedido que ela faria. Devo, portanto, presumir que concorda com a proposta das Bene Gesserit.

Fenring fez uma mesura.

— A decisão é sua, sire, não importa quais sejam meus sentimentos ou opinião pessoais a respeito desta bela mulher a meu lado.

— Muito bem, minha resposta é... sim. — Ao ouvir aquilo, a Reverenda Madre Anirul nem esboçou um sorriso. — Acredita que estou tomando a decisão correta, Hasimir?

Desacostumado a ser pego desprevenido, Fenring pigarreou várias vezes.

— Ela é uma moça formosa, sire, e sem dúvida será uma esposa sem igual. E as Bene Gesserit lhe renderão aliadas excelentes, ainda mais nestes tempos difíceis de transição.

O príncipe herdeiro deu risada.

— Você está falando como um de nossos diplomatas. Me diga sim ou não, sem erro.

— Sim, majestade. Isto é, eu lhe digo um sim, sem hesitar. Anirul é uma mulher de boa disposição e fertilidade... Um tanto jovem, mas traz muita sabedoria em si. — Com um olhar para Margot a seu lado, Fenring acrescentou: — Você me garantiu que ela pode de fato ter filhos, correto?

— Herdeiros reais sairão aos borbotões de seu ventre — brincou Margot.

— Que imagem! — exclamou Shaddam, com mais uma risada calorosa. — Tragam-na até mim para que eu possa conhecê-la pessoalmente.

Margot ergueu a mão e Anirul se apressou até se posicionar ao lado do príncipe herdeiro. O restante da comitiva Bene Gesserit deu início a um burburinho fervilhante.

Shaddam olhou para a mulher de perto e notou que Anirul — sua futura esposa — tinha traços delicados. Havia minúsculas linhas ao redor de seus olhos inocentes, embora o olhar fosse jovem, e os movimentos, suaves. Naquele momento, ela continuava com a cabeça baixa, o cabelo bronze-acastanhado em desalinho. Como se recatada, ela olhou para o príncipe herdeiro, depois desviou o olhar.

— Vossa majestade tomou uma das melhores decisões de sua vida, sire. Seu reino terá uma base forte — disse Margot.

— Isso é motivo para comemorar com toda a pompa e todo o esplendor que o Imperium é capaz de reunir — sugeriu Shaddam. — Na verdade, pretendo anunciar o casamento no mesmo dia de minha coroação.

Fenring estava radiante.

— Será o maior espetáculo da história imperial, meu amigo.

Shaddam e Anirul trocaram sorrisos e deram as mãos pela primeira vez.

Quando o centro da tempestade
não se move, você está em seu caminho.

— Antigo ditado fremen

A fragata Atreides estava prestes a partir do espaçoporto da cidade de Cala para a coroação do imperador padixá, carregada com uma abundância de bandeirolas, roupas finas, joias e presentes. O duque Leto queria garantir que faria uma contribuição visível para a magnífica cerimônia imperial.

— É uma boa tática — concordou Thufir Hawat, assentindo com ares sombrios. — Shaddam sempre se deleitou com as honrarias de seu cargo. Quanto mais finas forem suas roupas e mais presentes lhe forem dados, mais ele ficará impressionado... e, portanto, maior será a inclinação para conceder seu pedido.

— Ele parece valorizar a forma sobre a substância — refletiu Leto. — Mas aparências enganam e não ouso subestimá-lo.

Kailea estava usando seu deslumbrante vestido azul-celeste e lilás para se despedir deles, mas permaneceria no castelo, sem que ninguém visse seu traje fino. Leto notava o quanto ela desejava ir à Corte Imperial, mas se recusara a ceder quanto à decisão. O velho Paulus também havia passado adiante sua teimosia.

Rhombur entrou na sala de preparação trajando pantalonas, uma camisa de seda-merh sintética e uma capa esvoaçante em tons de púrpura e cobre, as cores da perdida Casa Vernius. Tinha uma postura orgulhosa, e Kailea se espantou com a coragem do irmão em ostentar sua herança de família. Ele parecia muito mais homem, musculoso e bronzeado, sem o corpo suavemente arredondado pela gordura infantil.

— Há quem possa enxergar isso como arrogância, meu duque — avisou Hawat, apontando com a cabeça para as roupas de Rhombur.

— É tudo uma aposta, Thufir — disse Leto. — Precisamos evocar a grandiosidade que se perdeu quando a perfídia dos tleilaxu obrigou essa nobre família a se tornar renegada. Temos que demonstrar a miopia da decisão perversa do imperador Elrood e ajudar Shaddam a enxergar que grande aliada a Casa Vernius poderia ser ao trono imperial. Afinal de contas... — Ele gesticulou na direção do orgulhoso Rhombur. — Você preferiria ter *este homem* como seu aliado ou um tleilaxu imundo?

O Mestre dos Assassinos o agraciou com um pequeno sorriso contido.

— Eu não diria isso diretamente a Shaddam.

— Diremos sem palavras — retrucou Leto.

— O senhor será um duque formidável, milorde — comentou Hawat.

Caminharam juntos até o campo de aterrissagem, onde havia o dobro do contingente costumeiro de tropas dos Atreides terminando de embarcar na fragata que os levaria até o paquete à espera.

Kailea deu um passo adiante e agraciou Leto com um abraço breve e formal. Com o vestido em tons pastéis farfalhando com os movimentos, ela pressionou um dos pentes dourados presos a seu cabelo cobre-escuro contra a bochecha dele. Dava para sentir a tensão nos braços dela, e Leto pressentiu que os dois gostariam de poder dar um abraço muito mais acalorado.

Então, com lágrimas nos olhos, a filha de Dominic e Shando Vernius abraçou o irmão, ainda mais desesperadamente.

— Tome cuidado, Rhombur. Isso é tão perigoso.

— Pode ser o único modo de restaurarmos o nome da família — respondeu Rhombur. — Devemos nos atirar à mercê de Shaddam. Talvez ele seja diferente do pai. Ele não tem nada a ganhar mantendo essa sentença sobre nós, e muito a perder... ainda mais com a instabilidade atual do Imperium. Precisa de todos os amigos e forças que puder reunir.

Ele sorriu e fez esvoaçar a capa púrpura e cobre.

— É um desperdício Ix ficar nas mãos dos Bene Tleilax. Eles não têm a menor ideia de como gerenciar um negócio galáctico — apontou Kailea.

Leto, Rhombur e Hawat representariam Caladan na cerimônia. Era um gesto impetuoso, talvez, e chamativo demais em sua impertinência — ou seria visto como uma calma demonstração de autoconfiança? Leto esperava que fosse o segundo caso.

Enquanto duque, ele sabia que era insensato agir com descalabro diante da política da corte. Mas seu coração lhe dizia para arriscar naquele exato momento, quando havia tantas apostas importantes em jogo, quando ele estava do lado da justiça — onde sempre deveria estar. O pai não lhe ensinara outra coisa.

Duna: Casa Atreides

Paulus havia demonstrado que um lance arriscado e corajoso compensava substancialmente mais do que um plano conservador e sem imaginação... sendo assim, por que não? Teria o Velho Duque feito algo parecido ou teria optado por um caminho mais seguro, sob orientação da esposa? Leto não tinha uma resposta, mas era grato por não ter ninguém como a severa e inflexível lady Helena para atrapalhá-lo naquela ocasião. Quando decidisse se casar, jamais seria com alguém como ela.

Ele tinha enviado formalmente uma mensageira ao complexo das Irmãs Isoladas no continente oriental, notificando a mãe de que ele e Rhombur viajariam a Kaitain. Não quis delinear seu plano, nem comentar os óbvios riscos envolvidos, mas gostaria que ela se preparasse para o pior. Sem outro herdeiro, lady Helena assumiria a Casa Atreides caso tudo desse errado e Leto acabasse executado ou morresse "em um acidente". Embora soubesse que ela havia instigado o assassinato do Velho Duque, não lhe restavam escolhas, dadas as circunstâncias. Era uma questão de protocolo.

Os últimos itens de bagagem e baús dos Atreides foram carregados a bordo. Dentro de segundos, a grande fragata saltou pelos céus cinzentos de Caladan. Seria diferente das viagens anteriores — o futuro da linhagem de Rhombur pendia na balança... e talvez o futuro do próprio duque também.

Com toda a fanfarra cerimonial, Leto tivera sorte de lhe concederem uma audiência imperial quatro dias após a coroação. Seria naquele momento que ele e Rhombur fariam a petição formal a Shaddam, declarando o caso e se entregando à mercê do imperador.

Nos primeiros dias gloriosos de seu regime, será que o novo imperador padixá arriscaria atirar uma mortalha escura sobre as festividades ao renovar uma sentença de morte? Muitas Casas ainda enxergavam presságios em cada ação, e Shaddam era um tanto supersticioso, segundo boatos. Aquele presságio seria bastante claro: por meio da própria decisão, Shaddam estabeleceria a tônica de seu reinado. Será que o imperador iria começar negando que a justiça fosse feita? Leto esperava que não.

A fragata ducal assumiu sua posição designada dentro do cavernoso, porém lotado, compartimento de carga do paquete. Por perto, havia naves auxiliares cheias de passageiros se deslocando delicadamente até as devidas posições, além de naves de transporte e carga abastecidas de mercadorias de Caladan: arroz-pundi, itens medicinais produzidos a partir de alga processada, tapeçarias feitas à mão e frutos do mar em conserva. Cargueiros particulares ainda estavam depositando a mercadoria nos compartimentos, trazendo-a da superfície até o paquete. Aquela imensa nave da Guilda havia viajado de mundo em mundo em sua rota indireta até Kaitain, e o compartimento de carga do tamanho de uma província inteira estava salpicado de naves de outros planetas do Imperium, todas a caminho da coroação.

Enquanto esperavam, Thufir Hawat olhou para o cronômetro pendurado no casco da fragata.

— Ainda temos três horas até terminarem de carregar e descarregar o paquete e estar tudo pronto para partir. Sugiro usarmos esse tempo para treinar, milorde.

— Você sempre sugere isso, Thufir — observou Rhombur.

— Porque os senhores são jovens e precisam de uma quantidade considerável de instrução — replicou o Mentat.

A fragata luxuosa de Leto contava com tantas amenidades que sua comitiva chegava a se esquecer até de que não estava mais no planeta. Mas ele já tinha relaxado o suficiente e a ansiedade dos eventos por vir o preenchia com uma energia nervosa que ele queria descarregar.

— Tem alguma sugestão, Thufir? O que podemos fazer aqui?

Os olhos do Mestre dos Assassinos se iluminaram.

— No espaço, há muito que um duque... e um príncipe... — ele apontou com a cabeça para Rhombur — ... podem aprender.

Uma cápsula de combate desprovida de asas, do tamanho de um ornitóptero, saiu do compartimento de carga da fragata Atreides e se afastou do paquete, rumo ao espaço. Leto operava os controles com Rhombur no assento do copiloto à direita. Por um momento, a situação lembrou Leto de sua breve e quase desastrosa tentativa de treinamento na ornave ixiana.

Hawat estava em pé atrás deles usando um suporte de segurança móvel. Em seu arnês, parecia um pilar de sabedoria, com a cara fechada diante dos jovens que apalpavam os controles da cápsula de combate pela primeira vez. Um painel programado para se sobrepor aos comandos em caso de emergência flutuava diante do Mentat.

Duna: Casa Atreides

— Essa nave é diferente de um coráculo no mar, jovens senhores. Ao contrário das naves maiores, estamos em gravidade zero aqui, com toda a flexibilidade e as restrições que isso implica. Vocês dois já fizeram as simulações, mas agora estão prestes a descobrir como é o combate espacial de verdade.

— O primeiro disparo das armas é meu — disse Rhombur, repetindo o acordo feito anteriormente.

— E eu piloto, mas vamos trocar daqui a meia hora — acrescentou Leto.

Atrás deles, Hawat observou em um tom de voz monótono:

— É improvável, milorde duque, que o senhor se encontre em uma situação que exija combate espacial, mas...

— Sim, sim, devo estar sempre preparado — completou Leto. — Se tem uma coisa que aprendi com você, Thufir, foi isso.

— Primeiro, deve aprender a manobrar.

Hawat orientou Leto por uma série de curvas suaves e arcos angulares. Ele mantinha distância suficiente do enorme paquete, mas continuava perto o bastante para sentir que aquilo representava um obstáculo genuíno para sua velocidade. Em determinado momento, Leto reagiu rápido demais e fez com que a cápsula de combate começasse a rodopiar incontrolavelmente, o que ele interrompeu ativando os jatos reativos para que parassem sem sair espiralando na direção oposta.

— Reação e contrarreação — disse Hawat, com uma nota de aprovação. Seu suporte de segurança móvel, já inclinado, se realinhou. — Quando você e Rhombur tiveram o acidente marítimo em Caladan, você conseguiu prender o barco em um coral para evitar que as coisas piorassem. Aqui, no entanto, não há redes de segurança para pegá-los. Caso saia girando descontrolado, vai continuar até que as medidas adequadas sejam tomadas. A nave pode cair e ser incinerada na atmosfera, ou ir parar no vazio no espaço profundo.

— Hã, melhor não fazermos nada disso hoje — disse Rhombur. Ele olhou para o amigo. — Eu gostaria de praticar com os tiros agora, Leto, se você conseguir manter essa coisa voando reto por uns minutos.

— Sem problema — respondeu Leto.

Inclinando-se para a estação de armas entre os rapazes, Hawat explicou:

— Coloquei drones-alvo no compartimento de carga. Rhombur, tente atirar e anular quantos conseguir. Tem autorização para usar qualquer armamento que quiser: raileses, explosivos convencionais ou projéteis multi-fásicos. Mas primeiro, milorde — Hawat apertou o ombro de Leto —, por favor, conduza-nos até o outro lado do planeta, onde não teremos que nos preocupar com a possibilidade de atingir o paquete quando Rhombur errar os tiros.

Com um risinho, Leto fez conforme instruído, subindo bem acima das nuvens de Caladan até o lado noturno, onde o planeta ficava escuro abaixo deles, exceto pelos colares da iluminação urbana que pontilhava os litorais distantes. Atrás, o clarão do sol de Caladan formava um halo contra o eclipse obscuro do planeta.

Hawat lançou uma dúzia de globos rodopiantes e reluzentes que voavam em direções aleatórias. Rhombur assumiu o controle das armas — uma barra tênue com painéis multicoloridos — e efetuou disparos em todas as direções. Ele errou o alvo na maioria das vezes, mas conseguiu abater um dos drones com uma rajada de projéteis multifásicos. Os três sabiam, no entanto, que aquele acerto na mosca tinha sido mero acidente, e Rhombur não sentiu o menor orgulho.

— Paciência e controle, príncipe — aconselhou Hawat. — Precisa usar cada disparo como se fosse seu último. Faça valer. Depois que aprender a atingir as coisas, aí você pode ser mais despreocupado.

Leto perseguia os drones enquanto Rhombur disparava, usando todo o espectro de armamentos à disposição. Quando o príncipe enfim conseguiu eliminar todos os alvos, trocou de posição com o amigo para mais algumas manobras de treino.

Duas horas se passaram rapidamente, e enfim o Mentat instruiu que retornassem ao paquete da Guilda para se acomodar antes que o Navegador dobrasse o espaço para guiar a nave até Kaitain.

Relaxando em sua poltrona macia com o timbre do gavião, Leto olhava pela escotilha, vendo o amontoado de naves dentro do compartimento do paquete. Ele bebericava de um caneco de vinho quente que o fazia se lembrar de Kailea e da noite tempestuosa em que tinham revirado as posses de seu pai. O jovem duque ansiava por momentos de interlúdio pacífico e companheirismo caloroso, mas sabia que demoraria algum tempo até sua vida entrar nos eixos outra vez.

— As naves ficam tão coladas umas contra as outras aqui que me causa incômodo — comentou ele.

Duna: Casa Atreides

Observou duas naves de transporte tleilaxu assumirem posição perto da fragata Atreides. Depois delas, uma fragata Harkonnen estava pendurada em seu espaço designado pela Guilda.

— Não há com o que se preocupar, meu duque — assegurou Hawat. — Segundo as leis de combate ditadas pela Grande Convenção, ninguém pode atirar dentro de um paquete. Qualquer Casa que viole essa regra é punida com a revogação permanente do acesso às naves da Guilda. Ninguém arriscaria algo assim.

— Em todo caso, nossos escudos estão ativos? — perguntou Leto.

— Pelos infernos vermelhões, nada de escudos, Leto! — exclamou Rhombur, alarmado. Ele riu. — Você devia ter estudado mais sobre os paquetes em Ix... ou estava ocupado olhando para minha irmã o tempo todo?

Leto corou bastante, mas Rhombur ofereceu uma breve explicação:

— A bordo de um paquete, escudos interferem com o sistema de propulsão de Holtzman da nave, impedindo a dobra espacial. Um escudo ativo interromperia a capacidade de um Navegador de sustentar seu transe. Ficaríamos à deriva no meio do espaço.

— Também é proibido de acordo com nosso contrato de transporte da Guilda — acrescentou Hawat, como se o motivo jurídico de algum modo tivesse mais peso.

— Quer dizer que estamos todos aqui desprotegidos, nus e tendo que confiar neles — resmungou Leto, ainda de olho na nave Harkonnen pelas escotilhas de plás.

— Você está me fazendo lembrar de todos aqueles que querem me ver morto — apontou Rhombur, com um sorriso de derrota no rosto.

— A bordo deste paquete, todas as naves estão em igual situação de vulnerabilidade, príncipe — disse Hawat. — Mas você ainda não deve se preocupar consigo mesmo. Seu maior perigo está mais adiante, em Kaitain. Por enquanto, até eu pretendo descansar um pouco. Aqui, a bordo de nossa fragata, estamos tão seguros quanto poderíamos estar.

Leto olhou para cima, vendo o teto distante do compartimento de carga do paquete. Bem acima, em uma câmara de navegação minúscula, um Navegador solitário em um tanque de gás de especiaria controlava o imenso volume da nave.

Brian Herbert e Kevin J. Anderson

Apesar das tentativas de Hawat de reconfortá-lo, seu incômodo permanecia. A seu lado, Rhombur também estava inquieto, mas lutava para esconder a própria ansiedade. Com a respiração agitada, o jovem duque se recostou, tentando deixar que a tensão em seu corpo se dissipasse e preparando-se para a crise política que estava prestes a desencadear em Kaitain.

**Tempestades geram tempestades. Ódio gera ódio.
Vingança gera vingança. Guerra gera guerra.**

— **Dilema das Bene Gesserit**

As portas externas no casco do paquete da Guilda estavam vedadas; as aberturas cavernosas, fechadas; o veículo, pronto para partir. Logo o Navegador entraria em transe e a nave estaria a caminho. O próximo e último destino naquela rota seria Kaitain, aonde os representantes das Casas Maiores e Menores do Landsraad começavam a chegar para a coroação do imperador padixá Shaddam IV.

O Navegador manobrava a imensa embarcação até se afastar do poço gravitacional de Caladan, rumo ao espaço sideral, preparando-se para acionar os imensos motores de Holtzman que impulsionariam saltos extremos pela dobra espacial.

Os passageiros a bordo de fragatas familiares no interior do compartimento de carga do paquete não sentiam qualquer movimento que fosse, nenhuma ação dos motores, nenhuma mudança de posição, nenhum som. As naves pairavam em suas vagas isoladas como blocos de dados em um complexo bibliotecário seguro. Todas as Casas seguiam as mesmas regras, depositando sua fé na capacidade de uma única criatura mutante de encontrar um caminho seguro.

Igual ao gado de Giedi em um abatedouro, pensou Rabban enquanto entrava em sua nave de ataque invisível.

Ele poderia ter aniquilado uma dúzia de fragatas antes mesmo que qualquer um se desse conta do que estava acontecendo. Se lhe fosse dada a permissão de fazer o que quisesse, Rabban teria adorado causar aquele grau de devastação, a sensação libertadora de violência extravagante...

Mas aquele não era o plano, pelo menos não por enquanto.

Seu tio havia urdido um esquema com uma finesse admirável.

— Preste atenção e aprenda — dissera ele.

Um bom conselho, admitia Rabban para si mesmo. Ele vinha descobrindo os benefícios da sutileza e o prazer de uma vingança saboreada a longo prazo.

Mas aquilo não significava que Rabban fosse abrir mão das formas mais diretas de violência as quais eram sua especialidade; pelo contrário, ele apenas acrescentaria os métodos do barão a seu repertório homicida. Seria perfeitamente equilibrado quando assumisse a liderança da Casa Harkonnen.

Com um movimento discreto, as escotilhas da fragata da família Harkonnen se abriram deslizando e o campo de contenção desapareceu pelo tempo exato necessário para permitir que a esguia nave de guerra de Rabban passasse para o compartimento interno do paquete, selado a vácuo.

Lenta, silenciosa, pacientemente.

Antes que alguém pudesse vê-lo, ele ativou o nulcampo, operando os controles como Piter de Vries lhe instruíra. Não notou sensação diferente, nenhuma mudança na vista transmitida pelos monitores. Mas tinha se transformado em um fantasma assassino: invisível, *invencível*.

Da perspectiva de qualquer outra pessoa e dos sensores externos, todos os sinais eletromagnéticos que recaíssem sobre o nulcampo seriam refletidos e distorcidos, transformando o veículo em um espaço vazio. Mais silenciosos do que um suavíssimo sussurro, os motores da nave de ataque não emitiam som algum nem qualquer vibração detectável.

Ninguém suspeitaria. Sequer seria capaz de imaginar uma nave invisível.

Rabban ativou os jatos de atitude da não nave, guiando em silêncio a embarcação mortífera para longe da fragata aparentemente inocente dos Harkonnen e se aproximando do veículo dos Atreides. A nave de ataque era grande demais para seu gosto, com baixa capacidade de manobra e um tanto desajeitada para um caça de velocidade, mas sua invisibilidade e seu completo silêncio compensavam.

Com os dedos grossos dançando sobre os painéis de controle, ele sentiu uma dose dos sentimentos que estavam por vir: alegria, poder, glória, satisfação. Logo uma nave repleta de tleilaxu asquerosos e brutos seria destruída. Centenas deles morreriam.

O método habitual de Rabban era usar sua posição na Casa Harkonnen para realizar suas ambições de forma inconteste, manipulando os outros e matando aqueles que tivessem o azar de estar em seu caminho. Mas nunca passava de meras brincadeiras para seu entretenimento pessoal. Naquele momento, ele exercia uma função crucial, colocando em ação um plano do

Duna: Casa Atreides

qual dependia todo o futuro da Casa Harkonnen. O barão o escolhera para aquela missão, e ele jurara que a executaria direito. Com certeza não queria ser mandado de volta para casa, para seu pai.

Rabban foi manobrando a nave até que ela assumisse sua posição, devagar, com cuidado — sem pressa, por enquanto. Ele tinha todo o intervalo da viagem transespacial para fazer eclodir uma guerra.

Com o nulcampo ao redor, ele se sentia um caçador de tocaia. Era, no entanto, um tipo diferente de caçada, que exigia mais sofisticação do que explodir vermes da areia em Arrakis, mais finesse do que perseguir crianças em uma reserva florestal dos Harkonnen. Ali, sua recompensa seria uma mudança na política imperial. No fim, ele penduraria em sua parede os troféus de maior poder e fortuna para a Casa Harkonnen, empalhados e montados.

A nave de ataque invisível se aproximou da fragata Atreides, chegando quase perto o bastante para tocá-la.

Sem ruídos, Rabban acionou seu sistema de armamentos, garantindo que todo o espectro de projéteis multifásicos estaria pronto para disparar. Em um caso desses, ele dependeria da própria pontaria, mirando manualmente.

À queima-roupa, era impossível errar.

Rabban virou sua não nave, apontando as armas para dois veículos próximos, naves de transporte tleilaxu que, graças à propina substancial que os Harkonnen tinham oferecido à Guilda, haviam recebido ordens de estacionar ao lado da fragata Atreides.

Oriundas de Tleilax VII, as naves sem dúvida traziam produtos genéticos, a especialidade dos Bene Tleilax. Cada uma era comandada por Mestres tleilaxu, com uma tripulação de Dançarinos Faciais, seus criados metamórficos. A carga poderia ser carne de porclesma, enxertos animais ou alguns daqueles abomináveis gholas — clones desenvolvidos a partir da carne de humanos mortos, cópias nutridas em tanques axolotles para que as famílias enlutadas tivessem a chance de rever seus entes queridos falecidos. Tais produtos eram caríssimos e proporcionavam uma imensa riqueza àquele povo-gnomo, embora fosse certo que os tleilaxu jamais receberiam o status de uma Grande Casa.

Era perfeito! O jovem duque Atreides declarara sua inimizade para com os tleilaxu a todos do Landsraad jurando vingança pelo que tinham feito contra a Casa Vernius. Leto não fora cuidadoso quanto às declarações feitas e registradas. Era sabido o quanto ele deveria odiar os ocupantes das naves tleilaxu.

Como bônus, o renegado Rhombur Vernius estava a bordo da fragata Atreides naquele exato momento, mais um para ser enredado pela teia Harkonnen, mais uma vítima do que logo seria uma sangrenta guerra entre os Atreides e os tleilaxu.

O Landsraad acusaria o duque Leto de ser cabeça quente — inconsequente, impetuoso e violento, com tendência a ações insensatas por suas equivocadas amizades ixianas e seu luto inconsolável pela morte do pai. Pobre, pobre Leto, tão destreinado para lidar com as pressões que lhe foram impostas.

Rabban sabia perfeitamente quais seriam as conclusões a que o Landsraad e o Imperium chegariam, porque o tio e o Mentat deturpado haviam explicado com detalhes.

Pairando bem na frente da fragata Atreides, invisível e anônimo, Rabban mirou nas duas naves tleilaxu. Com um sorriso nos lábios generosos, tomou os controles.

E abriu fogo.

Tio Holtzman foi um dos mais produtivos inventores ixianos de que se tem registro. Com frequência, apresentava surtos de criatividade, trancando-se sozinho durante meses a fio para trabalhar sem interrupções. Por vezes, precisava ser hospitalizado assim que terminava, e havia uma preocupação constante quanto à sanidade e ao bem-estar dele. Holtzman morreu jovem — mal passando dos 30 anos-padrão —, mas os resultados de seus esforços mudaram a galáxia para sempre.

— *Cápsulas biográficas*, bibliofilme imperial

Quando Rabban partiu com a fragata Harkonnen, carregando todo o peso de seu importante dever, o barão estava sentado em uma poltrona elevada de observação, assistindo à movimentação no enorme compartimento de carga do paquete. O Navegador já havia acionado os motores e disparado a nave gigantesca pela dobra espacial. As naves menores estavam dispostas como uma pilha de lenha, alheias ao incêndio que se aproximava vertiginosamente...

Mesmo sabendo para onde olhar, o barão não conseguia enxergar a nave invisível, claro. Mas verificou o cronômetro e soube que estava chegando a hora. Fitou a fragata Atreides, silenciosa e arrogante em sua vaga designada, sem suspeitar de coisa alguma, e então fixou os olhos no veículo próximo dos tleilaxu. Tamborilando os dedos no apoio de braço da poltrona, observou e aguardou.

Longos minutos se passaram.

Enquanto planejavam o ataque, o barão Harkonnen queria que Rabban usasse uma armalês contra as condenadas naves tleilaxu — contudo, Chobyn, o artífice richesiano da nave experimental, deixara um aviso obscuro rabiscado em seus apontamentos: o novo nulcampo tinha certa relação com o Efeito Holtzman original que servira de base para o desenvolvimento dos escudos. Toda criança sabia que a explosão resultante do choque entre um raio de armalês e um escudo lembrava uma detonação atômica.

Brian Herbert e Kevin J. Anderson

O barão não ousaria correr aquele risco e, como já haviam dado cabo do inventor richesiano, não era possível lhe perguntar mais nada. Talvez devesse ter pensado naquilo de antemão.

Mas não importava. De qualquer forma, armaleses não eram necessárias para danificar os veículos tleilaxu, já que as naves transportadas no paquete eram proibidas de ativar seus escudos. Em vez disso, teriam serventia os projéteis multifásicos — a munição de artilharia de alta potência recomendada pela Grande Convenção a fim de reduzir danos colaterais. Aqueles morteiros penetravam a fuselagem da nave que fosse alvo e destruíam seu interior em uma detonação controlada, quando então as explosões secundárias e terciárias apagavam os incêndios a bordo e salvavam os resquícios da fuselagem. Rabban não chegara a compreender os detalhes técnicos do ataque; sabia apenas como mirar e disparar as armas. Era tudo que precisava saber.

Eventualmente, o barão avistou um pequeno estouro de fogo amarelo e branco e emergiram dois projéteis multifásicos que pareciam disparados da frente da fragata Atreides. Os projéteis saíram como labaredas de uma chama viscosa, e então veio o impacto. As condenadas naves de transporte tleilaxu estremeceram e irradiaram uma luz vermelha por dentro.

Ah, o barão esperava que as outras naves estivessem observando aquilo!

Um acerto direto em uma das naves a transformou em um casco oco e incinerado dentro de poucos segundos. Conforme programado, os outros projéteis atingiram a seção traseira da segunda nave tleilaxu, desabilitando-a sem matar todos a bordo. Aquilo daria às vítimas uma excelente oportunidade para disparar de volta contra os supostos agressores Atreides. E tudo iria escalar a partir dali.

— Ótimo. — O barão sorria, como se conversasse diretamente com a tripulação frenética dos tleilaxu. — Agora vocês sabem o que fazer. Sigam seus instintos.

Após lançar os projéteis, a não nave de Rabban saiu em disparada, passando entre as fragatas estacionadas que avultavam acima.

Em uma frequência de emergência, ele ouviu a nave tleilaxu avariada transmitir mensagens urgentes de socorro:

Duna: Casa Atreides

— Naves de transporte pacíficas dos Bene Tleilax atacadas pela fragata Atreides! Violação da lei da Guilda! Solicita-se assistência urgente!

Naquele momento, o paquete da Guilda estava no meio de *lugar nenhum* — em trânsito entre as dimensões. Em plena dobra espacial, não era possível esperar uma retaliação nem o envio de reforços até emergirem e chegarem em Kaitain. Àquela altura, seria tarde demais.

Rabban esperava que a situação evoluísse como uma briga de taverna; ele e seus amigos com frequência entravam em estabelecimentos que vendiam bebidas nas aldeias periféricas de Giedi Primo e causavam confusão, abrindo a cabeça de alguns e se divertindo à beça.

Um painel de controle da não nave mostrou uma representação gráfica do imenso compartimento de carga, com um ponto cinzento representando cada nave. Os pontos foram mudando para laranja conforme as naves das várias Grandes Casas acionavam seus armamentos, preparando-se para se defender no que se tornaria uma guerra localizada total.

Sentindo-se como um camundongo escondido no assoalho de um salão de dança repleto de pessoas, Rabban guiou a não nave até a parte de trás do cargueiro Harkonnen em um ponto onde ninguém conseguiria vê-lo abrir uma comporta para permitir a entrada da nave de guerrilha.

Dentro da segurança da nave mãe, Rabban desligou o nulcampo, tornando-se visível à tripulação Harkonnen. Saiu pela escotilha até a plataforma, limpando o suor da testa. Seus olhos reluziam de empolgação.

— As outras naves já começaram a atirar?

Alarmes soavam. O sistema-com disparava conversas em pânico, como estilhaços de uma pistola maula. Vozes frenéticas em galach imperial e códigos de combate se derramavam dos comunicadores agitados dentro do paquete:

— Os Atreides declararam guerra contra os tleilaxu! Armas foram disparadas!

Orgulhoso de seu ataque bem-sucedido, Rabban gritou:

— Ativem as armas de nossa fragata. Garantam que ninguém atire em nossa direção... Vocês sabem como aqueles Atreides são implacáveis. — Ele deu um risinho.

O equipamento de manuseio de carga se acoplou à pequena nave e depois a desceu até o espaço entre a falsa couraça. Os painéis clicaram,

Brian Herbert e Kevin J. Anderson

fechando uma abertura que nem mesmo os escâneres da Guilda seriam capazes de detectar. Claro que ninguém vasculharia o interior do veículo Harkonnen; afinal, era supostamente impossível existir uma nave invisível.

— Defendam-se! — gritou outro piloto pelo sistema-com.

— Fiquem avisados de que pretendemos retaliar — disse um tleilaxu, com a voz queixosa. — Estamos dentro de nosso direito. Sem provocação... um desprezo descarado pelas regras da Guilda.

— Mas a fragata Atreides não exibe quaisquer armas — contestou outra voz, rouca e grave. — Talvez não tenham sido eles os agressores.

— Um truque! — rebateu o tleilaxu, guinchando. — Uma de nossas naves foi destruída, outra está severamente avariada. Não enxergam com os próprios olhos? A Casa Atreides deve pagar.

Perfeito, pensou Rabban, admirando o estratagema do tio. Daquele ponto crucial em diante, vários acontecimentos poderiam se desdobrar, mas o plano funcionaria de um jeito ou de outro. O duque Leto era conhecido por ser impetuoso, e todos acreditavam que ele havia cometido uma violência hedionda e covarde. Com sorte, sua fragata seria destruída em retaliação e a infâmia recairia sobre o nome dos Atreides por aquele suposto ato traiçoeiro.

Ou poderia ser apenas o começo de uma longa e sangrenta rivalidade entre a Casa Atreides e os tleilaxu.

Em todo caso, Leto jamais conseguiria se desvencilhar das consequências.

Na ponte de comando da fragata Atreides, o duque Leto tinha dificuldades para se acalmar. Como ele sabia que a própria nave não havia disparado, demorou alguns segundos até entender as acusações direcionadas, aos berros, contra ele.

— Os disparos saíram de muito perto, meu duque, bem debaixo de nossa proa — disse Hawat.

— Então não foi acidente? — perguntou Leto, tomado por um sentimento medonho.

A nave tleilaxu destruída ainda emitia um brilho laranja, enquanto o piloto do outro veículo continuava gritando contra ele.

Duna: Casa Atreides

— Pelos infernos vermelhões! Alguém atirou mesmo nos Bene Tleilax — exclamou Rhombur, espiando pela escotilha de plás blindado. — E, por mim, já não era sem tempo.

Leto ouviu a cacofonia de mensagens de rádio, incluindo os pedidos de socorro revoltados dos tleilaxu. A princípio, ele se perguntou se deveria oferecer assistência às naves avariadas. Mas então o piloto tleilaxu começou a uivar o nome *Atreides*, clamando pelo sangue *do jovem duque*.

Ele reparou no casco queimado da nave tleilaxu destruída... e viu as armas da nave companheira danificada apontando *na direção dele*.

— Thufir! O que ele está fazendo?

No canal aberto do comunicador, um debate furioso acontecia entre os tleilaxu e aqueles que se recusavam a acreditar na culpa dos Atreides. Cada vez mais, as vozes prestavam apoio aos agredidos. Alguns chegaram até a alegar terem visto o que acontecera, terem testemunhado a nave Atreides disparar contra os tleilaxu. A situação estava tomando um rumo perigoso.

— Pelos infernos vermelhões, eles pensam que *você* os atacou, Leto! — percebeu Rhombur.

Hawat já havia corrido até o painel defensivo.

— Os tleilaxu acionaram as armas para um contra-ataque direcionado ao senhor, meu duque.

Leto correu até o sistema-com e abriu um canal. Em poucos segundos, seus pensamentos aceleraram e se comprimiram de um modo que o deixou estarrecido, pois ele não era um Mentat, dotado de poderes avançados de raciocínio. Ele percebeu que era como uma compressão onírica... ou o inacreditável fluxo de visões que supostamente passa na mente das pessoas quando elas se veem diante da morte iminente. *Que pensamento macabro*. Ele precisava encontrar uma saída para aquela situação.

— Atenção! — gritou ao microfone. — Aqui é o duque Leto Atreides. Nós não disparamos contra as naves tleilaxu. Eu contesto todas as acusações.

Leto sabia que não acreditariam nele e os ânimos não se acalmariam a ponto de evitar uma erupção de hostilidades que poderia resultar em uma guerra generalizada. E em um segundo concluiu o que era precisava ser feito.

Rostos do passado correram por sua mente e ele se agarrou a uma lembrança do avô paterno, Kean Atreides, olhando para ele com expectativa, seu rosto como um mapa dobrado de experiências de vida. Como os do neto, os olhos cinzentos e gentis carregavam uma força inesperada que os inimigos tendiam a ignorar, e era ali que morava o perigo.

Se eu ao menos conseguir ser tão forte quanto meus ancestrais...

— Não atirem — disse ele, dirigindo-se ao piloto tleilaxu com a esperança de que todos os outros capitães fossem ouvi-lo.

Outra imagem tomou forma em sua mente: seu pai, o Velho Duque, com olhos verdes e a mesma expressão, mas em um rosto adolescente, na mesma idade de Leto. Em um pequeno borrão, mais imagens surgiram: seus tios, tias e primos de Richese; os servos leais — domésticos, governamentais e militares. Todos exibiam as mesmas feições inexpressivas, como se compusessem um único organismo múltiplo, analisando-o a partir de perspectivas diferentes, à espera da hora de lhe dar o veredito. Leto não via naqueles rostos nem amor, nem aprovação, nem desrespeito — apenas um vazio, como se ele tivesse mesmo cometido um ato hediondo e já não existisse mais.

O rosto debochado de sua mãe apareceu e sumiu.

Não confie em ninguém, pensou ele.

Um sentimento desolador tomou conta do rapaz, seguido por uma solidão extrema e amarga. No mais profundo recôndito de seu ser, em um ponto desolado e sem vida, Leto viu os próprios olhos cinzentos e apáticos encarando-o de volta. Fazia frio lá, e ele estremeceu.

— *A liderança é um dever solitário.*

A linhagem Atreides encontraria seu fim naquele momento fulcral, sendo Leto o último ramo, ou será que ele geraria filhos cujas vozes um dia se somariam às de todos os outros da família, desde os tempos dos gregos antigos? Procurou pelas vozes de seus filhos no meio da cacofonia, mas não conseguia sentir sua presença.

Os olhos acusadores não hesitavam.

O governo é uma parceria protetora; o povo está sob seu cuidado, para prosperar ou morrer dependendo de suas decisões, repetia Leto para si mesmo.

As imagens e sons desapareceram e a mente dele se tornou um lugar plácido e escuro.

Duna: Casa Atreides

Aquela jornada mental produzida pela tensão durou uma fração de segundo, depois da qual Leto sabia exatamente o que fazer, sem se importar com as consequências.

— Ativar escudos! — gritou ele.

Espiando por uma tela de observação no ventre da fragata aparentemente insonte dos Harkonnen, Rabban ficou surpreso com o que viu. Correu de um convés a outro até chegar diante de seu tio, ruborizado e arfando. Antes que o piloto tleilaxu — indignado, porém tímido — pudesse abrir fogo, um escudo começou a cintilar ao redor da nave Atreides!

Mas escudos eram proibidos pelo contrato de transporte da Guilda porque quebravam o transe dos Navegadores e atrapalhavam o campo de dobra espacial. Os enormes geradores de Holtzman do paquete não seriam capazes de funcionar adequadamente com aquela interferência. Rabban e o barão praguejaram.

O paquete estremeceu ao redor deles ao se precipitar da dobra espacial.

Na câmara de navegação muito acima do compartimento de carga, o Navegador veterano sentiu seu transe ruir. Suas ondas cerebrais divergiam e retornavam em círculos de volta para si mesmas, contorcendo-se e rodopiando, fora de controle.

Os motores de Holtzman rangeram e a dobra espacial ondulou ao redor, perdendo a estabilidade. Havia algo errado com a nave. O Navegador girava em seu tanque de mélange. Suas mãos e seus pés com dedos interligados por guelras se debatiam, e ele pressentia a escuridão adiante.

A imensa nave se desviou do caminho, lançada novamente ao universo real.

Enquanto Rhombur era jogado sobre o convés acarpetado da fragata, embolado em tecido púrpura e cobre, Leto agarrou uma alça no anteparo tentando manter o equilíbrio e recitando uma prece em voz baixa. Ele e sua tripulação corajosa só podiam esperar que aquele momento passasse e nutrir a esperança de que o paquete não emergisse no interior de um sol.

Como uma árvore ao lado de Leto, Thufir Hawat conseguia de algum modo manter o próprio equilíbrio por pura força de vontade. O instrutor Mentat estava em transe, revirando as regiões ocultas da lógica e da análise. Leto não tinha certeza de como as projeções de Hawat poderiam ajudá-los naquele momento. Talvez a questão — as chances de um desastre após a ativação de escudos a bordo de um paquete — fosse tão complexa que exigia camadas e camadas de mentação.

— Projeção primária — anunciou Hawat, finalmente. Lambeu os lábios cor de groselha com a língua da mesma coloração. — Atirados da dobra espacial aleatoriamente, as chances de choque com um corpo celestial são calculadas como uma em...

A fragata deu um tranco e houve um baque nos conveses inferiores. As palavras de Hawat se tornaram inaudíveis em meio àquela comoção, e ele deslizou de volta para o reino secreto de seu transe Mentat.

Rhombur se levantou às pressas, tropeçando e prendendo um fone de ouvido sobre o topete de seu cabelo loiro.

— Ativar escudos em um paquete em movimento? Isso é tão louco quanto, hã, alguém atirar nos tleilaxu, para começo de conversa. — De olhos arregalados, ele encarou o amigo. — Deve ser um dia para loucuras.

Leto se inclinou sobre o painel de instrumentos e fez alguns ajustes.

— Não tive escolha — explicou ele. — Agora consigo enxergar. Alguém está tentando fazer com que pareça que *nós* atacamos os tleilaxu... um incidente que poderia desencadear uma grande guerra entre as facções do Landsraad. Consigo mapear todas as velhas rixas entrando em jogo e as linhas de batalha sendo traçadas aqui mesmo no paquete. — Leto limpou a testa, esfregando o suor. Aquela intuição havia partido de suas entranhas como algo que um Mentat poderia ter concluído. — Precisei parar tudo *agora*, Rhombur, antes que a situação escalonasse.

O movimento errático do paquete enfim cessou. Os ruídos de fundo se aquietaram.

Hawat finalmente saiu de seu transe:

— O senhor tem razão, meu duque. Quase todas as Casas têm naves representantes a bordo do paquete, a caminho da coroação e do casamento do imperador. As linhas de batalha traçadas aqui se estenderiam por todo o Imperium, com a convocação de conselhos de guerra, o alinhamento de planetas e exércitos de um lado ou de outro. Seria inevitável que

Duna: Casa Atreides

outras facções também surgissem como ramos de um jacarandá. Desde o falecimento de Elrood, as alianças já estão se transformando à medida que as Casas procuram por novas oportunidades.

O rosto de Leto estava quente e corado; seu coração martelava.

— Há barris de pólvora por todo o Imperium, e um deles está bem aqui, neste compartimento de carga. Eu acharia melhor que todos aqui neste paquete morressem... porque isso não chegaria perto da alternativa. Devastações em todo canto do universo. Bilhões de mortos.

— Fomos vítimas de uma armação? — perguntou Rhombur.

— Caso uma guerra estoure aqui, ninguém vai se importar em saber se eu realmente atirei ou não. Precisamos dar um fim nisso, aqui mesmo, e depois procurar as respostas corretas em tempo. — Leto abriu um canal de comunicação e se pronunciou, com a voz brusca e autoritária: — Aqui é o duque Leto Atreides convocando o Navegador da Guilda. Por favor, responda.

Houve um estalo na linha e uma voz ondulante respondeu, estrondosa e distorcida, como se o Navegador não conseguisse se lembrar direito como conversar com reles seres humanos:

— Poderíamos ter sido mortos, *Atreides*. — O modo como ele pronunciou o nome da Casa fez Leto pensar que o Navegador estaria insinuando traição. — Estamos em setor desconhecido. A dobra espacial se foi. Escudos anulam o transe de navegação. Desativem agora os escudos de sua nave.

— Respeitosamente, devo recusar — disse Leto.

Do outro lado do sistema-com, ele ouvia outras mensagens sendo transmitidas aos gritos até a câmara de navegação: acusações e exigências das naves a bordo, em tons de voz abafados e furiosos.

O Navegador se pronunciou outra vez:

— Os Atreides devem desativar os escudos. Obedecer às leis e regulamentos da Guilda.

— Recusado. — Leto se manteve firme, mas sua pele estava pálida e fria, e ele sabia que mal conseguia ocultar o terror em sua expressão. — Acredito que vocês não serão capazes de seguir enquanto os escudos estiverem ativados, por isso vamos ficar aqui, seja lá onde estivermos, até concordarem com minha... solicitação.

— Após destruir uma nave dos Bene Tleilax e ativar os escudos, você não tem a menor moral para fazer *solicitações*! — protestou uma voz com forte sotaque, um tleilaxu.

Brian Herbert e Kevin J. Anderson

— Impertinente, Atreides — disse a voz retumbante e subaquática do Navegador mutante. Mais comunicações abafadas se seguiram, silenciadas bruscamente pelo Navegador: — Declarem... solicitação... Atreides.

Após uma pausa, Leto encontrou os olhares interrogativos, porém respeitosos, de seus amigos, e então se pronunciou no sistema-com:

— Primeiro, garantimos que nós *não* atiramos contra os tleilaxu e tencionamos provar isso. Se abaixarmos nossos escudos, a Guilda precisa garantir a segurança de minha nave e tripulação, transferindo a jurisdição deste assunto para o Landsraad.

— O Landsraad? Esta nave está sob a jurisdição da Guilda Espacial.

— Vocês estão sob as obrigações impostas pela honra, assim como os membros do Landsraad e eu mesmo. Há no Landsraad um procedimento legal conhecido como Julgamento por Confisco — apontou Leto.

— Milorde! — protestou Hawat. — Não é possível que o senhor esteja disposto a sacrificar a Casa Atreides, todos os séculos de nobres tradições...

Leto desligou o microfone e levou a mão ao ombro do guerreiro Mentat.

— Se bilhões tiverem que morrer para mantermos nosso feudo, então Caladan não vale esse preço — afirmou ele, ao que Thufir baixou o olhar, concordando. — Além do mais, sabemos que *não* temos culpa... Um Mentat de seu calibre não deverá ter muita dificuldade em provar o caso. — Leto reativou o comunicador e continuou sua defesa: — Concordo em me submeter ao Julgamento por Confisco, mas todas as hostilidades devem cessar imediatamente. Não deve haver qualquer retaliação. Caso contrário, mantenho minha recusa a baixar meus escudos e este paquete continuará aqui, no meio de lugar nenhum. — Leto pensou em blefar, ameaçando disparar armaleses contra os próprios escudos para causar uma interação atômica mortífera que transformaria aquele paquete gigantesco em míseros destroços derretidos. Em vez disso, tentou ser razoável. — De que vale prolongar a discussão? Já me rendi e vou me submeter ao Landsraad em Kaitain para um Julgamento por Confisco. Estou apenas tentando evitar uma guerra total em função de uma conclusão equivocada. Não cometemos este crime. Estamos preparados para encarar as acusações *e* as consequências caso sejamos declarados culpados.

A linha ficou muda, depois voltou, com outro estalo.

— A Guilda Espacial concorda com as condições. Ela garante a segurança da nave e da tripulação.

Duna: Casa Atreides

— Saiba disso, então — disse Leto. — Sob as regras do Julgamento por Confisco, eu, duque Leto Atreides, pretendo abrir mão de todos os direitos legais a meu feudo e me dispor à mercê do tribunal. Nenhum outro membro de minha Casa poderá ser sujeitado a prisão ou outro procedimento legal. Você reconhece a jurisdição do Landsraad nesta questão?

— Reconheço — confirmou o Navegador, com um tom de voz mais firme, mais acostumado a falar àquela altura.

Por fim, ainda nervoso, Leto desativou os escudos da fragata e desabou em seu assento, trêmulo. As outras naves no imenso compartimento de carga desabilitaram os respectivos sistemas de armas, embora o humor das tripulações continuasse inflamado.

Assim começava a verdadeira batalha.

Por toda a longa história de nossa Casa, temos sido constantemente acossados pelo Infortúnio, como se fôssemos uma presa dele. É quase possível acreditar na maldição de Atreus, desde a ancestral era grega na Velha Terra.

— Duque Paulus Atreides, discurso a seus generais

No passeio ladeado de prismas do Palácio Imperial, Anirul, recém-noiva do príncipe herdeiro, passou com sua companheira Margot Rashino-Zea por três jovens cortesãs. A cidade-modelo se estendia a se perder até o horizonte, e serviços enormes preenchiam as ruas e as construções, preparações coloridas para as espetaculares cerimônias de coroação e casamento do imperador.

O trio tagarelava com empolgação, mal conseguindo se mover em seus vestidos bufantes, penachos ornamentais brilhantes e quilos de joias espalhafatosas. Mas se calaram assim que as Bene Gesserit de túnica preta se aproximaram.

— Só um momento, Margot. — Parando diante das mulheres de penteados elaborados, Anirul explodiu em cima delas com o mais suave indício da Voz: — Não desperdicem tempo fofocando. Façam algo de produtivo, pelo menos uma vez. Temos muito o que preparar antes de as delegações chegarem.

Uma das jovens, uma beldade de cabelo escuro, encarou Anirul por um instante com seus olhos grandes e castanhos, mas depois pensou melhor. Ela assumiu um tom e uma expressão de conciliação:

— Tem razão, senhora — concordou ela, conduzindo bruscamente suas companheiras pelo passeio rumo a um arco ranhurado de rochas magmáticas salusanas que levava aos apartamentos dos embaixadores.

Trocando sorrisos com aquela cuja identidade como Madre Kwisatz permanecia secreta, Margot brincou:

— Mas a fofoca não é o centro de todas as atenções das Cortes Imperiais, Anirul? Não é essa a tarefa principal delas? Eu diria que aquelas damas estavam apenas cumprindo os próprios deveres de forma admirável.

Duna: Casa Atreides

Anirul fechou a cara, parecendo bem mais velha do que suas feições joviais indicavam.

— Eu deveria ter passado instruções explícitas a elas. Aquelas mulheres servem apenas como decoração, como as fontes encrustadas de joias. Elas não têm a menor ideia de *como* ser produtivas.

Após seus anos em Wallach IX — ciente, por meio das Outras Memórias, do quanto as Bene Gesserit haviam conquistado ao longo do panorama da história imperial —, Anirul considerava as vidas humanas algo precioso, cada uma representando uma minúscula centelha na fogueira da eternidade. Mas aquelas cortesãs não aspiravam a ser mais do que... objetos de desejo para a volúpia de homens poderosos.

Na verdade, Anirul não possuía jurisdição alguma sobre aquelas mulheres, nem mesmo na condição de futura esposa do príncipe herdeiro. Margot apoiou sua mão macia no antebraço dela.

— Anirul, você precisa ser menos impulsiva. A Madre Superiora reconhece seu talento e suas capacidades, mas crê que você precise ser moderada. Todas as formas de vida bem-sucedidas se adaptam aos arredores. Agora você está na Corte Imperial; portanto, ajuste-se ao novo ambiente. Como Bene Gesserit, precisamos trabalhar de forma *invisível*.

Anirul lhe deu um sorriso cínico.

— Sempre considerei minha franqueza um de meus principais atributos. A Madre Superiora Harishka sabe disso. É o que possibilita que eu discuta questões de interesse e aprenda coisas que de outra forma não aprenderia.

— *Isso* quando os outros são capazes de ouvir — replicou Margot, levantando suas sobrancelhas pálidas na testa lisa.

Anirul seguiu pelo passeio com a cabeça erguida feito uma imperatriz. Pedras preciosas reluziam em um diadema que lhe cobria o cabelo bronze-acastanhado como uma teia de aranha. Ela sabia que as cortesãs fofocavam a respeito dela, perguntando-se quais operações secretas as bruxas Bene Gesserit estariam operando na corte, que artimanhas haviam usado para enfeitiçar Shaddam. *Ah, se elas soubessem.* As fofocas e especulações só serviriam para aumentar a mística em torno de Anirul.

— Parece que nós mesmas temos assunto para discutir entre sussurros — disse a Madre Kwisatz.

Margot tirou uma madeixa de cabelo loiro-mel de cima dos olhos.

— Claro. A filha de Mohiam?

— E a questão Atreides também.

Anirul aspirou fundo o perfume de uma sebe de roseiras-safira enquanto as duas se aproximavam de um jardim no pátio. A fragrância doce despertou seus sentidos. Elas se sentaram em um dos bancos, de onde poderiam observar quem se aproximasse, embora conversassem em sussurros direcionados, protegidas contra qualquer espião.

— O que os Atreides têm a ver com a filha de Mohiam? — perguntou a Irmã Margot. Como uma das mais habilidosas entre as Bene Gesserit, ela sabia de detalhes internos a respeito da próxima etapa do programa do Kwisatz Haderach, e a própria Mohiam também havia sido informada.

— Pense a longo prazo, Margot. Considere os padrões genéticos, a escada de gerações que armamos. O duque Leto Atreides está preso, e sua vida e seu título correm perigo. Ele pode *parecer* um nobre insignificante de uma Grande Casa nada importante. Mas já considerou que desastre essa situação seria para nós?

Margot respirou fundo conforme as peças se encaixavam para ela.

— O duque Leto? Você não quer dizer que ele será necessário para...

Ela sequer conseguia pronunciar o mais secreto dos nomes, *Kwisatz Haderach*.

— Precisaremos de genes Atreides na próxima geração! — exclamou Anirul, ecoando as vozes agitadas em sua cabeça. — As pessoas estão com medo de apoiar Leto nessa questão, e todos sabemos o porquê. Alguns dos principais magistrados podem até ser persuadidos a simpatizar com a causa dele por motivos políticos, mas ninguém de fato acredita na inocência de Leto. Por que aquele jovem tolo cometeria tamanha insensatez? É algo que está além de nossa compreensão.

Margot meneou a cabeça com tristeza.

— Embora Shaddam tenha declarado neutralidade publicamente, ele se posiciona contra a Casa Atreides em suas conversas particulares. Com certeza não acredita na inocência de Leto — continuou Anirul. — Porém, é possível que tenha algo mais aí. O príncipe herdeiro pode ter alguma relação com os tleilaxu, algo que não revela para ninguém. Acha que seria o caso?

Duna: Casa Atreides

— Hasimir não me falou nada a respeito disso. — Margot se deu conta de que havia usado o primeiro nome dele e sorriu de volta para sua companhia. — E ele compartilha, *sim*, alguns segredos comigo. Em tempo, seu homem também compartilhará os dele com você.

Anirul franziu a testa, pensando em Shaddam e Fenring com seus esquemas intermináveis, como jogos políticos.

— Então, eles estão tramando algo. Juntos. Será que o destino de Leto é parte do plano?

— Talvez.

Anirul se inclinou para a frente no banco de pedra para que a roseira a ocultasse melhor.

— Margot, nossos homens querem que a Casa Atreides caia, por algum motivo... mas a Irmandade precisa da linhagem de Leto para a culminação de nosso programa. É nossa melhor esperança, e todo o trabalho de séculos depende disso.

Sem entender completamente, Margot Rashino-Zea encarava a outra Irmã com seus olhos verde-acinzentados.

— Nossa necessidade de descendentes Atreides não depende da manutenção de seu status como uma das Grandes Casas.

— Não? — Anirul explicou seus maiores medos com paciência: — O duque Leto não tem irmãos ou irmãs. Se essa aposta do Julgamento por Confisco fracassar, ele pode muito bem cometer suicídio. É um jovem de tremendo orgulho, e seria um golpe terrível para ele logo após a morte do pai.

Margot semicerrou os olhos com ceticismo.

— Esse tal Leto tem uma força excepcional. Dado seu caráter, ele vai seguir lutando, não importa o que aconteça.

Pássaros-pipa voavam acima delas, com seu trinado soando como cristal partido. Anirul olhou para o céu sem nuvens e os observou.

— E se um dos tleilaxu vingativos decidir assassiná-lo, mesmo que ele receba o perdão do imperador? E se um dos Harkonnen encontrar aí uma oportunidade para criar um "acidente"? Leto Atreides não está em condições de se dar ao luxo de perder a proteção que seu status de nobre lhe confere. Precisamos mantê-lo vivo e, de preferência, ocupando a posição de poder que lhe cabe.

— Entendo seu argumento, Anirul.

— O jovem duque precisa ser protegido a todo custo... e nosso primeiro passo é proteger o status de sua Grande Casa. Ele não pode perder esse julgamento.

— Hum, talvez tenha um jeito — disse Margot, com um sorriso apertando a boca. Ela falava com um tom de voz baixo, reflexivo. — Talvez Hasimir até goste de minha ideia, se ele ficar sabendo, apesar de sua postura instintivamente contrária. É claro que não ousaremos falar palavra a respeito nem para ele, nem para Shaddam. Mas é um plano que vai lançar todos os envolvidos na mais absoluta confusão.

Anirul aguardou em silêncio, mas seus olhos ardiam com um brilho de curiosidade. Margot se aproximou de sua companheira Bene Gesserit.

— Nossa desconfiança a respeito de uma... conexão com os tleilaxu. Podemos usar isso para armar um blefe emaranhado em outro blefe. Mas a questão é: seremos capazes de fazer isso sem causar prejuízo a Shaddam ou à Casa Corrino?

Anirul enrijeceu.

— Meu futuro marido, e até mesmo o Trono do Leão Dourado em si, é elemento secundário para nosso programa de reprodução.

— Tem razão, claro. — Margot assentiu, resignada, como se a própria gafe a tivesse chocado. — Mas como vamos proceder?

— Comecemos enviando uma mensagem a Leto.

A verdade é um camaleão.

— Aforismo zen-sunita

Na segunda manhã do confinamento de Leto na prisão do Landsraad em Kaitain, um oficial apareceu com documentos importantes para que ele assinasse — a solicitação oficial por um Julgamento por Confisco e a renúncia formal a todas as propriedades controladas pela Casa Atreides. Era a hora da verdade para ele, o momento de confirmar o rumo perigoso que ele mesmo havia exigido.

Embora fosse inegavelmente uma prisão, a cela contava com dois cômodos, um confortável divã fundo, uma mesa de madeira polida de jacarandá de Ecaz, um leitor de bibliofilmes e outras belas amenidades. Tais cortesias lhe haviam sido concedidas em razão de seu status no Landsraad. Nenhum líder de uma Grande Casa jamais poderia ser tratado como um criminoso comum — pelo menos, não antes de perder tudo no curso do devido processo legal ou tornar-se renegado, como no caso dos Vernius. Leto sabia que talvez nunca mais fosse ficar cercado por toda aquela pompa e elegância, a não ser que provasse sua inocência.

A cela era aquecida, havia comida suficiente e de boa qualidade, e a cama era confortável — embora ele mal tivesse sido capaz de uma boa noite de sono em preparação para suas tribulações. Tinha pouquíssimas esperanças de conseguir uma resolução simples e rápida para aquela acusação. O mensageiro só poderia ser mais problemas.

O oficial, um tributécnico com acesso de segurança, trajava um uniforme pardo e ciano-escuro do Landsraad, com dragonas prateadas. Ele se referia a Leto como "*monsieur* Atreides", sem o título ducal costumeiro, como se os documentos de confisco já tivessem sido processados.

Leto optou por não fazer caso daquela gafe, embora oficialmente mantivesse o título de duque até que os papéis fossem assinados e a sentença recebesse o selo em impressão digital dos magistrados do tribunal. Em todos os séculos do Imperium, o Julgamento por Confisco havia sido invocado apenas três vezes; em dois casos, o réu perdera, levando suas respectivas Casas à ruína.

Leto esperava vencer, apesar daquelas estatísticas. Não podia permitir que a Casa Atreides desmoronasse menos de um ano após a morte de seu pai. Aquilo lhe renderia um lugar permanente nos anais do Landsraad como o líder mais incompetente de qualquer Casa da história documentada.

Trajando seu uniforme vermelho e preto dos Atreides, Leto se sentou à mesa de azulplás. Thufir Hawat, em seu cargo de conselheiro Mentat, jogou-se pesadamente em uma cadeira ao lado do duque. Juntos, examinaram a resma de documentos jurídicos. Como era de praxe com a maioria das questões formais do Imperium, os formulários de evidências e os documentos do julgamento haviam sido inscritos em folhas de microespessura em papel de cristal riduliano, registros permanentes capazes de durar milhares de anos.

As folhas se iluminavam ao toque para que Leto e Hawat pudessem estudar as letras miúdas. O velho Mentat usou suas habilidades para guardar cada página na memória; poderia absorver e reavaliar em detalhes mais tarde. Os documentos descreviam precisamente o que aconteceria durante as etapas preparatórias e durante o próprio julgamento. Cada página continha as marcas de identificação de vários oficiais do tribunal, incluindo as das advogadas de Leto.

Como parte daquele procedimento heterodoxo, a tripulação da fragata Atreides tinha sido liberada com permissão para voltar a Caladan, embora muitos seguidores leais tivessem optado por permanecer em Kaitain para oferecer seu apoio tácito. Qualquer culpa individual ou coletiva havia sido absorvida inteiramente pelo comandante, o duque. Além disso, seria mantida a garantia de santuário aos filhos dos Vernius, independentemente da condição da Casa Atreides. Mesmo com o pior veredito possível, Leto se sentia reconfortado com aquela pequena vitória. Seus amigos continuariam em segurança.

Conforme as provisões de confisco — as quais nem mesmo sua mãe, com quem ele havia cortado relações, poderia revogar de seu retiro com as Irmãs Isoladas —, o duque Leto entregara todo o patrimônio de sua família (incluindo as armas atômicas e o controle do próprio planeta Caladan) à supervisão geral do Conselho do Landsraad enquanto se preparava para o julgamento diante de seus pares.

Um julgamento que poderia ser subvertido contra ele.

Duna: Casa Atreides

Ainda assim, ganhando ou perdendo, Leto sabia que havia evitado uma grande guerra e salvado bilhões de vidas. Tinha feito a coisa certa, apesar das consequências para si mesmo. O Velho Duque em pessoa não teria tomado outra decisão, dadas as alternativas.

— Sim, Thufir, está tudo certo — confirmou Leto, ao virar a última página cintilante de cristal riduliano. Ele tirou seu anel do sinete ducal, removeu o timbre vermelho do gavião em seu uniforme e entregou os objetos ao tributécnico. Sentia-se como se tivesse cortado fora partes de si mesmo.

Se ele perdesse aquela aposta desesperada, o resultado seria uma disputa aberta entre o Landsraad para decidir quem ficaria com o prêmio de suas posses em Caladan, e os cidadãos em seu planeta banhado por águas não passariam de observadores indefesos. Ele havia sido privado de seu status, lançando seu futuro e sua fortuna em um limbo. *É possível que entreguem Caladan aos Harkonnen só por despeito*, considerou Leto em um pensamento desesperado.

O tributécnico lhe entregou uma magnacaneta. Leto apertou o dedo indicador contra o lado macio do pequeno aparelho de escrita e assinou os documentos de cristal com uma caligrafia ampla e fluida. Sentiu um vago estalo de eletricidade estática na primeira folha, ou talvez fosse apenas ansiedade. O oficial registrou a própria impressão como testemunha dos documentos. Com óbvia relutância, Hawat fez o mesmo.

Depois que o tributécnico foi embora em um farfalhar de tecidos de tons pardos e cianos, Leto anunciou, do outro lado da mesa:

— Agora sou apenas um plebeu, sem título, nem feudo.

— Apenas até obtermos nossa vitória — observou Hawat. Com um vaguíssimo tremor na voz, acrescentou: — Não importando o resultado, o senhor sempre será meu honrado duque.

O Mentat andava em círculos por toda a cela como uma pantera do pântano capturada. Parou de costas para uma minúscula janela que se abria para a imensa parede traseira, escura e plana de um anexo do Palácio Imperial. O sol matinal entrando logo atrás de Hawat cobria seu rosto de sombras.

— Já estudei as evidências oficiais, os dados registrados por escâneres no compartimento do paquete e os relatos de testemunhas — contou ele. — Concordo com suas advogadas: a situação não é nada boa, milorde.

Brian Herbert e Kevin J. Anderson

Devemos começar partindo do pressuposto de que o senhor não instigou esse ato de forma alguma e extrapolar a partir disso.

Leto suspirou.

— Thufir, se *você* não acredita em mim, não tenho a menor chance no tribunal do Landsraad.

— Sua inocência, para mim, é um fato. Agora, há várias possibilidades, que listarei em ordem crescente. Primeiro, embora seja uma possibilidade remota, a destruição da nave tleilaxu *pode ter sido* um acidente.

— Precisamos de algo melhor do que isso, Thufir. Ninguém vai acreditar.

— O mais provável é que os tleilaxu tenham explodido a própria nave apenas para incriminá-lo, senhor. Estamos cientes do pouco valor que eles dão para a vida. Os passageiros e a tripulação a bordo da nave destruída podem ter sido apenas gholas e, portanto, descartáveis. Sempre podem criar outros em tanques axolotles. — Hawat tamborilava os dedos uns contra os outros. — Infelizmente, o problema é a falta de motivação. Será que os tleilaxu urdiriam um complô tão complexo e absurdo apenas para se vingar dos Atreides pela proteção aos filhos da Casa Vernius? O que eles teriam a ganhar com isso?

— Lembre-se, Thufir, de que declarei em termos inequívocos minha inimizade contra eles no Salão do Landsraad. Eles também me enxergam como inimigo.

— Ainda não creio que seja provocação o bastante, meu duque. Não, é algo maior, algo que, para o perpetrador, vale a pena até arriscar uma guerra generalizada. — Ele fez uma pausa e então acrescentou: — Não consigo determinar o que os Bene Tleilax teriam a ganhar com a humilhação ou a destruição da Casa Atreides. Na melhor das hipóteses, o senhor representa um inimigo periférico para eles.

Leto lutava para resolver aquele dilema, mas se nem mesmo o Mentat era capaz de encontrar uma cadeia de associações, um mero duque não conseguiria seguir fios tão sutis.

— Certo. Qual é a outra possibilidade?

— Talvez... sabotagem ixiana. O resultado de um renegado ixiano que procurou retaliação contra os tleilaxu. Uma tentativa equivocada de auxiliar o exilado Dominic Vernius. É possível também que o próprio Dominic

Duna: Casa Atreides

estivesse envolvido, embora não haja relato algum de seu avistamento desde sua renegação.

Leto digeriu a informação, mas a questão prática o incomodava.

— Sabotagem? Por quais meios?

— Difícil dizer. O modo como o interior da nave tleilaxu foi devastado sugere um projétil multifásico, o que foi confirmado pela análise de resíduos químicos.

Leto se recostou na cadeira desconfortável.

— Mas como? Quem poderia ter disparado um projétil desses? E não vamos nos esquecer de que as testemunhas alegam ter visto os disparos partindo da *nossa* fragata. As vagas a nosso lado no compartimento do paquete estavam vazias. Nós estávamos observando. Nossa nave era a única que estava perto.

— As poucas respostas que posso sugerir são improváveis ao extremo, meu duque. Uma pequena nave de ataque poderia ter disparado um projétil desses, mas não seria possível escondê-la. Não vimos nada. Mesmo um indivíduo munido de um aparato de respiração e de um lançador de foguetes apoiado no ombro teria sido avistado, então essa hipótese pode ser descartada. Além disso, pessoa alguma tem permissão para sair das naves durante o trânsito em dobra espacial.

— Não sou Mentat, Thufir... mas sinto o cheiro dos Harkonnen nisso — refletiu Leto, passando o dedo sobre a superfície lisa e gelada da mesa de azulplás. Precisava pensar, precisava ser forte.

Hawat ofereceu uma análise concisa:

— Quando um ato hediondo se concretiza, três pistas principais invariavelmente conduzem aos responsáveis: dinheiro, poder ou vingança. Esse incidente foi uma armação com o intuito de arrasar a Casa Atreides... possivelmente ligado ao complô que matou seu pai.

Leto deixou escapar um suspiro enorme.

— Nossa família teve alguns anos de tranquilidade sob os governos de Dmitri e seu filho Abulurd, quando parecia que os Harkonnen estavam dispostos a nos deixar viver em paz. Agora, receio que as velhas rixas estejam vindo à tona de novo. Pelo que sei, o barão se refestela com isso.

O Mentat abriu um sorriso sinistro.

— Exatamente o que eu estava considerando, milorde. Fico em absoluta perplexidade quanto ao *modo* que teriam aplicado para armar uma emboscada dessas, sob o olhar de tantas outras naves. Provar tal conjectura ao Landsraad será ainda mais difícil.

Um guarda apareceu diante das barras de força da cela e entrou, levando consigo um pequeno pacote. Sem dizer palavra ou sequer olhar nos olhos de Leto, ele depositou o objeto na mesa lisa e partiu.

Hawat passou um escâner sobre o pacote suspeito.

— Cubo mensageiro — concluiu.

Com um gesto para que Leto recuasse, o Mentat removeu o embrulho e revelou um objeto escuro. Não havia marcações ou indicação de remetente, mas parecia importante.

Leto ergueu o cubo, que reluziu ao reconhecer sua impressão digital. Palavras fluíram sobre o objeto, sincronizadas com os movimentos oculares do duque. Duas frases provocativas que traziam consequências avassaladoras:

"O príncipe herdeiro Shaddam, bem como seu pai fazia antes dele, mantém uma aliança secreta e ilegal com os Bene Tleilax. Essa informação poderá ser valiosa para sua defesa... se ousar usá-la."

— Thufir! Olhe só para isso.

Mas as palavras se dissolveram antes que ele pudesse virar a face do cubo para o Mentat, e então o objeto se desfez em pedaços quebradiços na palma de sua mão. Leto não tinha ideia de quem poderia ter mandado tal mensagem bombástica. *Será possível que eu tenha aliados secretos em Kaitain?*

Subitamente sentindo-se desconfortável e até mesmo paranoico, Leto passou a falar com Hawat na língua de sinais dos Atreides, um idioma secreto que o duque Paulus havia ensinado aos membros íntimos de sua Casa. O rosto de gavião do jovem ficou sombrio ao recontar o que havia acabado de ler e perguntar quem poderia ter mandado.

O Mentat refletiu por um instante e respondeu com um floreio de gestos com as mãos:

— Os tleilaxu não são conhecidos por sua proeza militar, mas essa conexão é capaz de explicar como foram capazes de esmagar os ixianos e sua tecnologia defensiva com tamanha facilidade. É possível que os Sardaukar estejam mantendo o controle, em segredo, sobre a população oprimida no subterrâneo. — Depois de uma pausa, ele concluiu:

Duna: Casa Atreides

— Shaddam está envolvido nessa trama de algum modo e não deseja que esse fato seja revelado.

Os dedos de Leto responderam em um borrão, interrogativos:

— Mas o que isso tem a ver com o ataque dentro do paquete? Não vejo conexão alguma.

Hawat contraiu os lábios manchados e respondeu em voz alta, com um sussurro rouco:

— Talvez não haja conexão. Mas pode ser que não importe, desde que sejamos capazes de utilizar essa informação quando estivermos encurralados. Proponho um blefe, meu duque. Um blefe espetacular e desesperado.

Em um Julgamento por Confisco, não se aplicam as normas comuns a respeito das evidências. Não é exigido que as evidências sejam reveladas à oposição ou aos magistrados antes do tribunal. Esse detalhe faz com que o acusado que possuir conhecimentos secretos se veja em uma posição de poder sem igual — proporcional ao extremo risco que corre.

— *Normas de Rogan para evidências*, 3ª edição

Ao ler o cubo mensageiro inesperado enviado por Leto Atreides, o príncipe herdeiro sentiu uma onda carmesim de fúria colorir seu rosto.

"Sire, minha documentação de defesa inclui uma revelação completa de seu envolvimento com os tleilaxu."

— Impossível! Como ele saberia?

Gritando obscenidades, Shaddam esmagou o cubo contra a parede, lascando o mármore de veios índigo. Fenring saiu correndo para recolher os pedaços, ansioso por preservar as evidências e ler a mensagem pessoalmente. O príncipe fuzilou o conselheiro com os olhos, como se aquilo fosse, de algum modo, culpa dele.

Era fim de tarde e os dois haviam deixado o palácio para desfrutar de alguns momentos de paz nos aposentos particulares de Fenring. Shaddam andou em círculos pelo perímetro da sala espaçosa, com a figura furtiva do conselheiro seguindo-o como uma sombra. Embora ainda não tivesse sido coroado formalmente, ele se sentou na imensa poltrona da varanda como se fosse um trono. Com uma compostura régia, o príncipe herdeiro olhou para o amigo.

— Então, Hasimir, como você imagina que meu primo ficou sabendo dos tleilaxu? Que evidências ele possui?

— Hããã, ele pode estar só blefando...

— Um palpite desses não pode ser pura coincidência. Não podemos pagar para ver um suposto blefe e arriscar que a verdade venha à tona em um tribunal do Landsraad. — Shaddam soltou um grunhido. — Não aprovo, de forma alguma, esse tal Julgamento por Confisco. Nunca aprovei.

Duna: Casa Atreides

Tira do trono imperial, de *mim*, a responsabilidade pela alocação do patrimônio de uma Grande Casa. Não é de bom tom.

— Mas não há nada que o senhor possa fazer a respeito, sire. É uma lei estabelecida, que remonta aos tempos butlerianos, quando a Casa Corrino foi designada para governar as civilizações da humanidade. Mas considere que, nos mil anos que se passaram desde então, esta é apenas a quarta vez que ela é invocada, hmmmmm? Isso deve alegrá-lo. Parece que essa aposta tudo ou nada não é das mais populares.

Shaddam continuou de cara fechada, com um olhar distante para o céu vespertino sobre as cúpulas prismáticas do palácio ao longe.

— Mas como é possível que ele saiba? Quem falou? O que deixamos passar? Isso é um desastre!

Fenring parou na beira da varanda, olhando para as estrelas com seus olhos reluzentes, próximos um do outro. Ele baixou o tom de voz para um sussurro agourento:

— Talvez eu deva fazer uma visitinha a Leto Atreides em sua cela, hãããã, ah? Descobrir exatamente o que ele sabe e como ficou sabendo. É a solução mais óbvia para nosso pequeno dilema.

Shaddam estava com a postura largada na poltrona da varanda, mas o encosto era muito duro para suas costas.

— O duque não vai lhe dizer nada. Ele tem muito a perder. Pode não ter nenhuma prova substancial, mas não tenho dúvida de que pretende levar a ameaça a cabo.

Os olhos imensos de Fenring nublaram.

— Quando faço perguntas, Shaddam, eu obtenho respostas. — Ele cerrou os punhos. — Você deveria saber disso a essa altura, depois de tudo que fiz por você.

— Aquele Mentat Thufir Hawat estará próximo de Leto; um adversário formidável. Chamam-no de Mestre dos Assassinos.

— Meu talento também é formidável, Shaddam. Podemos dar um jeito de separar os dois. Basta que ordene, e darei um jeito de fazer isso acontecer.

Fenring parecia ávido com a possibilidade de matar, e seu prazer só aumentava ao entender o desafio que tinha em mãos. Seus olhos brilharam, mas Shaddam o interrompeu:

— Se ele for tão esperto quanto parece, Hasimir, já vai ter estabelecido muitas garantias para si mesmo. Ah, sim. No momento em que Leto suspeitar de uma ameaça, é possível que ele revele o que sabe, seja lá o que for... e não temos como saber que tipo de reforços o rapaz tem, ainda mais se esse tiver sido o plano dele desde sempre.

... uma revelação completa de seu envolvimento com os tleilaxu...

Uma brisa fria soprou pela varanda, mas Shaddam não quis voltar para o interior dos aposentos.

— Se nosso... projeto vier a público, as Grandes Casas teriam motivos para barrar minha ascensão ao trono e uma força de ataque do Landsraad poderia ser despachada contra Ix — concluiu ele.

— É Xuttuh agora, sire — murmurou Fenring.

— Tanto faz.

O príncipe herdeiro passou a mão por seu cabelo arruivado cheio de pomada. Aquela única linha de texto do prisioneiro Atreides o deixara mais abalado do que um motim em uma centena de planetas. Ele se perguntou o quanto aquilo teria perturbado o velho Elrood. Seria mais do que a rebelião no setor de Ecaz no começo do reinado dele?

Observe e aprenda.

Ah, cale a boca, velho abutre!

Shaddam franziu a testa.

— Pense nisso, Hasimir... parece quase óbvio demais. Há alguma chance de que o duque Leto *não* tenha destruído as naves tleilaxu?

Fenring passou o dedo no queixo pontudo.

— Duvido muito, sire. A nave Atreides estava lá, como confirmado pelas testemunhas. As armas foram disparadas, e Leto nunca escondeu seu ódio pelos Bene Tleilax. Lembra do discurso dele no Landsraad? *Ele é culpado.* Ninguém acreditaria que não.

— Eu achava que até mesmo um adolescente de 16 anos tentaria ser mais sutil do que isso. Se ele é culpado, por que exigiria um Julgamento por Confisco? — Shaddam detestava quando não conseguia compreender as pessoas e suas ações. — Um risco ridículo.

Fenring deixou que uma longa pausa pairasse no ar antes de soltar sua ideia como uma bomba:

— Talvez porque Leto soubesse desde o começo que iria lhe mandar *aquela mensagem*? — Ele gesticulou para os destroços do cubo mensageiro.

Duna: Casa Atreides

Precisava apontar o óbvio, já que Shaddam com frequência deixava sua fúria sobrepujar suas faculdades racionais. Então, prosseguiu rapidamente: — Talvez o senhor esteja pensando ao contrário, sire. Pode ser que Leto tenha atacado os tleilaxu de propósito, sabendo que poderia usar o incidente como pretexto para exigir um Julgamento por Confisco... um fórum público na corte do Landsraad durante o qual ele teria a chance de expor o que sabe de nós. Todo o Imperium estará prestando atenção.

— Mas por quê? *Por quê?* — Shaddam analisava as unhas bem-cuidadas dos dedos, tomado pela confusão. — O que ele tem contra mim? Sou primo dele!

Fenring suspirou.

— Leto Atreides está metido com o príncipe expulso de Ix. Se ele soubesse de nosso envolvimento lá e do trabalho com a especiaria sintética dos tleilaxu, isso não seria motivo suficiente para ele? O garoto herdou do pai um profundo e equivocado senso de honra. Sendo assim, leve em consideração: Leto assumiu pessoalmente o dever de castigar os Bene Tleilax. Mas se deixarmos que ele seja julgado agora diante do Landsraad, ele planeja revelar nosso envolvimento e nos afundar consigo. É simples assim, hããããã? Ele cometeu o crime sabendo desde o começo que nós seríamos forçados a protegê-lo... para *nos* protegermos. Em todo caso, ele terá nos castigado. Pelo menos, deixou uma saída.

— Ah, sim. Mas isso é...

— Chantagem, sire?

Shaddam inspirou fundo o ar gelado.

— Maldito! — Ele se levantou, enfim parecendo um imperador. — Maldito! Se você tiver razão, Hasimir, não teremos escolha senão ajudá-lo.

A lei escrita do Imperium não pode ser alterada, independentemente de qual Grande Casa detenha o domínio ou qual imperador ocupe o Trono do Leão Dourado. Os documentos da Constituição Imperial foram estabelecidos há milhares de anos. Isso não quer dizer que todos os regimes sejam juridicamente idênticos; as variações derivam de sutilezas de interpretação e de lacunas microscópicas que se tornam grandes o bastante para que permitam a passagem de um paquete.

— Direito do Imperium, comentários e réplicas

Leto estava deitado de bruços na cama funda em sua cela, sentindo o calor e o latejar de um mecanismo de massagem sob o corpo, estimulando os músculos tensionados pelo estresse no pescoço e nas costas. O jovem ainda não sabia o que iria fazer.

Até aquele momento, não recebera resposta do príncipe herdeiro, e Leto já havia se convencido de que seu blefe desajuizado não surtira efeito. Em todo caso, depender daquela mensagem sigilosa já era uma aposta improvável, e o próprio Leto não tinha ideia do que aquilo significava. Hora após hora, ele e o Mentat continuavam a discutir os méritos do caso e a necessidade de confiar nas próprias habilidades.

Amenidades e artigos pessoais o cercavam para que ele os usasse em suas longas horas de expectativa, contemplação e tédio: bibliofilmes, roupas finas, instrumentos de escrita, até mesmo mensageiros esperando do lado de fora da cela para transportar cubos mensageiros particulares a qualquer destinatário de sua escolha. Todos sabiam o quanto estava em jogo naquele julgamento, e nem todos em Kaitain desejavam que Leto ganhasse.

Tecnicamente, em função dos procedimentos jurídicos nos quais estava embrenhado, ele já não possuía itens pessoais; ainda assim, gostava de poder fazer uso deles. Os bibliofilmes e as roupas forneciam um senso de estabilidade, um vínculo com aquilo em que ele considerava sua "vida anterior". Desde o atentado misterioso dentro do paquete, ele tinha sido atirado em um estado de caos.

Duna: Casa Atreides

Todo o futuro de Leto, o destino de sua Casa e seu patrimônio em Caladan pendiam precariamente no Julgamento por Confisco: tudo ou nada. Se fracassasse, sua Grande Casa acabaria em uma situação pior do que a renegada família Vernius. A Casa Atreides deixaria de existir — em absoluto.

Pelo menos não terei que negociar um casamento apropriado para fazer as melhores conexões com o Landsraad, pensou ele, com um sarcasmo forçado. O jovem duque soltou um suspiro profundo, pensando em Kailea, com seu cabelo acobreado e sonhos de um futuro que jamais viria a se concretizar. Se fosse privado de seu título e de suas posses, Leto Atreides poderia escolher se casar com ela sem considerar dinastias e política... mas será que ela, sonhando com Kaitain e com a Corte Imperial, iria desejá-lo uma vez que ele deixasse de ser um duque?

— De algum modo, sempre consigo encontrar um lado positivo — dissera Rhombur certa vez. Seria bom ter um pouco do otimismo do amigo naquele momento.

Sobre a mesa de azulplás atulhada, mergulhado em profunda e silenciosa concentração, Thufir Hawat revirava as páginas holográficas projetadas diante de seus olhos — uma compilação das evidências prováveis que seriam usadas contra Leto, bem como as análises das leis do Landsraad. O material incluía as contribuições das advogadas a serviço dos Atreides e as projeções de Mentat do próprio Hawat.

O caso era constituído inteiramente em evidências circunstanciais, mas era bastante convincente, a começar pela própria declaração raivosa de Leto diante do Conselho do Landsraad. Ele tinha uma motivação óbvia, já tendo declarado uma guerra verbal contra os tleilaxu.

— Tudo aponta para minha culpa, não é? — perguntou Leto, sentando-se na cama funda, o que fez com que a unidade massageadora parasse de maneira automática.

Hawat assentiu.

— Perfeitamente até demais, milorde. E as evidências só pioram. Durante a investigação, examinaram os lançadores de projétil multifásico em nossas cápsulas de combate e descobriram que tinham sido disparados. Um resultado dos mais incriminadores, que se soma ao conjunto de evidências.

— Thufir, nós *sabemos* que os projéteis foram disparados. Foi relatado desde o começo. Rhombur e eu saímos para praticar com os drones-

-alvo antes de o paquete entrar na dobra espacial. Todos os membros de minha tripulação podem testemunhar que isso aconteceu.

— Os magistrados podem não acreditar em nós. É uma explicação que soa conveniente demais, como um álibi pré-fabricado. Vão pensar que realizamos nosso treino para justificar o resultado do teste dos armamentos porque *sabíamos* do ataque contra os tleilaxu. Um dos truques mais simples.

— Você sempre foi bom com os detalhes complicados — disse Leto, com um sorriso gentil. — É seu treinamento de segurança. Você confere tudo repetidamente, vasculhando cada camada, fazendo cálculos e projeções.

— É exatamente do que precisamos neste exato momento, meu duque.

— Não se esqueça de que temos a *verdade* a nosso lado, Thufir, uma aliada poderosa. De cabeça erguida, vamos nos apresentar diante do tribunal de nossos pares e contar tudo o que aconteceu, e a maioria das coisas que *não* aconteceram. Terão que acreditar em nós, ou os séculos de honra e honestidade dos Atreides nada significarão.

— Queria eu ter sua força... seu otimismo. O senhor demonstra firmeza e compostura admiráveis. — Uma expressão agridoce atravessou o rosto áspero do Mentat. — Seu pai foi um bom professor. Ele ficaria orgulhoso. — Hawat desligou o holoprojetor e as páginas dançantes de evidências desapareceram no ar carregado da prisão. — Até o momento, entre os magistrados e membros votantes do júri do Landsraad, há alguns que provavelmente acreditarão em sua inocência, graças a alianças passadas.

Leto sorriu, mas reparou no quanto o Mentat estava inquieto. Ele desceu da cama; trajava um roupão azul, andando descalço de um lado para outro. Um calafrio lhe correu pelos braços e ele ajustou o termostato da cela.

— Outros acreditarão depois de ouvir minha declaração e ver as evidências.

Hawat olhou para Leto como se ele fosse um garotinho de novo.

— Uma vantagem que temos é que a maioria de seus aliados vai votar para liberá-lo das acusações apenas pelo desprezo que sente pelos tleilaxu. Não importa o que eles pensam que o senhor possa ter feito, o senhor é de sangue nobre, de uma família respeitada pelo Landsraad. É

Duna: Casa Atreides

um *deles* e não vão destruí-lo para recompensar os Bene Tleilax. Várias Casas já nos ofereceram apoio por conta do respeito prévio por seu pai. Pelo menos um dos magistrados ficou impressionado pela coragem de sua apresentação inicial no Conselho do Landsraad meses atrás.

— Mas todos ainda acreditam que cometi esse ato terrível? — Ele franziu a testa, deprimido. — Esses outros motivos são incidentais.

— Eles não o conhecem e o senhor é pouco mais do que um garoto a seus olhos, com a reputação de ser inconsequente e impulsivo. Por ora, meu duque, devemos nos preocupar mais com o veredito em si e menos com os motivos subjacentes. Se o senhor for bem-sucedido, terá muitos anos para reconstruir sua reputação.

— E se eu perder, nada disso vai importar.

Hawat estava parado feito um monólito. Ele assentiu solenemente.

— Não há um conjunto de regras para a condução de um Julgamento por Confisco. É um fórum livre, sem normas para reger a apresentação das evidências ou os procedimentos, um recipiente sem conteúdo. Sem um processo de revelação de documentos, não temos que mostrar com antecedência à corte as evidências que iremos apresentar... mas o mesmo vale para o outro lado. Não sabemos que mentiras nossos inimigos poderão contar, nem quais provas eles poderão ter adulterado. Não temos como antecipar quais são as supostas provas que os tleilaxu possuem nem quais serão os depoimentos de suas principais testemunhas. Muitas coisas horríveis serão ditas a respeito da Casa Atreides. Prepare-se para isso.

Ao ouvir uma comoção, Leto ergueu o olhar e viu um guarda desligar o ruidoso campo de confinamento para permitir a entrada de Rhombur. O príncipe ixiano vestia uma camisa branca com a hélice dos Vernius no colarinho. Seu rosto estava corado após uma sessão de exercícios, e seu cabelo continuava úmido após a ducha. Em sua mão direita, a joia de fogo reluzia no anel.

Leto pensou nas semelhanças entre sua situação e a de seu amigo, com as respectivas Casas passando por turbulências, beirando a aniquilação. Rhombur, que havia recebido a proteção temporária da corte, o visitava todos os dias no mesmo horário.

— Terminou os exercícios? — perguntou Leto, forçando um tom de voz caloroso, apesar do pessimismo macabro de Hawat.

— Hoje eu quebrei a máquina de treinamento físico — respondeu Rhombur, com um sorriso travesso. — O aparelho deve ter sido construí-do por uma daquelas desprezíveis Casas Menores. Nenhum controle de qualidade. Com certeza, não era feito do material decente de Ix.

Leto riu enquanto enlaçava os dedos nos do amigo no semiaperto de mãos do Imperium.

Rhombur coçou a cabeça sob o topete loiro úmido.

— O exercício físico intenso me ajuda a pensar. Hoje em dia, já é difí-cil o suficiente conseguir me concentrar em qualquer coisa. Hã, falando nisso, minha irmã mandou uma mensagem de apoio por um mensageiro recém-chegado de Caladan. Achei que fosse gostar de saber. Talvez sirva para animá-lo.

A expressão facial dele ficou séria, revelando as camadas de pressão às quais vinha sendo submetido naquelas longas tribulações, os sinais sutis de estresse e de maturidade instantânea que um garoto de 16 anos não deveria ser obrigado a suportar. Leto sabia que seu amigo estava preocupado com o próprio destino e o da irmã na hipótese de a Casa Atreides perder o julgamento; duas grandes famílias nobres destruídas em um período assustadoramente breve. Talvez Rhombur e Kailea fos-sem em busca de seu pai renegado...

— Thufir e eu estávamos agora mesmo discutindo os méritos de nos-so caso — contou Leto. — Ou, como ele talvez colocasse, a *falta* de méritos.

— Eu não diria isso, meu duque — protestou Hawat.

— Bom, então eu trago boas notícias — anunciou Rhombur. — As Bene Gesserit desejam contribuir com Proclamadoras da Verdade no tri-bunal. Essas Reverendas Madres têm a capacidade de revelar a falsidade em qualquer um.

— Excelente — disse Leto. — Vão resolver esse problema todo em um instante. Depois que eu me pronunciar, elas podem atestar que estou di-zendo a verdade. Será tão simples assim?

— Normalmente, o testemunho de uma Proclamadora da Verdade seria inadmissível — avisou Hawat. — É possível que abram uma exceção aqui, mas é improvável. As bruxas têm os próprios objetivos secretos, e analistas jurídicos postulam que são, portanto, passíveis de suborno.

Leto piscou, surpreso.

Duna: Casa Atreides

— Suborno? Então eles não conhecem muitas Reverendas Madres. — Ele começou a pensar mais a respeito daquela informação, porém, considerando várias possibilidades. — Mas objetivos secretos? Por que as Bene Gesserit *fariam* uma oferta dessas? O que elas têm a ganhar com minha inocência... ou minha condenação?

— Seja cauteloso, meu duque — aconselhou Hawat.

— Vale a tentativa — opinou Rhombur. — Mesmo que não tenham força de lei, o testemunho de Proclamadoras da Verdade daria peso à versão de Leto dos acontecimentos. Elas poderiam analisar você e todos a seu redor, incluindo Thufir, eu, a tripulação da fragata e até mesmo seus criados em Caladan. Vão provar sua inocência, sem a menor sombra de dúvida. — Ele sorriu. — Estaremos de volta a Caladan antes que você perceba.

Hawat, contudo, ainda precisava ser convencido.

— Quem exatamente entrou em contato com o senhor, jovem príncipe? Qual Bene Gesserit fez tão *generosa* oferta? E o que ela pediu em troca?

— Ela, hã, não pediu nada — respondeu Rhombur, surpreso.

— Talvez *ainda* não, mas essas bruxas pensam a longo prazo — observou Hawat.

O príncipe ixiano coçou as têmporas.

— O nome dela é Margot. É da comitiva de lady Anirul e está aqui para o casamento imperial, imagino.

Leto arquejou quando uma ideia lhe ocorreu.

— Uma Bene Gesserit vai se casar com o imperador. Seria obra de Shaddam, então? Em resposta a nossa mensagem?

— As Bene Gesserit não servem a ninguém — afirmou Hawat. — São notoriamente independentes. Elas fizeram a oferta por vontade própria, porque de algum modo vai beneficiá-las.

— Não parei para pensar no motivo para ela ter procurado logo a mim — disse Rhombur. — Mas levem em consideração que essa oferta não traria vantagem alguma para nós se Leto não fosse de fato inocente.

— Eu sou!

Hawat sorriu para Rhombur, admirado, e concluiu:

— É claro. Mas agora temos prova de que as Bene Gesserit também sabem que Leto está falando a verdade; do contrário, jamais sugeririam uma coisa dessas.

O Mentat se perguntava o que as Irmãs sabiam e o que esperavam ganhar com aquilo.

— A não ser que estejam me testando — sugeriu Leto. — O mero fato de eu aceitar a oferta é suficiente para saberem que não estou mentindo. Se eu recusasse, ficariam convencidas de que tenho algo a esconder.

Perto da parede da cela, Hawat admirava a paisagem pela janela de plás blindado.

— Fique atento ao fato de que estamos em um tribunal que é todo de aparências. Também existem preconceitos quanto às Bene Gesserit e sua arcana doutrina dos sortilégios. Proclamadoras da Verdade podem trair o próprio juramento e mentir em prol de um propósito maior. Bruxaria, feitiçaria... talvez seja melhor não aceitarmos tão prontamente o auxílio.

— Acha que é um ardil? — perguntou Leto.

— Sempre suspeito disso — confirmou o Mentat, e seus olhos faiscaram. — É de minha natureza. — Ele se calou e passou a se comunicar com Leto usando os gestos de mão dos Atreides: — Essas bruxas podem estar a serviço dos interesses imperiais, afinal de contas. Que alianças será que estão ocultas de nós?

> **O pior tipo de aliança é aquele que nos enfraquece. Pior ainda quando um imperador falha em reconhecer uma aliança como tal.**
>
> — **Príncipe Raphael Corrino,**
> ***Discursos sobre a liderança***

O príncipe herdeiro Shaddam fez o mínimo possível para que o representante tleilaxu se sentisse confortável ou bem-vindo no palácio. Ele detestava até ficar no mesmo espaço que o visitante, mas aquela reunião era inevitável. Guardas Sardaukar fortemente armados escoltaram Hidar Fen Ajidica por uma passagem nos fundos, passando por corredores de manutenção e escadarias não sinalizadas até enfim chegarem a uma sucessão de portas trancadas.

Shaddam escolheu a saleta com mais privacidade, uma câmara tão discreta que não aparecia em qualquer planta baixa. Muito tempo antes, alguns anos depois da morte do príncipe herdeiro Fafnir, Hasimir Fenring havia descoberto a existência daquele lugar em uma de suas rondas habituais. Ao que parecia, a sala oculta havia sido usada por Elrood no início de seu interminável reinado, quando assumira diversas concubinas extraoficiais, além das formalmente admitidas no palácio.

Restava uma única mesa na sala gélida, iluminada pelos novos luciglobos trazidos para a ocasião. As paredes e o assoalho recendiam a poeira. Os lençóis e cobertores na cama estreita contra a parede mal passavam de um amontoado de fibras esgarçadas e fiapos. Arremessado para longe décadas antes, repousava em um canto um buquê antigo, petrificado e transformado em um amontoadinho de folhas e ramos escuros. O lugar transmitia a impressão desejada, embora Shaddam soubesse que os Bene Tleilax não fossem conhecidos por sua atenção às sutilezas.

Do outro lado da mesa sem toalha, coberto por suas túnicas marrons, Hidar Fen Ajidica entrelaçava as mãos acinzentadas sobre a superfície de madeira. Ele piscava com seus olhos próximos um do outro e olhava para Shaddam, do outro lado.

— Fui convocado, sire? Suspendi as pesquisas e vim até aqui sob seu chamado.

Shaddam beliscava de um prato de carne de porclesma glaceada que um dos guardas servira, já que não tivera tempo no dia para uma refeição formal. Ele saboreou o molho amanteigado de cogumelos, depois empurrou o prato até Ajidica, a contragosto, para oferecer um pedaço.

A figura diminuta recuou, recusando-se a tocar na comida. Shaddam franziu a testa.

— Carne de porclesma é uma fabricação sua. Por acaso os tleilaxu não comem as próprias iguarias?

Ajidica negou com a cabeça.

— Embora essas criaturas sejam de origem tleilaxu, nós mesmos não as consumimos. Peço perdão, sire. Não precisa me oferecer amenidade alguma. Vamos discutir o que for necessário. Estou ansioso para retornar a Xuttuh e a meus laboratórios.

Shaddam fungou, aliviado ao ser desobrigado de novos esforços para ser educado. Não tinha o menor interesse em demonstrar a devida etiqueta em relação àquele homem. Ele esfregou as têmporas, onde sua dor de cabeça persistente ameaçava crescer ainda mais dentro da próxima hora.

— Preciso fazer uma solicitação... Não, uma exigência, na qualidade de seu imperador.

— Perdoe-me, meu senhor príncipe, mas vossa alteza ainda não foi coroada — interrompeu Ajidica.

Os guardas à porta enrijeceram. Shaddam arregalou os olhos, estarrecido.

— Por acaso tem algum homem cuja ordem tem mais peso do que a minha? Em todo o Imperium?

— Não, milorde. Eu estava apenas fazendo uma correção semântica.

Shaddam empurrou o prato de comida para o lado e se inclinou sobre a mesa feito um predador, tão perto que foi capaz de sentir os odores desagradáveis do homenzinho.

— Escute bem, Hidar Fen Ajidica. Seu povo precisa retirar as queixas no tribunal contra Leto Atreides. Não quero que essa questão venha à tona em um julgamento aberto. — Ele se recostou de novo, deu mais uma mordida na carne de porclesma e continuou, de boca cheia: — Então, podem retirar as acusações, e assim mandarei dinheiro para vocês e essa poeira vai baixar. — Ele fazia a solução parecer tão simples. Quando

Duna: Casa Atreides

não obteve resposta imediata do tleilaxu, Shaddam começou a divagar, tentando soar magnânimo: — Após discutir a questão com meus assessores, decidi que os tleilaxu podem ser compensados e receber indenizações por suas perdas. — Shaddam uniu as sobrancelhas arruivadas em uma expressão severa. — Entretanto, perdas *reais* apenas. Os gholas não contam.

— Compreendo, sire, mas lamento informar que esta solicitação de vossa alteza é impossível. — A voz de Ajidica continuava baixa e tranquila. — Não podemos ignorar tal crime cometido contra o povo tleilaxu. É algo que atinge o cerne de nossa honra.

Shaddam quase se engasgou com a comida.

— "Tleilaxu" e "honra" não costumam ser palavras usadas em uma mesma frase.

Ajidica ignorou o insulto e prosseguiu:

— Em todo caso, o Landsraad está ciente desse acontecimento hediondo. Se retirarmos nossas objeções, então a Casa Atreides terá nos atacado abertamente, destruindo nossas naves e tripulações com impunidade. — A ponta do nariz de Ajidica se contorcia ao falar. — É certo que vossa alteza entende o suficiente de governança para compreender que não podemos recuar nessa questão.

Shaddam fervilhava de ódio. Sua dor de cabeça piorava.

— Não estou pedindo. Estou *informando*.

O homenzinho refletiu por um tempo, com um brilho em seus olhos escuros.

— Se me permite, por que o destino dos Atreides lhe importa tanto, sire? O duque representa uma Casa de relativa irrelevância. Por que não jogá-lo para os lobos e nos dar essa satisfação?

Shaddam rosnou do fundo da garganta.

— Porque, de algum modo, Leto ficou sabendo das atividades de produção de especiaria artificial de vocês em Ix.

Enfim um sinal de alarme se revelou nas feições mascaradas de Ajidica.

— Impossível! Mantivemos o mais completo sigilo.

— Então por que ele me mandou uma mensagem a respeito? — questionou Shaddam, levantando-se do assento. — Leto está usando essa informação como moeda de troca, para me chantagear. Se for condenado no tribunal, ele vai expor todo o trabalho de vocês e nosso conluio. Terei que enfrentar uma rebelião no Landsraad. Pense a respeito... meu pai, com minha ajuda, permitiu que uma Grande Casa do Landsraad fosse *derrubada*. Algo sem precedentes! E não por uma Casa rival qualquer, mas por vocês... tleilaxu.

Aquilo finalmente pareceu ter ofendido o pesquisador; ainda assim, ele não reagiu.

Shaddam resmungou, depois se lembrou da necessidade de manter as aparências e só fechou a cara.

— Se tudo isso vier a público e descobrirem o que fiz para obter acesso a uma fonte particular de especiaria artificial, passando por cima dos lucros do Landsraad, das Bene Gesserit e da Guilda, meu reinado não vai durar nem uma semana.

— Então temos um impasse, milorde.

— Não temos, não! — rugiu Shaddam. — O piloto sobrevivente da nave tleilaxu é sua principal testemunha. Convença-o a mudar sua história. Talvez ele não tenha visto tudo com tanta clareza quanto parecia a princípio. Vocês receberão uma bela compensação, tanto de meus cofres quanto dos que pertencem à Casa Atreides.

— Não é o suficiente, sire — disse Ajidica, com uma expressão enlouquecedora e impassível no rosto. — Os Atreides precisam ser humilhados pelo que fizeram. Precisam ser constrangidos. Leto deve pagar.

O imperador olhava de nariz empinado, com desdém, para o pesquisador tleilaxu. Sua voz soava fria e controlada.

— Vocês gostariam que eu mandasse mais Sardaukar para Ix? Tenho certeza de que mais algumas legiões andando nas ruas por lá serviriam para ficar bem de olho nas atividades de vocês.

Ajidica mesmo assim não transparecia qualquer emoção.

Shaddam assumiu um olhar pétreo.

— Venho aguardando mês após mês, e ainda assim vocês não produziram aquilo de que preciso. Agora você me diz que é possível que demore décadas. Nenhum de nós verá tais frutos se Leto revelar o que sabe.

O príncipe herdeiro terminou de comer a porção de porclesma e afastou o prato. Embora a iguaria tivesse sido preparada com perfeição, mal teve a chance de sentir o gosto, pois estava com a cabeça em outro lugar, distraída pela dor lancinante. Por que ser imperador tinha que ser tão difícil?

Duna: Casa Atreides

— Faça o que preferir, sire — disse Ajidica, e Shaddam nunca tinha ouvido a voz daquele tleilaxu soar tão estridente. — Leto Atreides não será perdoado e deve ser punido.

Torcendo o nariz, Shaddam dispensou o homenzinho, gesticulando para que os Sardaukar o retirassem. Como logo seria o imperador do universo conhecido, ele tinha muitos outros assuntos para tratar, assuntos importantes.

Se apenas conseguisse se livrar daquela maldita dor de cabeça.

A pior espécie de proteção é
a confiança. A melhor defesa é a suspeita.

— Hasimir Fenring

Thufir Hawat e Rhombur Vernius podiam sair da cela à vontade, mas Leto era obrigado pela honra a permanecer lá, em parte para sua segurança. O Mentat e o príncipe ixiano com frequência saíam para discutir os testemunhos com vários membros da tripulação da fragata Atreides e com qualquer indivíduo que pudesse ser de ajuda a sua causa.

Leto, enquanto isso, ficava sentado à escrivaninha, sozinho no interior de sua cela. Embora o velho Mentat o tivesse treinado durante toda a vida para nunca se sentar de costas para a porta, o duque se sentia seguro o bastante em uma cela de segurança máxima.

Aproveitando os raros momentos de silêncio e concentração, ele repassou as volumosas projeções de evidências preparadas para si. Mesmo com a escolta dos guardas Sardaukar, sentia-se relutante em caminhar pelo Palácio Imperial, ciente da sombra das acusações que pendiam contra ele. Logo enfrentaria seus pares e proclamaria sua inocência.

Ele ouviu um ruído no campo de contenção da cela a suas costas, mas demorou para olhar. Com um riscador zunindo na mão, ele concluía um parágrafo a respeito da destruição completa da primeira nave tleilaxu, reparando em um detalhe técnico que havia escapado a sua atenção a princípio.

— Thufir? Você esqueceu algo? — perguntou Leto.

Casualmente, ele enfim espiou por cima do ombro.

Um guarda alto do Landsraad estava parado ali, usando um uniforme colorido e esvoaçante. O sujeito tinha uma expressão estranha em seu rosto largo, sobretudo nos olhos escuros. Sua pele era pálida, como se tivesse sido maquiada. E Leto reparou em algo de diferente no corpo dele, como se fosse estranhamente irregular em seus movimentos bruscos e peculiares. Havia um tom perturbador e cinzento na pele das mãos, mas não na do rosto.

Levando as mãos abaixo da escrivaninha, Leto enroscou os dedos no cabo de uma faca que Hawat conseguira levar para dentro da cela de

Duna: Casa Atreides

forma sub-reptícia. Não tinha sido difícil para o guerreiro Mentat. Leto conseguiu agarrar a arma sem mudar de posição nem alterar a expressão plácida e curiosa em seu rosto.

Todas as lições que o mestre de armas já lhe ensinara fervilhavam em seus músculos, em alerta e a postos. Retesado, Leto nada disse, não desafiou o intruso. Mas sabia que havia algo errado e que sua vida corria perigo.

Em um piscar de olhos, o homem tirou o uniforme volumoso, operando os fechos estáticos que mantinham a roupa no lugar — e, quando o tecido caiu, o rosto apático e inexpressivo dele também foi ao chão. Uma *máscara*! As mãos e a parte inferior dos braços do homem desabaram em uma pilha sobre o chão da cela.

Tomado pela confusão, Leto se atirou para o lado, deixando a cadeira no chão com uma cambalhota e se agachando ao lado do parco abrigo de sua escrivaninha. Estava com a faca em mãos, ainda fora do campo de visão do intruso, pensando nas opções a seu dispor.

O corpo alto do guarda se fendeu na cintura como se alguém o tivesse partido ao meio — e então uma dupla de tleilaxu saiu rodopiando para encará-lo, homenzinhos com rostos de aspecto coriáceo. Um deles saltou de cima dos ombros do outro e rolou pelo chão. Ambos vestiam roupas pretas apertadas que destacavam cada músculo firme e volumoso de seus corpos.

Os assassinos tleilaxu se afastaram um do outro, rondando Leto. Os olhos minúsculos deles cintilavam como o disparo de uma arma de fogo. Objetos brilhavam em suas mãos — quatro armas, indistintas, mas certamente mortíferas. Saltando feito louco na direção de Leto, um dos tleilaxu gritou:

— Morra, demônio powindah!

Por um instante, Leto pensou em rastejar para debaixo da escrivaninha ou do projetor, mas primeiro decidiu equilibrar o jogo matando um dos agressores... a fim de evitar que agissem em um plano coordenado. Com uma pontaria bem treinada e uma precisão mortal, ele atirou a faca de Hawat, perfurando a jugular do homenzinho e arremessando-o para trás.

Um dardo prateado passou zunindo ao lado da orelha de Leto e ele rolou para trás do holoprojetor, que ainda lançava imagens sobre a escri-

609

vaninha. Um segundo dardo atingiu a parede ao lado de sua cabeça, lascando a pedra.

E então ele ouviu o disparo de uma armalês. Um arco de luz roxa preencheu o espaço.

O corpo do segundo tleilaxu se chocou contra o projetor, derrubando-o. Seu rosto derreteu no chão, liquefeito pelo feixe quente de luz, e seu corpo desabou perto do esconderijo de Leto.

Thufir Hawat e o capitão da guarda do Landsraad entraram a passos largos na cela e olharam para Leto. Atrás deles, outros guardas inspecionaram os dois corpos das figuras vestidas de preto. Um cheiro de carne queimada pairava no ar.

— De algum modo, eles conseguiram passar pela segurança — disse o capitão.

— Eu não chamaria isso de *segurança* — explodiu Hawat.

— Este aqui está com uma faca na garganta — constatou um dos guardas.

— De onde veio essa faca? — perguntou o capitão, ajudando Leto a se levantar. — Foi você quem a atirou, senhor?

Leto olhou para seu Mentat, mas deixou que Hawat respondesse.

— Com toda essa *segurança*, capitão, como alguém seria capaz de trazer uma arma sem ser vista? — ironizou Hawat, com um sorriso.

— Tirei da mão de um dos atacantes — afirmou Leto, com uma expressão confiante. — Depois eu o matei com ela. — Ele piscava com seus olhos cinzentos e seu corpo estremecia com os efeitos residuais da adrenalina. — Pelo visto, os Bene Tleilax não conseguiram esperar até o fim do julgamento.

— Pelos infernos vermelhões! — exclamou Rhombur, entrando e olhando o caos ao redor. — Pensando pelo, hã, lado positivo, isso não vai ser bom para os tleilaxu no julgamento. Se tivessem tanta certeza de que iriam ganhar, então por que arriscariam fazer justiça com as próprias mãos?

Com um rubor de constrangimento, o capitão da guarda se voltou a seus homens e instruiu que removessem os corpos e limpassem a cela.

— Os assassinos dispararam dois dardos — contou Leto, apontando para onde as agulhas estavam cravadas.

Duna: Casa Atreides

— Cuidado ao pegar neles. É provável que estejam envenenados — alertou Hawat.

Quando Leto, Rhombur e Hawat se viram a sós de novo, o Mentat escondeu uma pistola maula na última gaveta da escrivaninha e disse:

— Só por garantia. Da próxima vez, é possível que uma faca não baste.

Visto do espaço, Ix é um mundo plácido e impecável. Abaixo da superfície, contudo, projetos monumentais são empreendidos e grandes feitos são realizados. Neste sentido, nosso planeta é uma metáfora para o próprio Imperium.

— Dominic Vernius, fala sobre as operações secretas de Ix

Presunçoso e muitíssimo satisfeito, Hasimir Fenring estendeu para Shaddam uma resma de documentos sigilosos escritos no idioma particular que ele e o príncipe herdeiro tinham desenvolvido na infância. O grande salão de audiências ecoava cada ruído e sussurro, mas, no que dizia respeito a seus segredos, os dois podiam agir sem medo. Exausto, Shaddam se sentou no trono pesado sobre a plataforma de cristais de Hagal que brilhavam com uma iluminação interior, feito água-marinha diante do fogo.

Fenring estava irrequieto, tomado por um nível de energia nervosa que era o suficiente para os dois.

— São arquivos sobre as Grandes Casas do Landsraad que estarão no Julgamento por Confisco dos Atreides. — Seus olhos grandes pareciam buracos negros no labirinto de sua mente. — Creio ter encontrado algo ilegal ou ao menos constrangedor a respeito de cada uma das Casas importantes. No geral, acredito que temos os meios de persuasão necessários.

Inclinando-se adiante sobre o trono, Shaddam parecia ter sido pego completamente de surpresa. Seus olhos assumiram um tom de descontrole e preocupação, já injetados pela falta de sono e faiscando de raiva.

Fenring tinha visto o amigo à beira de um ataque de pânico em outro momento, na época em que tinham armado a morte do irmão mais velho do príncipe, Fafnir.

— Acalme-se, Shaddam, hãããããã? Já cuidei de tudo — sussurrou ele.

— Maldito seja, Hasimir! Caso a notícia de qualquer tentativa de suborno se espalhe, isso arruinaria a Casa Corrino. Não podemos permitir

Duna: Casa Atreides

que percebam nossa conexão com o que aconteceu! — Shaddam meneava a cabeça como se o Imperium já desmoronasse a seu redor, e nem havia sido coroado ainda. — Vão todos se perguntar por que nos esforçamos tanto para salvar um duque insignificante.

Fenring sorriu, tentando acalmar Shaddam com a própria confiança.

— O Landsraad é composto de Grandes Casas, e muitas já são aliadas do Imperium, sire. Com algumas sugestões cuidadosas entre os nobres, uma troca de mélange e alguns subornos e ameaças bem colocados...

— Ah, sim. Sempre segui seus passos... talvez mais do que deveria, como se eu não tivesse meu próprio cérebro. Em breve, serei o imperador de um milhão de mundos e precisarei pensar por conta própria. Estou fazendo isso agora mesmo.

— Imperadores têm conselheiros, Shaddam. *Sempre* tiveram.

Fenring percebeu de forma súbita que precisava ser mais cauteloso. Algo havia perturbado Shaddam, algo recente. *O que ele sabe que eu não sei?*

— Pela primeira vez, não vamos recorrer a seus métodos, Hasimir. — Ele foi firme, insistente. — Eu o proíbo. Vamos encontrar outro jeito.

Com intensidade nos passos, Fenring galgou os degraus até parar ao lado do príncipe herdeiro, como se estivesse de igual para igual. Por algum motivo, no entanto, ocorrera alguma alteração desconfortável na atmosfera. O que tinha dado errado? Quando eram bebês, acaso os dois não haviam sido amamentados pelos mesmos seios, uma vez que a mãe de Fenring servira de ama de leite para Shaddam? Quando meninos, acaso os dois não tinham recebido a mesma tutoria, lado a lado? Não haviam tramado complôs e esquemas juntos à medida que cresciam? Por que Shaddam de repente se recusava a dar ouvidos a seus conselhos?

Fenring se inclinou para mais perto do ouvido do príncipe herdeiro. Soava muito aflito.

— Peço desculpas, sire, mas hããã, ah, isso já... já foi feito. Eu tinha certeza de sua aprovação, então as mensagens já foram entregues de forma engenhosa aos devidos representantes, solicitando o apoio ao imperador quando chegar a hora de votar no julgamento.

— Você ousou agir sem me consultar? — Shaddam ficou roxo de raiva e, por alguns instantes, não conseguiu encontrar a própria voz. — Você simplesmente achou que eu seguiria sua liderança? Em todos os esquemas que inventasse?

Brian Herbert e Kevin J. Anderson

Ele estava furioso, furioso até *demais*. O que mais o incomodava? Fenring recuou um passo, afastando-se do trono.

— Por favor, sire. O senhor está exagerando, perdendo a perspectiva.

— Pelo contrário, acredito que eu esteja *ganhando* perspectiva. — As narinas dele inflaram. — Você acha que não sou muito inteligente, não é, Hasimir? Desde que éramos crianças, sempre demonstrou um jeito desdenhoso de me explicar as coisas nos treinos, de me ajudar nas provas. E você sempre foi aquele que pensava mais rápido, o mais inteligente, o mais implacável... ou pelo menos era o que parecia. Mas, acredite ou não, sou *plenamente capaz* de cuidar das situações sozinho.

— Nunca duvidei de sua inteligência, meu amigo. — A cabeça exageradamente grande de Fenring oscilava sobre seu pescoço fino. — Com sua posição na Casa Corrino, seu futuro sempre foi garantido, mas eu precisei lutar por minha posição a cada passo do caminho. Quero ser seu conselheiro e confidente.

Shaddam continuou inclinado sobre o imenso trono de cristal que refletia centelhas dos luciglobos ao redor.

— Ah, sim. Achou que seria o poder por trás do trono, me usando como fantoche?

— Fantoche? Com certeza, não. — Fenring deu mais um passo para trás. Shaddam estava assustadoramente instável, e o homem com cara de fuinha não sabia como havia se metido em um estado tão precário. *Ele sabe de algo que eu não sei.* Shaddam jamais questionara as ações de seu amigo, jamais quisera saber os detalhes por trás dos subornos e das violências. — Hãããã... eu sempre tive em mente qual seria a melhor forma de ajudá-lo a se tornar um grande governante.

Levantando-se devagar, Shaddam assumiu uma postura régia, olhando de nariz empinado para o amigo de infância ao pé da plataforma do trono. Fenring decidiu não recuar mais. *O que ele sabe? Que notícias?*

— Mas eu nunca faria nada a sua revelia, velho amigo. Nós nos conhecemos, ahhhh, faz muito tempo. De fato, temos muito sangue em comum em nossas mãos. — Fenring levou a mão ao coração, à moda do Imperium. — Estou ciente de como o senhor pensa e de suas... limitações, hãããã, ah? Na verdade, o senhor possui uma inteligência excepcional. O problema é que às vezes tem dificuldade de tomar decisões difíceis, porém necessárias.

Duna: Casa Atreides

Shaddam desceu do Trono do Leão Dourado e atravessou o chão de pedras polidas, oriundas de um milhão de planetas imperiais.

— Devo tomar uma decisão difícil neste exato momento, Hasimir, e diz respeito a seu serviço para comigo no futuro imediato.

Fenring ficou esperando, com medo das ideias equivocadas que o príncipe herdeiro teria concebido em sua cabeça. Mas não ousava contestar.

— Saiba de uma coisa... não vou me esquecer deste hediondo desvio de conduta que você cometeu — continuou Shaddam. — Se esse esquema de suborno se voltar contra nós, é sua cabeça que vai rolar. Não hesitarei em assinar uma ordem para sua execução por traição.

Empalidecendo, Fenring sentiu que a expressão de pânico em seu rosto estreito despertava uma onda de prazer no príncipe herdeiro. Com o humor atual de Shaddam, era bem capaz mesmo que emitisse tal ordem.

A mandíbula do homenzinho inquieto travou e ele decidiu dar um fim imediato àquela tolice.

— O que eu disse a respeito de nossa amizade é verdade, Shaddam. — Ele pesou as palavras com cuidado. — Mas seria estúpido de minha parte se não tivesse tomado certas precauções que poderiam expor seu envolvimento em determinadas... hmmmmm... podemos chamar de, ah... aventuras? Se qualquer coisa acontecer comigo, tudo será revelado: a verdadeira causa mortis de seu pai, as atividades de produção de especiaria artificial em Ix, até mesmo o assassinato de Fafnir quando você era adolescente. Se eu não tivesse envenenado seu irmão, *ele* estaria sentado no trono agora, não você. Estamos ligados um ao outro, você e eu. Na ascensão ou na queda... juntos.

Shaddam parecia já esperar ouvir exatamente aquilo.

— Ah, sim. Isso é bem previsível, Hasimir. Você sempre me alertou para não ser previsível.

Fenring teve, ao menos, a dignidade de parecer constrangido e ficar em silêncio. O príncipe herdeiro prosseguiu:

— Foi você quem me fez entrar nesse esquema perigoso, para começo de conversa, e sabe-se lá quando vamos ver algum retorno desse investimento de alto risco em Ix. — Os olhos de Shaddam faiscavam. — Especiaria sintética, não é? Antes eu nunca tivesse me aliado aos tleilaxu. Agora estou preso com esses desdobramentos desagradáveis. Percebe aonde seus complôs nos levaram?

— Hããã, ah, não vou discutir com você, Shaddam. Não seria produtivo. Mas você sabia dos perigos desde o começo e do potencial de ganhos vultosos. Seja paciente, por favor.

— Paciente? No momento, temos duas possibilidades. — Shaddam se recostou e se inclinou no trono, como um gavião. — Como você falou, ou serei coroado e chegaremos ao topo... ou afundaremos juntos... no exílio ou na morte. — Ele exalou devagar, sibilando. — No momento, estamos correndo perigo mortal, tudo em função desse seu esquema infernal de especiaria sintética.

Fenring recorreu a uma última ideia desesperada, com seus grandes olhos correndo de um lado para outro em busca de algum ponto de fuga.

— Vossa alteza recebeu notícias perturbadoras, sire. Consigo sentir. Diga-me o que aconteceu.

Poucas coisas no Palácio Imperial ou na capital aconteciam sem que Fenring ficasse sabendo de imediato.

Shaddam entrelaçou as mãos de dedos longos. Fenring enrubesceu e se inclinou para a frente também, arregalando os olhos escuros com profundo interesse. O príncipe suspirou, resignado.

— Os tleilaxu mandaram dois assassinos para matar Leto Atreides em sua cela protegida.

O coração de Fenring disparou. Ele se perguntou se aquilo seria uma notícia boa ou ruim.

— E conseguiram?

— Não, não. De algum modo, nosso jovem duque conseguiu esconder uma arma e se defender. Mas isso me causa grande preocupação.

Fenring curvou mais o corpo, estarrecido pela notícia.

— Isso é impossível. Achei que o senhor já tivesse falado com nosso contato entre os tleilaxu e deixado tudo claro...

— Eu falei — estourou Shaddam. — Mas aparentemente você não é o único que já não dá ouvidos a minhas ordens. Ou Ajidica ignorou minhas instruções, ou não tem poder para controlar o próprio povo.

Fenring rosnou, feliz por desviar a raiva do príncipe herdeiro para outro alvo.

— Precisamos retaliar na mesma moeda: mostrar a Hidar Fen Ajidica que ele precisa dar ouvidos a todas as ordens do imperador ou o preço será muito mais caro.

Duna: Casa Atreides

Shaddam olhou para ele, mas seus olhos estavam cansados e não demonstravam mais o afeto ou a abertura de antes.

— Você sabe exatamente o que fazer, Hasimir.

Fenring aproveitou a oportunidade para voltar às graças do príncipe herdeiro.

— Sempre, sire.

Ele saiu às pressas daquele extenso salão de recepção.

Shaddam andou em círculos sobre o piso polido em frente ao trono cristalino, tentando se acalmar e colocar os pensamentos em ordem. Assim que Fenring chegou à passagem arqueada, ele o chamou:

— Nossa conversa ainda não acabou, Hasimir. As coisas precisam mudar depois que eu for coroado.

— Tem razão, sire. Faça... hããããã, como achar melhor.

Após uma longa mesura, Fenring recuou e saiu do salão de audiências, aliviado por escapar com vida.

Ao ser confrontado com ações necessárias, sempre há escolhas. Desde que o serviço seja executado.

— Conde Hasimir Fenring,
despachos de Arrakis

O piloto tleilaxu que sobrevivera ao atentado dos Atreides no interior do paquete era uma testemunha essencial para o julgamento, por isso fora obrigado a permanecer em Kaitain. Contudo, não era um prisioneiro, e suas necessidades estavam sendo supridas, embora ninguém procurasse sua companhia. Os Bene Tleilax sequer tinham divulgado seu nome. Ele ansiava por voltar a sua nave, voltar ao trabalho.

Porém, graças à enxurrada de convidados que chegava para a cerimônia de coroação e casamento de Shaddam, era difícil encontrar acomodações. Os ministros de protocolo do príncipe herdeiro tiveram o prazer de separar um reles quarto austero e desagradável para o homem. Para a irritação deles, porém, o piloto não parecia se incomodar. Não manifestou reclamação alguma enquanto esperava, ruminando e remoendo até conseguir levar à justiça aquele criminoso vil, Leto Atreides...

As noites em Kaitain eram perfeitas, sem nuvens, cheias de estrelas e luares. Pelas cortinas cintilantes de auroras polares, nunca recaía uma escuridão completa. Mesmo assim, a maior parte da capital dormia nesse período.

Hasimir Fenring conseguiu se esgueirar sem dificuldade até o aposento trancado que acomodava o piloto. Ele se deslocava furtivamente, como uma sombra em uma plataforma suspensora, sem fazer barulho ou precisar de iluminação. Estava acostumado à noite; ela era sua amiga.

Ele nunca tinha visto um tleilaxu dormindo, mas, ao se aproximar da cama, encontrou o piloto sentado, totalmente desperto. O homem de pele cinzenta o encarava na escuridão, como se enxergasse melhor até mesmo do que o assassino a mando de Shaddam.

— Tenho uma pistola de fléchettes carregada e apontada diretamente para seu torso — anunciou o tleilaxu. — Quem é você? Veio para me matar?

Duna: Casa Atreides

— Hããããã, ah, não. — Fenring rapidamente se recuperou e usou seu tom de voz mais suave e aveludado para se apresentar: — Sou Hasimir Fenring, amigo íntimo do príncipe herdeiro Shaddam, trazendo uma mensagem e uma solicitação.

— O que é?

— O príncipe herdeiro Shaddam suplica que repense os detalhes de seu testemunho, hããããã? Sua alteza aspira à paz entre as Casas do Landsraad e não deseja que uma sombra dessas recaia sobre a Casa Atreides, cujos membros sempre serviram aos imperadores padixá desde a era da Grande Rebelião.

— Absurdo — retorquiu o tleilaxu. — Leto Atreides disparou contra nossas naves soberanas, destruiu uma delas e danificou a minha. Foram centenas de mortos. Ele também provocou a maior tempestade política das últimas décadas.

— Sim, sim! E você pode evitar que a situação piore ainda mais, hããã? Shaddam deseja dar início a seu reinado com tranquilidade e prosperidade. Será que você poderia considerar o panorama mais amplo?

— Estou pensando apenas em meu povo e na forma como fomos prejudicados por *um único homem*. Todos sabem que o Atreides é culpado e deve pagar. Só então nos daremos por satisfeitos. — Ele sorriu com seus lábios finos. A pistola de fléchettes em sua mão não se mexeu nem um milímetro. Fenring notou como aquele homem tinha conseguido subir na hierarquia até chegar ao cargo de piloto; era evidente que tinha estômago para comandar as naves. — Depois que isso acontecer, Shaddam pode ter o reinado mais tranquilo que desejar.

— O senhor me entristece — disse Fenring, com um tom de decepção na voz. — Vou levar sua resposta ao príncipe herdeiro.

Ele cruzou os braços e fez uma reverência ao se despedir, estendendo a palma das mãos para a frente. O gesto acionou duas pistolas de agulhas escondidas em seus pulsos, que silenciosamente dispararam dardos com paralisantes letais na garganta do piloto.

O tleilaxu teve um espasmo, disparando por reflexo sua pistola de fléchettes. Fenring desviou com facilidade. Os longos espetos cravaram na parede e ali ficaram, tremendo. Um segundo depois, o ocupante do quarto adjacente bateu na parede, pedindo silêncio.

619

Brian Herbert e Kevin J. Anderson

Ainda no escuro, Fenring analisou o feito. As evidências estavam todas ali, e os Bene Tleilax compreenderiam o que tinha acontecido. Após a revoltante tentativa de assassinato de Leto Atreides — a despeito das ordens específicas de Shaddam para que deixassem a questão de lado —, Hidar Fen Ajidica teria muito pelo que expiar.

Os tleilaxu se orgulhavam da própria capacidade de guardar segredos. Sem dúvida retirariam discretamente o nome do piloto de sua lista de testemunhas e jamais fariam menção a ele outra vez. A ausência de seu depoimento enfraqueceria o caso.

Fenring tinha a esperança, no entanto, de que aquele assassinato não acabasse por provocar ainda mais a ira vingativa dos tleilaxu. Como Hidar Fen Ajidica viria a responder?

Ao sair do aposento trancado, Fenring se esgueirou pelas sombras. Deixou o corpo por lá, caso os Bene Tleilax quisessem ressuscitá-lo como um ghola. Afinal, apesar das falhas daquele homenzinho, era bem possível que se tratasse de um bom piloto.

**Ao tramar qualquer forma de vingança,
deve-se saborear todos os momentos da fase de
planejamento, pois a execução muitas vezes
se desvia bastante do curso original.**

— Hasimir Fenring, despachos de Arrakis

O barão Vladimir Harkonnen não poderia ter ficado mais contente com o desenrolar dos acontecimentos. Seu prazer teria sido maior se o restante do Imperium pudesse *apreciar* as deliciosas complexidades do que ele fizera — mas obviamente ele jamais poderia revelar seu envolvimento.

Como uma Casa de importância e a responsável pela produção de especiaria em Arrakis naquele momento, os Harkonnen receberam excelentes acomodações em uma ala distante do Palácio Imperial. Ingressos para assentos reservados na coroação e no casamento já haviam sido entregues em seus aposentos.

E é claro que, antes de toda a pompa e cerimônia, o barão teria o triste dever de assistir ao terrível julgamento de Leto Atreides. Ele tamborilou os dedos na perna e apertou seus lábios generosos. Ah, os fardos da nobreza.

Ele relaxava em um assento macio de almofadas índigo, com uma esfera de cristal aninhada no colo. Das profundezas do globo transparente, brilhavam imagens holográficas de fogos de artifício e espetáculos de luzes, uma prévia daquele que cobriria Kaitain dali a poucos dias. Em um canto da sala, uma lareira musical sussurrava notas pacíficas, fazendo-o bocejar. Sentia-se tão cansado ultimamente, com o corpo fraco e trêmulo.

— Quero que saia do planeta — disse o barão para Glossu Rabban, sequer erguendo os olhos da esfera de cristal. — Não quero você aqui durante o julgamento ou a coroação.

O homem de ombros largos e lábios grossos ficou contrariado. Para sua aparição em público, o cabelo castanho havia sido cortado rente, sem apuros, e ele usava um colete de couro-dra acolchoado que lhe conferia um aspecto de barril ainda maior do que o normal.

— Por quê? Fiz tudo que o senhor me pediu, e nossos planos deram lindamente certo. Por que me mandar embora agora?

Brian Herbert e Kevin J. Anderson

— Porque não *quero* você aqui — respondeu o barão, correndo a mão em seu bico de viúva para alisar o cabelo volumoso. — Não posso arriscar que alguém olhe para sua cara e cogite que você tenha tido algo a ver com a situação do pobrezinho do Leto. Você tem esse... ar de superioridade.

O sobrinho do barão franziu a testa e respirou fundo, ainda oferecendo resistência.

— Mas eu quero estar lá para encará-lo nos olhos quando ele receber a sentença.

— E é exatamente por isso que não pode estar lá. Não entende? Vai entregar todo o ouro.

Respirando fundo e resmungando, Rabban então recuou.

— Posso estar presente na execução, pelo menos? — perguntou, perigosamente perto de começar a fazer birra.

— Depende de quando for. — O barão fitou os próprios dedos cobertos de anéis e bateu em seu ritmo habitual com o metal contra a superfície lisa da esfera no colo. — Caso lhe sirva de consolo, vou garantir que o evento seja registrado para seu entretenimento.

Levantando-se do assento com esforço, o barão fechou o cinto de seu roupão, que estava mais apertado do que de costume. Com um suspiro, ele circulou descalço pelo quarto decorado e viu a banheira ornamentada com seus controles complicados de temperatura e massagem. Como seu corpo continuava atormentado por dores misteriosas, decidiu tomar um longo e luxuoso banho — se ao menos conseguisse encontrar alguém para servi-lo direito ali em Kaitain.

Ainda insatisfeito, Rabban estava no limiar dos opulentos quartos de visita do barão.

— O que devo fazer, então, tio?

— Pegue um cargueiro e embarque no primeiro paquete disponível. Quero que vá até Arrakis e fique vigiando a produção de especiaria lá. Continue somando a nossos lucros. — O barão sorriu para ele, depois fez um gesto para dispensá-lo. — Ah, não fique tão triste. Pode caçar mais alguns fremen se quiser, só para se entreter. Você já fez sua parte em nossa trama, e fez muito bem. — Sua voz soava especialmente apaziguadora. — Mas precisamos tomar todo o cuidado possível. Ainda mais agora. Só preste atenção no que faço e tente aprender comigo.

Duna: Casa Atreides

Depois de apanhar algo para comer de uma bandeja de aperitivos que pairava perto da passagem, Rabban foi embora. Enfim a sós, o barão começou a contemplar qual seria a melhor forma de encontrar um rapaz jovem de pele macia para cuidar de seu banho. Queria relaxar completamente e se preparar para o dia seguinte.

No julgamento, só teria de observar e desfrutar do evento enquanto o jovem Leto Atreides se enredava em mais armadilhas do que era capaz de sequer começar a compreender.

Logo não sobraria nada da Casa Atreides.

O que é mais relevante: os aspectos formais da justiça ou o resultado prático? Não importa como a corte possa dissecar as evidências, a fundação da verdade genuína permanece imaculada. Para o infortúnio de muitos dos acusados, tal verdade genuína é conhecida apenas pela vítima e pelo perpetrador. Todos os outros precisam formar as próprias opiniões.

— Direito do Landsraad, codicilos e análises

Na manhã de seu julgamento na corte do Landsraad, Leto Atreides refletiu com cuidado sobre a escolha de sua indumentária. Outros na mesma situação poderiam ter optado pelos trajes mais finos, caros e grandiosos possíveis: camisas de seda-merh, pingentes, brincos, capas forradas de pele de baleia, chapéus estilosos adornados de penas e penduricalhos.

Em vez disso, Leto vestiu um macacão liso, uma camisa de listras brancas e azuis e um quepe azul-marinho de pescador — o tipo de traje trivial que acabaria usando caso perdesse o posto de duque. Em um cinto, pendurou uma bolsa de iscas de pescaria e uma bainha vazia para faca. Não ostentava qualquer insígnia dos Atreides, nem seu anel do sinete ducal. Como um plebeu prosaico — exatamente o que ele seria se fosse condenado —, Leto mostraria ao Landsraad que de algum modo ele sobreviveria, graças a seu comportamento humilde. Até mesmo as coisas simples lhe bastariam.

Seguindo o exemplo do pai, ele sempre se empenhara em tratar bem aqueles que lhe eram leais, chegando ao ponto de ser considerado por muitos criados e soldados como um dos seus, um irmão de armas. Preparando-se para o julgamento, ele começava a considerar a si mesmo como um homem comum... e descobriu que não era uma sensação tão ruim. Fazia com que ele se desse conta do tremendo fardo de responsabilidade que pesava sobre seus ombros desde o falecimento do Velho Duque.

Em certa medida, tornar-se um pobre pescador poderia até ser um alívio. Não teria que se preocupar com complôs, alianças instáveis ou

Duna: Casa Atreides

traições no Imperium. Infelizmente, no entanto, Kailea jamais aceitaria ser a esposa de um pescador.

E não posso decepcionar meu povo.

Em carta sucinta enviada de Caladan, sua mãe expressara a completa discordância com a demanda de um Julgamento por Confisco. Para ela, a perda de status associada à destruição da Casa Atreides seria um golpe severo, embora ela mesma estivesse vivendo (temporariamente, na concepção da lady) uma vida austera em meio às Irmãs Isoladas.

Com o declínio da Casa Richese, Helena entrara para a Casa Atreides via matrimônio de maneira a estabilizar as fortunas minguantes de sua família, após o imperador Elrood privá-la de seu semifeudo de Arrakis para entregá-lo aos Harkonnen.

Quanto ao dote de Helena, a Casa Atreides recebera poder político, um lugar na diretoria da CHOAM, privilégios de voto no Landsraad. Mas o duque Paulus nunca dera à esposa a riqueza fabulosa que ela desejava, e Leto sabia que ela ainda devia nutrir esperanças de voltar à glória passada de sua família. Tudo aquilo passaria a ser eternamente impossível caso ele perdesse sua aposta.

Após receber a convocação matinal, Leto encontrou sua equipe jurídica no corredor fora da cela: duas brilhantes advogadas de Elacca, Clere Ruitt e Bruda Viol — profissionais renomadas na área de defesa criminal. A contratação delas tinha sido uma sugestão do embaixador exilado de Ix, Cammar Pilru, e ambas haviam passado por uma longa entrevista com Thufir Hawat.

As advogadas trajavam ternos escuros e seguiam os protocolos formais, por mais que Leto soubesse que grande parte daquele julgamento incomum dependeria dele mesmo e de sua própria personalidade. Com certeza não contava com evidências irrefutáveis a seu favor.

Clere Ruitt lhe entregou uma fina folha de cristal riduliano que continha uma breve declaração oficial.

— Lamento, milorde Leto. Isso chegou a nós faz apenas alguns momentos.

Apreensivo, Leto passou os olhos pelas palavras. A seu lado, Hawat deixara cair os ombros como se tivesse adivinhado o conteúdo do documento. Rhombur se aproximou, tentando ler o conteúdo gravado no cristal.

— O que foi, Leto? Deixe-me ver.

Brian Herbert e Kevin J. Anderson

— O tribunal dos magistrados determinou que nenhuma Proclamadora da Verdade Bene Gesserit poderá falar em meu nome. Testemunhos dessa natureza sequer poderão ser apresentados.

Rhombur praguejou, indignado.

— Pelos infernos vermelhões! Mas qualquer coisa é admissível em um Julgamento por Confisco! Não podem determinar uma coisa dessas.

A outra advogada de Elacca negou com a cabeça e seu rosto permaneceu inexpressivo.

— Eles defendem que os outros dispositivos do direito imperial pesam contra os testemunhos de Proclamadoras da Verdade. Há numerosos regulamentos e estatutos que os proíbem explicitamente. A exigência de evidências pode ser aliviada em um procedimento de confisco como este, mas os magistrados determinaram que até mesmo tais regulamentos mais frouxos devem ter limites.

— Então... nada de Proclamadoras da Verdade. — Já completamente deprimido, o rosto Rhombur foi tomado por um esgar. — Era o melhor que tínhamos a nosso favor.

Leto ergueu a cabeça.

— Então teremos de resolver isso por conta própria. — Ele olhou para o amigo. — Vamos lá, normalmente não sou eu quem precisa aumentar o *seu* otimismo aqui.

— Em contrapartida, temos uma boa notícia — anunciou Bruda Viol. — Os tleilaxu retiraram o piloto de sua fragata atacada da lista de testemunhas. Não ofereceram explicações.

Leto soltou um longo suspiro de alívio, mas Hawat o admoestou:

— Ainda teremos que ouvir muitos testemunhos contra nós, meu duque.

Em silêncio, Leto acompanhou sua equipe até o tribunal lotado do Landsraad. Ao final de um longo corredor, ele se acomodou entre as duas advogadas à mesa da defesa diante de um banco vultoso a partir do qual os magistrados ouviriam o caso. Ruitt sussurrou em seu ouvido, mas ele não conseguia se concentrar no que ela dizia. Em vez disso, analisava atentamente os nomes dos magistrados designados: sete duques, barões, condes e lordes escolhidos aleatoriamente dentre as Casas Maiores e Menores do Landsraad.

Seriam aqueles homens quem decidiria o destino dele.

Duna: Casa Atreides

Como os tleilaxu não pertenciam a nenhuma Casa real e seus desejos de entrar para o Landsraad seguiam desprezados mesmo após a conquista de Ix, eles não contavam com representação no Conselho. Nos dias anteriores ao tribunal, dignatários enfurecidos dos Bene Tleilax haviam gritado nos pátios do palácio, exigindo justiça — mas, desde o atentado dos tleilaxu contra a vida de Leto, os guardas Sardaukar os mantinham em silêncio.

Com um farfalhar de túnicas e uniformes formais, os magistrados escolhidos ocuparam a corte solenemente. Assumiram os respectivos assentos no banco curvado de pau-de-pedra que lançava sua sombra sobre a mesa da defesa. As bandeirolas coloridas e brasões de suas Casas pendiam atrás de cada encosto.

Tendo sido treinado por suas advogadas e Thufir Hawat, Leto reconheceu todos eles. Dois dos magistrados, o barão Terkillian Sor de IV Anbus e o lorde Bain O'Garee de Hagal, haviam sido fortes parceiros econômicos da Casa Atreides. Já o duque Prad Vidal de Ecaz, com seu cabelo escuro, era um inimigo jurado do Velho Duque, aliado dos Harkonnen. Outro, o conde Anton Miche, tinha a reputação de corrupto subornável, o que o tornava facilmente adaptável às necessidades dos Harkonnen, já que nem Rhombur nem Hawat o haviam abordado a tempo.

Dois a dois, pensou Leto. Os outros três magistrados eram imprevisíveis. Mas ele detectava o ranço de traição no ar; eram notórias as expressões faciais gélidas do comitê de juízes, no modo como evitavam o contato visual. *Será que já se decidiram por minha condenação?*

— Temos mais notícias ruins... duque Leto. — Bruda Viol hesitou antes de usar o antigo título dele. Seu rosto estava rígido e severo, mas estranhamente apático, como se ela tivesse visto tanta injustiça e manipulação na vida que nada mais a incomodava. — Acabamos de descobrir que um dos três magistrados indecisos, Rincon da Casa Fazeel, perdeu uma imensa fortuna para Ix em uma guerra comercial secreta. Algo relacionado à mineração de um cinturão de asteroides no sistema Klytemn. Cinco anos atrás, os assessores de Rincon se esforçaram para evitar que ele declarasse rixa de sangue contra Dominic Vernius.

A outra advogada assentiu e abaixou a voz ao acrescentar:

— Ouvimos um boato, *monsieur* Atreides, de que Rincon enxerga a derrocada do senhor como a única chance dele de ficar quite com Ix, agora que a Casa Vernius está renegada.

Leto começou a suar frio e produziu um som de asco.

— Mas será possível que nada neste tribunal vai ter relação com o que aconteceu de fato no paquete?

Bruda Viol e Clere Ruitt olharam para Leto como se ele tivesse pronunciado o comentário mais ridículo imaginável.

— Três contra dois, meu duque — interveio Hawat. — Devemos, portanto, conquistar os dois juízes ainda indecisos sem perder o apoio provisório com o qual já contamos.

— Vai dar tudo certo — encorajou Rhombur.

O tribunal blindado e sem janelas já havia sido uma chancelaria ducal durante a construção de Kaitain. Seu teto gótico abobadado contava com pinturas militares, além dos desenhos e brasões das Grandes Casas. Leto se concentrou no brasão de gavião vermelho dos Atreides entre os outros. Embora tentasse se manter estoico, um sentimento terrível o assaltava, uma saudade daquilo que poderia jamais recuperar. Em pouco tempo, ele teria destruído tudo o que seu pai lhe deixara e a Casa Atreides desmoronaria rumo à ruína.

Ao sentir lágrimas se acumulando em seus olhos, ele amaldiçoou a si mesmo por sua fraqueza momentânea. Ainda não estava tudo perdido. Ainda era possível vencer. Ele *iria* vencer! Uma frieza tomou conta de si e estancou a torrente de desespero que o ameaçava. O Landsraad estava assistindo, e Leto precisava ter força para enfrentar o que devia ser feito ali. Não podia se dar ao luxo de se desesperar nem de sentir qualquer outra emoção.

Atrás dele, observadores entravam no tribunal em fila, conversando em tons de voz baixos e empolgados. Duas mesas maiores ladeavam a da defesa à qual ele se sentava. Seus inimigos estavam acomodados à esquerda — representantes designados dos tleilaxu, provavelmente bancados pelos Harkonnen e por outros inimigos dos Atreides. Mas o detestado barão e sua comitiva estavam mais atrás, nos assentos reservados aos meros espectadores, como se quisessem manter as mãos completamente limpas naquela questão. À outra mesa, havia aliados e amigos dos Atreides. Leto assentiu para eles com um sorriso confiante.

Contudo, a coragem passava longe de seus pensamentos, e ele precisou admitir a si mesmo que não tinha um grande caso em mãos, mesmo naquele momento. Os promotores apresentariam as evidências de dispa-

Duna: Casa Atreides

ros realizados a partir da cápsula de combate dos Atreides, além de relatos em primeira mão de dúzias de testemunhas neutras que alegariam que os tiros não poderiam ter saído de outro lugar. Mesmo sem o piloto tleilaxu para testemunhar, os outros observadores dariam conta da acusação. Os depoimentos favoráveis dos companheiros e da tripulação de Leto não bastariam, nem os testemunhos abonatórios dos vários amigos da família.

— Talvez a negação da presença de Proclamadoras da Verdade seja base o suficiente para recorrer — sugeriu Clere Ruitt, mas Leto não encontrou consolo algum naquilo.

Por uma passagem lateral, a equipe sombria dos promotores tleilaxu chegou com os próprios advogados, além de Mentats deturpados na condição de especialistas. Chegaram sem fanfarra, mas com muito barulho e comoção, pois traziam consigo uma máquina de aspecto diabólico. Ela se deslocava sobre rodas que rangiam, com um clangor de barras e dobradiças. Um silêncio recaiu sobre a sala conforme os espectadores foram esticando o pescoço para enxergar melhor a geringonça mais assustadora que qualquer um ali já tinha visto.

Isso só pode ser intencional para me deixar ainda mais desconfortável, pensou Leto.

Com grande alarde, os tleilaxu passaram com a máquina sinistra diante da mesa de defesa de Leto; os homens de pele cinzenta o fuzilaram com seus olhos escuros e faiscantes. Um burburinho sussurrado tomou conta da plateia. Em um instante, a equipe parou e deixou o aparelho no centro do tablado principal, embaixo do banco curvado de pau-de-pedra dos juízes selecionados.

— O que é isso? — indagou um dos magistrados centrais, o barão Terkillian Sor, fechando a cara e inclinando-se adiante.

O líder tleilaxu, um sujeito delgado que ainda não havia sido apresentado por nome, olhou para Leto com ódio, depois encarou seu interrogador:

— Meus senhores, em todos os anais do direito imperial, poucas são as subseções específicas que tratam do Julgamento por Confisco, embora sejam claras. "Caso o acusado seja malsucedido em seu apelo jurídico, perderá tudo que possui, sem exceção." *Tudo*.

— Eu sei ler. — Terkillian Sor continuou com uma expressão irritada. — E o que isso tem a ver com este aparato?

629

O porta-voz tleilaxu respirou fundo.

— Pretendemos reivindicar não apenas o patrimônio da Casa Atreides, mas também o indivíduo desse criminoso hediondo, o duque Leto Atreides em pessoa, incluindo suas células e seu material genético.

Enquanto a plateia murmurava, em choque, os atendentes tleilaxu operavam os controles da máquina, fazendo com que serras ocultas zumbissem e arcos elétricos estalassem de uma longa agulha a outra. Aquela máquina sinistra era absurda e exagerada — projetada de forma proposital.

— Com este aparelho, drenaremos o sangue do duque Leto Atreides aqui mesmo no tribunal, até a última gota. Em seguida esfolaremos sua pele e removeremos seus olhos para nossos testes e experimentos. Cada célula dele será nossa, para quaisquer propósitos que os tleilaxu determinem. — Ele fungou. — É nosso direito!

E então o homenzinho cinzento sorriu para Leto.

Leto se segurou, tentando desesperadamente não demonstrar o desconforto que fervilhava dentro de si. Uma gota de suor gelado escorreu por suas costas. Ele queria que as advogadas dissessem alguma coisa, mas elas mantiveram seu maldito silêncio.

— Talvez o próprio réu possa ver uma vantagem nesse destino, uma vez que não possui herdeiros — sugeriu o porta-voz tleilaxu, com um sorriso perverso. — Caso perca, não haverá mais Casa Atreides. Com posse de suas células, porém, temos a opção de ressuscitá-lo como um ghola.

Para seguir as ordens deles, concluiu Leto, horrorizado.

Sentado à mesa de defesa, Rhombur fuzilou o tleilaxu com um olhar desafiador enquanto Thufir Hawat continuou sentado a seu lado feito uma estátua. As duas advogadas de Elacca, cada uma de um lado de Leto, tomavam nota.

— Chega de espetáculo — disse o lorde Bain O'Garee, com uma voz retumbante. — Podemos decidir essa questão mais tarde. Vamos começar o julgamento. Quero ouvir da boca do Atreides o que ele tem a dizer.

Embora relutasse para não demonstrar, Leto soube de repente que já havia perdido. Todos os presentes no salão sabiam de seu ódio professo pelos tleilaxu e seu apoio inequívoco à família ixiana renegada. Ele poderia convocar testemunhas abonatórias, mas ninguém ali o *conhecia* de verdade. Era jovem e ainda não havia sido testado, investido daquele pa-

Duna: Casa Atreides

pel de duque em razão de uma tragédia. A única vez em que aqueles membros do Landsraad tinham visto Leto Atreides fora em seu pronunciamento ao Conselho, que revelara um vislumbre de seu temperamento impetuoso.

O aparelho de vivissecção e execução tleilaxu soltava faíscas, como uma fera faminta, à espreita. Leto sabia que não haveria recurso.

Antes que a primeira testemunha fosse convocada, porém, as imensas portas cobertas de latão nos fundos do salão se abriram com brusquidão, batendo contra as paredes de pedra. Um silêncio recaiu sobre o tribunal e Leto ouviu a cadência nítida de botas com solado metálico sobre o chão de marmorite.

Ao olhar para as grandiosas portas de entrada atrás, avistou o príncipe herdeiro Shaddam, trajando suas peles-cetim imperiais em tons escarlates e dourados em vez de sua habitual farda Sardaukar. Acompanhado por uma escolta de elite, o sucessor imperial avançou a passos largos, comandando a atenção plena dos presentes. Quatro homens fortemente armados analisaram a multidão em todas as direções, com todos os músculos tensionados e prontos para cometer violência.

Um Julgamento por Confisco já era raro para a corte do Landsraad — mas a aparição do futuro imperador padixá em pessoa não tinha precedentes.

Shaddam seguiu pelo longo corredor e passou por Leto, sequer lhe dispensando um olhar de relance. Os Sardaukar assumiram posição atrás da mesa da defesa, intensificando o desconforto de Leto.

A expressão do príncipe herdeiro era pétrea, com o lábio superior levemente torcido. Não demonstrava o menor indício de suas intenções. *Será que minha mensagem o ofendeu?*, perguntou-se Leto. *Teria vindo para confirmar meu blefe? Será que vai me esmagar aqui mesmo no salão, diante de todo o Landsraad? Quem poderia se opor a ele, nesse caso?*

Gesticulando na direção do banco elevado, Shaddam olhou para cima e proclamou:

— Antes que esse julgamento de fato comece, tenho uma declaração a fazer. Serei reconhecido pelo tribunal?

Embora Leto não confiasse no primo por parte de mãe, precisava admitir que Shaddam exibia ares especialmente régios e elegantes. Pela primeira vez, ele via aquele homem como uma presença genuína e independente, não apenas como a sombra de seu pai ancião, Elrood. A coroação de Shaddam estava marcada para dois dias a partir da presente data, imediatamente seguida por um casamento magnífico com Anirul — eventos que Leto talvez não sobrevivesse para testemunhar. A poderosa facção das Bene Gesserit declarara apoio ao futuro reinado de Shaddam, e todas as Casas Maiores e Menores do Landsraad ansiavam por manter-se nas graças da Casa Corrino.

Será que ele se sente ameaçado por minha pessoa?

O chefe dos magistrados fez uma profunda reverência e um gesto expansivo antes de responder:

— Sire, estamos honrados por sua presença e seu interesse neste caso. Sem dúvida o tribunal do Landsraad irá ouvi-lo. — Leto sabia apenas os fatos mais básicos a respeito daquele homem, o barão Lar Olin do planeta Risp VII, que era rico em titânio. — Por favor, tome a palavra — solicitou o magistrado.

Shaddam apontou por cima do ombro, na direção de Leto.

— Com a permissão da corte, gostaria que meu primo Leto Atreides se posicionasse a meu lado. Desejo tratar da questão dessas acusações perversas e espero evitar que a corte desperdice o tempo valioso de todos os membros aqui presentes.

A mente de Leto estava em polvorosa; ele olhou para Hawat. *O que ele está fazendo?* Primo? *Do modo como ele diz, parece um termo afetuoso... mas nunca fomos próximos.* Leto era apenas o neto de uma das filhas de Elrood, pela segunda esposa do imperador, nem mesmo da mãe de Shaddam. A árvore genealógica dos Corrino se espalhava pelas Casas do Landsraad; qualquer conexão de sangue não trazia grande significado para Shaddam.

O chefe dos magistrados assentiu. À mesa ao lado de Leto, suas advogadas estavam estarrecidas, sem saber como reagir. Cautelosamente, ele se ergueu. Com os joelhos trêmulos, marchou adiante para se unir ao príncipe herdeiro, a uma passada de distância à esquerda. Apesar da altura e das feições semelhantes, as vestes de cada um eram radicalmente distintas, representando os extremos sociais. Leto trajava as roupas simples de um pescador, sentindo-se como um grão de poeira no meio de um vendaval.

Duna: Casa Atreides

Ele fez uma mesura formal antes de Shaddam se posicionar a seu lado, levando a mão ao ombro de Leto. O cetim fino e solto da túnica do príncipe herdeiro caiu em uma cascata sobre o braço do jovem Atreides.

— Falo em nome do coração da Casa Corrino, do sangue dos imperadores padixás, com as vozes de apoio de todos os meus ancestrais que já se associaram à Casa Atreides — começou Shaddam. — O pai deste homem, duque Paulus Atreides, lutou bravamente pela causa imperial contra os rebeldes em Ecaz. Em combate, correndo grandes perigos, a família Atreides jamais, até onde sei, cometeu qualquer ato traiçoeiro ou desonroso. Isso remete até a seus atos de heroísmo e sacrifício na Ponte de Hrethgir durante o Jihad Butleriano. Nunca! Nunca foram assassinos covardes. Eu desafio todos vocês a provarem o contrário.

Ele estreitou os olhos e os magistrados desviaram o rosto, com evidente desconforto.

Shaddam foi passando os olhos por eles, encarando um a um.

— Quem entre vocês, ciente da história de suas próprias Casas, poderia alegar o mesmo? Quem já demonstrou a mesma lealdade, a mesma honra imaculada? Poucos de nós, verdade seja dita, podem se comparar à nobre Casa Atreides. — Ele deixou o silêncio pairar no ar, interrompido apenas pelas descargas agudas de eletricidade estática da sinistra máquina de vivissecção tleilaxu. — Ah, sim. E é por isso que estamos reunidos aqui hoje, não é, cavalheiros? Em nome da verdade e da honra.

Leto notou que alguns dos magistrados assentiram em concordância, porque era o esperado deles. Mas pareciam perplexos. Líderes imperiais jamais se dirigiam de forma voluntária às cortes do Landsraad. Por que Shaddam estava se envolvendo pessoalmente em uma questão de pouca monta?

Ele leu minha mensagem! E esta é a resposta, pensou Leto.

Ainda assim, esperou que fosse algum tipo de armadilha. Não conseguia compreender no que havia se metido, mas não era possível que Shaddam pretendesse simplesmente entrar lá e resgatá-lo. De todas as Grandes Casas do Landsraad, a dos Corrino estava entre as mais insidiosas.

— A Casa Atreides sempre seguiu pelo caminho da moral — prosseguiu Shaddam, a voz régia ganhando cada vez mais força. — Sempre! E este jovem foi doutrinado pelo código de ética de sua família, obrigado a assumir seus deveres reais desde cedo por conta da morte absurda de

633

seu grandioso pai. — Ele tirou o braço do ombro de Leto e deu um passo adiante, aproximando-se dos magistrados. — Em minha opinião, seria impossível este homem, desta Casa, disparar de propósito contra as naves tleilaxu, como propõe a acusação. Seria um ato abominável, incompatível com tudo em que a Casa Atreides acredita. Qualquer evidência do contrário há de ser falsa. Minhas Proclamadoras da Verdade confirmaram isso após conversarem com Leto e suas testemunhas.

Mentira, pensou Leto. *Nenhuma Proclamadora da Verdade falou comigo!*

— Mas, nossa alteza real — disse o magistrado Prad Vidal, com um esgar tenebroso, baixando suas sobrancelhas pretas —, as armas na fragata possuem evidências de disparo. Por acaso sugere que as naves tleilaxu foram danificadas por um acidente conveniente? Uma coincidência insana?

Shaddam deu de ombros.

— Até onde sei, o duque Leto já forneceu uma explicação satisfatória. Eu mesmo já levei cápsulas de combate em órbita para treinamento com drones-alvo. O restante da investigação é inconclusivo. Talvez um acidente, sim, mas não causado pelos Atreides. Pode ter sido uma falha mecânica.

— Mas uma falha em *duas* naves tleilaxu? — questionou Vidal, com um tom de incredulidade.

Leto olhou ao redor, sem palavras, observando enquanto os acontecimentos se desdobravam. Shaddam estava prestes a começar seu reinado. Se o próprio imperador estava usando seu peso indisputavelmente a favor de Leto, será que qualquer um dos representantes ousaria se declarar inimigo da coroa? As repercussões poderiam ser severas e duradouras.

Isso é tudo política, jogos de poder do Landsraad, trocas de favores. Nada disso está relacionado à verdade, refletiu Leto, lutando para manter uma expressão de tranquilidade. Com o príncipe herdeiro explicitando seu posicionamento, qualquer magistrado que votasse a favor da condenação de Leto desafiaria abertamente o próximo imperador. Nem mesmo os inimigos da Casa Atreides arriscariam uma atitude daquelas.

— Quem pode dizer? — respondeu Shaddam, com uma jogada de cabeça que rotulava a questão como irrelevante. — Talvez tenham sido destroços da primeira explosão acidental que atingiram a nave companheira, causando avarias menos severas.

Duna: Casa Atreides

Ninguém acreditava, nem por um momento, naquela explicação, mas o príncipe herdeiro havia deixado uma saída para eles, uma fundamentação teórica na qual se posicionar.

Com a voz baixa, os magistrados conversaram entre si. Alguns até concordavam que a linha de raciocínio de Shaddam era plausível — eles *queriam* encontrar algum modo de concordar com o novo imperador —, mas Vidal não era um deles. Suor lhe escorria pela testa.

Olhando por cima do ombro, Leto viu o porta-voz dos tleilaxu balançar a cabeça em um gesto silencioso de desaprovação. Na cadeira elevada montada para si à mesa da promotoria, ele parecia uma criança contrariada.

O príncipe herdeiro continuou:

— Estou aqui, como é meu direito e dever enquanto comandante supremo, para prestar apoio pessoal a meu proeminente primo, o duque Leto Atreides. Deixo a solicitação urgente de que encerrem este tribunal e restaurem o título e as propriedades dele. Se me concederem este... pedido, prometo enviar um contingente de diplomatas imperiais aos tleilaxu a fim de convencê-los a abandonar as queixas e não procurar qualquer tipo de retaliação contra os Atreides.

Shaddam encarou longamente os tleilaxu, e Leto teve a distinta impressão de que o imperador também encurralara os homens-gnomo. De algum modo. Ao ver que Shaddam apoiava a Casa Atreides, sua altivez havia desmoronado.

— E se os querelantes não concordarem? — inquiriu Vidal.

Shaddam sorriu.

— Ah, eles concordarão. Estou disposto até mesmo a abrir os cofres imperiais para lhes oferecer uma generosa, ah, compensação pelo que foi, sem dúvida, um acidente infeliz. É meu dever como novo governante manter a paz e a estabilidade em todo o Imperium. Não posso permitir que uma disputa dessa sorte coloque em risco o que meu querido pai construiu em seu longo reinado.

Leto cruzou o olhar com Shaddam e detectou um brilho de medo subjacente em sua bravata e em sua pose de estadista. Sem dizer palavra, o príncipe herdeiro mandava Leto ficar calado, o que despertava uma curiosidade ainda maior a respeito dos alarmes que seu blefe misterioso havia disparado.

Por isso, manteve silêncio. Mas será que Shaddam permitiria que Leto saísse vivo depois daquilo, sem saber que provas o primo poderia ter contra ele?

Após uma breve conferência entre os magistrados, o barão Lar Olin pigarreou e decretou o anúncio:

— É o veredito deste Conselho do Landsraad devidamente juramentado que todas as evidências contra Leto Atreides são circunstanciais e impossíveis de comprovar. Dadas as extremas dúvidas, não há fundamento suficiente para proceder com um julgamento de consequências tão devastadoras, sobretudo à luz do extraordinário depoimento do príncipe herdeiro Shaddam Corrino. Declaramos, portanto, que Leto Atreides está plenamente exonerado e novamente de posse de seu título e de suas propriedades.

Atordoado por aquela súbita mudança em sua sorte, Leto se flagrou parabenizado pelo futuro imperador e depois cercado de amigos e apoiadores. Muitos estavam em êxtase diante da vitória, mas, apesar da tenra idade, Leto não era ingênuo; sabia que boa parte estava feliz simplesmente por ver a *derrota* dos tleilaxu.

Ao redor, o tribunal explodiu em vivas e ovações estrondosas, com exceção dos poucos que mantiveram um silêncio palpável. Leto prestou atenção neles para se lembrar mais tarde e sabia que Thufir Hawat faria o mesmo.

— Leto, há mais uma coisa que preciso fazer — disse Shaddam, perfurando os ruídos do ambiente.

De soslaio, Leto viu um objeto brilhar contra a luz. A mão de Shaddam se movimentou, tirando da manga um punhal com cabo de pedras preciosas — era de um verde-azulado translúcido, como o quartzo de Hagal do trono imperial. O futuro imperador o ergueu no ar, movendo-o com rapidez.

No banco de trás, Thufir Hawat se levantou em um salto, mas era tarde demais. A multidão se calou na hora.

E então, com um sorriso, Shaddam deslizou o punhal para dentro da bainha vazia na cintura de Leto.

— Meu presente de felicitações, primo — disse ele, com um tom de voz dos mais agradáveis. — Leve esta lâmina consigo como um lembrete de seu serviço a mim.

Fazemos o que é necessário. Para o inferno com a amizade e a lealdade. Fazemos o que é necessário!

— Lady Helena Atreides, diários pessoais

Hasimir Fenring remoía os acontecimentos recentes em seus aposentos particulares, ainda em choque. *Como Shaddam pôde fazer isso comigo?*

A cápsula mensageira contendo o selo formal do Imperium — o leão de cera da Casa Corrino — estava jogada em cima da cama de Fenring. Ele rasgara o decreto formal de Shaddam em pedacinhos, mas não antes de decorar cada palavra.

Uma nova atribuição... um exílio!... uma promoção?

"Hasimir Fenring, como reconhecimento por seus esforços incansáveis a serviço do Imperium e do trono dos imperadores padixás, receba a indicação por meio do presente instrumento para ocupar o posto recém--criado de observador imperial oficial em Arrakis. Considerando a importância vital do planeta à economia do Imperium, todos os recursos necessários estarão a sua disposição no posto que doravante ocupará."

Blá, blá, blá.

Como ele ousava? Que desperdício inútil de talento. Que vingança mesquinha enviar Fenring para aquele buraco arenoso infestado de vermes e gente suja. Ele fervilhava de ódio, desejando poder discutir a questão com a fascinante Margot Rashino-Zea, em quem confiava mais do que deveria. Afinal, tratava-se de uma bruxa Bene Gesserit...

Considerando a importância vital do planeta! Ele bufou, enojado, e começou a estilhaçar qualquer objeto quebrável a seu alcance. Sabia que Shaddam o havia exilado em um surto de ressentimento. Para um homem com as capacidades de Fenring, aquele novo cargo era um insulto e servia para retirá-lo do centro do poder imperial. Era *ali* que ele precisava estar, em Kaitain, no olho do furacão político, não perdido em algum rincão escondido do espaço.

Mas era impossível negar ou questionar o decreto de Shaddam. Fenring tinha trinta dias para se dirigir ao notório planeta árido. Ele se questionava se algum dia voltaria.

Todas as pessoas estão contidas em um único indivíduo, assim como o tempo em um momento e o universo inteiro em um grão de areia.

— Ditado fremen

No dia da coroação e do casamento de Shaddam IV, um ar festivo tomava conta de todos os planetas do Imperium. Multidões jubilantes mergulhavam em bebedeira, danças, eventos esportivos e espetáculos de fogos de artifício. O velho imperador Elrood ficara tanto tempo no trono que poucos se lembravam da última vez em que um novo governante havia sido coroado.

Na capital de Kaitain, turbas se reuniam nos bulevares majestosos, fazendo fila ao lado do caminho que seria percorrido pela procissão real. Era um dia ensolarado — como sempre —, e comerciantes ganhavam dinheiro fácil oferecendo lembrancinhas, itens comemorativos e refrescos.

As bandeiras reais dos Corrino esvoaçavam na brisa; todos usavam roupas nas cores escarlate e dourado da Casa para comemorar a ocasião. Soldados Sardaukar protegiam o caminho sinuoso em trajes cerimoniais de brocado de ouro sobre a farda cinza e preta. Parados como guardiões de pedra, seguravam seus fuzileses em posição de apresentar armas, sem se deixar abalar pela fanfarra retumbante ou pelo clamor da multidão. Permaneciam prontos para reagir com força letal ao menor indício de uma ameaça à presença do imperador.

A aclamação vivaz ressoou de milhares de gargantas quando o príncipe herdeiro Shaddam e sua noiva lady Anirul passaram em um coche aveludado puxado por seis leões dourados de Harmonthep; a magnífica juba dos animais, trançada com joias, esvoaçava na brisa suave. A infantaria real e os piqueiros corriam para acompanhar a carruagem, um pouco obscurecida pela cintilância translúcida de um escudo protetor.

Com uma intensidade régia, Anirul acenava e sorria; havia tirado sua túnica preta das Bene Gesserit e trajava uma cascata de rendas, babados e pérolas. Sua tiara repleta de prismas e joias refletia um brilho ofuscante, captando o sol daquele céu sempre azul. A seu lado, Shaddam estava magní-

Duna: Casa Atreides

fico com o cabelo arruivado perfeitamente moldado com pomada e a farda militar coberta de fitas, dragonas e medalhas tilintantes.

Como o casamento do príncipe herdeiro não demonstrava favoritismo a Casa Maior ou Menor alguma, o Landsraad acabara aceitando Anirul como a consorte imperial, embora muitos questionassem suas origens misteriosas e seu "Grau Secreto" entre as Bene Gesserit. Após o falecimento de Elrood, no entanto, seguido por aquela cerimônia grandiosa de coroação e casamento, o Imperium se via atingido por uma maré de mudanças. Shaddam esperava poder tirar vantagem da situação.

Com um sorriso paternal fixo no rosto, ele espalhou moedas de solari e pacotes com fragmentos de pedras preciosas entre a multidão, seguindo a tradição da generosidade imperial que, segundo as crenças, traria bênçãos ao novo reinado. O povo o amava, ele estava cercado de riqueza e, com um estalar de dedos, poderia aniquilar planetas inteiros. Era exatamente como imaginava o papel de um imperador.

Um floreio alegre de trombetas ressoou.

— Não vai se sentar aqui comigo, Hasimir? — perguntou a loira esbelta, com um sorriso malicioso, durante a recepção antes da coroação.

Fenring não conseguia distinguir se Margot Rashino-Zea empregava uma voz sedutora de propósito ou se era seu tom natural. A Irmã tinha em mãos um prato de comida contendo *hors-d'œuvres* exóticos. Farejadores de venenos pairavam feito beija-flores sobre a multidão de convidados. As cerimônias do dia durariam horas e horas, e os convidados podiam relaxar e desfrutar dos aperitivos à vontade.

A Irmã Margot Rashino-Zea era mais alta do que Fenring e se inclinava para perto dele com intimidade enquanto conversavam. Seu vestido coral e preto-azeviche cintilava sobre a perfeição de sua forma e de suas feições. Ela usava um colar de pérolas caladianas e um broche encrustado de ouro e pedras preciosas. Sua pele parecia um leite exótico e misturado com mel.

Ao redor deles, no saguão da galeria do Grande Teatro, nobres cavalheiros e damas em trajes elegantes conversavam e bebiam vinhos grand cru em taças compridas. Os cristais de oitava tiniam com os brindes repetidos. Dentro de uma hora, a comitiva testemunharia o impactante duplo acontecimento que tomaria o palco central: a coroação do imperador padixá Shaddam Corrino IV e seu casamento com lady Anirul Sadow Tonkin das Bene Gesserit.

Fenring assentiu com sua grande cabeça e fez uma breve mesura para ela:

— Eu ficaria honrado de me sentar a seu lado, adorável Margot.

Equilibrando seu prato, Fenring se sentou no banco com ela. A jovem inspecionou os *hors-d'œuvres* que ele havia escolhido e esticou a mão, sem pedir, para pegar um.

É uma reunião animada, *sem os sussurros de descontentamento que vêm envenenando o palácio nos últimos meses*, pensou Fenring. Ele sentia certa satisfação com o próprio trabalho. Alianças cruciais haviam sido consolidadas e as Casas federadas não discutiam mais a sério a possibilidade de uma rebelião contra Shaddam. As Bene Gesserit tinham declarado publicamente apoio ao reinado Corrino e sem dúvida haviam continuado suas maquinações nos bastidores com as outras Grandes Casas. Fenring achava curioso que tantos daqueles nobres que haviam sido os mais explicitamente desconfiados já não estivessem mais entre os vivos — e ainda mais curioso o fato de que ele mesmo não tinha relação com tais fatalidades.

O julgamento de Leto Atreides havia sido encerrado por decreto e os únicos abertamente insatisfeitos com o veredito eram os Bene Tleilax. Fenring e Shaddam, porém, agiriam para silenciá-los em breve. O maior mistério na cabeça de Fenring era que ninguém parecia saber ao certo o que *de fato* havia acontecido no paquete da Guilda.

Quanto mais observava e considerava a estranha sequência de acontecimentos, mais ele começava a acreditar na possibilidade de que realmente houvessem armado para o jovem Leto Atreides — *mas quem teria feito isso, e como haviam executado tal plano?* Nenhuma Casa se pronunciara desde então para tripudiar, e como quase todos acreditavam na culpa dos Atreides, nem mesmo as línguas mais maledicentes e imaginativas se deram ao trabalho de espalhar rumores adicionais.

Fenring adoraria saber o que havia acontecido, nem que fosse só para acrescentar a técnica ao próprio repertório. Porém, depois que fosse despachado para a nova missão em Arrakis, duvidava que teria qualquer oportunidade para desvendar aquele segredo.

Duna: Casa Atreides

Antes que pudesse dar prosseguimento a sua conversa agradável com Margot, ele ouviu o estrondo das multidões lá fora e o ressoar das trombetas.

— Shaddam e a comitiva real estão chegando — disse Margot, jogando o cabelo loiro-mel para o lado. — Melhor encontrar nossos lugares.

Fenring sabia que a carruagem do príncipe herdeiro estava entrando no quadrângulo que continha o teatro e as sedes do governo imperial. Tentou disfarçar sua decepção.

— Mas você vai ficar na seção das Bene Gesserit, minha cara. — Ele a fitou com seus olhos escuros e reluzentes enquanto mergulhava um pedaço de faisão à Kaitain em uma tigela de molho de ameixa. — Quer que eu me fantasie com um daqueles mantos e finja ser da Irmandade? — Engolindo o bocado, ele saboreou a doçura do molho. — Eu faria isso, para ficar do seu lado, hããããã?

Ela lhe deu um tapinha no peito, brincalhona.

— Você com certeza não é o que parece ser, Hasimir Fenring.

Os olhos dele se estreitaram.

— Como assim?

— Bom... temos muito em comum, você e eu. — Ela pressionou um de seus seios macios contra o braço dele. — Talvez seja sábio continuar... e formalizar esta aliança que parecemos estar firmando.

Fenring olhou de relance ao redor para verificar se havia alguém espiando. Não gostava de gente intrometida. Inclinando-se para mais perto dela, ele respondeu com uma voz apática:

— Nunca tive a intenção de me casar. Sou geneticamente eunuco, não posso ter filhos.

— Então é possível que tenhamos que fazer certos sacrifícios, cada um a sua maneira. Não precisa ser nada pessoal. — Ela arqueou suas sobrancelhas douradas. — Além do mais, imagino que tenha lá seus métodos de dar prazer a uma mulher, não é? Também tive um extenso... treinamento.

Um sorriso cruel retalhou o rosto dele.

— Ah, hmmmm. É mesmo? Margot, minha cara, parece que você está me apresentando um plano de negócios.

— E você me parece um homem que prefere o pragmatismo ao romantismo, Hasimir. Acho que somos uma boa dupla. Ambos somos habilidosos em reconhecer planos complexos, os caminhos labirínticos nos quais ações aparentemente desconexas se revelam, no fim, conectadas.

— Os resultados costumam ser dos mais mortíferos, não é?

Ela levou um guardanapo ao canto da boca dele para limpar o molho de ameixa.

— Hum, você precisa de alguém para cuidar de você.

Fenring a analisou, com aqueles trejeitos de quem tivera aulas de etiqueta, a forma como mantinha o queixo erguido, a perfeição e o ritmo constante de sua fala — um enorme contraste com o porte dele, cheio de hesitações verbais e a ocasional fala arrastada. Os olhos verde-acinzentados dela o fitavam, aparentemente sem esconder nada. Mas ele conseguia ver o brilho dos segredos guardados atrás daquelas lindas pupilas... tantos segredos.

E ele poderia passar anos e anos se refestelando no desafio de descobri-los.

Contudo, precisou lembrar a si mesmo do quanto aquelas bruxas eram inteligentes; não agiam de modo individual. Nada era o que parecia.

— Você e sua Irmandade possuem um propósito maior em mente, Margot, minha cara. Eu sei algo a respeito dos modos das Bene Gesserit. Vocês são um organismo em colônia.

— Bom, eu já informei o organismo a respeito de minhas intenções.

— Informou ou pediu? Ou será que desde o princípio foram elas que mandaram você até mim?

A dama da Casa Venette passou pelos dois, conduzindo uma matilha de pequenos cães com tosas extravagantes. Seu vestido dourado era tão volumoso que os outros convidados precisavam sair da frente. A cada passada, a nobre mantinha fixo à frente seu olhar inexpressivo, como se concentrada em manter o equilíbrio.

Margot observou o espetáculo antes de se virar para Fenring de novo.

— Há óbvias vantagens para todos nós, e a Madre Superiora Harishka já me deu sua bênção. Você ganharia uma conexão valiosa com a Irmandade, embora eu não vá necessariamente lhe contar *todos* os nossos segredos. — Ela o cutucou de brincadeira, quase fazendo com que ele derrubasse seu prato.

Duna: Casa Atreides

— Hmmmmm, e eu sou uma chave para o poder de Shaddam. Não há ninguém em quem ele confie mais do que eu — disse ele, olhando para a perfeição da silhueta da Irmã.

Curiosa, Margot ergueu as sobrancelhas.

— Ah, é? Foi por isso que ele despachou você para Arrakis? Por causa de sua proximidade? Ouvi dizer que não está feliz com seu novo cargo.

— Como você descobriu isso? — Fenring fechou a cara, com a sensação desconfortável de perder o equilíbrio. — Eu mesmo só fiquei sabendo dessa missão há dois dias.

Aquela bruxa inteligente tinha mais a dizer, e ele ficou esperando.

— Hasimir Fenring, você precisa aprender a tirar vantagem de todas as circunstâncias. Arrakis é a chave para o mélange, e a especiaria abre o universo. Nosso novo imperador pode até pensar que está apenas transferindo você para um novo cargo, mas na verdade ele lhe confiou algo de importância vital. Pense nisso... observador imperial de Arrakis.

— Tem razão, e o barão Harkonnen não vai gostar nem um pouco disso. Suspeito que esteja ocultando uma série de pequenos detalhes desde o começo.

Ela o agraciou com um sorriso pleno e exuberante.

— Ninguém é capaz de ocultar algo assim de você, meu caro. Nem de mim.

Fenring retribuiu o sorriso.

— Então, podemos passar o tempo naquele lugar miserável investigando os segredos dele.

Margot passou um de seus dedos longos e finos pela manga da roupa dele.

— Arrakis é um planeta dos mais árduos de se viver, mas... talvez sua experiência se torne mais agradável em minha companhia?

Como era de sua natureza, ele ficou desconfiado. Embora a multidão estivesse repleta de trajes extravagantes e plumagens exóticas, Margot era a mulher mais linda no salão inteiro.

— É possível. Mas por que você desejaria ir para lá? Um lugar horrível, a julgar por todos os relatos.

— Minhas Irmãs o descrevem como um planeta de mistérios antigos. Se eu passar um tempo lá, vou subir muito de posição entre as Bene Gesserit. Pode até mesmo ser um passo importante em meu treinamento para me tornar uma Reverenda Madre. Use sua imaginação: vermes da areia, fremen, especiaria. Seria interessantíssimo se pudéssemos resolver esses mistérios juntos. Eu me sinto estimulada por sua companhia, Hasimir.

— Eu vou refletir sobre sua... proposta.

Ele se sentia atraído física e emocionalmente por aquela mulher... um sentimento incômodo. Nas vezes em que sentira emoções tão fortes no passado, ele se vira compelido a desprezá-las, livrar-se delas conforme necessário. A Irmã Margot Rashino-Zea era diferente, porém — ou parecia ser. Só o tempo diria.

Fenring havia escutado histórias dos programas de reprodução das Bene Gesserit, mas a Irmandade não se interessaria pela linhagem genética dele, dada sua deformidade congênita; tinha que ser algo além daquilo. Era óbvio que a motivação de Margot ia além de seus sentimentos pessoais — se é que de fato nutria algum sentimento por ele. Aquela mulher poderia apenas estar vendo as *oportunidades* nele, tanto para si mesma quanto para suas Irmãs.

E Margot também lhe oferecia algo — uma nova via de poder que ele jamais sonhara que existisse. Até aquele momento, sua única vantagem repousava em Shaddam, sua fortuita companhia de infância. Mas aquela relação estremecera recentemente, quando o príncipe herdeiro começara a agir de modo estranho. Shaddam estava ultrapassando os limites de suas capacidades, tentando tomar decisões e pensar por conta própria. Uma estratégia perigosa e imprudente, e ele sequer parecia se dar conta daquilo.

Dadas as circunstâncias, Fenring precisava de novos contatos em lugares de poder. Como as Bene Gesserit.

Com a chegada da carruagem imperial do lado de fora, os convidados começaram a entrar no Grande Teatro. Fenring deixou seu prato em uma mesa lateral e Margot enlaçou o braço no dele.

— Vai se sentar comigo, então? — perguntou ela.

— Vou... e talvez algo além disso — confirmou ele com uma piscadela.

A Irmã abriu um belo sorriso e ele pensou no quanto seria difícil matar aquela mulher. Se um dia chegasse a tal ponto.

Cada uma das Casas Maiores havia recebido uma dúzia de ingressos para o evento duplo no Grande Teatro, enquanto o restante da população

Duna: Casa Atreides

do Imperium assistia pelas transmissões planetárias. Todos passariam pelo menos uma década comentando os detalhes daquela magnífica cerimônia — exatamente como Shaddam tinha planejado.

Como o representante de sua Casa restaurada, o duque Leto Atreides estava sentado com sua comitiva nos assentos de pretoplás da segunda fileira, no patamar principal. O "querido primo" de sua majestade vinha mantendo as aparências desde o fim do julgamento do Landsraad, mas não acreditava que aquela fachada amigável durasse até seu retorno a Caladan — a não ser, é claro, que Shaddam pretendesse cobrar o favor. "Cuidado com o que você compra, pois pode haver custos ocultos", dissera o Velho Duque certa vez.

Thufir Hawat estava sentado à direita de Leto, e Rhombur Vernius, orgulhoso e efusivo, estava à esquerda. Do outro lado do príncipe ixiano, estava sua irmã Kailea, que entrara para a delegação após a libertação de Leto. Ela havia se apressado para viajar até Kaitain a fim de assistir à coroação e apoiar seu irmão... Os olhos esmeralda deixavam transparecer o deslumbramento que lhe tomava. Nem um momento se passava sem que Kailea arquejasse ou exclamasse de prazer com alguma nova maravilha que avistava. Leto sentia um calor no coração ao vê-la vivenciar tanta alegria pela primeira vez desde a fuga de Ix.

Rhombur vestia púrpura e cobre, mas Kailea optara por cobrir seus ombros macios com uma capa dos Atreides, ostentando o timbre armorial vermelho do gavião, como Leto. Ao deixar que ele a conduzisse a seu assento, ela segurara no antebraço dele e lhe dissera, com um sorriso suave:

— Eu escolhi estas cores em respeito ao anfitrião que nos concedeu santuário, para comemorar a restauração da fortuna da Casa Atreides.

E então ela lhe dera um beijo na bochecha.

Como a questão da sentença de morte imposta à Casa Vernius ainda pairava como uma nuvem grossa no horizonte, os irmãos estavam correndo riscos pessoais consideráveis ao participar das festividades. Dada a atmosfera comemorativa do momento, no entanto, Thufir Hawat presumira que os dois estariam provavelmente a salvo, desde que não prolongassem sua estadia. Leto dera risada ao ouvir aquilo.

— Thufir, por acaso Mentats oferecem garantias?

Hawat não achara graça.

Brian Herbert e Kevin J. Anderson

Embora a coroação e o casamento imperial figurassem entre os eventos mais seguros no universo, dada a intensa atenção do público, Leto duvidava que Dominic Vernius fosse dar as caras. Mesmo após o falecimento do vingativo Elrood, o pai de Rhombur não se arriscara a sair de seu esconderijo, tampouco mandara qualquer tipo de mensagem.

No fundo do teatro cavernoso, tanto no patamar principal quanto no superior, ficavam os representantes das Casas Menores e de várias facções como a CHOAM, a Guilda Espacial, os Mentats, os médicos Suk e outras bases de poder espalhadas por um milhão de mundos. A Casa Harkonnen tinha a própria seção segregada em um mezanino superior; o barão, que comparecia sem seu sobrinho Rabban, recusava-se até mesmo a olhar na direção dos assentos dos Atreides.

— As cores, os sons, os perfumes... estou ficando atordoada — comentou Kailea, respirando fundo e se inclinando para mais perto de Leto. — Nunca vi algo assim... nem em Ix, nem em Caladan.

— Faz quase 140 anos que ninguém no Imperium vê algo assim — disse Leto.

Na primeira fileira, diretamente à frente dos Atreides, havia um contingente Bene Gesserit em túnicas pretas idênticas, incluindo a mirrada Madre Superiora Harishka. Do outro lado do passadiço, diante daquelas mulheres caladas e manipuladoras, estava a guarda dos Sardaukar, fortemente armada e com uniformes cerimoniais.

A delegação Bene Gesserit saudou a Reverenda Madre Anirul, a futura imperatriz, que exibia uma aparência revigorada ao passar pelo grupo na companhia de uma grande escolta de guardas de confiança e damas de companhia em trajes chamativos. Rhombur procurou a loira estonteante que lhe entregara o cubo mensageiro e a encontrou sentada com Hasimir Fenring, não com as outras Irmãs.

Um ar de expectativa preenchia o recinto, com seu teto elevado e múltiplos patamares. Por fim, um silêncio recaiu sobre o Grande Teatro e todos se levantaram respeitosamente, segurando seus chapéus e barretes.

O príncipe herdeiro Shaddam, trajando o uniforme formal de comandante dos Sardaukar, com dragonas de prata e o brasão do leão dourado da Casa Corrino, marchou pelo passadiço sobre um tapete de

Duna: Casa Atreides

veludo adamascado. Seu cabelo ruivo estava arrumado com creme e purpurina. Cortesãos o seguiam, todos vestindo escarlate e dourado.

Na retaguarda, vinha o sumo sacerdote de Dur, de túnica verde — aquele que, pela tradição, era o responsável por coroar todos os imperadores desde a queda das máquinas pensantes. Apesar dos altos e baixos de sua velha religião, o sumo sacerdote salpicou orgulhosamente o sagrado pó vermelho-ferro de Dur sobre a plateia em ambos os lados.

Ao ver Shaddam, com a altivez nos passos e a elegância do uniforme, Leto se lembrou de quando o príncipe herdeiro entrara marchando por outro corredor, apenas dias antes, para testemunhar a favor dos Atreides. De certo modo, lhe parecia que seu primo real exibira ares ainda mais régios naquela ocasião, trajando as sedas finas e as joias de um imperador. Naquele momento, porém, ele se parecia mais com um soldado, o comandante-chefe de todas as forças imperiais.

— Uma óbvia manobra política — apontou Hawat, inclinando-se para sussurrar no ouvido de Leto. — Reparou? Shaddam está avisando os Sardaukar que seu novo imperador se considera um membro de tal organização, que eles serão importantes em seu reinado.

Leto assentiu, compreendendo bem a prática. Assim como seu pai antes dele, o jovem duque confraternizava com seus homens, jantando com eles e unindo-se à companhia deles nas funções cotidianas a fim de demonstrar que jamais pediria que suas tropas fizessem algo que ele mesmo não faria.

— Parece mais espetáculo do que substância — comentou Rhombur.

— Ao governar um vasto império, há muito espaço para espetáculo — retrucou Kailea.

Com uma pontada de dor, Leto se lembrou de como o Velho Duque era dado a touradas e outras demonstrações.

Shaddam se refestelava em toda aquela pompa, banhando-se de glória. Ele fez uma reverência ao passar pela futura esposa e pelo contingente das Bene Gesserit. A coroação viria primeiro. No local designado, Shaddam parou e se voltou para o sumo sacerdote de Dur, que segurava a coroa imperial reluzente sobre uma almofada dourada.

Atrás do príncipe herdeiro, uma vasta cortina se abria para revelar a plataforma do trono, deslocada para a ocasião. O imenso assento imperial vago havia sido esculpido a partir de um único bloco maciço de quartzo azul-esverdeado — a maior pedra daquele material já encontrada, na época do imperador Hassik III. Projetores ocultos disparavam lasers milimetricamente configurados até as profundezas do bloco de cristal, que refratavam uma supernova iridescente. O público arquejou, espantado com a beleza translúcida do trono.

De fato, há espaço para cerimônias nas operações diárias do Imperium, pensou Leto. *É algo que tem uma influência unificadora, fazendo com que as pessoas se sintam parte de algo significativo.*

Cerimônias como aquela serviam para cimentar a impressão de que era a Humanidade, não o Caos, quem reinava sobre o universo. Mesmo um imperador egoísta como Shaddam era capaz de fazer algo de bom — pelo menos, era o que Leto sentia... e esperava fervorosamente.

O príncipe herdeiro subiu os degraus reais com solenidade e se assentou no trono, olhando fixo à frente. Seguindo o protocolo consolidado pela história, o sumo sacerdote foi atrás dele e ergueu a coroa de joias alto no ar.

— Vossa alteza, príncipe herdeiro Shaddam Raphael Corrino IV, jura fidelidade ao Sacro Império? — A voz do sacerdote ecoava pelo teatro a partir de alto-falantes de tamanha qualidade que todos na plateia ouviram tudo de modo completamente natural, sem distorções. As mesmas palavras foram transmitidas em todo o planeta de Kaitain e seriam disseminadas pelo Imperium.

— Eu juro — respondeu Shaddam, com sua voz retumbante.

O sumo sacerdote abaixou o símbolo do ofício até a testa de Shaddam e proclamou aos dignatários reunidos:

— Eis o novo imperador padixá Shaddam IV. Que o brilho de seu reinado seja tão duradouro quanto o das estrelas!

— Que o brilho de seu reinado seja tão duradouro quanto o das estrelas! — entoou a plateia, em resposta estrondosa.

Quando se levantou de seu trono com a coroa brilhante na cabeça, Shaddam era o imperador do universo conhecido. Milhares no interior da câmara aplaudiram e comemoraram. Ele olhou para a plateia, um microcosmo de todos sob seu governo, e seu olhar recaiu sobre o semblante inocente de Anirul, que havia se aproximado até os degraus inferiores com sua guarda de confiança e suas damas de companhia. O imperador estendeu a mão, convocando-a.

Duna: Casa Atreides

Harishka, Madre Superiora das Bene Gesserit, conduziu Anirul até Shaddam. A noiva exuberante se movia com aquele ritmo impecável entre caminhar e deslizar, característico de sua Irmandade, como se Shaddam fosse um ímã que a atraísse. A anciã Harishka voltou a seu assento ao lado das outras Bene Gesserit.

O sacerdote recitou algumas palavras para o casal enquanto o novo imperador deslizava dois anéis de diamante no dedo anelar da mão de Anirul, seguidos por uma aliança de sugema vermelha de tirar o fôlego, que havia pertencido à avó paterna dele.

Ao declará-los imperador e sua lady, o sumo sacerdote de Dur apresentou-os a todos os reunidos. Na plateia, Hasimir Fenring se inclinou e sussurrou para Margot:

— Devemos dar um passo à frente e ver se o sumo sacerdote consegue encaixar mais uma cerimônia rápida?

Ela soltou uma risadinha e o cutucou de brincadeira.

Naquela noite, o hedonismo na capital chegou a um ponto de ebulição de adrenalina, feromônios e música. O casal real participou de um suntuoso banquete de jantar, seguido por um grande baile e uma magnífica orgia culinária que fez a refeição anterior parecer um mero aperitivo. Ao partir para o Palácio Imperial, os recém-casados foram cobertos por uma chuva de rosas de seda-merh e seguidos pelos nobres.

Eventualmente, o imperador Shaddam IV e lady Anirul se retiraram ao leito nupcial. Do lado de fora do quarto, nobres damas e cavalheiros embriagados tocavam sinos de cristal e levavam luciglobos até as janelas — uma algazarra típica que traria bênçãos de fertilidade ao casal.

Tais festividades perduravam como já era costume durante milênios, remetendo ao período pré-butleriano, às próprias raízes do Imperium. Mais de mil presentes exorbitantes foram dispostos sobre o gramado do palácio. Aquelas oferendas seriam reunidas pelos criados imperiais e distribuídas posteriormente à população durante uma semana adicional de festividades em Kaitain.

Ao fim de todas as comemorações, Shaddam enfim começaria o trabalho de governar seu Império de Um Milhão de Mundos.

Em análise final, o acontecimento lendário conhecido como "Gambito de Leto" se tornou a base da imensa popularidade do jovem duque Atreides. Ele conseguiu se projetar, com sucesso, como um farol radiante de honra em um mar galáctico de trevas. Para muitos membros do Landsraad, a honestidade e a ingenuidade de Leto se tornaram um símbolo de honra que envergonhou muitas das Casas Maiores e Menores, convencendo-as a alterar o comportamento de umas em relação às outras — ao menos por um breve período, até os velhos padrões ressurgirem.

— Origens da Casa Atreides: raízes do futuro no Imperium Galáctico, **de Bronso de Ix**

Furioso com o fracasso de seu plano, o barão Harkonnen vociferava ao perambular pelos salões do Forte de sua família em Giedi Primo. Ele gritava exigências a sua equipe pessoal, ordenando que encontrassem um anão que ele pudesse torturar; precisava de alguma criatura para dominar, para subjugar completamente.

Quando Yh'imm, um dos assistentes de entretenimento do barão, reclamou que ia contra o espírito esportivo perseguir um homem apenas com base em sua estatura física, o barão deu ordens para que Yh'imm tivesse as pernas amputadas na altura dos joelhos. Dessa forma, o assistente que logo viria a perder muito de sua altura se encaixaria perfeitamente em suas demandas.

Enquanto levavam embora o homem, conduzindo-o até os cirurgiões dos Harkonnen entre súplicas e berros, o barão convocou o sobrinho Glossu Rabban e o Mentat Piter de Vries para uma reunião crucial em sua sala de trabalho.

À espera dos dois na bancada coberta de papéis e relatórios em cristal riduliano, o barão fez retumbar sua voz grave:

Duna: Casa Atreides

— Malditos sejam os Atreides, desde o moleque duque até seus ancestrais desgraçados! Gostaria que tivessem todos morrido na Batalha de Corrin.

Quando De Vries apareceu na porta da sala, o barão girou sobre os calcanhares e quase se desequilibrou com uma perda súbita de controle sobre os músculos. Ele agarrou a beirada da mesa para se firmar.

— Como Leto pode ter conseguido sobreviver àquele julgamento? Não tinha provas, não tinha defesa. Ele ainda não faz ideia do que de fato aconteceu — rosnou o barão. Luciglobos pairavam em silêncio pela sala enquanto os urros do barão ecoavam, vazando pela porta aberta até os salões forrados de pedraria e latão lavrado. Ao ouvi-los, Rabban se apressou pelo corredor. — E maldito seja Shaddam por sua interferência! Só porque é imperador, o que lhe dá o direito de tomar um lado? O que ele ganha com isso?

Tanto Rabban quanto De Vries hesitaram diante do arco de ferro que dava para a sala de trabalho. Nenhum deles estava disposto a mergulhar no redemoinho de fúria do barão. O Mentat fechou os olhos e esfregou suas sobrancelhas espessas, tentando pensar no que dizer ou fazer. Rabban foi até uma alcova e se serviu de uma farta dose de conhaque kirana. Fez barulhos animalescos enquanto sorvia a bebida.

O barão se afastou da mesa e perambulou pelo ambiente com movimentos estranhamente travados, como se tivesse dificuldade para controlar seu equilíbrio. Suas roupas pareciam apertadas, dado o recente ganho de peso.

— Era para ter estourado uma guerra de repente, e quem recolheria o que restasse depois da carnificina? Mas, de algum modo, o maldito Atreides impediu que todo mundo se matasse. Insistiu em um arriscadíssimo Julgamento por Confisco... malditos ritos antigos! E com sua disposição a se sacrificar para proteger seus preciosos amigos e sua tripulação, Leto Atreides ganhou uma atenção favorável do Landsraad. A popularidade dele disparou.

Piter de Vries pigarreou.

— Talvez, meu barão, tenha sido um erro colocá-lo contra os tleilaxu, um povo com o qual ninguém se importa. Foi difícil despertar um sentimento generalizado de revolta entre as Casas. Nunca foi nosso plano que essa questão fosse levada ao tribunal.

— Nós não cometemos erros! — exclamou Rabban com um grunhido, imediatamente intervindo em defesa do tio. — Você dá valor a sua vida, Piter?

De Vries sequer respondeu, tampouco demonstrou algum sinal de medo. Ele mesmo era um guerreiro formidável, com truques e experiência que sem dúvida seriam suficientes para derrotar a força bruta de Rabban, caso entrassem em combate físico.

O barão olhou para o sobrinho, decepcionado. *Você parece incapaz de entender algo que esteja embaixo de até mesmo uma única camada de sutileza.*

Rabban fuzilou o Mentat com o olhar.

— O duque Leto é apenas um jovem governante impetuoso de uma família irrisória. A Casa Atreides obtém sua renda vendendo... arroz-pundi! — vociferou ele, como se cuspisse as palavras.

— Encare os fatos, Rabban — disse o Mentat deturpado, sem se alterar, com um tom viperino. — Os outros membros do Conselho do Landsraad parecem de fato *gostar* dele. Admiram o que esse moleque duque conseguiu realizar. Fizemos dele um herói.

Rabban terminou seu drinque, serviu outro, deu goles ruidosos.

— O Conselho do Landsraad, ficando *altruísta*? — O barão soltou um ruído de escárnio. — É ainda mais inacreditável do que Leto ter ganhado o caso.

Das salas de cirurgia ao fim dos longos e obscuros corredores, ouviram-se ruídos macabros, gritos de agonia que ecoavam até a sala de trabalho do barão. Os luciglobos silenciosos bruxulearam, mas mantiveram o tênue nível de iluminação.

O barão lançou um olhar penetrante para De Vries, depois gesticulou para as salas de cirurgia.

— Talvez seja melhor você cuidar disso pessoalmente, Piter. Quero garantir que aquele assistente de entretenimento idiota sobreviva à cirurgia... pelo menos até que eu faça bom uso dele.

— Claro, meu barão — anuiu o Mentat, correndo pelos corredores até as salas médicas.

Os gritos foram ficando mais estridentes e agudos, e o barão ouviu os sons das radiofresas e da fricção da serra. Ele pensou em seu novo joguete encurtado e no que faria com Yh'imm assim que os analgésicos

Duna: Casa Atreides

começassem a perder o efeito. Ou seria possível que os médicos estivessem conseguindo realizar a tarefa sem o uso de analgésicos? Talvez.

Rabban deixou que suas pálpebras grossas se fechassem com um prazer supremo, só ouvindo e aproveitando. Se tivesse escolha, preferiria ter caçado o homem na reserva florestal de Giedi Primo. Mas o barão julgara que seria muita dor de cabeça — toda aquela correria, perseguição e escaladas em rochas cobertas de neve. Era possível inventar modos muito melhores de passar o tempo. Além disso, os membros e as juntas do barão vinham ficando cada vez mais doloridos ultimamente, os músculos mais fracos e trêmulos, o corpo menos rígido...

Por ora, o barão iria simplesmente inventar o próprio esporte. Depois que cauterizassem e fechassem os membros amputados de Yh'imm, fingiria que o desafortunado assistente era o próprio duque Atreides. Seria divertido.

Ao fazer uma pausa, ele se deu conta de que era estupidez se chatear tanto com o fracasso de um único plano. Durante incontáveis gerações, os Harkonnen haviam deixado armadilhas sutis para seus odiados inimigos mortais. Mas os Atreides eram difíceis de matar, sobretudo quando se viam encurralados. A animosidade remontava até a Grande Rebelião, a traição, as acusações de covardia. Desde aquela época, os Harkonnen sempre haviam odiado os Atreides e vice-versa.

E assim seria para sempre.

— Ainda temos Arrakis — comentou o barão. — Ainda controlamos a produção de mélange, mesmo que sob as garras da CHOAM e o olhar vigilante do imperador padixá.

Ele sorriu para Rabban, que retribuiu o sorriso por puro hábito.

No coração da grandiosidade imunda e obscura que era o Forte Harkonnen, o barão cerrou o punho e o ergueu no ar.

— Enquanto controlarmos Arrakis, controlamos nossa própria sorte. — Ele deu um tapinha na ombreira de seu sobrinho. — Arrancaremos a especiaria das areias até que Arrakis não passe de uma casca vazia!

> **O universo contém fontes de energia inexplora-
> das e inimagináveis. Estão diante de seus olhos e,
> no entanto, não conseguem enxergá-las. Estão
> em suas mentes e, no entanto, não conseguem
> concebê-las. *Mas eu consigo!***

> — **Tio Holtzman, palestras reunidas**

No planeta de Junção, pertencente à Guilda Espacial, aquele que um dia havia sido D'murr Pilru foi levado até um tribunal de Navegadores. Não lhe disseram o motivo e, mesmo com sua forte intuição e entendimento conceitual do universo, ele não conseguia imaginar o que queriam com ele.

Nenhum outro Navegador em treinamento acompanhara D'murr, nenhum dos novos Práticos que haviam aprendido as técnicas de dobrar o espaço com ele. Sobre um imenso campo de manobra ao ar livre coberto de capim-atro, os tanques repletos de especiaria do tribunal supremo estavam dispostos em um semicírculo sobre uma calçada de pedras sulcadas, onde ainda se viam os rastros deixados por milhares de convocações anteriores.

O tanque menor de D'murr estava estacionado diante dos outros, solitário no centro do semicírculo. Por ser relativamente novo na vida de Navegador, ainda com o reles cargo de Prático, ele detinha boa parte de sua forma humana dentro do tanque fechado. Os membros do tribunal — todos Pilotos, cada um dentro do próprio tanque — revelavam apenas cabeças inchadas e olhos monstruosamente alterados espiando em meio à névoa laranja e canela.

Algum dia serei como eles, pensou D'murr. Houve uma época em que aquele pensamento o teria feito se encolher de terror, mas ele já o aceitava como inevitável. Pensava em todas as novas revelações que teria ao longo do caminho.

O tribunal da Guilda se comunicava usando seu idioma matemático resumido de ordem superior, transmitindo pensamentos e palavras pelo tecido do próprio espaço; era muito mais eficiente do que qualquer diálogo humano. Grodin, o instrutor-chefe, foi o porta-voz do grupo, declarando:

Duna: Casa Atreides

— Você tem sido monitorado.

De acordo com um procedimento de longa data, instrutores da Guilda instalavam aparelhos de gravação holográfica nas câmaras de navegação de cada paquete e cada tanque de treinamento dos novos Práticos ainda não testados. Periodicamente, nos circuitos das naves entre as estrelas, as gravações eram removidas das naves de transporte e de carga e enviadas a Junção.

— Todas as evidências são estudadas em detalhe, como questão de rotina — continuou Grodin. D'murr sabia que os oficiais do Banco da Guilda e seus parceiros econômicos da CHOAM precisavam garantir que as normas e as diretrizes de segurança de navegação fossem cumpridas. Ele não questionava aquilo. — A Guilda está perplexa diante das transmissões não autorizadas diretamente recebidas em sua câmara de navegação.

O aparelho comunicador de seu irmão! Flutuando livre em seu tanque, D'murr cambaleou, atordoado ao pensar em todas as possibilidades, nas punições e nas retaliações que poderia enfrentar. Era possível que se tornasse um daqueles patéticos Navegadores fracassados, atrofiados e inumanos — tendo pagado o preço físico, mas sem colher os benefícios. Mas D'murr sabia que as próprias habilidades eram fortes! Talvez os Pilotos o perdoassem...

— Estamos curiosos — concluiu Grodin.

D'murr lhes contou tudo, explicando os pormenores de que tinha conhecimento, revelando cada detalhe. Ao tentar se lembrar do que C'tair lhe dissera, ele relatou as condições do planeta isolado de Ix e a decisão dos tleilaxu de retornar aos modelos mais primitivos de paquete. A questão dos paquetes deixou os Navegadores perturbados, mas o tribunal tinha interesse específico no funcionamento do "transmissor--receptor Rogo".

— Nunca antes recebemos transmissões instantâneas pela dobra espacial — afirmou Grodin. Durante séculos, todos os recados vinham sendo carregados por mensageiros, em forma física e dentro de naves físicas que viajavam pela dobra espacial a uma velocidade muito maior do que qualquer método conhecido de transmissão seria capaz de alcançar pelo espaço. — Podemos explorar essa inovação?

D'murr se deu conta do potencial militar e econômico de tal aparato caso sua viabilidade fosse provada. Embora não soubesse todos os deta-

Brian Herbert e Kevin J. Anderson

lhes técnicos, seu irmão havia criado um sistema sem precedentes, muito intrigante para a Guilda Espacial. Ela queria aquela tecnologia para si.

Um membro sênior do tribunal sugeriu a possibilidade de usar Navegadores com capacidades mentais amplificadas dos dois lados, em vez de um reles humano como C'tair Pilru. Outro questionou se o vínculo não era mais mental do que tecnológico, uma conexão amplificada pela proximidade prévia entre os gêmeos, donos de padrões cerebrais semelhantes.

Talvez, dentre a vasta seleção de Práticos, Navegadores e Pilotos, a Guilda pudesse encontrar outros com conexões mentais análogas... mas era provável que aquilo fosse uma raridade. Em todo caso, apesar dos custos e das dificuldades, talvez aquele método de comunicação fosse um serviço que valesse a pena testar e depois oferecer a um alto preço ao imperador.

— Você poderá manter seu título de Prático — decidiu Grodin, liberando-o de seu inquérito.

Durante as várias semanas que seguiram seu triunfo em Kaitain, o duque Leto Atreides e Rhombur Vernius aguardaram uma resposta do novo imperador à solicitação que tinham feito por uma audiência imperial. Leto já estava preparado para entrar em uma nave auxiliar e viajar ao Palácio Imperial assim que um mensageiro chegasse anunciando uma vaga confirmada na agenda do imperador. Ele jurara a si mesmo não fazer qualquer menção à mensagem com seu blefe e não levar adiante a questão da conexão entre os Corrino e os tleilaxu... mas Shaddam IV devia estar curioso.

Caso mais uma semana se passasse sem resposta, no entanto, Leto arriscaria a viagem, mesmo sem hora marcada.

Tentando aproveitar o embalo do crescimento de seu status e de sua popularidade, o jovem duque desejava discutir questões de anistia e reparação para a Casa Vernius. Acreditava que aquela era a melhor chance de obter um desfecho satisfatório para a situação. Porém, à medida que os dias de silêncio imperial iam passando, ele via a oportunidade escapar feito areia por entre os dedos. Mesmo Rhombur, normalmente otimista, sentia-se agitado e frustrado, enquanto Kailea se mostrava cada vez mais resignada às próprias opções limitadas na vida.

Duna: Casa Atreides

Finalmente, com um comunicado padrão em um cilindro via mensageiro humano, o imperador sugeriu — já que ele tinha pouquíssimo tempo livre para uma conversa com seu primo — que fizessem uso de um método novo, ainda em teste, oferecido pela Guilda Espacial: um processo instantâneo chamado de Conexão-Guilda. Envolvia a ligação mental entre dois Navegadores posicionados em sistemas estelares diferentes; com um paquete em órbita perto de Caladan e outro sobre Kaitain, em tese seria possível estabelecer uma conversa entre o duque Leto Atreides e o imperador Shaddam IV.

— Enfim poderei expor o que tenho a dizer — disse Leto, embora jamais tivesse ouvido falar daquele método de comunicação.

Shaddam parecia ansioso por experimentá-lo para seus propósitos pessoais e, daquela forma, ninguém chegaria a vê-lo em uma reunião de fato com o duque Leto Atreides.

Os olhos esmeralda de Kailea se iluminaram com a perspectiva e ela chegou até a ignorar a decoração de mau gosto com a cabeça de touro pendurada no salão de refeições. Trocou de roupa e vestiu as cores dos Vernius orgulhosamente, por mais que fosse improvável que ela de fato aparecesse na transmissão. Rhombur chegou na hora designada, na companhia de Thufir Hawat. Leto mandou todos os outros funcionários, guardas e integrantes da equipe doméstica saírem da sala.

O paquete que havia levado o mensageiro original manteve a órbita geoestacionária sobre Caladan enquanto outro já aguardava acima de Kaitain. Os sofisticados Pilotos da Guilda a bordo de cada nave — separados por uma vasta distância — usariam um procedimento inimaginável que lhes permitia estender suas mentes ao outro lado do vazio, unindo os pensamentos para formar uma conexão. A Guilda havia testado centenas de Navegadores até encontrar dois que fossem capazes de estabelecer um vínculo direto experimental por meio da telepatia, da presciência fomentada pelo mélange ou de outro método a ser determinado.

Leto inspirou fundo, desejando que tivesse tido mais tempo para praticar o que diria, embora já tivesse esperado tempo demais. Não se atrevia a pedir outro adiamento...

De um magnífico arboreto ladeado por sebes no Palácio Imperial, Shaddam falou em um minúsculo microfone apoiado no queixo, e suas palavras foram transmitidas para os alto-falantes na câmara de navegação do paquete acima de Kaitain.

Brian Herbert e Kevin J. Anderson

— Consegue me ouvir, Leto Atreides? Está uma manhã ensolarada aqui e acabo de voltar de minha caminhada matinal — disse ele, tomando um gole de suco doce e espesso de uma taça.

Quando as palavras do imperador chegaram à câmara do veículo em órbita acima de Kaitain, o Piloto do outro paquete sobre Caladan as sentiu em sua mente, como um eco do que o compatriota ouvira. Quebrando o elo de modo temporário, o Piloto de Caladan repetiu o que o imperador dissera, dirigindo-se ao alto-falante cintilante em formato de globo que flutuava na câmara cheia de especiaria. Por sua vez, Leto ouviu as palavras no próprio sistema de alto-falantes do salão de refeições ecoante do Castelo Caladan. A fala era distorcida e lenta, sem as nuances da emoção, mas ainda eram as palavras do próprio imperador.

— Sempre preferi o sol da manhã de Caladan, primo — respondeu Leto, usando a forma familiar de tratamento em uma tentativa de começar em termos amigáveis. — Você deveria visitar nosso humilde mundo algum dia.

Assim que Leto terminou de falar, o Navegador sobre Caladan entrou novamente na Conexão-Guilda com sua dupla, e as palavras do jovem duque foram ouvidas no outro paquete e transmitidas para Kaitain.

— Esta nova tecnologia de comunicação é maravilhosa — comentou Shaddam, evitando o assunto principal da solicitação de Leto. Parecia, contudo, apreciar as possibilidades da Conexão-Guilda, como se fosse um novo brinquedo. — Muito mais rápida do que os mensageiros humanos, embora deva ser exorbitantemente dispendiosa. Ah, sim, temos aqui os ingredientes para mais um monopólio da Guilda. Só espero que ela não cobre valores absurdos por mensagens urgentes.

Ao receber as palavras no salão de refeições, Leto se perguntou se aquela mensagem era mesmo direcionada a si ou aos espiões da Guilda. Shaddam tossiu com algum desconforto, emitindo sons que se perderam no processo de tradução, e prosseguiu:

— Há tantos assuntos importantes nos planetas imperiais e tão pouco tempo para abordá-los. Tenho pouquíssima disponibilidade para as amizades que gostaria de cultivar, como a sua, primo. Sobre o que deseja falar comigo?

Leto respirou fundo, uma respiração brusca que obscureceu as feições de gavião em seu rosto fino.

658

Duna: Casa Atreides

— Excelso imperador Shaddam, suplicamos para que conceda anistia à Casa Vernius e a restaure a seu lugar de direito no Landsraad. Ix possui uma função econômica vital e não deve permanecer nas mãos dos tleilaxu. Eles já destruíram importantes instalações de manufatura e prejudicaram as cadeias de produção de produtos imprescindíveis para a segurança do Imperium. — Por fim, ele acrescentou, com uma leve conotação a seu blefe: — Ambos sabemos o que de fato está acontecendo lá, neste exato momento.

A conexão com os tleilaxu outra vez, pensou Leto. *Vejamos se consigo fazer com que ele acredite que eu sei mais do que de fato sei*. Perto do duque, o príncipe Rhombur o encarou com um olhar desconfiado.

— Não posso discutir tais questões por intermédio de terceiros — respondeu Shaddam rapidamente.

Os olhos de Leto se arregalaram diante do possível equívoco que Shaddam acabara de cometer.

— Está sugerindo que não se pode confiar na Guilda, sire? Ela transporta exércitos para o Imperium e para as Grandes Casas. Toma conhecimento ou suspeita de planos de batalha antes mesmo que possam ser implementados. Esta Conexão-Guilda é até mais segura do que uma discussão frente a frente no salão de audiências imperial.

— Mas ainda não analisamos os méritos desta tecnologia — protestou Shaddam, claramente ganhando tempo.

Ele vinha observando o crescimento de popularidade e influência do duque Leto Atreides. Será que aquele novato tinha conexões que se estenderiam até mesmo à Guilda Espacial? O imperador olhou ao redor, analisando os jardins vazios e desejando, no fim das contas, que Fenring estivesse ali com ele; mas o homem com rosto de fuinha estava se preparando para sua viagem a Arrakis. *Pensando bem, poupar Leto pode ter sido um erro*.

Mantendo suas frases construídas de forma breve e direta, Leto apresentou o nobre caso dos ixianos, afirmando que a Casa Vernius jamais fabricara tecnologias proibidas. Apesar das promessas, os tleilaxu não haviam apresentado caso algum ou qualquer evidência ao corpo do Landsraad. Em vez disso, tinham tomado as rédeas da situação em sua ganância para absorver as riquezas de Ix. Com base nas conversas que tivera com Rhombur, Leto foi capaz de informar um valor para o feudo e o tamanho do estrago causado pelo povo tleilaxu.

— Esse valor me parece excessivo — retrucou Shaddam, rápido demais. — Relatos dos Bene Tleilax indicam uma soma bem menor.

Ele esteve lá pessoalmente e está escondendo essa informação, pensou Leto.

— Claro que os tleilaxu tentariam diminuir o montante, sire, a fim de reduzir o custo das reparações, caso sejam obrigados a pagá-las.

Leto prosseguiu, apresentando uma estimativa de perda de vidas ixianas e chegando até a comentar a desnecessária recompensa pela morte de lady Shando por ordem de Elrood. Depois, com a voz tomada pela emoção, ele traçou conjecturas sobre a situação desesperada do conde Vernius, que continuava foragido em algum planeta distante e ignoto.

Durante uma pausa prolongada de sua parte do diálogo, Shaddam se pegou fervendo de raiva. Em desespero, perguntava-se o quanto aquele duque inconsequente de fato sabia sobre a questão dos tleilaxu. Havia indícios, nuances... mas seria um blefe? Como o novo imperador, Shaddam precisava agir depressa a fim de manter a situação sob controle... mas jamais poderia permitir que a Casa Vernius retornasse a seu lar ancestral. A pesquisa sobre especiaria sintética dos tleilaxu era vital e difícil de realocar. O destino da família Vernius havia sido uma fatalidade infeliz — Shaddam não se importava com o orgulho ferido e a vingança mesquinha do pai —, mas não havia como resgatar os antigos habitantes naquele momento, como se nada tivesse acontecido.

Por fim, o imperador pigarreou e anunciou:

— O melhor que podemos oferecer é uma anistia restrita. Já que Rhombur e Kailea estão sob sua custódia pessoal, duque Leto, conferimos a eles perdão e proteção plenos. De hoje em diante, não haverá recompensa alguma por suas cabeças. Estão absolvidos de qualquer acusação. Quanto a isso, você tem minha garantia.

Ao ver a expressão incrédula de alegria dos dois ixianos exilados, Leto perguntou:

— Agradeço, sire, mas e quanto às reparações à fortuna da família?

— Sem reparações! — declarou Shaddam, com um tom de voz severo a ponto de o agente da Guilda não ser capaz de replicar. — E sem restauração da Casa Vernius à antiga posição em Xuttuh, anteriormente chamado de Ix. Ah, sim. Os Bene Tleilax, na verdade, apresentaram evidên-

Duna: Casa Atreides

cias extensas e conclusivas diretamente *a mim*, e estou convencido de sua veracidade. Por motivos de segurança imperial, não posso divulgar detalhes. Você já pôs minha paciência à prova.

Irritado, Leto resmungou:

— Qualquer evidência que não possa ser analisada não é evidência alguma, sire. As provas precisam ser apresentadas diante do tribunal.

— E quanto a meu pai e aos outros membros sobreviventes da Casa Vernius? — perguntou Rhombur ao microfone que Leto estava usando. — É possível estender a mesma anistia a ele, seja lá onde estiver? Ele não está fazendo mal a pessoa alguma.

A resposta de Shaddam, dirigida a Leto, foi rápida e dolorosa, como a picada de uma serpente peçonhenta:

— Tenho sido leniente com você, primo... mas não abuse de sua sorte. Se eu não o tivesse em alta estima, jamais teria me comprometido a testemunhar a seu favor, tampouco teria concedido esta audiência de última hora ou oferecido as concessões a seus amigos. Anistia para os dois filhos, só isso.

Ao ouvir a retransmissão de palavras tão ríspidas, Leto se sentiu abalado, mas manteve a compostura. Ficara claro que não poderia exercer qualquer pressão adicional sobre Shaddam.

— Sugerimos que aceitem esses termos enquanto ainda estamos de bom humor para concedê-los — continuou Shaddam. — A qualquer momento, é possível que evidências adicionais contra a Casa Vernius sejam apresentadas a minha pessoa, fazendo com que eu os julgue de forma menos generosa.

Afastando-se do microfone, Leto conversou com Rhombur e Kailea a respeito da proposta. Com relutância, os dois irmãos pendiam para a aceitação.

— Ao menos, obtivemos uma pequena vitória, Leto — disse Kailea, com sua voz suave. — Sairemos com vida e liberdade... ainda que sem herança. Além do mais, viver aqui com você não é tão terrível assim. Como Rhombur sempre diz, podemos tirar o melhor da situação.

Rhombur tocou o ombro da irmã.

— Se serve para Kailea, serve para mim.

— Selamos o acordo, então — confirmou Shaddam; a aceitação de Leto havia sido enviada pelos intermediários da Conexão-Guilda. — A pa-

Brian Herbert e Kevin J. Anderson

pelada oficial será preparada. — E então suas palavras se tornaram cortantes: — E espero jamais ouvir a respeito desta história outra vez.

De forma abrupta, o imperador encerrou a Conexão-Guilda e os dois Navegadores interromperam seu contato mental. Leto puxou Rhombur e Kailea para um abraço conjunto, ciente de que finalmente os dois estavam em segurança.

Apenas tolos deixam
testemunhas para trás.

— Hasimir Fenring

— Sentirei saudade de Kaitain — disse Fenring, com um tom de voz estranho e sombrio, no dia em que deveria se apresentar em Arrakis para assumir o cargo de observador imperial de Shaddam.

Exilado no deserto! Entretanto, Margot lhe dissera para enxergar as oportunidades... Fenring era bom naquilo. Teria o imperador algo a mais do que um simples castigo em mente? Seria possível transformar aquela situação em uma posição de poder, no fim das contas?

Fenring crescera ao lado de Shaddam, ambos cerca de duas décadas mais jovens do que Fafnir, o antigo herdeiro aparente ao Trono do Leão Dourado. Com um príncipe herdeiro mais velho a postos e uma ninhada de filhas de esposas variadas, Elrood nunca esperara muito do jovem Shaddam, e, por sugestão sub-reptícia de sua mãe Bene Gesserit, Fenring obtivera permissão para assistir às aulas na companhia do amigo.

Ao longo dos anos, Fenring fizera de si mesmo um "despachante", uma pessoa disposta a completar tarefas necessárias para Shaddam, sem se importar com o quão desagradáveis estas fossem — incluindo o assassinato de Fafnir. Os dois companheiros partilhavam de muitos segredos obscuros, numerosos demais para que pudessem se separar sem sérias repercussões... e ambos sabiam daquilo.

Shaddam tem uma dívida comigo! Maldição!

Fenring achava que, com tempo para refletir, o novo imperador compreenderia que não era possível se dar ao luxo de tê-lo como inimigo, nem mesmo como um servidor imperial insatisfeito. Não demoraria até Shaddam convocá-lo de volta a Kaitain. Era só uma questão de tempo.

De algum modo, ele descobriria um modo de tirar vantagem de qualquer circunstância.

Lady Margot, com quem ele havia se casado em uma cerimônia simples três dias antes, assumira controle dos subsecretários e servidores sem vínculo. Emitindo ordem atrás de ordem, ela criara um redemoinho logístico. Por ser uma Irmã das Bene Gesserit, ela não tinha muitas necessidades, nem

Brian Herbert e Kevin J. Anderson

gostos extravagantes. Porém, compreendendo a importância dos ritos e das aparências públicas, tomara as medidas necessárias para despachar um cargueiro repleto de amenidades, incluindo roupas e mobília da Casa Corrino, prataria imperial, tapeçarias finas e roupas de cama. Tais posses elevariam a posição de seu marido em Arrakina, onde o casal se instalaria em uma residência particular a muitos quilômetros da sede de poder dos Harkonnen em Cartago. Aquela demonstração de independência e luxo serviria para enfatizar à liderança Harkonnen e a seus funcionários o tamanho do poder de Shaddam, bem como seu olhar vigilante e onipresente.

Com um sorriso, Fenring observou enquanto Margot terminava seus afazeres. Ela era um fluxo de cores radiantes, belo cabelo loiro-mel, sorrisos encorajadores e palavras afiadas para qualquer um que se movesse devagar demais. *Que mulher magnífica!* Ele e sua nova esposa guardavam segredos fascinantes um do outro, e o processo de descobrimento mútuo estava se revelando dos mais agradáveis.

Ao anoitecer, ambos seriam despachados ao planeta desértico que os nativos chamavam de Duna.

Mais tarde naquele dia, durante uma hora de relaxamento em que nem o imperador nem seu amigo de uma vida inteira verbalizavam os pedidos de desculpas que precisavam ser ditos, Fenring se sentou à mesa de escudobol à espera do próximo lance do imperador padixá Shaddam IV. Os dois estavam sozinhos na sala de descanso forrada de plás, no alto de um dos pináculos do palácio. Adejadores zumbiam ao longe, mais elevados do que as pipas cobertas de fitinhas e bolhas cintilantes.

Fenring cantarolava sozinho, mesmo sabendo que Shaddam odiava aquela mania. Finalmente, o novo imperador cravou uma vara no escudo cintilante com velocidade exata — nem rápido demais, nem devagar demais. A vara encaixou no disco interior que girava, fazendo com que a bola preta no centro do globo flutuasse. Concentrando-se com esforço, Shaddam liberou a vara e a bola mergulhou no receptáculo de número nove.

— Andou praticando, sire, hããããã? Será que um imperador não tem afazeres mais urgentes? Mas vai precisar melhorar ainda mais se quiser me vencer.

Duna: Casa Atreides

Sem responder, o imperador fitou a vara recém-usada como se ela lhe tivesse falhado.

— Quer trocar de taco, sire? — ofereceu Fenring, com um tom de provocação. — Há algo errado com esse?

Shaddam balançou a cabeça teimosamente.

— Vou ficar com este mesmo, Hasimir... Será nossa última partida por um bom tempo. — O imperador respirou fundo, inflando as narinas. — Eu lhe disse que consigo me virar sozinho. — Atrapalhando-se um pouco, ele acrescentou: — Mas isso não quer dizer que já não valorizo seus conselhos.

— Naturalmente, sire. É por isso que está me mandando para um buraco empoeirado habitado por vermes da areia e bárbaros imundos. — Sem se afetar, ele encarou Shaddam do outro lado da mesa de escudobol. — Creio que seja um erro grave, vossa majestade. Nestes primeiros dias de seu governo, o senhor precisará, mais do que nunca, de conselhos bons e objetivos. Não dará conta de tudo sozinho. E em quem pode confiar mais do que em mim?

— Ora, lidei perfeitamente bem com a crise de Leto Atreides. Sozinho, fui capaz de evitar um desastre.

Sem se apressar em sua jogada de manejar a estação de escudobol, Fenring retrucou:

— Concordo que o resultado foi favorável... mas ainda não descobrimos o que ele de fato sabe a respeito de nós e os tleilaxu.

— Não quis parecer preocupado demais.

— Hmm, ah, hãã. Talvez tenha razão, mas se o senhor já resolveu o problema, então me diga o seguinte: se não Leto, quem atirou *de verdade* nas naves tleilaxu? E como?

— Estou considerando as alternativas.

Os olhos exagerados de Fenring faiscaram.

— Leto conta com uma popularidade incrível agora, capaz até mesmo de ser uma ameaça a seu trono um dia. Se foi ele ou não quem armou essa crise, de todo modo, o duque Atreides a transformou em uma inegável vitória para si e para a honra de sua Casa. Ele superou um obstáculo intransponível e se comportou com uma graciosidade magnífica. Os membros do Landsraad reparam nesse tipo de atitude.

— Ah, sim, verdade, verdade... mas não é nada com que eu deva me preocupar.

— Não tenho tanta certeza, sire. O descontentamento entre as Casas pode não ter se dissipado por completo, como somos levados a crer.

— Temos as Bene Gesserit do nosso lado, graças a minha esposa.

Fenring fungou.

— Um casamento, sire, que aconteceu por sugestão *minha*... mas, só porque as bruxas dizem algo, não quer dizer que seja verdade. E se tal aliança não for suficiente?

— O que você quer dizer com isso? — Shaddam recuou da estação do jogo e gesticulou, com impaciência, para que Fenring fizesse sua jogada.

— Considere o duque Leto, como ele é imprevisível. Talvez esteja forjando alianças militares secretas para um ataque contra Kaitain. A tremenda aclamação dele se traduz em poder de barganha, e ele é obviamente ambicioso. Líderes das Grandes Casas agora anseiam por falar com o jovem duque. O senhor, por outro lado, ainda não possui uma base de popularidade dessa magnitude para apoiá-lo.

— Tenho minha guarda Sardaukar — redarguiu o imperador, mas pontadas de dúvida se insinuaram em sua expressão.

— Observe de perto suas legiões para garantir que não haja agentes infiltrados. Estarei longe, em Arrakis, e me preocupo com essas coisas. Sei que o senhor afirma dar conta disso tudo sozinho, e eu acredito em sua palavra. Só estou lhe oferecendo meu melhor conselho... como sempre fiz, sire.

— Eu agradeço, Hasimir. Mas não posso acreditar que meu primo Leto tenha criado a crise do paquete para atingir esse objetivo em particular. Foi tudo desajeitado demais, arriscado demais. Ele não tinha como saber que eu iria depor a seu favor.

— Ele sabia que o senhor faria alguma coisa depois de descobrir que ele possuía informações secretas.

Shaddam balançou a cabeça em negativa.

— Não. O potencial para o fracasso era enorme. Ele quase perdeu o patrimônio inteiro da própria família.

Fenring estendeu um de seus dedos compridos.

— Mas considere a glória em potencial que ele colheu, hãããã? É só ver o que aconteceu com ele nesse ínterim. Duvido que fosse capaz de

Duna: Casa Atreides

planejar que as coisas transcorressem da forma que transcorreram, mas Leto é um herói agora. Seu povo o ama, todos os nobres o admiram... e os tleilaxu saíram parecendo néscios chorões. Já que insiste em fazer tudo sozinho... sugiro, sire, que mantenha uma vigilância cerrada sobre as ambições da Casa Atreides.

— Obrigado pelo conselho, Hasimir — respondeu Shaddam, dando-lhe as costas para analisar o console do jogo. — Ah, aliás, por acaso mencionei que estou... promovendo você?

Fenring fez um leve ruído de escárnio.

— Eu não chamaria a missão em Arrakis de promoção. "Observador imperial" não transparece eminência, não acha?

Shaddam sorriu e ergueu o queixo em um gesto bastante imperial. Era sua intenção desde o começo.

— Ah, sim... mas o que acha de *"conde* Fenring"?

Fenring ficou em choque.

— O senhor... vai fazer de mim um *conde*?

O imperador assentiu.

— Conde Hasimir Fenring, observador imperial em missão em Arrakis. A fortuna de sua família está crescendo, meu amigo. Cedo ou tarde, vamos estabelecê-lo no Landsraad.

— Acompanhado de um cargo na diretoria na CHOAM?

Shaddam deu risada.

— Tudo a seu tempo, Hasimir.

— Presumo que isso faça de Margot uma condessa, então?

Seus grandes olhos cintilaram quando Shaddam assentiu. Fenring tentou ocultar o prazer que sentia, mas o imperador podia vê-lo nitidamente em seu rosto.

— E agora vou lhe dizer o motivo por trás do caráter crucial desta missão, tanto para você quanto para o Imperium. Lembra-se de um sujeito de nome Pardot Kynes? O planetólogo que meu pai despachou para lá, vários anos atrás?

— Claro.

— Bom, ele não tem demonstrado muita utilidade nos últimos tempos. Alguns poucos relatórios erráticos, incompletos e aparentemente censurados. Um de meus espiões relatou que Kynes se aproximou demais dos fremen e que talvez tenha passado dos limites e se tornado um deles, um nativo.

Fenring arqueou as sobrancelhas.

— Um servidor imperial misturando-se com aquela gente detestável e primitiva?

— Espero que não, mas gostaria que você descobrisse a verdade. Em essência, estou transformando você em meu czar imperial da especiaria, supervisionando secretamente as operações de produção de mélange em Arrakis e o progresso de nossos experimentos com especiaria sintética em Xuttuh. Você viverá viajando entre esses dois planetas e o Palácio Imperial. Transmitirá apenas mensagens codificadas, e somente para mim.

Conforme ele foi digerindo a magnitude da tarefa e suas repercussões, Fenring sentiu um fervor renovado extinguindo seu descontentamento. Sim, por fim ele enxergava as possibilidades. Mal podia esperar para contar a Margot — com sua mente de Bene Gesserit, sem dúvida ela enxergaria vantagens adicionais.

— Isso me soa instigante, sire. Um desafio digno de meus talentos particulares. Hmmmm, é possível que eu aprecie o desafio.

Voltando-se mais uma vez ao jogo, Fenring encaixou o disco giratório interior e conduziu a bola de escudobol flutuante. Ela caiu no receptáculo de número oito. Insatisfeito, meneou a cabeça.

— Que pena — disse Shaddam, lançando, por fim, sua última bola com um movimento hábil dentro do número dez e ganhando a partida.

O lucro e o progresso exigem investimentos substanciais em pessoal, equipamento e capital inicial. No entanto, o recurso que mais tende a ser subestimado é aquele cujo retorno costuma ser o maior: um investimento em *tempo*.

— Dominic Vernius, fala sobre as operações secretas em Ix

Nada mais a perder.

Nada mais restava.

O herói de guerra e conde renegado outrora conhecido como Dominic Vernius estava morto, apagado dos registros e retirado do seio do Imperium. Mas aquele homem continuava sobrevivendo com identidades diferentes. Uma pessoa que jamais desistiria.

No passado, Dominic lutara pela glória de seu imperador. Em guerra, matara milhares de inimigos em caças, com armaleses em punho; sentira também o sangue de suas vítimas ao empunhar armas brancas ou mesmo usar as próprias mãos. Era forte no combate, forte no trabalho, forte no amor.

E a recompensa pelo investimento de uma vida inteira tinha sido a desonra, o exílio, a morte de sua esposa, a desgraça de seus filhos.

Apesar de tudo, Dominic era um sobrevivente, um homem com um propósito. Sabia esperar a hora certa.

Embora Elrood, aquele abutre amargurado, já estivesse morto, Dominic não tinha o menor vestígio de perdão dentro de si. O poder do trono imperial em si havia suscitado todo aquele abuso e sofrimento. Mesmo o novo governante Shaddam não teria como ser melhor...

Ele vinha observando Caladan de longe. Rhombur e Kailea pareciam estar suficientemente em segurança; o refúgio permanecia em vigor, mesmo sem a presença carismática do Velho Duque. Dominic chorara pela morte de seu amigo Paulus Atreides, mas não ousara comparecer ao funeral ou sequer enviar mensagens codificadas ao jovem herdeiro Leto.

Sentira a difícil tentação de aparecer em Kaitain durante o Julgamento por Confisco, no entanto. Rhombur tomara a decisão insensata de

Brian Herbert e Kevin J. Anderson

sair de Caladan, seguindo até a Corte Imperial na intenção de prestar apoio ao amigo, mas no processo arriscara ser capturado e sofrer execução sumária. Se tudo tivesse dado errado, Dominic teria ido até lá e se sacrificado para comprar a sobrevivência de seu filho.

Mas a ida teria sido desnecessária. Leto acabara sendo liberado, anistiado e impossivelmente perdoado — bem como Rhombur e Kailea. O que teria acontecido? A mente de Dominic estava às voltas e sua testa vivia franzida em sua cabeça raspada à perfeição. O jovem Leto fora salvo por Shaddam em pessoa. Shaddam Corrino IV, filho do desprezível imperador Elrood, que destruíra a Casa Vernius, rejeitando — aparentemente por capricho — o caso. Dominic suspeitava que aquela resolução tivesse envolvido imensas propinas e coerção, mas não conseguia imaginar o que um duque de 16 anos, ainda por ser testado, teria usado como chantagem contra o imperador do universo conhecido.

Havia um risco, porém, que Dominic decidiu que precisava correr. Contrariando o próprio bom senso, com o juízo afetado pelo luto, ele vestiu roupas puídas e tingiu a pele de vermelho-acobreado para viajar sozinho até Bela Tegeuse. Antes que pudesse ir a qualquer outro lugar, sentiu-se compelido a ver o lugar onde sua esposa tinha sido massacrada pelos Sardaukar do imperador.

Usando veículos terrestres e aéreos, ele vasculhou o planeta em silêncio, sem ousar fazer quaisquer perguntas. Relatórios diversos deixavam pistas de onde o massacre havia ocorrido. Acabou encontrando um lugar sem demarcações onde a plantação tinha sido desbastada, revirada e salgada para que nada jamais crescesse lá outra vez. Uma casa de campo havia sido incendiada e coberta de sincreto. Não havia qualquer sinal do túmulo de Shando, mas ele sentia sua presença.

Minha amada esteve aqui.

Sob a luz fraca de um par de sóis, Dominic se ajoelhou na terra arruinada e chorou até perder a noção do tempo. Finalmente, sem mais lágrimas para derramar, sentiu o coração ser tomado por um imenso e duro vazio.

Foi só então que ele se viu enfim pronto para o próximo passo.

E assim Dominic Vernius viajou pelos mundos insulados do Imperium, reunindo homens leais que haviam escapado de Ix — homens que prefeririam trabalhar com ele, não importando seus objetivos, a viver

Duna: Casa Atreides

como sonâmbulos em planetas agrícolas, levando vidas pacatas com um ganha-pão mundano.

Ele reuniu militares reformados, colegas que haviam lutado a seu lado durante a Rebelião em Ecaz, pessoas a quem ele devia a própria vida dezenas de vezes. Dominic sabia que corria um grande perigo ao ir atrás daqueles indivíduos, mas confiava em seus velhos camaradas. Apesar da vultosa recompensa que ainda era oferecida por sua cabeça, sabia que nenhum deles estaria disposto a pagar o preço na consciência de trair seu antigo comandante.

Dominic tinha a esperança de que o imperador padixá Shaddam IV estivesse sobrecarregado demais para sequer pensar em rastrear os movimentos sutis e o desaparecimento dos homens que haviam lutado sob o comando de Vernius, na época em que Shaddam era adolescente e nem mesmo o herdeiro aparente ao trono — na época em que o príncipe herdeiro Fafnir era o próximo na linha de sucessão.

Muitos anos já tinham se passado, tempo suficiente para que a maioria daqueles veteranos passasse a vida se lembrando dos dias de glória, convencendo a si mesmos de que a guerra e o derramamento de sangue eram mais emocionantes do que de fato haviam sido. Cerca de um terço deles se recusou a se unir a Dominic, mas os outros se alistaram em silêncio e passaram a aguardar ordens futuras...

Durante a fuga de Shando em busca de um esconderijo, ela apagara todos os registros, mudara de nome e usara créditos sem identificação para comprar uma pequena propriedade no mundo soturno de Bela Tegeuse. Seu único erro tinha sido subestimar a persistência dos Sardaukar do imperador.

Dominic não repetiria o erro de sua esposa. Para executar o que tinha em mente, ele iria até um lugar no qual ninguém seria capaz de vê-lo... onde poderia atacar o Landsraad e ser uma pedra no sapato do imperador.

Era a única arma que lhe restava.

Pronto para começar seu trabalho de verdade, Dominic Vernius assumiu o controle de uma nave de contrabando sem registro, carregada com uma dúzia de homens leais. Aqueles camaradas tinham juntado o dinheiro e o equipamento que haviam acumulado para se unir a ele e dar um golpe pela glória e pela honra — e, talvez, também por vingança.

E então Dominic foi até a reserva de armas atômicas da família Vernius; armas proibidas, mas que todas as Grandes Casas do Landsraad ainda preservavam. Absolutamente restritas segundo os artigos da Grande Convenção, as armas atômicas de Ix haviam sido mantidas sob sigilo durante gerações, seladas no lado obscuro de uma pequena lua em órbita do quinto planeta do sistema Alkaurops. Os vermes de Tleilax em Ix não faziam ideia daquilo.

A partir dali, a nave de contrabando de Dominic passava a carregar um poder de fogo apocalíptico, suficiente para aniquilar um planeta.

"A vingança está nas mãos do Senhor", declarava a Bíblia Católica de Orange. No entanto, depois do que havia passado, Dominic não sentia arroubos religiosos, nem se importava em submeter-se às formalidades da lei. Era um renegado e estava além do alcance — ou proteção — do sistema jurídico.

Ele se via como o maior de todos os contrabandistas, escondendo-se onde ninguém poderia encontrá-lo, mas onde seria capaz de causar um enorme estrago econômico em todas as potências que o haviam traído e se recusado a ajudá-lo.

Com aquelas armas atômicas, seria possível deixar sua marca na história.

Escondido da rede de satélites meteorológicos defasados mantida pela Guilda, Dominic levou sua nave e suas reservas nucleares até uma região polar desabitada do planeta desértico de Arrakis. Um súbito vento frio atravessou os uniformes maltrapilhos de seus homens quando eles pisaram no terreno desolado. *Arrakis*. A nova base de operações deles.

Demoraria um bom tempo até ouvirem falar de Dominic Vernius outra vez. Porém, quando estivesse pronto... o Imperium inteiro iria se lembrar.

Um mundo é sustentado por quatro coisas: o conhecimento dos sábios, a justiça dos poderosos, a prece dos justos e a coragem dos valentes. Mas tudo isso de nada vale sem um governante que conheça a arte de governar.

— **Príncipe Raphael Corrino,**
Discursos sobre a liderança galáctica

Leto desceu sozinho até a praia, seguindo em zigue-zague pelo caminho íngreme do penhasco e pela escadaria até chegar no velho cais sob o Castelo Caladan.

Entre as camadas de nuvens, o sol do meio-dia cintilava nas águas plácidas que se estendiam até o horizonte. Leto se deteve diante da beirada do penhasco de rochas escuras, erguendo a mão para fazer sombra nos olhos e enxergar além das florestas de algas marinhas, das frotas pesqueiras com o canto de suas tripulações e da linha de corais que esboçava uma topografia implacável contra o mar espraiado.

Caladan: seu planeta, rico em mares e selvas, em terra cultivável e recursos naturais. Pertencia à Casa Atreides havia 26 gerações. E, naquele momento, incontestе, pertencia a ele.

Leto amava aquele lugar, o cheiro no ar, o sal do oceano, o sabor marcante de água marinha e peixe. Aquele povo sempre trabalhara com afinco em prol de seu duque, e ele, em troca, tentava fazer o máximo que podia por todos. Se tivesse perdido em seu Julgamento por Confisco, o que teria acontecido aos bons cidadãos de Caladan? Será que sequer teriam reparado que o patrimônio havia sido entregue a um governo substituto, digamos, da Casa Teranos, da Casa Mutelli ou de qualquer outro membro digno do Landsraad? Talvez sim... talvez não.

Leto, porém, era incapaz de se imaginar em outro lugar. Era àquele mundo que os Atreides pertenciam. Mesmo que tivesse sido privado de tudo, ele teria retornado a Caladan para viver o resto de sua vida perto do mar.

Por mais que Leto soubesse da própria inocência, ele ainda não conseguia entender o que havia acontecido com as naves tleilaxu dentro do paquete. Não tinha evidências para provar a qualquer outra pessoa que *não* efetuara os disparos que quase haviam culminado em uma grande guerra. Pelo contrário; era certo que ele tinha a motivação para tal ato, e, por isso, as outras Casas relutaram em defendê-lo com veemência, aliadas ou não. Caso Leto fosse culpado, elas arriscavam perder as próprias partes dos espólios quando o patrimônio da Casa Atreides fosse confiscado e dividido. Contudo, mesmo naquele momento, várias Casas tinham enviado manifestações discretas de aprovação pelo modo como Leto agira para proteger sua tripulação e seus amigos.

E então, por algum milagre, o imperador Shaddam o salvara.

No voo de volta a Caladan, Leto conversara longamente com Thufir Hawat, mas nem o jovem duque nem o guerreiro Mentat foram capazes de desvendar a motivação do imperador Shaddam para ir ao socorro dos Atreides, tampouco o motivo de ele temer tanto o blefe desesperado de Leto. Desde pequeno, ele sempre soubera que jamais deveria confiar no puro altruísmo como explicação, a despeito de qualquer coisa que Shaddam tivesse dito em sua comovente declaração diante do tribunal. Uma coisa era certa: o novo imperador tinha algo a esconder. Algo que envolvia os tleilaxu.

Sob a orientação de Leto, Hawat despachara espiões Atreides a planetas diversos na esperança de descobrir mais informações. Mas o imperador, avisado pela mensagem misteriosa e provocativa de Leto, sem dúvida seria mais cauteloso do que nunca.

No vasto espectro do Imperium, a Casa Atreides ainda não era particularmente poderosa e não tinha poder algum de barganha sobre a família Corrino, nem qualquer motivo aparente para ser protegida. Os próprios laços de sangue não eram suficientes. Embora Leto de fato fosse primo de Shaddam, muitos no Landsraad também eram capazes de rastrear as próprias linhagens, pelo menos perifericamente, para ligá-las aos Corrino, sobretudo se voltassem até os dias anteriores à Grande Rebelião.

E onde as Bene Gesserit entravam naquilo tudo? Seriam aliadas ou inimigas de Leto? Por que haviam se oferecido para ajudar? E quem inicialmente enviara a informação sobre o envolvimento de Shaddam? O cubo mensageiro com o recado codificado se desintegrara. Leto já havia passado a esperar inimigos ocultos — mas não *aliados* que se mantivessem tão sigilosos.

Duna: Casa Atreides

Sobretudo o que era ainda mais enigmático: quem *de fato* destruíra as naves tleilaxu?

Sozinho por um momento, mas ainda perturbado, Leto se afastou do penhasco e atravessou um leve declive em meio ao cascalho preto acinzentado à margem da água até chegar às docas silenciosas. Todos os barcos estavam em uso, exceto por um pequeno coráculo atracado e um iate ancorado que hasteava uma bandeirola desgastada com o brasão de gavião dos Atreides.

Aquele gavião chegara perigosamente perto de ser extinto.

Sob a luz radiante do sol, Leto se sentou na beirada da doca principal, ouvindo o bater das ondas e o canto das gaivotas cinzentas. Sentiu o cheiro do sal, dos peixes e daquele ar fresco e agradável. Lembrou-se de quando ele e Rhombur tinham saído juntos para procurar gemas-de--coral... do incêndio acidental e do quase desastre que tinham sofrido nos recifes distantes. Um problema pequeno em comparação ao que ocorreria logo depois.

Espiando as águas abaixo de si, ele observou um caranguejo se agarrar às estacas do píer e depois desaparecer no azul-esverdeado das profundezas.

— Afinal, você está satisfeito em ser duque ou preferiria ser um simples pescador? — A voz ruidosa do príncipe Rhombur soava animada, transbordando de bom humor.

Leto se virou, sentindo as tábuas do píer aquecidas pelo sol sob as calças. Rhombur e Thufir Hawat se aproximavam com passos pesados, esmagando o cascalho. O jovem duque sabia que o Mestre dos Assassinos lhe daria uma bronca por estar sentado com as costas vulneráveis voltadas para a praia, ao ar livre, onde o ruído branco do oceano poderia mascarar uma abordagem furtiva.

— Talvez eu possa ser ambos — respondeu Leto, levantando-se e tirando o pó da roupa. — Para entender melhor meu povo.

— "Entender seu povo é a base para entender a liderança" — recitou Hawat; era uma velha máxima dos Atreides. — Seria bom se o senhor estivesse meditando sobre a arte do estadismo, pois temos muito trabalho pela frente agora que tudo está voltando ao normal.

Leto suspirou.

Brian Herbert e Kevin J. Anderson

— Normal? Acho que não. Alguém tentou iniciar uma guerra contra os tleilaxu e culpar minha família no processo. O imperador teme o que ele *pensa* que eu sei. A Casa Vernius continua renegada, com Rhombur e Kailea exilados aqui, apesar de pelo menos terem sido perdoados e o prêmio por suas cabeças ter sido revogado. Além de tudo isso, não chegaram a inocentar meu nome de fato: diversas pessoas ainda pensam que fui o responsável pelo ataque àquelas naves. — Leto apanhou um pedrisco da praia a repousar sobre o píer e o arremessou para longe na água, onde não era possível discernir o ponto em que ele afundava. — Se isso foi uma vitória para a Casa Atreides, Thufir, foi uma vitória agridoce, na melhor das hipóteses.

— Talvez; mas é melhor do que uma derrota — disse Rhombur, parado ao lado do coráculo atracado.

O velho Mentat assentiu, com o sol forte refletindo em sua pele coriácea.

— O senhor se portou com honra e nobreza genuínas, meu duque, e a Casa Atreides conquistou muito respeito. É uma vitória que o senhor jamais deve relevar.

Leto ergueu o olhar para as torres altivas do Castelo Caladan que se avultavam no alto do penhasco. *Seu* castelo, seu lar.

Pensou nas antigas tradições de sua Grande Casa e em como contribuiria para que elas continuassem a crescer. Em sua posição régia, ele era um eixo ao redor do qual milhões de vidas giravam. A vida de um simples pescador poderia ser mais fácil, afinal, e mais pacífica; mas não para ele. Sempre seria o duque Leto Atreides. Tinha seu nome, seu título, seus amigos. E a vida era boa.

— Venham, jovens mestres. É hora de mais uma lição — chamou Thufir Hawat.

Animados, Leto e Rhombur seguiram o Mestre dos Assassinos de volta ao castelo.

676

Posfácio

Durante mais de uma década, houve boatos de que eu escreveria mais um romance ambientado no universo de Duna criado por meu pai, uma continuação para o sexto livro da série, *Herdeiras de Duna*. Eu já havia publicado diversos romances elogiados de ficção científica, mas não tinha certeza de que ansiava por enfrentar algo tão imenso, tão desafiador. Afinal, *Duna* é uma obra-prima, um dos romances mais complexos e cheios de camadas já escritos. Uma versão moderna do mito do tesouro do dragão, é uma história sobre grandes vermes da areia que guardam o precioso tesouro do mélange, a especiaria geriátrica. A narrativa é uma pérola magnífica, com camadas de brilhantismo que correm a fundo, muito abaixo da superfície, até o cerne da obra.

À época do falecimento precoce de meu pai, em 1986, ele começara a pensar em um romance com o título provisório de *Duna 7*, um projeto já vendido à Berkley Books, mas que ainda não tinha anotações nem rascunhos conhecidos. Cheguei a conversar com meu pai, em termos gerais, a respeito da possibilidade de uma colaboração em um romance da série algum dia no futuro, mas não marcamos uma data, nem estabelecemos qualquer detalhe ou direcionamento específico. Teria que ser em algum momento após ele concluir *Duna 7* e outros projetos.

Nos anos que se seguiram, pensei muito na série inacabada de meu pai, sobretudo após ter concluído meu próprio projeto, que me levou cinco anos, de escrever *Dreamer of Dune* [*O sonhador de Duna*], uma biografia desse homem complexo e enigmático — uma obra que exigiu que eu analisasse as origens e os temas da saga. Após uma longa reflexão, me pareceu que seria fascinante escrever um livro baseado nos acontecimentos que ele descrevera de forma tão provocativa nos apêndices de *Duna*, um novo romance em que eu voltaria dez mil anos até os idos do Jihad Butleriano, a lendária Grande Rebelião contra as máquinas pensantes. Era um período mítico em um universo mítico, a época em que a maioria das Grandes Escolas havia sido fundada, incluindo as Bene Gesserit, os Mentats e os Mestres-Espadachins.

Brian Herbert e Kevin J. Anderson

Quando descobriram meu interesse, escritores proeminentes me abordaram com ofertas de colaboração. Mas, ao conversar livremente com eles sobre as ideias, não fui capaz de visualizar o projeto se concretizando. Eram escritores excelentes, mas eu não sentia a sinergia necessária para uma empreitada tão monumental. Por isso, continuei me voltando a outros projetos e evitando o maior de todos. Fora isso, para além de salpicar várias pontas soltas provocativas no quinto e no sexto livros da série, meu pai também redigira um posfácio para *Herdeiras de Duna* que era uma homenagem maravilhosa a minha falecida mãe, Beverly Herbert — com quem ele fora casado durante quase quatro décadas. Os dois costumavam trabalhar juntos nos livros, pois ela editava e atuava como um canal de reflexão para o fluxo excessivo de ideias de meu pai... Assim, após o falecimento de ambos, me parecia uma conclusão digna deixar o projeto intocado.

O problema foi que um colega de nome Ed Kramer continuava vindo atrás de mim. Editor de sucesso e patrocinador de convenções de ficção científica e fantasia, ele queria reunir uma antologia de contos ambientados no universo de Duna — histórias de autores diferentes e conhecidos. Ele me convenceu de que seria um projeto significativo e interessante, por isso conversamos sobre a possibilidade de uma coedição. Os detalhes ainda não tinham sido finalizados, já que havia uma variedade de complexidades tanto jurídicas quanto artísticas. No meio disso tudo, Ed me contou ter recebido uma carta de Kevin J. Anderson, autor de best-sellers que havia sido convidado a contribuir para a antologia proposta. Este sugeriu algo que chamou de "um tiro no escuro", me perguntando sobre a possibilidade de trabalharmos juntos em um romance, de preferência uma continuação de *Herdeiras de Duna*.

O entusiasmo de Kevin pelo universo de Duna transbordava das páginas de sua carta. Ainda assim, demorei cerca de um mês para responder, incerto quanto ao que dizer. Apesar de suas capacidades já comprovadas, eu estava hesitante. Era uma grande decisão. Àquela altura, eu sabia que queria me envolver de perto com o projeto e que precisava ter um grau de participação que me permitisse garantir a produção de um romance íntegro, fiel à saga original. Junto de *O Senhor dos Anéis*, de J. R. R. Tolkien, e algumas outras obras, *Duna* se destaca como uma das maiores realizações criativas de todos os tempos, talvez o maior exemplo de construção de mundos na história da literatura de ficção científica. Eu não poderia escolher o autor errado, pelo bem do legado de meu pai. Li tudo que consegui encontrar de autoria de Kevin e o investiguei a fundo.

Duna: Casa Atreides

Logo ficou evidente para mim que se tratava de um escritor brilhante, de reputação impecável. Decidi ligar para ele.

Nós nos conectamos de imediato, em um nível tanto pessoal quanto profissional. Além de gostar dele genuinamente, eu sentia uma energia entre nós, um fluxo notável de ideias que beneficiaria a série. Após obter o consentimento de minha família, Kevin e eu decidimos ambientar a narrativa no passado — mas não nos tempos remotos, muito antes de *Duna*. Em vez disso, retornaríamos aos eventos apenas trinta ou quarenta anos antes, à história de amor dos pais de Paul, ao planetólogo Pardot Kynes enviado a Arrakis, às motivações por trás da terrível rivalidade destrutiva entre as Casas Atreides e Harkonnen e muito mais.

Antes de traçar um esquema detalhado, começamos os trabalhos relendo todos os seis livros de Duna que meu pai escrevera, e fiquei encarregado de começar a montar um imenso compilado chamado *Dune Concordance* [*Compêndio de Duna*] — uma enciclopédia de todo o conjunto de personagens, lugares e maravilhas desse universo. Nossa principal preocupação era determinar a direção que meu pai seguia com a conclusão da série. Era evidente que ele estivera construindo as bases para algo memorável em *Duna 7*, deixando, involuntariamente, um mistério. Não havia anotações nem quaisquer pistas, apenas minhas lembranças de meu pai usando uma caneta marca-texto amarela em exemplares de *Hereges de Duna* e *Herdeiras de Duna* pouco antes de morrer — cópias que ninguém conseguiu localizar depois que ele se foi.

No início de maio de 1997, quando enfim me encontrei pessoalmente com Kevin J. Anderson, acompanhado de sua esposa, a autora Rebecca Moesta, novas ideias para a narrativa explodiram de nossas cabeças. Em um frenesi, nós três fomos anotando tudo ou gravando as ideias em áudio. A partir dali, as cenas começaram a se desdobrar, mas ainda assim nós nos perguntávamos e debatíamos em qual direção meu pai estava conduzindo a série.

Nos últimos dois livros, *Hereges de Duna* e *Herdeiras de Duna*, ele havia introduzido uma nova ameaça — as detestadas Honoráveis Matres — que devastara boa parte da galáxia. Ao final de *Herdeiras*, as personagens estão encurraladas, em completa derrota... e então o leitor descobre que até mesmo as Honoráveis Matres estavam fugindo de uma ameaça ainda maior e mais misteriosa — um perigo que se aproximava das protagonistas da história, em grande parte Reverendas Madres das Bene Gesserit.

Brian Herbert e Kevin J. Anderson

Apenas duas semanas após nossa reunião, recebi um telefonema de um advogado do espólio que tratava das questões envolvendo meus pais. Ele me informou que havia dois cofres pertencentes a Frank Herbert em um subúrbio de Seattle, depósitos de cuja existência nenhum de nós tinha conhecimento. Marquei um horário com as autoridades do banco e, com uma empolgação crescente no ar, os cofres foram abertos. Dentro, havia documentos e disquetes antiquados que incluíam longas anotações sobre um inédito *Duna 7* — a tão esperada continuação de *Herdeiras de Duna*! Com aquele material, Kevin e eu poderíamos descobrir a direção que Frank Herbert estava seguindo e enlaçar os acontecimentos de nossa história no passado para um futuro *grand finale* da saga.

Com um entusiasmo renovado, nos voltamos à empreitada de construir uma proposta de livro que pudesse ser apresentada aos editores. Naquele verão, eu tinha uma viagem marcada à Europa, uma comemoração de bodas de casamento planejada por mim e por minha esposa Jan fazia um bom tempo. Levei comigo um novo notebook e uma impressora portátil para passar o verão trocando pacotes da FedEx com Kevin. Quando voltei, tínhamos uma proposta imensa de 141 páginas para uma trilogia — maior do que qualquer uma que ambos um dia tivéssemos escrito. Eu já havia completado pouco mais da metade de meu projeto paralelo, a enciclopédia com todos os tesouros maravilhosos do universo de Duna, e ainda faltavam meses de trabalho intenso até sua conclusão.

Enquanto esperávamos para ver se alguma editora teria interesse, fui me lembrando das muitas sessões de escrita de que desfrutara na companhia de meu pai e das sugestões que ele fizera, com tanto carinho e atenção, para meus primeiros romances, escritos na década de 1980. Tudo aquilo que aprendi com ele — e mais — seria necessário para tornar realidade aquele projeto de livros ambientados no passado da série Duna.

— *Brian Herbert*

Nunca conheci Frank Herbert em pessoa, mas já o conhecia muito bem pelas palavras que escreveu. Li *Duna* aos 10 anos e o reli várias

Duna: Casa Atreides

vezes ao longo do tempo; depois, aproveitei todas as continuações. Recém-saído da gráfica, *Imperador Deus de Duna* foi o primeiro romance em capa dura que comprei na vida; na época, eu era calouro na faculdade. E então fui avançando por cada um de seus outros títulos, conferindo-os com diligência na página de "Outros livros do autor" em cada novo romance: *The Green Brain* [*O cérebro verde*], *Hellstrom's Hive* [*A colmeia de Hellstrom*], *The Santaroga Barrier* [*A barreira de Santaroga*], *The Eyes of Heisenberg* [*Os olhos de Heisenberg*], *Destination: Void* [*Destino: o Vazio*], *The Jesus Incident* [*O incidente Jesus*], e mais, e mais, e mais.

Para mim, Frank Herbert era o ápice de tudo que a ficção científica poderia ser: reflexiva, ambiciosa, épica em seu escopo, excelente em pesquisa e divertida — tudo em um só livro. Outros romances do gênero até conseguiam ser bem-sucedidos em uma ou mais dessas áreas, mas *Duna* gabaritava a lista. Quando eu tinha 5 anos, já havia decidido que queria ser escritor. Quando fiz 12, sabia que queria escrever livros como os de Frank Herbert.

Durante a faculdade, fui publicando um punhado de contos e depois comecei a escrever meu primeiro romance: *Ressurrection, Inc.* [*Ressurreição S/A*], uma narrativa complexa ambientada em um futuro em que os mortos são reanimados para servir aos vivos. Era um romance repleto de críticas sociais, tramas religiosas, uma ampla gama de personagens e (sim) um enredo com várias camadas. Àquela altura, eu já tinha crédito o suficiente como escritor para entrar para a associação Science Fiction Writers of America... e um dos principais benefícios era o acesso ao diretório de membros. Ali, diante de meus olhos, estava o endereço domiciliar de Frank Herbert. Prometi a mim mesmo que enviaria para ele o primeiríssimo exemplar assinado de meu livro, que foi contratado quase que imediatamente pela Signet Books... mas, antes que pudesse ser publicado, Frank Herbert morreu.

Eu tinha lido avidamente os últimos dois livros de Duna, *Hereges* e *Herdeiras*, nos quais Herbert lançava uma vasta nova saga que ia crescendo até chegar a um ponto febril, literalmente destruindo toda a vida no planeta Arrakis e deixando a humanidade à beira da extinção — e era nesse ponto que a história de Frank Herbert se encontrava quando ele morreu. Eu sabia que seu filho Brian também era escritor profissional, com vários romances de ficção científica publicados. Então, esperei, nutrindo a esperança de que Brian pudesse completar um manuscrito ou pelo menos elaborar melhor o que seu pai deixara. Ansiava por um futuro próximo em que os fiéis leitores de *Duna* pudessem ter um desfecho para aquele suspense.

Enquanto isso, minha própria carreira de escritor estava decolando. Fui indicado aos prêmios Bram Stoker e Nebula e dois de meus thrillers tiveram seus direitos adquiridos por grandes estúdios em Hollywood. Enquanto continuava escrevendo romances originais, também encontrei bastante sucesso em explorar universos já bem estabelecidos, como os de *Star Wars* e *Arquivo X*, séries que eu amo. Aprendi a estudar as regras de cada mundo e seus personagens, envolvê-las em minha imaginação e contar minhas próprias histórias dentro dos limites e das expectativas dos leitores.

E então, na primavera de 1996, passei uma semana no Vale da Morte, na Califórnia, que sempre foi um de meus lugares favoritos para escrever. Saí para caminhar certa tarde em um cânion isolado e distante, envolvido em meu trabalho de tramar e ditar a história. Após cerca de uma hora, descobri que havia entrado na trilha errada e demoraria muito mais para conseguir voltar até meu carro. Durante aquela caminhada inesperadamente longa, em meio à paisagem bela e vazia do deserto, meus pensamentos se voltaram para Duna.

Dez anos haviam se passado desde o falecimento de Frank Herbert, e àquela altura eu já estava praticamente convencido de que Duna tinha sido feito, desde o começo, para terminar em suspense. Contudo, ainda queria muito saber como a história terminava — nem que eu tivesse de inventar o final por conta própria.

Eu nunca havia conhecido Brian Herbert e não tinha o menor motivo para esperar que ele sequer levasse minha sugestão a sério. Mas *Duna* era meu romance de ficção científica favorito de todos os tempos, e eu não conseguia pensar em nada de que fosse gostar mais do que me dedicar a um projeto daqueles. Decidi que não faria mal *perguntar...*

Esperamos que tenham gostado de revisitar o universo de Duna através de nossa ótica. Foi uma imensa honra revirar as milhares de páginas

Duna: Casa Atreides

de anotações originais de Frank Herbert para recriar alguns desses reinos vívidos que brotaram de sua pesquisa, sua imaginação e sua vida. *Duna* ainda me parece uma obra tão emocionante e inteligente quanto no dia em que a conheci, tantos anos atrás.

— Kevin J. Anderson

Um dos requisitos da criatividade é que ela contribua para a mudança. A criatividade mantém vivo o criador.

— Frank Herbert, anotações inéditas

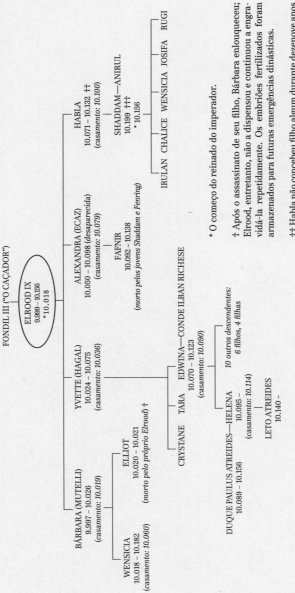

* O começo do reinado do imperador.

† Após o assassinato de seu filho, Bárbara enlouqueceu; Elrood, entretanto, não a dispensou e continuou a engravidá-la repetidamente. Os embriões fertilizados foram armazenados para futuras emergências dinásticas.

†† Habla não concebeu filho algum durante dezenove anos de casamento; Elrood implantou nela um dos embriões congelados de sua esposa Bárbara. Assim, Habla deu à luz Shaddam. Nem mesmo ele sabia a identidade de sua mãe biológica.

††† No apêndice de *Duna*, havia erros tipográficos a respeito das datas de nascimento de Shaddam Corrino IV e do conde Hasimir Fenring, como evidenciado pelas diferenças de idade presentes no texto do romance. As datas de nascimento corretas são: Shaddam, 10.119; Hasimir, 10.118.

Agradecimentos

Ed Kramer, por ser a ponte que nos uniu antes de mais nada.

Rebecca Moesta Anderson, pela incansável imaginação, pela criatividade e pelo trabalho árduo para transformar este livro no melhor possível.

Jan Herbert, por permitir que a criação deste projeto prosseguisse durante uma viagem de bodas de casamento à Europa, e por muito mais.

Pat LoBrutto, nosso editor na Bantam Books, por nos ajudar a alcançar o máximo possível de foco e clareza neste livro.

Robert Gottlieb e Matt Bialer, da William Morris Agency, além de Mary Alice Kier e Anna Cottle, da Cine/Lit Representation, pela fé e pela dedicação, e por enxergarem o potencial do projeto inteiro.

Irwyn Applebaum e Nita Taublib, da Bantam Books, pelo apoio e pelo afã com uma empreitada tão imensa.

Penny e Ron Merritt, cujo apoio fervoroso viabilizou este projeto.

Beverly Herbert, por suas contribuições criativas e editoriais sobre os livros de Duna escritos por Frank Herbert.

Marie Landis-Edwards, pelo incentivo.

Herbert Limited Partnership, que inclui David Merritt, Byron Merritt, Julie Herbert, Robert Merritt, Kimberly Herbert, Margaux Herbert e Theresa Shackelford.

Na WordFire, Inc., um agradecimento especial a Catherine Sidor, que dedicou muitas horas de trabalho árduo à preparação e à revisão do manuscrito, e a Sarah Jones, que ajudou a converter muitos livros e documentos antigos para um formato utilizável.

E aos milhões de fãs dedicados da saga de Duna, que preservaram a popularidade do romance original até hoje.

Sobre os autores

Brian Herbert, filho do famoso escritor de ficção científica Frank Herbert, é autor de diversos best-sellers do *New York Times*. Ganhou e foi indicado a várias premiações do gênero. Em 2003, publicou *Dreamer of Dune*, uma biografia emocionante sobre o pai, finalista do prêmio Hugo. É responsável por expandir o universo de Duna com uma série de livros em coautoria com Kevin J. Anderson.

Kevin J. Anderson é autor de mais de 130 livros e já atingiu o topo de diversas seleções internacionais de best-sellers. Publicou mais de 23 milhões de exemplares em trinta idiomas, e cinquenta de suas obras entraram em listas de mais vendidos. Participou dos prêmios literários Nebula, Bram Stoker, Shamus, Colorado, Scribe, Faust Lifetime Achievement e The New York Times Notable Book. Desde 1999 escreve as histórias do universo expandido de Duna ao lado de Brian Herbert.

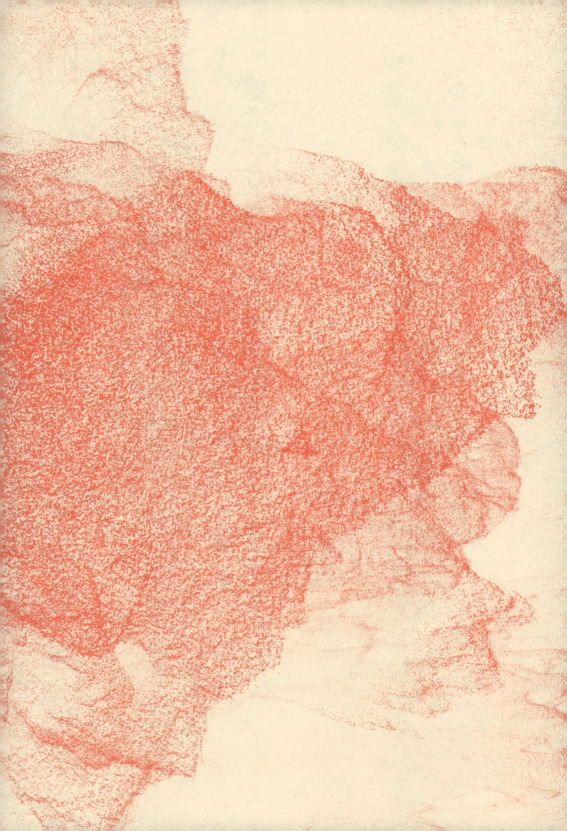